JOSEPH KANON

Joseph Kanon est né en 1946 aux États-Unis. Diplômé de Harvard et du Trinity College de Cambridge, il a mené une brillante carrière dans l'édition avant de se consacrer à l'écriture.
Son premier roman, *Los Alamos* (1998), best-seller sur les listes américaines, a été récompensé par le prix Edgar du premier roman et traduit en plus de dix langues. Ses romans suivants, *L'ultime trahison* (Belfond, 2000) et *L'ami allemand* (Belfond, 2003) ont également été remarqués – *L'ami allemand* va même faire l'objet d'une adaptation cinématographique réalisée par Steven Soderbergh avec, entre autres, George Clooney.
Son dernier roman, *Alibi*, sera publié aux éditions Belfond en mars 2006.
Joseph Kanon vit aujourd'hui à New York avec sa femme et ses enfants.

L'AMI ALLEMAND

DU MÊME AUTEUR
CHEZ POCKET

L'ULTIME TRAHISON

JOSEPH KANON

L'AMI ALLEMAND

Traduit de l'américain
par France Camus-Pichon

BELFOND

Titre original :
THE GOOD GERMAN
publié par Henry Holt and Company, LLC, New York.

ISBN 978-2-266-13995-3

À ma mère

AVERTISSEMENT

The Good German se déroule à Berlin durant les mois de juillet et d'août 1945. Dès lors qu'un roman se situe dans le passé, le risque d'erreur est inévitable. Surtout s'agissant de Berlin – dont la carte a été modifiée plusieurs fois en un siècle au gré des caprices de l'Histoire –, et plus encore des premiers mois chaotiques de l'occupation alliée : les événements se succédaient alors à un rythme si rapide que leur chronologie paraît souvent confuse même dans les récits des survivants, sans compter les éventuelles approximations dues à une mémoire défaillante. Le lecteur attentif a néanmoins le droit de savoir à quel moment, dans un souci d'efficacité narrative, l'auteur prend délibérément quelques libertés avec la vérité historique. Les Alliés ont bel et bien confisqué, en grande quantité, des documents appartenant aux nazis, mais il a fallu près d'un an pour que le Centre de documentation de Wasserkäfersteig – tel qu'il apparaît ici – soit réellement opérationnel. Le défilé de la victoire organisé par les Alliés a eu lieu le 7 septembre, et non trois semaines plus tôt comme il est dit dans le roman. Tout lecteur intéressé par cette période connaît les initiales OMGUS (Office of Military Government, United States) qui désignent le gouvernement d'occupation américain, mais ce sigle n'étant devenu officiel qu'en octobre 1945, on a préféré utiliser les termes de « gouvernement militaire » plutôt que de recourir au sigle USGCC (United States Group, Control Council) utilisé à l'époque. S'il existe d'autres inexactitudes, elles sont, hélas, totalement involontaires.

I

RUINES

1

La guerre l'avait rendu célèbre. Pas autant que Murrow, la voix de Londres, ni que Quent Reynolds, celle des documentaires, mais assez pour décrocher une commande du magazine *Collier's* (« Quatre articles, si vous réussissez à partir là-bas… »), puis l'indispensable laissez-passer pour aller à Berlin. Finalement, ce fut Hal Reidy qui accéléra les choses, jonglant avec les accréditations comme s'il établissait un plan de table – United Press à côté de Scripps-Howard et en face de Hearst, qui envoyait toujours trop de monde.

— Mais je ne peux pas te faire partir avant lundi. À cause de la conférence, on nous refuse un avion supplémentaire. À moins que tu aies des relations.

— Personne, sauf toi.

Hal sourit.

— Tu as le bras moins long que je croyais. Dis bonjour de ma part à ce salaud de Nanny Wendt.

Leur censeur avant-guerre, du temps où ils travaillaient tous les deux pour la Columbia – un petit homme nerveux, austère comme une gouvernante, qui prenait un malin plaisir à revoir leur copie juste avant qu'ils passent à l'antenne.

— Représentant du ministère de la Propagande *et* de l'Édification des masses, commenta Hal avec son ironie habituelle. Je me demande bien ce qui lui est arrivé. Il paraît que Goebbels a empoisonné ses propres enfants.

— Non, c'est Magda qui a fait le travail. La *gnädige Frau*. Avec des chocolats.

— Je vois. Des bonbons pour les enfants sages. Quels parents charmants. (Hal tendit à Jake ses billets d'avion.) Amuse-toi bien.

— Tu devrais venir avec moi. C'est une occasion historique.

— Ça aussi, répliqua Hal, désignant une autre liasse de titres de transport. Encore deux semaines, et je suis chez moi. Berlin… Bon sang… Je n'avais qu'une hâte : me tirer de là. Et tu voudrais que j'y retourne ?

Jake haussa les épaules.

— Le dernier acte va se jouer là-bas.

— Les vainqueurs assis autour d'une table, en train de se partager le gâteau ?

— Non. Ce qui se passe après.

— Rien. Tu rentres chez toi.

— Pas aussitôt.

Hal leva les yeux.

— Tu crois qu'elle est toujours là-bas ?

Pour toute réponse, Jake fourra les billets dans sa poche.

— Ça fait un bout de temps, tu sais, reprit Hal. Il a pu se passer bien des choses.

Jake hocha la tête.

— Elle sera là. Merci pour tout. Je te revaudrai ça.

— Et le reste, dit Hal sans insister. D'ici là, affûte ta plume. Et ne rate pas ton vol.

Mais l'avion se posa à Francfort avec plusieurs heures de retard, et d'autres vinrent s'y ajouter pour le déchargement de la cargaison et les manœuvres, si bien qu'il ne redécolla pas avant le milieu de l'après-midi. C'était un C 47, appareil de transport de troupes mal isolé, avec des banquettes de part et d'autre de la carlingue. Les passagers, une flopée de journalistes qui, comme Jake, y volaient pour la première fois, devaient crier pour couvrir le bruit des moteurs. Au bout d'un moment, Jake capitula et s'adossa à la carlingue, les yeux fermés pour lutter contre la nausée tandis que l'avion, secoué par les turbulences, faisait route vers l'est. On leur avait servi à boire pour tromper l'attente, et déjà l'alcool déliait la langue de Brian Stanley, le reporter du *Daily Express* qui s'était débrouillé pour se joindre au groupe d'Américains, passablement éméchés eux aussi. Belser, le correspondant de Gannett ; Cowley, qui avait transmis les communiqués de presse du Haut commandement des forces alliées depuis un tabouret du bar de l'hôtel Scribe ; Gimbel, qui avait suivi avec Jake la progression de Patton en Allemagne… Ils couvraient la guerre depuis des années, en uniforme de l'armée américaine avec leur badge de journaliste bien visible – même Liz Yeager, la photographe, pistolet de gros calibre à la ceinture comme un cow-boy.

Jake les connaissait tous plus ou moins, leurs visages comme autant de têtes d'épingle plantées sur sa carte d'état-major personnelle. Londres, où il avait fini par quitter la Columbia en 1942 pour voir la guerre de plus près. L'Afrique du Nord, où il l'avait vue d'assez près pour être blessé par un éclat d'obus. Le Caire, où il avait passé sa convalescence, noyant chaque soir son ennui dans l'alcool avec Brian Stanley. La Sicile où, après avoir raté Palerme, il s'était contre toute attente attiré la sympathie de Patton, au point de pouvoir ensuite l'accompagner, après la France, dans son avancée vers l'est. À travers la Hesse et la Thuringe, tout s'était accéléré, mettant fin à ces journées d'attente où ordres et contrordres se succédaient. Enfin une guerre avec de l'action. Weimar. Puis la montée vers Nordhausen et le camp de Dora, où tout s'était arrêté net. Deux jours à ouvrir des yeux horrifiés, sans pouvoir articuler une parole. Jake notait des chiffres – deux cents morts par jour… –, mais il avait fini par y renoncer. Une caméra filmait pour les bandes d'actualités les monceaux de corps, les os saillants et les organes génitaux informes. Les survivants, avec leurs uniformes rayés et leurs crânes rasés, n'avaient pas de sexe.

Le deuxième jour, dans l'un des camps, une créature squelettique avait saisi la main de Jake pour l'embrasser, s'y cramponnant en un geste de gratitude obscène, bredouillant quelque chose dans une langue slave – du polonais ? du russe ? – et Jake s'était figé sur place, s'efforçant d'oublier la puanteur, la main broyée par la force de l'étreinte.

— Je ne suis pas un soldat, avait-il dit.

Il aurait voulu prendre ses jambes à son cou, mais n'avait pu se résoudre à desserrer l'étreinte. Il avait honte, il était lui aussi prisonnier. Du reportage que personne n'avait fait, de cette poignée de main qui ne s'effacerait jamais.

— Tu n'as pas l'impression de rentrer chez toi, mon vieux ? l'interpella Brian, les mains en porte-voix pour se faire entendre.

— Vous êtes déjà venu à Berlin ? demanda Liz.

— Il y a même vécu. Il travaillait pour Ed, ma chère, vous ne saviez pas ? Jusqu'à ce que les Boches le mettent dehors. Comme tout le monde, d'ailleurs. Ils n'avaient pas le choix, vu les circonstances.

— Donc vous parlez allemand ? Dieu soit loué !

— L'allemand de Berlin, précisa Brian, non sans malice.

— Peu importe, du moment que c'est de l'allemand. (Liz donna une petite tape sur les genoux de Jake.) À partir de maintenant, vous ne me quittez plus... Comment c'était, avant la guerre ?

Comment c'était ? Bonne question. Comme un étau qui se serait lentement resserré sur vous. Au début, les réceptions, les promenades en bateau sur les lacs par une chaleur écrasante, l'ivresse d'être témoin d'une période historique. Il était venu couvrir les jeux Olympiques de 1936 et, sa mère connaissant quelqu'un qui connaissait les Dodds, il avait eu droit aux cocktails de l'ambassade et à une place dans la tribune réservée au corps diplomatique. Puis il y avait eu la grande fête donnée par Goebbels sur l'île aux Paons, les arbres ornés de milliers de lampions en forme de papillons, les officiers allemands, ivres de champagne et de pouvoir, titubant dans les allées et vomissant dans les fourrés. Les Dodds étaient atterrés. Jake était resté. Les nazis fournissaient les gros titres, et même un simple correspondant pouvait vivre des rumeurs qui circulaient tandis que la menace d'une guerre se précisait chaque jour. Mais quand il avait signé avec la Columbia, l'étau se refermait déjà, les rumeurs n'apportaient plus qu'un mince souffle d'air. La ville s'était rétractée autour de lui, si bien qu'à la fin il vivait en circuit fermé : un arrêt au Club de la presse étrangère sur Potsdamerplatz, remonter la sinistre Wilhelmstrasse jusqu'au ministère pour les briefings biquotidiens, continuer vers l'hôtel Adlon où Shirer, de la Columbia, avait un bureau. Les deux hommes comparaient leurs notes au bar américain, surplombant les SS confortablement assis autour de la fontaine du hall, bottes bien cirées posées sur le rebord, pendant que les grenouilles en bronze crachaient leurs jets d'eau droit vers la verrière. Ensuite, direction l'est, vers la tour de la radio sur Adolf-Hitler-Platz et les incessantes discussions avec Nanny Wendt ; puis retour en taxi chez lui, où l'attendaient son téléphone mis sur écoute et le regard soupçonneux de Herr Lechter – le *Blockleiter* qui habitait l'appartement au fond du couloir, sans doute confisqué à une malheureuse famille juive. Après, plus d'air du tout. Mais c'était à la fin.

— On se serait cru à Chicago, dit-il.

Même arrogance, même agressivité, une métropole moderne voulant faire croire qu'elle avait un passé. Des palais massifs de l'ère wilhelminienne qui ressemblaient à des banques, mais aussi un humour acerbe et l'odeur de la bière. Le même froid mordant que dans le Middle West.

— Chicago ? Aujourd'hui, la ressemblance doit être difficile à voir !

Cette remarque émanait d'un civil trapu en costume trois-pièces qu'on leur avait présenté à l'aéroport comme le député du nord de l'État de New York.

— Évidemment, répliqua Brian, narquois. Tout a été bombardé. Et pas seulement à Berlin. Le pays entier est un champ de ruines. Je peux vous poser une question ? Je me demandais… Comment appelle-t-on un membre du Congrès américain ? Un « honorable député » ?

— Théoriquement, oui. Pour la correspondance officielle, en tout cas. Sinon, on dit juste « député », ou « monsieur ».

— « Monsieur »… Très démocratique…

— Parfaitement, répondit l'homme, vexé.

— Vous participez à la conférence, ou vous êtes là en touriste ?

Brian se moquait ouvertement de lui.

— La conférence ? Non, bien sûr que je n'y participe pas.

— Alors, vous venez juste voir les nouveaux maîtres du monde ?

— Qu'insinuez-vous ?

— Rien de désobligeant. Mais avouez qu'on pourrait s'y tromper. Ce gouvernement militaire… Tous des gentlemen, en réalité.

— Je ne comprends pas un traître mot de ce que vous racontez.

— La moitié du temps, moi non plus. Une petite faiblesse que je m'accorde. Ne faites pas attention. Tenez, buvez plutôt une gorgée.

Le front luisant de sueur, Brian donna l'exemple. Le député l'ignora ostensiblement, se tournant vers un jeune soldat coincé près de lui, un passager de dernière minute, sans bagage. Peut-être un agent de liaison. Il portait des bottes d'équitation et se cramponnait au banc comme aux rênes d'un cheval, le visage blême sous ses taches de rousseur.

— C'est votre premier voyage à Berlin ?

Le soldat fit oui de la tête, se cramponnant encore plus fort à cause d'une turbulence.

— Votre nom, mon garçon ?

Une tentative pour engager la conversation.

— Lieutenant Tully, dit le soldat avec un hoquet.

Il porta la main à sa bouche.

— Ça va ? s'alarma Liz.

Il ôta sa casquette. Ses cheveux roux étaient trempés de sueur. Liz lui tendit un sac en papier.

— Prenez-le, au cas où.

— Il y en a encore pour longtemps ?

C'était presque un gémissement. Il serra le sac contre sa poitrine.

Le député lui jeta un coup d'œil, écartant d'instinct sa jambe malgré le manque de place, avant de pivoter discrètement et de se retrouver face à Brian.

— Vous venez de l'État de New York, disiez-vous ?

— Oui, d'Utica.

Brian fit semblant d'avoir du mal à situer.

— Utica… On y fait de la bière, non ?

Jake sourit. En réalité, Brian connaissait très bien les États-Unis.

— Pas mal d'Allemands, là-bas, si je ne m'abuse, ajouta-t-il.

Le député le toisa avec dédain.

— Les habitants de ma circonscription sont cent pour cent américains !

Brian se lassait. Il détourna le regard.

— Si vous le dites…

— Et vous, comment se fait-il que vous soyez dans cet avion ? Je le croyais réservé aux journalistes américains.

— Voilà ce qu'on appelle la solidarité alliée ! lança Brian à Jake.

L'appareil plongea légèrement, à peine plus qu'un cahot, mais c'était encore trop pour le soldat qui laissa échapper un grognement.

— Je vais vomir.

Il eut à peine le temps d'ouvrir le sac en papier.

— Attention ! s'exclama le député, affolé.

— Il faut que ça sorte, déclara Liz d'une voix maternelle. Voilà… Ça va aller mieux.

— Désolé, souffla le soldat entre deux hoquets.

Soudain, il n'avait pas l'air plus vieux qu'un adolescent. Liz s'adressa à Jake.

— Avez-vous rencontré Hitler ?

Sa question fit diversion, comme si elle tirait un rideau pour protéger l'intimité du soldat.

— Rencontré, non. Mais vu, oui. Souvent.

— De près ?

— Une seule fois.

En début de soirée, par une chaleur étouffante, alors que Jake revenait du Club de la presse étrangère. La rue disparaissait presque dans la pénombre, mais les lueurs du couchant éclairaient toujours la nouvelle chancellerie du Reich. Architecture néoclassique, escalier monumental au pied duquel une voiture attendait. Hitler curieusement exposé aux regards, juste accompagné d'un aide de camp et de deux gardes du corps. Sans doute en route vers le palais des Sports, pour une nouvelle harangue contre ces traîtres de Polonais. Il s'était immobilisé un instant en bas de l'escalier, avait aperçu Jake dans la rue déserte. Je pourrais dégainer maintenant, s'était dit Jake. Une balle pour mettre fin à tout ça, ce serait si simple. Pourquoi personne n'avait osé ? Au même instant, comme s'il détectait ces pensées hostiles, Hitler avait relevé la tête et flairé l'air, tel un animal aux aguets. Une balle aurait suffi... Il avait soutenu quelques secondes le regard de Jake, le jaugeant avant d'esquisser un sourire, simple mouvement convulsif de la moustache, puis il avait salué d'un *heil* nonchalant et s'était dirigé vers sa voiture. Triomphant. Personne n'était armé, et il avait à faire.

— Il paraît que ses yeux vous hypnotisaient, dit Liz.

— Je n'en sais rien. Je ne l'ai jamais approché de si près, répondit Jake, fermant les siens pour oublier l'avion.

Encore un peu de patience. Il rejoindrait directement Pariserstrasse. Il revoyait la porte d'entrée, surmontée de lourdes cariatides en grès qui soutenaient le balcon. Que dirait-elle ? Quatre ans déjà… Mais peut-être avait-elle déménagé. Non, elle serait là. Quelques heures de plus, et ils boiraient un verre dans un café au coin de la rue, sur Olivaerplatz. Pour rattraper le temps perdu, les souvenirs en retard depuis des années. À moins qu'ils ne restent chez elle.

— Vous faites de beaux rêves ?

Jake s'aperçut qu'il souriait aux anges. Il s'y croyait déjà. Berlin… Encore un peu de patience.

— On arrive, annonça Brian, le nez collé au hublot. Mon Dieu… Venez voir !

Jake rouvrit les yeux et se leva d'un bond, comme un gosse. Ils se rassemblèrent tous autour du hublot, même le député.

— Mon Dieu…, répéta Brian, qui avait du mal à trouver ses mots. On dirait les ruines de Carthage.

Jake regarda en contrebas, le souffle coupé. Vidé de son enthousiasme comme on peut l'être de son sang. Pourquoi ne l'avait-on pas prévenu ? Il avait déjà vu des villes bombardées – Londres et ses rangées de maisons éventrées, ses rues jonchées d'éclats de verre, puis Cologne et Francfort derrière un hublot, avec leurs églises décapitées et leurs profonds cratères –, mais pas à cette échelle. Pas Carthage, pas cette destruction digne des temps anciens. Au sol, toute activité semblait s'être arrêtée. Sur des kilomètres et des kilomètres, des maisons pareilles à des coquilles vides, à des tombeaux saccagés, des zones entièrement pulvérisées, sans le moindre mur debout. L'avion arrivant par l'ouest et les lacs, Jake crut reconnaître Lichterfelde, Steglitz, puis Tempelhof, mais les principaux points de repère étaient enfouis sous des montagnes de décombres. Tandis que l'appareil amorçait sa descente, quelques bâtiments prirent forme, fracassés mais toujours là. Çà et là pointaient des cheminées, même un clocher. Il devait encore y avoir un semblant de vie. Un nuage beige planait sur l'agglomération – pas de la fumée, un épais brouillard de suie et de poussière de plâtre, comme si les maisons ne pouvaient se résoudre à disparaître complètement. Mais Berlin était rayé de la carte. Les trois grandes puissances n'auraient que des ruines à se partager.

— Après tout, ils ont eu ce qu'ils méritaient ! lança le député avec son accent nasillard.

Jake le dévisagea. Un homme politique dans une veillée mortuaire.

— C'est la vérité, non ? insista-t-il, d'un air de défi.

Brian se détourna lentement du hublot et lui jeta un regard méprisant.

— Un jour ou l'autre, mon vieux, on finit tous par avoir ce qu'on mérite.

Les abords de Tempelhof avaient souffert, mais le terrain d'aviation était dégagé et l'aérogare intact. Après la ville morte vue du ciel, l'aéroport faisait l'effet d'une ruche bourdonnante, grouillante de visiteurs et de militaires en uniforme. Un jeune lieutenant hirsute, la bouche pleine de chewing-gum, attendait au pied de la passerelle, scrutant les visages des voyageurs. Le soldat Tully, chancelant, était passé le premier. Sans doute pour se précipiter aux toilettes, pensa Jake.

— Geismar ? (Le lieutenant hirsute lui tendit la main.) Ron Ehrlich, centre de presse. Je suis chargé de m'occuper de vous et de Miss Yeager. Elle est à bord ?

Jake acquiesça, désignant les valises qu'il venait de décharger.

— Avec tout ça. Vous me donnez un coup de main ?

— Qu'est-ce qu'elle transporte, là-dedans ? Son trousseau de mariée ?

La voix de Liz s'éleva derrière lui.

— Non, du matériel photo. Vous comptez faire de l'humour ou aider mon collègue ?

Ron détailla la silhouette en uniforme aux rondeurs inattendues, et il sourit.

— À vos ordres, chef !

Il se mit ostensiblement au garde-à-vous et souleva les valises sans effort, histoire d'impressionner la jeune femme.

— Par ici…

Il les entraîna vers l'aérogare.

— Vous avez le bonjour du colonel Howley, déclara-t-il à Liz. Il dit avoir fait votre connaissance du temps où il travaillait dans la publicité.

Elle sourit.

— Ne vous inquiétez pas, il aura sa photo.

— Apparemment, vous non plus ne l'avez pas oublié…

— Pas de danger. Eh, doucement ! Il y a des objectifs là-dedans.

À la suite du député qui semblait très entouré, ils montèrent l'escalier conduisant à la salle d'attente. Toujours les mêmes murs en marbre fauve et les mêmes dimensions monumentales, datant d'une époque où le transport aérien faisait encore rêver. Des gens étaient venus au restaurant ici pour le seul plaisir de voir les avions. Jake pressa le pas afin de ne pas se laisser distancer. Ron marchait aussi vite qu'il parlait, zigzaguant entre les groupes de militaires.

— Vous avez raté l'arrivée du Président Truman. Il a quitté l'aéroport après déjeuner. Escorté par toute la 2e division blindée. Impressionnant. Dommage que votre avion ait autant de retard, la séance de photos en ville doit être terminée.

— Le Président n'était pas à la conférence ? demanda Liz.

— Elle n'a pas commencé. Oncle Joseph se fait attendre. Il serait enrhumé.

— Enrhumé ? répéta Jake, étonné.

— Difficile à croire, non ? Il paraît que Truman est furieux… (Ron jeta un coup d'œil à Jake.) Bien sûr, ça reste entre nous.

— Il y a du nouveau ?

— Pas grand-chose. Quelques dépêches pour vous, mais vous les mettrez sans doute au panier. Comme vos confrères. De toute façon, il n'y a rien à raconter avant l'ouverture de la conférence. L'horaire des briefings vous attend au centre de presse.

— Qui se trouve où ?

— À deux pas du quartier général du gouvernement militaire. Sur Argentinischeallee, précisa Ron, se gargarisant de ce nom exotique.

— À Dahlem ?

— Tout est à Dahlem.

— Pourquoi pas plus près du centre ?

Ron regarda Jake droit dans les yeux.

— Parce qu'il n'y a plus de centre.

Ils gravissaient l'imposant escalier menant à l'entrée principale.

— Comme je le disais, le centre de presse est tout près du QG du gouvernement militaire, ce qui facilite les choses. La villa où vous logerez aussi… (Ron se tourna vers Liz, presque avec déférence.) On vous a trouvé un cadre agréable. Le planning des photographes est différent, mais vous, au moins, vous pourrez vous rendre sur les lieux. C'est-à-dire à Potsdam.

— Et les journalistes ? demanda Jake.

Ron secoua la tête.

— Ces messieurs veulent une conférence à huis clos. Sans la presse. Je vous le dis maintenant, pour qu'ensuite vous ne poussiez pas les hauts cris comme vos collègues. Ce n'est pas moi qui fixe les règles du jeu. En cas de réclamation, adressez-vous aux autorités compétentes, ce n'est pas mon problème. Au centre de presse, on fera de notre mieux pour vous aider. Vous pourrez câbler de là-bas, mais seulement après m'avoir soumis vos articles, autant que vous le sachiez.

Jake se força à sourire. Un nouveau Nanny Wendt, le dynamisme et le chewing-gum en plus...

— Et la liberté de la presse ?

— Ne vous inquiétez pas. Vous ne serez jamais à court d'informations. Il y aura un briefing après chaque séance. Et les gens sont bavards.

— Entre les briefings, on fait quoi ?

— On boit des bières, pour l'essentiel. Du moins, c'est ce que font vos confrères. Staline n'est pas du genre à accorder des interviews, vous savez... Voilà, on y est, ajouta Ron, poussant énergiquement la porte à deux battants. Je vais vous conduire à votre logement. Vous avez sûrement envie de faire un brin de toilette.

— Il y a l'eau chaude ? s'enquit Liz.

— Évidemment. Confort à l'américaine.

Devant l'aérogare, on faisait monter le député dans une Horch réquisitionnée, avec la bannière étoilée peinte sur la portière. Les autres durent se contenter de jeeps découvertes. Au bout de la rue se dressaient les premières maisons. Aucune n'était intacte. Jake regarda autour de lui, le souffle de nouveau coupé. C'était encore pire que vu du ciel. Quelques murs branlants, criblés d'éclats d'obus. Des monceaux de gravats, de blocs de béton et de canalisations. Un bâtiment éventré, ouvert à tous les vents, des tapisseries en lambeaux, des trous noircis à la place des fenêtres. Pourrait-il jamais la retrouver dans ce chaos ? La poussière déjà aperçue de l'avion, toujours en suspension dans l'air, voilait le soleil de l'après-midi. Et puis cette épouvantable odeur, mélange de ciment humide, de terre retournée, et d'autre chose sans doute : des cadavres encore ensevelis quelque part sous les décombres.

— Bienvenue à Berlin, dit Ron.

— Tout est dans cet état ? murmura Liz.

— Presque. Quand il n'y a plus de toit, c'est à cause des bombes. Le reste est l'œuvre des Russes. Il paraît que le pire, c'étaient les tirs d'obus. Tout est parti en fumée. Allez, grimpez !

Ron chargea les bagages dans la jeep. Jake ne pouvait détacher les yeux de la rue.

— Partez sans moi. J'ai quelque chose à faire.

— Grimpez, répéta Ron d'un ton sans réplique. Vous n'espérez quand même pas trouver un taxi !

Devant l'expression de Jake, Liz se tourna vers Ron et lui sourit.

— Rien ne presse, non ? Emmenez-le où il veut. Vous me ferez visiter la ville par la même occasion.

Flattant du doigt l'appareil suspendu à son cou, elle le porta à son œil et s'accroupit.

— Souriez !

Elle photographia Ron avec l'animation de l'aéroport en toile de fond. Le jeune lieutenant, qui feignait de l'ignorer, regarda sa montre.

— On n'a pas beaucoup de temps.

— Juste une petite visite guidée... Ça doit bien entrer dans vos attributions, insista Liz d'une voix enjôleuse tout en le mitraillant.

Ron soupira.

— Je suppose que vous voulez voir le Bunker. Tout le monde veut voir le Bunker, alors qu'il n'y a rien à voir. De plus, les Russes en interdisent l'entrée, sous prétexte qu'il est inondé. Peut-être qu'Adolf flotte dans un coin, qui sait ? Mais c'est leur secteur, ils font ce qu'ils veulent… Par contre, on peut photographier le Reichstag, annonça-t-il en adressant un sourire à Liz. Tout le monde le fait et les Russes ne disent rien.

— Alors, on y va, répliqua Liz, abaissant son appareil.

— À condition que je réussisse à vous y conduire. Je connais le chemin depuis Dahlem, mais…

Liz désigna Jake du pouce.

— Il a vécu ici.

— Eh bien, qu'il me serve de navigateur, lança Ron avec un haussement d'épaules.

Il fit signe à Liz de s'installer.

— Vous pouvez même vous asseoir à côté de moi, ajouta-t-il avec un sourire charmeur.

— J'en ai, de la chance ! Du moment que vous laissez vos mains sur le volant… Les soldats américains ont tous un problème avec leurs mains…

Jake n'écoutait plus. Leur conversation futile lui parvenait sous la forme d'un bourdonnement inoffensif. Des gens avaient émergé d'un monceau de gravats – deux femmes. Il les regarda se frayer prudemment un chemin entre les briques, l'air aussi hébété qu'après un bombardement. Malgré la chaleur de juillet, elles portaient un manteau, pour ne pas le laisser dans la cave de leur maison en ruine où tout, y compris elles-mêmes, devait être bon à prendre. À quoi avait ressemblé Berlin, ces derniers mois ? À Carthage… Sans doute celle qu'il cherchait était-elle comme ces deux femmes, terrée parmi les décombres. Mais où ? Pour la première fois, Jake prit conscience qu'il risquait de ne jamais la retrouver : les bombes avaient dû éparpiller les gens en même temps que les briques. Mais peut-être pas. Il lui tardait soudain de se mettre en route, comme s'il y avait urgence, comme si elle risquait quelque chose de pire encore que tout ce qu'elle avait déjà subi.

Il se hissa à l'arrière de la jeep, avec les bagages de Liz.

— On commence par quoi ? Le bunker ? suggéra Ron.

Liz acquiesça.

— Quelle direction ? s'enquit Ron.

Pas celle que Jake souhaitait, mais il n'osa pas décevoir Liz.

— À droite au bout de la rue.

Ron démarra.

— Inutile de prendre des notes. Tout le monde raconte la même chose. Paysage lunaire, décor de fin du monde… Sans oublier les dents creuses et les rangées de chicots. Associated Press a même parlé de « molaires rongées par les caries ». Espérons que vous saurez trouver des images inédites. Par pitié, un peu d'originalité.

— Et vous, comment décririez-vous ça ?

Ron parut soudain moins sûr de lui.

— Je ne sais pas… Peut-être qu'en fait c'est impossible à décrire. C'est… enfin, vous verrez par vous-même.

Jake leur fit remonter le Mehringdamm vers le nord, mais ils durent prendre une déviation vers l'est et s'égarèrent très vite dans un dédale de rues barrées ou impraticables, le plan de la ville entièrement redessiné par les montagnes de décombres. Partis depuis cinq minutes, et déjà perdus. Ils slalomèrent entre les bâtiments en ruine, Ron se tournant vers Jake comme vers une boussole déréglée. Par chance, une nouvelle déviation les ramena sur le Mehringdamm. Une route dégagée, cette fois, qui les conduirait jusqu'au Landwehrkanal, itinéraire moins risqué que les rues au tracé incertain. Seuls les principaux axes restaient praticables, les autres – quand ils existaient encore – se réduisaient à des sentiers tortueux. Berlin, ville de plaine, avait enfin du relief, d'innombrables collines de gravats. Mais plus aucune vie. À l'exception de quelques enfants courant sur les décombres, bondissant comme des sauterelles, et d'un groupe de femmes en train de récupérer des briques, foulard sur la tête pour se protéger de la poussière, rien ne bougeait. Un calme angoissant. Berlin avait toujours été une métropole bruyante, avec le fracas des rames du S-Bahn sur les ponts métalliques, le grésillement de la radio dans les cours d'immeuble, le crissement des pneus aux feux rouges, les querelles d'ivrognes. À présent, Jake n'entendait que le moteur de la jeep et le grincement lugubre d'un vélo un peu plus loin devant, rien d'autre. Un silence de cimetière. En pleine nuit, il ferait aussi noir que sur la face cachée de la lune. Ron avait raison : difficile d'éviter les clichés.

Au bord du Landwehrkanal, il y avait davantage d'activité, mais la puanteur était pire qu'ailleurs, à cause des égouts qui s'y déversaient et des cadavres flottant sur l'eau. Les Russes occupaient le secteur depuis deux mois : y avait-il eu tant de corps à repêcher ? Toujours est-il qu'ils s'amoncelaient contre les piles des ponts en ruine, ou stagnaient sur le ventre au milieu du canal. Liz avait lâché son appareil pour porter un mouchoir à sa bouche. Personne ne disait mot. Sur la rive opposée, la station de métro Hallesches Tor avait disparu.

Ils longèrent le canal jusqu'au pont de Potsdam, resté ouvert à la circulation. Jake aperçut pour la première fois quelques hommes, des soldats en uniforme gris de la Wehrmacht qui traversaient la passerelle d'un pas traînant, poursuivant leur retraite. Il pensa à cette fameuse nuit où il avait assisté au départ des camions vers la Pologne, une formidable exhibition sur le Linden, des visages à la mâchoire carrée tout droit sortis des actualités. Ceux de la passerelle étaient blêmes, mal rasés, et presque invisibles ; les femmes les dépassaient sans leur accorder un regard.

Plusieurs points de repère se dessinaient à présent : le Reichstag au loin, et là, sur Potsdamerplatz, les vestiges déchiquetés des grands magasins. Le Wertheim n'était plus qu'un souvenir. La carcasse calcinée d'un camion avait été poussée sur le bas-côté. La chaussée déblayée. Mais il n'y avait aucune circulation, en dehors de quelques vélos et de soldats russes tirant une charrette à cheval. Cette place autrefois si animée évoquait un film muet, sans le rythme saccadé de l'action. Tout défilait au ralenti, même les cyclistes, par crainte d'une crevaison, et la charrette, qui descendait laborieusement une rue aussi déserte que les steppes. Combien de nuits de bombardement avait-il fallu pour en arriver là ? Près du camion carbonisé, assis sur leurs valises, les membres d'une famille contemplaient le carrefour. Peut-être, tout juste sortis de la gare d'Anhalt, attendaient-ils un autobus fantôme. Peut-être étaient-ils trop fatigués et désorientés pour continuer leur chemin.

— Difficile de ne pas avoir pitié de ces pauvres diables, remarqua soudain Ron.

— De qui ? Des Allemands ? s'étonna Liz.

— Oui, je sais bien. Mais quand même…

Ils tournèrent dans Wilhelmstrasse. Le nouveau

ministère de l'Air de Goering était toujours là, ses murs du moins ; mais du reste de la rue, de l'alignement pompeux des bâtiments officiels, ne subsistaient que des monceaux de gravats noirâtres d'où des briques rouge sang avaient roulé comme d'une plaie suintante. C'était là que tout avait commencé.

Près de la chancellerie, une foule compacte. Un crépitement inattendu de flashes. Quelques applaudissements. Liz attrapa son appareil.

— Regardez, c'est Churchill ! Arrêtons-nous !

— Apparemment, tout le monde veut sa visite guidée…

Malgré son ton désabusé, Ron fixait l'escalier, les yeux écarquillés.

Jake descendit de la jeep. L'endroit exact où Hitler lui avait naguère souri. À sa place se tenait Churchill en uniforme d'été, cigare aux lèvres, entouré d'une meute de reporters. Brian, près de lui. Comment avait-il fait pour arriver si vite ? Mais Brian avait le chic pour prendre tout le monde de vitesse. Churchill s'attardait sur les marches, déconcerté par les applaudissements. Il fit spontanément le « V » de la victoire, puis, se rappelant où il se trouvait, baissa le bras d'un air gêné. Jake regarda la foule. Seuls les soldats britanniques applaudissaient. Les Allemands observaient la scène en silence, puis ils s'éloignaient, s'en voulant peut-être d'avoir cédé à la même curiosité malsaine que des badauds lors d'un accident. Churchill fronça les sourcils et s'engouffra dans sa voiture.

— On va jeter un œil ? dit Jake.

— Vous êtes fou ? En laissant une jeep pleine de matériel photo ?

La voiture de Churchill démarrait, suivie par la foule. Ron alluma une cigarette et se cala sur son siège.

— Allez-y. Je monte la garde. Rapportez-moi un souvenir, s'il en reste.

Des sentinelles russes surveillaient l'entrée, des Mongols trapus et en armes, simple démonstration de force puisque les gens allaient et venaient à leur guise, et que, de toute façon, il n'y avait plus rien à garder. Jake fit traverser à Liz le grand hall au toit béant, puis la longue salle de réception. Des soldats traînaient dans le bâtiment, fouillant les débris à la recherche de médailles ou de quelque chose à emporter. Les immenses lustres gisaient sur le sol au milieu de la pièce, l'un d'eux encore suspendu à un mètre au-dessus des gravats. Rien n'avait été déblayé. La sauvagerie de l'assaut final : c'était ça le plus choquant, plus encore que les dégâts causés au-dehors par les bombes. Une vraie folie destructrice. Meubles disloqués, fauteuils éventrés à coups de baïonnette, tableaux lacérés, tiroirs mis à sac et renversés… Dans le bureau de Hitler, l'immense table de travail en marbre était retournée, ses bords ébréchés, les fragments sans doute dérobés comme souvenirs. Et partout, des papiers souillés par des semelles boueuses. Autant de preuves inquiétantes d'un véritable saccage. La horde mongole… Jake imagina les sentinelles de l'entrée en train de se ruer en hurlant dans les différentes salles, pillant et détruisant tout sur leur passage.

— Qu'est-ce que c'est, d'après vous ?

Liz brandissait une poignée de cartes en bristol blanc à bordure dorée, ornées de l'aigle nazi et de la croix gammée.

— Des cartons d'invitation, répondit Jake.

Il en prit un. *Le Führer a le plaisir de vous convier… Un thé dansant.* Il y en avait plusieurs caisses. De quoi tenir mille ans. Liz en fourra quelques-uns dans sa poche.

— Stupéfiant !

— Partons, dit Jake, oppressé par ce spectacle de dévastation.

— Laissez-moi faire quelques photos.

Elle joignit le geste à la parole. Entendant parler anglais, deux GI's s'approchèrent et lui tendirent leur appareil.

— S'il vous plaît… Ça ne vous ennuie pas ?

Liz sourit.

— Bien sûr que non. Là-bas, près du bureau ?

— Vous pourriez nous prendre avec la croix gammée ?

Un gigantesque svastika ornemental, tombé à l'envers sur le sol. Chacun un pied dessus et se tenant par l'épaule, ils fixèrent l'objectif avec un sourire triomphant. De vrais gosses.

— Encore une, dit Liz. Il n'y a pas assez de lumière.

Elle appuya sur le déclencheur, puis examina l'appareil.

— Vous l'avez trouvé où ? Je n'ai pas vu ce modèle depuis le début de la guerre.

— Vous plaisantez ? On les a pratiquement pour rien. Essayez près du Reichstag. Deux bouteilles de Canadian Club devraient suffire. Vous venez d'arriver, non ?

— Il y a quelques heures.

— Je vous offre un verre ? Je vous ferai visiter la ville par la même occasion.

— Votre mère serait d'accord ?

— De quel droit !

— Du calme… Et puis, il peut devenir méchant.

Liz désigna Jake de la tête. Le GI le toisa, puis fit un clin d'œil à la jeune femme.

— Alors peut-être à la prochaine, beauté ! Merci pour la photo.

— C'est la meilleure ! s'exclama Liz tandis que les GI's s'éloignaient. Me faire draguer dans le bureau de Hitler ! Si je m'attendais !

Jake la dévisagea, surpris. Il n'avait jamais imaginé qu'un homme puisse se retourner sur elle. Il s'apercevait à présent que, malgré la poussière et l'uniforme, elle n'était pas sans charme.

— Beauté..., répéta-t-il, amusé.

— Où est le bunker ?

— Ici, je crois.

Il indiquait par la fenêtre une cour intérieure dans laquelle un groupe de soldats russes montaient la garde. Une sorte de petit Blockhaus sur un terrain défoncé et désert. À défaut de pouvoir entrer, les deux GI's avaient distribué des cigarettes aux soldats jusqu'à ce qu'ils s'écartent pour les laisser prendre une photo. Jake revit l'Égypte, sa vallée aux bunkers d'un autre âge où étaient enterrés les pharaons amoureux de la mort. Même eux, pourtant, n'avaient pas entraîné toute une ville avec eux.

— Il paraît qu'à la fin Hitler a épousé Eva Braun, déclara Liz.

In extremis, alors que les Russes se déchaînaient au-dessus de leur tête.

— Espérons que ça a représenté quelque chose pour elle.

— Pour une femme, un mariage représente toujours quelque chose... (Liz observa Jake à la dérobée.) Mais je reviendrai un autre jour. Cet endroit n'a pas l'air de vous réussir.

« Tout le monde veut voir le bunker », avait dit Ron. Le décor du dernier acte, jusqu'à ce mariage macabre suivi – trop tard – du coup de feu final. À présent, un sujet de magazine. Eva avait-elle eu droit à un bouquet ? À une coupe de champagne, avant qu'on pique le chien et que Magda empoisonne ses enfants ?

Jake regardait toujours par la fenêtre.

— Ce n'est pas un sanctuaire. On devrait le raser.

— Pas avant que j'aie fait une photo.

Ils repassèrent dans la pénombre de la salle de réception. De nouveau, les fauteuils disloqués dont la bourre s'échappait de l'étoffe déchirée par les baïonnettes. Pourquoi les Russes avaient-ils tout laissé dans cet état ? Pour donner une leçon de barbarie ? Mais qui la retiendrait ? Les GI's, eux, photographiaient les lustres fracassés avec l'insouciance des touristes. Contre un mur étaient entassées toutes les décorations arrachées aux tiroirs. Des croix de fer. Quand Jake se baissa pour en choisir une à l'intention de Ron, ce fut avec l'impression déplaisante d'être un fossoyeur pilleur de tombes.

Ce sentiment de malaise le poursuivit alors qu'il remontait la rue. Désormais, les montagnes de gravats n'avaient plus rien d'impersonnel, c'était le Berlin qu'il avait connu et, avec cette ville, tout un pan de sa vie avait été réduit à néant. À sa droite, l'avenue Unter den Linden, recouverte de cendres, était entièrement grise. Même l'hôtel Adlon avait été bombardé.

— Pas bombardé, rectifia Ron. Brûlé par les Russes après la bataille. Personne ne sait pourquoi. Ils devaient être soûls.

Jake détourna le regard. Mais que représentait un bâtiment, comparé au reste ? À ces mains dont on ne pouvait desserrer l'étreinte ? De l'autre côté de la place, la porte de Brandebourg était encore debout, mais le quadrige avait glissé de son socle comme un char retourné pendant une course. Sur les colonnes, des drapeaux rouges et des portraits de Lénine cachaient en partie les impacts d'obus. En entrant dans le Tiergarten, Jake remarqua une foule grouillante massée devant le Reichstag : des GI's échangeant leurs bouteilles de Canadian Club, des soldats russes examinant des montres-bracelets. Comme les deux femmes près de Tempelhof, certains Allemands portaient un manteau malgré la chaleur de l'après-midi, sans doute pour dissimuler leur marchandise. Des cigarettes, des boîtes de conserve, des pendulettes en porcelaine… Le nouveau Wertheim. Quelques jeunes filles en robe légère se pendaient au bras des soldats. Devant le Reichstag noirci par les flammes, aux murs couverts de graffitis en caractères cyrilliques, d'autres soldats prenaient la pose. Une étape obligatoire du nouveau circuit touristique.

À la vue du parc, Jake fut définitivement anéanti. Les hommes et les bâtiments ne sont jamais épargnés par la guerre. Mais là, les arbres aussi avaient été détruits. Tous, sans exception. L'épaisse forêt du Tiergarten, ses allées sinueuses, ses statues désuètes nichées dans la verdure, tout avait brûlé. Il ne restait qu'une vaste étendue jonchée de souches calcinées et de lampadaires aux formes torturées. La jeep continuait sa route vers l'ouest, où les derniers rayons du soleil faisaient rougeoyer le ciel au-dessus de Charlottenburg. Pendant quelques minutes, Jake put ainsi imaginer les incendies entretenus pour guider les bombardiers toute la nuit. Le moteur de l'un d'eux était tombé, une hélice plantée dans le sol, morceau de ferraille aussi surréaliste que ces vieux réfrigérateurs ou ces pièces de tracteur qui finissaient de rouiller dans les cours de fermes miteuses.

— Mon Dieu ! s'écria Liz. Regardez-moi ça !

Une marée humaine, qui avançait lentement de part et d'autre de la jeep. Des valises. Des vêtements serrés dans des baluchons. Quelques landaus, quelques charrettes à bras. Une progression laborieuse, trahissant l'épuisement. Des vieillards, des familles sans aucun bagage. Des « personnes déplacées », dernier euphémisme à la mode. Nul ne mendiait, nul ne se plaignait, chacun se contentait de mettre un pied devant l'autre. Pour aller où ? Rejoindre des proches dans une cave ? Un nouveau camp de réfugiés, terminus où les attendaient un bol de soupe et une séance d'épouillage ? Abasourdis, ils découvraient au cœur de la ville une désolation pire que celle qu'ils fuyaient. Et pourtant ils continuaient de marcher, pareils aux survivants qu'on voit sur les gravures anciennes, errant à travers les paysages dévastés par la guerre de Trente Ans.

Ça n'aurait jamais dû se terminer ainsi, pensa Jake. Mais comment, alors ? Par des défilés ? Un Berlin toujours aussi animé, mais sans les nazis ? Comment ? Curieusement, Jake n'avait jamais envisagé la fin du conflit. La vie n'existait pas en dehors de la guerre, les reportages succédaient aux reportages. Et maintenant le dernier : ce qui se passe quand tout est fini. « Tu rentres chez toi », avait dit Hal. Mais Jake n'avait pas mis les pieds chez lui depuis dix ans. Alors il était revenu à Berlin, une personne déplacée de plus dans le Tiergarten. À un détail près : il roulait en jeep, entre deux colonnes de réfugiés, avec une photographe intrépide prête à tout mitrailler et un chauffeur en train d'allumer une énième cigarette représentant le prix d'un repas. Ceux qui étaient contraints de marcher leur accordaient à peine un regard avant de poursuivre leur chemin. Entre deux embardées, Jake comprit qu'ils le voyaient non comme un Berlinois retrouvant son foyer, mais comme un conquérant, un de ces jeunes gens obsédés par le sexe qui faisaient la chasse aux souvenirs. Encore une illusion qui se dissipait…

Pourtant, il devait bien rester quelque chose. Tant d'années de sa vie. On pouvait survivre, même à ça. Jake demanda à Ron de tourner à gauche après la colonne de la Victoire, puis il le guida vers l'abri antiaérien du zoo tout en continuant d'évaluer les dégâts. L'église Kaiser Wilhelm décapitée. Le café Kranzler désagrégé. Davantage de monde à présent. Le Kurfürstendamm en ruine, mais reconnaissable. Le long des trottoirs, plus de vitres aux devantures ni aux vitrines des comptoirs, mais quelques bâtiments encore debout, heureux vainqueurs de la loterie destructrice. À gauche dans Fasanenstrasse.

— On s'éloigne, protesta Ron.

— Je sais. J'ai quelque chose à voir, rétorqua Jake, à bout de patience.

À droite après la Ludwigkirche. Habitué aux ténèbres du couvre-feu, il aurait pu se diriger dans ce quartier les yeux fermés. Les marronniers avaient disparu, inondant d'une lumière inhabituelle la rue désormais entièrement dégagée jusqu'à Olivaerplatz.

— Stop ! ordonna-t-il soudain.

Ils avaient dû dépasser l'immeuble, on n'en voyait pas trace. Pendant quelques instants, Jake regarda, immobile, puis il descendit de la jeep et s'avança lentement vers les décombres. Plus rien. Les quatre étages effondrés ; la façade ocre, des blocs épars sur la chaussée. Même la lourde porte en verre et en fer forgé avait été soufflée. Instinctivement, il chercha des yeux les cariatides. Disparues. Juste un lavabo au sommet d'un des monceaux de plâtre brisé.

— Vous habitiez là ?

La voix de Liz résonna dans la rue déserte. Jake entendit le déclic de son appareil.

— Pas moi. Quelqu'un d'autre.

Ils n'y étaient pas venus souvent, seulement quand

Emil s'absentait. Dans l'après-midi, quand les feuilles des marronniers dessinaient des arabesques sur les stores baissés. Le lit trempé de sueur. Jake la taquinant parce qu'elle remontait les draps sur ses seins après l'amour, alors que tout trahissait leur plaisir illicite : ses cheveux moites en désordre sur l'oreiller, la chaleur de l'après-midi, cette chambre où ils n'auraient pas dû être, ce temps passé ensemble.

— Avant, tu faisais moins de manières.

— Oui, avant. C'est plus fort que moi. J'ai ma pudeur.

Elle croisait son regard et se mettait à rire, d'un petit rire coquin, aussi intime qu'une caresse. Puis elle se tournait sur le côté.

— Comment réussis-tu à plaisanter ?

Il se laissait tomber près d'elle.

— On est censés s'amuser.

Elle posait la main sur sa joue.

— Parle pour toi, répondait-elle.

Mais elle souriait, car leurs ébats clandestins avaient bien quelque chose de ludique et de jubilatoire.

Au début, tout au moins, avant le sentiment de culpabilité.

Jake s'engagea sur un minuscule sentier au milieu des décombres. Peut-être quelqu'un vivait-il encore dans la cave. Mais le sentier ne menait nulle part. Il n'y avait que des ruines et une odeur écœurante. Le cadavre de qui ? Un bâton avec un bout de papier était planté dans le plâtras comme une croix sur une tombe. Jake se pencha pour lire. Frau Dzuris, la grosse dame du rez-de-chaussée, de toute évidence encore en vie, avait déménagé. Dans une rue de Wilmersdorf qu'il ne connaissait pas. *Frau Dzuris habite désormais*... Une formule impersonnelle et désuète de carte de visite. Jake sortit son calepin et nota l'adresse. Une femme sympathique, qui adorait les gâteaux aux graines de pavot. Son fils travaillait chez Siemens et venait déjeuner chaque dimanche. Pourquoi se rappelait-on ce genre de détails ? Jake regagna la jeep.

— Personne à la maison ? demanda Ron.

Jake se figea, mais ne releva pas.

— Pas ici, en tout cas…

Mais ailleurs, sûrement.

— On s'y prend comment, pour retrouver quelqu'un ? s'enquit-il. Avec cette pagaille ?

Ron haussa les épaules.

— Le téléphone arabe. On questionne les voisins…

Jake contemplait la rue déserte.

— … ou on consulte les panneaux d'affichage. À chaque carrefour. *Cherche toute information permettant de retrouver…* Vous voyez le style de message, un peu comme les petites annonces matrimoniales…

Ron surprit l'expression atterrée de Jake.

— En fait, je n'en sais rien, reprit-il d'un ton toujours désinvolte. Mais on y arrive. Enfin, si la personne n'est pas morte.

Silence gêné. Liz, qui n'avait pas quitté Jake des yeux, se tourna vers Ron.

— C'est votre mère qui vous a mal élevé, ou ça s'est fait naturellement ?

— Excusez-moi. Je ne voulais pas…

— Laissez tomber, murmura Jake d'un ton las.

— Vous avez vu ce que vous vouliez ? Il est tard.

— J'ai fini.

Jake remonta dans la jeep.

— OK. En route pour Dahlem.

Il jeta un dernier coup d'œil aux décombres. Un

cimetière. Comment avait-il pu croire que l'immeuble serait épargné ?

— Il y a vraiment de l'eau chaude ? Je prendrais bien un bain.

— Tout le monde dit ça en arrivant. À cause de la poussière.

Ron avait déjà retrouvé son humeur joviale.

Ils devaient loger dans une grande villa de Gelferstrasse, une rue calme derrière l'ancien quartier général de la Luftwaffe sur Kronprinzallee, qui abritait désormais le siège du gouvernement militaire. Les bâtiments de la Luftwaffe étaient construits dans le même style néoclassique que le ministère de l'Air de Goering, leur façade grise et austère ornée d'une corniche où faisaient saillie des aigles en pierre aux ailes déployées, mais l'enceinte était hérissée de drapeaux américains qui claquaient au vent sur les toits, et sur les antennes des véhicules alignés dans la rue. Là aussi les bombes avaient fait des dégâts : de certaines maisons, il ne restait que des zones calcinées, mais rien à voir avec les quartiers qu'ils venaient de traverser. Encore en partie plantée d'arbres, Gelferstrasse paraissait même relativement préservée, presque paisible.

Jake n'avait jamais passé beaucoup de temps à Dahlem, dont les rues tranquilles, loin du centre, lui rappelaient Hampstead. Pourtant, le spectacle rassurant des maisons traditionnelles demeurées debout, avec leur toit de tuiles et leur heurtoir en bronze, lui rendait les lieux presque familiers. La plupart des fenêtres n'avaient toujours pas de vitres, mais la chaussée avait été débarrassée des éclats de verre et nettoyée, et la puanteur qui avait accompagné leur traversée de la ville s'était enfin dissipée, emportée en même temps que les cadavres dans ce grand nettoyage.

La villa – deux étages de stuc jaune pâle – était moins cossue que les manoirs pour millionnaires de Grunewald, au nord de la ville, mais de bonne taille. Sans doute la propriété d'un professeur du Kaiser Wilhelm Institut, distant de quelques centaines de mètres.

Ron les précéda dans l'escalier, à la façon d'un aubergiste.

— J'ai dû donner la plus grande chambre au député, mais au moins vous serez chacun chez vous... Vous pourrez bientôt faire un échange, précisa-t-il à Liz. Le député n'est là que pour quelques jours.

— Il préfère ne pas s'attarder sur les lieux du crime ?

— Personne ne reste longtemps ici, sauf les officiers du gouvernement militaire. Ils sont tous installés au premier. Encore un étage à monter. À propos, le dîner est servi à sept heures.

— Où logent les soldats ?

— Un peu partout. Dans les casernes près de l'ancienne usine Telefunken, pour la plupart. Certains près de la station de métro Onkel Toms Hütte.

— La case de l'oncle Tom ? Une station de métro ? Depuis quand porte-t-elle ce nom ? demanda Liz, amusée.

— Depuis toujours. Ce sont les Berlinois qui l'ont choisi. Ils aimaient sans doute le livre.

La chambre de Jake avait dû appartenir à la fille de la maison : lit une place avec couvre-lit en chenille de coton rose, tapisserie à fleurs, coiffeuse à miroir rond ornée de volants en tissu rose. Même les rideaux noirs pour le couvre-feu étaient doublés de rose.

— Coquet...

— Oui, je sais… Comme je le disais, on pourra faire des changements bientôt, assura Ron.

— Aucune importance. Je n'aurai que des pensées chastes.

Ron sourit.

— À Berlin, ça ne devrait pas poser de problème… (Il se dirigea vers la porte.) Laissez votre linge sale sur la chaise, on viendra le chercher.

Un claquement de talons et il avait disparu, emportant ses boniments avec lui.

Jake regarda autour de lui. Qui ça, « on » ? Des domestiques aux ordres des vainqueurs, une dépouille de guerre ? Et qu'était devenue la jeune fille dont on avait réquisitionné le cocon rose ? Il s'avança vers la coiffeuse recouverte d'une plaque en verre. Une traînée de poudre de riz, rien d'autre, tous les pots et les tubes ayant peut-être disparu dans une valise au moment du départ. Machinalement, il ouvrit les tiroirs : vides, à l'exception de quelques photos publicitaires de Viktor Staal, autrefois épinglées sur un mur à en juger par les trous aux quatre coins. Il avait dû tomber en disgrâce. Au moins l'ancienne occupante avait-elle laissé derrière elle une chambre intacte. Et Lena ? Avait-elle rangé flacons de parfum et poudriers, et eu la chance de s'enfuir à temps, ou avait-elle attendu que le toit s'effondre sur elle ?

Jake alluma une cigarette et s'approcha de la fenêtre, déboutonnant sa chemise. La pelouse en contrebas avait été bêchée et transformée en potager, mais les semis, sans doute piétinés par des Russes en quête de nourriture, ressemblaient à un bourbier. Ici, pourtant, on respirait mieux. Cachée par les villas et les arbres, la métropole blessée, seulement distante de quelques kilomètres, s'effaçait du souvenir de Jake comme la douleur sous l'effet de l'anesthésie. Il aurait dû prendre des notes. Mais que restait-il à dire ? La bataille avait déjà été gagnée. Maison par maison, apparemment, avec sous chaque porche des vieillards et des adolescents embusqués, arme à la main. Pourquoi cette résistance ? Pour donner aux Américains le temps d'arriver, à en croire la rumeur. Tout sauf les Russes. « La paix sera pire encore » : dernière prophétie de Goebbels, la seule à s'être réalisée. D'où le déchaînement final. Des rues entières en flammes. Des patrouilles de SS qui pendaient les jeunes déserteurs aux lampadaires. Pour l'exemple. Dans les camps, ils avaient exterminé les déportés jusqu'à la dernière minute. Ici, ils s'étaient même acharnés sur les leurs. Une brutalité sanguinaire qui n'avait plus rien à voir avec la guerre.

Jake n'avait écrit aucun article digne de ce nom depuis son retour des camps, deux mois plus tôt ; il attendait d'être à Berlin. À présent, il avait le sentiment que Berlin aussi le paralyserait, qu'il n'échapperait pas aux paysages lunaires et autres dents cariées raillés par Ron, tentatives infructueuses pour rendre compte de l'ampleur du désastre. Les mots lui manquaient. Il fallait personnaliser. Oublier les milliers de victimes, se concentrer sur une seule. Elle serait là. Une survivante, ce n'était pas trop demander. Il contempla de nouveau le jardin. Au fond, près d'une remise, une femme aux cheveux blancs étendait sa lessive sur une corde à linge improvisée. Une *Hausfrau*.

— Que vas-tu devenir ? Viens avec moi. Je me débrouillerai pour te faire quitter le pays, avait-il dit à Lena.

— Quitter le pays…

Un soupir qui trahissait son scepticisme. Assise en

combinaison devant sa coiffeuse, remaquillée, ongles vernis, elle avait secoué la tête.

— Non, c'est mieux ainsi. Je serai une *Hausfrau*. Une bonne ménagère allemande. (Elle s'était remis du rouge à lèvres, puis avait baissé les yeux.) Assez menti.

— Mais tu ne mens pas, avait protesté Jake, la prenant par les épaules.

Elle avait croisé son regard dans le miroir.

— À lui, si.

En bas, la femme aux cheveux blancs aperçut Jake à la fenêtre. Après un temps d'hésitation, elle s'inclina servilement, reprit son panier d'osier et retraversa le jardin. Il fallait personnaliser. Comment cette femme avait-elle vécu la guerre ? Peut-être comme une fidèle de la première heure qui, après s'être époumonée au palais des Sports, faisait maintenant la lessive pour l'ennemi. Ou peut-être comme une simple *Hausfrau*, heureuse d'être encore en vie. Jake retourna vers le lit, y posa sa chemise. De toute façon, ça changeait quoi ? Ce n'étaient jamais que des histoires de vaincus. Seul le suspense à grand spectacle de la conférence intéresserait l'Amérique, le marchandage entre Truman et Staline, les nouveaux maîtres du monde. Pas les montagnes de décombres, ni les réfugiés du Tiergarten, leur avenir détruit par les bombes.

Jake acheva de se dévêtir et noua une serviette éponge autour de sa taille. La salle de bains se trouvait au bout du couloir. Quand il ouvrit la porte, il fut accueilli par un nuage de vapeur et un petit cri indigné.

— Oh !

Liz était dans la baignoire, les seins à peine recouverts par l'eau savonneuse, ses cheveux humides plaqués en arrière.

— On ne vous a pas appris à frapper ?

— Désolé, je…

Cloué sur place, il la regarda s'enfoncer dans l'eau, la peau aussi rose que les volants de la coiffeuse.

— La vue est belle ?

— Désolé, répéta-t-il, gêné.

Les rondeurs d'un corps féminin, sans l'uniforme ni le holster, présentement accrochés à une patère.

— Il n'y a pas de mal… (Liz eut un sourire de vieux briscard habitué aux bivouacs et aux latrines en plein air.) … du moment que vous n'enlevez pas votre serviette. J'en ai pour une minute.

Elle plongea la tête sous l'eau pour se rincer, ramena ensuite ses cheveux en arrière et attrapa une serviette.

— Vous comptez vous tourner, ou il vous faut le spectacle complet ?

Jake s'exécuta le temps qu'elle sorte de la baignoire. Il y eut un bruissement d'eau, puis d'étoffe, des sons intimes.

— Je devrais sans doute me sentir flattée, reprit-elle, enfilant un peignoir. Jusque là, vous n'aviez pas un regard pour moi.

— Bien sûr que si, répliqua-t-il, toujours le dos tourné.

La baignoire se vidait bruyamment.

— Bien sûr… Voilà, je suis présentable.

Enveloppée dans son peignoir en soie, Liz se séchait les cheveux avec une serviette. Jake la considéra un instant, hochant la tête à la manière du jeune GI dans l'ancienne chancellerie.

— Je vous offre un verre ?

— Tout habillée ? Impossible. Un autre engagement.

— Déjà ? Pas avec notre ami Ron, quand même ?

Elle sourit.

— Ce serait au-dessus de mes forces, répondit-elle,

nouant sa serviette en turban. Non, un rendez-vous purement professionnel. Quelqu'un à voir pour un tuyau. Mais vous ne perdez rien pour attendre !

De la tête, elle désigna la baignoire.

— Vous devriez mettre votre bain à couler. Ça prend du temps.

Elle enleva ses vêtements du tabouret et s'y assit.

— Vous restez ?

— Jake, éclairez-moi. Ce détour, tout à l'heure… Qui était-elle ?

— Pourquoi « elle » ?

— Parce que je le sens. Que s'est-il passé ? Vous savez bien que je finirai par vous tirer les vers du nez.

Jake ouvrit les robinets.

— Il ne s'est rien passé. Elle est retournée vivre avec son mari.

— Oh, je vois… Elle vous a quitté ?

— C'est moi qui ai quitté Berlin. À la demande du Dr Goebbels. J'étais indésirable.

— Ça ne m'étonne pas. À quelle date ?

— En 1941. D'une certaine façon, il m'a rendu service. Quelques mois de plus, et j'étais prisonnier de ce champ de ruines.

— Mais c'est elle qui s'est retrouvée prisonnière.

Jake dévisagea Liz en silence, puis alla régler la température de l'eau.

— Elle a choisi de rester avec son mari.

— Elle a eu bien tort, affirma Liz, comme pour se faire pardonner. Qui était-ce ? Un représentant de la race des surhommes ?

Jake sourit intérieurement.

— Il n'avait rien de surhumain. C'était un scientifique, un professeur d'université.

— Dans quelle discipline ?

— Pourquoi toutes ces questions ?

— Pour faire la conversation. Je ne vous aurai pas souvent à ma merci. Les hommes ne parlent que lorsqu'ils sont nus.

— Vraiment ?... Il était mathématicien, si vous voulez tout savoir.

Liz eut un petit rire surpris.

— Un matheux ? Pas très sexy.

— Sans doute que si, puisqu'elle l'a épousé.

— Mais elle couchait avec vous. Un mathématicien... Si encore il avait été moniteur de ski, je comprendrais...

— En fait, il skiait très bien. C'est comme ça qu'ils se sont rencontrés.

— Vous voyez... J'en étais sûre. Où donc ?

Agacé, Jake lui jeta un regard oblique. Encore une histoire pour magazine féminin : le coup de foudre sur les pistes, aussi mélodramatique que la dernière coupe de champagne d'Eva Braun.

— Aucune idée, Liz. Quelle importance ? J'ignore tout de leur couple. Comment le saurais-je ? Elle est restée, voilà tout. Elle croyait peut-être que les Allemands allaient gagner.

Non, jamais elle n'y avait cru. Pourquoi disait-il ça ? Il ferma les robinets, en colère contre lui-même.

— Mon bain est prêt.

— Vous l'aimiez ?

— Drôle de question pour un reporter.

Liz hocha la tête et se leva.

— Et drôle de réponse.

— Dans deux secondes, j'aurai enlevé ma serviette. Bien sûr, vous pouvez rester...

Elle sourit.

— C'est bon, j'y vais. Je préfère laisser travailler mon imagination.

Elle rassembla ses vêtements, glissa le holster sur son épaule et se dirigea vers la porte.

— Mon invitation tient toujours, dit Jake.

Liz se retourna.

— À propos, je peux vous donner un conseil ? La prochaine fois que vous voulez offrir un verre à une femme, ne lui parlez pas de sa rivale potentielle. Même si elle vous le demande… À bientôt, sur le terrain, ajouta-t-elle en ouvrant la porte.

2

Le dîner fut étrangement solennel, servi dans une grande pièce d'angle, au rez-de-chaussée, par la femme aux cheveux blancs et un homme dont Jake supposa qu'il était son mari. Une nappe blanche amidonnée, des assiettes en porcelaine et des verres à pied. Même la nourriture – des rations militaires de soupe aux pois, de ragoût et de poires au sirop – semblait présentée avec un raffinement particulier, le potage dans une soupière étincelante et garni d'un brin de persil, première touche de verdure que Jake voyait depuis des semaines. Il imagina la vieille femme en train de le cueillir dans son jardin boueux, soucieuse de bien recevoir ses hôtes malgré les circonstances. Les convives, tous des hommes, étaient des journalistes de passage ou des officiers du gouvernement militaire, ces derniers assis à un bout de la table avec leurs bouteilles de whisky, tels les habitués d'une pension de western. Jake fit son entrée alors qu'on servait la soupe.

— Tu en fais une tête ! Quand es-tu arrivé ?

Tommy Ottinger, le correspondant de Mutual, lui tendit la main.

— Salut, Tommy.

Encore plus chauve qu'avant, comme si ses derniers cheveux avaient migré vers sa moustache broussailleuse.

— J'ignorais que tu étais à Berlin. Tu retravailles pour Murrow ?

Jake s'installa, saluant de la tête le député attablé en face de lui, entre Ron, visiblement chargé de lui servir de guide, et un officier du gouvernement militaire d'une cinquantaine d'années, le sosie de Lewis Stone dans le rôle du juge Hardy.

— Plus de radio pour moi, Tommy. Je vis de ma plume.

— Ah bon ? Payé par qui ?

— *Collier's*.

Tommy fit semblant d'être impressionné.

— Je vois… Des articles de fond… Bonne chance. Tu connais l'ordre du jour ? Les réparations. De quoi s'endormir rien que d'y penser. Alors, quelles nouvelles ?

— Pas grand-chose. Je viens d'arriver. J'ai traversé la ville, c'est tout.

— Tu as vu Truman ? Lui aussi est arrivé cet après-midi.

— Non. Mais j'ai aperçu Churchill.

— Aucun intérêt. Il n'y en a que pour Truman : comment s'en sort-il ? Qu'est-ce que j'en sais, moi ? Il n'a encore rien fait.

Jake eut un sourire narquois.

— Invente quelque chose. Ce ne serait pas la première fois.

L'homme qui faisait le service posa la soupière

devant lui, l'air surpris quand Jake le remercia en allemand.

— Tu sais ce que Truman a déclaré, aujourd'hui ? Ici, à Berlin ? « Voilà à quoi conduit la mégalomanie d'un homme. »

Jake revit les kilomètres de décombres, désormais condensés en une phrase édifiante. La citation du jour.

— De qui tu tiens ça ? De Jimmy Byrnes ?

— On dirait du Truman, non ?

— Dans ta bouche, oui.

— Il faut bien meubler le temps d'antenne. Tu sais de quoi je parle.

— Ce bon vieux service de nuit…

Les bulletins enregistrés à deux heures du matin, à temps pour le journal du soir aux États-Unis.

— Pire que ça. Avec Berlin à l'heure de Moscou, on passe encore plus tard.

Tommy se versa à boire en hochant la tête.

— Les Russes… (Il se tourna vers Jake comme pour lui confier un secret.) Ils ont mis la ville à feu et à sang. Violé tout ce qui bougeait. Les femmes âgées. Les enfants. Tu n'imagines pas ce qu'on raconte.

— Si, dit Jake, pensant aux chaises lacérées à coups de baïonnette.

— Et maintenant, ils exigent des réparations, poursuivit Tommy de sa voix posée d'homme de radio. Je me demande ce qu'ils espèrent. Ils ont déjà emporté tout ce qui pouvait l'être. Tout a été démonté et expédié vers la mère patrie. Tout ! Usines, canalisations, même les toilettes, nom de Dieu ! À l'arrivée, évidemment, personne n'a rien su remonter. Il paraît que c'est toujours dans les wagons, en train de rouiller. Inutilisable.

— Le voilà, ton reportage !

— Ça n'intéresse pas les auditeurs. Il ne faut surtout pas s'en prendre aux Russes. On doit rester bons amis. Tu connais la chanson. Il faut les ménager.

— Alors, on parle de quoi ?

— De Truman. De la partie de poker. Qui va gagner, lui ou Oncle Joseph ? « Coup de poker à Potsdam »... Ça ne sonne pas mal, non ?

— Et c'est nous qui avons les cartes maîtresses.

— On veut rentrer, les Russes veulent rester. C'est un atout, constata Tommy avec un haussement d'épaules.

L'homme chargé du service, approchant dans son costume élimé, remplaça la soupe par un ragoût grisâtre. Trop salé, sans doute de l'agneau. Tommy goûta quelques bouchées, puis repoussa son assiette et remplit de nouveau son verre.

— Et toi, que vas-tu faire ? demanda-t-il à Jake.

— Je n'en sais encore rien. J'essaierais bien de retrouver les gens que je connaissais, pour savoir ce qui leur est arrivé...

— Et faire pleurer dans les chaumières ?

Jake eut un geste résigné, refusant d'entamer une discussion.

— Finalement, je crois que je vais me rabattre sur la partie de poker.

— En d'autres termes, passer tes journées à attendre avec nous et à te plier aux ordres de Ron ici présent. Pas vrai ? lança-t-il, assez fort pour être entendu.

— Si tu le dis, Tommy, répondit Ron d'un air las.

— On n'a que les miettes. On ne peut même pas approcher. Staline doit avoir peur de se faire descendre. C'est ça, Ron ?

— Il doit surtout avoir peur qu'on déforme ses propos.

— Qui ferait une chose pareille ? Toi, Jake ?

— Jamais de la vie.

— Ce n'est pas moi qui jetterai la pierre à Staline, intervint le député avec le sourire. J'ai moi-même connu ce genre de déboires.

Il se détendait, affichant la jovialité d'un candidat en campagne, et Jake se demanda si son agressivité dans l'avion n'était pas seulement un effet du mal de l'air, mieux maîtrisé que chez le lieutenant Tully. Parmi les convives en uniforme, son imposante cravate fleurie ressortait comme un tube au néon.

— Vous ne seriez pas Alan Breimer ? demanda Tommy.

Il acquiesça, ravi qu'on le reconnaisse.

— Commission d'enquête sur la production du matériel de guerre, récita fièrement Tommy. On s'est rencontrés quand je couvrais les auditions devant le Congrès en 1938.

— Oui, bien sûr…

De toute évidence, Breimer n'en gardait aucun souvenir.

— Et qu'est-ce qui vous amène à Berlin ? enchaîna suavement Tommy.

Jake comprit que c'était à présent le journaliste qui parlait, les piques envoyées à Ron n'ayant eu pour but que d'appâter Breimer.

— Simple mission d'information pour le comité auquel j'appartiens.

— À Berlin ?

— Le député évalue l'étendue des dégâts dans toute la zone américaine. Dont Berlin fait théoriquement partie, précisa Ron.

— Qu'est-ce que ma présence à Berlin a de surprenant ? demanda Breimer à Tommy.

— Votre domaine, c'est la capacité de production. Ici, elle est pratiquement anéantie.

— Comme dans toute la zone, dit Breimer, s'efforçant de rester aussi cordial que dans une réunion électorale. Vous savez ce qu'on raconte : les Russes ont l'agriculture, les Britanniques les usines, et nous le paysage. Sans doute encore un cadeau qu'on doit à la conférence de Yalta... (Il défia Tommy du regard, changeant de tactique devant son absence de réaction.) Quoi qu'il en soit, je ne viens pas voir des usines, seulement les officiers de notre gouvernement militaire. Demain, on a bien rendez-vous avec le général Clay, lieutenant ?

— De très bon matin.

— Vous devriez aussi voir Blaustein, qui s'occupe des questions économiques, suggéra Tommy, comme pour l'aider à compléter son emploi du temps. Vous vous souvenez de lui ? L'avocat du ministère de la Justice lors des auditions.

— Je me souviens parfaitement de M. Blaustein.

— Vous n'étiez pas en très bons termes.

— Il avait ses idées, et moi les miennes. Que fait-il ici ?

— Toujours la même chose. Démantèlement des cartels. Un des quatre mots-clés.

— Quels mots-clés ? interrogea Jake.

— Les objectifs du gouvernement militaire en Allemagne : démilitarisation, dénazification, démantèlement des cartels, retour à la démocratie, énuméra Ron.

— Et le parent pauvre sera le démantèlement des cartels, n'est-ce pas, monsieur le Député ? ajouta Tommy.

— Je ne suis pas sûr de vous suivre.

— La firme American Dye & Chemical est dans votre circonscription. Si je me souviens bien, elle exploitait les brevets nord-américains d'IG Farben. Je me suis dit que vous veniez peut-être vérifier...

Tommy espérait que Breimer mordrait à l'hameçon, mais le député se contenta de soupirer.

— Vous vous trompez de cible, affirma-t-il en hochant la tête. Comme M. Blaustein : plus une firme prospérait, plus il tenait à la démanteler. Je n'ai jamais compris cet acharnement. (Il regarda Tommy droit dans les yeux.) Dans ma circonscription, American Dye n'est qu'une firme parmi d'autres, rien de plus.

— Mais la seule à s'être associée avec une firme allemande.

— C'était bien avant la guerre, monsieur... comment, déjà ?

— Tom Ottinger, correspondant de Mutual. Ne vous en faites pas, cette conversation ne sortira pas d'ici.

— Je m'en fiche complètement. Je ne suis pas venu pour représenter American Dye, ni aucune autre firme, d'ailleurs. Seulement le peuple américain.

Tommy sourit.

— Vous me donnez le mal du pays. Vous oubliez qu'à Washington tous les hommes politiques parlent comme vous.

— Tant mieux si ça vous amuse... (Breimer s'adressa à Ron.) Je constate que je ne gagnerai pas des voix ici, conclut-il avec une élégance inattendue.

Mais, incapable de résister, il se tourna de nouveau vers Tommy.

— C'est facile, vous savez, de s'en prendre aux entreprises. Toute ma vie j'ai entendu le même refrain, souvent de la part de gens qui n'y connaissaient rien. Il ne faudrait pas perdre de vue que si nous avons gagné la guerre, c'est grâce aux firmes que vous voulez démanteler.

— Ici aussi, elles ont failli gagner. Et maintenant, leurs dirigeants sont des criminels de guerre. Je me demande où seraient aujourd'hui les employés d'American Dye, si la victoire nous avait échappé.

— Drôles de propos, dans la bouche d'un Américain.

Tommy leva son verre.

— Mais, bien sûr, vous donneriez votre vie pour défendre ma liberté d'expression… comme disait Oliver Wendell Holmes, un autre provocateur, précisa-t-il devant l'air interloqué de Breimer.

— En fait, c'est de Voltaire, intervint d'un ton paisible le sosie du juge Hardy. Si toutefois on ne lui attribue pas cette phrase à tort, à lui aussi…

Coup d'œil ironique en direction de Tommy.

— Quelqu'un l'a dit, c'est le principal… et de toute façon, c'est la vérité, non ? ajouta Tommy à l'intention de Breimer, son verre toujours levé.

Le député le dévisagea, un homme politique jaugeant un contradicteur, avant de trinquer avec un sourire crispé.

— Certainement… Eh bien, au ministère de la Justice ! Et à messieurs les journalistes !

— Dieu les bénisse, dit Ron.

Ils vidèrent leurs verres, puis Breimer s'adressa de nouveau à Ron, posant sa grosse main sur une feuille de papier qui traînait près de lui.

— Si je comprends bien, Clay est directement sous les ordres d'Eisenhower, déclara-t-il comme s'ils n'avaient jamais été interrompus.

— Exact, répondit Ron avant que Tommy puisse placer un mot. L'armée est sous l'autorité du gouvernement militaire, lui-même placé sous celle d'Eisenhower. Ou plus précisément sous celle du Conseil de contrôle allié, c'est-à-dire Eisenhower, Montgomery et Joukov.

Nous faisons donc partie de l'USGCC, Conseil de contrôle allié groupe américain…

Sur la feuille, Ron dessinait les cases d'un organigramme.

— … Le Conseil de contrôle exerce le pouvoir suprême sur l'ensemble du pays, au moins dans un premier temps, mais tout le travail se fait à Berlin, au sein du Comité de coordination, composé de Clay, le représentant d'Eisenhower, et des autres représentants alliés. Clay a sous ses ordres des chefs d'état-major comme le colonel Muller ici présent.

Le sosie du juge Hardy acquiesça.

— Au moins, je peux mettre un visage sur une case…, commença Breimer, mais Ron reprenait déjà ses explications.

— Ensuite, il y a les différents comités techniques : administration civile, statistiques, information, etc.

En bas de la feuille les cases s'alignaient, sorte d'arbre généalogique de la bureaucratie.

— … Puis les sous-comités qui travaillent en liaison avec les Allemands : transport, main-d'œuvre, contrôle de la propriété, etc.

Breimer étudiait l'organigramme avec soin, habitué à cette vision pyramidale du monde.

— Et Francfort, dans tout ça ?

— L'USFET, G-5, chargé des affaires civiles.

— L'USFET… L'armée fabrique encore plus de sigles que les dirigeants du New Deal !

Fier de sa boutade, le député leva les yeux pour juger de l'effet produit. Ron eut un sourire poli.

— Autrement dit, les compétences se chevauchent, conclut Breimer.

Ron sourit de nouveau.

— Ce n'est pas à moi d'en juger.

— En effet, ça n'entre pas dans vos obligations… Mais une entreprise gérée de cette manière ne ferait jamais de bénéfices.

— Nous ne sommes pas ici pour gagner de l'argent, affirma Muller, imperturbable.

— Non, plutôt pour en dépenser. Vu la façon dont les choses se présentent, tout le pays est sous perfusion, et c'est le contribuable américain qui paie la note. Drôle de paix…

— On ne peut quand même pas les laisser mourir de faim !

— Apparemment, personne ne meurt de faim.

Muller pivota vers lui avec la même gravité bienveillante que le juge Hardy.

— Officiellement, l'apport journalier est de mille cinq cents calories. Dans les faits, on est plus près de mille deux cents, voire moins. C'est à peine mieux que dans les camps. Ces gens sont bel et bien en train de mourir de faim…

Sa voix, aussi nette et précise que les cases de Ron, avait réduit Breimer au silence.

— … sauf s'ils travaillent pour nous. Alors ils ont droit à un repas chaud par jour, et à tous les mégots de cigarette qu'ils peuvent ramasser… Ce sont ceux-là que vous voyez.

Jake regarda le vieil homme qui desservait sans bruit. Pour la première fois, il remarqua la maigreur de son cou dans son col de chemise trop large.

— Personne ne parle de laisser quiconque crever de faim, déclara Breimer. Je ne souhaite pas mettre les vaincus à genoux, contrairement à ce cinglé de Morgenthau au Trésor. (Il jeta un coup d'œil à Tommy.) À propos, c'est aussi un des avocats du démantèlement des cartels. Il veut envoyer tous les Allemands aux champs et liquider leur industrie. Jamais rien entendu d'aussi stupide. Ces gens ont d'autres priorités, bien évidemment.

— Quels gens ? demanda Tommy.

Breimer l'ignora, continuant sur sa lancée.

— Je suis un pragmatique. Il faut remettre ce pays sur pied au lieu de l'assister. Et je ne prétends pas qu'ici, sur le terrain, vous fassiez du mauvais travail. (Il se tourna cette fois vers Muller, qui approuva obligeamment.) Je suis en Allemagne depuis deux semaines, et je ne me suis jamais senti aussi fier d'être américain. J'ai vu des réalisations formidables... Mais enfin, regardez-moi cet organigramme ! On n'ira pas très loin avec des moyens aussi dispersés. Un groupe ici, un autre à Francfort...

— Je crois que le général Clay a l'intention de resserrer le dispositif, observa Ron.

— Tant mieux, répliqua Breimer, agacé d'avoir été interrompu. C'est un début. Mais nous voilà maintenant avec un organisme supplémentaire rien que pour Berlin.

— La ville étant administrée conjointement par les Alliés, difficile d'y échapper. Le Comité de coordination a créé la Kommandatura spécialement pour s'occuper de Berlin. C'est Howley qui en a la charge – on le voit demain, juste après Clay.

— « Kommandatura »... Un nom russe ?

— Plus international que russe, à mon avis. Il a été choisi à l'unanimité, répondit Ron.

Breimer grogna :

— Les Russes... Croyez-moi, si on ne fait pas redémarrer ce pays, il tombera à coup sûr aux mains des Russes.

— Eh bien, voilà un moyen de soulager le

contribuable américain ! On n'a qu'à laisser l'addition à Oncle Joseph, rétorqua Tommy en s'esclaffant.

Breimer le foudroya du regard et se redressa sur sa chaise.

— Il ne se contentera pas de l'addition ! Riez, riez… J'ai encore trop parlé, je fais du tort à mes amis politiques. Ma femme me reproche toujours de ne pas savoir m'arrêter, poursuivit-il, l'air faussement contrit. Mais c'est plus fort que moi, vous savez, je ne supporte pas le gaspillage… En affaires, on apprend au moins une chose : le réalisme. Peu importent les quatre mots-clés. Il faut remettre ces gens au travail au lieu de les assister, de démanteler leurs entreprises, de gaspiller notre temps à faire la chasse aux nazis.

Une assiette tomba soudain et se brisa, comme pour clore la discussion. Tout le monde se tourna vers la porte. Catastrophé, le vieil homme fixait le sol, soutenu par l'Américain trapu qui venait de le percuter. L'espace d'une seconde, personne ne bougea, comme lors d'un arrêt sur image, puis les principaux acteurs se remirent en mouvement avec une précipitation digne d'une scène comique, la femme aux cheveux blancs se tenant le visage à deux mains, le vieil homme se lamentant, l'Américain s'excusant en allemand. Lorsque ce dernier se baissa pour aider à ramasser les morceaux, les dossiers qu'il avait sous le bras glissèrent sur le sol, créant un fouillis de papiers et d'éclats de porcelaine. D'autres lamentations en allemand s'élevèrent, un peu excessives pour une malheureuse assiette, pensa Jake. Sans doute la peur de perdre ce fameux emploi garantissant un repas chaud par jour. Enfin, la femme aux cheveux blancs écarta les deux hommes, et offrit avec déférence une chaise au nouvel arrivant.

— Désolé, messieurs, dit celui-ci aux convives silencieux en empilant ses dossiers sur la table.

Il avait le profil carré, la fébrilité d'un bull-terrier, et une ombre bleuâtre sur le visage faute d'avoir pu se raser avant de venir. Le col ouvert et la cravate en bataille, il donnait l'impression que même le temps n'allait pas assez vite. Ron fit les présentations d'un air désabusé.

— Député, voici le capitaine Teitel, du Comité de sécurité publique, avec qui vous avez rendez-vous demain à quinze heures. Bernie, je te présente le député Breimer.

— Enchanté, dit Teitel, échangeant une poignée de main avec Breimer.

Il faillit provoquer une nouvelle collision, cette fois avec l'assiette de ragoût qu'on lui apportait. Amusé, Jake regarda le vieil homme attendre prudemment que la voie soit libre.

— Sécurité publique ? C'est la police ? demanda Breimer.

— Entre autres. Je suis chargé de la dénazification – autrement dit, le gars qui gaspille notre temps à faire la chasse aux nazis.

— Ah…

Ne sachant que répondre, le député se leva.

— Ne nous quittez pas si vite !

Breimer sourit, désignant un grand soldat debout à la porte.

— Mon chauffeur m'attend.

Bernie n'allait pas lâcher prise pour autant.

— À Francfort, on m'a dit que vous avez une dent contre notre programme de dénazification, lança-t-il, la tête dans les épaules comme un bélier prêt à charger.

Breimer toisa ce nouveau contradicteur, mais Tommy avait émoussé sa combativité.

— Je n'ai rien contre personne, seulement quelques questions à poser. Je suis certain que vous faites tous du bon travail.

— On serait plus efficaces avec davantage de personnel.

— J'entends partout la même complainte. Dès que je rencontre quelqu'un, il me réclame une secrétaire.

— Je ne réclame pas une secrétaire, mais des enquêteurs expérimentés.

Le vieil homme glissa l'assiette entre eux et s'éclipsa aussitôt, comme s'il sentait la tension monter.

— On reparlera de tout ça demain, dit Breimer, s'apprêtant à partir. Je suis ici pour m'informer. En revanche, je ne peux rien pour vos problèmes d'effectif. C'est du ressort du gouvernement militaire.

— Je croyais que vous rédigiez un rapport.

Breimer fit signe à son chauffeur de patienter.

— Non, je m'assure juste qu'on ne se trompe pas de priorités.

— La dénazification en est une.

Breimer sourit, heureux de se retrouver en terrain familier. Il montra l'organigramme.

— C'est ce que prétend chaque comité. Mais on ne peut pas tout faire, vous savez… J'ai parfois le sentiment que notre zèle nous égare. On ne peut quand même pas envoyer un pays entier devant la justice.

D'un geste paternel, il posa la main sur l'épaule de Bernie.

— Non, seulement les coupables, répliqua celui-ci sans ciller.

Breimer ôta sa main. Il ne s'en tirerait pas si facilement.

— En effet, seulement les coupables… Il n'est pas

question d'instituer une quelconque forme d'inquisition ici. Le peuple américain ne veut pas de ça.

— Vraiment ? Que voulons-nous, alors ? demanda Bernie, utilisant à dessein la première personne du pluriel.

Breimer recula d'un pas.

— Je crois que nous voulons tous la même chose : remettre ce pays sur les rails. Dans l'immédiat, c'est la priorité absolue. Et on n'y arrivera pas en jetant toute la population en prison. Les criminels de guerre, oui. Qu'on les arrête et qu'on les juge, d'accord. Mais après, il faudra passer à l'étape suivante, pas s'acharner sur le menu fretin… Les gens ne doivent pas s'imaginer qu'une minorité utilise ce programme dans un esprit de vengeance… Il n'en est pas question.

Le ton pontifiant d'un orateur à un banquet du Kiwanis Club. Dans le silence gêné qui s'installa, Jake sentit Tommy s'agiter sur sa chaise. Il se pencha en avant pour voir la réaction de Bernie.

— Ici, la minorité en question est réduite à sa plus simple expression, déclara celui-ci avec calme. Presque tout le monde est mort.

— Bien sûr, je ne parlais pas de vous personnellement.

— Mais de tous les autres Juifs responsables du programme… Ironie du sort, il se trouve que certains d'entre nous parlent allemand, donc vous avez besoin de nous. Je suis né ici. Si mes parents n'avaient pas quitté le pays en 1933, je serais mort moi aussi. Personnellement. Voilà pourquoi je considère la dénazification comme une priorité. (Il posa la main sur sa pile de dossiers.) Désolé que ça retarde le redressement économique. En ce qui me concerne, c'est le cadet de mes soucis. Aux États-Unis, je suis avocat général, raison pour laquelle on a fait appel à moi. Les avocats généraux ne cherchent pas à se venger. S'ils peuvent faire triompher la justice une fois sur deux, ils s'estiment heureux.

Breimer était écarlate.

— Je ne voulais pas…

— Laissez tomber. Je sais ce que vous pensez. De toute façon, on n'est pas du même club. Contentez-vous de m'envoyer du personnel et on sera quittes. (Bernie tira sa chaise vers lui et s'assit, désignant la porte de la tête.) Votre chauffeur s'impatiente.

Breimer resta quelques instants cloué sur place, furieux, puis il se ressaisit et salua l'assistance.

— Messieurs… À demain, capitaine. J'espère que je saurai me montrer plus convaincant.

Tous les convives le regardèrent partir. Jake les observa, attendant que l'un d'eux prenne la parole. La pièce se réchauffait, comme si le silence attirait à l'intérieur la moiteur de la nuit. Enfin, Muller, les yeux fixés sur son verre, déclara d'un ton sec :

— Il l'a dit lui-même. Il est ici pour s'informer.

Tommy sourit et alluma une cigarette.

— Je me demande ce qu'il vient vraiment faire ici. Il n'est même pas fichu d'aller aux toilettes sans demander la permission à American Dye.

— Rends-moi service, Tommy : lâche-le un peu, grogna Ron. C'est moi qui aurai droit aux récriminations.

— Tu me donnes quoi en échange ?

Mais le cœur n'y était plus. Tout le monde se sentait mal à l'aise, même Ron.

— Joli travail, lança-t-il à Bernie. On n'en a pas fini avec ce type, tu sais.

Bernie leva les yeux de son assiette, l'air tendu.

— Désolé.

Ron remplit son verre et se tourna vers Tommy.

— En plus, il semble avoir le chic pour se faire des amis.

— « Menu fretin »…, articula Bernie, imitant la voix de Breimer. Qu'est-ce qu'il entend par là ?

— Tout le monde sauf Goering, répondit Tommy.

Bernie tira quelques feuilles bistre de la pile à côté de lui.

— « Menu fretin »… Otto Klopfer, par exemple. Veut devenir chauffeur chez nous. Expérimenté : prétend avoir conduit des camions pendant la guerre… Il se garde bien de préciser quel genre de camions. En fait, il s'agissait d'une unité mobile d'extermination. Le pot d'échappement aboutissait à l'intérieur du camion. On enfermait une cinquantaine de personnes à l'arrière, et ce brave Otto faisait tourner le moteur jusqu'à ce que tous ces malheureux meurent asphyxiés. On a découvert la vérité grâce à la lettre de réclamation qu'il a envoyée à son supérieur… (Bernie brandit l'une des feuilles.) L'opération prenait trop de temps. Il conseillait de vérifier l'étanchéité du pot d'échappement pour accélérer le processus. Les gens s'affolaient, tentaient de sortir. Otto avait peur qu'ils abîment le camion.

Le silence s'installa de nouveau, si pesant à présent que même l'air semblait immobile. Bernie jeta un coup d'œil à son ragoût et repoussa son assiette.

— Merde, à la fin !

Trop ému pour en dire plus, il se leva, prit ses dossiers et sortit.

Jake contemplait l'étendue blanche de la nappe. Il entendit le vieil homme desservir discrètement, puis Muller et les officiers du gouvernement militaire quitter la table dans un bruit de chaises. Tommy écrasa sa cigarette dans un cendrier.

— Bon, j'ai une partie de poker qui m'attend, reprit-il, calmé. Tu viens, Jake ? Tout le monde sera là.

La caravane des correspondants de guerre, toujours fidèles au poste, les tentes du centre de presse, avec son nuage de fumée, ses machines à écrire fatiguées et le bruit incessant des cartes qu'on abat.

— Pas ce soir, répondit Jake sans lever la tête.

— On y va, Ron. N'oublie pas ta mise.

Tommy se pencha vers Jake.

— Ne sors pas sans arme. Il y a encore des Russes partout. Dès qu'ils ont un coup dans le nez, on se croirait au Far West.

Au moins ceux-là rôdaient-ils dans les rues en groupes, précédés par leurs cris et leurs chants. Le danger venait d'ailleurs, de ces ombres qui erraient parmi les décombres, prêtes à bondir sur vous dans l'obscurité.

— Où allait Breimer ? demanda Jake à Ron.

— Aucune idée. Moi, je m'occupe de lui dans la journée. Espérons qu'il trouvera une femme pour la nuit.

— Quand on parlait de punir les Allemands…, intervint Tommy en pouffant, avant de disparaître avec Ron.

Jake se retrouva seul dans la pièce silencieuse. Il se versa un verre de vin. Le vieil homme réapparut. Après un coup d'œil perplexe en direction de Jake, il entreprit de vider les cendriers, récupérant avec soin les mégots qu'il alignait ensuite sur une assiette. Une précieuse monnaie d'échange en ces temps d'occupation.

— Désirez-vous autre chose ? s'enquit-il en allemand.

— Non merci. Je finis mon verre.

— *Bitte*, répondit l'homme avec la courtoisie d'un serveur de l'hôtel Adlon, puis il sortit.

Jake alluma une cigarette. Otto Klopfer fumait-il lui

aussi, dans la cabine du camion, en écoutant le moteur tourner et les bruits sourds ébranler la cloison ? Il devait y avoir des cris, des coups furieux contre les parois. Et lui, il attendait, le pied sur la pédale. Comment pouvait-on faire une chose pareille ? La question à laquelle personne n'échappait. Jake l'avait lue sur le visage des GI's qui, après avoir détesté la France, s'étaient contre toute attente sentis chez eux en Allemagne. Les sanitaires impeccables, les larges avenues, les enfants blonds qui remerciaient poliment pour les bonbons, leurs mères qui balayaient inlassablement les débris. Des gens propres. Travailleurs. Comme les Américains. Et puis ces mêmes GI's avaient vu les camps, ou au moins les actualités. Comment pouvait-on faire une chose pareille ? Seule réponse possible : ce n'étaient pas les Allemands, mais quelqu'un d'autre. Malheureusement, il n'y avait personne d'autre. Alors, les GI's avaient cessé de se poser la question. Sauf quand la blessure était trop profonde, comme pour Bernie Teitel.

Jake inspecta du regard la pièce déserte, où le sentiment de malaise restait perceptible. Autrefois, à Chicago, quand il couvrait les affaires criminelles, il régnait semblable atmosphère après un meurtre – le même silence pesant autour du cadavre recouvert d'un drap, dans l'appartement sens dessus dessous. Il se rappela les photographes impassibles, les policiers occupés à relever les empreintes, le visage hébété des témoins qui évitaient votre regard, fixant l'arme du crime sous scellés comme si le coup était parti tout seul, et il eut soudain conscience d'avoir revu aujourd'hui ce genre de scène : désormais, Berlin était moins un champ de ruines que le lieu d'un crime à grande échelle. En état de choc, attendant qu'on apporte une civière, qu'on efface les marques à la craie sur le sol, qu'on remette les meubles en place. Sauf que cette fois le crime ne se laisserait pas oublier. Il y aurait toujours un cadavre au milieu de la pièce. Comment pouvait-on faire une chose pareille ? Colmater les aérations, verrouiller les portes, ignorer les cris ? On en revenait toujours à cette question. Et qui pouvait y répondre ? Sûrement pas un reporter chargé de rédiger quatre articles pour *Collier's*. Cette histoire le dépassait, parodie sinistre de la célèbre phrase de Goebbels – plus le crime est énorme, moins on trouve les coupables. Aucun des articles qu'il écrivait, remplis de détails véridiques, de témoignages et des marchandages de Truman, ne ferait avancer l'enquête en quoi que ce soit.

Abruti par l'alcool et la chaleur moite, il se leva. Dans l'entrée, le vieil homme, debout devant une porte ouverte, écoutait un air de piano. Une musique douce, à peine plus audible que le tic-tac de la pendule. À la vue de Jake, il s'éclipsa, un spectateur cédant sa place à un concert. Immobile, Jake essaya d'identifier le morceau – élégant, vaguement mélancolique, datant sans doute du XIXe siècle comme la maison, d'une époque raffinée à des années-lumière des échanges agressifs du dîner. Jake jeta un coup d'œil à l'intérieur de la pièce et aperçut Bernie, penché sur les touches dans un cercle de lumière tamisée, ses cheveux bouclés coupés court dépassant tout juste de la caisse du piano. À cette distance, son corps paraissait plus petit, et Jake imagina l'enfant qu'il avait dû être, élève appliqué dont la mère suivait les progrès, cachée au bout du couloir. « Voilà quelque chose que tu garderas toute ta vie », devait-elle lui répéter. Un garçon docile, sans don particulier, incapable de quitter le clavier des yeux. Pas encore un bull-terrier toujours sur la défensive. Mais peut-être était-ce seulement à cause de la pièce, le premier vrai salon berlinois que Jake voyait, avec l'énorme poêle dans un coin et le piano près de la fenêtre pour profiter de la lumière du jour. Naguère, il y aurait eu du café et des gâteaux.

Bernie garda la tête baissée après avoir fini de jouer, et lorsqu'il se redressa Jake l'avait rejoint.

— C'était de qui ?

— Mendelssohn. Une des *Romances sans paroles*.

— Magnifique.

— Et pourtant, interdit il y a encore quelques mois. Voilà pourquoi j'aime jouer ce morceau. Mais je suis un peu rouillé.

— En tout cas, le public apprécie.

Jake fit un signe de tête vers le couloir où il avait surpris le vieil homme. Bernie sourit.

— Il vérifie surtout que je n'abîme pas le piano. La maison leur appartient, à lui et à sa femme. Ils vivent au sous-sol.

— D'où leur réaction devant l'assiette cassée.

— Ils n'ont plus que cette vaisselle. Ils avaient dû la cacher. Les Russes ont pris tout le reste.

Bernie désigna l'ensemble de la pièce, et Jake constata soudain qu'elle avait été vidée du moindre bibelot. Les après-midi avec café et gâteaux n'existaient bien que dans son imagination. Il contempla le piano, couvert de brûlures de cigarette et de cercles d'humidité laissés par des verres de vodka.

— Nous n'avons pas été présentés. Jake Geismar.

Il tendit la main vers Bernie.

— Le journaliste ?

— Oui, à moins que j'aie un homonyme, répondit-il, flatté sans se l'avouer.

— J'ai lu votre article sur Nordhausen. Le camp de

Dora. Vous vous appelez Jacob… Avec un « J » comme dans juif ?

— Non, comme dans la Bible. Mon frère s'appelle Ezra.

Bernie haussa les épaules.

— Bernie Teitel, dit-il, se décidant enfin à échanger une poignée de main avec Jake.

— Je connais votre nom.

Il parut perplexe, jusqu'à ce que Jake se tourne vers la salle à manger.

— Ah oui, à cause de Breimer… Salaud de député !

— Vous n'avez vraiment pas envie de faire partie de son club.

Bernie hocha la tête.

— Sauf pour pisser dans la piscine. (Il se leva et rabattit le couvercle du piano.) Et vous, qu'est-ce qui vous amène à Berlin ?

— La conférence. Je cherche un sujet de reportage, comme tout le monde.

— Je suppose que la dénazification ne vous intéresse pas ? On aurait bien besoin d'un peu de publicité. On a eu la visite d'un reporter de *Life*. La seule chose qu'il voulait savoir, c'était comment allaient nos soldats.

— Et comment vont-ils ?

— Oh, très bien. Personne ne fraternise avec les Allemandes, donc personne n'attrape la syphilis. Personne ne pille. Personne ne se remplit les poches au marché noir. Ils se contentent de distribuer des barres de chocolat et d'éviter les ennuis. Leurs mères ont toutes les raisons d'être fières. Enfin, à en croire *Life*…

Bernie récupéra ses dossiers, prêt à partir.

Jake alluma une cigarette et le regarda à travers la fumée. Un avocat général, pas un enfant qui joue du Mendelssohn.

— Que va-t-il arriver à Otto Klopfer ?

— Otto ? Il passera devant un tribunal d'exception. Il n'a pas sa place au procès de Nuremberg. Il devrait écoper de trois à cinq ans de prison. Ensuite, il recommencera à conduire des camions. Mais pas pour nous.

— Après ce que vous avez raconté, je croyais…

— On ne peut pas prouver qu'il y a eu massacre. Aucun témoin n'a survécu. Sans cette lettre à son supérieur, on ne pourrait même pas poursuivre Klopfer. Ici, on respecte les droits de l'accusé. Il n'est pas question d'instituer une quelconque forme d'inquisition, contrairement à ce que croit Breimer. On préfère juger les nazis dans les règles.

— Ce tribunal d'exception, vous en êtes ?

Bernie secoua la tête.

— On essaie de tenir les minorités d'origine étrangère à l'écart. Au cas où elles manqueraient… d'impartialité. Moi, je ne suis que le limier. Dans l'immédiat, je m'occupe des *Fragebogen*, autrement dit des questionnaires, traduisit-il en montrant ses dossiers. *Étiez-vous membre du parti national-socialiste ? Fonctionnaire du régime ?*, ce genre de questions. Réponse obligatoire pour obtenir un emploi ou des carnets de rationnement.

— Et personne ne ment ?

— Bien sûr que si. Mais on a les registres du parti, alors on vérifie. Et pour ce qui est de tenir des registres, ils savaient faire !

Jake fixa longuement l'épaisse pile de dossiers, autant de messages sur des bâtons plantés dans les décombres.

— On pourrait retrouver quelqu'un, à l'aide de ces questionnaires ? demanda-t-il.

Bernie le dévisagea.

— Possible. Si la personne est en secteur américain.

— Ce que j'ignore.

— Avec le fichier britannique, il faudra plus de temps. Quant à celui des Russes… Il s'agit d'un membre de votre famille ?

— Une amie.

Bernie sortit un stylo, et griffonna le numéro de son bureau sur un bout de papier qu'il tendit à Jake.

— Je verrai ce que je possède. Passez demain. J'ai le pressentiment que mon rendez-vous de quinze heures va me faire faux bond.

Il se dirigea vers la porte, puis se retourna vers Jake.

— Encore faut-il que cette personne soit vivante.

Jake fourra le papier dans sa poche.

— Bien sûr… Merci de vous en occuper. Je vous offre un verre ?

— Désolé. J'ai du travail qui m'attend.

De nouveau pressé par le temps, Bernie replaça les dossiers sous son bras. Jake sourit.

— Vous ne réussirez pas à les attraper tous.

Le visage de Bernie se ferma.

— Pas tous, non. Un par un, comme ils l'ont fait. Un par un.

Le lendemain matin, il fallut plus d'une heure pour retrouver Frau Dzuris dans une rue en ruine près du quartier général britannique sur Fehrbellinerplatz. Des plaques de plâtre s'étaient détachées de la façade de l'immeuble, laissant la brique à nu. La cage d'escalier sentait le moisi et les eaux usées, signe qu'une canalisation avait dû se rompre. Une voisine accompagna Jake au premier étage et s'attarda dans le couloir, à l'affût d'un incident. À l'intérieur de l'appartement, des cris d'enfants, qui se turent dès qu'il frappa à la porte. Quand

Frau Dzuris lui ouvrit, l'air apeuré, une vague odeur de pommes de terre bouillies lui parvint. Elle le reconnut aussitôt, ramenant d'un geste nerveux ses cheveux en arrière et lui faisant signe d'entrer, visiblement sur ses gardes. À l'expression des enfants, Jake comprit que c'était à cause de son uniforme. Ne sachant que dire, elle insista pour lui présenter sa belle-fille et les trois enfants, puis le fit asseoir autour de la table. Dans la pièce voisine, deux matelas étaient posés côte à côte, à même le sol.

— J'ai vu votre message dans les décombres de Pariserstrasse, commença-t-il en allemand.

— C'est pour mon fils. Il ne sait pas qu'on est ici. Les Russes l'ont envoyé travailler dans l'Est. Pour quelques semaines, ils ont dit, et vous voyez…

— Vous avez été bombardés ?

— Oh, c'était affreux ! La nuit par les Anglais, le jour par les Américains… (Un coup d'œil furtif à Jake, de peur de l'avoir offensé.) Pourquoi toutes ces bombes ? Ils nous prenaient pour Hitler ? Deux fois, l'immeuble a été touché. La seconde fois…

Sa belle-fille offrit un verre d'eau à Jake et s'assit à son tour. À la porte de la pièce voisine, les enfants les dévisageaient.

— Lena était là ?

— Non, à l'hôpital.

— L'hôpital ?

— Pas comme blessée. Comme bénévole. À l'hôpital Elizabeth. Celui de Lützowstrasse. Je lui ai dit que Dieu l'avait protégée en remerciement de ses bonnes actions. Vous savez, les autres, au sous-sol, ils y sont restés. Herr Bloch, sa femme Greta, tout le monde… Tous tués… (Nouveau coup d'œil furtif à Jake.) Herr Bloch refusait de descendre dans l'abri du quartier. « Moi, jamais », disait-il. Mais la cave de notre immeuble ne m'inspirait pas confiance. Je ne la trouvais pas assez profonde, et vous voyez, j'avais raison…

Elle se tordait les mains, et Jake remarqua l'intérieur de ses bras, la chair flasque formant des plis pareils à des rubans de pâte.

— Tant de morts ! s'exclama-t-elle. Une horreur, vous ne pouvez pas imaginer, pendant toute une nuit…

— Et Lena ? Elle s'en est sortie ?

— Oui, elle est revenue. Mais, bien sûr, il a fallu déménager.

— Où est-elle allée ?

— Chez une amie rencontrée à l'hôpital. Après, je ne sais pas. L'hôpital aussi a été détruit, il paraît. Un hôpital… Ils bombardaient même les blessés.

Elle secoua la tête.

— Lena ne vous a pas laissé d'adresse ?

— À moi ? J'étais déjà partie. On n'avait pas le temps d'échanger des adresses, vous savez. On allait où on pouvait. Elle avait peut-être de la famille. En tout cas, elle ne m'en a jamais parlé. Vous n'imaginez pas comment c'était. Ce bruit infernal. Mais le plus étrange, c'est que le téléphone a fonctionné jusqu'au bout. Voilà le souvenir que je garde de Pariserstrasse : les bombes, les gens qui courent dans tous les sens, et un téléphone qui sonne quand même.

— Et le mari de Lena ?

Frau Dzuris eut un geste évasif.

— Parti Dieu sait où. À la guerre. Ils ont laissé les femmes seules avec les Russes. Oh, c'était horrible ! Dieu merci, je… (Elle échangea un regard avec sa belle-fille.) … j'ai eu de la chance.

— Lena doit pourtant bien se trouver quelque part.

— J'ignore où. Je l'ai dit à votre ami.

— Quel ami ?

— Le soldat qui était là hier. Je ne savais pas que penser. Maintenant, tout s'explique. Vous ne vouliez pas venir vous-même, pas vrai ? Vous avez toujours pris vos précautions. Au cas où Emil… (Elle se pencha vers Jake et posa la main sur son bras, prête à jouer les confidentes.) Mais, croyez-moi, ça n'a plus aucune importance. Après tant d'années…

— Je n'ai envoyé personne à ma place.

Frau Dzuris retira sa main.

— Ah bon ? Alors, je ne comprends plus.

— Qui était-ce ?

Elle haussa les épaules.

— Il ne s'est pas présenté. Ils ne le font jamais, vous savez. Ils demandent juste combien de gens vivent là, si on a des bons de lait pour les enfants, où on travaillait pendant la guerre. Pire que sous les nazis. Peut-être qu'il recensait les morts. Ils font ça, au cas où on utiliserait leur nom pour obtenir des carnets de rationnement.

— Qu'a-t-il demandé ?

— Si j'avais l'adresse de Lena, si j'avais vu Emil, c'est tout. Comme vous. Il y a un problème ? Nous sommes des gens honnêtes. J'ai des enfants à…

— Non, non, ne vous inquiétez pas. Je ne suis pas de la police. Je veux juste retrouver Lena. Nous étions amis.

Frau Dzuris eut un petit sourire.

— Oui, des amis, c'est ce que j'ai toujours pensé. Elle n'en a jamais rien dit, assura-t-elle, espérant sans doute encore pouvoir entrer dans la confidence. Elle toujours si discrète… Mais quelle importance, maintenant ? Désolée de ne pouvoir vous aider. Vous aurez peut-être plus de chance à l'hôpital.

Jake sortit son calepin et nota l'adresse de Gelferstrasse.

— Si jamais vous apprenez quelque chose…

— Bien sûr. Mais c'est peu probable, voyez-vous. Beaucoup de gens ont quitté Berlin avant la fin. Beaucoup. Trop difficile de trouver un logement. Même comme celui-là. Voyez à quoi on en est réduits.

Jake inspecta du regard la pièce sinistre, puis se leva.

— Si j'avais su qu'il y avait des enfants, j'aurais apporté du chocolat. Mais ceci vous sera peut-être utile ?

Il lui tendit un paquet de cigarettes. Elle écarquilla les yeux, prit sa main dans les siennes et la serra très fort.

— Merci… Tu vois, dit-elle à sa belle-fille, je savais bien que ce n'étaient pas les Américains. Regarde comme ils sont gentils. Ce sont les Anglais qui ont voulu bombarder. Maudit Churchill…

Elle se tourna vers Jake.

— Vous étiez toujours si poli. Je voudrais tellement retourner en secteur américain, au lieu de rester avec les Anglais !

Jake fit quelques pas vers la porte, puis s'arrêta.

— Ce soldat, hier, il était britannique ?

— Non, américain.

Perplexe, il resta quelques instants immobile. L'homme n'était donc pas en service commandé.

— S'il revient, vous me préviendrez ?

Frau Dzuris acquiesça, refermant d'un geste nerveux la main sur le paquet de cigarettes.

— Vous êtes vraiment sûr qu'il n'y a pas de problème ?

Jake secoua la tête.

— C'est sans doute un autre ami de Lena. Il saura peut-être quelque chose.

— Rassurez-vous, ne put-elle s'empêcher de répondre. Il n'y avait que vous.

Un hôpital aurait sûrement un fichier, pensa Jake. Mais une fois sur place il découvrit qu'un incendie avait ravagé une partie de Lützowstrasse, détruisant l'hôpital Elizabeth et toutes ses archives. Seuls quelques murs noircis étaient encore debout, une de ces molaires rongées par les caries dont avait parlé Ron. Une équipe de femmes déblayait les lieux, se passant les seaux de gravats de main en main, et formant une chaîne humaine qui serpentait sur les enchevêtrements de poutres et de sommiers calcinés. La brise de la nuit s'était transformée en un vent chaud et sec charriant des cendres, ce qui obligeait les femmes à se couvrir le nez d'un mouchoir, comme les bandits. Jake les observa quelque temps, s'efforçant d'oublier la puanteur persistante. Combien de temps faudrait-il encore pour qu'elle disparaisse ?

Il se demanda ce que Lena avait pu faire à l'hôpital. Emil, époux très traditionnel, admettait mal qu'elle travaille, aussi avait-elle quitté la Columbia pour passer ses après-midi chez elle. À sa place, il avait fallu engager Hannelore, une jeune fille robuste à l'anglais hésitant, que Jake soupçonnait d'être l'oreille de leur censeur Nanny Wendt. Lena avait cependant continué de se rendre à leurs soirées, jusqu'à ce qu'il devienne dangereux de fréquenter des étrangers et qu'Emil le lui interdise. Après, elle n'avait plus vu que Jake. Emil s'était-il douté de quelque chose ? Frau Dzuris semblait penser le contraire, mais qu'en savait-elle ? Ils ne s'étaient retrouvés que trois ou quatre fois dans l'appartement de Pariserstrasse, lorsque la présence de Hal les empêchait d'utiliser celui de Jake. Toujours sur leurs gardes, attentifs au moindre frémissement d'un rideau aux fenêtres des maisons voisines. Pourtant, Frau Dzuris avait quand même deviné, peut-être à cause de leur expression radieuse.

Curieusement, Emil était à la gare d'Anhalt le jour où tout le monde accompagna Jake sur le quai en un bruyant cortège, Hal et les autres buvant le champagne au goulot pendant qu'Emil lançait des coups d'œil inquiets vers les policiers en faction sur le quai. Lena offrit des fleurs à Jake, cadeau d'adieu convenable à un ancien patron, évitant son regard jusqu'au moment où il fallut conduire d'urgence aux toilettes un de leurs amis rendu malade par le champagne. Dans la confusion ambiante, elle et Jake purent enfin s'isoler quelques instants.

— Pourquoi as-tu amené Emil ?

— Il était là quand les autres ont appelé du bureau. Je pouvais difficilement venir seule. J'aurais eu l'air de quoi ? (Elle baissa les yeux.) Et puis il tenait à être là. Il t'aime bien.

— Lena…

Jake tenta de la prendre dans ses bras.

— Non. Pas d'effusions. Je veux qu'il me voie boire du champagne et agiter la main en signe d'adieu, comme les autres. Ensuite je rentrerai en taxi avec lui, et ce sera la fin de l'histoire.

— Je reviendrai, affirma Jake précipitamment, entendant des exclamations en anglais près des toilettes.

— Plus maintenant, répondit-elle, désignant de la tête tous les uniformes sur le quai.

— Si, je reviendrai te chercher.

Il la fixa jusqu'à ce qu'elle croise son regard et lui sourie, sans souci des apparences. Elle hocha lentement la tête, vérifia que les autres étaient encore à bonne distance, puis posa la main sur la joue de Jake et l'y laissa quelques secondes, le dévorant des yeux comme pour mémoriser chacun de ses traits.

— Non, tu ne le feras pas. Mais pense à moi de temps en temps.

Immobile, Jake la contemplait.

— Lena..., répéta-t-il, frottant sa joue contre la paume de la jeune femme.

Mais elle retira brusquement sa main, à peine une caresse, dès qu'elle regarda par-dessus l'épaule de Jake.

— Mon Dieu, Renate ! s'exclama-t-elle, tout en s'écartant de lui. Ils l'ont donc invitée, elle aussi ? Elle est folle, c'est dangereux pour elle !

Jake reprit conscience du vacarme de la gare, leur tête-à-tête déjà terminé. Lorsqu'il se retourna, il surprit le regard inquisiteur de Renate, qui avait remarqué la main de Lena sur sa joue comme elle remarquait tout. Sa meilleure informatrice, contrainte de travailler au noir à cause de l'interdiction d'employer des Juifs. Elle se contenta de sourire, feignant de n'avoir rien vu.

— Comment vas-tu yau de poêle ? lança-t-elle, incapable de résister à un mauvais jeu de mots.

— Mais c'est Renate !

De retour sur le quai, les collègues de Jake les entouraient, le cercle berlinois se refermait. Jake essaya en vain de croiser le regard de Lena. Elle l'évitait, restant près d'Emil, aidant Hal à verser le champagne dans des gobelets. Encore des toasts et des plaisanteries. Renate mendia effrontément une cigarette à un policier qui passait et le remercia d'un clin d'œil provocant. Juste pour se prouver qu'elle en était capable, sous les yeux de Hal, consterné. Quand le train siffla, tout le monde embrassa Jake une dernière fois, écrasant les fleurs.

Emil échangea une poignée de main avec lui, l'air soulagé que la fête touche à sa fin.

— Des nouvelles de ton visa ? demanda Jake à Renate en la serrant dans ses bras.

Elle secoua la tête.

— Bientôt, répondit-elle sans y croire, les yeux brillants sous sa masse de boucles sombres.

Le contrôleur fermait les portes des wagons.

— Jacob…

La voix de Lena, puis son visage contre le sien, un baiser sur chaque joue, léger, ne laissant que le parfum de sa peau.

Jake la dévisagea, mais il n'y avait plus rien à dire, pas même son nom, et déjà des mains le poussaient dans le wagon. Il resta sur le marchepied tandis que le train s'ébranlait, agitant le bras, écoutant les « au revoir » avinés, et lorsque Lena se détacha du groupe il eut un instant le fol espoir qu'elle allait s'élancer, rattraper le wagon et partir avec lui. Cependant, elle ne fit qu'un pas, bousculée par la foule, et la dernière image de Berlin qu'il emporta avec lui fut celle de Lena immobile sur le quai, près d'Emil qui la tenait par l'épaule.

Dans Lützowstrasse, les femmes qui déblayaient les gravats avaient interrompu leur chaîne et couraient sur les tas de briques vers le centre du bâtiment. L'une d'elles cria quelque chose en direction de la rue, où une autre équipe prit une civière sur une charrette et les rejoignit. Jake les regarda sortir un corps des décombres. Détournant la tête à cause de l'odeur, elles le laissèrent tomber sur le brancard avec la même indifférence que s'il s'agissait d'un chargement de briques. Elles repartirent lentement, trébuchant sous le poids de la civière, vers la charrette pour y jeter le corps. Celui d'une femme aux cheveux carbonisés. Où emportait-on les cadavres ?

Vers un immense cimetière des pauvres dans les marais de Brandebourg ? Plus vraisemblablement, vers un incinérateur pour achever de les brûler. Renate avait dû mourir ainsi, son regard perçant à jamais éteint. À moins qu'elle ait survécu par miracle, devenant l'un des squelettes ambulants qu'il avait vus au camp de Dora, le regard éteint eux aussi, ni morts ni vivants. Victimes de ce crime à si grande échelle que personne n'en était l'auteur. Mais on tenait des registres dans les camps, on faisait l'appel pendant des heures. Il n'y avait qu'ici, sous les briques, qu'un cadavre anonyme pouvait disparaître sans laisser de trace.

Jake courut vers la charrette et regarda. Un corps massif, sans visage : pas celui de Lena, ni de personne. Il détourna les yeux. C'était aussi absurde que la visite à Frau Dzuris. Les vivants ne s'évanouissaient pas dans la nature. Emil avait travaillé au Kaiser Wilhelm Institut – là-bas, on saurait quelque chose. Il y aurait les dossiers militaires, s'il avait fait la guerre. Les listes de prisonniers. Il suffisait de prendre le temps. Lena était quelque part, ailleurs que sur une charrette. Peut-être même l'attendait-elle dans l'un des questionnaires de Bernie.

Malheureusement, Bernie était absent – retenu par une réunion imprévue, à en croire le message scotché à la porte de son bureau. Jake se rendit à pied au centre de presse. Tout le monde était là, buvant de la bière pour passer le temps, les tables avec les machines à écrire jonchées de dépêches sans intérêt qu'avait apportées Ron. Staline venait d'arriver. Churchill avait rendu visite à Truman. La première séance plénière se tiendrait à dix-sept heures. Les Russes donnaient une réception.

— Pas grand-chose à se mettre sous la dent, hein ? remarqua Brian Stanley, un verre de whisky à la main.

— Que fais-tu chez les Américains ?

— Le whisky est meilleur, répondit-il, le dégustant à petites gorgées. Et j'espérais apprendre du nouveau, mais comme tu le vois…

Il laissa tomber une dépêche sur le bar.

— Je t'ai aperçu avec Churchill. Il t'a dit quelque chose ?

— Rien d'important. Mais au moins c'est à moi qu'il l'a dit. En exclusivité pour le *Daily Express*. Agréable, non ?

— Pas pour les autres.

Brian sourit.

— Ils sont fous furieux. Alors, j'ai décidé de venir fouiner un peu ici. Histoire d'éviter les ennuis, expliqua-t-il entre deux gorgées. Il n'y a rien à glaner, tu sais. On ne peut même pas interviewer Eden. On devrait plier bagage, au lieu de quoi il faut se préoccuper de ce qui va rester dans les caisses. Tu veux un exemple des largesses des Britanniques ?

Il fouilla dans sa poche et tendit une autre dépêche à Jake.

— Trois mille draps de coton, cinq cents cendriers… en quel honneur ?

— Préparatifs pour la conférence. Dernier gouffre financier de la guerre, vu l'échelle des réjouissances. Va donc faire un article avec ça !

— Trois mille rouleaux de papier hygiénique…, constata Jake, étonné.

— Qui arrivent tout droit de Londres. Où étaient-ils cachés, je me le demande. Pas vu de papier W-C digne de ce nom depuis des années. (Brian récupéra la dépêche et hocha la tête.) J'allais oublier la meilleure : cent cinquante flacons de produit pour les cuivres. On est fauchés, mais il faut que ça brille !

— Tu ne vas pas écrire ce genre de truc ?

Brian haussa les épaules.

— Et de ton côté ? Du nouveau ?

— Pas aujourd'hui. Je suis allé dans le centre. On continue à sortir des cadavres des décombres.

Brian fit la grimace.

— Je ne supporte pas ce genre de spectacle. Je ne suis pas de taille.

— Tu te ramollis. En Afrique, ça ne te faisait ni chaud ni froid.

— C'était la guerre. Ici, je me demande ce que c'est. (Il but une dernière gorgée, l'air sombre.) Si seulement on pouvait retourner au Caire… Regarder les bateaux, assis à une terrasse. Juste ce qu'il me faudrait à présent.

Les felouques dérivant au fil de l'eau, leurs voiles blanches attendant un souffle de vent. Un autre monde…

— Tu serais de retour à Londres au bout d'une semaine !

— Pas si sûr, dit Brian avec gravité. Il n'y a plus que les bateaux qui m'intéressent.

— C'est le whisky. *Quand un homme est fatigué de Londres…* récita Jake.

Brian contempla le fond de son verre.

— En Égypte, il y avait encore un avenir. Je ne veux pas assister à notre déclin. Jour après jour. Là-bas aussi, tout est fini. Il n'y en a plus que pour les Russes. Voilà un bon sujet d'article. Je te le laisse. Je ne suis vraiment plus de taille. Ce sont des monstres.

— Tu nous oublies.

Brian soupira.

— Les Américains à qui tout sourit… Vous n'avez

pas besoin de rationner le papier W-C, vous. Stocks illimités. Qu'allez-vous faire, maintenant ?

— Rentrer chez nous.

— Non, vous resterez. Pour que triomphe le bien. C'est votre obsession à vous, de jouer les redresseurs de torts.

— Il faut bien que quelqu'un le fasse.

— Vraiment ? Dans ce cas, tu as ma bénédiction. (Il posa la main sur la tête de Jake.) Après tout, pourquoi pas ? Bonne chance, et que Dieu te bénisse. Moi, je préfère les bateaux.

Une voix s'éleva derrière eux.

— Jamais vous ne travaillez ?

— Notre chère Liz ! s'exclama Brian, retrouvant aussitôt le sourire. La chasseuse d'images... Venez donc prendre un verre ! En tout bien tout honneur, évidemment.

— Ah oui ?

Brian descendit de son tabouret.

— D'ailleurs je vous laisse ma place, très chère. Il faut que j'y aille. Pour astiquer mes boutons d'uniforme. C'est sans doute la dernière fois qu'on nous convie aux festivités, alors autant faire bonne figure.

— Qu'est-ce qu'il raconte ? demanda Liz, le regardant s'éloigner.

— Il fait son numéro habituel. Tenez...

Jake lui offrit du feu. Elle tira une bouffée sur sa cigarette.

— Et vous ? Que devenez-vous ? Vous jouez les piliers de comptoir ?

— Non, je suis allé en ville.

— Pourquoi, grand Dieu ?

— Regarder les panneaux d'affichage.

Et les corps calcinés.

— Oh… Du nouveau ?

Jake secoua la tête et lui tendit une dépêche.

— Les Russes donnent une réception ce soir.

— Je sais. Ils posent aussi pour les photographes… (Elle jeta un coup d'œil à sa montre.) … dans une heure environ.

— À Potsdam ? Emmenez-moi.

— Impossible. Ils auraient ma tête. Pas de journalistes, vous vous souvenez ?

— Je porterai votre appareil.

— Vous ne pourrez jamais entrer. Il faut un laissez-passer spécial, précisa-t-elle, montrant le sien.

— Aucun problème. Vous n'aurez qu'à jouer de vos beaux yeux bleus. D'ailleurs, les Russes ne savent pas lire. Allez, Liz…

Elle le dévisagea.

— Celle que vous cherchez n'est pas à Potsdam, Jake.

— Je ne peux pas rester ici à attendre. C'est pire que tout. Et je suis toujours en quête d'un sujet de reportage.

— Il s'agit juste d'une séance de photos.

— Au moins, j'y serai. Et je verrai les lieux. N'importe quoi plutôt que cette attente. Venez, je vous offrirai un verre plus tard.

Il récupéra sa dépêche.

— J'ai eu des propositions plus intéressantes.

— Qu'en savez-vous ?

Elle éclata de rire et descendit de son tabouret.

— Retrouvez-moi dehors dans cinq minutes. En cas de problème, je ne vous connais pas, compris ? J'ignore comment vous êtes arrivé dans cette jeep. Et si vous vous faites expulser, vous l'aurez bien cherché.

— Vous êtes une chic fille.

— C'est ça… (Elle lui tendit un appareil.) À propos,

j'ai les yeux marron, pas bleus, au cas où vous n'auriez pas remarqué.

Un autre photographe avait pris le volant de la jeep, aussi Jake s'installa à l'arrière avec le matériel, regardant les cheveux de Liz voler au vent comme le drapeau fixé à l'antenne. Ils partirent vers le sud en direction de Babelsberg, la même route que pour les studios de cinéma, et virent leur première sentinelle russe sur le Lange Brücke. L'homme examina le laissez-passer du conducteur, feignant de comprendre les inscriptions en anglais, puis il agita sa mitraillette pour les autoriser à poursuivre leur route.

La ville était entourée d'un cordon de soldats russes postés à intervalles réguliers jusqu'à Wilhelmsplatz, qui semblait avoir essuyé le gros des bombardements. Le conducteur de la jeep contourna la place et suivit l'itinéraire fléché, longeant le Neuer Garten bordé d'immenses villas vides mais intactes, miraculeusement épargnées. Après Berlin, c'était un havre de paix, loin des ruines de la guerre. Jake s'attendait presque à voir les vieilles dames à chapeau promener leur chien dans les allées. À leur place, d'autres Russes armés de mitraillettes étaient déployés au bord du lac, comme s'ils redoutaient un débarquement de véhicules amphibies.

Le château de Cecilienhof se trouvait au fond du parc, édifice monumental orné de cheminées en brique et de vitraux imitant le style Tudor. Un morceau de Surrey transplanté sur les rives du Jungfernsee. Encore des soldats devant les grilles du parc, plus menaçants que la sentinelle sur le pont, mais tout aussi incompétents, puis une longue allée de gravier conduisant jusqu'au pied du château, où officiers de la police militaire et soldats britanniques se mêlaient à leurs hôtes russes. Jake et ses compagnons se garèrent près d'une rangée de limousines noires. Par une des arches ouvrant sur la cour intérieure, ils aperçurent des centaines de géraniums formant l'étoile rouge du communisme, façon pour les Russes de marquer ostensiblement leur territoire. Sans laisser à Liz le temps de photographier les lieux, un officier de liaison leur fit contourner le bâtiment pour gagner la pelouse face au lac. Là, sur une terrasse jouxtant un petit jardin de sculptures végétales, trois fauteuils en osier avaient été installés pour la séance de photos. Une armée de photographes et de cameramen étaient déjà en place, grillant cigarette sur cigarette et installant leurs trépieds avec des regards inquiets en direction des patrouilles de soldats.

— Puisque vous êtes là, autant vous rendre utile, dit Liz, confiant deux appareils à Jake pendant qu'elle en chargeait un troisième.

Un soldat vint inspecter le matériel.

— Où sont les trois Grands ? lança Jake.

— Sans doute occupés à se faire beaux, répondit Liz.

Jake imagina Staline devant un miroir, en train de se recoiffer pour la postérité.

Il n'y avait plus qu'à attendre. Il étudia le bâtiment en détail – les immenses baies vitrées avec vue sur le lac, sans doute celles de la salle de conférences, les motifs en brique des innombrables cheminées. Malheureusement, rien de tout cela n'était chargé d'Histoire. Simple prouesse architecturale. La pelouse avait été tondue, les haies taillées – un cadre aussi impeccable qu'un décor emprunté aux studios de Babelsberg tout proches. À quelques kilomètres de là, des femmes jetaient sur une charrette un cadavre sorti des décombres. Ici, la brise s'était levée sur le lac et les vagues scintillaient au soleil. Un paysage enchanteur. Jake se demanda si le prince héritier Frédéric-Guillaume traversait autrefois la pelouse avec sa serviette de bain pour un plongeon matinal dans le lac, et pourtant le passé semblait aussi irréel que la vision de Staline se recoiffant. Plus de voiliers, désormais, seulement les sentinelles russes à quelques mètres de l'eau, prêtes à tirer.

Churchill arriva le premier. Il s'avança sur la terrasse dans son uniforme kaki, cigare à la main, en grande conversation avec un groupe de conseillers. Truman suivait, sémillant dans un costume croisé gris, et plaisantant avec Byrnes et l'amiral Leahy. Enfin, Staline, dans une veste à col officier d'une blancheur éblouissante, entouré de gardes du corps qui le faisaient paraître encore plus petit. Quelques flashes pendant l'échange de poignées de main, puis une certaine confusion tandis que les trois hommes s'asseyaient, leurs conseillers se précipitant pour les aider à s'installer. Churchill confia son cigare à un soldat. Truman tira sur sa veste pour l'empêcher de remonter. La place de chacun avait-elle été fixée à l'avance ? Toujours est-il que Truman trônait au centre, ses lunettes à monture d'acier réfléchissant les rayons du soleil dès qu'il tournait la tête vers l'un ou l'autre de ses voisins. Les trois chefs d'État souriaient, l'air détendu comme s'ils posaient pour une photo de classe. Truman croisa les jambes, laissant voir ses chaussettes en soie. Les appareils photo crépitèrent.

Jake se retourna en entendant le cri. Un cri perçant, en russe. Que se passait-il ? Un soldat vociférait sur la rive, désignant quelque chose à la surface du lac. Il n'hésita pas à entrer dans l'eau jusqu'aux mollets, sans cesser d'appeler à l'aide. Sur la terrasse, certains conseillers jetèrent un coup d'œil vers le lac, puis fixèrent de nouveau les photographes, sourcils froncés, mécontents de cette interruption. Fasciné, Jake regardait les soldats russes ramener un cadavre vers la rive. Un corps flottant, comme ceux du Landwehrkanal, mais dans un uniforme non identifiable à cette distance. Plus intéressant, malgré tout, que les cheminées du château. Jake se leva et commença de traverser la pelouse.

Personne ne l'arrêta. Les autres soldats avaient quitté leur poste et couraient vers le noyé, perplexes, se retournant vers le château dans l'attente d'instructions. Le premier soldat, trempé jusqu'aux genoux, remontait le cadavre sur la vase. Il laissa tomber le bras sans vie pour empoigner le ceinturon qui offrait une meilleure prise et tira de toutes ses forces, hissant le corps sur l'herbe. Soudain, le ceinturon lâcha et Jake vit qu'il s'agissait d'une sorte de sacoche, avec une ouverture béante là où le cuir s'était déchiré. Le vent venu du lac s'y engouffra, éparpillant des bouts de papier sur la pelouse. Jake se figea. Pas du papier, des billets qui tourbillonnaient et s'envolaient comme autant de minuscules cerfs-volants. Le ciel rempli d'argent. Un moment surréaliste.

Les Russes restèrent un instant immobiles, frappés de stupeur, avant de s'élancer pour tenter de saisir les billets au vol. Une rafale les propulsa encore plus haut, ce qui obligea les soldats à bondir, pareils à des gosses ébahis voulant attraper des bonbons. Sur la terrasse, tout le monde suivait la scène, debout. Quelques officiers russes dévalèrent la pelouse au milieu des billets épars pour rétablir l'ordre. Ils hurlèrent après les soldats qui n'écoutaient pas, s'interpellant, poursuivant les papiers dans les airs, frappant le sol du pied pour tenter de les retenir, s'en remplissant les poches. Une fortune soufflée par le vent comme des confettis. Jake ramassa un billet. Des Marks d'occupation. Par centaines, peut-être par milliers. Oui, une véritable fortune.

Les photographes descendirent eux aussi vers le lac

en ordre dispersé, jusqu'à ce que les officiers russes leur barrent la route, braquant leur arme sur eux. Jake, lui, était déjà sur les lieux. Il s'approcha du noyé. Un uniforme américain, la sacoche déchirée traînant dans la boue, quelques billets poussés par le vent vers le lac. Que faisait-il là ? Échoué en plein secteur soviétique, sur la pelouse la mieux gardée de Berlin ? Jake s'agenouilla à côté de lui. Un visage livide et bouffi après le séjour dans l'eau, une chaîne pendant à son cou, avec une plaque d'identité. Jake voulut déchiffrer le nom, mais il se figea de nouveau, atterré. Inutile : ce n'était pas n'importe quel soldat. Le choc de découvrir un cadavre qui ne vous est pas inconnu. Le jeune lieutenant monté dans l'avion à Francfort, cramponné à la banquette à s'en faire blanchir les jointures à cause du mal de l'air. À présent, ses mains avaient les doigts raidis, la peau fripée.

C'est alors que Jake, encore étourdi, remarqua le trou d'une blessure par balle, le tissu noirâtre poissé par le sang. Derrière lui, des cris en russe s'élevaient toujours, mais il se revit une nouvelle fois à Chicago, dans l'un de ces appartements sens dessus dessous après un meurtre. Le cadavre avait les yeux ouverts. Une seule botte de cheval, l'autre sans doute emportée par le courant. À combien de temps remontait la mort ? Il palpa les mâchoires serrées. Ici, pas de médecin légiste à disposition, ni de policier pour relever les empreintes. Au même instant, il sentit le canon d'une arme dans son dos.

— *Schnell !* ordonna le soldat russe du mieux qu'il put le prononcer.

De toute évidence, le seul mot d'allemand qu'il connaissait. Jake leva les yeux. Un autre soldat, braquant une mitraillette sur lui, lui faisait signe de s'éloigner. Alors qu'il se relevait, le premier lui arracha son appareil photo, marmonnant quelque chose en russe, puis lui enfonça de nouveau son arme dans le dos jusqu'à ce qu'il lève les mains en l'air et fasse demi-tour. Sur la terrasse, on raccompagnait précipitamment les chefs d'État à l'intérieur, mais Staline restait planté là, évaluant le danger du même regard inquiet que Hitler autrefois, sur l'escalier de la chancellerie. Plusieurs coups de feu claquèrent. Des oiseaux cachés dans les roseaux s'envolèrent. Les hommes encore sur la terrasse s'immobilisèrent quelques secondes avant de s'élancer dans les profondeurs du bâtiment.

Jake tourna la tête vers l'endroit d'où provenaient les détonations. Un officier russe tirait en l'air pour mettre fin à l'émeute. Dans le silence qui suivit, les soldats calmés regardèrent le vent chasser les derniers billets vers le parc, l'air penaud, s'inquiétant de la suite : cet incident venait de gâcher leur après-midi si minutieusement organisé. Une humiliation. Les officiers les firent aligner et récupérèrent l'argent. Le soldat chargé d'éloigner Jake désigna de nouveau le château. Pauvre lieutenant Tully, victime du mal de l'air. Quatre Russes soulevaient à présent son cadavre, lui jetant la sacoche sur la poitrine comme s'il s'agissait d'une pièce à conviction. Mais prouvant quoi ? Tant de billets…

— Vous pouvez me rendre mon appareil ? demanda Jake.

Pour toute réponse, le soldat aboya un ordre et le poussa à l'aide de son arme jusqu'au groupe des photographes. La pelouse était envahie par des aides de camp qui dirigeaient les visiteurs vers leurs véhicules à la manière des guides de voyages organisés, se répandant en excuses comme si le lieutenant Tully avait gâché la fête par son ivrognerie. Les soldats russes, maussades, voyaient la chance de leur vie s'évanouir dans les airs.

— Désolé, dit Jake à Liz. Ils ont confisqué l'appareil.

— Estimez-vous heureux de ne pas vous être fait descendre ! Qu'est-ce qui vous a pris d'aller là-bas ?

— C'était le jeune type de l'avion.

— Quel jeune type ?

— Tully. Avec les bottes de cheval.

— Mais comment… ?

— Circulez ! cria un membre de la police militaire. Le spectacle est terminé.

On les reconduisit vers le parking derrière le reste du groupe. Avant de quitter la pelouse pour le gravier des allées, Jake considéra une dernière fois le lac.

— Que pouvait bien faire Tully à Potsdam ? s'interrogea-t-il à voix haute.

— Il accompagnait peut-être la délégation…

Jake secoua la tête.

— Quelle importance ? Il a très bien pu tomber dans le lac, conclut Liz.

— Non, il a été tué par balle.

Liz le dévisagea, puis se hâta vers la jeep.

— Venez, Jake. Ne traînons pas ici.

— Mais pourquoi Potsdam ?

Dans le parc, quelques billets voletaient encore dans l'herbe comme des feuilles mortes attendant le râteau du jardinier.

— Pourquoi tout cet argent ? insista Jake.

— Vous en avez pris un peu ?

Il défroissa l'unique billet qu'il avait ramassé.

— Cent Marks ! Quelle chance ! L'équivalent de dix dollars.

Mais il y en avait mille fois plus. Et aussi un homme mort d'une balle en plein cœur.

— Dépêchez-vous, les autres sont déjà partis, ajouta Liz.

Tous en route vers le centre de presse, pour boire une bière. Jake sourit intérieurement. Les pensées se bousculaient dans sa tête. Fini d'errer sans but au milieu des ruines. Un meurtre. Un point de départ. Le fil conducteur de son reportage sur Berlin.

II

OCCUPATION

3

La nouvelle avait déjà fait le tour du centre de presse lorsque Jake arriva.

— Voilà l'homme que je cherche ! s'écria Tommy, surgissant devant la machine sur laquelle Jake tapait ses notes d'un seul doigt. Première fois depuis une semaine qu'il se passe quelque chose, et tu es sur les lieux ! À propos, on peut savoir comment ?

Jake sourit.

— Je prenais juste quelques photos.

— Et puis ?

— Rien. Le cadavre d'un soldat s'est échoué au bord du lac.

— Allons, Jake. Avec *Collier's*, tu as l'éternité devant toi. Moi, je parle aux auditeurs cette nuit… C'était qui ?

— Comment veux-tu que je le sache ?

— Tu as peut-être vérifié sa plaque d'identité.

— Non, je regrette, je n'y ai pas pensé.

Tommy ouvrit des yeux ronds.

— C'est vrai, insista Jake.

— Quel drôle de reporter tu fais !

— Et Ron, il dit quoi ?

— Un inconnu. Pas de plaque d'identité.

Jake le regarda, pensif.

— Dans ce cas, pourquoi me poses-tu la question ?

— Parce que je te fais davantage confiance qu'à Ron.

— Écoute, Tommy, voilà ce que je sais. Un cadavre s'échoue. À première vue, la mort remonte à vingt-quatre heures. Comme il a pas mal d'argent sur lui, les Russes perdent un peu la tête. Les trois Grands quittent précipitamment les lieux. Je te passerai mes notes. Utilise tout ce que tu veux. L'expression de Staline, par exemple, assez révélatrice… (Jake s'interrompit, sentant sur lui le regard de Tommy.) En fait, le cadavre avait bien une plaque d'identité, simplement je n'ai pas vérifié le nom. Alors, pourquoi Ron voudrait… ?

Tommy sourit et prit une chaise.

— Parce qu'il est là pour ça. Il ouvre le parapluie. Pour couvrir les militaires, et lui aussi par la même occasion. Pas question de mettre l'armée américaine en situation gênante. Surtout devant les Russes.

— Qu'est-ce que cette histoire a de gênant pour l'armée ?

— On ne sait pas encore de quoi il retourne. Seulement qu'un de nos soldats a été retrouvé mort à Potsdam.

— Et c'est gênant ?

— Ça pourrait le devenir. Potsdam est le plus grand marché noir de Berlin, répondit Tommy, allumant une cigarette.

— Je croyais que c'était le Reichstag.

— Il y a le Reichstag et la gare du Zoo, mais d'abord Potsdam.

— Pourquoi ?

Tommy parut surpris par cette question.

— Parce que Potsdam est en secteur soviétique. Pas de police militaire américaine pour faire le ménage. Et les Russes s'en fichent. Le marché noir, c'est eux. Ils achèteraient n'importe quoi. Les autres – notre police militaire, essentiellement – font une descente de temps en temps et arrêtent quelques Allemands, pour l'exemple. Encore que ça ne change pas grand-chose. Les Russes ne lèvent pas le petit doigt. À Potsdam, jour de marché toute la semaine !

— Donc, ce soldat n'était pas là pour la conférence.

— Sûrement pas.

— Et Ron ne veut pas que sa mère apprenne sa mort dans les journaux.

— Pas avec ce genre de sous-entendus, en tout cas… (Tommy jeta un coup d'œil par-dessus l'épaule de Jake.) … hein, Ron ?

— Il faut que je vous parle, Jake, dit l'intéressé, l'air contrarié. Qui vous a procuré un laissez-passer ?

— Je n'en avais pas. Et personne ne m'en a demandé.

— Vous savez combien de vos collègues attendent une accréditation pour la conférence ? Je n'aurais aucun mal à vous trouver un remplaçant.

— Calmez-vous. Je n'ai absolument rien vu. Lisez vous-même… (Jake agita la feuille qui sortait de la machine à écrire.) Des géraniums en forme d'étoile rouge. Une forêt de cheminées en brique. Du pittoresque, point final. À moins que vous puissiez me fournir l'identité du noyé ?

Ron soupira.

— N'insistez pas, d'accord ? Si jamais les Russes découvrent qu'un journaliste était présent, ils nous adresseront une protestation solennelle, et je vous fourrerai dans le premier camion quittant la ville.

Jake leva les mains en signe d'apaisement.

— Je ne mets plus les pieds à Potsdam, ça vous va ? Venez plutôt boire une bière et nous dire ce qu'est devenu le cadavre.

— Les Russes l'ont encore. On essaie de le récupérer.

— Pourquoi ce contretemps ?

— Il n'y a pas de contretemps. Avec les Russes, c'est toujours pareil !... Sans doute à cause de l'argent. Ils doivent calculer quelle somme ils peuvent garder... (Ron fixa Jake.) Combien avait le soldat sur lui ?

— Aucune idée. Beaucoup. Des milliers de Marks. Le double de ce qu'ils vous rendront.

— Ce soir, je passe à l'antenne, intervint Tommy. Vous comptez faire une déclaration officielle ?

— Pas de déclaration. D'après mes informations, un type a trop bu et est tombé dans le lac. Si vous y voyez un scoop, à votre aise.

Jake écarquilla les yeux. Aucune mention de l'identité du cadavre, ni de la blessure par balle. Mais Ron continuait déjà.

— En revanche, dans deux heures il y aura un communiqué sur l'ouverture de la conférence. Si toutefois elle intéresse quelqu'un...

— Les Alliés ont échangé de chaleureuses salutations. Le généralissime Staline a exprimé le souhait de voir une paix durable s'installer en Europe. Le calendrier de la conférence a été approuvé à l'unanimité, récita Tommy.

Ron sourit.

— Et tout ça sans être allé sur place... Pas étonnant que vous soyez le meilleur.

— Il y a aussi un soldat qui est tombé dans le lac.

— À ce qu'on m'a dit, répliqua Ron avant de se

tourner vers Jake. Quant à vous, interdiction de quitter la ville. Je ne le répéterai pas.

Jake le regarda s'éloigner.

— À quel moment les Russes ont-ils bouclé Potsdam ? demanda-t-il à Tommy.

— Le week-end dernier. Avant l'ouverture de la conférence... Qu'est-ce qu'il y a ?

— Le type n'avait pas passé plus de vingt-quatre heures dans le lac.

— Comment le sais-tu ?

Jake eut un geste évasif.

— Je ne peux rien affirmer. Mais il était à peine boursouflé.

— Et alors ?

— Comment a-t-il réussi à atteindre Potsdam, si tous les accès étaient gardés ?

— Qu'est-ce que ça change ? Tu y es bien arrivé. Mais bien sûr, toi, on t'a laissé entrer sur ta bonne mine.

Une mélodie au piano s'échappait par les fenêtres ouvertes. Pas du Mendelssohn, cette fois, des airs de music-hall. À l'intérieur, la maison était remplie d'uniformes, de fumée de cigarette, du bruit des verres qui s'entrechoquaient. Gelferstrasse recevait. De l'entrée, Jake observa la scène. L'habituel brouhaha des conversations auquel se mêlaient quelques réparties en russe, venant d'un groupe près du buffet froid, et la musique de circonstance. Mais c'était un cocktail sans femmes, étrangement morne, où les invités semblaient chercher quelqu'un avec qui flirter. En petits groupes, ils parlaient boutique ou se taisaient, saisissant sur les plateaux apportés par le vieux couple des verres qu'ils vidaient d'un trait, faute de mieux. L'hôte de cette soirée était apparemment le colonel Muller, dont on apercevait les cheveux argentés dans la foule alors qu'il se déplaçait pour faire les présentations, s'interrompant chaque fois qu'un Russe expansif le prenait par l'épaule. Il semblait à contre-emploi, aussi emprunté que le juge Hardy l'aurait été. Jake se dirigea vers l'escalier.

— Geismar, entrez donc ! lança Muller, lui tendant un verre. Désolé d'avoir réquisitionné la salle à manger, mais il y a amplement de quoi dîner. Je vous en prie, servez-vous.

La table de la salle à manger, poussée contre un mur, disparaissait encore sous les plats de jambon, de salami et de poisson fumé, un véritable festin.

— Vous fêtez quoi ?

— On reçoit les Russes, répondit Muller, comme s'il s'agissait d'un couple d'amis. Ils aiment les cocktails. Ils nous invitent à Karlshorst, et on les accueille ici en retour. Histoire de mettre de l'huile dans les rouages.

— De la vodka, plutôt.

Muller sourit.

— Ils ne crachent pas non plus sur le bourbon.

— Si ça ne vous gêne pas, je préférerais une autre occasion. Je ne parle pas un mot de russe.

— Certains d'entre eux parlent allemand. De toute façon, dans un moment ça n'aura plus d'importance. Au début, c'est toujours un peu laborieux, mais après quelques verres ils disent un truc en russe, on opine du chef, ils éclatent de rire, et on se quitte les meilleurs amis du monde.

— Des alliés et des frères…

— Parfaitement. Pour eux, cet aspect des choses compte beaucoup. Ils n'aiment pas qu'on les tienne à l'écart. Alors, on fait des efforts. (Il prit un verre.) Ne vous fiez pas aux apparences, je travaille, là.

Jake leva son verre.

— Et il faut bien que quelqu'un se dévoue.

— Exact. Si on m'avait dit qu'un jour je servirais à boire aux Russes... Mais puisqu'on en est là, je m'exécute. Et j'aurais besoin d'une nouvelle tête pour mettre un peu d'animation. Par ailleurs, ajouta-t-il avec malice, vous me devez une faveur. D'après le lieutenant Ron Ehrlich, je suis censé vous faire la leçon, mais pour cette fois je ferme les yeux.

— Pourquoi vous ?

— À quel titre, vous voulez dire ? C'est vrai qu'on n'a pas été présentés. Colonel Muller. Fred pour les intimes, déclara-t-il en tendant la main à Jake. Je travaille pour le général Clay.

— Vous faites quoi ?

— Je surveille l'action de plusieurs comités. J'interviens si nécessaire. Le lieutenant Ehrlich est sous mes ordres.

Jake sourit.

— Là aussi, il faut bien que quelqu'un se dévoue...

— Je préfère encore m'occuper des Russes. Ils sont susceptibles, mais au moins ils n'écrivent pas dans les journaux américains. Avec vous, les journalistes, il y a toujours des ennuis.

— Dans ce cas, pourquoi fermer les yeux ?

— Sur votre escapade à Potsdam ? En temps ordinaire, il n'en serait pas question. Mais apparemment, personne ne s'est plaint... J'ai servi avec le général Patton. Il m'a dit de vous faciliter la tâche, que vous étiez un ami de l'armée américaine.

— Comme tout le monde.

— À lire la presse américaine, on ne croirait pas. Les journalistes débarquent ici en ignorant tout de la situation, et ils ne pensent qu'à critiquer pour se faire remarquer.

— Peut-être que je ne suis pas si différent.

— Peut-être. Mais après avoir passé du temps au contact des militaires, on voit les choses avec davantage de recul, et on ne fait pas une montagne d'une taupinière.

Jake leva les yeux de son verre.

— Je suis tombé sur un cadavre, et pour l'instant personne ne m'a posé la moindre question à ce sujet. Serait-ce la taupinière dont vous parlez ?

— Très bien, dit Muller sans ciller. Je vous pose donc la question : Avez-vous des révélations à nous faire ?

— Je sais qu'il a été tué par balle. Et qu'il avait une petite fortune sur lui. Je suis peut-être un ami de l'armée, mais quand je vois vos efforts pour cacher des faits que j'ai constatés moi-même, c'est comme si vous agitiez un morceau de viande sous le nez d'un chien. J'ai envie d'en apprendre plus.

— Personne n'essaie de cacher quoi que ce soit, répliqua Muller en soupirant. (Il jeta un coup d'œil vers ses invités, puis ajouta :) Mais personne n'ira non plus ouvrir une enquête. À Berlin, il y a près de deux cents journalistes accrédités. Tous à la recherche d'un scoop. Alors, ils vont au bunker, revendent quelques cigarettes américaines à la gare du Zoo… Après quoi, ils écrivent que tout le monde fait du marché noir. Et peut-être est-ce vrai, en partie au moins… Mais on n'est pas aux États-Unis, dans cette ville c'est presque la routine.

— Descendre quelqu'un, c'est aussi la routine ?

— Plus que vous ne croyez, répondit Muller d'un ton las. Ici, la guerre n'est pas finie… Regardez-les porter des toasts, poursuivit-il en désignant les Russes. Leurs hommes sont encore partout, ivres la moitié du temps.

La semaine dernière, des soldats russes entassés dans une jeep ont brandi leurs mitraillettes sur Hermannplatz – en secteur américain, bien entendu – et, avant qu'on ait eu le temps de dire ouf, un de nos policiers militaires s'est mis à tirer. On se serait cru à OK Corral. Résultat : trois morts, dont un à nous. On a protesté auprès des Russes, qui ont protesté à leur tour, mais il y a quand même trois morts. La routine… (Il considéra Jake avec bienveillance.) Ici, on n'est pas des anges. Vous savez à quoi sert une armée d'occupation ? À occuper. Nos soldats montent la garde. Ils restent en faction devant les bâtiments officiels. Et ils ont du mal à tuer le temps. Alors ils cherchent la bagarre, ils courent les filles, ils se font un peu d'argent en vendant leurs rations militaires. Ça a beau être interdit, ils estiment en avoir le droit : ils ont gagné la guerre, après tout. Ils n'ont pas tort, mais parfois les choses tournent mal. Il arrive même qu'ils se fassent descendre… Ça ne doit pas pour autant devenir une affaire d'État. Ni salir la réputation de l'armée.

— Il y aura tout de même un rapport. Donc, ce n'est pas vraiment la routine.

— Rapport que vous aimeriez bien consulter.

— Simple curiosité. Je n'avais encore jamais vu un cadavre d'aussi près.

Muller dévisagea Jake, le jaugeant du regard.

— Ça risque de prendre du temps. On ne l'a toujours pas identifié.

— Moi, si.

Muller haussa les sourcils.

— Je croyais qu'il n'avait pas de plaque d'identité ?

— J'ai reconnu son visage. On est arrivés par le même avion : le lieutenant Tully.

Muller ouvrit des yeux ronds, puis il hocha lentement la tête.

— Passez demain à mon bureau. Je vais voir ce que je peux faire. Sur Elssholzstrasse.

— Quel quartier ?

— Schöneberg. Derrière Kleistpark. Nos chauffeurs sauront vous y conduire.

— Dans les locaux de l'ancienne Cour suprême ?

— Exact, répondit Muller, surpris. C'est ce qu'on a trouvé de mieux. De moins endommagé. Dieu doit protéger les juges. Même les juges nazis.

Jake sourit.

— À propos, on ne vous a jamais dit…

— … que je ressemblais au juge Hardy ? Si. J'aurais sans doute pu tomber pire. Peut-être est-ce vrai, je n'ai jamais vu le film… En tout cas, je vous attends demain. Et désormais, vous me devez deux faveurs. Alors, venez vous joindre à mes invités russes. On dirait que l'atmosphère se réchauffe. (Il désigna le salon, où un chant révolutionnaire russe avait succédé à une mélodie de Cole Porter.) À Berlin, vous savez, ce sont les Soviétiques le meilleur sujet de reportage. Voilà deux mois qu'ils occupent la ville, ils sont chez eux, et voyez le résultat. Demain, rappelez-moi de vous montrer un autre rapport. Sur la mortalité infantile. Six nourrissons sur dix vont mourir ce mois-ci. Peut-être davantage. Six sur dix ! Mais bien sûr, ce n'est que de la politique. Pour augmenter les tirages, il faut du scandale.

— Je ne cherche pas le scandale, répliqua Jake le plus calmement du monde.

— Ah bon ? Pourtant, vous le trouverez peut-être, remarqua Muller, la voix de nouveau lasse. Apparemment, votre lieutenant Tully avait de mauvaises fréquentations. Mais si vous voulez mon avis, le vrai scandale n'est pas là. Six nourrissons sur dix, c'est plus choquant qu'un malheureux soldat. La vie ne vaut pas cher à

Berlin. Écrivez plutôt là-dessus. J'ai toutes les informations nécessaires. (Il s'interrompit et vida son verre.) Bon, allons œuvrer pour la coopération alliée.

— Ils m'ont l'air de très bien se débrouiller. On dirait une soirée russe.

— C'est toujours comme ça. On se contente de fournir la nourriture.

La barrière de la langue avait cependant recréé les secteurs d'occupation au sein de l'assistance. Les Russes auxquels Jake fut présenté le saluèrent poliment de la tête, échangèrent quelques mots en allemand avec lui, puis replongèrent le nez dans leur verre. Le piano était repassé en secteur américain avec *The Lady Is a Tramp*, mais le pianiste russe restait à proximité, prêt à reconquérir le clavier. Même les rires, de plus en plus sonores, provenaient de groupes isolés, séparés par des plaisanteries intraduisibles. Seule Liz, entrée sans bruit en faisant un clin d'œil à Jake, réussit à rassembler autour d'elle les militaires empressés des deux camps, telle Scarlett O'Hara lors du célèbre barbecue. Jake inspecta la pièce du regard, espérant apercevoir Bernie, ses questionnaires sous le bras ; au lieu de quoi, il fut abordé par un Russe trapu et couvert de décorations qui parlait anglais. Contre toute attente, il semblait connaître Jake.

— Vous avez accompagné le général Patton, lança-t-il, les yeux brillants. J'ai lu vos reportages.

— Ah bon ? Comment ça ?

— Il n'est pas interdit de lire les journalistes alliés, vous savez… Sikorsky, ajouta-t-il, faisant lui-même les présentations en roulant les « r », mais avec l'air amusé et l'assurance d'un officier de son rang. Dans ce cas précis, je l'avoue, c'était pour suivre la progression de votre armée. Un soldat plein d'énergie, le général

Patton. On a même cru qu'il irait jusqu'en Russie… (Un large sourire plissa son visage rebondi aux contours encore fermes.) J'ai également lu votre description du camp de Dora. Avant que le général se replie sur votre zone.

— Il ne devait pas beaucoup se préoccuper des zones d'occupation, à ce moment-là. Seulement des Allemands.

— Vous avez sans doute raison… Donc, vous avez vu Nordhausen. Moi aussi. Un site remarquable.

— Oui, remarquable…

L'adjectif paraissait absurde, totalement inapproprié pour cette usine de fusées souterraine : deux immenses galeries entrecoupées de puits d'aération, creusées dans la montagne par des cadavres ambulants en pyjama rayé.

— Très ingénieux, d'avoir installé une usine à cet endroit, à l'abri des bombes. On n'en revenait pas. Comment y sont-ils parvenus ?

— En rétablissant l'esclavage.

Le Russe opina gravement du chef.

— Bien sûr… Remarquable, tout de même. On l'appelait la caverne d'Ali Baba.

Des chaînes de fabrication complètes, plusieurs V-2 en attente, des galeries et des ateliers aux parois luisantes d'humidité, et remplis de pièces détachées. Au fond de recoins sombres, des cadavres que personne ne s'était soucié d'enterrer, dans la panique des derniers jours.

— Évidemment, quand on est arrivés, il n'y avait plus de trésor dans la caverne. Que s'est-il passé, à votre avis ?

— Aucune idée. Les Allemands ont dû tout déménager.

— Hum… Je me demande bien où. Vous-même, vous n'avez rien vu ?

Rien qu'une file ininterrompue de camions américains emportant leur butin vers l'Ouest : caisses de documents, tonnes de matériel, fusées en pièces détachées. Jake avait tout vu, sans jamais le mentionner par écrit – à la demande du général. Voilà comment on devenait un ami de l'armée américaine.

— Non, affirma-t-il. On m'a juste montré les portiques auxquels les Allemands pendaient les prisonniers. Ça m'a suffi. Et puis les camps.

— Oui, je me souviens. L'étreinte que vous ne pouviez pas desserrer.

Jake le regarda avec surprise.

— Vous avez vraiment lu cet article ?

— On s'intéressait à Nordhausen, vous savez. C'était une énigme. Un immense trésor qui s'envole de cette façon. Quelle est l'expression, déjà ? « Comme par un coup de baguette magique »…

— En temps de guerre, il se passe de drôles de choses.

— En temps de paix aussi, je crois. À notre usine Zeiss, par exemple : quatre ingénieurs… (Sikorsky agita les doigts.) … disparus dans la nature. Encore un coup de baguette magique.

Muller se joignit à la conversation.

— Vous racontez vos blagues de potache, Vassily ?

— M. Geismar n'était pas au courant de nos problèmes à l'usine Zeiss. J'ai pensé que ça pouvait l'intéresser.

— Attendons la réunion du Conseil de contrôle pour en discuter, Vassily. Et puis, on ne peut pas surveiller tout le monde. Parfois, les gens sont prêts à n'importe quoi pour partir.

— Et parfois on les déporte, répliqua Sikorsky. *Nacht und Nebel*. Dans la nuit et le brouillard, comme au temps des arrestations nocturnes.

— C'étaient les méthodes de Himmler. Pas celles de l'armée américaine.

— Il y a quand même des bruits qui courent, des gens qui disparaissent…

— En secteur américain aussi, des bruits courent. Berlin est une ville pleine de rumeurs.

— Et si elles étaient vraies ?

— Pas celle-là, en tout cas.

— Alors, c'est un grand mystère. Comme à Nordhausen, ajouta l'officier russe en se tournant vers Jake.

Il fit mine de porter un toast avec son verre vide, puis s'éclipsa discrètement pour aller le remplir.

— De quoi s'agit-il ? demanda Jake.

— Les Russes nous accusent d'enlever des scientifiques travaillant dans leur secteur.

— On ne ferait jamais une chose pareille…

— Bien sûr que non. Mais eux si, donc ils nous soupçonnent. Ils kidnappent encore des gens. Essentiellement d'anciens nazis. Moins qu'au début, mais ça continue. Alors, on proteste. Et ils protestent en retour.

— Échange de bons procédés, comme pour les invitations aux soirées entre Alliés.

Muller sourit.

— À peu près.

— L'usine Zeiss fabrique quoi ?

— De l'optique. Viseurs de tir aérien, lentilles de précision. Un domaine où les Allemands avaient beaucoup d'avance sur nous.

— Mais ça ne va pas durer.

Muller haussa les épaules.

— Jamais vous n'arrêtez ? Là, je ne peux rien pour

vous. Quelques ingénieurs ont disparu, voilà toute l'histoire, si on peut parler d'histoire. Pour ma part, je ne reprocherai à personne de vouloir quitter le secteur soviétique.

— Donc, notre ami Sikorsky prêche le faux pour savoir le vrai.

— Les Russes sont très forts à ce jeu-là. Ne vous y laissez pas prendre. Le fait qu'il parle anglais ne veut pas dire qu'il soit notre ami.

— Qui est-ce, au juste ?

— Vassily ? Général Sikorsky. Il siège au Conseil de contrôle. Il touche un peu à tout, comme ses petits camarades, mais nos agents du contre-espionnage le connaissent, et j'ai toujours pensé qu'il était mêlé à ce genre d'activités. Peut-être même à un ou deux kidnappings. Ce serait tout à fait dans ses cordes.

— Dans ce cas, j'ai intérêt à rester sur mes gardes.

— Vous ? dit Muller, amusé. Ne vous en faites pas. Qui voudrait d'un reporter ?

Jake quitta le salon où un groupe chantait en chœur, et alla jusqu'à la porte-fenêtre au fond du couloir, ouverte pour laisser sortir la fumée. Il faisait encore clair, la clarté tardive de l'été nordique, et il contempla le jardin où la boue avait remplacé le gazon et les chaises longues, où tout avait été piétiné, arraché, comme n'importe quoi d'autre à Berlin. À Nordhausen aussi, il y avait de la boue, tellement de boue que les camions patinaient, éclaboussant les équipes au travail lorsqu'ils emportaient dans un rugissement de moteur le trésor d'Ali Baba. Pas de déportés pour charger les trophées d'acier dans ces convois en partance vers l'Ouest, mais des soldats américains mastiquant du chewing-gum. Où se trouvait la précieuse cargaison, à présent ? De l'autre côté du Rhin, peut-être même déjà en Amérique, pour préparer la prochaine guerre. Si Jake posait la question aujourd'hui, il s'entendrait répondre que rien de tout cela n'avait eu lieu. Encore un coup de baguette magique. Et il abandonnerait son scoop sans états d'âme, heureux de servir son pays. Il y avait toujours un autre reportage à faire, jusqu'au jour où la source se tarissait brutalement, où la guerre était finie, ne laissant que des décombres.

— Jake ? Mauvaises nouvelles ?

Liz restait dans l'embrasure de la porte-fenêtre, de peur de le déranger.

— Non. Juste un débat intérieur.

— Qui a gagné ? demanda-t-elle en le rejoignant.

Jake sourit.

— Mon sens du devoir.

— La lutte a dû être acharnée... (Elle alluma une cigarette et lui en offrit une.) L'épisode de cet après-midi vous a valu des ennuis ?

— Trois fois rien. Apparemment, personne n'y attache d'importance. En haut lieu, on s'étonne même que je m'y intéresse.

— Et pourquoi cet intérêt ?

Jake haussa les épaules.

— Vieille superstition. Quand un scoop vous tombe tout cuit, ça porte malheur de ne pas en faire bon usage.

— Vieille superstition, en effet.

— Désolé, pour votre appareil.

— Figurez-vous que je l'ai récupéré. Un gentil Russe me l'a rapporté au centre de presse. Il croyait que j'accepterais de passer la soirée avec lui, tellement je me suis répandue en remerciements.

— Jusque-là, ils ne demandaient pas la permission, à ce qu'on m'a dit... Quant à votre appareil, j'aurais dû m'en servir. Pour pouvoir prouver que ce soldat a été tué par balle.

— Les autorités démentent ?

— Non, mais elles ne le crient pas non plus sur les toits. Je ne comprends pas pourquoi. Un de nos soldats tué par balle en secteur soviétique… On s'attendrait à ce que les Américains sautent sur l'occasion. Ils passent la moitié de leur temps à dénigrer leurs alliés russes. Alors, pourquoi pas cette fois ?

— Pour ne pas provoquer d'esclandre pendant la conférence.

— Non, je connais l'armée américaine. Quelque chose ne colle pas. On n'abat personne sans raison. Que faisait ce soldat à Berlin ? Vous l'avez vu… Il vous a parlé, dans l'avion ?

— Il était trop occupé à empêcher son estomac de se vider.

— Justement. Pourquoi prendre l'avion si on a le mal de l'air ? Il fallait qu'il ait une bonne raison.

— Oh, Jake, tant de gens prennent l'avion. Il devait être en service commandé. C'est un militaire, après tout.

— C'était. Et pourquoi n'y avait-il personne pour l'attendre, s'il était en service commandé ? Vous vous souvenez, à l'aéroport ?

— Franchement, non.

— Où est-il passé ? Tout le monde avait un chauffeur, sauf lui… Une preuve de plus !

Liz soupira.

— Comme vous voudrez, Sherlock… Il vous faut des photos ? Ça risque d'être un peu morbide, pour *Collier's*.

Jake sourit.

— Peut-être. Mais j'ai également autre chose en tête…

Liz haussa les sourcils.

— … Retrouver la trace des anciens du bureau de la Columbia, voir ce qu'ils sont devenus. Des portraits de Berlinois. Pour ce genre de photos, *Collier's* serait sûrement preneur. Si le cœur vous en dit…

— Marché conclu. De vieilles connaissances, vraiment ? Pas une en particulier ?

— Non, répondit Jake, impassible. Tous les amis sur qui je peux mettre la main. Je veux découvrir ce qui s'est passé ici, et pas seulement dans le bunker. Quant à ce soldat… Je ne sais pas, peut-être que vous avez raison, que c'est sans intérêt. (Il réfléchit un instant.) Sauf l'argent. Ça cache toujours quelque chose.

Liz laissa tomber sa cigarette et l'écrasa. Elle jeta un coup d'œil en direction de la porte-fenêtre.

— Bon, je vous laisse à votre débat intérieur. Vous me raconterez ce qui en est sorti. Je suis attendue, on dirait.

— Encore ?

— Qu'y puis-je, si on apprécie ma compagnie ?

Au même moment, la haute silhouette vaguement familière d'un soldat apparut dans l'encadrement de la porte-fenêtre.

— J'arrive ! lança Liz, à l'évidence pour éviter qu'il les rejoigne.

Il leva sa canette de bière en signe d'acquiescement et tourna les talons.

— L'heureux élu ?

— Pas encore. Mais il prétend connaître un bon club de jazz.

— Je l'aurais parié… Ah, la mémoire me revient : c'est le chauffeur du député Breimer. Vous me décevez…

Liz rougit.

— Ne jouez pas les snobs. De toute façon, ce n'est pas un simple chauffeur, mais un officier.

— Et un gentleman.

— Parce que vous êtes des gentlemen, vous autres journalistes ? Lui, au moins, ne parle pas la bouche pleine.

— Pas de doute, c'est un vrai ! ricana Jake.

Liz le regarda droit dans les yeux.

— Non, les vrais sont ceux qui reviennent vous chercher. Même quatre ans plus tard. À défaut, je me contenterai de celui-là.

Jake la suivit à l'intérieur, mais à peine la porte-fenêtre franchie, un énorme éclat de rire lui arriva en plein visage avec la force d'une déflagration, et il rebroussa chemin. Il préférait rester dans le Berlin de ses souvenirs, boire lentement sa bière dans la lumière déclinante plutôt qu'au milieu de ces étranges Alliés qui faisaient assaut de civilités en trinquant comme on croiserait le fer. Malheureusement, ce Berlin-là avait disparu depuis des années, remisé à la cave avec les lanternes de jardin.

Jake traversa l'étendue boueuse et ouvrit la grille du fond. Un étroit sentier conduisait vers la rue adjacente. Toutes les maisons étaient calmes – aucune conversation, aucun bruit de radio ne s'échappait par les fenêtres ouvertes. Comme si les habitants étaient tapis chez eux, s'attendant à voir la soirée alliée tourner au pugilat, à entendre de nouveau les bombardiers au-dessus de leur tête. Les pas de Jake résonnaient dans le silence.

Il tourna dans l'une des rues menant vers l'Institut. Elles portaient des noms de savants, pas ceux de généraux ni de Hohenzollern. Allée Faraday… Emil avait travaillé là, isolé dans son monde, à des kilomètres de Pariserstrasse. Dans cet îlot de verdure, il régnait encore l'atmosphère studieuse d'un campus ; cependant, les fenêtres n'avaient plus de vitres, le laboratoire de chimie était à moitié carbonisé, un toit avait été soufflé. À l'autre bout de la rue, Jake aperçut de la lumière dans un immeuble moderne en brique, mais l'Institut était plongé dans l'obscurité. Au moins le bâtiment principal se dressait-il toujours sur l'allée Thiel. Une immense construction baroque, hérissée de tourelles pareilles à des casques pointus. *Pickelhaubes*. Jake gravit les marches pour aller voir de plus près. Peut-être y restait-il encore du personnel, quelqu'un auprès de qui il pourrait se renseigner le lendemain.

— *Nein ! Nein !*

Jake sursauta. Dans le silence, la voix avait claqué avec la violence d'un coup de feu. Il se retourna. Un vieil homme vêtu d'une veste et coiffé d'un chapeau de chasse en tweed, comme s'il redoutait une baisse brutale de la température en cette soirée d'été. Il promenait un chien efflanqué qui émit un grognement à peine audible avant de s'affaler contre les mollets de son maître, épuisé par cet effort. L'homme pointa l'index vers Jake, puis vers l'immeuble en brique de l'autre côté du carrefour.

— Kommandatura, répéta-t-il deux fois, très fort, en détachant chaque syllabe, et toujours l'index pointé vers le bâtiment pour guider cet inconnu qu'il croyait égaré.

— En fait, je cherchais l'Institut, dit Jake en allemand.

— Fermé.

L'homme avait sursauté à son tour, surpris d'entendre un étranger parler allemand.

— J'ai vu. Savez-vous à quelle heure il rouvre demain matin ?

— Il n'ouvre plus. Il est fermé. *Kaputt*... (Par réflexe

de civilité, l'homme inclina la tête.) Pardonnez-moi. Je croyais qu'un Américain… J'ai pensé que vous cherchiez la Kommandatura. Allez viens, Schatzie.

Jake descendit les marches de l'Institut avant que l'homme s'éloigne.

— La Kommandatura de Berlin ? C'est elle ?

Il contempla l'immeuble en brique, découvrant les drapeaux, les fenêtres éclairées. D'étroites colonnes carrées encadraient l'entrée.

— Et avant, c'était quoi ? ajouta-t-il.

Le chien lui flaira la jambe et il se baissa pour le caresser, geste qui parut au vieil homme encore plus inattendu que de l'entendre parler allemand.

— Une compagnie d'assurances. Contre les incendies. C'est devenu un sujet de plaisanterie, vous savez : le seul immeuble à n'avoir pas brûlé. (L'homme regarda son chien, qui reniflait à présent la main de Jake.) Ne vous inquiétez pas. Il ne vous fera pas de mal. Pas assez d'énergie. À cause de la nourriture… Je dois partager ma ration avec lui, et ça ne suffit pas.

Jake se redressa, remarquant la silhouette décharnée de son interlocuteur, cruelle illustration du vieux dicton selon lequel les chiens ressemblent à leur maître. Malheureusement, les restes du festin de Gelferstrasse étaient trop loin. Jake sortit son paquet de Lucky Strike.

— Cigarette ?

L'homme en prit une en s'inclinant de nouveau.

— Merci. Ça ne vous ennuie pas que je la garde pour plus tard ? demanda-t-il, la glissant avec soin dans une poche de sa veste.

— Tenez. Fumez celle-ci, alors, répondit Jake, soudain désireux d'engager la conversation.

L'homme écarquilla les yeux, n'en revenant pas de cette aubaine, puis se pencha vers la flamme du briquet.

— Vous allez assister à un spectacle intéressant. Une cigarette va réellement être fumée à Berlin. Autre sujet de plaisanterie. On revend des cigarettes à quelqu'un qui les revend à son tour, et ainsi de suite, mais qui les fume ?

Il aspira voluptueusement une bouffée, mais dut prendre appui sur l'avant-bras de Jake.

— Pardonnez-moi. La tête me tourne un peu. Merci. Comment se fait-il que vous parliez allemand ?

Le tabac lui déliait la langue.

— J'ai vécu à Berlin avant la guerre.

— Ah… Votre allemand laisse un peu à désirer, vous savez. Il faut encore travailler.

Une voix professorale. Jake ne put s'empêcher de rire.

— C'est vrai. (Il désigna du regard la poche de son interlocuteur.) Cette cigarette, vous en tirerez combien ?

— Cinq Marks, avec un peu de chance. Pour lui… (Le vieil homme baissa les yeux vers son chien.) Je ne me plains pas. Les choses sont ce qu'elles sont. Mais c'est dur de le voir dans cet état. On me reproche souvent de nourrir un chien alors que les gens meurent de faim. Que dois-je faire ? Laisser mourir un innocent ? Alors, à ceux qui me critiquent, je réponds : « Je vous donnerai à manger le jour où vous serez aussi innocent que lui. » Ça les fait taire, les faisans dorés. Ce sont les pires.

Jake le dévisagea sans comprendre, se demandant s'il n'était pas tombé sur un fou.

— Des faisans dorés ?

— Les cadres du parti. Maintenant, bien sûr, ils ont perdu la mémoire. « Vous êtes responsables de ce désastre, je leur dis, et vous réclamez à manger ? » J'aime mieux nourrir un chien. Oui, un chien.

— Donc, ils sont toujours là ?

Le vieil homme eut un sourire narquois.

— Non, il n'y a plus de nazis à Berlin. Plus un seul. Que des sociaux-démocrates. Si nombreux, pendant toutes ces années… Comment Hitler a-t-il pu rester en place avec une telle opposition ? Bonne question. (Il tira une nouvelle bouffée et fixa le bout incandescent de la cigarette.) Tous sociaux-démocrates, maintenant. Les salauds ! À l'époque, ils m'ont viré… (Il se tourna vers l'Institut.) Des années de travail. Jamais je ne rattraperai ce retard, jamais. Tout est *kaputt*.

— Vous êtes juif ?

— Si j'étais juif, je serais mort ! Eux, ils ont dû partir tout de suite. Avec nous autres, les nazis ont attendu, dans l'espoir qu'on adhérerait. Il fallait devenir membre du parti, ou démissionner. Alors, j'ai démissionné. Moi, j'étais vraiment social-démocrate… (Il sourit.) Bien sûr, vous n'êtes pas obligé de me croire. Mais vous pouvez vérifier les registres. 1938.

— Vous travailliez à l'Institut ?

— Depuis 1919, répondit fièrement l'homme. Après l'épidémie de grippe, ils manquaient de monde, vous comprenez, et j'ai eu ma chance. C'était quelque chose, à l'époque, d'enseigner ici. Une période fascinante. Je me souviens des mesures qu'on a faites pendant l'éclipse… Pour la théorie d'Einstein, expliqua-t-il, devant l'expression perplexe de Jake. Si la lumière avait une masse, la gravité devait courber les rayons. La lumière des étoiles. Grâce à l'éclipse, on a pu mesurer. D'après Einstein, l'arc de cercle devait faire cent soixante-quinze degrés. Et vous savez ce qu'on a finalement trouvé ? Cent soixante-trois degrés. Si près… Vous vous rendez compte ? En quelques secondes, tout a basculé. Tout. Newton s'était trompé. Ici, à Berlin, le monde a changé. En ces lieux. (Il étendit le bras en direction de l'Institut.) Et ensuite ? reprit-il, poursuivant sa rêverie. On a sorti le champagne, évidemment. Mais si vous aviez entendu les conversations… On a parlé une nuit entière. On pensait pouvoir résoudre tous les mystères de l'univers… C'était la science allemande. Jusqu'à l'arrivée de ces gangsters. Après, tout est tombé à l'eau…

Jake intervint avant qu'il ne se laisse de nouveau emporter par ses souvenirs.

— J'avais un ami à l'Institut. J'essaie de retrouver sa trace. Vous le connaissiez peut-être. Emil Brandt, ça ne vous dit rien ?

— Le mathématicien ? Bien sûr ! Emil… Vous étiez son ami ?

— Oui.

L'ami d'Emil…

— J'espérais qu'ici quelqu'un saurait où il est, ajouta Jake. Est-ce que vous, par hasard… ?

— Non, ça remonte à trop longtemps.

— Savez-vous au moins ce qui lui est arrivé ?

— Pas du tout. J'avais quitté l'Institut, voyez-vous.

— Et lui y est resté, déduisit lentement Jake, se livrant à un rapide calcul. Pourtant, il n'était pas nazi.

— Mon cher, tous ceux qui sont restés après 1938… (Gêné par l'expression de Jake, le vieil homme s'interrompit et détourna le regard.) Mais c'était peut-être un cas à part… (Il jeta le mégot de sa cigarette.) Encore merci. Je dois vous quitter. Le couvre-feu.

— Je connaissais bien Emil. Il n'était pas comme ça.

— Comme qui ? Comme Goering ? Beaucoup de gens ont adhéré, pas seulement les pourceaux. Tout le monde n'a pas le choix.

— Vous, vous avez choisi.

L'homme haussa les épaules.

— Et ça a changé quoi ? Emil était jeune. Un brillant sujet, je me rappelle, la tête pleine de chiffres. Il ne calculait pas seulement sur le papier... Comment savoir ce qui est juste ? Abandonner son emploi pour des raisons politiques ? Il aimait sans doute trop la science. Et à la fin... (Il contempla de nouveau l'Institut, puis Jake.) Vous êtes contrarié, je le vois bien. Permettez-moi d'ajouter quelque chose, pour le prix d'une cigarette. L'éclipse ? En 1919 ? Les *Freikorps* étaient dans les rues, à l'époque. J'ai vu de mes yeux les cadavres, ceux des spartakistes, flotter dans le Landwehrkanal. Qui s'en souvient encore ? De vieilles querelles politiques. Quelques notes de bas de page dans les livres d'histoire. Mais au même moment, dans ce bâtiment, on changeait le monde. Alors, qu'est-ce qui a le plus d'importance ? La carte d'un parti ? Je ne juge pas votre ami. Les Allemands ne sont pas tous des criminels.

— Seulement les faisans dorés.

L'homme acquiesça avec un petit sourire.

— En effet. Eux, je ne leur pardonne pas. Je ne suis pas encore un saint.

— Mais pourquoi cette expression, « faisans dorés » ?

— Comment savoir ? À cause du plumage étincelant – de leurs uniformes. Juste avant l'arrivée des Russes, leurs femmes se sont enfuies en manteau de fourrure. À moins que ce soit parce qu'ils sont sortis des fourrés à toute vitesse dès les premiers coups de feu... (Il rit tout seul.) Voilà peut-être pourquoi il n'y a plus de nazis à Berlin. (Il reprit son sérieux et regarda Jake droit dans les yeux.) Ce n'était qu'une formalité, vous savez. Une simple formalité… Bien le bonsoir, conclut-il, soulevant son chapeau.

Troublé, Jake resta quelques instants immobile devant le bâtiment lugubre de l'Institut. Emil avait dû adhérer. La règle était la même pour tous. Qu'est-ce que ça avait de si étonnant ? Des millions de gens avaient pris leur carte. Une simple formalité. Mais à l'époque, Jake n'en avait rien su. Un secret si bien gardé, pendant tout ce temps. Un homme aimable, au regard bienveillant, peu loquace en société. Un timide avec la tête pleine de chiffres – la dernière personne que Jake aurait soupçonnée. Un nazi, lui ? Non, un bon Allemand. Qui tenait Lena par l'épaule sur le quai. Savait-elle ? Comment aurait-il pu le lui cacher ? Et si elle savait, comment avait-elle pu rester avec Emil ? C'était pourtant ce qu'elle avait fait.

La nuit était tombée. Jake descendit l'allée Thiel. Une jeep venait de s'arrêter devant la Kommandatura, déposant deux soldats qui montèrent l'escalier quatre à quatre, chargés de mallettes. Une nouvelle forme de politique, bientôt aussi vieille que les *Freikorps*. Qu'est-ce qui avait le plus d'importance ? On n'a pas toujours le choix. Lena était restée, Jake était parti. Aussi simple que ça. À ceci près qu'avec Emil plus rien n'était simple. Lena savait-elle, pendant ces après-midi où ils baissaient les stores pour s'isoler de Berlin ?

Jake se sentit soudain désorienté, son paysage intérieur totalement redessiné, comme le plan de la ville où les rues n'étaient plus à leur place. Lorsqu'il tourna à droite au bout de l'allée Thiel, il dut se rendre à l'évidence : il était bel et bien perdu. La rue adjacente ne débouchait pas dans Gelferstrasse, contrairement à ce qu'il croyait. Et par-dessus le marché, voilà que mon allemand laisse à désirer…, se remémora-t-il, souriant intérieurement. Mais il n'était jamais venu dans cette partie de la ville ; ici, les rues n'avaient pas changé de place. C'était dans l'autre Berlin, celui où il avait vécu, qu'il fallait désormais une boussole pour retrouver son chemin, une aiguille aimantée par une force capable de courber la lumière des étoiles.

4

Presque tous les bâtiments d'Elssholzstrasse étant détruits, le siège du Conseil de contrôle paraissait encore plus monumental. Un mastodonte en pierre de Prusse qui, avec sa façade austère donnant sur la rue, avait dû sembler une étape appropriée du temps où les juges, tous membres du parti national-socialiste, condamnaient leurs victimes à des geôles bien plus terribles. L'entrée principale, sur l'allée qui traversait Kleistpark, présentait un visage plus avenant : de grandes portes-fenêtres, flanquées d'anges de pierre contemplant les vestiges d'une pelouse à la française bordée de haies que prolongeaient deux colonnades symétriques, une enclave parisienne à Berlin. L'ensemble avait tout d'une ruche bourdonnante – voitures aux pneus crissant sur le gravier, ouvriers réparant la toiture, faisant claquer les tuiles –, tel un domaine à la campagne avant l'arrivée des invités du week-end. Quatre drapeaux alliés flambant neufs flottaient au-dessus de l'entrée ; des soldats de la 82e division aéroportée, aux guêtres d'un blanc immaculé et aux casques étincelants, montaient la garde à la porte. Même les jardins poussiéreux n'étaient pas en reste, ratissés par un détachement de prisonniers de guerre allemands avec les initiales POW en noir sur le dos, sous l'œil d'une poignée de GI's désœuvrés qui prenaient le soleil. Jake suivit un groupe de robustes femmes-soldats russes dans le hall éclairé par des lustres et gravit un majestueux escalier en marbre, comme à l'opéra. Il fut accueilli, à sa grande surprise, par Muller en personne.

— Je me suis dit que vous aimeriez sûrement visiter les lieux, expliqua le colonel, s'engageant dans un couloir. On est toujours en train de remettre le bâtiment en état. Il a pas mal souffert.

— Sans doute pas assez, vu ce à quoi il a servi.

— Il faut faire avec. C'est ce qu'on a trouvé de plus grand. Au moins quatre cents pièces, paraît-il, encore que j'ignore qui les a comptées. Il doit y avoir quelques placards dans le lot. Bien sûr, on ne peut en utiliser qu'une partie. Voilà où se réunira le Conseil…

Muller ouvrit la porte d'une vaste pièce, déjà transformée en salle de réunion avec ses tables en carré. À chaque angle, près d'un des drapeaux alliés, se trouvait un bureau avec la machine du sténotypiste. Des piles de blocs-notes et de cendriers attendaient sur une des tables.

— Personne n'est entré ici à ce jour, affirma-t-il. Vous êtes le premier, si ça peut vous réjouir.

Jake inspecta du regard la salle déserte, se revoyant au château de Cecilienhof en train de compter les cheminées.

— Pas de bancs réservés à la presse ?

— Non. Pour ne pas encourager les intervenants à faire des discours – difficile de résister, devant la presse.

Dès qu'on leur donne un public, ils ne peuvent s'en empêcher. Or, ce seront des réunions de travail.

— Dont rien ne filtrera.

— Erreur… (De la tête, Muller désigna les sténotypes.) On pourra consulter les minutes. Le Conseil se réunira chaque trimestre, le Comité de coordination chaque mois. Quant aux sous-comités… le plus souvent possible. On a du pain sur la planche.

Jake passa la main sur la pile de blocs-notes.

— Tout est fin prêt.

— Sur le papier, dit Muller, s'asseyant sur le rebord de la table, dos à la fenêtre, si bien que ses cheveux argentés paraissaient nimbés de lumière. En fait, personne ne sait comment ça va fonctionner. Jusqu'au jour « J ». On improvise au fur et à mesure. On n'avait pas prévu qu'on devrait diriger le pays. En tout cas, pas de cette manière, précisa-t-il, voyant Jake hausser les sourcils. On s'était contentés de former quelques conseillers, quelque part en Virginie, pour aider les Allemands à assurer la transition…

Il avait mis l'accent sur ce dernier mot.

— … la transition. J'ignore à quoi s'attendaient les autorités. Sans doute à la même chose qu'après la Première Guerre mondiale : on négocie un traité de paix, on met en place des gens bien, et on rentre à la maison. Mais pas cette fois. Il n'y avait plus de gens bien à mettre en place. Après douze ans de national-socialisme, même les facteurs étaient nazis. Quant au pays, vous l'avez vu : un champ de ruines. Personne n'imaginait qu'ils se battraient jusqu'au dernier, et pour cause. Comment imaginer qu'une nation entière choisirait de se suicider ?

— Les bombardiers alliés l'y ont un peu aidée…

Muller hocha la tête.

— Les Allemands l'ont quand même cherché. En tout cas, on se retrouve avec un pays détruit sur les bras. Rien à manger, rien qui marche... À elle seule, la remise en route du système de distribution d'eau occupe à plein temps notre quartier général berlinois, ajouta-t-il avec un soupir. Rien que dans notre secteur, on a vingt millions de personnes à nourrir. Ceux qui ne meurent pas de faim en sont réduits à voler des vélos pour se déplacer. On va devoir affronter l'hiver sans charbon. Plus quelques épidémies si on joue de malchance, ce qui est probable. Et il y a les sans-abri... (Il eut un geste désabusé, comme si les mots lui manquaient.) On n'avait rien prévu de tout ça, mais c'est quand même à nous de trouver des solutions. Alors, on n'a pas le temps de s'ennuyer, conclut-il, d'un ton aussi las que son regard. Vous avez vu ce que vous vouliez ?

— Oui. Merci de la visite. Et de ce plaidoyer. Vous ne seriez pas en train de me faire la leçon, par hasard ?

Muller sourit courtoisement.

— Qui sait... J'ai été soldat toute ma vie. Dans l'armée, on a l'habitude de serrer les rangs. Les journalistes qui critiquent le gouvernement militaire devraient peut-être mesurer l'ampleur de sa tâche. Histoire de relativiser un peu. On n'est pas tous... Oh, allons plutôt dans mon bureau. Je vais vous donner ce que vous êtes venu chercher.

— Au fait, comment avez-vous atterri ici ? demanda Jake, le suivant dans l'interminable couloir.

— Comme tout le monde. On n'a plus besoin de combattants, il faut donc bien nous employer quelque part. Je n'étais pas volontaire, si c'est ce que vous voulez savoir. Le gouvernement militaire n'apprécie pas trop les unités tactiques, on passe pour des ronds-de-cuir. Moi comme les autres. Personne n'obtiendra de promotion en rétablissant le tout-à-l'égout. Mais on n'en aura pas non plus sur le front – la guerre est finie, paraît-il – et je n'ai pas encore l'âge de la retraite. D'où ma présence dans ce repaire de vieux gradés. Les civils, c'est une autre affaire. Souvent des avocats qui ont passé toute la guerre au fin fond du Kansas, et qui décident de faire une période militaire pour pouvoir se vanter d'être capitaines – ces gens-là ne s'engagent jamais comme simples soldats. Et ils le décrochent, leur grade d'officier, celui-là même qu'on a mis des années à obtenir. Ça peut rendre amer, si on n'y prend garde.

— Mais pas vous…

— À une époque, si. Cela dit, ici comme ailleurs, on ne pense qu'au travail. Et qu'à servir son pays, ajouta-t-il sans la moindre ironie. Je n'étais pas candidat, et pourtant je pense qu'on réalise un boulot formidable, compte tenu des circonstances… Mais cette réponse vous fait peut-être l'effet d'un nouveau plaidoyer ?

Jake sourit.

— Non. Elle prouve surtout que vous méritez une promotion.

— Qui ne viendra pas… (Muller s'arrêta et regarda Jake.) Vous savez, c'est sûrement ma dernière affectation. Je préférerais ne pas être… éclaboussé par un scandale. Si vous devez nous traîner dans la boue, j'aimerais être prévenu.

— Je n'ai pas…

— Bien sûr. Vous voulez juste satisfaire votre curiosité. Comme chacun de nous. Après tout, un homme a été tué. Mais, à vrai dire, on aura du mal à savoir ce qui s'est passé. On n'a pas les détectives de Scotland Yard, seulement quelques policiers militaires qui se contentent d'arrêter les ivrognes. On peut très bien ne jamais découvrir la vérité. En revanche, si de nouveaux éléments s'avéraient gênants pour nous, il faudrait que nous en soyons informés.

— Qu'est-ce qui vous fait penser que c'est le cas ?

— Rien. Mais c'est ce que vous cherchez, non ? (Muller repartit vers son bureau.) Écoutez, je vous propose de couper la poire en deux. Je ne suis pas censé révéler quoi que ce soit. Si vous n'aviez pas été présent à Potsdam… Enfin, vous y étiez, et vous avez reconnu la victime. Donc, j'ai un problème. Je ne peux pas faire comme s'il ne s'était rien passé. Mais je ne désire pas non plus donner prise aux spéculations les plus folles. Alors, je vous communique les informations en ma possession, à vous et à personne d'autre. Si vous levez un lièvre, très bien, vous avez un scoop.

— Et dans le cas contraire ?

— Vous gardez vos soupçons pour vous. Pas de cadavre suspect, pas de mystère non résolu. Vous réussiriez sûrement à exploiter l'affaire dans les journaux, mais ici on croulerait sous une avalanche de questions auxquelles on serait incapables de répondre. Ça prendrait du temps, beaucoup de temps. On ne peut pas se le permettre. Il y a trop à faire. Je vous demande juste un peu de discrétion.

— Et de vous soumettre d'éventuelles révélations.

— Je ne vous interdis pas de révéler quoi que ce soit. Je veux simplement être prévenu.

— Pour pouvoir démentir ?

— Non, répondit Muller, impassible. Pour pouvoir me couvrir. (Il s'arrêta devant une porte avec une vitre en verre dépoli.) On est arrivés. Jeanie doit avoir les copies dont je vous ai parlé.

Jeanie était une ravissante auxiliaire de l'armée, aux ongles carmin d'une longueur telle qu'on se demandait comment il lui était possible de taper à la machine.

Occupée à glisser des copies carbonées dans deux chemises bistre, elle adressa à Muller un sourire dont Jake, amusé, devina qu'il n'avait rien de professionnel. Le colonel, lui, ne paraissait pas d'humeur à rire.

— Vous avez ces rapports ?

Jeanie lui tendit une des chemises, ainsi qu'un message sur un bout de papier.

— Le général vous attend à dix heures.

— Alors allons-y, dit Muller.

Il précéda Jake dans une pièce aux murs nus, exception faite d'un drapeau américain dans un coin. L'homme n'aimait pas les bibelots : sur son bureau se trouvaient en tout et pour tout un sous-main, un stylo, et un cadre avec la photo d'un jeune soldat.

— Votre fils ? s'enquit Jake.

— Oui, il a été touché à Guadalcanal.

— Toutes mes condoléances.

— Il n'a pas été tué. Juste blessé. Au moins, il est sorti de ce guêpier.

Pour ne pas avoir à se livrer davantage, Muller ouvrit la chemise et en tira deux copies carbonées qu'il poussa vers Jake.

— États de service. Compte rendu d'incident.

— Vous appelez ça un incident ?

— C'est le terme officiel, répondit Muller avec un certain agacement. Il s'agit d'un formulaire standard. En tout cas, maintenant, vous en savez autant que nous.

Jake parcourut la première feuille, brève liste de dates et d'affectations. Patrick Tully. Natick, Massachusetts. Un peu plus âgé que le soldat en photo sur le bureau. Quant au compte rendu d'incident, Jake aurait pu le rédiger lui-même.

— Ça ne fait pas grand-chose.

— Non.

— Que manque-t-il ? A-t-il pu avoir d'autres ennuis qui ne figureraient pas dans ces documents ?

— Pas à ma connaissance. Rien de suspect dans ses états de service. Un membre distingué des forces armées américaines. C'est en tout cas ce qu'on écrira à sa mère.

— Évidemment…

Une personne, pas un numéro, un gosse avec une famille, et qui avait eu moins de chance que Muller fils.

— Et pour l'argent ? demanda Jake.

— On l'envoie à sa mère, comme ses effets personnels. En mandat postal. Jusqu'à nouvel ordre, il lui appartenait. Si tout va bien, elle croira qu'il avait fait des économies.

— Quel était le montant exact ? Il n'apparaît pas dans le compte rendu.

Muller considéra longuement Jake.

— Cinquante-six mille Marks, concéda-t-il. Soit environ cinq mille dollars. C'est du moins la somme remise par les Russes. Ils prétendent qu'une partie s'est envolée.

— Donc, il faut compter le double. Jolies économies…

— Il a pu gagner au poker.

— Qu'est-ce qui rapporte autant d'argent, au marché noir ?

— Les montres, surtout. Du moment qu'elles font tic-tac, les Russes achètent. Une montre Mickey Mouse peut se vendre cinq cents dollars.

— Ça fait quand même beaucoup de montres…

— Tout dépend de la durée du trafic. En admettant qu'il ait réellement été mêlé à un truc de ce genre… Écoutez, officiellement, il n'y a pas de marché noir. Parfois, on est un peu juste en approvisionnement. Des caisses disparaissent. En temps de guerre, ce sont des choses qui arrivent. Les Allemands meurent de faim. Ils sont prêts à tout pour trouver de quoi manger. Il ne s'agit jamais que de nourriture. Bien entendu, on s'efforce d'y mettre bon ordre.

— Et officieusement ?

— Tout le monde fait du marché noir. La tentation est trop forte. Calculez vous-même : un GI a droit à une cartouche de cigarettes par semaine ; cinq cents le paquet, cinquante cents la cartouche. Au marché noir, elle vaut cent dollars – au total, cinq mille dollars par an. Ajoutez-y quelques barres de chocolat, quatre bouteilles de whisky par mois, soit cinq mille dollars de plus. Un colis de nourriture envoyé des États-Unis ? Du thon ou de la soupe en conserve ? Encore des dollars. Beaucoup de dollars. Ça finit par faire une somme. Rien qu'avec ses rations, un soldat peut doubler son salaire annuel. Essayez un peu de l'en empêcher… Officiellement toujours, il n'y a pas de prostitution. Alors, comment expliquer cette recrudescence des maladies vénériennes ?

Jake contempla le formulaire.

— Il n'était en Allemagne que depuis le mois de mai.

— Que voulez-vous que je vous dise ? Certains de nos hommes sont plus débrouillards que les autres. Pas besoin d'être un gros bonnet pour gagner de l'argent en Allemagne. Le mois dernier, nos soldats ont reçu en tout environ un million de dollars. Ils en ont envoyé trois millions chez eux… Officieusement, précisa-t-il après une pause.

Jake ouvrit des yeux effarés.

— Je ne croyais pas les Allemands aussi riches.

— Les Allemands… Ils en sont à vendre leur argenterie pour une demi-livre de margarine ; ils bradent les quelques biens qui leur restent. Ce sont les Russes qui sont riches.

Jake revit les gardes mal fagotés devant l'ancienne chancellerie, les soldats qui poussaient une charrette sur Potsdamerplatz, l'air aussi primitifs que les paysans d'un village bourbeux.

— Les Russes auraient autant d'argent ? répliqua-t-il, étonné. Depuis quand ?

Muller fixa Jake.

— Depuis qu'on le leur a donné… (Il hésita.) Ça reste toujours entre nous ?

— Plus que jamais.

— Je vous prends au mot, dit Muller, se redressant sur son siège. Voyez-vous, l'idée de départ était d'émettre des Marks d'occupation, une monnaie que tous les militaires stationnés ici pourraient utiliser et que les autochtones accepteraient, au lieu d'engorger le système avec quatre monnaies différentes. Bon. Donc, le Trésor américain fabrique des planches à billets, et comme des idiots on en confie une aux Russes. La même monnaie pour tous… Bien sûr, ils étaient censés tenir des comptes précis, puisque ces Marks devaient être convertibles en dollars, en livres, etc. Au lieu de quoi, ils ont commencé à jouer de la planche à billets et ils n'ont plus arrêté. Personne ne sait combien d'argent ils ont mis en circulation. La plupart de leurs hommes n'étaient plus payés depuis trois ans. Ils l'ont été en Marks d'occupation. Le problème, c'est qu'ils ne peuvent pas rapatrier tous ces Marks : les autorités russes refusent de les convertir. Voilà comment une armée entière se retrouve avec plus d'argent qu'elle n'en a jamais vu, et un seul endroit où le dépenser : ici. Alors, les soldats russes achètent des montres et tout ce qu'ils peuvent ramener chez eux. À n'importe quel prix. Pour eux, ça ressemble à une partie de Monopoly. Dans le même temps, puisqu'il s'agit d'une monnaie convertible, nos hommes à nous acceptent les Marks d'occupation, les envoient aux États-Unis pour les faire changer en dollars, et c'est le Trésor américain qui casque. Bien entendu, on proteste haut et fort, mais je vous parie ce que vous voulez – en dollars – que cette planche à billets ne nous rapportera pas un rouble. Les Russes prétendent que leurs Marks ne circulent qu'en Allemagne, où ils font tourner l'économie locale, et que les Allemands régleront l'addition. De notre côté, on a du mal à expliquer pourquoi tant de ces Marks affluent sur le territoire américain, puisqu'il n'y a pas de marché noir. Alors, on continue de payer. En fait, on finance l'occupation russe. Mais tout le monde ferme les yeux sur cette histoire… comme vous-même allez le faire, ajouta Muller avec un sourire.

— Je ne suis même pas certain d'avoir compris.

— Personne ne comprend les histoires d'argent. Sauf les siennes. Heureusement pour le Trésor américain. Si c'était nous qui avions fait un coup pareil, on aurait été rappelés sur-le-champ et passibles de la cour martiale.

— Comment allez-vous régler le problème ?

— C'est l'objet de la réunion de dix heures avec le général Clay. Il veut limiter les sommes qu'un soldat peut envoyer chez lui en plus de sa solde. Ce sera un vrai casse-tête pour la poste américaine et ça ne résoudra rien, cependant ça permettra au moins de stopper en partie l'hémorragie. Bien sûr, chaque soldat pourra toujours expédier des colis aux États-Unis, mais les Marks d'occupation resteront en Allemagne, d'où ils n'auraient jamais dû sortir. À terme, la seule solution efficace serait de créer une nouvelle monnaie, mais inutile de se réjouir trop vite : qui peut croire que les Russes se laisseront convaincre du jour au lendemain ?

— Et sur le terrain, vous faites comment, pour assurer le maintien de l'ordre ?

— C'est le problème. Les descentes occasionnelles de la police militaire dans les endroits les plus touchés ne sont qu'une goutte d'eau dans l'océan. Berlin est une ville ouverte – les gens vont et viennent librement –, mais découpée en zones d'occupation. D'où l'impossibilité pour nous de patrouiller autour de la gare du Zoo, en secteur britannique. Et Alexanderplatz est en secteur soviétique.

— Comme Potsdam.

Muller leva les yeux vers Jake.

— Exactement. On ne peut rien faire là-bas.

— Et ailleurs que dans la rue ? Avec de telles sommes en jeu, quelqu'un doit tirer les ficelles.

— Vous pensez à des bandes organisées ? Des professionnels du crime ? Je ne sais pas. J'en doute. Des rumeurs circulent au sujet des sans-abri, mais les gens ont tendance à les prendre comme boucs émissaires. Personne ne les contrôle vraiment. Pour ce dont vous parlez, il faudrait redescendre en Bavière ou à Francfort, là où il reste quelque chose à voler. Des entrepôts. Des stocks importants. Ça arrive. Si le sujet vous intéresse, je crois qu'à Francfort quelqu'un est chargé de s'en occuper. Mais à Berlin ? La ville a subi un pillage en règle. Ici, il s'agit seulement d'un petit commerce qui finit par rapporter gros.

— Une assez bonne définition du racket…

Sourire crispé de Muller.

— Si on veut. (Il posa les mains en éventail sur son bureau.) Écoutez, un soldat vend une montre. Sans doute n'en a-t-il pas le droit, et sans doute trouvez-vous dérisoires nos efforts pour l'en empêcher. Mais laissez-moi vous dire une chose : j'ai vu beaucoup d'hommes mourir pendant la guerre. Éventrés, se tenant les tripes à deux mains. Des types bien. Des gosses. À l'époque, personne ne les traitait de criminels. Maintenant, ils se font quelques dollars à droite et à gauche. C'est peut-être répréhensible, mais, entre nous, je reste un soldat, et je pense qu'ils valent bien deux millions de dollars par mois.

— Moi aussi. Simplement, je n'aime pas qu'ils se fassent descendre. Ça paraît injuste. Surtout pour une montre.

Muller le dévisagea, déconcerté, puis il baissa la tête.

— Certes… D'autres questions ?

— Des quantités. Mais votre réunion vous attend. Je ne veux pas abuser de votre hospitalité.

Jake se leva et Muller l'imita, visiblement soulagé.

— Revenez quand vous voulez. On est là pour ça.

— Non, pas vraiment. J'apprécie le temps que vous m'avez consacré. Et ceci également, ajouta Jake en pliant les copies carbonées… Ah, une dernière chose : je peux voir le cadavre ?

Surpris, Muller recula d'un pas.

— Le cadavre ? Vous l'avez déjà vu, non ? C'était bien la raison de votre visite ? Il est… parti. Renvoyé à Francfort.

— Les choses n'ont pas traîné. Pas d'autopsie ?

— Pour quoi faire ? On sait comment il est mort. Il fallait vraiment en demander une ?

Jake haussa les épaules.

— Au moins l'avis d'un médecin légiste. (Il surprit l'expression accablée de Muller.) D'accord, on n'est pas à Scotland Yard… mais tout ça paraît un peu bâclé, déclara-t-il en glissant les deux copies dans sa poche.

L'examen du cadavre aurait pu nous aider. J'aurais préféré que vous attendiez un peu.

Muller le fixa en soupirant.

— Vous savez ce que j'aurais préféré, Geismar ? Que vous ne mettiez jamais les pieds à Potsdam.

Jeanie vérifiait sa propre liasse de copies carbonées lorsque Jake sortit du bureau. Elle leva la tête et lui sourit sans s'interrompre, comme un croupier de casino, insérant une troisième feuille dans la liasse. Ensuite, elle déposa la chemise dans la corbeille des dossiers à archiver.

— Terminé ? s'enquit-elle.

Jake lui rendit son sourire. L'armée ne changeait pas, on tapait toujours tout en double exemplaire. Il se demanda si une autre auxiliaire s'occupait du rangement des dossiers, afin de protéger ces merveilleux ongles carmin.

— Pour aujourd'hui, répondit-il, toujours avec le sourire.

Croyant qu'il lui faisait des avances, elle haussa les sourcils et le défia du regard.

— On est là chaque jour de neuf heures à dix-sept heures, précisa-t-elle pour se débarrasser de lui.

— C'est bon à savoir. Le colonel vous fait travailler dur ?

— Toute la sainte journée. L'escalier est à droite au bout du couloir.

— Merci, dit-il, se mettant au garde-à-vous.

Sur les marches de l'entrée, aveuglé par la lumière, il porta la main à son front. Le soleil, déjà chaud, filtrait à travers le nuage de poussière dominant les ruines, au-delà des élégantes colonnades. Les prisonniers de guerre allemands, penchés sur leurs râteaux, étaient à présent torse nu.

Jake resta un moment immobile, la tête pleine de planches à billets et de montres qui ne le menaient nulle part. Sans doute ce qu'espérait Muller. Il sourit tout seul en pensant à Jeanie : deux fins de non-recevoir coup sur coup... La seconde avait été plus directe que la première, car Muller y avait mis les formes, l'abandonnant sur les marches sans qu'il ait même la certitude d'avoir été éconduit. Pourtant, quelque chose taraudait Jake : les lettres manquantes d'une grille de mots croisés qui lui sauteraient aux yeux s'il la contemplait assez longtemps. Il prévint le chauffeur de la jeep qu'il préférait rentrer à pied.

— À pied ? répéta le soldat, sidéré. Jusqu'à Gelferstrasse ?

— Non. Attendez-moi à la gare du Zoo dans une heure. Vous savez où c'est ?

— Évidemment. Mais il y a un bout de chemin.

— J'aime marcher. Ça m'aide à réfléchir.

Pourquoi devait-il se justifier ? Il allait demander à Ron de lui attribuer une jeep qu'il conduirait lui-même. Mais, comme Jeanie, le soldat n'était pas né de la dernière pluie.

— Compris... Vous ne voulez vraiment pas que je vous dépose ? Je veux dire, ça ne me dérange pas, ce sont vos affaires.

Tout le monde fait du marché noir, se répétait Jake en traversant le parc dévasté. Un petit commerce qui finit par rapporter gros. Avec qui Tully s'y était-il livré ? Un Russe trop prompt à dégainer ? Un sans-abri n'ayant rien à perdre ? Ça pouvait être n'importe qui. Cinq mille dollars, au minimum. À Chicago, des gens se faisaient tuer chaque jour pour bien moins, quelques malheureux dollars prélevés sur l'argent du racket. Mais ici, une vie valait encore moins cher. Alors, pourquoi avoir effectué ce voyage ? À cause de la présence des Russes, aux poches pleines de billets. Plus besoin d'accepter des bibelots en porcelaine ou de l'argenterie en guise de paiement. Du liquide. Comment résister à la tentation ? Tout le monde fait du marché noir.

Les grilles du parc ouvraient sur la moitié inférieure de Potsdamerstrasse, où circulaient des camions militaires et des cyclistes sur des vélos brinquebalants, seuls survivants du flot de véhicules qui fonçaient naguère vers le centre dans un vrombissement de moteur. À pied, Berlin n'était pas la même ville, son spectacle différait de celui vu de la jeep : plus dérangeant, une épave en gros plan. Jake avait toujours aimé y marcher, explorer les kilomètres de rues planes au tracé irrégulier, comme si le simple contact de ses chaussures en cuir lui permettait de mieux les connaître, d'entrer dans leur intimité. Les dimanches à Grunewald. Les après-midi passés à découvrir des quartiers où les autres journalistes ne s'aventuraient jamais – Prenzlauer ou Wedding et ses logements ouvriers –, le regard glissant d'un bâtiment à l'autre, indifférent à l'état de la chaussée. À présent, il fallait avancer avec précaution, contourner les blocs de béton, et se frayer un chemin au milieu des plâtras et des éclats de verre qui crissaient sous les pas. La ville ressemblait à un parcours du combattant semé d'obstacles, de débris pointus cachés sous les décombres. Des tiges de métal noirci aux formes torturées. Et toujours cette odeur de décomposition. À l'angle de Pallasstrasse, les ruines du palais des Sports où les cyclistes avaient sprinté sur l'anneau de vitesse, où Hitler avait promis à ses fidèles un empire millénaire. Seul le gigantesque abri antiaérien avait résisté aux bombardements, comme celui du zoo. Un soldat s'y appuyait d'une main, caressant de l'autre les cheveux d'une jeune fille tout en lui parlant – le plus vieux marché noir du monde. Sur le trottoir d'en face, quelques jeunes femmes en robe d'été, adossées à un mur miraculeusement épargné, hélaient des camions militaires. À dix heures du matin.

Les petites rues étaient obstruées par des gravats. Jake demeura sur les artères principales, tournant à gauche dans Bülowstrasse pour entamer la longue remontée vers le zoo. Une partie de la ville qu'il connaissait bien, avec la station du métro aérien qui dominait Nollendorfplatz, entourée de bars. L'enseigne lumineuse d'un cinéma était debout sur un trottoir, presque intacte, le reste du bâtiment semblant avoir disparu sous elle comme une nappe dans un tour de magie. Quelques rares passants, l'un d'eux poussant un landau rempli de provisions, et Jake prit conscience que ce pas lourd aperçu de la jeep deux jours plus tôt était devenu celui de la ville tout entière. Une progression aussi lente que la sienne. Personne ne marchait vite, au milieu des décombres. Qui pouvait avoir envie de venir à Berlin ? Pour Tully, était-ce la première fois ? Il avait dû recevoir un ordre de mission, il faudrait vérifier. Les militaires tapaient tout en double exemplaire.

Encore des ruines, encore des groupes de Berlinoises coiffées d'un foulard et en pantalon de treillis, qui déblayaient des briques. Une autre femme surgit d'un immeuble, sur des talons aiguilles, aussi élégante que si elle partait faire ses courses au grand magasin KaDeWe, à l'autre bout de la rue. Au lieu de quoi elle s'avança sur les plâtras, chancelante, vers une jeep qui attendait, et s'y installa en tirant sur ses bas. Un autre genre de sortie. De toute façon, il n'y avait plus de KaDeWe – éventré par les bombes sur Wittenbergplatz. Même les mannequins des vitrines n'avaient pas été épargnés. Jake et Lena s'étaient parfois donné rendez-vous dans ce magasin, près de l'étalage de charcuterie au rayon alimentation où tout le monde se croisait, mais ils sortaient séparément pour rejoindre son appartement à lui, de l'autre côté de la place. Empruntant des trottoirs opposés afin qu'il puisse voir Lena dans la foule lorsqu'il attendait aux feux, et vérifier si quelqu'un la suivait – ce qui n'arrivait jamais. Un jeu, pour le plaisir de se faire peur. Puis il montait quatre à quatre l'escalier en haut duquel patientait Lena. Un coup de sonnette pour s'assurer que Hal était sorti, et ils entraient, s'étreignant parfois avant même que la porte soit refermée. L'appartement lui aussi aurait disparu, comme leurs après-midi ensemble, réduit à l'état de souvenir…

Non, en fait. Jake regarda le trottoir d'en face, la main de nouveau en visière. L'immeuble avait été touché, mais son appartement situé à l'angle était toujours là, donnant à l'ouest, sur la place. Plein d'impatience, Jake s'élança, pour s'immobiliser aussitôt. Que dirait-il ? « J'ai vécu ici et j'aimerais revoir les lieux » ? Il se représenta une autre Frau Dzuris, l'air perplexe, espérant qu'il lui donnerait du chocolat. Une femme apparut à la fenêtre, l'ouvrit en grand, et il retint son souffle, les yeux écarquillés. Pourquoi pas ? Mais ce n'était pas Lena, aucun doute là-dessus. Un camion passa, lui bloquant la vue, et ensuite la femme avait tourné le dos. Il n'apercevait pas son visage, seulement sa silhouette massive, mais cela suffisait : même à cette distance, il aurait reconnu Lena au simple mouvement d'un bras. Il laissa retomber sa main, conscient du ridicule de la situation. Sûrement une amie du propriétaire, qui se serait empressée d'emménager après le départ de Hal.

Elle n'avait jamais vu Jake, refuserait sans doute de croire qu'il avait naguère occupé les lieux. Pourquoi le croirait-elle ? Le passé avait été rayé de la carte en même temps que les rues. Et pourtant l'appartement était là, bien réel, preuve que le reste avait existé. Si Jake regardait assez longtemps, peut-être la place allait-elle réapparaître tout entière, avec son animation d'antan ?

Il tourna la tête et surprit son reflet dans un éclat de verre d'une vitrine brisée. Plus rien n'était comme avant, pas même lui. Lena le reconnaîtrait-elle ? Il contempla le reflet. Pas un inconnu, pas non plus l'homme qu'elle avait aimé. Un visage marqué par l'existence, vieilli, où deux rides profondes mettaient la bouche entre parenthèses. Le cheveu noir, mais les tempes dégarnies. Un visage qu'il voyait chaque matin en se rasant, sans remarquer son évolution. Il imagina Lena en train de le regarder, lissant du doigt ses rides pour le retrouver tel qu'il avait été. Mais les visages non plus ne rajeunissaient pas. Ils gardaient la trace des reportages, des télégrammes pleins de frénésie, leurs yeux étaient fatigués d'avoir trop vu. Dire qu'ils avaient appartenu à des enfants. Quatre ans seulement, et tant de marques. Son visage à lui était toujours là, comme l'appartement, mais avec des cicatrices aussi, différent d'avant. La guerre avait changé tout le monde. Enfin, au moins n'était-il ni prisonnier de guerre, ni sans-abri, ni mort.

Il sursauta et s'arrêta. Mort. Sortant de sa poche les copies carbonées, il les parcourut de nouveau. C'était bien ça. Après avoir glissé la première feuille sous la seconde puis jeté un coup d'œil à celle-ci, il chercha automatiquement la troisième – en vain. Pourtant, Jeanie avait une liasse de trois copies carbonées. Il fronça les sourcils, essayant de se souvenir. Oui, elles allaient bien par trois. Il réfléchit quelques instants, remit les feuilles dans sa poche et remonta la rue en direction du zoo, où se tenait le petit commerce qui finissait par rapporter gros.

Le chauffeur conduisit Jake au bureau de Bernie, dans l'ancien quartier général de la Luftwaffe. Une petite pièce encombrée par les dossiers et les liasses de questionnaires qui recouvraient le canapé et s'empilaient sur le sol, véritable fouillis de papiers. Comment Bernie s'y retrouvait-il ? Sur la table, c'était pire encore : questionnaires, coupures de journaux, tasses de café sales, et même une cravate abandonnée – il y avait de tout ici, sauf Bernie lui-même, sorti une fois de plus. Jake ouvrit un dossier, un *Fragebogen* bistre comme Lena en avait peut-être rempli, une vie entière en six pages dactylographiées. Celui-là était au nom d'un certain Herr Gephardt dont la conduite irréprochable justifiait, à l'en croire, l'obtention d'un permis de travail. Un soldat apparut à la porte.

— Ne touchez à rien. Ça paraît incroyable, mais il s'en apercevra.

— Vous ne savez pas à quelle heure il sera là ? Je l'ai déjà raté une fois.

— C'est vous qui êtes venu hier ? Il m'a prévenu que vous deviez passer. Essayez le Centre de documentation. Il y est souvent. À Wasserkäfersteig, articula le soldat laborieusement.

— Où ça ?

— Imprononçable, non ? répliqua le soldat avec un sourire. Si vous pouvez patienter une minute, je vous emmène : j'y allais justement. Je connais le chemin, mais ne me demandez pas d'épeler le nom.

Ils dépassèrent le centre de presse et se dirigèrent vers la station de métro de Krumme Lanke, où s'étaient regroupés une poignée de civils et de militaires, version miniature du marché noir du Reichstag, puis ils tournèrent à droite dans une rue paisible. Tout au bout, Jake aperçut les arbres de la forêt de Grunewald. Il revit les journées d'été avant la guerre, les promeneurs en short qui rejoignaient les plages, là où le cours de la Havel s'élargissait pour former ce qu'à Berlin on appelait des lacs. Cette fois, sous le même soleil brûlant, seules quelques personnes ramassaient du bois mort qu'elles entassaient sur des charrettes. Une hache débitait une énorme souche.

— Pitoyable, non ? lui lança le soldat. Ils abattent les arbres dès qu'on a le dos tourné. Il n'y aura plus de bois cet hiver.

Et pas de charbon non plus, d'après Muller. À la lisière de la forêt, ils obliquèrent dans une rue étroite bordée de villas, où l'une d'elles avait été transformée en forteresse par une double rangée de barbelés, des projecteurs, et des sentinelles patrouillant en permanence.

— Ils ne prennent aucun risque, remarqua Jake.

— Des sans-abri campent dans la forêt. Dès qu'il fait nuit…

— Qu'est-ce qu'il y a, là-dedans ? De l'or ?

— Mieux que ça – pour nous, en tout cas : les archives du parti national-socialiste.

Le soldat présenta son laissez-passer, puis conduisit Jake dans le hall pour qu'il signe le registre. Une sentinelle inspectait la sacoche d'un soldat qui s'apprêtait à sortir. Sans un mot de part et d'autre. Le siège du Conseil de contrôle résonnait des mêmes allées et venues qu'un ministère. Ici, tout était calme, le silence feutré d'une banque. Un dernier contrôle d'identité, et ils pénétrèrent dans une pièce remplie d'armoires métalliques.

— Bon sang, on se croirait à Fort Knox...

Le soldat sourit.

— Bernie doit être en bas, à compter les lingots dans la salle des coffres. Par ici...

— Où avez-vous trouvé tout ça ? demanda Jake, les yeux fixés sur les armoires métalliques.

— Un peu partout. Le parti a gardé le moindre papier jusqu'à la fin : formulaires de candidature, minutes des procès... Ils n'ont sans doute jamais envisagé l'éventualité d'une défaite. Et après, ils n'ont pas eu le temps de s'en débarrasser. (Le soldat désigna certaines armoires en marchant.) On a aussi les archives de la Waffen SS, même celles de Himmler. Mais notre plus belle prise est en bas : les cartes d'adhérents. Le fichier central du parti à Munich conservait un double de toutes – pour chaque nazi. Huit millions au minimum. Les responsables du parti ont fini par les faire transporter dans une usine de pâte à papier, en Bavière, pour les détruire, mais la VIIe armée est arrivée avant. Alors voilà ! Maintenant, tout est à nous... (Il descendit un escalier menant au sous-sol.) Teitel, vous êtes là ? J'ai votre visiteur.

Bernie était penché sur une vaste table aussi encombrée que celle de son bureau. Les murs de la pièce – sans doute une ancienne cave à vin – disparaissaient entièrement derrière des casiers à tiroirs en bois pareils aux fichiers d'une bibliothèque. Bernie leva la tête, l'air égaré, comme s'il voyait Jake pour la première fois.

— Pardon de vous tomber dessus sans prévenir, déclara celui-ci. Je sais que vous êtes très occupé, mais j'ai vraiment besoin de votre aide.

— Geismar ! Ah oui… Vous espériez retrouver la trace d'une amie. Désolé, j'avais totalement oublié.

Il saisit un stylo, prêt à noter.

— Pensez bien à lui refaire signer le registre en partant, dit le soldat à Bernie avant de disparaître dans l'escalier.

— Comment s'appelle votre amie, déjà ?

— Brandt. Mais j'ai besoin d'autre chose…

Bernie leva de nouveau la tête, son stylo toujours à la main. Jake prit une chaise et s'assit.

— Un soldat américain a été tué hier à Potsdam – enfin, le décès remontait à la veille. Le cadavre s'est échoué devant le château de Cecilienhof. Vous en avez entendu parler ?

Bernie secoua la tête.

— Je n'en suis pas surpris, poursuivit Jake. La nouvelle n'a pas dû arriver jusqu'ici. En tout cas, j'étais sur place et ça m'a intrigué. L'homme avait de l'argent sur lui, une grosse somme – cinq mille dollars, peut-être dix mille. Ça m'a intrigué encore davantage, mais apparemment je suis le seul à me poser des questions. Ce matin, un représentant du gouvernement militaire m'a conseillé de laisser tomber – poliment, mais fermement. J'ai même eu droit à un sermon. « Ce genre de choses arrive tout le temps… Le marché noir est un petit commerce anodin, personne ne tire les ficelles… On passe notre temps à protester auprès des Russes, mais pas quand ils abattent un de nos hommes… Alors, ne vous mêlez pas de cette histoire, s'il vous plaît. » Évidemment, elle m'intéresse plus que jamais. Par-dessus le marché, j'apprends que le cadavre est déjà reparti à Francfort. Un peu rapide, surtout pour le gouvernement militaire. Vous me suivez ?

— À qui avez-vous eu affaire ?

— À Muller.

Bernie fronça les sourcils.

— Fred Muller ? C'est un type bien. Un soldat de la vieille école.

— Je sais. Donc si on lui demande d'étouffer une affaire, il obéit. Écoutez, je n'ai rien contre lui personnellement. Il n'est pas loin de la retraite et il ne veut pas d'ennuis. Il doit me considérer comme un emmerdeur.

— Probablement.

— Mais pourquoi étouffer cette affaire ? Après m'avoir promis des révélations exclusives, il me donne un simple compte rendu d'incident, et incomplet, encore : il manque une feuille… Le genre de procédé qui éveille les soupçons d'un avocat général.

Bernie sourit.

— Pourquoi vous adressez-vous à moi ?

— Parce que, dans le civil, vous l'étiez. Et quand on a été avocat général, on ne cesse jamais de l'être. Cette histoire n'est pas claire, vous le sentez bien.

— Non, pas pour l'instant, répondit Bernie sans ciller.

— Vraiment ? Alors, voilà qui vous fera peut-être changer d'avis : à en croire Muller, il s'agirait d'un GI qui se faisait quelques dollars au noir. Pas joli joli, mais rien d'affolant non plus. Le problème, c'est qu'il ne s'agit pas d'un simple GI. D'après le compte rendu d'incident, il appartenait au Comité de sécurité publique. Comme vous. Vous en avez vu beaucoup, des forces de police qui ne réagissent pas lorsqu'un des leurs se fait abattre ? Entre policiers, on se serre les coudes.

Bernie fixa Jake et prit sa tasse de café.

— On n'est pas une vraie force de police, vous savez. Ça n'a rien à voir.

— Mais vous êtes à la tête de la police militaire, et de

la police locale. Responsable du maintien de l'ordre – enfin, si on peut dire.

— Je ne suis à la tête de rien du tout. Vous vous trompez d'interlocuteur. J'appartiens à une brigade spéciale. Je me contente de…

— … traquer les nazis, OK. Mais vous faites quand même partie du Comité de sécurité publique. Vous devez connaître beaucoup de monde. Moi, en revanche, je ne connais personne d'autre que vous. Je n'ai donc pas le choix.

Bernie avala une gorgée de café.

— Votre homme appartenait au Comité de sécurité publique de Berlin ?

— Non, il était arrivé de Francfort par avion. Encore un élément intéressant, d'ailleurs.

— Pas étonnant, dans ces conditions, que Fred ait renvoyé son cadavre à Francfort. Une façon de leur refiler le bébé. C'est la politique du gouvernement militaire… Écoutez, quoi qu'il en soit, je n'ai pas le temps de m'en occuper. Il vous faut quelqu'un du département des enquêtes criminelles.

Jake secoua la tête.

— Ils dépendent de l'armée, pas du gouvernement militaire, et leur spécialité, ce sont les rixes entre soldats. Non, cette affaire relève bien du Comité de sécurité publique… (Il sortit de sa poche les copies carbonées.) Tenez, voyez par vous-même.

Bernie l'arrêta d'un geste de la main.

— Je parlais sérieusement. Je n'ai pas le temps.

— Vous aussi, vous refilez le bébé à quelqu'un d'autre.

Bernie posa sa tasse avec un soupir.

— Vous cherchez quoi, au juste ?

— Pourquoi ça n'intéresse personne. On voudrait

nous faire croire que les Russes sont des pillards et nous des libérateurs. Moi aussi, il m'est arrivé de présenter les choses de cette manière. Le Comité de sécurité publique ? Le dernier endroit où on s'attend à trouver une brebis galeuse. Pas le genre de la maison. Et pourtant, je jurerais que ce type ne se contentait pas de revendre deux ou trois cartouches de cigarettes, qu'il trempait dans un trafic quelconque, et que Muller s'en doute. Seule différence : il ferme les yeux et moi pas. Cette fois, j'ai envie de savoir. Un avocat général aurait la même réaction. Il y a eu mort d'homme.

Bernie passa la main dans ses cheveux bouclés et se leva, comme s'il ne tenait plus en place. Il posa un dossier sur une pile, puis se dirigea vers une autre, prenant l'air affairé.

— Ici, je ne suis plus avocat général. Je fais partie du gouvernement militaire. Fred a sans doute raison : ce soldat a emporté son secret avec lui, et ça vaut peut-être mieux pour tout le monde.

— À un détail près : et s'il n'était pas seul en cause ? Il vient à Berlin pour affaires et se fait tuer. Avec qui avait-il rendez-vous ?

— Avec un Russe, d'après ce que vous disiez.

Bernie déplaça une autre pile de dossiers.

— Certes. Mais qui était derrière ? Aurait-il réellement agi seul ? Il doit y avoir d'autres brebis galeuses. Selon toute vraisemblance, il avait des amis. On en a toujours, dans ce genre d'activité.

— Des amis au Comité de sécurité publique ? demanda Bernie, haussant le sourcil.

— Ou ailleurs. À Chicago, ça se passait de cette façon.

— Oui, à Chicago, répliqua Bernie, agacé.

— Et à Berlin. Le scénario est partout le même, ou

presque. Une grande ville sans forces de l'ordre dignes de ce nom, et avec beaucoup d'argent en circulation. Quand le chat n'est pas là, les souris dansent. Très vite, il faut quelqu'un pour aider à partager le gâteau, et en prélever au passage la plus grosse part. C'est toujours pareil. Seule question : Patrick Tully était-il un lampiste, ou de ceux qui empochent les bénéfices ?

— Patrick qui ?

— Tully. La victime, dit Jake, tendant la copie carbonée à Bernie. Vingt-trois ans. Souffrant du mal de l'air. Alors, pourquoi venir à Berlin ? Qui devait-il voir ?

Bernie contempla le formulaire, l'air interrogateur.

— Le fameux compte rendu, expliqua Jake. Une moitié, en tout cas. L'autre moitié m'apprendrait peut-être ce que je veux savoir.

— Je peux vous le dire : c'était moi que Tully voulait voir, répondit posément Bernie, enfin immobile.

— Quoi ?

Façon de gagner du temps, la surprise empêchant Jake de trouver ses mots. Pendant quelques instants, personne ne parla. Bernie parcourut le formulaire une nouvelle fois.

— Hier, lança-t-il, comme s'il réfléchissait à voix haute. Voilà pourquoi je n'ai pas pu vous recevoir. Mais il ne s'est jamais présenté. J'ai demandé à Mike de surveiller les visiteurs. Il a dû vous prendre pour Tully. Quant à la raison pour laquelle il vous a amené ici… Normalement, l'accès du Centre est interdit aux journalistes.

— Tully venait vous voir, répéta Jake, encore sous le choc. Pour quelle raison ?

— Aucune idée. Je ne dis pas ça pour me débarrasser de vous. Je n'en sais vraiment rien.

— Vous n'aviez pas posé la question ?

Bernie haussa les épaules.

— Des gens arrivent de Francfort sans arrêt. Quelqu'un du Comité de sécurité publique demande à me rencontrer, qu'est-ce que je dois faire ? Refuser ? Une fois sur deux, ils cherchent un prétexte pour se rendre à Berlin. Tout le monde veut voir la ville, mais il faut une raison valable. Alors, ils prétendent avoir besoin de renseignements, prennent rendez-vous, et quand ils vous ont bien fait perdre votre temps, ils repartent.

— Avec cinq mille dollars en poche.

— Il ne les a pas eus ici, si c'est ce que vous voulez savoir, affirma Bernie, agacé. Je vous répète qu'il n'est pas venu. Vous voulez vérifier auprès de Mike ?

— Ne vous énervez pas. J'essaie juste de comprendre. Vous ne le connaissiez pas ?

— Ni d'Ève ni d'Adam. Pour moi, il appartenait au Comité de sécurité publique de Francfort, voilà tout. Jamais travaillé avec lui. J'ignore même s'il était membre de la Brigade spéciale. Encore qu'il y ait sans doute moyen de l'apprendre.

Une lueur d'espoir. Bernie gardait ses réflexes d'avocat général.

— Mais à votre avis, que cherchait-il, en débarquant comme ça du jour au lendemain ?

Bernie se rassit et se passa de nouveau la main dans les cheveux.

— Quelqu'un de Francfort qui désire me rencontrer, sans préavis ? Ça pouvait être n'importe quoi. Des récriminations, en général. La dernière fois, c'était le Comité juridique qui voulait se plaindre de mes méthodes… Ils aiment bien vous rappeler à l'ordre de vive voix.

À Francfort, je passe pour un franc-tireur. Ce dont je n'ai rien à faire, d'ailleurs.

— Pourquoi un « franc-tireur » ?

Bernie eut un sourire satisfait.

— Il m'est arrivé de contourner le règlement. Une fois ou deux.

— Eh bien, recommencez, lança Jake, le défiant du regard.

— Parce que vous avez l'intuition que cette affaire n'est pas claire ? Vous non plus, je ne vous connais ni d'Ève ni d'Adam.

— D'accord. Mais quelqu'un avait rendez-vous avec vous, il s'est arrêté quelque part en chemin et s'est fait descendre. Désormais, cette histoire nous concerne tous les deux.

Bernie finit par baisser les yeux.

— Vous savez, je ne suis pas venu en Allemagne pour traquer les soldats qui s'enrichissent malhonnêtement…

Jake hocha la tête, s'attendant à voir Bernie se dresser une nouvelle fois ; au lieu de quoi, il cessa de s'agiter sur sa chaise, et se pencha en avant comme un participant à la conférence de Potsdam enfin prêt à négocier.

— Que voulez-vous ?

— La copie manquante. Il n'y a rien sur celle-ci. Pas même de rapport balistique. Il doit bien exister quelqu'un auprès de qui vous pourriez vous renseigner. Comme ça, l'air de rien… (Bernie approuva de la tête.) Vous pourriez ensuite appeler Francfort. Par curiosité, au sujet d'un visiteur qui n'est jamais arrivé. Qui était-ce ? Que voulait-il ? Surprise au bout du fil. Comment, vous n'êtes pas au courant ? Il est rentré dans un cercueil. Ah, vous le connaissiez ? Que s'est-il passé ?

— Vous n'êtes quand même pas en train de me dire comment je dois m'y prendre ?

— Essayez de savoir quelles rumeurs circulent, insista Jake. Si des objets de valeur ont disparu, des souvenirs pris à l'ennemi. Peu de chances que ça donne quelque chose, mais on n'a rien à perdre. Et une photo me serait très utile.

— Pour la publier dans les journaux ? demanda Bernie, méfiant.

— Non, pour mon information personnelle. Il doit y en avoir une dans son dossier complet, si vous parvenez à mettre la main dessus sans attirer l'attention. On ne sait jamais, vous découvrirez peut-être des éléments intéressants.

— Peut-être…

— Un ordre de mission, par exemple. Qui a autorisé ce voyage ? Dans quel but ? Normal que vous vous interrogiez. C'est vous que notre homme souhaitait rencontrer.

— Certes. (Perdu dans ses pensées, Bernie se leva brusquement et se mit à arpenter la pièce, faisant tinter la monnaie au fond de ses poches.) Et ça vous rapportera quoi ?

— Pas grand-chose. Mais je ne demande pas grand-chose non plus. Juste ce que vous-même auriez envie de savoir si on ne s'était jamais parlé. Si un de vos visiteurs avait été retrouvé mort.

— Qu'attendez-vous de moi ?

— J'ai besoin de faire équipe avec quelqu'un. Je ne réussirai pas à régler cette affaire seul.

Bernie leva la main en signe de refus.

— Pas question.

— Pas vous. Donnez-moi un nom. Qui couvre le marché noir pour le Comité de sécurité publique ? Qui connaît les indics, les revendeurs ? Si Tully avait des objets de valeur à écouler, à qui se serait-il adressé ? Il n'est pas venu à Berlin pour poireauter au coin d'une rue. Il me faut quelqu'un de bien informé.

— Je ne peux pas vous aider.

— Vous ne pouvez pas, ou vous ne voulez pas ?

— On n'a personne comme ça. Jamais entendu parler. « Couvrir » le marché noir… en prévision d'un coup de filet ? Vous vous croyez encore à Chicago !

— Vous pourriez au moins poser la question, dit Jake, se levant à son tour, gagné par l'agitation de Bernie.

— Non, je ne peux pas. Justement parce que j'appartiens au Comité de sécurité publique. On ne scie pas la branche sur laquelle on est assis. Pas longtemps, en tout cas. Et mes collègues refuseront également de vous aider, quand ils sauront ce que vous cherchez. Tully était de la maison. Vous prétendez qu'il avait des amis. À votre avis, il les a trouvés où ? J'ai trop à faire pour jouer aux gendarmes et aux voleurs dans mon propre service. Débrouillez-vous tout seul. (Il eut un petit sourire.) On verra ce que vous valez.

— Mais vous appellerez quand même Francfort ?

— Oui, je les appellerai, admit-il, de nouveau occupé à trier sa pile de dossiers. J'ai horreur qu'on me pose un lapin… (Il considéra Jake avec une certaine bienveillance.) J'appellerai. Et maintenant, si vous me laissiez travailler ?

Jake s'approcha des fichiers et caressa les poignées en cuivre des tiroirs.

— La chasse aux vrais criminels… Dans un endroit pareil…

— Oui, les vrais criminels. N'abîmez pas la marchandise. C'est ce qu'on a de plus précieux à Berlin.

— On m'a raconté, pour l'usine de pâte à papier. Belle prise.

— Dieu a dû finir par comprendre qu'il avait quelque chose à se faire pardonner, lâcha Bernie d'une voix rauque.

— Je peux jeter un coup d'œil ? Pour voir à quoi ça ressemble ?

Jake ouvrit un tiroir sans lui laisser le temps de répondre. Les « B » étaient au fond, toute une série de Brandt : Helga, Helmut, mais pas de Helene, ni de Lena. Il s'écarta, à la fois honteux et soulagé. Comment avait-il pu penser qu'elle serait là ? Mais comment avoir la moindre certitude, désormais ? Il se revit le premier soir dans la villa de Gelferstrasse, contemplant la vieille femme dans le jardin, s'interrogeant. Avait-elle quelque chose à se reprocher ? Était-elle des leurs ? Les jeunes filles sur Potsdamerstrasse, les cyclistes devant le KaDeWe, la femme aperçue dans son ancien appartement : tous les Berlinois étaient devenus suspects. De quel côté étaient-ils, avant ? Bernie, lui, le savait. Tout était là, noir sur blanc, en lettres dactylographiées. Jake feuilleta une nouvelle fois les fiches. Emil était peut-être un cas à part, avait suggéré le vieux professeur de l'Institut. Berthold… Dieter… Là, Emil. Pas un cas à part. Mais peut-être un autre Emil Brandt ? Jake sortit la fiche. C'était bien son adresse. Celle de Lena. 1938. Jake le connaissait déjà. Il parcourut le document. Décoré par le parti. En quel honneur ? Membre de la Waffen SS, en 1944. Un SS. Emil. Un homme si sympathique, la tête pleine de chiffres.

Quand Jake releva les yeux, Bernie l'avait rejoint.

— Votre amie ?

— Non, son mari. Nom de Dieu…

— Vous l'ignoriez ?

Jake secoua la tête.

— Apparemment, il a été décoré. On ne dit pas pourquoi.

— Ce sera dans le fichier du parti. Ici, il n'y a que les doubles des cartes. Vous voulez que je cherche ?

L'instinct du chasseur. Jake secoua de nouveau la tête.

— Juste l'endroit où il se trouve.

— Et si elle est avec lui, dit Bernie, le dévisageant.

— Oui, s'ils sont ensemble.

Mais Jake n'avait jamais imaginé les retrouver ensemble. Seulement Lena ouvrant la porte, l'air surpris, et lui sautant au cou. Il replaça la fiche et ferma le tiroir.

— Comment s'appelle-t-elle ?

— Helene Brandt. Elle vivait sur Pariserstrasse. Je vais vous l'écrire. (Jake alla chercher un bout de papier sur le bureau.) Je peux vous donner quelques noms de plus ? J'aimerais retrouver la trace d'anciens collègues du bureau de la Columbia. Pour un reportage. Je sais que vous êtes très occupé…

Bernie eut un geste résigné, mais il prit la liste.

— Je demanderai à Mike de faire des recherches. Ça l'occupera. Ils sont sûrement à Berlin.

— Sans doute. Tenez-moi au courant, quand vous aurez appelé Francfort.

— Partez donc avant que je change d'avis, rétorqua Bernie, se réfugiant derrière son bureau.

— Mais vous n'oublierez pas de les appeler ?

— Vous savez que vous êtes parfois drôlement emmerdant ?

Jake reprit l'escalier et traversa la salle des archives, toujours silencieuse. Des dossiers de toutes sortes, qui attendaient là, des millions de bombes à retardement. Peut-être Emil avait-il été décoré au sein d'un groupe, applaudi pour services rendus à l'État, une cérémonie en présence des familles. À quel titre ? En tant que professeur de mathématiques ? Tout était archivé dans une de ces armoires métalliques, une pièce à conviction supplémentaire pour les futurs procès.

— Signez là, s'il vous plaît.

La sentinelle impassible, mâchant du chewing-gum.

Jake s'exécuta et sortit du bâtiment, surpris par le déclic d'un appareil photo.

— Regardez qui voilà !

Un genou à terre, Liz mitraillait l'entrée où un grand soldat blond prenait la pose. Son chevalier servant de la veille. Jake s'écarta pour ne pas la gêner. Le soldat bomba le torse. Le regard clair, une mâchoire de héros de bande dessinée : le genre de physique aryen qui aurait plu aux amis d'Emil.

— J'ai fini, annonça Liz. Jake, je vous présente Joe Shaeffer. Comme les stylos. Joe…

— Je le connais déjà. Enchanté. (Le soldat échangea une poignée de main avec Jake, puis se tourna vers Liz.) J'en ai pour cinq minutes.

Il salua Jake de la tête et disparut à l'intérieur.

— Cadeau pour votre collection personnelle ? demanda Jake, désignant l'appareil de Liz.

— Parfaitement.

— L'orchestre de jazz était bon ?

— Vous êtes trop curieux ! Et à l'intérieur, c'est comment ? Ça présente un intérêt ?

Il pensa à toutes ces fiches qui racontaient chacune

une histoire, mais Liz devait surtout se demander s'il y avait quelque chose à photographier.

— On se croirait dans une bibliothèque.

— Formidable ! (Une grimace.) Il n'empêche que c'est un sacré butin. Vous saviez qu'on avait mis la main dessus dans une usine de pâte à papier ?

Jake dévisagea Liz. La guerre était devenue une sorte de chasse au trésor. Les fusées de Nordhausen. Les ingénieurs des usines Zeiss. Et même des bouts de papier, à présent, des décorations et des promotions. Sur la photo pleine page d'un magazine, on verrait Joe le géant ouvrir un dossier.

— Oui, je suis au courant, répondit Jake, tournant les talons. Méfiez-vous, à l'intérieur. Beaucoup de recoins sombres !

— Très drôle !

Souriant, il allait descendre les marches lorsqu'on cria son nom.

— Geismar !

Un second appel, et Bernie surgit comme un bolide, manquant percuter Liz et rééditer l'épisode de l'assiette en porcelaine.

— Parfait ! Je vous ai rattrapé à temps.

Jake se retint pour ne pas rire.

— Vous connaissez Liz ? Vous partagez la même salle de bains.

Bernie prit à peine le temps de la saluer avant d'entraîner Jake par le bras. Épuisé d'avoir couru, il était écarlate.

— Il faut que je vous parle. Au sujet de votre liste.

— Vous avez fait vite !

Son regard figea Jake sur place.

— Mais qu'y a-t-il ?

— Suivez-moi, dit Bernie.

Il descendit les marches pour pouvoir discuter sans être entendu et, brandissant la liste de Jake, demanda :

— Renate Naumann. Comment avez-vous fait sa connaissance ?

— Renate ? Elle travaillait pour moi au bureau de la Columbia. Comme tous les autres.

— Première nouvelle.

Jake écarquilla les yeux, perplexe.

— Tout à fait entre nous, elle me servait d'informatrice. Rien ne lui échappait. Elle avait l'œil.

Le visage de Bernie s'allongea, comme si Jake avait fait une plaisanterie déplacée, puis il détourna le regard.

— Elle avait l'œil, en effet, murmura-t-il avec dégoût.

— Vous la connaissez ?

Bernie acquiesça.

— Je la croyais morte, ajouta Jake. Vous savez où elle est ?

— En prison.

Bernie regarda autour de lui, reprit Jake par le bras et passa devant les sentinelles pour sortir.

— Je ne supporte pas ces foutus barbelés. Ils me donnent des frissons.

Lorsqu'ils arrivèrent devant la jeep, il s'y appuya, vidé de son énergie.

— Comment ça, en prison ? demanda Jake.

Bernie sortit une cigarette.

— Vous choisissez mal vos amis. Elle était *Greifer*. Vous connaissez la signification de ce mot ?

— Rabatteuse. Pour quel genre de gibier ?

— Des Juifs.

— C'est impossible. Elle était…

— … juive elle-même. Oui. Une Juive qui capturait d'autres Juifs. Ils avaient pensé à tout. Même à ça.

— Mais elle…

Bernie le fit taire d'un geste. Il tira sur sa cigarette.

— Vous voulez que je vous raconte quelque chose ? Ici, la première grande rafle a eu lieu en 1942. En février. Après cette date, les Juifs n'ont plus eu droit de cité à Berlin. Ils ont dû disparaître, devenir invisibles. Comme des sous-marins. Il en restait quand même plusieurs milliers, contrairement à ce qu'on imagine. Certains avaient un logement – s'ils bénéficiaient de la protection d'un non-Juif. Les autres étaient obligés de changer sans cesse d'adresse. D'aller de cachette en cachette. De sortir dans la journée, pour ne pas éveiller les soupçons des voisins. Pour ne pas être dénoncés… (Bernie avait presque craché le mot.) Berlin est une grande ville. À condition de se déplacer, on pouvait se perdre dans la foule. Sauf si quelqu'un vous reconnaissait. Un *Greifer*.

— Je n'y crois pas.

— Ah bon ? Demandez aux Juifs qu'elle a fait déporter. Quelques-uns ont survécu. Très peu. Sans eux, on n'aurait jamais pu l'arrêter à son tour. C'est à cause d'elle que j'ai dû enfreindre les règlements, précisa-t-il en se redressant. Mais ça valait la peine. Pour l'arrêter, tous les moyens étaient bons. (Il s'écarta de la jeep et se mit à tourner en rond.) Vous voulez savoir comment les choses se passaient ? Certains s'occupaient des gares. Renate préférait les cafés. Kranzler's, ou le Trumpf, près de l'église du Souvenir. Ou encore le Heil, immense, près d'Olivaerplatz. Devant une consommation, on scrute les visages. Parfois, un Juif qu'on connaissait, avant. Parfois, juste une intuition, on engage la conversation, en guise d'appât on laisse entendre qu'on se cache aussi. Et puis on ferre le poisson. Un tour aux toilettes pour téléphoner. Les arrestations avaient généralement lieu en pleine rue, pour ne pas déranger les clients du café. Terminez votre verre, c'est juste la police qui embarque des Juifs. Mais jamais Renate. Le lendemain, un autre café. Comme vous disiez, elle avait l'œil… (Bernie fixait Jake.) Elle prétendait qu'il lui suffisait d'un regard. Même Streicher ne lui arrivait pas à la cheville – pour lui, tous les Juifs avaient le nez crochu. Renate était plus forte que les nazis, elle n'avait pas besoin d'étoile jaune. Toujours son fameux œil. Et puis, vous savez, les gens ne sont pas raisonnables. Ils restent sur leurs gardes, jour après jour – vous imaginez ce que ça peut être ? – et soudain, le soulagement, un visage ami. Si on ne peut plus faire confiance à un autre Juif… Certains voulaient même la revoir. Un rendez-vous amoureux, en pareilles circonstances. « Laissez-moi le temps de me poudrer le nez aux toilettes… »

Bernie jeta sa cigarette dans la rue.

— Et ensuite ? demanda Jake, incapable de résister à la curiosité.

— Le lieu de rassemblement. Un immeuble de la Gestapo, où on ne risquait plus de déranger personne. Beaucoup de cris et de pleurs. On les mettait dans des camions. Puis dans des trains pour le voyage vers l'Est. D'après les gens du voisinage, le bruit était effrayant. Ils gardaient leurs fenêtres fermées jusqu'au départ des camions.

— Elle ne savait peut-être pas tout ça.

— Elle habitait l'immeuble. Avec les autres rabatteurs. On les surveillait de près. Sans doute pour leur rappeler… qu'ils pouvaient être du prochain convoi. Mais Renate n'est jamais partie. Elle a sauvé sa peau… J'ai vu la pièce où elle vivait. Elle donne sur la cour centrale. Renate les voyait charger les camions.

Peut-être qu'elle gardait ses fenêtres fermées, elle aussi… En tout cas, elle savait, conclut Bernie avec sévérité.

La journée semblait s'être arrêtée autour d'eux, dans la rue déserte, silencieuse comme la salle des archives. Pas un oiseau dans les arbres. Les sentinelles immobiles au soleil.

— C'est…, bredouilla Jake, à court de mots.

— … la pire histoire que vous ayez entendue ? Alors, restez en Allemagne. Quand on croit avoir entendu le pire, on apprend autre chose. D'encore plus atroce.

Chargés dans des camions sous ses yeux…

— Combien ? demanda Jake.

— Quelle importance ?

Jake secoua la tête. Une jeune femme au regard vif et aux cheveux bouclés… Mais à qui se fier désormais ?

— Je peux la voir ? Vous pourriez arranger ça ?

— Si vous y tenez. Je vous préviens, vous ne serez pas le premier. Vos confrères se sont déjà précipités sur cette histoire. Une nazie ? Rien de nouveau. Mais également juive, là, ça devient intéressant. *Ach !* (Bernie leva la main et la referma brusquement, comme s'il cherchait à tuer un moustique.) Il va y avoir un procès. Si le cœur vous en dit…

— Elle a avoué ?

— Tout l'accuse. On a des témoins.

— Mais si on l'a forcée…

— Elle l'a quand même fait. C'est la seule chose qui compte, voyez-vous. Elle l'a fait. Ceux qui ont été arrêtés à cause d'elle sont presque tous morts… (Bernie reprit son souffle.) … et personne ne leur a demandé pardon.

— Non.

— Bien, lâcha Bernie avec un soupir, comme si

l'affaire était close. Vous ne vous attendiez pas à ça, hein ?

— Non.

— Pas étonnant. Désolé. Une histoire abominable. Occupez-vous plutôt du marché noir.

— J'aimerais tout de même la voir.

Bernie approuva de la tête.

— Elle vous expliquera peut-être. Ce qui l'a poussée. Je ne comprendrai jamais.

— On n'y était pas. On ne sait pas ce qu'elle a subi.

— J'avais de la famille ici. Je sais ce qu'ils ont subi, eux.

Jake jeta un coup d'œil à la villa, tellement paisible derrière les barbelés qui donnaient des frissons à Bernie.

— Qu'est-ce qu'elle risque ?

— La prison à vie, répondit-il. On ne pend pas les femmes. C'est peut-être pire – elle va se retrouver face à elle-même.

— Dans la même cellule que les nazis qui l'ont contrainte à faire ça.

— Elle n'était pas obligée d'obéir. Je le répète, cette histoire est abominable. Si vous croyez que c'est facile pour moi, d'être son *Greifer*. Alors que je suis juif. Ai-je eu raison ? À vous de me le dire.

Jake baissa la tête.

— Je n'en sais rien.

— Eh bien, moi non plus… (La voix de Bernie se fêla, son visage retrouva un instant l'expression du jeune garçon qui s'appliquait à jouer Mendelssohn.) Je me contente de faire mon travail.

— C'est vous qui l'avez arrêtée ?

— En personne ? Non. C'est Günther Behn. Notre limier. (Bernie saisit Jake par le bras.) Attendez ! Ça ne m'était pas venu à l'idée. Je ne pensais qu'au Comité de sécurité publique. Vous cherchez quelqu'un de bien informé ? Günther est un ancien flic. Il connaît la ville comme sa poche. Vous pourriez vous adresser à lui. En admettant qu'il soit dans de bonnes dispositions. Vous avez un peu d'argent à dépenser en frais professionnels ?

— Peut-être. Un flic berlinois ?

— Un inspecteur. Excellent détective quand il n'a pas bu.

— Comment l'avez-vous rencontré ?

— Je vous l'ai dit : il m'a aidé pour l'affaire Naumann.

— Je croyais que tous les policiers étaient nazis.

— Exact. Mais ils ne font plus partie de la police. Pas s'ils étaient lieutenants et au-dessus.

— Donc, il est au chômage. Et vous lui avez trouvé un nouvel emploi ? Normalement, vous n'êtes pas censé travailler avec ces gens-là.

— En effet. D'ailleurs, il est toujours au chômage. Il m'a juste apporté son aide… J'ai enfreint le règlement, n'oubliez pas.

— Vous avez fait appel à un nazi…

Bernie releva le menton d'un air de défi.

— Mais on l'a arrêté.

— Vous l'avez payé combien ?

— Rien du tout. Cette affaire lui tenait à cœur. Renate a fait déporter sa femme.

— Il était marié avec une Juive ?

— Ils avaient divorcé pour qu'il puisse garder son emploi. Et puis…

Bernie se tut, laissant les pièces du puzzle s'assembler toutes seules. Günther avait-il caché sa femme ? L'avait-il laissée errer dans les rues, proie facile pour les rabatteurs ?

— On est à Berlin, rappelez-vous, reprit-il. Le pire est toujours sûr.

— Et vous pensez qu'il accepterait de m'aider ?

— Ça dépend de vous. Emportez une bouteille de cognac. Il appréciera. Vous réussirez peut-être à le convaincre.

— Le marché noir, il connaît ?

— Précisément, répondit Bernie, esquissant enfin un sourire. Il est dedans jusqu'au cou.

5

Günther Behn vivait aussi loin à l'est de Kreuzberg qu'il était possible sans quitter le secteur américain. Autrefois, il n'aurait eu qu'un saut à faire pour se rendre au quartier général de la police sur Alexanderplatz. À présent, une montagne de briques barrait la route, ainsi qu'une carcasse de tramway – renversée pour servir de barricade contre les tanks, et jamais enlevée depuis. Le haut de l'immeuble avait été soufflé, ne laissant que l'appartement de Günther au rez-de-chaussée, et le premier étage presque à ciel ouvert. Jake dut frapper plusieurs fois avant de voir apparaître quelqu'un, le regard soupçonneux derrière d'épaisses lunettes.

— Günther Behn ? Je suis Jake Geismar. C'est Bernie qui m'envoie.

Une expression de surprise en entendant parler allemand, puis un grognement.

— Je peux entrer ?

Günther ouvrit la porte.

— Vous êtes américain. Vous pouvez faire ce que vous voulez.

Il repartit en traînant les pieds vers un fauteuil où se consumait une cigarette. La pièce était encombrée : une table, un divan, un vieux poste de radio, des étagères remplies de livres, un plan géant de Berlin et de son agglomération qui recouvrait tout un mur. Dans un coin, une pile de rations alimentaires de l'armée américaine que Günther ne cherchait même pas à cacher.

— Je vous ai apporté ça, dit Jake, tendant une bouteille de cognac.

— Tentative de corruption ? En échange de quoi ? (Günther prit la bouteille.) Du cognac français…

Malgré la chaleur de la pièce enfumée, il portait un gilet en laine. Des cheveux coupés court, presque autant que la barbe grisâtre qui ombrait son menton mal rasé. Pas vraiment vieux, une cinquantaine d'années. Et derrière ses lunettes, l'œil vitreux d'un alcoolique. Un livre était resté ouvert sur son fauteuil.

— Que se passe-t-il ? reprit-il. La date du procès est fixée ?

— Non. Bernie pense que vous pourriez m'aider.

— Dans quel domaine ? demanda Günther, débouchant la bouteille et reniflant le goulot.

— Une enquête.

Il fixa Jake, reboucha la bouteille et la lui rendit.

— Dites à Bernie que c'est non. Je ne joue plus les détectives. Même contre du cognac.

— Bernie n'a rien à voir là-dedans. Vous travailleriez pour moi. Et cette bouteille est à vous quoi qu'il arrive.

— De quoi s'agit-il ? Encore un *Greifer* ?

— Non, un Américain.

La joue de Günther se contracta sous l'effet de la

surprise, un tic nerveux. Pour se donner une contenance, il pivota vers la table et se versa deux doigts de cognac.

— Comment se fait-il que vous parliez allemand ?

— J'ai vécu à Berlin.

— Ah ! (Il avala une rasade de cognac.) Et comment trouvez-vous la ville, maintenant ?

— Je connaissais Renate, lança Jake, cherchant à établir le contact.

Toujours le dos tourné, Günther but une nouvelle rasade.

— Vous n'étiez pas le seul dans ce cas. C'est bien le problème.

— Bernie m'a raconté, pour votre femme. Toutes mes condoléances.

Mais Günther parut n'avoir pas entendu, une surdité volontaire. Oppressé par ce silence, Jake remarqua pour la première fois l'absence de photos dans la pièce. Pas le moindre souvenir. Tout avait dû être enfermé dans un placard, ou jeté après le divorce.

— Que voulez-vous, au juste ?

— De l'aide. Bernie m'a dit que vous étiez inspecteur de police.

— En retraite. Grâce aux Américains. Ça aussi, il vous l'a dit ?

— Oui. Il a ajouté que vous étiez très fort. J'essaie d'élucider un meurtre.

— Un meurtre ! (Günther s'esclaffa.) Un meurtre à Berlin ! Mais il y en a eu des millions, mon ami... Qui va s'arrêter sur un seul ?

— Moi.

Günther se retourna, le toisant comme l'aurait fait un policier. Jake attendit. Enfin, Günther désigna la bouteille.

— Un verre de cognac ? Puisque c'est vous qui l'avez apporté.

— Non, pas si tôt.

— Un café, alors ? Du vrai, pas de l'ersatz.

L'invitation était sincère.

— Vous en avez ?

— Encore un cadeau, dit Günther, levant son verre. Un instant… (Il se dirigea vers la cuisine, mais s'arrêta pour jeter un coup d'œil par la fenêtre.) Votre jeep… Vous avez pensé à enlever la tête de delco ?

— Je me fie à ma bonne étoile.

— Pas à Berlin. Pas en ce moment. (Il hocha la tête.) Ces Américains, tous les mêmes !

Jake le regarda ouvrir la porte de la cuisine. Des caisses, une pile de boîtes de conserve, des cartouches de cigarettes. Des cadeaux. Il continuait de boire son cognac, tout en se déplaçant dans l'espace réduit avec une efficacité tranquille, celle des grands buveurs qui ne laissent rien paraître jusqu'à la nuit, où ils sombrent dans un sommeil comateux. Jake inspecta les étagères. Des rangées de romans ayant pour thème la conquête de l'Ouest. Écrits par Karl May, le Zane Grey allemand. Fusillade à Yuma. Le shérif lancé à la poursuite des hors-la-loi à travers les champs de sauge. Un vice inattendu à l'est de Kreuzberg.

— D'où vient ce plan de Berlin ? demanda Jake.

L'agglomération tout entière, constellée de têtes d'épingle.

— De mon bureau d'Alexanderplatz. Il risquait d'être abîmé, avec les bombardements. J'aime bien y jeter un coup d'œil de temps en temps. Pour avoir l'illusion que Berlin existe encore. Toutes ces rues… (Il revint avec deux tasses, en tendit une à Jake.) Dans la police, on a besoin de se repérer avec précision. Très important, le lieu du crime. Où votre homme a-t-il été abattu ?

— À Potsdam.

Jake consulta machinalement le plan, comme si le cadavre allait apparaître en bas à gauche, sur la guirlande de lacs bleus.

— À Potsdam ? Un Américain ? s'exclama Günther, étonné, en considérant lui aussi le plan. Il participait à la conférence ?

— Non. Mais il avait dix mille dollars sur lui, répondit Jake pour l'appâter.

Günther le dévisagea, puis lui indiqua une chaise près de la table.

— Asseyez-vous. (Il retira le livre de son fauteuil et s'assit à son tour.) Je vous écoute.

Jake en eut pour dix minutes. Il n'y avait pas grand-chose à raconter, et l'expression de Günther décourageait toute spéculation. Il avait enlevé ses lunettes et demeurait immobile, paupières mi-closes. Seul signe de vie, sa main qui allait à intervalles réguliers de sa tasse de café à son verre de cognac.

— J'en saurai plus long quand Bernie aura appelé Francfort, conclut Jake.

Pensif, Günther se massa longuement l'arête du nez avant de remettre ses lunettes.

— Qu'apprendrez-vous de plus ?

— Qui était ce soldat, quel genre d'homme.

— Vous croyez que ça vous sera utile ?

— Pas vous ?

— En règle générale, si. Avant la guerre. Mais maintenant… Laissez-moi vous expliquer. J'ai sauvé ce plan, dit Günther en désignant de la tête le mur. Mais tout le reste a disparu. Le fichier des empreintes digitales, celui de l'identité judiciaire. Même celui des cartes d'identité.

À Berlin, on ne sait plus qui est qui. Ni à quelle adresse trouver les gens. En cas de vol, impossible de vérifier chez les prêteurs sur gages, dans les endroits habituels. Disparus, eux aussi. Si un soldat achète un objet volé, il l'envoie chez lui. Sans laisser de trace. Ici, aucun policier, même retraité, ne peut plus élucider un meurtre.

— Ce n'est pas un Allemand qui l'a commis.

— Alors pourquoi vous adresser à moi ?

— Parce que vous êtes un habitué du marché noir.

— Vous croyez ça ?

— Vous recevez beaucoup de cadeaux.

— C'est vrai, je suis un homme riche… Des boîtes de corned-beef. Un trésor !

— Vous savez forcément qui tire les ficelles à Berlin, sinon vous crèveriez de faim.

— Les ficelles…, grogna Günther.

— Oui, aujourd'hui encore. Des Allemands contrôlent le marché noir. Probablement les mêmes qu'avant. Vous devez les connaître. Alors, qui était le contact de Tully ? Il ne s'agissait pas d'une transaction ordinaire : Tully ne se trouvait pas à Berlin, il est venu spécialement.

Günther sortit lentement une cigarette, et l'alluma sans quitter Jake des yeux.

— Très bien. Un premier indice, et il ne vous a pas échappé. Quoi d'autre ?

Un inspecteur testant une nouvelle recrue… Jake se pencha vers lui.

— Le principal indice, c'est l'argent. Il y en a beaucoup trop.

Günther secoua la tête.

— Erreur. L'important, ce n'est pas l'argent, mais le fait que la victime l'avait encore sur elle.

— Je ne vous suis plus.

— Herr Geismar ! Un homme vend quelque chose. L'acheteur l'abat. Vous ne pensez pas que, logiquement, il souhaite ensuite récupérer son argent ? Pourquoi le laisserait-il sur sa victime ?

Jake se redressa, déconcerté. Une anomalie évidente, mais négligée par tout le monde, sauf un flic véreux qui gardait son flair, même avec le cerveau embrumé par le cognac.

— Vous en déduisez quoi ?

— Que l'acheteur et le meurtrier ne sont pas nécessairement une seule et même personne. En fait, il s'agit forcément de deux personnes différentes. Comment pourrait-il en être autrement ? Vous vous trompez de piste.

Jake se leva et s'approcha du plan.

— Les deux pistes se rejoignent à un moment ou à un autre. À cause de l'argent.

— Bien sûr, il y a l'argent..., dit Günther en observant Jake. Ça vous paraît intéressant. Moi, je retiens surtout l'autre indice : le lieu du crime.

— Potsdam, marmonna Jake sans conviction, les yeux toujours rivés au plan.

— Oui, Potsdam, que les Russes ont fermé au public. Où personne n'a pu mettre les pieds depuis des jours. Pas même ces gens que, d'après vous, je connais bien. (Il se versa un nouveau verre de cognac.) Ça leur empoisonne l'existence. Plus de marché noir – ils perdent gros. Mais impossible pour eux de passer, alors que votre soldat y est arrivé. Comment ?

— Il avait peut-être une invitation.

Günther approuva.

— La pièce manquante. Pour vous, cependant, elle conduit à une impasse. Un Russe ? Dès qu'ils ont une arme à la main, ce sont de vrais gosses. Ils tirent sur tout ce qui bouge. Vous ne retrouverez jamais votre meurtrier.

— Le marché noir ignore les secteurs : il est partout. Avec une somme pareille en jeu, quelqu'un saura quelque chose, même un Russe. Les gens sont bavards. (Jake alla se rasseoir et se pencha de nouveau vers Günther.) À vous, ils parleraient. Ils vous connaissent.

Günther leva la tête.

— Je peux payer, ajouta Jake.

— Je ne suis pas un indic.

— Non. Juste un flic.

— En retraite, rappela Günther, amer. Je touche une pension.

Il brandit son verre en direction des caisses.

— Et à votre avis, tout ça durera combien de temps, le jour où la police militaire s'en mêlera ? répliqua Jake. Un Américain abattu… Il va bien falloir faire le ménage, au moins pendant quelques semaines. Un peu d'argent frais serait toujours bon à prendre.

— Versé par les Américains, fit observer Günther, imperturbable. Pour retrouver quelqu'un dont ils ne veulent pas entendre parler.

— Ils s'y feront. Ils n'auront pas le choix, si on fait suffisamment de bruit autour de cette affaire. (Jake le fixa des yeux.) On ne peut jamais savoir quand on aura besoin d'aide.

Günther détourna le regard et enleva une nouvelle fois ses lunettes.

— C'est vous qui allez faire du bruit, j'imagine ? Et moi, je recevrai quoi, en échange de mes services ? Un *Persilschein* ?

— Persil… Comme la lessive ? s'enquit Jake, perplexe.

— « La blancheur Persil », récita Günther en

nettoyant ses lunettes sur son gilet. Vous vous souvenez des réclames ? Les *Persilscheins* aussi lavent plus blanc. Même les péchés. Un certificat signé par un Américain, dit-il en claquant des doigts, et votre dossier devient blanc comme neige. Plus de passé nazi. La possibilité de retrouver un emploi.

— Je n'ai pas ce pouvoir… mais je peux demander à Bernie.

— Herr Geismar, je ne parlais pas sérieusement. Bernie ne pourra pas me blanchir. J'étais membre du parti. Il le sait. Et maintenant, je fais des… affaires. Je n'ai pas les mains… (Il s'interrompit pour les examiner.) Quoi qu'il en soit, je ne tiens pas à retrouver un emploi. Tout est fini, ici. Après votre départ, la ville tombera aux mains des Russes. Même blanchi, je ne veux pas travailler pour eux.

— Eh bien, travaillez pour moi.

— Pourquoi ?

Davantage une fin de non-recevoir qu'une question. Jake contempla la pièce enfumée, à deux pas de l'ancien bureau d'Alexanderplatz dont il ne restait désormais qu'un plan géant sur un mur.

— Parce que vous n'avez pas l'âge de la retraite. Et que, sans vous, les indices importants m'échapperont… Vous ne pouvez pas rester ici toute la journée à lire des romans de Karl May. Il a cessé d'en écrire.

Günther se renfrogna, remit ses lunettes et prit son livre.

— Laissez-moi tranquille, lança-t-il, se réfugiant dans les brumes du cognac.

Jake ne bougea pas, décidé à avoir le dernier mot. Pendant quelques minutes, on n'entendit que le tic-tac de la pendule murale. Le même silence qu'avant un duel au pistolet à six coups, comme celui représenté sur la couverture du roman de Karl May. Enfin, Günther jeta un coup d'œil par-dessus ses lunettes.

— Il reste peut-être un dernier indice...

Jake haussa les sourcils.

— Est-ce qu'il parlait allemand ? poursuivit Günther.

— Tully ? Aucune idée. J'en doute.

— Un handicap, pour ce genre de transaction... s'il avait bel et bien rendez-vous avec un Allemand... qui contrôle le marché noir... d'après ce que vous dites.

Günther semblait passer tous les éléments en revue.

— Admettons que je me trompe. Qui d'autre ?

— Si je me renseigne... ça restera entre nous ? Je tiens à ma pension.

— Je vous garantis le secret de la confession.

— Vous connaissez Ronny's, sur le Kurfürstendamm ?

— Je trouverai.

— Essayez d'y être ce soir. Demandez Alford, ajouta Günther, avec l'accent. C'est un habitué.

— Un Américain ?

— Un soldat anglais. Il est peut-être au courant, qui sait ? Au moins, ce sera un début. Dites que vous venez de ma part.

Jake acquiesça.

— Mais vous serez là ?

— Ça dépend.

— De quoi ?

Günther se replongea dans sa lecture, façon pour lui de prendre congé.

— Du temps que je mettrai à finir ce livre.

Jake regagna Gelferstrasse, pour découvrir qu'une foule s'était formée à une cinquantaine de mètres de la villa où il logeait. Des policiers militaires arrivés en jeep et un groupe de soldats descendus d'un camion entouraient deux femmes qui contemplaient une maison, se tenant le visage à deux mains comme si elles venaient d'assister à un accident. Dans le camion à ridelles, Ron était seul avec quelques caméras que les reporters avaient abandonnées pour suivre la scène sur le trottoir. Les policiers militaires tentaient en vain de faire reculer les deux femmes, qui répondaient à leurs ordres en anglais par des plaintes en allemand. De la poussière de plâtre s'échappait des fenêtres, pareille à de la fumée.

— Il parle allemand, dit Tommy Ottinger à un policier en faisant signe à Jake d'approcher.

— Alors, expliquez-leur dans leur maudite langue qu'elles ne peuvent pas entrer, ordonna le policier, très énervé. Un étage s'est déjà écroulé, le reste ne devrait pas tarder.

— Que s'est-il passé ? demanda Jake à Tommy.

— Une bombe tombée dans le jardin a fissuré la maison, qui tient à peine debout. Le plafond de la cuisine est descendu, un mur menace de céder, mais elles veulent quand même retourner à l'intérieur.

Les deux femmes imploraient Jake.

— Elles veulent récupérer leurs affaires avant que tout s'effondre, traduisit-il à l'adresse du policier.

— Pas question ! Bon sang, elles ne voient donc pas la chance qu'elles ont ? Elles pourraient être bloquées dedans. Mais il faudrait les assommer pour qu'elles comprennent.

— Mes habits ! hurla en allemand une des femmes. Il me les faut ! Comment vivre sans habits ?

— Trop dangereux, affirma Jake. Attendez que la maison se stabilise. Tout va peut-être s'arranger.

Le bâtiment répondit par un gémissement presque humain : les solives ployaient sous la pression. À l'intérieur, une plaque d'enduit se détacha, projetant par les ouvertures un nouveau nuage de poussière.

— Helmut..., se lamenta l'autre femme, les bras croisés sur la poitrine, l'air affolé.

— C'est son chien ? interrogea le policier.

— Je l'ignore. On nous envoie du renfort ? lui demanda Jake.

— Vous plaisantez ? Qu'est-ce qu'on peut faire ?

— Étayer les murs.

À Londres, Jake avait vu des sauveteurs dresser de part et d'autre d'une maison endommagée des poutres, sortes d'arcs-boutants improvisés. Quelques planches auraient suffi.

— Écoutez, mon vieux...

Le policier s'interrompit, tant la suggestion de Jake lui semblait ridicule.

— Dans ce cas, que font-ils ici ?

Jake désignait les soldats.

— Eux ? Ils vont au match. Laissez tomber, et dites plutôt à ces deux Allemandes de reculer avant qu'elles soient blessées. Tant pis pour leurs affaires !

Jake leva les yeux vers le camion où Ron était debout, les mains sur les hanches, visiblement agacé par ce contretemps.

— On va être en retard ! lança-t-il aux soldats.

— C'est un match de quoi ? fit Jake.

— Football américain. En voiture, les gars ! On part.

Quelques hommes grimpèrent à contrecœur dans le camion.

— Les Britanniques attendront, rétorqua Tommy.

— Je ne peux pas le laisser là-dedans ! insista la seconde femme.

— On risque d'y passer la journée, protesta Ron, mais un grondement retentit dans la maison, aussi alarmant que si un incendie faisait rage à l'intérieur.

— Helmut ! répéta la femme.

Avant qu'on ait pu l'arrêter, elle s'élança vers la porte et disparut dans l'entrée.

— Hé là ! s'écria le policier.

Personne ne bougea. La foule s'était figée comme sous la menace d'une arme.

— Et merde ! ajouta le policier. Oh, et puis ça fera une bouche de moins à nourrir cet hiver !

Jake eut un haut-le-corps en entendant ces mots. Il foudroya le policier du regard, puis, sans plus réfléchir, se précipita à son tour dans l'entrée, où le sol était jonché de plâtras.

— *Frau !* hurla-t-il. Revenez ! C'est dangereux !

Pas de réponse. Il s'immobilisa, guettant les aboiements du chien Helmut au milieu des craquements. Au lieu de quoi, une voix apaisée lui parvint du salon.

— Un instant…

L'Allemande contemplait la pièce autour d'elle, tenant une photo dans un cadre. Jake s'approcha.

— Il faut sortir. C'est dangereux, répéta-t-il dans un murmure.

— Je sais, acquiesça-t-elle. Mais cette photo est tout ce qui me reste.

Un jeune homme en uniforme de la Wehrmacht. Jake glissa son bras sous celui de la femme.

— Je vous en prie, dit-il, l'entraînant au-dehors.

Elle le suivit, mais s'arrêta devant un guéridon et saisit une statuette en porcelaine, une de ces bergères aux joues roses qui ramassent la poussière dans les entrées.

— Pour Elizabeth, chuchota-t-elle, comme si elle voulait se justifier.

La maison, après avoir retenu son souffle quelques minutes, laissa échapper un bruit sourd de ses profondeurs. L'Allemande sursauta, et Jake l'attrapa par l'épaule pour l'aider à marcher. Ainsi enlacés, ils réapparurent sous le porche.

— On ne bouge plus !

La voix d'un policier interpellant des pillards, mais ce n'était que Ron, une caméra à côté de lui. Immobile sous le porche, Jake prit conscience qu'elle tournait, et dans l'espoir de filmer sa mort, par-dessus le marché. Un journaliste tué à Berlin – enfin quelque chose d'intéressant à fixer sur la pellicule.

— Anna ! cria l'autre femme, hystérique. Tu es folle ou quoi ?

Mais plus rien ne pouvait atteindre Anna, qui serrait la photo contre sa poitrine. Elle s'écarta de Jake, descendit calmement les marches, tendit la statuette à son amie.

— Boy-scout de mes deux ! hurla le policier militaire à Jake.

— Chez lui, c'est sincère. Il ferait sûrement la même chose pour un chat, affirma Tommy.

— Et ce Helmut, c'est qui ? demanda le policier, écœuré.

— Son fils, répondit Jake avant de se tourner vers le camion. Des images intéressantes ? Désolé que la maison ne se soit pas écroulée sur moi.

Ron sourit.

— Ce sera pour la prochaine fois. Allez, montez.

Prochain arrêt : les Jeux alliés. Après s'être battus ensemble, on joue ensemble. *Collier's* va adorer.

Jake le dévisagea. Le pire était qu'il avait raison : *Collier's* adorerait. Les Alliés construisant la paix, de la table de conférence au terrain de football. Plus de flics nazis, ni de Berlinois à la rue. Il pourrait envoyer un article cette semaine, avant que ne lui arrivent des télégrammes de plus en plus pressants.

— Les Russes aussi ?

— Ils sont invités.

— Dites, mon vieux, intervint le policier, soudain plus aimable. Vous ne voulez pas leur demander si elles ont un endroit où aller ?

Jake questionna les deux femmes qui attendaient, bras dessus bras dessous, tournant le dos aux soldats.

— L'une d'elles a une sœur à Hanovre.

— Il lui faudra un laissez-passer pour s'y rendre. Dites-leur qu'on va les conduire au camp de réfugiés de Teltowerdamm. Ce n'est pas le pire.

À peine traduits, ces mots firent bondir les deux femmes, comme si la porte d'une prison se refermait brutalement sur elles.

— Pas dans un camp ! protesta la femme à la bergère en porcelaine. Vous n'avez pas le droit !

Elle se cramponna au bras de Jake.

— Que se passe-t-il ? demanda le policier.

— Le mot « camp » leur fait peur. Elles croient qu'il s'agit d'un camp de concentration.

— Ah oui, comme ceux où elles exterminaient les Juifs. Dites-leur qu'il s'agit d'un camp américain, conclut le policier, convaincu que cette information suffirait à les rassurer.

— À votre avis, elles ont l'air d'avoir exterminé qui que ce soit ?

— Qu'est-ce qu'on en sait ? Ce sont des Boches, après tout.

Avant que Jake puisse répondre, un mur latéral s'effondra, entraînant dans un rugissement le corps du bâtiment, déjà fragilisé. La charpente céda avec un craquement et des gravats s'écrasèrent sur le sol. Les bruits d'une explosion, puis un épais nuage de poussière qui s'élevait : on aurait dit que la maison venait d'être bombardée. Une des deux femmes avait porté la main à sa bouche, le souffle coupé. Tout le monde semblait pétrifié. Dans le camion, les caméras s'étaient remises à tourner : un peu de spectacle, pour finir, après le sauvetage à la noix. Quelques voisins aussitôt accourus se joignirent à la foule, mais à bonne distance des deux femmes, comme si leur malchance était contagieuse. Personne ne parlait. Le mur du fond s'écroula en partie. Encore un craquement, encore de la poussière, puis une série de grondements sourds, pareils à une onde de choc, tandis que des blocs de maçonnerie se détachaient et roulaient vers le tas de ruines. Enfin le fracas cessa et, derrière la façade, il ne resta qu'une dent creuse de plus. La femme à la bergère fondit en larmes, mais Anna se contenta de regarder fixement les décombres, avant de tourner les talons.

— Circulez ! Il n'y a plus rien à voir, répétait le policier militaire en agitant sa matraque blanche.

Jake contemplait la maison. Une parmi des centaines de milliers.

— Et ces deux femmes ? On ne va quand même pas les laisser là ?

— Vous vous croyez où, à l'Armée du Salut ? rétorqua le policier.

— Viens, Jake, tu ne peux rien faire de plus, affirma Tommy.

En effet, que pouvait-il faire ? Les ramener avec lui et leur demander de lui raconter leur histoire pour *Collier's* ? Déjà, le vieux couple de la villa où il logeait les entraînait. Une nuit ou deux dans leur sous-sol encombré, peut-être, à partager les restes des pensionnaires américains. Puis un laissez-passer pour Hanovre, et pour un nouveau sous-sol. Mais rien n'était moins sûr. Elles pouvaient aussi errer dans le Tiergarten avec les autres, transformées en un instant en sans-abri par une avalanche de gravats.

— Ce n'est pas nous qui avons déclaré cette putain de guerre, vous savez, lança le policier, comme s'il lisait dans ses pensées.

— Non, c'est eux, répondit Jake, le plongeant dans la perplexité avant de suivre Tommy dans le camion.

Ils traversèrent le secteur britannique, dépassèrent la tour de la Radio où Jake avait enregistré ses bulletins pour la Columbia, continuèrent jusqu'au stade olympique. Les abords immédiats offraient l'habituel spectacle de désolation, des souches calcinées à la place des arbres, mais le stade lui-même, malgré les impacts d'obus, était comme dans le souvenir de Jake. Sans doute la plus grande réussite architecturale des nazis. Il paraissait étrangement horizontal jusqu'à ce qu'on franchisse les grilles et qu'on découvre les gradins de l'amphithéâtre construit en profondeur. Jake reconnut la tribune où il avait assisté aux Jeux avec les Dodds – son premier reportage à Berlin. Des haut-parleurs avaient été installés sur des kilomètres, à travers toute la ville, pour diffuser le résultat de chaque compétition. Une idée de Goebbels, prouesse technique destinée à impressionner les visiteurs. C'était là que Jake avait vu pour la première fois Hitler, faisant le salut nazi dans sa loge impériale. À peine arrivé de Chicago, des années avant sa rencontre avec Lena.

À présent, des groupes de soldats torse nu prenaient le soleil sur la pelouse avant le match, une bière à la main. Les gradins autrefois remplis de milliers de spectateurs en accueillaient cette fois quelques centaines seulement – plus que Jake n'aurait imaginé, pourtant, presque le public d'un match de scolaires aux États-Unis. Tout le monde se serrait à une extrémité du vaste ovale où un terrain de football était délimité à la chaux, Britanniques et Américains ensemble, à côté d'une poignée de Français avec leurs bérets de marin à pompon rouge. Aucun Russe en vue. Près d'une ligne de touche, quelques soldats assis en cercle jouaient aux cartes ; ils se levèrent de mauvaise grâce pour céder leur place à une équipe de cameramen. Au centre du terrain, des joueurs en tenue sautaient sur place pour s'échauffer. Une armée d'occupation qui s'efforçait de tuer le temps.

— Les Russes n'ont pas l'air de venir, dit Jake à Ron. Qui joue contre les Français ?

— Ils ne participent qu'aux épreuves d'athlétisme. Les seules auxquelles les Russes soient également inscrits, donc ils finiront bien par arriver. Vous désirez interviewer les joueurs ?

— Je préfère regarder. Depuis quand les Britanniques savent-ils jouer au football américain ?

— Il paraît que ça ressemble au rugby. On a quand même mélangé les joueurs des deux équipes. Pour que les chances soient égales.

— Vous êtes un diplomate-né.

— Non. Il faut penser aux cameramen britanniques, expliqua Ron, désignant une seconde équipe qui installait son matériel. Ils n'ont pas envie de filmer leurs copains en train de prendre une déculottée. Qui voudrait regarder ça ? Ce sont des Jeux alliés, n'oubliez pas.

Après le coup d'envoi, ce furent pourtant les Américains qui volèrent la vedette, les GI's toujours en première ligne, les Britanniques en défense, tous s'écorchant les genoux à chaque mêlée sur la pelouse desséchée. Les spectateurs acclamaient la moindre action – y compris les arbitres qui brandissaient leur drapeau rouge à tort et à travers – et prenaient les paris, l'argent changeant de mains dans une atmosphère aussi survoltée que lors d'un match du championnat national. Un morceau d'Amérique à Berlin. Même les joueurs, le visage rougi par l'effort et le soleil, donnaient l'impression d'être ailleurs, à des milliers de kilomètres des cadavres grisâtres qu'on trouvait encore dans les rues.

Jake n'avait pas assisté à un match de football depuis une éternité, et, contre toute attente, les bruits qui montaient du terrain le ramenèrent des années en arrière, à ces après-midi ensoleillés où rien d'autre ne comptait que la dizaine de mètres à gagner sur l'équipe adverse, et la fille avec qui on avait rendez-vous après le match. L'Amérique, où toutes les maisons étaient intactes. Mais c'était le mal du pays d'un exilé regrettant sa jeunesse, non un lieu précis. Depuis la première fois où il s'était assis dans le stade olympique, il avait fait un seul séjour aux États-Unis, une semaine entre deux reportages. Dans l'intervalle, il n'avait connu que l'Amérique des expatriés, les soirées au mess des officiers et les films des services cinématographiques de l'armée, qui offraient de la réalité américaine une vision de carte postale. Il se serait senti étranger dans son propre pays.

Mais tous ses collègues n'en étaient-ils pas là ? Partis

depuis trop longtemps pour ne pas avoir changé – même ce policier militaire, peut-être un ancien joueur de football, pour qui la mort d'une femme ne représentait désormais qu'une bouche allemande de moins à nourrir. Jake s'agita sur son siège, gêné par cet accès de mélancolie. Il n'était pas dupe : dans l'Amérique qu'il avait quittée, celle des journaux du soir et des flics pourris, les bons côtoyaient les méchants comme partout ailleurs. Et pourtant, la nostalgie était bien là, réveillée de manière inattendue par un match de football. Une partie de lui-même, aussi palpable et indélébile qu'un grain de beauté.

Un but. Les spectateurs sautèrent de joie autour de Jake, criant à tue-tête et se donnant de grandes tapes dans le dos. Quelqu'un lui passa une canette de bière. Du coin de l'œil, il vit Ron abandonner les cameramen pour aller saluer le député Breimer et lui présenter un petit groupe de soldats, sans doute originaires d'Utica. Après un échange de poignées de main, ils posèrent pour les photographes de l'armée. Des souvenirs pour les familles. Puis Ron conduisit le député vers les cameramen, au ras du terrain, et fit un essai au micro. Jake descendit les gradins. Breimer commençait déjà son discours.

— Dans ce stade où le grand athlète américain Jesse Owens a autrefois apporté un démenti éclatant aux théories nazies sur la supériorité de la race aryenne, nous assistons aujourd'hui à une nouvelle victoire. Après avoir gagné la guerre, la glorieuse coalition alliée est en train de gagner la paix, toujours unie, toujours déterminée à montrer au reste de la planète qu'il est possible de travailler main dans la main. Et même de bien jouer au football !

Les soldats autour de lui éclatèrent de rire.

— Certes, la tâche n'est pas facile, reprit Breimer. Mais, à la vue de ces magnifiques jeunes gens, qui peut douter du succès final ? Nous allons aider ce pays à renaître de ses cendres, tendre une main fraternelle aux bons Allemands qui ont prié pour le retour de la démocratie durant ces années noires, et reconstruire un monde où la guerre n'aura pas sa place. Voilà pourquoi nos hommes se battent, désormais. Aujourd'hui, ils jouent au football, mais dès demain ils se remettront au travail. Un travail de longue haleine. Pour préparer l'avenir. Si, comme moi, vous pouviez les voir à l'œuvre à Berlin, vous sauriez qu'ils vont gagner cette nouvelle bataille…

Un discours improvisé, sans notes, le genre de tirade qu'un député était capable de prononcer au débotté. Sans même reprendre son souffle. Encore un morceau d'Amérique. Jake dévisageait Breimer, se demandant quel genre d'enfant il avait été. Sans doute de ceux qui lèvent la main en classe, se portent volontaires pour l'essuyage du tableau ou la distribution du lait. Destiné dès son plus jeune âge à réussir dans l'existence.

— Et maintenant, me dit-on, la 82e division aéroportée va nous distraire en musique pendant la mi-temps, conclut Breimer.

Au signal de Ron qui faisait office de maître de cérémonie, les caméras pivotèrent vers une porte au pied des gradins. Coiffés de casques blancs, en file indienne, les musiciens d'une fanfare sortirent en jouant une marche militaire sous les acclamations du public. Les caméras les suivirent tandis qu'ils se déployaient sur le terrain à l'herbe jaunie, leurs casques étincelant au soleil. Le vacarme était assourdissant.

— Où sont les pom-pom girls ? demanda Jake à Ron.

— Très drôle… En tout cas, le public apprécie.

Ron désigna les gradins. Il avait raison. Jake regarda

les spectateurs taper des pieds et siffler, gagnant la bataille de la paix pour les caméras de Movietone News. C'est alors qu'il aperçut Brian Stanley, assis sur un gradin ensoleillé à quelques mètres au-dessus de lui. Les coudes sur les genoux, les yeux mi-clos, la seule personne immobile de la tribune. La fanfare entama une nouvelle marche militaire. Jake monta le retrouver.

— Content du match ?

Brian ouvrit les yeux et les referma aussitôt.

— Oui. Jusqu'à ce que l'honorable député ouvre la bouche.

Jake s'assit près de lui, contemplant la fanfare en contrebas. La musique résonnait dans tout le stade.

— Bon sang ! s'exclama Brian. Ils ne pourraient pas baisser un peu le son !

— La nuit a été courte ?

Brian émit un grognement et se redressa lentement en s'essuyant le front.

— Tu sais que notre ami Churchill m'inquiète ? Il a insisté lourdement sur les frontières de la Pologne. Pourquoi ?

— Et pourquoi pas ? répliqua Jake, quittant le terrain des yeux.

La conférence, perdue de vue pendant qu'il prenait le café avec Günther.

— Parce qu'elles ont été fixées à la seconde même où Oncle Joseph les a franchies. Tous ces discours… Ça ne lui ressemble pas.

— Peut-être qu'il cherche à gagner du temps.

— Non. Il a l'esprit ailleurs. À cause des élections en Grande-Bretagne, sans doute. Dommage qu'elles tombent pile pendant la conférence. Il doit en perdre le nord. Ce qui n'est pas le cas de ton honorable député…

Brian hocha la tête en direction de Breimer, occupé à

applaudir la fanfare qui regagnait les vestiaires, jouant plus fort que jamais.

— Quel assaut d'éloquence ! « Nous allons tendre une main fraternelle... », déclama-t-il avec un certain talent d'imitateur.

— Tendre la main, ça le connaît. Du moment qu'on a quelque chose à y mettre.

Brian sourit.

— Rien à attendre des Allemands, alors. « Une main fraternelle... » Dans l'avion, si je me souviens bien, il prétendait pourtant qu'ils n'avaient que ce qu'ils méritaient... Ah, enfin un peu de calme !

Sur le terrain, la fanfare avait cédé la place au coup de sifflet de l'arbitre marquant la reprise du match. Un aimable bruit de fond, en comparaison. Brian se cala de nouveau sur ses coudes.

— Et toi ? Où étais-tu passé ? Je t'ai cherché au briefing. Tu courais le jupon ?

— Non, j'enquêtais sur le marché noir.

— Tu plaisantes ! s'exclama Brian, refermant les yeux. C'est de l'histoire ancienne.

— Pas plus que les frontières de la Pologne.

Brian soupira et s'étira au soleil. Au bord du terrain, Breimer se détachait du groupe des journalistes pour aller rejoindre un soldat qui l'attendait – le chevalier servant de Liz, tout seul cette fois, l'air impatient et préoccupé. Breimer le prit familièrement par l'épaule et l'entraîna à l'écart. Jake les observa quelques instants. En grande conversation, ils opinaient du chef tous les deux – Shaeffer plus qu'un simple chauffeur.

— Ils s'entendent comme larrons en foire, non ? constata Brian, surprenant le regard de Jake.

— Mouais.

— Pourquoi cet intérêt subit ?

— Shaeffer se montre beaucoup avec Liz.

— Difficile de le lui reprocher. J'échangerais volontiers ma place contre la sienne.

Des cris montèrent soudain du public – un deuxième but –, mais ni Breimer ni Shaeffer ne tournèrent la tête.

— Alors, que fait-il ici avec Breimer ?

Brian bâilla ostensiblement.

— Ils préparent l'avenir. Depuis des jours. Shaeffer attendait Breimer à l'aéroport.

Jake dévisagea Brian, aussi immobile qu'un lézard.

— Ah bon ? Il n'y a pas grand-chose qui t'échappe.

— C'est mon métier, non ? Il suffit d'ouvrir les yeux, répliqua-t-il en fermant les siens.

En contrebas, les deux hommes se séparaient, leur entretien terminé. Breimer fit signe à un GI qu'il était prêt à partir. Shaeffer quitta aussitôt le stade, sans un regard pour le match.

— Au fait, Brian, tu étais dans l'avion. Tu te souviens du type qui avait le mal de l'air ?

— Avec des bottes de cheval ?

— Oui. Qui l'attendait à l'aéroport ? Tu as fait attention ?

— Non. Pourquoi ?

— Tu lui as parlé, dans l'avion ? Tu as remarqué quelque chose de particulier ?

Brian rouvrit les yeux.

— J'imagine que tu ne poses pas toutes ces questions sans raison.

— On l'a retrouvé mort. À Potsdam.

— Quoi ? Le cadavre qu'on a repêché était le sien ?

Jake acquiesça.

— Eh bien ? lança Brian.

— Eh bien, j'aimerais savoir pourquoi. J'ai l'impression que tout ça n'est pas net.

— Ce bon vieux Jake… qui pense seulement à jouer les détectives alors que le sort de cette pauvre Pologne est dans la balance.

— Il t'a dit quelque chose, oui ou non ?

— Pas un mot. Aux autres non plus, d'ailleurs. Si ma mémoire est bonne, l'honorable député était pratiquement le seul à parler… Ça a un rapport avec ton histoire de marché noir ?

— Ce type est mort juste après une transaction. Qui lui a rapporté une jolie somme.

— Un jeune homme si convenable ?

— Pas si convenable : il avait entre cinq et dix mille dollars sur lui.

— Vraiment ? répliqua Brian, soudain intéressé. Obtenus en échange de quoi ?

— Comment ça ?

— Il n'avait pas de bagages. Qu'a-t-il pu vendre ?

— Pas de bagages ? répéta Jake, essayant de se remémorer l'arrivée à Tempelhof.

— Non. Ça, en revanche, je l'ai remarqué. Et ça m'a paru bizarre. J'en ai conclu qu'il résidait à Berlin.

— Erreur. Tu as remarqué autre chose ?

— Mon vieux, je ne me souvenais même pas de ce détail jusqu'à ce que tu évoques le sujet. Un type sans bagages n'a rien d'extraordinaire.

Jake ne répondit pas. Et Günther, que retiendrait-il ? Quel détail essentiel négligé par tout le monde ? Une transaction à laquelle on se rendait les mains vides. Mais on ne repartait pas avec dix mille dollars sans avoir rien vendu. Peut-être un objet assez petit pour tenir dans une poche ? Une nouvelle clameur monta du stade.

— Mince, grommela Brian. En plus, le but est pour nous. Maintenant, je suis obligé de faire un papier.

Dans les travées occupées par les Britanniques,

quelques soldats agitèrent l'Union Jack. Jake revint à la charge.

— Et si c'était un Russe qui l'avait abattu ?

— Ah… Gênant, étant donné le contexte, dit Brian, montrant les joueurs sur le terrain. Au moment où tout le monde s'entend si bien. C'est ce que tu cherches ? Quelques boules puantes à lancer en pleine conférence ?

— Je ne sais pas.

— Ils n'apprécieront pas.

— Qui ça, « ils » ?

— Les acteurs concernés.

Jake contempla le stade. Les acteurs concernés… Personne ne voulait de son reportage – preuve que c'était celui qu'il fallait faire. Il jeta un coup d'œil en contrebas, s'attendant vaguement à voir Breimer serrer quelques mains de plus sous l'œil des caméras. Mais son attention fut attirée par Bernie qui courait vers les gradins, la tête baissée, l'air d'un bull-terrier, comme à son habitude. Il scruta le public, sourit en reconnaissant Jake, et lui fit signe de le rejoindre. Jake prit une profonde inspiration. Bernie était venu jusqu'ici, il devait y avoir urgence. Le cœur battant, il prit congé de Brian et dévala les gradins.

— Vous l'avez retrouvée ?

— Qui ça ? Ah oui, votre amie… Non, désolé. Aucune trace d'elle, répondit Bernie, rouge de confusion.

Et pourtant, il souriait toujours.

— Vous avez cherché ?

— Aucun dossier la concernant. J'ai chargé quelqu'un d'enquêter sur son mari. Il sera plus facile de remonter jusqu'à lui, s'il est prisonnier de guerre… (Devant l'expression de Jake, il s'interrompit.) Vous pouvez aussi consulter les messages sur les panneaux. Ça donne parfois des résultats.

Jake acquiesça machinalement. Il n'écoutait plus. Tout le monde remplissait un *Fragebogen* pour obtenir des carnets de rationnement – sauf ceux qui étaient ensevelis sous les décombres. Aucun dossier concernant Lena…

— Merci quand même, dit-il d'une voix sourde. Je ne vois pas ce qu'on peut faire de plus.

Comment avait-il pu espérer ?

— Il arrive que des gens réapparaissent. Je disais juste…

— Je sais. En tout cas, merci encore d'être venu jusqu'ici.

— Non, insista Bernie, gêné. Ce n'était pas pour ça. Il y a autre chose.

Jake leva les yeux. Un sourire éclairait de nouveau le visage de Bernie, bleui par la barbe.

— Une information intéressante. J'ai découvert pourquoi Muller ne tenait pas à vous montrer cette fameuse feuille. Vous aviez raison. Il y a bien eu un rapport balistique… (Il tira de sa poche une copie carbonée et attendit quelques secondes, pour ménager le suspense.) C'était une balle américaine.

6

Ronny's ne fut pas difficile à trouver. Les Anglais avaient hérité de la partie la plus cosmopolite du Kurfürstendamm lors du découpage de Berlin, et les nombreux véhicules de l'armée britannique arrêtés devant le club attiraient le regard aussi sûrement qu'une enseigne lumineuse. Assis sur les pare-chocs, cigarette à la main, les chauffeurs montaient la garde, distraits par un flot de musique chaque fois que des officiers poussaient la porte du club, enlaçant des jeunes femmes dont certaines titubaient déjà. Seules quelques voitures circulaient sur l'avenue bordée d'hôtels éventrés et de magasins aux vitrines brisées. Les cyclistes avaient disparu à la tombée de la nuit. Encore une heure, et le Ku'damm serait aussi sombre qu'une route de campagne, juste éclairé par un mince croissant de lune et les bandes phosphorescentes datant du couvre-feu.

Jake se gara derrière une jeep britannique et suivit le trottoir, dégagé jusqu'à l'entrée du club. La boutique voisine était en ruine ; sa vitrine avait été remplacée par du contreplaqué couvert de bouts de papier ou de carton, avec des messages punaisés à l'abri de la pluie. Il faisait à peine assez clair pour les déchiffrer. Certains étaient rédigés d'une belle écriture gothique apprise au lycée, mais la plupart, griffonnés à la hâte, trahissaient surtout la détresse et l'urgence. *Bottes d'hiver. Doublure en feutre. Excellent état. À échanger contre chaussures d'enfant. Cherche à retrouver Anna Millhaupt. Ancienne adresse : 18 Marburgerstrasse. Votre avenir révélé par Mme Renaldi. Prédictions personnalisées. Vingt-cinq Marks ou l'équivalent en tickets de rationnement. Veuve de guerre, deux enfants. Physique agréable. Cherche mari allemand possédant appartement. Excellente cuisinière.* Jake tourna les talons et ouvrit la porte du club, où l'assaillit une musique étourdissante.

Il s'attendait à découvrir une cave tout droit sortie des caricatures de Grosz, mais celle-ci était bien éclairée et pleine d'animation, avec des nappes blanches et des tableaux aux murs. Des serveurs en chemise amidonnée se faufilaient entre les tables avec leurs assiettes qu'ils tenaient en hauteur, à l'écart de la mêlée sur la minuscule piste de danse. Un orchestre de cinq musiciens jouait *En passant par la Lorraine* avec beaucoup d'allant, et sur la piste se bousculaient robes d'été et uniformes alliés, lancés dans un fox-trot endiablé. Les femmes avaient fait des élégances : étoffes légères, chaussures ouvertes et rouge à lèvres au lieu des foulards et des pantalons de treillis qui leur servaient à déblayer les décombres. Mais l'odeur reconnaissable entre toutes avait pénétré jusque dans le club, où elle se mêlait aux parfums et à la fumée de cigarette. Jake prit soudain conscience, image à retenir pour un prochain papier, que cette foule compacte dansait littéralement sur des tombes.

Günther trônait dans un nuage de fumée à l'extrémité du bar installé en hauteur, le long d'une cloison. Jake contourna un groupe de militaires russes qui tapaient sur leur table avec de gros rires pour appeler le serveur, faisant s'entrechoquer les verres. Sans temps mort, l'orchestre enchaîna avec *This Year's Kisses*. En grande conversation avec un civil allemand, Günther salua à peine Jake à son arrivée, désignant de la tête une table dans un coin de la salle.

— Il est là-bas.

Jake jeta un coup d'œil dans la direction indiquée. Un jeune soldat coiffé comme Noel Coward, les cheveux gominés soigneusement plaqués en arrière, était assis entre deux blondes plantureuses qui dînaient avec appétit, penchées sur leur assiette.

— J'ai du nouveau, insista Jake.

— Laissez-moi finir ici. Je vous rejoindrai tout à l'heure.

— L'arme... Elle était américaine.

Günther posa sur lui un regard embrumé par le cognac, mais qui n'avait rien perdu de son acuité.

— Et alors ?

— Qui est-ce ? demanda l'autre Allemand.

— Une nouvelle recrue pour le QG d'Alexanderplatz, répondit Günther avec un haussement d'épaules. Je lui apprends le métier.

— Je vois... Excellent ! s'esclaffa son interlocuteur, semblant goûter la plaisanterie.

— Je suis à vous dans une minute, déclara Günther à Jake, avant de lui indiquer une nouvelle fois la table des deux blondes.

Jake se fraya un chemin jusqu'au soldat anglais. Un gosse maigre comme un clou, aux yeux pétillants de malice. Rien à voir avec le truand grisonnant qu'il imaginait.

— Alford ?

— Appelez-moi Danny. Vous êtes un ami de Günther ? Je vous offre à boire, ajouta-t-il, remplissant un verre. Günther m'a appris que vous cherchiez quelqu'un. Je suis votre homme.

— On peut parler ?

Jake s'assit en fixant les deux blondes.

— Devant elles ? Aucun problème. *Fuck* est le seul mot d'anglais qu'elles comprennent. Pas vrai, Ilse ?

— *Hello !* lança une des filles – qui connaissait au moins un autre mot d'anglais – avant de retourner à son assiette.

Un morceau de viande grisâtre, deux pommes de terre de la taille d'une balle de golf. Danny avait dû dîner ailleurs : devant lui, il n'y avait qu'une bouteille de scotch.

— Je me demande d'où lui vient cette faim de loup. Ça fait plaisir de la voir manger avec autant d'appétit, non ? À propos, quels sont vos goûts ? Un peu d'exotisme, ou la formule classique ? (Il vérifia les épaulettes de Jake.) Vous êtes bien officier ? Sinon, elles refusent. Mais avec elles, vous n'attraperez rien. J'y veille personnellement. Visite médicale une fois par semaine. Pas question de rapporter une surprise gênante au pays. Alors, désirez-vous quelque chose de spécial ?

— En fait, je ne viens pas pour une fille, expliqua Jake, gêné.

Danny porta son verre à ses lèvres sans se démonter.

— Je vois. J'aurais dû y penser. Mais pour un garçon, c'est un peu plus cher, vous savez. Ils ne font qu'une passe par nuit. Sinon, ils ne tiennent pas le coup… Tous des anciens des Jeunesses hitlériennes. En uniforme si vous le souhaitez, ajouta-t-il, imperturbable, aussi convaincant qu'un vendeur de rue londonien.

Rouge de confusion, Jake secoua la tête.

— Non, vous ne comprenez pas. J'ai besoin d'un renseignement.

— Vous êtes flic ? demanda aussitôt Danny, méfiant.

— Non.

— De toute façon, avec un ami de Günther je n'ai rien à craindre, n'est-ce pas ? Quel genre de renseignement ?

Il alluma une cigarette et tira une bouffée sans quitter Jake des yeux.

— Lundi dernier, un type a empoché dix mille dollars. Vous êtes au courant ?

— Dix mille dollars… en une seule fois ? Joli coup. Un de vos amis ?

— Une connaissance.

— Pourquoi ne pas lui poser la question directement ?

— Il est reparti à Francfort. Je cherche à savoir où la transaction a eu lieu.

— Pour faire quelques affaires vous aussi ? Qu'avez-vous à vendre ?

Jake secoua de nouveau la tête.

— Je veux simplement savoir ce que lui avait à vendre.

Derrière eux, des applaudissements crépitèrent : l'orchestre faisait une pause, et le brouhaha des conversations combla le vide laissé par la musique.

— Pourquoi vous adresser à moi ? Ce n'est pas avec des filles qu'on se fait dix mille dollars.

— D'après Günther, vous êtes quelqu'un de bien informé.

— Pas cette fois, répliqua Danny, écrasant sa cigarette dans le cendrier.

— Vous ne voulez pas vous renseigner ? Je peux payer.

Danny devisagea Jake.

— Vous pourriez aussi décrocher votre téléphone et appeler Francfort.

— Non. Le type en question est mort.

Danny écarquilla les yeux.

— Il fallait commencer par là… On dirait que vous n'avez pas confiance. Vous feriez mieux de partir tout de suite. Je ne tiens pas à avoir des ennuis.

— Vous n'en aurez pas. Écoutez, on reprend tout de zéro. Un type que je connais arrive lundi à Berlin pour affaires. Il se fait descendre. Moi, j'essaie de retrouver son meurtrier.

— Günther aussi connaissait la victime ?

— Non, il se contente de m'aider. Ce type ne parlait qu'anglais. Günther pense que vous avez peut-être eu vent de cette histoire. Après un meurtre, les langues se délient.

— Pas en ma présence. Allez, partez.

— Je veux juste savoir si vous avez appris quelque chose.

Danny reprit une cigarette.

— Eh bien, maintenant, vous le savez… Écoutez, ici, je gagne confortablement ma vie. Je touche un peu à tout, mais je suis prudent. Je n'ai pas dix mille dollars, je n'ai jamais tué personne. Et je ne mets pas mon nez dans les affaires d'autrui. Il y a toutes sortes de gens dans cette ville. Si on veut faire de vieux os, mieux vaut ne pas se montrer trop curieux. Pas vrai, Ilse ?

La jeune femme leva la tête et sourit béatement.

— Si quelqu'un disposait de dix mille dollars, il achèterait quoi ? demanda Jake, changeant de tactique.

— En une seule transaction ? Aucune idée. Jamais eu une somme pareille…

Danny paraissait pourtant intrigué.

— À cette échelle, on fait plutôt du troc, remarqua-t-il. Un ami à moi a pu mettre la main sur les stocks d'une usine – de la soie de très belle qualité, comme celle des parachutes. Du jour au lendemain, des camions sont arrivés du Danemark. Remplis de jambon en conserve. Voilà une cargaison intéressante. On peut l'écouler n'importe où – mais il faut qu'elle soit sur le marché pour que l'argent rentre, si vous voyez ce que je veux dire… Du liquide ? Peut-être des antiquités. Mais je n'y connais rien, alors je ne m'en mêle pas.

— Quoi d'autre ?

— Des médicaments. Pour ça, on paie cash. Seulement, il faut se salir les mains. Je n'y touche pas.

Jake le regardait, fasciné. Le jambon, mais pas la pénicilline. Une distinction subtile.

— Quelle que soit la marchandise, ce type la transportait sur lui. Pas de camion, ni même de caisse. Un tout petit objet.

— Des bijoux, alors. Bien sûr, c'est un peu spécial, expliqua Danny, comme s'il parlait d'une de ses filles. Il faut s'y connaître.

— Vous ne voulez vraiment pas vous renseigner ?

— Si, peut-être. Mais seulement pour faire plaisir à Günther. Ça y est, en avant la musique !

L'orchestre venait de remonter sur l'estrade. Danny versa à Jake un deuxième scotch. Visiblement, cette affaire l'intéressait de plus en plus.

— Un petit objet ? reprit-il. Pas de l'or, c'est trop lourd. Peut-être un document officiel.

— Quel genre ?

L'orchestre commença par *Elmer's Tune*, faisant de nouveau affluer les danseurs sur la piste. Jake sentit qu'on poussait sa chaise par-derrière. Un Russe tentait de passer, la main fermement posée sur le postérieur de sa cavalière. Un autre Russe surgit près de la table. Tout sourires, il s'inclina vers Ilse, décrivant avec son index, dans le langage international des signes, des cercles concentriques pour l'inviter à danser.

— Dégage, mon vieux, lança Danny. Tu ne vois donc pas que la dame est en train de dîner ?

Surpris, le Russe battit en retraite. Une voix roulant les « r » s'éleva alors derrière Jake et Danny.

— Il n'a pas réalisé qu'elle était avec vous. Désolé…

Jake se retourna.

— … Tiens, monsieur Geismar !

— Général Sikorsky…

— Quelle excellente mémoire ! Désolé, pour mon camarade. Il croyait…

— Vous le connaissez ? demanda Danny à Jake. Dans ce cas, pas de problème. Ilse, soyez gentille, accordez une danse à ce monsieur.

La jeune femme se leva et prit le Russe par le bras.

— Vous voulez danser ?

Sikorsky remercia Danny.

— Rien de plus naturel. Et pour vous-même ?

— Une autre fois, répondit Sikorsky, contemplant l'autre blonde. Très heureux de vous revoir, monsieur Geismar. Un cadre un peu différent, cette fois… (Il jeta un coup d'œil vers la piste de danse, où Ilse et son cavalier russe étaient déjà étroitement enlacés.) Je garde un très bon souvenir de notre conversation.

— La caverne d'Ali Baba, c'est bien ça ?

— Oui. Nous aurons peut-être l'occasion d'en

reparler, si vous venez visiter notre secteur. Mais je vous préviens, il y a moins d'animation qu'ici. Bonne soirée… (Il se tourna vers Danny, s'inclinant brièvement pour prendre congé.) De la part de mon camarade, merci pour votre aide.

— Du moment qu'il ramène sa cavalière, plaisanta Danny.

Sikorsky le dévisagea, sortit une liasse de billets, et en posa quelques-uns près du verre de Danny.

— Voilà qui devrait vous dédommager, répliqua-t-il avant de s'éloigner.

Danny fixait les billets, piqué au vif comme si on l'avait giflé. Jake suivit Sikorsky du regard. Il avait traversé la pièce et rejoint le bar, où il saluait l'ami de Günther.

— Un dédommagement… tu parles. Salauds de rouges !

— Vous pensiez à quel genre de document officiel ? fit Jake.

— Comment ? Oh, de tout… Vous me demandiez ce que je ferais avec dix mille dollars. En fait, l'occasion s'est déjà présentée. J'ai acquis des titres de propriété.

— Vous êtes propriétaire à Berlin ?

— J'ai commencé par un cinéma. Maintenant, j'achète des appartements. Bien sûr, il faut choisir le quartier soigneusement. Mais avec un cinéma, on n'est jamais perdant, non ?

— Quand vous rentrerez au pays, que se passera-t-il ?

— Retourner en Angleterre ? Jamais. Je suis bien ici. Des filles en veux-tu en voilà – et prêtes à tout pour vous faire plaisir. Qu'est-ce qui m'attend à Londres ? Cinq livres par semaine et merci ? Non, il n'y a rien pour moi là-bas. Alors qu'ici, l'avenir m'appartient.

Jake en resta songeur. Encore un portrait dont *Collier's* ne serait jamais preneur : celui du soldat débrouillard, attablé dans un coin de salle chez Ronny's.

— Je doute que la victime ait vendu des titres de propriété, remarqua-t-il.

— Ce n'est qu'un exemple parmi d'autres… Allez, on remet ça, ajouta Danny, remplissant le verre de Jake avec un sourire satisfait. Du pur malt, rien à voir avec le whisky américain. (Il dégusta quelques gorgées.) On peut gagner beaucoup d'argent avec les documents officiels. Cartes d'identité. Papiers militaires. Même des titres de noblesse, si ça vous chante. Des faux, mais qui s'en apercevra ? Dans ce domaine, les Allemands sont imbattables.

— Comme pour les *Persilscheins*. Qui effacent les péchés du passé.

— Très juste. On peut en tirer jusqu'à deux mille dollars. Il suffit d'en vendre plusieurs pour… (Il reposa son verre.) Attendez ! Je sais ce qui circule actuellement. Je n'en ai pas encore vu, mais on m'en a parlé. Là aussi, il y a de l'argent à faire.

— De quoi s'agit-il ?

— De lettres des camps. Témoignant qu'on a les mains propres. Un Juif écrit qu'un tel était détenu avec lui, ou que tel autre a tenté de lui éviter la déportation. Le meilleur *Persilschein*. On est aussitôt blanchi.

— Si la lettre est authentique.

— L'auteur l'est toujours. Évidemment, la plupart refusent, ce qui se comprend. Mais si on a vraiment besoin d'argent – pour quitter le pays, par exemple – eh bien, que représente une lettre ?

Jake contemplait son verre, atterré. En être réduit à absoudre son propre bourreau. Le pire était toujours sûr.

— Nom de Dieu…

Un soupir de dégoût, à peine audible à cause de la musique. Danny s'agita sur sa chaise, de nouveau mal à l'aise, comme si Jake avait jeté quelques billets de plus sur la table.

— Je ne vois pas les choses ainsi. On ne peut pas nourrir de la rancune toute sa vie. Regardez-moi : trois ans dans un camp de prisonniers. L'enfer, je vous assure. Je ne serai plus jamais le même… (Il porta la main à son oreille.) Sourd comme un pot de ce côté. Ça m'est arrivé là-bas. Mais j'y ai aussi appris un peu d'allemand, voilà l'aspect positif. Jamais je n'aurais imaginé m'en servir un jour. Maintenant, c'est du passé. À quoi bon y revenir sans arrêt ? La vie continue, telle est ma philosophie.

Jake eut l'impression troublante d'entendre Breimer.

— Ce n'était pas le même genre de camp, dit-il.

— Écoutez, mon vieux, on en reparlera quand vous aurez passé trois ans dans un camp de prisonniers.

— Désolé. Je ne voulais pas…

— Il n'y a pas de mal. Pour ma part, je n'approuve pas trop cette histoire de lettres. Nauséabond, après tout ce qu'ils ont vécu. Ils ne se portent pas vraiment volontaires, vous comprenez ? Ils le font juste pour l'argent. Pauvres diables – on en voit encore, ici, avec ces horribles pyjamas, ça fend le cœur. Alors, ces lettres… pas question, pour moi. Ce serait profiter du malheur d'autrui.

Jake considéra cet étrange individu, par ailleurs capable de faire commerce de jeunes garçons en uniforme des Jeunesses hitlériennes.

— Vous pourriez trouver ceux qui vendent ces lettres ?

— Pourquoi ?

Le rendez-vous du lieutenant Tully avec un

responsable du Comité de sécurité publique… Il y avait peut-être un rapport. Jake revit le bureau de Bernie, encombré de piles de dossiers.

— Une intuition. La piste des bijoux, je n'y crois pas. Je préfère suivre celle des documents officiels… Bien sûr, je vous paierai, ajouta-t-il devant l'air dubitatif de Danny.

— Écoutez, vous êtes un ami de Günther. Je serais ravi de vous rendre service, pour autant que ce soit possible. Laissez-moi mener ma petite enquête. Mais je ne vous promets rien. Si je découvre quelque chose, alors je fixerai un prix. Un marché honnête, non ?

— En effet.

Un soldat britannique s'approcha. Danny dressa la tête.

— Salut, Rog. Tout va bien ?

— Le major attend dehors.

— Parfait. Ton client, mon chou… (La blonde posa sa serviette de table et sortit son tube de rouge à lèvres.) Vas-y comme tu es, ma belle. Étant donné ce que tu vas faire avec ta bouche, inutile d'y mettre du rouge. Allez, en route.

La jeune femme se leva et suivit le soldat.

— *Wiedersehen*, dit-elle poliment à Jake.

— N'oublie pas de la raccompagner chez elle ! cria Danny au soldat avant de se retourner vers Jake. Une recrue de choix, cette fille-là. Elle fait ce métier avec amour. Vous êtes sûr de ne pas vouloir essayer ?

— Je peux vous poser une question ? Pourquoi… (Jake cherchait ses mots.) Enfin, je croyais que pour s'offrir une fille, deux ou trois cigarettes suffisaient. Pourquoi donc… ?

— Parce que certains de ces messieurs sont de grands timides. C'est de cette façon que tout a commencé. Moi, je ne le suis pas, timide, alors ça ne me dérangeait pas de faire les présentations. Il y en a qui apprécient : tellement plus sûr. Un officier ne va pas s'abaisser à choisir une fille dans la rue. Et puis, on ne sait pas sur qui on peut tomber. Après, surprise de l'épouse : « Chéri, qu'est-ce que c'est... ? » Gênant. Simple question d'hygiène, en fait. J'ai un médecin qui les examine régulièrement. Un type très bien. Il s'occupe aussi des accidents, si vous voyez ce que je veux dire. Les filles préfèrent, ça leur évite de l'angoisse, des recherches interminables.

— Pourquoi seulement des officiers ?

Danny sourit.

— D'abord, ils ont de l'argent. Mais c'est surtout à cause des filles, vous savez. Toutes les mêmes. Elles espèrent trouver le grand amour. Et un billet pour Londres par la même occasion, pourquoi pas. N'importe où plutôt qu'ici. Avec un simple soldat, aucune chance. Pour ça, il faut un officier.

— Et elles réussissent ?

— Quoi ? À se faire emmener à Londres ? Pensez-vous... Tout ce que veulent ces gars-là, c'est une fellation et une passe. Mais bon, je dis toujours aux filles de ne pas se décourager. Qu'un jour la chance peut leur sourire. Que si elles y mettent assez de cœur, elles seront peut-être récompensées.

— Et elles vous croient ?

Danny haussa les épaules.

— Ce ne sont pas des putes, hein ! De braves filles, pour certaines d'entre elles, pas des professionnelles. Elles essaient juste de s'en sortir. Il ne faut pas leur enlever tout espoir.

— Et les garçons, vous leur dites quoi ?

— Ce n'est qu'un à-côté. Il en faut pour tous les goûts.

Danny se passa la main dans les cheveux, visiblement gêné.

— Ils appartenaient vraiment aux Jeunesses hitlériennes ?

— Évidemment. Pour Viktor, en tout cas, il n'y a aucun doute. C'est le frère d'Ilse.

— Charmante famille.

— Je crois qu'il a toujours eu ce genre de penchants, voyez-vous. Pour les autres, je suis moins sûr. Au début, ils sont un peu réticents. Mais ils apprécient de gagner de l'argent, et au fond, comment savoir ? C'est Viktor qui me les amène, des amis à lui. Et, je le répète, il s'agit juste d'un à-côté… Regardez plutôt ce musicien. Il est vraiment bon. On dirait Benny Goodman.

Danny désignait l'estrade de l'orchestre, où un clarinettiste venait de se lever. Il passa la langue sur l'anche de son instrument. Lorsqu'il se mit à jouer, c'était bel et bien un titre de Goodman, *Memories of You*, dont les premières notes, d'une tristesse infinie, avaient la douceur des larmes. Encore un morceau d'Amérique, une mélodie d'une beauté si inattendue qu'elle résonnait comme un reproche dans la salle enfumée. Sur la piste de danse, les couples avaient cessé de virevolter. Visiblement sous le charme de la clarinette, ils oscillaient avec langueur. Le musicien se balançait lui aussi, les yeux fermés pour se laisser porter par la musique, loin de la lumière crue et de la laideur ambiante.

Everything seems to bring… Une musique romantique, qui n'était faite ni pour les gros rires ni pour les étreintes trop rapides, une mélodie pour les jeunes femmes attendant le grand amour. Jake les regardait évoluer sur la piste l'air rêveur, la tête sur l'épaule de leur cavalier en uniforme pour se donner une raison d'espérer. Les clients attablés s'étaient tus, apparemment absorbés par le solo de clarinette, mais en réalité attirés par autre chose, le monde qu'ils avaient connu avant Ronny's et qui leur revenait, presque palpable, avec les notes de cette mélodie sentimentale... *memories of you*. Même en ce lieu peu propice à la nostalgie. De l'autre côté de la piste, Jake vit soudain la robe de Lena, celle d'un bleu sombre qu'elle mettait pour sortir. Il se rappelait la façon dont elle en lissait le dos quand elle se levait, un geste rapide pour effacer les plis, si bien que le vêtement semblait faire corps avec elle, telle une seconde peau. Sur le devant, des paillettes formaient un motif qui remontait jusqu'à l'épaule, pareil à une étoile filante. Une robe en laine, trop chaude pour une soirée d'été dans un club bondé. Il y avait une auréole entre les deux omoplates, sur le tissu que tendait à craquer la corpulence de la danseuse – une blonde avec un chignon comme celui de Betty Grable. Et pourtant, c'était bien le même bleu sombre.

Lorsque l'orchestre se joignit au clarinettiste, mettant fin au solo, le brouhaha et l'agitation reprirent de plus belle autour des tables. Une forme de soulagement d'être sorti de ce moment magique, de pouvoir à nouveau écouter la musique sans arrière-pensées.

— Alors, qu'est-ce que je vous disais ? lança Danny, les yeux brillants, mais Jake continuait de regarder la robe, où l'auréole disparaissait à présent sous la main d'un soldat américain.

Les *Fragebogen*. Les messages des panneaux d'affichage. Et pourquoi Lena ne serait-elle pas ici, chez Ronny's, en train de danser ? Non, pas avec cette silhouette sans grâce, ces bourrelets à la ceinture.

Günther traversait la salle sans se presser, contournant les danseurs. Une clameur s'éleva près de la porte. Un groupe venait d'arriver et cherchait des tables libres. Le vacarme couvrit *Memories of You*.

— Ce bon vieux Günther ! (Danny se leva en signe de respect, et lui offrit une chaise.) Ici, prenez place.

À peine assis, Günther se remplit un verre de scotch.

— Vous connaissez le général ? questionna Jake, jetant un coup d'œil en direction de Sikorsky.

— Très bien. Il est parfois une excellente source d'informations.

— Mais pas aujourd'hui, apparemment.

— Patience… (Günther avala une rasade de scotch et se redressa.) Eh bien, la discussion a été fructueuse ?

— Danny me parlait de son patrimoine immobilier. Il est propriétaire !

— Oui, d'un cinéma avec un écran en toile de parachute, répondit Günther, goguenard.

— Allons, protesta Danny. C'est une légende.

Günther l'ignora et leva son verre.

— À toi, qui vas habiller la moitié des femmes de Berlin ! Dans de la toile de parachute !

— De la soie. Il n'y a pas mieux sur le marché, répliqua Danny.

Mais sur la piste de danse, on ne voyait pas encore de soie, seulement les cotonnades bon marché vendues à la fin de la guerre contre des tickets de rationnement. La robe de Lena avait disparu, cachée quelque part dans la foule qui prenait les tables d'assaut. L'orchestre jouait une version jazz de *Chicago*.

— Vous avez le dossier complet ? demanda Günther.

Jake tira de sa poche de chemise la copie carbonée, que Günther parcourut en vidant son verre à petites gorgées.

— Un Colt, M-1911…

En bon fan de western, il eut un hochement de tête approbateur.

— Une arme rare ?

— Non, au contraire. Calibre 45. Très courant.

Il rendit la feuille à Jake.

— Alors ?

— Alors, on a désormais une balle américaine. Ce qui change tout.

— Pourquoi ?

— Non, Herr Geismar, pas « pourquoi », mais « où ». C'est Potsdam qui pose problème, depuis le début. Les Russes ont fermé la ville, et le marché noir du même coup. Mais il n'y a pas que le marché noir, à Potsdam. Il y a aussi la conférence. Avec beaucoup d'Américains.

— Le lieutenant Tully ne participait pas à la conférence.

— Il était peut-être hébergé aux studios de Babelsberg, à titre gracieux. Quoi de plus vraisemblable ? Tous les Américains logent là-bas, même Truman. À deux pas du lieu de la conférence. Au bord du même lac… (Günther fixait Jake avec insistance.) Votre homme a été retrouvé devant le château de Cecilienhof, mais est-ce vraiment là qu'il a été abattu ? La veille de la conférence ? Alors qu'il n'y avait personne sauf des gardes ? Non, affirma-t-il en secouant la tête. Un cadavre ne reste pas au même endroit, il est emporté par le courant. À l'évidence.

— Un vrai détective de Scotland Yard ! Des comme vous, Günther, on n'en fait plus ! s'exclama Danny, admiratif.

— Le moins évident, c'est l'argent, insista Jake.

— Il faut toujours que vous y reveniez.

— Parce que je n'ai pas eu la berlue. Admettons que Tully ait eu accès aux studios, qu'il y ait rencontré un Américain. Il avait tout de même dix mille dollars en poche. Le genre de somme qu'on ne peut gagner qu'au marché noir. Moi, je veux bien qu'un Américain y soit mêlé à un haut niveau. Mais un participant à la conférence ? La plupart de ces types viennent d'arriver par avion. Ils n'ont pas le droit de circuler librement. Je n'en vois pas un seul ici…

Jake désigna la foule bruyante qui l'entourait.

— C'est tout à leur honneur, répliqua Günther. Pourtant, votre homme a été retrouvé à Potsdam. Avec une balle américaine dans le corps.

— En effet.

— Qui est là pour la conférence ? En laissant de côté Herr Truman, bien sûr.

— Des huiles de Washington. Des fonctionnaires du Département d'État. Des conseillers, énuméra Jake.

— Non, pas à la table des négociations, à Babelsberg.

Jake se rappela les préparatifs à grande échelle évoqués par Brian. Le dernier gouffre financier de la guerre…

— Le personnel habituel : cuisiniers, barmen, gardes du corps… même quelqu'un pour tondre la pelouse. Ils n'ont oublié personne, sauf les journalistes.

— Ça fait beaucoup de monde. Il va falloir procéder par élimination. Seuls quelques officiers peuvent délivrer des laissez-passer. Commencez par découvrir auprès de qui votre homme a obtenu le sien. Ensuite…

Günther s'absorba dans ses réflexions.

— Tout ça ne me dit pas ce que le lieutenant Tully a pu vendre.

— Ou acheter, suggéra Danny.

Revenant brusquement à lui, Günther posa la main sur le bras de ce dernier.

— Que dis-tu ?

— Que dans n'importe quelle transaction il y a un vendeur, mais aussi un acheteur, non ?

Günther se tut un instant, puis tapota le bras de Danny.

— Merci, mon ami. C'est élémentaire : un vendeur, et un acheteur.

— Avec autant de dollars sur lui… Un Américain… Que pouvait-il…

— Ce n'étaient pas des dollars, l'interrompit Jake, mais des Marks d'occupation.

— Oh ! Il fallait commencer par là. Russes, ou américains ?

— Je croyais que c'était pareil.

Les mêmes planches à billets pour tout le monde.

— Ils ont la même valeur, évidemment, mais il y a un moyen de les reconnaître. Tenez… (Danny prit un des billets laissés par Sikorsky.) … celui-ci est russe. Vous voyez ce tiret devant le numéro de série ? Les billets américains ne l'ont pas.

Au Département du Trésor, quelqu'un avait tout de même pris ses précautions. Jake se demanda si Muller était au courant.

— Vous êtes sûr ?

— C'est le genre de détail qu'on remarque. La première fois, j'ai cru avoir affaire à un faux, alors je me suis renseigné. Ça ne change rien, d'ailleurs, ça permet seulement de les identifier.

— Qui a récupéré l'argent ? demanda Günther à Jake.

— J'ai gardé un des billets. Je ne l'ai pas sur moi, hélas.

Resté dans le tiroir de la coiffeuse à froufrous roses, près du poster de Viktor Staal.

— Pensez à vérifier, dit Günther.

— Mais ils circulent dans toute la ville, non ?

Günther acquiesça.

— Ce sera tout de même une indication… (Se tournant vers Danny, il leva son verre.) Mon ami, à votre œil de lynx ! Une aide précieuse.

— Aux frais de la maison, Günther !

Danny trinqua avec lui d'un air ravi.

— Et si Tully était l'acheteur, que cherchait-il ? insista Jake.

— Une question intéressante, mais plus ardue, répondit Günther tandis que Danny remplissait les verres.

— Pourquoi ?

— Parce qu'il n'a jamais eu cet objet en sa possession. À sa mort, il avait toujours l'argent sur lui.

Günther parlait comme à un élève un peu lent. Jake eut l'impression qu'une porte se refermait. Comment retrouver la trace d'un objet qui n'avait jamais changé de main ?

— Et maintenant ?

— Il faut essayer d'en savoir plus sur ce lieutenant Tully. Sur ce qu'il pouvait convoiter. Teitel a contacté Francfort ?

— Aucune idée.

— Alors il faut attendre, se montrer patient, conseilla Günther, se calant confortablement sur sa chaise et fermant les yeux.

— Donc, on ne fait rien.

Günther rouvrit un œil.

— Si. Mais cette fois, à vous de jouer les détectives.

Découvrez la personne qui a délivré ce laissez-passer. Moi, je suis en retraite. Et je vais m'offrir un cognac.

Jake posa son verre, prêt à partir. La salle était de plus en plus bondée, le bar presque invisible derrière un mur de gens, et le bruit augmentait en même temps que la fumée, isolant l'orchestre. *Sleepy Time Down South*. Un nouveau solo de clarinette, avec plus de punch, cette fois, pour tenter de couvrir le vacarme. Quelque part une fille poussa un petit cri, puis se mit à glousser. Jake prit une profonde inspiration, oppressé par le manque d'air dont il semblait être seul à souffrir. Tout le monde était jeune autour de lui, aussi jeune que Danny, occupé à tambouriner sur la table en cadence. Jake n'avait jamais emmené Lena danser dans sa robe bleue. À l'époque, l'atmosphère des night-clubs était assombrie par la présence des nazis, qui prenaient des notes dans le public pendant les numéros de cabaret. On ne s'y amusait plus. Des attractions pour touristes curieux de voir le Femina avec ses téléphones sur les tables. Personne ne brûlait sa jeunesse comme aujourd'hui, et on n'était jeune qu'une fois dans sa vie.

— Je reviens tout de suite, annonça Danny. C'est fou ce que l'alcool descend vite ! Surveillez Günther. Quand il somnole, il perd facilement connaissance.

Jake regarda les cheveux gominés du jeune homme disparaître dans la foule. Combien de soirées Günther avait-il passées à cette table pour finir par tout oublier, même l'odeur âcre du tabac ? Sur la piste, les couples évoluaient comme dans un halo. Voilà sans doute ce que l'ex-policier percevait : des silhouettes tressautant derrière un voile de brume, et la musique en écho. Jake prit conscience que lui aussi devait être un peu ivre. *I'll Get By*, une autre mélodie de rêve. Et soudain la robe réapparut, dans les bras d'un soldat. La même blonde aux formes généreuses.

Jake plissa les paupières. S'il rétrécissait son champ de vision, peut-être verrait-il la robe telle qu'il l'avait connue, sans bourrelets ni auréoles, faisant corps avec Lena. Il se rappela le cocktail du Club de la presse étrangère où il l'avait contemplée, assis au fond d'une autre salle. La robe avait fini par se tourner vers lui, et sa propriétaire lui avait adressé un regard discrètement moqueur, un éclair aussi furtif que celui des paillettes.

La blonde pivota, sa robe désormais cachée par l'uniforme de son cavalier, l'épaule encore visible grâce au scintillement des paillettes. Jake cligna des yeux. Il n'était pas ivre, ni victime d'une illusion. La même robe.

Il se dressa et entreprit de traverser la pièce, écartant les gens sur son passage comme un nageur fend l'eau. Lorsque la blonde leva la tête, l'air inquiet, il imagina le spectacle qu'il devait offrir : un ivrogne se frayant un chemin dans la foule, de la démarche hallucinée mais déterminée des somnambules. La jeune femme détourna le regard, effrayée. Pas seulement de la peur : elle le reconnaissait. Un peu plus svelte que du temps où elle travaillait pour la Columbia, mais toujours robuste. Fräulein Schmidt. Médiocre dactylo, l'oreille de Goebbels. Il s'approcha.

— Hannelore…

— Partez.

Une voix rauque, nerveuse.

— D'où vient cette robe ? demanda Jake en allemand.

Agacé, le cavalier de Hannelore s'était arrêté de danser.

— Allez, mon vieux, ne reste pas ici.

Jake saisit la jeune femme par le bras.

— Cette robe. D'où vient-elle ? Où est Lena ?

Elle se dégagea.

— Quelle robe ? Laissez-moi.

— C'est la robe de Lena. Où est-elle ?

Le soldat s'interposa et attrapa Jake par l'épaule.

— Tu es sourd, ou quoi ? Fiche le camp !

— Je la connais, insista Jake, essayant de l'écarter.

— Ah oui ? Mais elle, apparemment, ne veut pas te connaître. Tire-toi d'ici, dit le soldat en le poussant.

— Et toi, va te faire foutre !

Jake le bouscula violemment, manquant le déséquilibrer, puis il reprit Hannelore par le bras.

— Où ?

— Mais lâchez-moi !

Une plainte assez aiguë pour attirer l'attention. Les danseurs se figèrent. La jeune femme tendit le bras vers son cavalier.

— Steve !

Ce dernier saisit Jake au collet et le fit pivoter sur lui-même.

— Fiche le camp, ou je te casse la gueule !

Jake lui échappa et s'avança de nouveau vers Hannelore.

— Je sais que c'est la robe de Lena.

— Non, c'est la mienne ! hurla-t-elle, battant en retraite.

Jake la suivit du regard, si bien qu'il ne vit pas le coup de poing arriver, droit dans son estomac. La douleur le plia en deux, lui coupant le souffle.

— Et maintenant, dégage !

Des chaises se renversèrent derrière eux. La bouche de Jake se remplit d'un mélange de scotch et de bile. Sans réfléchir, il s'élança vers le soldat, mais celui-ci l'attendait. Il fit un pas de côté pour l'esquiver et lui écrasa son poing en plein visage, le projetant en arrière. Jake entendit des cris autour de lui tandis qu'il se débattait dans le vide pour ne pas tomber, le corps dans un étrange état d'apesanteur jusqu'à ce que sa tête heurte le sol avec un craquement. Les danseurs refluèrent, faisant basculer une table. Nouveau craquement. Puis tout le monde sembla se pencher sur lui. Quelqu'un éloigna le soldat au poing encore levé. Lorsque Jake voulut se redresser, du sang plein la bouche, une violente nausée l'obligea à fermer les yeux. Surtout ne pas perdre connaissance. L'orchestre cessa de jouer. Encore des cris. On entraînait le soldat vers la sortie. Un autre se baissa.

— Ça va ?... Par pitié, laissez-lui un peu d'air ! lança-t-il à la foule.

Jake tenta une nouvelle fois de se redresser, serrant les dents pour lutter contre la nausée.

— Doucement...

D'autres visages se penchèrent sur lui. Une jeune femme aux lèvres cramoisies. Mais pas Hannelore.

— Attendez. Il ne faut pas les laisser partir, gémit-il, essayant toujours de se remettre debout. Il faut que...

Le militaire l'en empêcha.

— Vous êtes fou, ou quoi ?

— C'est lui qui a cherché la bagarre. Je l'ai vu, assura quelqu'un.

Soudain, Günther surgit près de Jake. Parfaitement réveillé, il lui épongea la commissure des lèvres avec un mouchoir. Il attrapa une bouteille de whisky sur une table voisine, en versa quelques gouttes sur le mouchoir.

— Eh là ! Ne vous gênez pas ! protesta une voix.

La même brûlure qu'un désinfectant, aussi fulgurante que la douleur du premier coup de poing. Jake fit une grimace.

— Quel héroïsme… Vous arrivez à bouger la tête ? interrogea Günther, lui essuyant la bouche.

Jake opina lentement du chef, provoquant une nouvelle douleur fulgurante, et se cramponna au bras de Günther pour se redresser.

— Il ne faut pas les laisser partir, répéta-t-il, jetant des regards affolés autour de lui et se dirigeant vers la porte.

Une dizaine de mains se tendirent pour l'immobiliser.

— Vous allez vous asseoir, à la fin ? Vous tenez vraiment à ce que la police militaire débarque ?

On le poussa sur une chaise. Quelqu'un fit signe à l'orchestre de se remettre à jouer.

— C'était la robe de Lena, dit Jake à Günther, qui le fixa des yeux sans comprendre.

— Il est avec vous ? demanda le soldat à Günther. Ici, on ne veut pas d'ennuis.

— Vous ne comprenez pas, répondit Jake, se relevant.

Le soldat l'obligea aussitôt à se rasseoir.

— C'est vous qui ne comprenez pas. La bagarre est finie, *verstehen* ? Encore un geste, et je vous casse la gueule moi aussi.

— Je le ramène chez lui. Il ne vous causera plus d'ennuis, assura Günther.

Prenant Jake par le bras, il le guida lentement vers la porte. Chaque fois qu'ils passaient près d'une table, les gens les dévisageaient.

— Il faut que je la retrouve, insista Jake.

Devant le club, les mêmes véhicules, les mêmes chauffeurs assis sur les pare-chocs, la rue entièrement noire. Jake regarda à droite et à gauche. Le couple s'était évanoui dans l'obscurité.

— Alors, mon ami, que s'est-il passé ?

Jake palpa sa nuque où un filet de sang continuait de couler.

— Trop long à raconter. Retournez à l'intérieur. Ça va aller. (Il s'approcha d'un des chauffeurs.) Vous n'auriez pas vu une blonde en robe bleue ?

L'homme le considéra d'un œil soupçonneux.

— Allons, c'est important ! reprit-il. Une fille robuste, avec un soldat.

— Qu'est-ce que vous lui voulez ?

— Répondez-lui ! aboya Günther de sa voix de flic.

Le chauffeur brandit le pouce en direction de l'est et de l'église du Souvenir. Günther retint Jake.

— Ils sont partis. Ce n'est pas prudent.

Mais Jake avait déjà repoussé sa main et se mettait à courir. Il entendait derrière lui les appels de Günther, qui ne tardèrent pas à s'estomper, couverts par sa respiration haletante. Des nuages cachaient le mince croissant de lune, rendant l'obscurité presque palpable, comme une nappe de brouillard qu'on aurait pu écarter d'un geste. En quelques minutes, le couple n'avait pas eu le temps de disparaître, et pourtant on ne voyait personne dans la rue. Et si le chauffeur avait menti ? Jake accéléra l'allure, mais son pied heurta violemment une brique restée au milieu du trottoir. Une douleur aiguë le transperça, s'ajoutant à celle, plus sourde, qui lui battait les tempes. Il s'arrêta et posa les mains sur ses côtes pour reprendre son souffle. Ils ne pouvaient pas être loin. Ils suivaient forcément le Kurfürstendamm, à la recherche des lumières d'un autre bar. Les rues adjacentes, obstruées par des monceaux de décombres invisibles, étaient impraticables. En admettant qu'ils soient bien partis dans cette direction… Un peu plus loin, une lueur vacillait dans l'encadrement d'une porte. Jake se remit en route en boitillant, freiné par son pied blessé.

— Bonsoir, Tommy…

Une voix douce l'appelait à l'endroit où il avait aperçu la lueur, qui réapparut : le faisceau d'une torche électrique dirigé sur le menton d'une prostituée, baignant son visage fatigué dans une lumière fantomatique.

— Vous n'auriez pas vu passer un couple ? Une fille blonde ? demanda Jake en allemand.

— Viens plutôt avec moi. Pourquoi pas ? Cinquante Marks.

— Vous les avez vus, ou pas ?

— Va au diable !

Elle éteignit sa torche pour économiser les piles et disparut dans la nuit. Lorsqu'un camion traversa le carrefour, le clocher décapité de l'église bombardée se détacha sur le ciel. L'ancien cœur de la partie ouest de Berlin, autrefois illuminé par les néons des théâtres et des cinémas, n'était plus que l'ombre de lui-même. Jake revit Londres pendant le couvre-feu, les autobus qui surgissaient de nulle part, leurs phares réduits à des fentes lumineuses rappelant les yeux des crocodiles. Il avait toujours détesté ces ténèbres dans lesquelles on trébuchait sur les bordures de trottoir, mais ici, c'était encore pire avec les ruines aux formes torturées, tout droit sorties d'un cauchemar. Une jeep déboucha de Tauentzienstrasse, éclairant quelques instants la chaussée. Un groupe de GI's sortit d'un bar – et là, devant eux, une torche électrique à la main, un grand soldat accompagné d'une blonde robuste ouvrait la marche.

Jake recommença à courir, ignorant la douleur à son pied. Le couple se dirigeait vers Wittenbergplatz, un trajet que lui-même suivait naguère pour rentrer à son appartement, en longeant les vitrines du KaDeWe. Ne pas les perdre, à présent. Ils étaient à pied, donc ils n'allaient pas loin. Peut-être dans un autre club. Hannelore Schmidt, l'espionne de Goebbels, peu désireuse qu'on la reconnaisse, bras dessus bras dessous avec les nouveaux vainqueurs. Jake se demanda ce qu'elle avait mentionné sur les *Fragebogen*. Sûrement pas ses coups de téléphone à Nanny Wendt. Comment avait-elle eu la robe ? En vidant l'appartement de Pariserstrasse ? Contre des tickets de rationnement ? Elle savait forcément quelque chose. Plus de recherches stériles dans les dossiers de Bernie. Enfin une piste concrète.

Jake vit le couple traverser la rue, guidé par la lumière incertaine de la torche qui éclaira un groupe de sans-abri rassemblés sur la place. Mais Hannelore n'avait rien à craindre avec un homme comme Steve, prompt à la défendre. Jake porta la main à sa bouche meurtrie, encore couverte de sang. Le couple avait atteint l'autre extrémité de Wittenbergplatz.

Jake n'alla pas plus loin. Il s'arrêta devant une vitrine brisée, regardant le minuscule faisceau lumineux avancer vers la lourde porte en bois si familière. Il aurait pu en rire. Depuis le début, elle était là : dans son ancien appartement, que les reporters successifs de la Columbia s'étaient transmis jusqu'à ce que Hal Reidy finisse lui aussi par partir. Était-ce Hal qui l'avait cédé à Hannelore, en guise de cadeau d'adieu ? Ou bien s'y était-elle installée de sa propre initiative – une autre dépouille à saisir, au même titre que les bouteilles de cognac français ou les boîtes de jambon danois qui inondaient la ville cette année-là ? Aux innocents les mains pleines, même s'il s'agissait de Hannelore Schmidt. Et maintenant ? Devait-il monter l'escalier quatre à quatre pour un nouvel échange de coups de poing avec Steve ? Il savait où trouver Hannelore. Il pouvait très bien revenir le lendemain, apporter du café pour faire la paix, parler calmement avec elle. Une fenêtre s'illumina. Celle de la pièce qu'il occupait autrefois. Il imagina Hannelore vautrée sur le canapé avec son GI, la robe à paillettes de Lena chiffonnée sur le sol. Comment Hannelore était-elle donc entrée en sa possession ?

Jake traversa la place à bonne distance du groupe de sans-abri, et s'engagea dans sa rue. Un itinéraire qu'il avait emprunté un million de fois. Il poussa la grande porte en bois. L'obscurité dans l'entrée était totale, l'ampoule de la lampe grillée, ou volée. Dans un coin, de l'eau tombait goutte à goutte au fond d'un seau. Mais il se sentait chez lui, il aurait pu grimper l'escalier les yeux fermés. S'aidant de la rampe, il tourna sur le palier, encore un étage, longea la balustrade jusqu'à l'appartement. Il frappa doucement. Par habitude. En Allemagne, pas de bruit plus terrifiant que des coups à la porte. Le plus difficile, à présent.

— Hannelore…

Et si elle refusait d'ouvrir ? Il actionna la poignée. Fermé à clé. Son appartement. Il frappa une fois de plus, puis, de sa paume ouverte, tapa à coups redoublés sur le bois.

— Hannelore !

Enfin, le déclic d'une serrure, la porte qui s'entrebâille. Une femme à l'air effrayé, debout dans la lumière de la pièce derrière elle. Pas Hannelore. Une femme décharnée, d'une pâleur maladive, le cheveu terne. Une autre sorte de ruine. Mais qui écarquillait ses yeux cernés de noir.

— Excusez-moi, dit Jake.

Gêné, il détourna le regard.

— Jacob, murmura la femme.

Il sursauta, posa de nouveau les yeux sur elle. Cette

voix… Ce visage familier qui prenait forme, derrière la pâleur de la peau. Rien ne se passait comme il l'avait imaginé. La même sensation d'apesanteur qu'en tombant au milieu des tables chez Ronny's.

— Lena… Mon Dieu…

Sa voix à lui aussi un murmure, comme si, en parlant plus fort, il risquait de faire disparaître ce fantôme.

— Jacob…

Elle leva la main, toucha le sang au coin de sa bouche, et alors il comprit que c'était lui le fantôme, avec son regard halluciné et son visage tuméfié. Une créature de l'au-delà.

— Tu es revenu…

Il déplaça la main de Lena et la mit sur sa bouche, embrassant ses doigts, incapable de s'approprier autre chose. Seulement ses doigts, bien réels. Vivants.

Elle les promena sur ses lèvres, comme sur des lettres en braille dont elle aurait tenté de déchiffrer le sens.

— Tu es revenu…

Il acquiesça de la tête, trop heureux pour prononcer un mot, toujours en apesanteur. Cependant il ne tombait pas : il s'élevait, aussi léger qu'un ballon. Trop abasourdi pour sourire, il vit les yeux de Lena s'emplir de larmes.

— Tu es blessé, dit-elle en palpant son visage, mais il lui prit la main et la garda dans la sienne en secouant la tête.

— Non, non. Ce n'est rien. Lena, mon Dieu…

Il l'attira à lui et referma les bras sur elle. L'embrassa sur la tempe, lui donnant de petits coups de tête, puis la couvrit de baisers comme s'il avait peur qu'elle se volatilise dès qu'il s'éloignerait d'elle.

— Lena…

Répéter son prénom. La serrer fort contre lui, le visage dans ses cheveux – jusqu'à ce qu'elle se dérobe, un poids mort, et qu'il comprenne qu'elle venait de s'évanouir.

7

Jake la transporta à l'intérieur. Il y avait un oreiller sur le canapé où Hal aimait s'affaler – de toute évidence, elle dormait là. Chancelant sous le poids de son corps, il dépassa la salle de bains et s'arrêta devant la chambre. Les deux mains prises, il donna un coup de pied dans la porte. Ce fut Steve qui ouvrit, en caleçon, sa plaque d'identité autour du cou. Il avait encore ses chaussettes. Derrière lui, Hannelore, en combinaison, poussa un petit cri.

Steve s'avança vers Jake.

— Ça ne vous a donc pas suffi ?

— Elle a perdu connaissance. Aidez-moi à l'allonger sur le lit…

Steve dévisageait Jake, interloqué.

— Ne craignez rien, ajouta-t-il. Je suis un vieil ami. Demandez-lui… (De la tête, il indiqua Hannelore.) Allez, donnez-moi un coup de main.

Steve s'écarta.

— Qui est ce type ? lança-t-il à Hannelore.

— Je le connaissais avant la guerre… Ah non !

s'écria-t-elle en voyant Jake traverser la pièce. C'est mon lit ! Elle doit dormir sur le canapé. Juste quelques jours, elle m'avait dit, et voilà !

— Allez faire l'amour dans le couloir, je m'en fiche ! Elle est malade, il lui faut un lit...

Jake y déposa Lena avec précaution, marchant sur la robe bleue en tas sur le sol.

— Vous avez du cognac ? reprit-il.

— Du cognac ! Et je l'aurais trouvé où ?

Steve fouilla dans les poches de l'uniforme qu'il venait de retirer, sortit une flasque et la tendit à Jake. Quelques gouttes sur les lèvres de Lena, qui toussota puis entrouvrit les yeux. Jake essuya son front moite. Elle avait de la fièvre.

— Je peux savoir ce qui se passe ? interrogea Steve.

— Qu'est-ce qu'elle a ? demanda Jake à Hannelore.

— Aucune idée. Quand j'ai accepté de l'héberger, elle allait bien. J'ai pensé aux deux rations supplémentaires. Ça aide, vous savez... Résultat : elle reste couchée toute la journée. C'est toujours la même chose quand on veut être gentil. Les gens en profitent.

Une voix pleine d'amertume.

— Elle a vu un médecin ?

— Qui en a les moyens, ici ?

— Vous n'avez pas l'air de si mal vous en sortir.

— Ne me parlez pas sur ce ton. Qu'en savez-vous ? Débarquer ici sans prévenir... Vous n'êtes plus chez vous. L'appartement est à moi, à présent.

— Vous habitez ici ? dit Steve.

— Avant, répondit Jake. Elle travaillait pour moi. Et pour le Dr Goebbels... Elle ne vous a pas raconté ?

Jake fixait Hannelore.

— C'est faux ! Vous n'avez aucune preuve, répliqua-t-elle.

Elle jeta un coup d'œil en direction de Steve, alla chercher une cigarette sur la table de nuit, l'alluma d'un air de défi.

— J'ai su que j'aurais des ennuis dès que je vous ai vu, affirma-t-elle. Vous ne m'avez jamais aimée. Qu'est-ce que j'ai fait de mal ? J'héberge une amie. Par gentillesse. Et maintenant, vous me créez des problèmes.

— Jacob…, gémit Lena.

Les paupières closes, elle saisit la main de Jake et la garda.

— Apportez-lui quelque chose à boire, dit-il. Elle est brûlante. Un peu d'eau. Ou est-ce encore trop demander ?

Hannelore le foudroya du regard et partit vers la cuisine.

— Finalement, c'est peut-être mieux que vous soyez là. Vous pourrez la nourrir. Je me suis assez occupée d'elle.

— Charmante créature ! s'exclama Jake quand elle eut disparu. Une de vos amies ?

Steve haussa les épaules.

— On s'est vus deux ou trois fois. Pas désagréable.

— Si vous le dites…

— Tenez !

Hannelore était de retour avec un verre d'eau. Jake souleva la tête de Lena pour l'aider à boire, puis il trempa son mouchoir dans l'eau et le lui passa sur le front. Elle rouvrit les yeux.

— Tu es revenu… Jamais je n'aurais cru…

— Tout va bien. Je vais te trouver un médecin.

— Non, ne pars pas.

Elle se cramponna à sa main. Il leva la tête vers Steve.

— Écoutez, j'ai besoin de votre aide. Il lui faut un médecin.

— Elle est allemande, non ? Les médecins militaires ne soignent pas les civils.

— Chez Ronny's, il y a un type qui me connaît. Demandez Alford.

— Alford ? Moi aussi, je le connais, dit Hannelore.

— Parfait. Alors, allez-y ensemble. Précisez que c'est urgent, que ça ne peut pas attendre demain. Et que son médecin doit venir avec des médicaments. De la pénicilline, ou un équivalent. Dites aussi que c'est une faveur que je lui demande. (Jake se leva et sortit son portefeuille.) Tenez. Une avance. S'il veut plus, je le paierai demain. Son prix sera le mien…

Hannelore contempla les billets avec convoitise.

— Mais pas question de vous servir au passage, précisa Jake. Pas un seul mark. Je vérifierai.

— Allez au diable ! rétorqua-t-elle, vexée. Votre médecin, vous irez le chercher vous-même.

— Écoutez, Hannelore, je ne sais pas ce qui me retient de vous dénoncer. On vous enverrait déblayer les décombres. Très mauvais pour les ongles. (Il regarda son vernis rouge vif.) Alors, rhabillez-vous et faites ce que je vous dis !

— Eh, vous n'avez pas le droit de lui parler…

— Vous, Steve, je vous ferais volontiers mettre au trou pour fraternisation avec d'anciens nazis, et pour coups et blessures sur un officier. Ce ne sont pas des menaces en l'air.

Steve le dévisagea, stupéfait.

— Vous alors, vous êtes un coriace…

— Je vous en prie. Elle est gravement malade, ça ne se voit pas ?

Steve jeta un coup d'œil vers le lit, hocha la tête, et alla prendre son pantalon.

— Je ne suis pas nazie, je ne l'ai jamais été. Jamais ! protesta Hannelore.

— Tais-toi et habille-toi, intervint Steve en lui lançant la robe bleue.

— Vous m'avez toujours fait la morale. Toujours !

Elle enfila la robe par la tête en donnant libre cours à sa colère contre Jake :

— Comme si vous étiez irréprochable ! Alors que vous aviez une liaison avec Lena. Une femme mariée ! Je l'ai su immédiatement. Tout le monde le savait.

— Tenez, dit Jake à Steve, et il lui tendit les billets. C'est un jeune type. Aux cheveux gominés. (Il sortit une clé de sa poche.) Ma jeep est là-bas, vous pouvez la prendre pour le retour.

Steve secoua la tête.

— Elle peut marcher.

— Comment ça, elle peut marcher ? Et où vas-tu ? s'indigna Hannelore, continuant de vociférer la porte franchie.

— Il ne faut pas lui en vouloir. Elle a connu des moments difficiles, murmura Lena dans le silence soudain rétabli.

Assis sur le lit, Jake la contemplait, toujours incrédule.

— Dire que tout ce temps tu étais là… Je suis passé l'autre jour, et…

— Je savais qu'elle occupait l'appartement. Je n'avais nulle part où aller. Les bombardements…

— Pariserstrasse, je sais. Je t'ai cherchée partout. J'ai même vu Frau Dzuris. Tu te souviens ?

Lena sourit.

— Les gâteaux aux graines de pavot…

— Elle a beaucoup maigri. Et toi, tu as de quoi manger ?

Il lui épongea le front et posa la main sur sa joue.

— Oui. Hannelore s'occupe de moi. Elle partage toutes ses rations. Et bien sûr, avec les soldats, elle a droit à quelques extras.

— Ça dure depuis longtemps ?

Lena haussa les épaules.

— En tout cas, ça nous permet de manger.

— Tu es malade depuis quand ?

— Quelque temps déjà. Je ne me rappelle plus. La fièvre date de cette semaine.

— Tu veux que je te laisse dormir ?

— Je n'ai pas sommeil. Pas maintenant. Je voudrais savoir… comment tu m'as retrouvée.

Elle ferma pourtant les yeux.

— J'ai reconnu ta robe.

Elle sourit malgré ses paupières closes.

— Ma belle robe bleue…

— Lena, mon Dieu, dit-il dans un soupir en lui caressant les cheveux.

— Je dois être affreuse. Je suis vraiment reconnaissable ?

Il l'embrassa sur le front.

— À ton avis ?

— Toujours aussi beau parleur.

— Tu seras encore plus jolie lorsque le médecin t'aura guérie. Tu verras. Demain, j'apporterai de quoi manger.

De la main, elle effleura le front de Jake et le regarda droit dans les yeux.

— Je pensais ne jamais te revoir. Jamais. (Elle remarqua son uniforme.) Tu es militaire ? Tu t'es battu ?

Pivotant légèrement, il désigna son épaulette.

— Correspondant de guerre.

— Raconte-moi… (Elle grimaça, comme sous l'effet d'une douleur subite.) Par où commencer ? Raconte-moi tout ce qui t'est arrivé. Tu es retourné aux États-Unis ?

— Une seule fois. Une courte visite. Le reste du temps, j'étais à Londres.

— Et à présent ici…

— J'avais promis de revenir. Tu ne m'as donc pas cru ? (Il la prit par les épaules.) Tout va redevenir comme avant.

Elle se détourna.

— Ce n'est pas si facile.

— Mais si, tu verras. Nous n'avons pas changé.

Ses yeux brillants de fièvre s'emplirent de larmes. Elle trouva pourtant la force de sourire.

— Toi, non, tu n'as pas changé.

— Ou si peu…, dit Jake, montrant ses tempes dégarnies. Tu verras, tout sera exactement comme avant.

Lena referma les yeux et il s'empressa d'humecter à nouveau le mouchoir, déconcerté par ses propres paroles. Non, plus rien ne serait jamais comme avant.

— Donc tu as retrouvé Hannelore, reprit-il pour meubler le silence. Et Emil, où est-il ?

— Je n'en sais rien. Sans doute mort. C'était terrible, ici, à la fin, répondit-elle avec un détachement inattendu.

— Il était à Berlin ?

— Non, plus au nord. Avec l'armée.

— Ah bon. (Il se leva, n'osant rien ajouter de peur de se trahir.) Je vais rechercher de l'eau. Essaie de dormir un peu avant l'arrivée du médecin.

— Tu parles comme une infirmière.

— Parfaitement. Je vais m'occuper de toi. Tu peux dormir tranquille, je reste là.

— Ça paraît impossible ! Il m'a suffi d'ouvrir la porte…

Jake fit quelques pas, puis se retourna.

— Lena, pourquoi Emil serait-il mort ?

Elle porta la main à son front.

— Sinon, j'aurais eu des nouvelles. Tout le monde est mort. Pourquoi pas lui ?

— Toi, tu n'es pas morte.

— Non, pas encore, admit-elle d'une voix lasse.

— La fièvre te fait délirer. Je reviens tout de suite.

Il traversa la pièce principale pour rejoindre la cuisine. Rien n'avait changé. La chambre était encombrée par les vêtements de Hannelore et ses produits de beauté, mais ici il retrouvait son ancien appartement, le canapé toujours contre le mur et la petite table près de la fenêtre, comme s'il ne s'était absenté que le temps d'un week-end. Les placards de la cuisine étaient vides : trois pommes de terre, quelques boîtes de conserve et un bocal d'ersatz de café. Pas de pain. De quoi vivaient-elles ? Au moins Hannelore pouvait-elle dîner chez Ronny's. Curieusement, la gazinière marchait. Il y avait une bouilloire, mais pas de thé. La pièce elle-même semblait crier famine.

— C'est froid, protesta Lena quand Jake lui appliqua un nouveau mouchoir humide sur le front.

— Ça fait baisser la fièvre. Laisse-le en place…

Il resta quelques instants immobile à la regarder. Un vieux peignoir en coton trempé de sueur, des poignets squelettiques. Il revit les sans-abri hagards qui traversaient le Tiergarten d'un pas lourd. Où était passé Emil ?

— Je me suis même rendu à l'hôpital Elizabeth. Frau Dzuris m'a dit que tu y avais travaillé.

— Je m'occupais des enfants. Il n'y avait personne pour aider, alors… j'y suis allée.

Elle grimaça.

— Ils ont été évacués à temps ? Avant les raids aériens ?

— Ce sont les obus russes qui ont tout détruit. Et l'incendie qui a suivi… (Ses yeux s'emplirent à nouveau de larmes.) Il n'y a eu aucun survivant.

Jake retourna le mouchoir sur son front avec un sentiment d'impuissance.

— Il ne faut plus y penser.

— Aucun survivant…

Mais, par miracle, elle s'en était sortie. Encore un portrait pour *Collier's*.

— Tu me raconteras plus tard. Essaie de dormir.

Il se remit à lui caresser les cheveux, comme pour tenter d'effacer ces images de cauchemar, et quelques minutes plus tard elle dormait. Son souffle devint plus régulier, presque inaudible, même, si bien que seule sa cage thoracique soulevée par de brèves inspirations prouvait qu'elle continuait de respirer. Que faisait Hannelore ?

Jake la contempla un long moment, puis il se leva et inspecta la pièce. Tout était sens dessus dessous. Des vêtements jetés sur le dossier du fauteuil, une paire de chaussures sur l'assise. Instinctivement, il se mit à ranger pour passer le temps. « À esprit confus, maison désordonnée », disait sa mère, vieux dicton qui lui revint soudain en mémoire. Il s'aperçut que, de manière absurde, il tentait de rendre la chambre présentable pour le médecin. Comme si ça avait la moindre importance.

Il ouvrit la porte de la penderie. Il avait laissé quelques affaires à Hal, mais elles avaient disparu, sans doute échangées grâce à un message punaisé sur un panneau. À leur place, un manteau de fourrure était suspendu près de quelques robes. Un peu râpé, mais c'était bien de la fourrure – comme celles que les Allemands collectaient pour les envoyer à leurs troupes sur le front de l'Est, lui avait-on raconté. Mais Hannelore avait gardé son manteau. Sans doute un cadeau d'un ami du ministère. À moins qu'elle ne l'ait récupéré après un bombardement, dans une ruine dont le propriétaire n'avait pas survécu.

Jake regagna la salle de séjour. Là, pas grand-chose à ranger – à côté du canapé défoncé, sous lequel une valise était glissée, quelques tasses sales. Une nouveauté, près de la petite table : une cage à oiseaux vide, unique apport de Hannelore à la pièce. Jake lava les tasses à l'eau froide et donna un coup d'éponge à l'évier, reprenant possession des lieux. Lorsqu'il n'y eut plus rien à faire, il alla fumer près de la fenêtre. Il revit l'hôpital. À quelles horreurs Lena avait-elle assisté ? Jusque-là, quand il pensait à elle, il l'imaginait toujours dans son appartement, s'habillant pour sortir, fronçant les sourcils devant le miroir, à l'abri du temps, comme mise sous cloche par sa mémoire. Il se croyait le seul à avoir vécu ces quatre années de guerre.

Quelques cigarettes plus tard, il entendit Hannelore monter l'escalier.

— Laissez la porte ouverte. Sinon, le médecin ne trouvera jamais, dit-elle, éteignant sa torche électrique.

— Où est-il ?

— Il arrive. Il a fallu aller le chercher. Comment va-t-elle ?

— Elle dort.

Hannelore grommela quelque chose et partit vers la

cuisine. Là, elle descendit une bouteille cachée en haut d'un placard.

— Où est passé Steve ? demanda Jake.

— Vous avez tout gâché. Il ne reviendra jamais, répondit-elle en se servant à boire.

— Ne vous en faites pas. Un de perdu, dix de retrouvés.

— Si seulement c'était aussi facile ! Qu'est-ce que je vais devenir, maintenant ?

— Je vous dédommagerai. Je vous verserai un loyer pour la chambre. Lena ne peut pas dormir sur ce canapé.

— Mais pour moi, bien sûr, aucun problème. Comment voulez-vous que je ramène un homme, si je n'ai qu'un canapé à lui offrir ?

— J'ai dit que je paierais. Vous pourrez prendre des vacances, vous reposer un peu. Ça ne vous fera pas de mal.

— Allez au diable !

Elle remarqua alors les tasses propres sur l'évier.

— Ah, et même une femme de ménage ! J'ai touché le gros lot !

Mais elle s'était radoucie, sans doute à la pensée de l'argent promis par Jake.

— Vous n'auriez pas une cigarette ?

Il lui en donna une et la lui alluma.

— J'installerai Lena ailleurs dès qu'elle ira mieux… Tenez, voilà pour vous, ajouta-t-il en lui tendant une liasse de billets. Dans l'immédiat, elle n'est pas en état de se déplacer.

— Attendez, je ne mets personne dehors. J'aime bien Lena. Elle a toujours été gentille avec moi… Pas comme certains, précisa Hannelore, le foudroyant du regard. Elle me rendait parfois visite, pendant la guerre, elle m'apportait du café. Elle ne venait pas pour moi, j'en suis consciente. Juste pour être ici, s'asseoir dans l'appartement. S'assurer qu'il était toujours là. Retrouver des souvenirs, j'imagine. Ça en devenait ridicule. Il fallait que tout soit comme avant. « Tu as changé la chaise de place, Hannelore. Tu n'aimais donc pas où elle était ? » Évidemment, je n'étais pas dupe. Mon Dieu, quelle importance pouvait avoir la place d'une chaise, alors qu'on était bombardés chaque nuit ? « Remets-la à sa place, si ça peut te faire plaisir », je lui répondais. Et vous savez quoi ? Elle le faisait. Ridicule...

Hannelore vida son verre.

— Je vois... C'est Hal qui vous a donné l'appartement ?

— Bien sûr. C'était un de mes amis, vous savez.

— Non, je ne savais pas.

La surprise de Jake n'était pas feinte.

— Oh, mais vous ne remarquiez jamais rien. Vous n'aviez d'yeux que pour elle. Très sympathique, Hal. J'ai toujours aimé les Américains. Même vous, un peu. Vous n'étiez pas si méchant... parfois... Mais je vous en prie, ne me faites pas d'ennuis. Contrairement à ce que vous croyez, je n'ai jamais été nazie. Jamais. Juste membre d'une organisation de jeunesse, comme toutes les filles de mon lycée – c'était obligatoire. Mais nazie, non. Vous avez idée de ce qui m'arriverait ? Je rétrograderais en catégorie V pour les carnets de rationnement. La mort. On ne peut pas survivre avec ça.

— Je n'ai aucune intention de vous causer des ennuis. Au contraire, je vous suis très reconnaissant.

Elle éteignit sa cigarette.

— Hum... En attendant, je dors sur le canapé. Laissez-moi récupérer mes affaires.

Elle réapparut peu après, dans une chemise de nuit en

soie qui mettait en valeur son opulente poitrine. L'amie de Hal…

— Ma tenue ne vous dérange pas, j'espère ? dit-elle avec une pointe de coquetterie. Ce n'est pas ma faute si je dois camper dans cette pièce.

Elle déploya un drap sur le canapé.

— Lena dort toujours ? demanda Jake.

— Oui, mais on dirait que ça ne va pas fort.

— Elle est malade depuis combien de temps ?

— Une semaine, peut-être deux. Quand elle est arrivée, j'ai cru que c'était un peu de fatigue. Tout le monde a l'air fatigué, en ce moment. Je ne me suis pas rendu compte. De toute façon, qu'est-ce que j'aurais pu faire ? Il y avait si peu à manger.

— Demain, j'apporterai ce qu'il faut. Pour toutes les deux.

— Et aussi des cigarettes ?

Elle se passait un mouchoir humide sur le visage, rajeunissant de plusieurs années au fur et à mesure que le maquillage partait. Quel âge pouvait-elle avoir à présent ? Vingt-cinq ans ?

— Entendu.

— Herr Geismar… De retour à Berlin. Qui aurait pensé ? Et dans le même appartement, en plus, murmura-t-elle en hochant la tête.

— Je vais attendre ici. Dormez, si vous voulez.

— Avec un homme dans la pièce ! Ça m'étonnerait. Ou alors, juste un petit somme.

Quelques minutes plus tard, pourtant, elle était profondément endormie, la bouche ouverte, le drap couvrant à peine ses seins. Le sommeil insouciant d'une enfant. Une longue attente commença pour Jake. En scrutant les ténèbres qui avaient englouti Wittenbergplatz, il fit mentalement la liste de ce qu'il devrait rapporter : de quoi manger, des médicaments s'il réussissait à en obtenir dans un dispensaire en feignant d'être malade. Sinon, il ferait appel à Günther, qui pouvait se procurer n'importe quoi. Mais quels médicaments ? Il jeta un coup d'œil à sa montre. Une heure et demie du matin. Quel genre de médecin acceptait de se déplacer au beau milieu de la nuit ?

Il arriva à trois heures. Des pas précipités dans l'escalier, puis une silhouette osseuse dans l'embrasure de la porte. Toussotant pour s'annoncer. D'une maigreur presque caricaturale, les yeux enfoncés dans les orbites comme les survivants des camps. Où Danny l'avait-il trouvé ? Un sac à dos en guise de trousse médicale.

— C'est vous, le toubib ?

— Dr Rosen, se présenta-t-il, saluant de la tête. Où est-elle ?

Alors que Jake lui indiquait la chambre, Rosen découvrit la présence de Hannelore, endormie sur le canapé.

— D'abord, un endroit pour me laver les mains.

Jake crut qu'il s'agissait d'une façon polie de demander les toilettes, mais une fois dans la salle de bains Rosen se lava bel et bien les mains, et les essuya aussi méthodiquement qu'un chirurgien.

— Dois-je faire bouillir de l'eau ? proposa Jake, à tout hasard.

— Pourquoi ? Elle est sur le point d'accoucher ?

Dans la chambre, Jake réveilla Lena avec ménagement, puis s'écarta pour laisser Rosen palper la gorge de la jeune femme de ses doigts impeccablement propres. Le médecin lui posa ensuite la main sur le front pour vérifier sa température.

— Depuis combien de temps est-elle dans cet état ?

— Je l'ignore. Environ une semaine, à ce qu'elle m'a dit.

— C'est trop. Pourquoi ne pas avoir appelé quelqu'un plus tôt ?

L'explication aurait été tellement longue que Jake hésita à répondre.

— Je peux faire quelque chose ? finit-il par demander.

— Oui, du café. Je ne suis pas souvent debout à une heure pareille.

Jake partit vers la cuisine, congédié tel un futur père avant une naissance. Il remplit la bouilloire, la posa sur le brûleur. Le gaz s'enflamma avec un chuintement. Sur le canapé de la salle de séjour, Hannelore gémissait et se tournait dans son sommeil.

Il regagna la chambre, mais s'arrêta à la porte. Rosen avait ouvert le peignoir de Lena, à présent entièrement nue sur le lit. Il lui écartait les jambes pour l'examiner, geste d'une intimité inattendue. Le corps que Jake avait si souvent vu s'animer sous ses caresses, fouillé comme pour une autopsie. Ce n'est pas une des filles de Danny, eut-il envie de crier, mais Rosen avait déjà surpris son expression de détresse.

— Je vous appellerai. Allez faire le café, lança-t-il sèchement.

Jake battit en retraite. Pourquoi un examen gynécologique ? Sans doute la seule chose que le médecin de Danny savait faire. Mais à qui d'autre Jake pouvait-il faire appel ? Il aperçut les mains de Rosen sur la cuisse blanche de Lena.

Devant la table de la cuisine, il délaya l'ersatz de café dans une tasse. Ni sucre ni lait. Il entendait les chuchotements au bout du couloir – des questions, les réponses à peine audibles de Lena. Il prit la tasse pour l'apporter à Rosen. Mais celui-ci ne l'avait pas appelé. Alors, il la reposa sur la table et regarda le café refroidir. Les cheveux de Hannelore s'étaient défaits, lui donnant un air désordonné jusque dans son sommeil. Lorsque Rosen apparut enfin, il se lava les mains sous le robinet de la cuisine. Jake se dirigea vers la chambre.

— Inutile. Je lui ai donné quelque chose pour dormir…

Rosen versa un peu d'eau de la bouilloire dans une autre tasse où il plongea l'aiguille d'une seringue.

— Elle devrait être à l'hôpital, ajouta-t-il. Pourquoi avez-vous tardé ?

— Qu'est-ce qu'elle a ?

— Ces filles… Toutes les mêmes ! fit le médecin en soupirant et en hochant la tête. Qui a pratiqué l'avortement ?

— Quel avortement ? répliqua Jake, choqué.

— Vous ne saviez pas ? Elles attendent toujours trop longtemps.

— Elle va bien ?

— Oui, tout est nettoyé. Mais elle avait une infection. Le manque d'hygiène, sans doute.

Jake s'assit, pris de dégoût. Un autre lit, d'autres mains qui fouillaient le corps de Lena, des mains mal lavées.

— Quel genre d'infection ?

— Ne vous en faites pas. Il ne s'agit pas d'une maladie vénérienne. Elle pourra retravailler.

— Vous ne comprenez pas. Elle n'est pas…

Rosen l'interrompit d'un geste.

— Ce n'est pas mon affaire. Je ne pose pas de questions. Mais il lui faudra d'autres injections de pénicilline. Je n'avais qu'une dose sur moi. Vous savez faire une piqûre ? Non, je m'en doutais. Je reviendrai. En attendant, utilisez ça. (Il posa des comprimés sur la table.) C'est moins fort, mais il faut faire tomber la fièvre. Forcez-la à les prendre, même si elle leur trouve mauvais goût.

— Merci, dit Jake, empochant les comprimés.

— Ils valent très cher.

— Le prix n'a pas d'importance.

— Une fille qui vaut de l'or, ironisa Rosen.

— Ce n'est pas ce que vous croyez.

— Peu importe ce que je crois, du moment que vous lui donnez les comprimés. (Il jeta un coup d'œil en direction du canapé.) Vous en avez deux ici ?

Jake se détourna, blessé, comme Danny par l'argent de Sikorsky. Mais qui se souciait de ce que pouvait penser Rosen ?

— Elle vous a dit qu'elle avait subi un avortement ?

— Elle n'en a pas eu besoin. J'ai l'habitude.

— Vous êtes vraiment médecin ?

— Êtes-vous le mieux placé pour me demander des références ? (Rosen avala une gorgée de café.) J'étais étudiant en médecine à Leipzig, mais évidemment ils m'ont mis dehors. Je suis devenu médecin dans les camps. Là-bas, personne n'exigeait de diplômes. Ne vous inquiétez pas, je connais mon métier.

— Et maintenant, vous travaillez pour Danny…

— Il faut bien vivre. Encore une chose qu'on apprend dans les camps. (Rosen reposa sa tasse et se leva pour partir.) Les comprimés, n'oubliez pas. Je repasse demain. Vous pouvez me verser quelque chose ?

Jake lui tendit plusieurs billets.

— Ça suffira ?

— Oui, mais pour la pénicilline ce sera plus.

— Peu importe. Trouvez-en. Vous êtes sûr qu'elle va s'en sortir ?

— À condition de ne pas la renvoyer faire le trottoir.

Au moins, qu'elle n'aille pas avec les Russes. Ils sont tous contaminés.

— Ce n'est pas une prostituée.

— Et moi je ne suis pas médecin. Pourquoi jouer sur les mots ?

Il fit un mouvement vers la porte.

— À quelle heure, demain ? demanda Jake.

— En fin de soirée. Mais pas aussi tard que cette fois. Même pour Danny.

— Je ne vous remercierai jamais assez.

— Inutile de me remercier. Arrangez-vous seulement pour me payer.

— Au sujet de Lena, vous vous trompez, dit Jake, sans savoir pourquoi il prenait cette peine. C'est une femme respectable, et je l'aime.

Le visage de Rosen s'adoucit. L'homme était visiblement surpris par les paroles de Jake, un langage oublié.

— Vraiment ? Alors, ne la questionnez pas sur l'avortement. Contentez-vous de lui faire prendre ses comprimés.

L'air las, il tourna les talons pour de bon. Jake attendit que le bruit de ses pas ait disparu dans l'escalier pour fermer la porte. Ne pas la questionner… Comment s'en empêcher ? Elle aurait pu mourir. À cause d'un simple manque d'hygiène. Il mit la tasse dans l'évier, éteignit la lumière et partit vers la chambre, épuisé.

Lena dormait, le visage serein à la lueur de la lampe de chevet. C'était ainsi qu'il la voyait, ces dernières années, lorsqu'il s'imaginait au lit avec elle : dans cette pièce, blotti contre elle comme si la guerre n'avait jamais eu lieu. Plus tard, peut-être. Il se laissa tomber dans le fauteuil et retira ses chaussures. Il veillerait jusqu'au lever du jour, puis il irait chercher Hannelore pour qu'elle prenne le relais. Mais les ressorts du fauteuil lui rentraient dans le corps, aussi insistants que ses idées noires. Sans quitter son uniforme, il alla s'étendre de son côté du lit. Sur le drap, pour ne pas déranger Lena. Quand il éteignit la lampe, elle s'agita, apparemment aux prises avec un mauvais rêve. Et puis, tandis qu'il s'habituait à l'obscurité, elle prit sa main dans la sienne.

— Jacob…

— Chut. Tout va bien, je suis là.

Elle tourna lentement la tête de droite à gauche, et il comprit qu'elle dormait toujours, qu'il faisait partie de son rêve.

— Ne dis rien à Emil, pour l'enfant. Promets-le-moi, murmura-t-elle d'une voix presque irréelle.

— Promis.

Aussitôt, le corps de Lena se détendit. Elle garda la main de Jake dans la sienne et poursuivit sa nuit, apaisée, tandis qu'il fixait le plafond, incapable de trouver le sommeil.

Lena dormit presque toute la journée suivante, comme si la présence de Jake lui permettait enfin d'être malade, de ne pas avoir à faire l'effort de se lever. Il prit le temps de sortir pour aller chercher tout ce dont il avait besoin : la jeep, restée par miracle près du club ; des rations au magasin militaire, où les rayons étaient pleins à craquer, les conserves empilées à même le sol ; des vêtements propres dans la villa de Gelferstrasse. De quoi vivre normalement. Il fourra sa machine à écrire portable dans son sac de voyage avec ses affaires, et prévint le vieux couple qu'il s'absentait un ou deux jours. Pouvait-il emporter à manger ? Encore des rations. L'homme lui tendit aussi quelque chose enveloppé dans du papier, de la taille d'une savonnette.

— On n'a pas vu de beurre en Allemagne depuis longtemps, fit-il, et Jake acquiesça avec un sourire complice.

Au centre de presse, où il passa vérifier si des messages l'attendaient, il remplit un sac de sandwichs et de beignets.

— Quelqu'un va avoir une bonne surprise, à ce que je vois, lança Ron en lui remettant une dépêche. L'ordre du jour, si toutefois ça vous intéresse. Et quelques détails sur la soirée donnée par les Américains – tout le monde s'est bien amusé. Il paraît que Churchill était ivre mort. Prenez les sandwichs au jambon, c'est ce qu'elles préfèrent. Elles ne se lassent pas du jambon, les *Fräuleins*. Il vous faut des préservatifs ?

— Vous, c'est une bonne fessée que vous méritez.

Ron sourit.

— Plus tard, vous me remercierez, croyez-moi. Personne n'a envie de rentrer au pays avec du pus entre les jambes. À propos, tout le monde vous a trouvé très bien, sur le film tourné hier. Movietone va peut-être utiliser les images.

Jake le dévisagea, éberlué. Quand la mémoire lui revint, il haussa les épaules en guise de commentaire.

— N'oubliez pas vos concitoyens, ajouta Ron avant qu'il disparaisse.

Mais Jake était déjà ailleurs. Potsdam, même avec Churchill éméché, lui semblait à des millions de kilomètres de là. Lorsqu'il passa devant les drapeaux ornant l'immeuble du quartier général, il eut l'impression de quitter un pays étranger qui n'en finissait pas de se congratuler et de distribuer des rations. Il jeta un coup d'œil aux sacs remplis à ras bord sur le siège du passager. Lena et lui mangeraient à même les boîtes de conserve, mais au moins ils mangeraient. Sous le soleil, les villas et la forêt de Grunewald retrouvaient leur beauté d'avant la guerre. Pourquoi ne s'en était-il pas aperçu plus tôt ? Pendant qu'il fonçait le long du Kurfürstendamm, il ne voyait plus les décombres, seulement l'éclat de la lumière matinale. Un bref instant, il eut même l'illusion que l'avenue était encore bordée de ses anciens magasins. Avant toute chose, faire boire Lena pour l'empêcher de se déshydrater. Lui donner de la soupe, ce vieux remède de bonne femme.

Comme Ron l'avait prédit, Hannelore se jeta sur les sandwichs.

— Du jambon ! Mon Dieu… Et du pain blanc ! Pas étonnant que vous ayez gagné la guerre, en étant aussi bien nourris. Ici, on mourait de faim.

— Eh, laissez-m'en quand même un ! s'exclama Jake en la regardant se goinfrer. Comment va Lena ?

— Elle dort. Incroyable ce qu'elle en écrase ! Oh, qu'est-ce que c'est ?

— De la soupe.

Il faisait chauffer le contenu de la boîte.

— De la soupe…, répéta Hannelore, avec l'émerveillement d'une fillette devant un sapin de Noël. Vous n'en auriez pas une autre boîte ? Mon amie Annemarie serait si contente.

La perspective d'être dispensé quelque temps de sa présence le rendit généreux. Il lui tendit deux boîtes de soupe et un paquet de cigarettes.

— Voilà pour vous.

— Des Lucky Strike ! Je savais bien que vous n'étiez pas si méchant.

Quand Jake apporta la soupe dans la chambre, Lena, réveillée, regardait par la fenêtre. Toujours cette pâleur.

Il posa la main sur son front. Moins chaud, cependant elle demeurait fiévreuse. Il voulut la faire manger à la cuiller, mais elle la lui prit des mains et se redressa contre son oreiller.

— Je peux me débrouiller.

— Ça me fait plaisir.

— Tu me traites comme une grande malade. Je vais devenir paresseuse.

— Aucune importance. Je n'ai rien de mieux à faire.

— Tu devrais te mettre au travail.

Jake éclata de rire. C'était bon signe, si elle le réprimandait comme avant pour qu'il s'installe devant sa machine à écrire.

— Tu n'as besoin de rien ?

— Si, d'un bain. Mais il n'y a pas d'eau chaude. C'est terrible, l'odeur qu'on dégage tous.

— Je n'avais rien remarqué. Je vais voir ce qui est possible, dit-il, lui déposant un baiser sur le front.

Il lui fallut un temps fou. L'eau bouillante semblait refroidir à la minute même où elle entrait en contact avec la porcelaine de la baignoire, si bien qu'il dut effectuer un nombre incroyable de voyages pour obtenir un bain pas très profond, mais relativement chaud. Il pensa à la villa de Gelferstrasse avec sa baignoire fumante.

— Du savon… Où en as-tu trouvé ?

— Celui de l'armée américaine. Allez, dépêche-toi.

Mais elle hésitait, n'ayant rien perdu de sa pudeur, et finit par désigner la porte.

— Ça ne t'ennuie pas de sortir ?

— Avant, tu faisais moins de manières.

Elle se baignait même avec lui, les seins couverts de mousse, et elle riait quand il se mouillait en l'aidant à s'essuyer.

— S'il te plaît. Je suis si maigre.

Il acquiesça de la tête et referma la porte derrière lui, puis se rendit dans la chambre. Malgré la fenêtre ouverte, l'odeur de renfermé persistait : sans doute les draps fripés, que Hannelore n'avait pas dû changer depuis des semaines. Mais comment les aurait-elle lavés ? La moindre tâche ménagère était devenue un casse-tête. Jake trouva une paire de draps propres dans la penderie et refit le lit au carré, comme à l'hôpital, écoutant les bruits d'eau qui venaient de la pièce voisine.

Il faisait la vaisselle lorsque Lena sortit de la salle de bains en se séchant les cheveux. Elle paraissait plus gaie, comme si l'eau et le savon avaient suffi à effacer les cernes noirs sous ses yeux.

— Je peux terminer, dit-elle.

— Non, tu retournes te coucher. Et tu vas te laisser servir pendant quelques jours.

— Ta machine à écrire…

Elle s'approcha de la table et caressa les touches.

— Ce n'est plus la même. L'ancienne doit être quelque part en Afrique. J'ai eu toutes les peines du monde à la remplacer.

Lena continuait de caresser les touches. Voyant ses épaules trembler, Jake la rejoignit et l'attira à lui.

— Je suis ridicule, sanglota-t-elle. À cause d'une malheureuse machine à écrire…

Elle se blottit contre lui. Ses cheveux fraîchement lavés sentaient si bon qu'il y enfouit son visage.

— Lena…

Elle était toujours secouée de sanglots, le visage ruisselant des larmes qu'elle avait retenues lorsqu'ils s'étaient séparés à la gare d'Anhalt, et qui se mettaient enfin à couler. Elle appuya sa tête sur la poitrine de Jake et ils restèrent un long moment enlacés. Jusqu'à ce qu'il perçoive la chaleur de son crâne à travers ses cheveux et l'écarte doucement de lui, essuyant ses pleurs du bout des doigts.

— Tu devrais peut-être aller te reposer.

Elle fit oui de la tête en se frottant les yeux.

— C'est la fièvre. Je suis ridicule.

— Oui, ce doit être la fièvre.

— Serre-moi fort, comme avant.

Et pendant quelques minutes, rien d'autre ne compta. Il était si heureux que la pièce semblait se dissoudre autour de lui. Mais les cheveux de Lena étaient à présent trempés de sueur et elle avait du mal à tenir sur ses jambes.

— Viens, je vais te mettre au lit…

La prenant par l'épaule, il l'aida à regagner la chambre.

— Des draps tout propres, annonça-t-il avec fierté.

Elle ne releva pas, se glissa sous les couvertures et ferma les yeux.

— Je te laisse dormir.

— Non, parle-moi. Ça agit comme un médicament. Raconte-moi l'Afrique. Pas la guerre, les paysages.

— L'Égypte ?

— Oui, l'Égypte.

Il s'assit au bord du lit, écarta les cheveux de Lena de son visage.

— Sur le Nil, c'est magique, tu sais. Tous ces voiliers…

Elle fronça les sourcils.

— Des voiliers ? Dans le désert ?

— Et des temples. Gigantesques. Un jour je t'emmènerai.

Elle ne réagit pas, et il poursuivit sa description – le Caire et les vieux souks, les pyramides d'épices –

jusqu'au moment où il s'aperçut qu'elle avait été emportée par le sommeil, comme un voilier par les eaux du Nil.

Il finit la vaisselle, puis alla machinalement s'asseoir devant sa machine à écrire. Lena avait raison : il devait se mettre au travail. *Collier's* lui réclamerait un article dans un ou deux jours, et son ancienne table lui tendait les bras. Avant, c'était là qu'il tapait le texte de ses bulletins radiophoniques, en regardant la place si animée. Dans la rue presque déserte ne circulait plus désormais qu'un flot clairsemé de camions militaires et de réfugiés, et pourtant le charme de ce cadre familier opérait toujours. Quand il se mit à taper, le cliquetis des touches emplit la pièce, aussi assourdissant que la musique d'un vieux 78 tours retrouvé tout en bas de la pile.

Gros plan sur Potsdam : un reportage que Jake pouvait composer à partir de photos et de rumeurs tout en se donnant le beau rôle face aux trois Grands, presque comme s'il avait siégé lui aussi à la table des négociations, le seul journaliste présent dans la salle – exactement ce qu'apprécierait *Collier's*. Peut-être même aurait-il un titre en couverture. Commencer par quelques détails pittoresques : l'étoile rouge formée de géraniums, la forêt de cheminées en brique, les patrouilles de soldats russes. Puis le contraste avec le centre de Berlin, la traversée en jeep du premier jour, Churchill sur les marches de l'ancienne chancellerie – il se mettrait à la place de Brian Stanley qui ne lui en tiendrait pas rigueur, sans doute même ne lirait-il jamais le passage en question. *De notre correspondant à Berlin...* Rien sur ce qui avait vraiment eu lieu – un meurtre sordide, la tentative de Jake pour renouer avec le passé –, seulement ce qui plaisait à *Collier's*, de quoi honorer le contrat. Et le match de football américain en guise de bouquet final, la construction de la paix sur le terrain pendant que les trois Grands négociaient. Une fois terminé, le reportage faisait mille mots de trop, mais c'était le problème de *Collier's*. À eux de couper ce qui leur paraissait superflu. Jake retournait à la vraie vie.

Rosen passa avant le dîner, au grand jour cette fois, et se répandit en excuses :

— Danny Alford m'a expliqué la situation. Pardonnez-moi si…

— Peu importe. Vous êtes là, c'est le principal. Elle a beaucoup dormi.

— Parfait. Vous ne lui avez pas répété… ce que je vous ai dit ? Ça reste parfois un sujet sensible, même quand tout est terminé. Le fiancé qui rentre chez lui, persuadé qu'on l'a attendu… Une situation délicate.

— Pour moi, cela ne change rien.

— Ah bon ? Ce n'est pas toujours le cas.

Encore un portrait berlinois qui n'était pas dans la note, trop de larmes et de grincements de dents. Jake se remémora les soldats de la Wehrmacht qui traversaient le Landwehrkanal, le jour de son arrivée, presque chez eux.

Cette fois, Rosen avait apporté un thermomètre, qu'il lut au chevet de Lena.

— Légère amélioration. La pénicilline doit agir. Un remède miracle. À partir d'une simple moisissure, vous vous rendez compte ?

— Combien de temps doit-elle en prendre ?

— Jusqu'à ce qu'elle aille mieux. Une seule piqûre ne suffit pas à stopper l'infection. Même avec un remède miracle… Quant à vous, *gnädige Frau*, beaucoup de liquides et beaucoup de sommeil. Surtout pas de courses dans les grands magasins...

Une formule passe-partout pour réconforter les patients. Comme s'il restait encore des grands magasins.

— ... et de l'optimisme. C'est souvent le meilleur médicament.

— J'ai un excellent garde-malade. Il a même changé les draps, dit Lena.

Donc elle avait remarqué.

— Vraiment ?

En bon Allemand, Rosen n'en revenait pas. Lorsqu'il fut sorti de la pièce avec Jake, ce dernier lui régla ce qu'il lui devait.

— Avez-vous besoin de nourriture ? demanda-t-il ensuite, désignant la pile de conserves sur le plan de travail. Je vous préviens, ce sont des rations militaires.

— Un peu de viande, si possible...

Jake lui tendit une boîte, qu'il examina attentivement.

— Je me souviens... Quand on est sortis des camps, les Américains nous ont distribué les mêmes. On ne pouvait pas les manger : trop riche pour nous. On vomissait aussitôt, sous les yeux des soldats. Ils devaient être vexés. Comment auraient-ils pu savoir ? Vraiment désolé, pour la nuit dernière. Parfois, il n'y a pas que le corps qui vomit. L'âme aussi est malade.

— Ne vous excusez pas. J'ai vu Buchenwald.

Rosen hocha la tête et se dirigea vers la porte.

— Surtout, qu'elle prenne bien ses comprimés.

Lena insista pour se lever à l'heure du dîner, et ils se retrouvèrent tous les trois autour de la table, Hannelore d'humeur radieuse, comme si les sandwichs au jambon avaient eu sur elle un effet euphorisant.

— Attends un peu de voir ce que j'ai déniché à la gare du Zoo, Lena ! Contre dix cigarettes. La femme voulait tout le paquet, mais je lui ai répondu que personne ne lui donnerait un paquet de cigarettes pour une simple robe. Dix cigarettes, c'était encore trop, mais je n'ai pas pu résister. Elle est en excellent état. Je vais te montrer… (Hannelore se leva, et parada avec la robe devant elle.) Bien coupée, non ? Je me demande comment cette femme l'a eue. Enfin… Regarde comme elle me va bien. Elle ne me serre même pas à la taille.

Sans la moindre gêne, elle retira la robe qu'elle portait et enfila la nouvelle par-dessus sa combinaison.

— Tu vois ? lança-t-elle. Peut-être une retouche ici, mais sinon elle est parfaite, tu ne trouves pas ?

— Oui, parfaite, répondit Lena en mangeant sa soupe.

Elle avait retrouvé quelques couleurs.

— Un vrai coup de chance ! s'exclama Hannelore. Je vais pouvoir la mettre ce soir.

— Vous sortez ? s'enquit Jake.

Avantage imprévu de la robe, Lena et lui auraient l'appartement pour eux.

— Bien sûr que je sors ! Pourquoi est-ce que je m'en priverais ? Un nouveau cinéma vient d'ouvrir sur Alexanderplatz.

— Oui, mais rempli de Russes, répliqua Lena avec un soupir.

— Certains sont absolument charmants. Et ils ont de l'argent. De toute façon, qui d'autre ?

— Personne, j'imagine, concéda Lena, l'esprit ailleurs.

— Non, personne. Les Américains sont beaucoup plus gentils, mais ils ne parlent pas un mot d'allemand, sauf les Juifs… Vous ne finissez pas ?

Jake lui tendit sa tranche de pain.

— Ah, du pain blanc !

De nouveau, ce sourire émerveillé de petite fille.

— Bon, je ferais mieux de me préparer, reprit Hannelore. Ils vivent toujours à l'heure de Moscou, vous savez. Les séances commencent très tôt. Ridicule, non ? Quand on pense qu'ils ont toutes ces montres ! Laissez la vaisselle, je m'en occuperai plus tard.

— D'accord, dit Jake, tout en étant certain qu'elle n'en ferait rien.

Peu après, il l'entendit faire couler un filet d'eau dans la salle de bains, puis se parfumer généreusement. Son repas terminé, Lena s'était redressée sur sa chaise et regardait par la fenêtre.

— Je vais chercher le café, proposa Jake. Et j'ai une surprise pour toi.

Elle lui sourit, puis se tourna de nouveau vers la fenêtre.

— Il n'y a personne sur Wittenbergplatz. Alors que c'était si animé…

Jake apporta le café, accompagné d'un beignet.

— Tiens, essaie ça. Ce sera encore meilleur si tu le trempes dedans.

— C'est très mal élevé, se récria-t-elle avec un petit rire, mais elle s'exécuta du bout des doigts avant de mordre dans le beignet.

— Tu vois… On ne se rend même pas compte qu'ils sont rassis.

— Bon, vous me trouvez comment ? demanda Hannelore en revenant dans la pièce.

Elle s'était encore fait un chignon comme celui de Betty Grable.

— N'est-ce pas que cette robe me va bien ? Il faut juste une petite retouche ici. (Elle pinça légèrement l'étoffe, puis prit son sac à main.) Soigne-toi bien, Lena, ajouta-t-elle avec insouciance.

— Vous ne ramenez personne, on est d'accord ? lança Jake.

Hannelore eut une moue d'adolescente rebelle.

— D'accord, finit-elle par répondre, trop préoccupée par son apparence pour se fâcher sérieusement. Regardez-moi ça ! On dirait un vieux couple. Surtout, ne m'attendez pas.

Elle claqua la porte derrière elle.

— Un vieux couple... Alors que je n'ai même pas trente ans, marmonna Lena en tournant sa cuiller dans sa tasse.

— Qu'est-ce que je devrais dire ! J'en ai trente-trois.

— J'avais seize ans quand Hitler est arrivé au pouvoir. Tu te rends compte ? Toute ma vie, ou presque, je n'ai connu que le nazisme. (Elle regardait une nouvelle fois la place en ruine.) En fait, ils nous ont tout pris. Notre jeunesse...

— Tu n'en es pas encore à marcher avec une canne.

Elle ne put s'empêcher de sourire, et Jake prit sa main dans les siennes.

— On a le temps de repartir de zéro, dit-il.

Elle hocha la tête.

— Ce n'est pas toujours aussi simple. Il peut se passer beaucoup de choses.

Jake baissa les yeux. Fallait-il aborder le sujet ? Elle semblait lui tendre une perche.

— Lena, commença-t-il tout en fuyant son regard, Rosen m'a appris que tu avais subi un avortement. C'était l'enfant d'Emil ?

— D'Emil ? (On aurait dit un rire.) Non, j'ai été violée.

— Oh !

— Ça change quelque chose ?

— Pas du tout… (Il avait menti spontanément.) … mais comment… ?

— Comment ? Comme d'habitude. Un Russe. Quand ils ont attaqué l'hôpital, ils ont violé toutes celles qui leur tombaient sous la main. Même les femmes enceintes.

— Nom de Dieu !

— Un acte très ordinaire, surtout à la fin… Regarde comme tu as l'air gêné. Ce sont les hommes qui violent, mais ils ne veulent jamais en parler. Seules les femmes le font. Il n'y a pas si longtemps, nous n'avions pas d'autre sujet de conversation. Combien de fois ? Quelles maladies ? J'ai craint pendant des semaines d'avoir été contaminée. Mais non, un petit Russe à la place. Et quand j'ai voulu m'en débarrasser, une autre sorte de contamination.

— D'après Rosen, ce n'est pas une maladie vénérienne.

— Non, mais je ne pourrai sans doute plus jamais avoir d'enfants.

— Où as-tu fait faire ça ? s'enquit-il, se représentant une impasse aussi sombre que dans les mises en garde de son enfance.

— Dans une clinique spécialisée. Devant le nombre de cas, les Russes ont dû en ouvrir une. Pour « remédier aux débordements » de leurs soldats. D'abord, ils vous violent, et ensuite…

— Tu n'as pas pu t'adresser à un médecin ?

— À Berlin ? Je ne connaissais personne. Mes parents étaient à Hambourg – Dieu seul sait s'ils sont vivants. Je n'avais pas d'autre endroit où aller. Une amie m'a parlé de cette clinique. Ce serait gratuit, m'a-t-elle dit. Encore un cadeau des Russes.

— Où était Emil ?

— Aucune idée. Mort ? En tout cas, il n'était pas là. Son père est encore en vie, mais ils sont brouillés. Je ne pouvais pas aller le voir. Aussi incroyable que ça puisse paraître, il rend Emil responsable de tout ce qui s'est passé.

— Parce qu'Emil avait adhéré au parti national-socialiste ?

— Oui. Pour son travail uniquement, mais son père… Alors, tu le savais ? constata-t-elle, étonnée.

— Pas par toi.

— Non. Comment aurais-tu réagi ?

— Tu crois que cela aurait changé quelque chose pour moi ?

— Peut-être pas, mais pour moi, oui, sans doute. Et puis cette pièce, quand nous y venions, c'était un moyen d'échapper à tout ça. À Emil, à tout le reste. Une sorte d'évasion, tu comprends ?

— Oui.

— En tout cas, Emil n'était pas un de ces criminels. Il ne faisait pas de politique. Pour lui, seul l'Institut comptait. Avec les chiffres.

— Qu'a-t-il fait pendant la guerre ?

— Il n'en parlait jamais. Il n'avait pas le droit. Bien sûr, c'était en rapport avec l'armement, comme les autres chercheurs. Ils fabriquaient tous des armes. Même Emil, qui ne levait jamais le nez de ses livres. À quoi d'autre pouvait-on les employer ? (Elle regarda Jake droit dans les yeux.) Je ne cherche pas à l'excuser. Il y avait la guerre.

— Je sais.

— Il m'a dit : « Reste à Berlin. C'est plus sûr. » Il ne voulait pas me mêler à ces histoires. Quand les bombardements se sont intensifiés, on a donné aux épouses l'autorisation de les rejoindre. Pour qu'ils ne s'inquiètent pas. Mais comment aurais-je pu partir ? (Elle fixait le fond de sa tasse. Ses yeux se remplirent de larmes.) Qu'est-ce que ça changeait pour moi ? À ce moment-là, je ne pouvais plus quitter Berlin. Pas alors que Peter…

L'émotion lui brisa la voix.

— Qui est Peter ?

Lena se redressa brusquement.

— J'avais oublié : tu n'es pas au courant. C'était notre fils.

— Votre fils ? répéta Jake, blessé malgré lui.

Elle avait fondé une famille, avec un autre homme…

— Où est-il ?

Lena s'absorba dans la contemplation de sa tasse.

— Il a été tué, répondit-elle d'une voix atone. Lors d'un bombardement. Il allait avoir trois ans.

De nouveau, elle ne put retenir ses larmes. Jake posa la main sur les siennes.

— Tu n'es pas obligée de me raconter.

Elle ne l'avait pas entendu, et les mots jaillirent de sa bouche comme une purge.

— Je l'avais laissé au jardin d'enfants. Pourquoi, mon Dieu ? Après l'avoir gardé toute la nuit dans l'abri avec moi, endormi sur mes genoux… Il ne pleurait pas comme les autres enfants. Au matin, j'ai pensé que c'était fini jusqu'à la nuit suivante. Mais alors, les Américains s'y sont mis à leur tour. C'est là qu'ils ont commencé à se répartir les tâches : les Britanniques la nuit, les Américains le jour. Plus de répit. Je me souviens, il était onze heures. Je faisais des courses quand j'ai entendu l'alerte, et bien sûr je me suis ruée vers le jardin d'enfants. Mais un responsable de la défense passive m'a obligée à rejoindre l'abri le plus proche. Je me suis rassurée en me disant que Peter était en sécurité, que le jardin d'enfants avait une cave… (Elle se tourna vers la fenêtre, les yeux dans le vague.) Après le raid aérien, j'y suis allée aussitôt, mais le bâtiment avait disparu. Entièrement rasé. Tous les enfants ensevelis sous les décombres. On a dû fouiller nous-mêmes. Toute la journée, on les a cherchés – il restait peut-être encore une chance… Et soudain, les hurlements quand les sauveteurs ont sorti les corps, un à un. Il a fallu les identifier, tu sais. Encore des hurlements. J'ai cru devenir folle. « Calmez-vous, voyons, vous allez leur faire peur… » Comment peut-on dire ce genre de choses à une mère ? Enfin, le plus dément : Peter n'avait pas une égratignure, pas une trace de sang. Comment pouvait-il être mort ? Et pourtant si. Il avait le visage tout bleu. Après, les sauveteurs m'ont expliqué qu'il était mort asphyxié, sans souffrir. Mais qu'en savaient-ils ? Je suis restée assise sur le trottoir jusqu'au soir, avec Peter dans les bras. Je refusais de bouger, même devant les responsables de la défense passive. Pourquoi ? Tu sais ce que c'est, de perdre un enfant ? Vous mourez tous les deux. Plus rien n'est jamais pareil.

— Lena…

— Tu dois te demander pourquoi je l'ai laissé dans ce jardin d'enfants, comment j'ai pu faire agir ainsi.

Jake se leva, alla se placer derrière elle et lui massa doucement les épaules.

— Ça va aller mieux.

Elle se moucha bruyamment.

— Au début, je n'arrivais pas à le croire. Mais il est mort, je ne peux rien y faire. Parfois, je ne pense même plus à lui. C'est affreux, non ?

— Non.

— En fait, je ne pense plus à rien : voilà comment je m'en sors. Tu sais ce que je me disais, pendant la guerre ? Que tu allais me sauver – des bombardements, de toutes ces atrocités. Comment ? Je l'ignore. Peut-être en descendant du ciel, ou en apparaissant à la porte, comme hier. Un conte de fées. Comme dans *La Belle au Bois dormant*. Et à présent, tu es là, mais c'est trop tard.

— Ne dis pas ça. (Jake fit pivoter la chaise de Lena de manière à lui faire face, et se pencha vers elle.) Il n'est jamais trop tard.

— Ah bon ? Tu as toujours envie de me sauver ?

Elle lui caressa les cheveux.

— Je t'aime, murmura-t-il.

Elle s'arrêta net.

— Réentendre ces mots… Après de telles horreurs.

— Le cauchemar est fini. Je suis là.

— Oui, tu es là, dit-elle, prenant le visage de Jake dans ses mains. Moi qui croyais n'avoir plus rien à attendre de l'existence. Comment croire que tu m'aimes encore ?

— Je n'ai jamais cessé. C'est impossible.

— Mais après tout ce qui s'est passé… Je suis vieille, maintenant.

À son tour, il lui caressa les cheveux.

— Nous sommes un vieux couple.

Cette nuit-là, ils dormirent enlacés, le bras de Jake tel un bouclier, capable d'arrêter même les pires cauchemars.

8

L'état de Lena s'améliorait de jour en jour, si bien qu'elle put sortir dès le dimanche suivant. Hannelore ayant trouvé un ami « temporaire », Jake et Lena avaient passé plusieurs jours en tête à tête, une réclusion heureuse qui finissait pourtant par leur peser. Jake avait écrit un deuxième article : *Aventures au marché noir*, les Russes et les montres Mickey Mouse, la pénurie alimentaire, mais aucune trace de Danny et des filles du Ronny's. Lena avait dormi, lu, repris des forces. Le temps tournait à l'orage ; dans la chaleur de l'été berlinois, qui provoquait naguère une ruée vers les parcs de la ville, le vent faisait tourbillonner la poussière des décombres, recouvrant les fenêtres d'une pellicule grisâtre. Même Lena ne tenait plus en place.

Ni l'un ni l'autre n'avait visité le secteur soviétique – Lena parce qu'elle avait toujours refusé d'y aller seule. Au volant de la jeep, Jake traversa donc Mitte, le cœur historique de Berlin, laissant derrière eux le Gendarmenmarkt, puis l'Opernplatz de sinistre mémoire, où les nazis avaient brûlé des milliers de livres. Les bombardements avaient tout détruit. Lorsque Jake et Lena aperçurent au loin la cathédrale éventrée, le courage leur manqua. Au lieu de continuer, ils préférèrent flâner sur Unter den Linden, traditionnelle promenade dominicale. Mais il n'y avait plus de promeneurs. Au milieu des ruines, une terrasse de café sommairement aménagée à l'entrée de Friedrichstrasse était remplie de soldats russes transpirant au soleil.

— Ils ne partiront jamais. Tout est fini, affirma Lena avec un soupir.

— Au moins, les arbres repousseront, dit Jake, contemplant les souches noircies.

— Mon Dieu ! Regarde l'hôtel Adlon !

Seule une partie du bâtiment avait été touchée, mais ce fut la silhouette apparue à la porte de l'hôtel que Jake regarda. Sikorsky. Il reconnut aussitôt Jake et s'avança vers lui.

— Monsieur Geismar !

Ils échangèrent une poignée de main.

— Enfin une visite ! reprit Sikorsky. Pour prendre le thé, peut-être ?

— On peut encore ?

— Bien sûr, il paraît que c'est la tradition. L'ambiance est moins stylée, maintenant, mais plus démocratique, vous ne trouvez pas ?

En fait, tous les hommes qui franchissaient la porte étaient couverts de médailles et de décorations. Une cour de récréation pour généraux.

— À l'arrière de l'hôtel, il reste quelques chambres. De la mienne, on voit le jardin de Goebbels, ou du moins ce qu'on m'a présenté comme tel. (Se tournant vers Lena, il s'inclina cérémonieusement.) Pardonnez-moi. Je suis le général Sikorsky.

— C'est moi qui manque à tous mes devoirs, s'excusa Jake. Je vous présente Fräulein Brandt.

Pourquoi pas *Frau* Brandt ?

Sikorsky dévisagea la jeune femme.

— Brandt ? Un nom très courant, je crois ?

— Oui.

— Vous êtes berlinoise ? Vous avez de la famille ici ?

— Non. Tous tués à l'arrivée des Russes, répliqua-t-elle, avec une provocation inattendue.

Sikorsky se contenta de hocher la tête.

— Ma famille aussi a été tuée. Ma femme, mes deux enfants. À Kiev.

— Mes condoléances, murmura Lena, soudain gênée.

— Les hasards de la guerre, dit Sikorsky avec un nouveau hochement de tête. Comment se fait-il qu'une aussi jolie femme ne soit pas mariée ?

— Je l'étais. Mon mari est mort.

— Alors, à mon tour de vous présenter mes condoléances… Je vous souhaite une bonne promenade. (Il inspecta l'avenue du regard.) Quel spectacle désolant ! Il y a tellement à faire. À bientôt.

— Tellement à faire… Mais à qui la faute, sinon aux Russes ? maugréa Lena tandis qu'ils s'éloignaient. Tu as vu la façon dont il me regardait ?

— Ce n'est pas moi qui le lui reprocherai. Il sait reconnaître une jolie femme… (Jake s'arrêta et caressa la joue de Lena.) … et jolie, tu l'es. Regarde-toi. Tu as repris des couleurs. Comme avant.

Lena leva les yeux vers lui, puis secoua la tête, de nouveau gênée.

— Je ne parlais pas de ça, mais de son œil

soupçonneux. On dirait que les Russes se méfient de n'importe qui.

— Il paraît que Sikorsky travaille pour les services de renseignement. Ces gens-là ont l'air de soupçonner tout le monde. Allez, viens.

Ils dépassèrent la porte de Brandebourg, où étaient toujours placardés des portraits géants des trois Grands.

— Il n'y a plus un seul arbre… Oh, Jake, rentrons.

— Et si on poussait jusqu'à Grunewald, pour se promener dans la forêt ? Tu t'en sens capable ?

— Ce ne sera pas comme ici ?

— Non. Et je parie qu'il fera plus frais, dit Jake, essuyant son front moite.

— Quelque chose pour la dame ?

Un Allemand vêtu d'un pardessus et coiffé d'un feutre mou s'était détaché d'un groupe de personnes assemblées près du Reichstag.

— Non, répondit Lena. Laissez-nous.

— Qualité d'avant-guerre, insista l'homme, entrouvrant son pardessus dont il sortit un vêtement soigneusement plié. Très beau tissu. Une robe de ma femme. Elle l'a à peine portée. Vous pouvez vérifier.

Il déplia la robe.

— Non, je vous en prie. Ça ne m'intéresse pas.

L'homme s'adressa alors à Jake :

— Imaginez comme elle sera belle dedans. Cet été, au soleil. Tenez, touchez.

— Combien ?

— Non, Jake. Je n'en veux pas. Tu as vu de quand date cette robe ? D'avant la guerre.

C'était bien ce qui avait retenu l'attention de Jake. Le genre de robe que Lena portait naguère.

— Vous avez des cigarettes ? interrogea l'homme d'un œil avide.

Jake plaça la robe devant Lena. Taille cintrée, col chemisier : tout à fait elle.

— Elle est très jolie. Et tu aurais bien besoin d'une nouvelle robe.

— Mais non. Rends-la-lui, protesta Lena, rouge de confusion, comme s'il l'habillait en public, à la vue de tout le monde.

Elle regardait la place avec inquiétude, à l'affût des coups de sifflet de la police militaire.

— Tu serais ravissante dans cette robe.

Jake sortit un paquet de cigarettes. Quel était le tarif, déjà, d'après Hannelore ? Mais au même instant, des policiers militaires britanniques surgirent bel et bien avec leurs matraques blanches, dispersant la foule comme une volée de moineaux. L'Allemand arracha le paquet de cigarettes des mains de Jake et lui lança la robe en échange.

— Mille fois merci... Une affaire... Vous ne le regretterez pas ! cria-t-il en s'enfuyant vers la porte de Brandebourg, les pans de son pardessus claquant au vent.

— C'est de la folie ! Elle t'a coûté bien trop cher. Tout un paquet de cigarettes !

— Peu importe. Je me sens riche. Et je ne t'avais rien offert depuis si longtemps.

Lena replia la robe.

— Regarde, elle est froissée.

— Un coup de fer, et il n'y paraîtra plus. Tu seras superbe. Tu n'auras plus qu'à détacher tes cheveux.

Elle leva les yeux.

— Je ne me coiffe plus comme ça.

— Juste une fois, pour me faire plaisir. Il suffit d'enlever quelques épingles.

Il joignit le geste à la parole. Lena écarta sa main.

— Tu es vraiment impossible. Personne ne se coiffe plus de cette façon.

Ils remontèrent dans la jeep et roulèrent vers Charlottenburg. Encore des avenues en ruine, des nuages de poussière alourdissant l'air. Enfin, ils aperçurent les arbres à la lisière de Grunewald, et plus loin, là où le cours de la rivière s'élargissait, le lac. Il faisait un peu plus frais, mais à peine. Le ciel s'était couvert, donnant à l'eau une coloration bleu ardoise, et la chaleur restait oppressante. Devant l'ancien yacht-club, aucun souffle de vent n'agitait les drapeaux britanniques sur leurs mâts. Deux voiliers étaient encalminés sur le lac, leurs voiles aussi immobiles que deux touches de blanc au milieu d'un tableau. Au moins pouvait-on oublier la ville. Il n'y avait que l'immense étendue d'eau, et les villas de Gatow nichées dans la verdure sur la rive opposée. Jake et Lena prirent la route qui faisait le tour du lac. Oubliant les bouquets d'arbres calcinés çà et là, ils respiraient le parfum des pins, l'air pur d'avant la guerre.

— Ces voiliers devraient regagner la rive. L'orage menace. Mon Dieu, quelle chaleur !

Lena s'épongeait le front avec son mouchoir.

— Allons nous tremper les pieds dans l'eau.

Malheureusement, la petite plage déserte était jonchée d'un bout à l'autre de bouteilles et d'éclats d'obus apportés par le courant. Jake et Lena traversèrent la route et s'enfoncèrent dans la forêt. Il y régnait une touffeur moite, mais tout était calme : pas de randonneurs s'appelant à travers bois, ni de galops sur les allées cavalières. Ils étaient plus seuls qu'ils ne l'avaient jamais été, même du temps où ils fuyaient la foule des promeneurs du dimanche. Un après-midi, ils avaient fait l'amour derrière un fourré alors que des cavaliers passaient au trot à quelques mètres, et la crainte d'être découverts avait agi sur eux tel un aphrodisiaque.

— Tu te souviens du jour où…

— Oui, très bien. J'étais morte de peur.

— Et de plaisir.

— Et toi, donc !

— C'est vrai.

Jake regarda Lena, surpris par le désir qui montait en lui à la seule évocation de cet épisode.

— Je suis sûre qu'ils nous ont vus.

— Aujourd'hui, en tout cas, il n'y a personne, dit-il, adossant Lena à un arbre et posant ses lèvres sur les siennes.

— Oh, Jake, pas ici.

Un ton légèrement réprobateur.

Elle se laissa pourtant embrasser à nouveau, lèvres entrouvertes. Mais, sentant le corps de Jake tout contre le sien, elle eut un mouvement de recul.

— Non, je ne peux pas.

— Ne t'inquiète pas, il n'y a vraiment personne.

Elle hocha la tête, l'air accablé.

— Ce n'est pas ça… Simplement, je ne supporte plus qu'un homme…

— Je ne suis pas n'importe quel homme.

Elle baissa les yeux.

— C'est plus fort que moi. J'ai l'impression de revivre ce qui m'est arrivé. Je t'en supplie, n'insiste pas.

Jake prit son visage entre ses mains.

— Je te demande pardon.

— Tu ne sais pas ce que j'ai subi, dit-elle, fuyant son regard.

— Avec moi, ce ne sera pas pareil, murmura-t-il, mais elle s'écarta de l'arbre.

— Comme un couteau… Une déchirure…

Le souffle lui manquait.

— Tais-toi, je t'en prie.

— Me taire ? Tu ne peux pas imaginer. Tu crois que ça va s'effacer. Eh bien non. Dès qu'un homme m'approche, je revois le visage de mon agresseur. C'est ce que tu souhaites ?

— Non, je veux que tu me voies moi, et personne d'autre.

Elle se tut enfin et revint vers lui, posant la main sur sa poitrine.

— Je vois bien que c'est toi. Simplement… je ne peux pas.

Il acquiesça, résigné.

— Oh, ne fais pas cette tête-là.

Quelle tête faisait-il ? Celle de quelqu'un en train de rougir de honte et de dépit ? La première sortie de Lena, et voilà qu'elle s'assombrissait comme le ciel au-dessus d'eux.

— Ce n'est pas grave, affirma-t-il.

— Tu n'en penses pas un mot.

De l'index, il lui souleva le menton.

— C'est avec toi que j'ai envie de faire l'amour – là est toute la différence. J'attendrai.

Elle se blottit contre lui.

— Je suis désolée. Je me sens encore…

— On avancera pas à pas. (De ses lèvres, il lui effleura la joue, les mains sur ses épaules.) Tu vois ? Ce ne sera pas pareil.

— Pour toi !

Blessé, il recula. Jamais Lena ne lui avait parlé de cette voix cinglante. Et pourtant, qui la connaissait mieux que lui ?

— Pas à pas, répéta-t-il, lui déposant un baiser sur la joue pour dissiper le malaise.

— Et après ?

— Un pas de plus.

Mais avant qu'il ait pu l'embrasser à nouveau, l'orage éclata enfin, un éclair suivi d'un coup de tonnerre retentissant, et Jake sourit, heureux de la coïncidence.

— Et ensuite, ça. Voilà exactement ce qui arrivera.

Lena le dévisagea.

— Comment peux-tu en rire ?

Il lui caressa le visage.

— On est censés passer un bon moment…

Les premières gouttes se mirent à tomber.

— Viens, ajouta-t-il, il ne faut pas que tu te fasses mouiller.

Les yeux baissés, elle se mordillait la lèvre inférieure.

— Et si ça n'arrive jamais ? (Elle s'immobilisa et s'agrippa à sa chemise, ignorant la pluie.) Je suis prête à le faire, si tu veux. Ici même, comme il y a quelques années. Si tu veux.

— Mais en fermant les yeux.

— Je le ferai.

Jake secoua la tête.

— Je ne veux pas que tu voies le visage de quelqu'un d'autre.

Lena détourna le regard.

— Et maintenant, tu es fâché. Je croyais que tu désirais…

— … que ce soit comme avant. Pas ça. (Il se passa la main dans les cheveux.) De toute façon, je suis trempé. Rien de tel qu'une bonne douche froide pour vous remettre les idées en place.

Il essayait de plaisanter, tout en la surveillant du coin de l'œil.

— Je suis vraiment désolée.

— Tu as bien tort, dit-il, lui essuyant la joue. On a du temps devant nous. Tout le temps qu'il faudra. Viens, toi aussi tu es trempée.

Toujours les yeux baissés, l'air préoccupé, elle le suivit jusqu'à la route. La pluie avait redoublé, inondant la jeep, et elle les transperça quand ils se mirent à rouler. Comme si les arbres pouvaient représenter une protection efficace, Jake quitta la route à découvert pour couper à travers la forêt, oubliant que les allées, non goudronnées dans cette partie du parc, seraient pleines de trous et d'ornières. Il accéléra dès qu'ils rejoignirent la route allant vers l'est, de peur que Lena prenne froid et retombe malade. Recroquevillée à l'abri de la pluie derrière le pare-brise, elle s'était réfugiée dans ses pensées.

La forêt offrait un spectacle déprimant. Jake regretta d'avoir pris ce raccourci aussi humide et sombre que le reste de la journée. Qu'avait-il donc espéré ? Des prairies ensoleillées, et la couverture du pique-nique portant la trace humide de leurs ébats ? Trop tôt. Mais ne serait-il pas toujours trop tôt ? Quand Lena avait tressailli contre l'arbre, Jake s'était revu dans la maison prête à s'effondrer, craquant de partout, trop branlante pour être étayée. Un mouvement de recul, alors qu'il avait à peine touché la jeune femme. « Ce ne sera pas pareil. » Qu'en savait-il ? Lena était seule à avoir traversé cette épreuve. Et lui avait brusqué les choses au risque de tout gâcher, tel un adolescent impatient de faire sa première expérience. À ceci près qu'il n'avait rien prémédité : tout s'était enchaîné tandis qu'il essayait de ressusciter un de ces après-midi sans fausse note, où chacun avait envie de l'autre. Trop tôt.

Il s'arrêta sous une passerelle d'autoroute pour

s'abriter. Les camions militaires vrombissaient sur la chaussée en béton au-dessus de leur tête, mais Lena grelottait autant que sous la pluie. Les parois ruisselaient d'humidité. Mieux valait rentrer au plus vite et changer de vêtements plutôt que de s'attarder là. Mais rentrer où ? Wittenbergplatz était encore à des kilomètres. Au moins sortir de la forêt. Ils laissèrent derrière eux Krumme Lanke, puis les dernières rangées d'arbres, et Jake reconnut la rue conduisant au Centre de documentation. Bernie devait s'y trouver, bien au sec dans sa cave pleine d'archives, mais que pourrait-il pour eux ? Inquiet, Jake regarda Lena toujours recroquevillée, le dos parcouru de frissons. Une semaine de convalescence sur le point d'être réduite à néant. Il lui fallait un bain chaud. Jake se rappela ses innombrables voyages, la bouilloire à la main, pour tenter de remplir la baignoire. Le pied à fond sur l'accélérateur, il dépassa le centre de presse. Liz avait peut-être quelques vêtements secs. L'accès à la villa de Gelferstrasse était interdit aux civils, mais qui les arrêterait, eux, un vieux couple ? La chance leur sourit. La villa était déserte, le silence seulement troublé par le tic-tac de la pendule. À la porte, Lena hésita.

— C'est ici que tu loges ? J'ai le droit d'entrer ?

— Tu diras que tu es ma nièce, répondit-il avant de l'entraîner à l'intérieur.

Leurs semelles trempées couinaient sur le sol, laissant des marques dans l'escalier. Jake désigna la porte de sa chambre.

— Entre. Je vais te faire couler un bain.

L'eau était bouillante. Il ouvrit le robinet à fond, puis découvrit un flacon de sels de bain appartenant à Liz et en versa dans la baignoire. Un peu de mousse, un parfum de lavande – peut-être un cadeau de Joe le géant.

Debout à la porte dans sa robe dégoulinante, Lena contemplait la chambre de Jake.

— C'est trop drôle. Tout ce rose... On dirait une chambre de jeune fille.

— Ça l'était. Tiens. (Il lui tendit une serviette.) Bon, je ferais mieux de me changer. Ton bain t'attend.

Devant la penderie, il se déshabilla, jetant ses vêtements trempés en tas. Il sortit une chemise propre et alla chercher un caleçon dans un tiroir. Lorsqu'il se retourna, Lena était toujours là, les yeux fixés sur lui. Gêné, il cacha sa nudité derrière sa chemise.

— Toujours pas déshabillée ?

— Non.

Il comprit qu'elle attendait son départ. Par pudeur, une fois encore, à cause de sa maigreur.

— Très bien, dit-il, enfilant un pantalon. Je t'attends en bas. Reste aussi longtemps que tu veux. La chaleur te fera du bien.

— J'avais oublié... à quoi tu ressemblais.

Il la dévisagea, déconcerté, prit une paire de chaussures sèches et se dirigea vers la porte.

— Tu auras de quoi t'occuper l'esprit dans ton bain. Dépêche-toi d'enlever cette robe mouillée ! Et sois tranquille, je ne regarderai pas. C'est une femme qui occupe la chambre d'à côté. Elle ne t'en voudra pas si tu lui empruntes quelques vêtements.

— Inutile. J'ai ma nouvelle robe. Juste un peu humide par endroits.

— Tu vois bien que c'était une affaire !

Il sortit de la pièce et referma la porte derrière lui. Au rez-de-chaussée, il mit ses chaussures, s'assit près d'une fenêtre et regarda tomber la pluie. Un pas à la fois. Alors qu'ils venaient de se dévorer du regard, presque nus dans la même pièce. Il entendait le bain couler, plus lentement, pour maintenir l'eau à bonne température. Des inconnus l'un pour l'autre, comme s'ils n'avaient jamais partagé le même lit. Comme si Jake, après l'amour, n'avait jamais regardé Lena se rhabiller devant son miroir. Mais c'était avant.

Il alla dans la salle à manger se servir un verre d'un des whiskys de marque – celui de Muller, à peine entamé – et le rapporta près de la fenêtre. La pluie tombait à la verticale, sans même atteindre le rebord extérieur, le genre de crachin qui dure des heures, fait du bien aux cultures et donne envie de rester chez soi. Il y avait un phonographe près du piano. Il s'approcha, passant en revue la pile de 78 tours. Des enregistrements de Nat King Cole, à l'évidence le musicien préféré d'un des pensionnaires. Il sortit un disque de sa pochette et mit le phonographe en route. *Straighten Up and Fly Right*. Léger et ludique. Américain. Il s'assit avec une cigarette, les pieds sur l'appui de la fenêtre, broyant du noir malgré la musique. Jamais il n'aurait imaginé, tellement sûr que tout se passerait bien...

Quand l'aiguille revint au début du morceau, il fronça les sourcils et se dressa pour arrêter le phonographe. Plus d'eau qui coulait à l'étage. Lena devait être en train de se sécher, d'éponger ses cheveux, de les relever avec des épingles. Il y eut un bruit furtif, comme si des souris couraient dans la maison. Lena devait longer le couloir. Entrer dans sa chambre. Il prit plusieurs disques et les empila sur le phonographe pour entendre de la musique et rien d'autre, aucun de ces bruissements qui le mettaient en émoi. Seulement un piano, une contrebasse et une guitare, et la pluie monocorde. Ensuite il se rassit, toujours les pieds sur l'appui de la fenêtre. Avant, les après-midi n'étaient jamais assez longs – il s'habillait toujours en catastrophe pour regagner le centre-ville. À présent, les minutes s'étiraient sans but, aussi informes et paresseuses que la fumée de sa cigarette dont les volutes s'élevaient dans la pièce déserte.

Il n'entendit pas Lena entrer, percevant seulement derrière la musique un déplacement d'air, un parfum de lavande. Il se retourna et la vit debout, immobile, dans l'attente qu'il remarque sa présence. Une entrée discrète. Il se leva, la dévisagea. Les pensées se bousculaient dans sa tête. Le bain lui avait redonné des couleurs, elle avait les joues du même rose que celui de la chambre à l'étage, comme avant. Mais ce n'était pas tout. La robe étant un peu trop ample, elle en avait serré la ceinture, faisant bouffer le corsage à la mode des années quarante. Et elle s'était coiffée dans le même esprit, les cheveux le long du visage. Le tout très étudié, une sorte d'invitation, exactement ce dont Jake avait rêvé. Lena sourit timidement, prenant son silence pour un encouragement, et fit quelques pas vers lui avant de considérer le phonographe. Une jeune fille à son premier rendez-vous, cherchant un sujet de conversation.

— Ça veut dire quoi, *you're the cream in my coffee* ? demanda-t-elle en regardant tourner le disque.

— Qu'ils vont bien ensemble, répondit Jake distraitement, sans cesser de la dévisager.

— C'est un jeu de mots ?

Il acquiesça de la tête, écoutant lui aussi les paroles. Elle chercha son regard.

— Je te plais ? lança-t-elle.

— Beaucoup.

— J'ai emprunté des chaussures dans la chambre d'à côté.

Et puis rien. Elle ne le quitta pas des yeux pendant le changement de disque, semblant espérer quelque chose.

I'll String Along with You. Un morceau plus lent, du genre de ceux qui faisaient rêver les clients de Ronny's. Lena s'approcha, la démarche incertaine dans ses chaussures inconnues, et lui posa la main sur l'épaule.

— Tu saurais encore ? Je crois que j'ai oublié.

Jake sourit, la prit par la taille et l'entraîna.

Ils dansèrent à petits pas, gardant leurs distances, se laissant guider par la musique. La finesse de l'étoffe fit deviner à Jake que Lena était nue sous sa robe, offerte, comme s'ils avaient déjà dépassé le stade ingrat du déshabillage, des boutons défaits à la hâte. Il s'écarta légèrement, de peur de prendre ses désirs pour des réalités, mais elle le retint, les yeux dans les siens. Plus que le bruit de la pluie.

— Tu n'étais pas obligée, dit-il, lui effleurant les cheveux.

— Ça me faisait plaisir. Tu aimes cette coiffure.

Un petit sourire satisfait. Elle le regardait toujours droit dans les yeux. Pourquoi ce revirement ? Que s'était-il passé dans sa tête ? Jake savait seulement qu'il gâcherait tout en posant la question. Continuer à danser. Un pas à la fois. Le disque changea. Lena se rapprocha, si bien que Jake ne pouvait plus ignorer la chaleur ni les courbes de son corps, le contact de sa toison à travers sa robe. Il recula.

— Non. Je veux te sentir contre moi.

Elle avait pourtant tressailli, comme dans la forêt, et lorsqu'elle se blottit contre l'épaule de Jake elle ferma aussitôt les yeux, se repliant sur elle-même.

— Lena, tu n'es pas…

— Serre-moi fort.

Ils dansèrent jusqu'à la fin du morceau sans écouter une seule note, portés par leurs pieds, un prétexte pour ne pas se séparer, et le charme de la musique opéra :

Lena se détendit, s'abandonna. Un pas de plus. Mais elle lui réserva une autre surprise en plaquant son corps contre le sien pour avoir pleine conscience de son désir, les mains posées sur ses reins, les lèvres à son oreille.

— Montons dans ta chambre, murmura-t-elle.

— Tu es sûre ?

Pour toute réponse, elle lui fit traverser à pas lents la pièce, comme s'ils dansaient toujours, gravissant rêveusement et en rythme une marche de l'escalier après l'autre. À présent, c'était Jake qui hésitait, et se laissait conduire. Lena s'arrêta au milieu de l'escalier, retira ses chaussures d'un geste langoureux, délibérément érotique, se pencha avec grâce pour les ramasser. Ses pieds nus, si pâles qu'ils semblaient la partie la plus intime de son corps. Jake l'accompagna jusqu'en haut, hypnotisé par l'ourlet de sa robe qui lui frôlait les jambes, et ils arrivèrent dans la chambre. La musique s'estompa, il ne percevait plus que son propre souffle. Il resta les bras ballants tandis que Lena lâchait ses chaussures sur le sol, pivotait vers lui et commençait à défaire un à un les boutons de sa chemise. Elle passa la main sur son torse, caresse si soudaine qu'il frissonna, puis elle appuya la joue contre sa peau nue et ne bougea plus.

— Aide-moi, dit-elle.

Lui soutenant la nuque d'une main, de l'autre il écarta doucement les cheveux de son visage jusqu'à ce qu'elle incline la tête en arrière, croise de nouveau son regard et lui fasse signe de continuer. Il défit sa ceinture, l'entendit chuter à ses pieds, puis remonta peu à peu la robe jusqu'à ce que Lena lève les bras tel un automate et qu'il la lui ôte par la tête. La robe glissa sur le sol, Lena était nue. Il la saisit par les épaules, lui déposa un baiser sur les cheveux, y enfouit son visage. Il laissa descendre ses mains, s'arrêta à la naissance de ses reins, l'entraîna vers le lit, la faisant asseoir sur le couvre-lit en chenille rose.

Il allait défaire la boucle de son ceinturon, mais Lena le devança, ouvrit sa braguette, baissa ensemble son pantalon et son caleçon, le regarda bander. Elle prit son sexe dans sa main, le caressant longuement, comme pour se le réapproprier. Debout, les yeux clos, Jake s'efforçait de résister. Il finit par repousser sa main et se laisser tomber sur le lit face à elle, la tenant par la hanche pendant qu'ils s'embrassaient.

Un pas à la fois. Délicatement, il explora le corps de Lena demeuré si familier, la cambrure du dos, le creux près de la hanche, l'arrondi des seins qu'il effleura du dos de la main, au rythme de sa respiration, tentant d'imaginer ce qu'elle ressentait, de se mettre à sa place. Tout était comme avant. Tout, sauf le plaisir, aussi changeant que le ciel, trop fugace pour être stocké dans la mémoire. On revoyait le grain de la peau, la pureté d'une courbe, mais le reste disparaissait et on passait sa vie à tenter de le retrouver, pour découvrir que ce n'était jamais pareil, chaque fois une surprise. Si intime que personne ne pouvait la partager. Alors que Jake s'efforçait encore de résister, de faire le vide dans son esprit, Lena se blottit contre lui, et de nouveau le désir fut là, insistant. Ne pas céder tout de suite. Un pas à la fois. S'offrir le luxe d'une simple caresse. Durant tout ce temps, il n'avait jamais pu se rappeler l'essentiel, seulement l'enveloppe extérieure, assez pour avoir envie de recommencer.

— Lena... tu es sûre ?

Elle l'embrassa à pleine bouche pour le faire taire, et il se demanda dans quel monde elle était. Pas avec lui, quelque part dans sa tête, peut-être dans le passé, où ils n'avaient pourtant plus besoin de retourner.

Pour la ramener à lui, il lui posa la main sur la cuisse. Puis à l'intérieur, endroit le plus vulnérable au monde, avec douceur. Quand il avança un doigt dans sa toison, essayant d'entrouvrir ses lèvres, il sentit qu'elle n'était pas prête, encore fermée sur elle-même malgré les baisers et les gestes tendres qu'ils avaient échangés. Un pas à la fois. Il lécha son doigt et l'appliqua sur le clitoris de Lena, jusqu'à ce qu'elle prenne une légère inspiration. Encouragé, il la caressa lentement, puis avec une insistance croissante, mêlant sa salive aux sécrétions de Lena. Elle contracta son bassin comme pour refermer les jambes, mais se détendit finalement, n'offrant plus la moindre résistance au doigt de Jake.

— Oh…

Un soupir involontaire alors que Jake écartait ses lèvres et glissait son doigt en elle, surpris de la chaleur qui se refermait sur lui. Il laissa Lena reprendre son souffle, mais elle plaça la main sur la sienne, l'obligeant à la stimuler, plus vite, plus profond, et répondant à ses caresses. Elle l'embrassa de nouveau à pleine bouche, la main sur sa nuque pour le garder prisonnier tandis qu'elle bougeait toujours les hanches en cadence. Lorsqu'elle s'interrompit, hors d'haleine, ce fut pour reprendre le sexe de Jake dans sa main.

— Avec toi, dit-elle, l'attirant à elle.

Un pas à la fois. En appui sur ses bras, Jake se plaça au-dessus de Lena, qui le guida en elle. Il se força à ralentir, à lui laisser l'initiative. Elle referma ses bras sur lui, maintint sa tête contre la sienne, et ils restèrent un instant immobiles, s'écoutant respirer. Puis Jake avança en elle, un mouvement si léger qu'il se demanda comment il avait provoqué l'onde de plaisir qui le traversait, mais à laquelle il refusait de s'abandonner. Déterminé à attendre Lena, il lui fit l'amour avec la lenteur d'un danseur décomposant une figure, même quand il l'entendit haleter à son oreille. Soudain, il la sentit palpiter, elle poussa un cri étouffé et il sut qu'elle jouissait, cramponnée à ses reins. Il s'immobilisa quelques secondes pour s'en assurer, contemplant son visage pudiquement détourné alors même que son sexe se contractait autour du sien en un spasme reconnaissable.

Elle se redressa pour l'embrasser, la respiration haletante, les yeux grand ouverts. C'est toi que je vois. Il se remit à aller et venir en elle, sans hâte, car il n'y avait plus d'urgence à présent, ils y étaient presque, et il songea qu'en prenant le temps ils n'auraient jamais besoin de s'arrêter, de renoncer à ce bonheur. Faire durer le plaisir. Lena lui couvrait le visage de baisers, et accélérait les mouvements de son bassin.

— Tout va bien, répétait-elle, tout va bien.

Presque un sanglot, et pourtant elle souriait, l'incitant à donner libre cours à son propre plaisir. Mais Jake avait déjà tout ce qu'il pouvait souhaiter, cette intimité retrouvée entre eux. Ne rien précipiter. Simplement aller et venir. Sans fin. Agrippée à ses reins, Lena accompagnait ce va-et-vient, l'enfonçant toujours plus profond en elle, ce qu'il n'avait pas prévu. Lorsqu'elle laissa échapper une série de petits cris, il se retint encore, pour prolonger ce plaisir désormais partagé jusqu'au moment où, un nouvel orgasme faisant frissonner Lena, il jouit à son tour. Il sut alors qu'un instant plus tôt il s'était trompé en croyant avoir tout ce qu'il souhaitait. Ce qu'il voulait, c'était cette jouissance absolue qui refluait déjà. Il n'eut pas conscience de s'allonger près de Lena, ni de l'enlacer, ni de se retirer d'elle, seulement de sentir son épaule trembler contre la sienne.

— Ne pleure pas, murmura-t-il en la caressant.

— Je ne pleure pas. Je ne sais pas ce que c'est – sans doute les nerfs qui lâchent.

— Les nerfs…

— Il y avait si longtemps…

Il la serra contre lui. Elle tremblait déjà moins.

— Je t'aime, tu le sais.

Elle hocha la tête en essuyant ses larmes.

— Je me demande bien pourquoi. Avec toutes les horreurs que j'ai commises. Comment peux-tu aimer une femme pareille ?

Elle parlait sans réfléchir. Il continua de lui caresser l'épaule.

— Tu plaisantes ?

— Moi ? Plaisanter ? Tu dis toujours que je suis trop sérieuse.

— Alors, je ne comprends pas.

Elle sourit à travers ses larmes, puis renifla bruyamment.

— Tu as un mouchoir ? demanda-t-elle.

— Dans mon pantalon.

Il la regarda se lever avec langueur, aller jusqu'au tas de vêtements, sortir le bout de tissu et s'y moucher doucement, le corps encore marbré de rose, autant de marques d'amour. Elle demeura quelques secondes immobile, se laissant admirer, puis brandit le pantalon de Jake.

— Tu veux une cigarette ? Tu aimais bien fumer, après.

— J'ai laissé mon paquet en bas. Ça ne fait rien. Reviens près de moi.

Elle se blottit contre lui, la tête sur son épaule.

— Les rideaux étaient ouverts, reprit-il. Tu n'as pas remarqué ?

— Non.

Elle n'eut même pas le réflexe de s'envelopper dans le couvre-lit pour cacher sa nudité.

— Comment as-tu réussi… ?

— Quand je t'ai vu nu, à notre arrivée, répondit-elle sans hésiter. Si pâle. Comme un adolescent.

— Un adolescent…

— Et mon amant, ajouta-t-elle, posant la main à plat sur son torse. Je connais cet homme, voilà ce que je me suis dit. Oui, je le connais. C'est mon amant.

— Très juste.

Elle releva la tête pour le regarder droit dans les yeux.

— Peut-être que j'arriverai à redevenir comme avant. Comme j'étais avec toi.

Comblé par ces paroles, Jake n'aspirait plus qu'à une chose : rester allongé là, avec Lena dans les bras, à écouter la pluie tomber.

— Avant, mon attirance pour toi m'effrayait, reprit-elle. Je croyais que c'était mal d'avoir autant de plaisir. Je voulais mener une vie normale. Être une bonne épouse. Tout ce à quoi mon éducation m'avait préparée.

— Absolument pas, dit-il, la serrant contre lui. Tu étais faite pour moi.

— De toute façon, cette vie-là a disparu à jamais. Ça n'a plus d'importance…

De nouveau étendue, Lena contemplait la pièce autour d'elle.

— Qu'allons-nous devenir ? demanda-t-elle soudain.

— Je t'emmènerai aux États-Unis.

— Les Allemands sont bien accueillis, là-bas ?

— La guerre est finie.

— Pas pour nous. Ici, les Américains ont une façon de nous regarder… Que nous reprochent-ils donc ?

— Peu importe. On ira ailleurs, là où personne ne nous reconnaîtra. En Afrique, par exemple.

— En Afrique… Que ferais-tu là-bas ?

— La même chose qu'en ce moment. À longueur de journée. S'il fait trop chaud, on fermera les volets.

— On peut s'aimer n'importe où.

— Bonne idée.

Il l'attira à lui pour l'embrasser. Elle se pencha, ses cheveux encadraient le visage de Jake.

— On commencera une nouvelle vie, dit-elle.

— D'accord. Plus d'horreurs.

De la main, il lui effleura les reins. Le visage de Lena s'assombrit et elle se tourna vers le mur.

— Ça n'existe pas.

— Bien sûr que si. Tu finiras par oublier.

Il lui déposa un baiser sur l'épaule.

— Impossible, répliqua-t-elle, pivotant vers lui. J'ai tué l'homme qui m'a violée. Tu comprends ? Je n'oublierai jamais. Tout ce sang… Il y en avait partout, jusque dans mes cheveux…

— Chut, fit-il, lui caressant la tête. C'est terminé. C'est du passé.

— Si on veut… Tuer quelqu'un…

— Tu n'avais pas le choix.

— Si. Il m'avait violée, ça ne servait plus à rien. Mais je l'ai tué quand même, avec son arme. Il était encore sur moi. Je l'ai tué, alors que je n'étais même plus en état de légitime défense. Et toi qui crois que je n'ai pas changé… (Elle baissa les yeux.) J'aurais bien aimé être comme avant. J'ai essayé de faire semblant. Mais rien n'est plus comme avant.

— Non, on vit dans le présent. Écoute-moi, Lena. Cet homme t'a violée. Il aurait pu te tuer. Pendant la guerre, on a tous fait des choses horribles.

— Même toi ?

— Même moi.

— Lesquelles ?

Jake prit le visage de Lena entre ses mains.

— J'ai oublié.

— Comment as-tu réussi ?

— Parce que je t'ai retrouvée. Je ne pense plus au reste.

Elle regarda ailleurs.

— Donc, tu me demandes de faire la même chose.

— Tu y arriveras. On sera heureux. Ce n'est pas ce que tu souhaites ?

Elle esquissa un sourire.

— On commence tout de suite. (Il l'embrassa sur une joue, puis sur l'autre, puis sur la bouche, comme s'il cartographiait son visage.) D'ailleurs, on a déjà commencé. On oublie tout quand on fait l'amour. Voilà pourquoi ç'a été inventé.

Ils s'assoupirent enfin, un sommeil aussi léger que la brume qui s'élevait au-dehors après la pluie. Ils étaient toujours étroitement enlacés lorsqu'il y eut un bruit de porte qui se fermait, de pas dans la chambre voisine. Le monde extérieur refaisait irruption.

— On devrait s'habiller, dit aussitôt Lena.

— Non, pas encore, protesta-t-il, la retenant contre lui.

— Il faut que je me lave…

Mais elle ne bougea pas, de nouveau gagnée par la somnolence jusqu'à ce qu'on frappe à la porte.

— Oh !

Elle avait à peine eu le temps de remonter le couvre-lit que Liz entrait et s'arrêtait net, ouvrant des yeux effarés.

— Désolée, bredouilla la photographe, avant de

battre en retraite et de refermer précipitamment la porte derrière elle.

Lena se leva d'un bond, ramassa tous les vêtements et les serra sur son cœur.

— Mon Dieu… Jamais tu ne fermes à clé ?

Resté sur le lit, Jake l'observait, hilare.

— Et ça te fait rire !

— Tu t'es vue, cachée derrière ce tas de vêtements ? Reviens donc te coucher.

Lena l'ignora ostensiblement.

— Comme dans une comédie de boulevard ! Que va-t-elle penser ?

— Quelle importance ?

— Ce n'est pas bien. Je suis une femme respectable.

S'entendant parler, elle ne put s'empêcher de sourire à son tour.

— Erreur. Tu *étais* une femme respectable.

Elle se cacha derrière sa main pour pouffer de rire, un geste de petite fille, puis lui jeta son pantalon et se contorsionna pour remettre sa robe.

— Que vas-tu lui dire ? demanda-t-elle.

— De frapper plus longtemps la prochaine fois.

Jake, debout, enfilait à présent son pantalon.

— Quand tu amèneras ta dernière conquête ?

— C'est toi.

Il la fit taire d'un baiser.

— Finis plutôt de t'habiller, répliqua-t-elle, mais elle souriait toujours.

Elle pivota vers le miroir.

— Quelle tête j'ai ! Mes cheveux sont tout emmêlés. Tu n'aurais pas un peigne ?

— Dans le tiroir.

Jake indiqua la coiffeuse à froufrous. Il boutonna sa chemise et attacha ses lacets, tout en regardant Lena froncer les sourcils devant le miroir, comme dans ses souvenirs. Elle ouvrit le tiroir et fouilla à l'intérieur.

— À droite, précisa Jake.

— Tu ne devrais pas laisser traîner d'argent. C'est risqué.

— Quel argent ?

Lena brandit le billet de cent Marks trouvé sur Tully.

— Ce tiroir ne ferme même pas à clé. N'importe qui pourrait…

Jake s'approcha de la coiffeuse.

— Oh, ça ! Ce n'est pas de l'argent. C'est une pièce à conviction, expliqua-t-il spontanément, ce dernier mot aussi loin de ses préoccupations que la mort de Tully.

— Comment ça ?

Mais Jake n'écoutait plus, absorbé dans la contemplation du billet. Qu'avait dit Danny, déjà ? Un tiret devant le numéro de série. Jake retourna le billet. Le tiret y était. De l'argent russe. Il réfléchit quelques instants, essayant d'envisager ce que cela impliquait, puis capitula, l'esprit ailleurs. Encore sur un nuage, il voulait que rien ne vienne troubler cette journée. Il replaça le billet dans le tiroir et se pencha pour embrasser les cheveux de Lena. Un parfum de lavande et de sueur mêlées.

— Je te rejoins en bas dans deux minutes, dit-elle, pressée de partir, comme dans une chambre d'hôtel louée pour l'après-midi.

— Entendu. On rentre chez nous, lança-t-il, ravi de pouvoir parler ainsi.

Il ramassa les chaussures de Liz en sortant. Dans le couloir, il frappa à sa porte et attendit qu'elle ouvre.

— Tiens ! Salut, Jake. Désolée pour tout à l'heure. La prochaine fois, fermez à clé.

— Vos chaussures. Je les avais empruntées.

Il les lui tendit.

— Je parie qu'elles vous vont très bien au teint.

— Les siennes étaient trempées.

Liz dévisagea Jake.

— C'est contraire au règlement, vous savez.

— Ce n'est pas ce que vous croyez.

— Ah bon ? Il y avait pourtant de quoi s'y tromper.

— Que vouliez-vous, de toute façon ?

Il se reprochait d'avoir tenté de se justifier.

— Prendre de vos nouvelles, pour l'essentiel. Malgré les apparences, vous habitez toujours ici, non ?

— J'ai été très occupé.

— Hum... Et moi qui m'inquiétais ! Les hommes sont tous les mêmes. Au fait, vous avez eu de la visite.

— Plus tard, répondit-il distraitement. Merci encore pour les chaussures.

Liz se mit au garde-à-vous.

— À votre service... Tout à fait entre nous, ajouta-t-elle, le retenant alors qu'il tournait les talons, ne vous emballez pas trop vite. Ce n'est jamais qu'une...

— Ce n'est pas ce que vous croyez, répéta-t-il.

— Dans ce cas, cessez de sourire béatement.

— Je souris, moi ?

— Jusqu'aux oreilles.

Liz disait-elle vrai ? Dans l'escalier, il s'interrogea. Son visage trahissait-il leur bonheur, à Lena et à lui ? Mais au fond, quelle importance ?

Il arrêta le phonographe et alluma enfin une cigarette, pas au lit, mais en arpentant la pièce, l'ancien rituel bouleversé comme tout le reste. Depuis combien de temps n'avait-il pas vu Lena descendre un escalier ainsi vêtue pour lui plaire ? Au-dehors, le soleil revenu, les feuilles humides brillaient telles des pièces de monnaie. De l'argent russe. Tully avait de l'argent russe sur lui. Jake essayait d'ordonner un peu ses idées lorsqu'il entendit un bruit de pas dans l'entrée. Bernie, qui s'essuyait les pieds sur le paillasson et secouait son parapluie avec la même application qu'en interprétant un morceau au piano.

— Où diable étiez-vous passé ? lança-t-il dès qu'il se fut engouffré à l'intérieur. Voilà plusieurs jours que je vous cherche !

— Je travaillais.

La seule excuse valable. À condition de ne pas sourire jusqu'aux oreilles.

— J'ai mieux à faire que de jouer les coursiers pour quelqu'un qui disparaît sans prévenir, vous savez.

— Vous avez des nouvelles de Francfort ? demanda Jake, revenant lentement à la réalité.

— Et comment ! Il faut qu'on parle. Vous ne m'aviez pas dit que tout se tenait.

Bernie posa ses dossiers sur le piano, l'air prêt à retrousser ses manches et à se mettre au travail.

— Ça ne pourrait pas attendre un peu ?

Bernie le dévisagea avec stupeur.

— Bon, dit Jake, résigné. Qu'avez-vous appris ?

Mais Bernie ouvrait toujours des yeux ronds, cette fois à la vue de Lena qui descendait l'escalier, très convenable avec ses cheveux relevés, même si sa robe ondulait à chacun de ses mouvements. Une entrée différente de la précédente. Elle s'arrêta à la porte.

— Lena, viens que je te présente. (Jake se tourna vers Bernie.) Je l'ai retrouvée… Bernie, je vous présente Lena Brandt.

Mal remis de sa surprise, Bernie inclina brièvement la tête, aussi gêné que Liz avant lui.

— On s'est réfugiés ici pour se protéger de la pluie, expliqua Jake avec un grand sourire.

— Enchantée, murmura poliment Lena. Il va falloir que nous partions, ajouta-t-elle à l'adresse de Jake.

— Un instant. Bernie m'apporte son aide pour un reportage… Eh bien, qu'a dit Francfort ?

— Ça peut attendre, répondit Bernie, les joues en feu comme s'il voyait une femme pour la première fois depuis des semaines.

— Non, allez-y. Qu'est-ce qui se tient ? insista Jake, intrigué.

Bernie regarda ailleurs.

— On en parlera plus tard.

— Plus tard, je ne serai pas là.

Soudain, Jake perçut la gêne de Bernie.

— Vous pouvez parler en confiance. Lena… est avec moi. Alors, je vous écoute. Il y a du nouveau ?

Bernie acquiesça sans enthousiasme.

— Et comment ! répéta-t-il, cette fois les yeux fixés sur Lena. On a retrouvé la trace de votre mari.

Lena resta quelques instants immobile, puis se laissa tomber sur le banc du piano, se cramponnant aux extrémités.

— Il est vivant ? dit-elle enfin.

— Oui.

— Je le croyais mort. Où est-il ?

Une voix atone.

— À Kransberg. Enfin, il y était.

— C'est une prison ? demanda-t-elle, toujours sans émotion apparente.

— Un château. Près de Francfort. Pas une vraie prison, plutôt une pension. Pour les gens à qui on a des questions à poser. Une poubelle.

— Je ne comprends pas.

— On a surnommé ce lieu ainsi. Il y en a un autre près de Paris. Ici, on y regroupe les chercheurs. Vous saviez que votre mari construisait des fusées ?

Lena secoua la tête.

— Il ne me parlait jamais de son travail.

— Ah bon ?

— Jamais, affirma-t-elle sans ciller. Je ne sais rien.

— Dans ce cas, vous allez être surprise, comme je l'ai été moi-même, déclara Bernie, cinglant. C'est lui qui a fait tous les calculs. Les trajectoires, l'autonomie en carburant, tout, sauf le nombre de morts à Londres.

— Parce que vous l'en rendez responsable ? À Berlin aussi, il y a eu des morts.

Jake avait suivi la conversation comme s'il s'agissait d'un match de tennis, et il regarda Lena, étonné par l'agressivité de sa réponse. Sans doute le souvenir d'un jardin d'enfants enseveli sous des blocs de béton.

— Oui, mais pas à cause de bombes volantes. Votre mari ne nous a pas fait profiter de ses compétences.

— Il va le faire maintenant. En prison, rétorqua-t-elle, amère, puis elle se leva et alla jusqu'à la fenêtre. Je peux le voir ?

Bernie opina du chef.

— À condition qu'on le retrouve.

Jake sursauta.

— Que voulez-vous dire ?

Bernie se tourna vers lui.

— Il a disparu. Voilà environ deux semaines. Du jour au lendemain. Tout le monde est en effervescence. Apparemment, c'est un des collaborateurs préférés de von Braun. (Il continua de parler en s'adressant à Lena.) Il ne peut pas se passer de lui. Quand j'ai fait une enquête à son sujet, les autorités de Francfort me sont tombées dessus, croyant qu'il était parti vous chercher.

Von Braun du moins en est convaincu. D'après lui, ce ne serait pas la première fois : quand ils étaient tous à l'abri près de Garmisch, attendant la fin, votre mari serait remonté à Berlin pour vous emmener avant l'arrivée des Russes. Est-ce exact ?

— Il ne m'a emmenée nulle part, répondit calmement Lena.

— Mais il est bien venu vous chercher ?

— Oui, ainsi que son père. Seulement c'était trop tard. Les Russes… (Lena échangea un regard avec Jake.) Il n'a jamais pu passer. J'ai cru qu'ils l'avaient tué. Les derniers jours… c'était de la folie de courir un tel risque.

— Peut-être qu'à ses yeux vous en valiez la peine, dit Bernie. En tout cas, tout le monde en est persuadé, maintenant. D'ailleurs, les autorités vous recherchent aussi.

— Moi ?

— Au cas où ça leur permettrait de le récupérer.

— Et de m'arrêter moi aussi ?

— Non. Si j'ai bien compris, vous servez d'appât. Il va venir vous voir. Sinon, pourquoi se serait-il échappé ? Ses anciens collègues se battent pour avoir une place à Kransberg, qui est réservé aux hôtes de marque. On y veille au confort des anciens nazis.

— Emil n'est pas un nazi, répliqua Lena d'une voix sourde.

— Question de point de vue. Ne vous inquiétez pas, je ne peux rien contre lui. Kransberg n'est pas de ma compétence. Les chercheurs sont trop précieux pour être traités comme des nazis. Quoi qu'ils aient pu faire. Votre mari n'aurait jamais dû quitter une retraite aussi douillette. Avec des matchs de ping-pong pour meubler les soirées, paraît-il. On croit rêver…

— Bernie…, intervint Jake.

— Oui, je sais, j'ai tort de m'énerver. On ne peut rien contre l'administration. Chaque fois qu'une de nos enquêtes aboutit, les services secrets s'arrangent pour récupérer le dossier. Sous prétexte que ces types sont des cas à part. On parle même de les envoyer aux États-Unis, la fine équipe au complet. On en serait à négocier leur salaire. Oui, leur salaire ! Pas étonnant qu'ils se soient débrouillés pour se rendre aux Américains et non aux Russes. (Bernie hocha la tête.) Espérons que votre mari vous rejoigne rapidement. Ce serait dommage de ne pas être du voyage… Sauf si vous n'en avez plus envie.

Il regarda Jake d'un air entendu.

— Vous passez les bornes ! protesta celui-ci.

— Excusez-moi. Il ne faut pas m'en vouloir, déclara Bernie à Lena. C'est le surmenage. On manque de personnel. (Il regarda de nouveau Jake.) Dans les services secrets, en revanche, aucun problème d'effectif… Si votre mari se manifeste, appelez un de ces messieurs, ajouta-t-il à l'adresse de Lena. Ils seront contents d'avoir de vos nouvelles.

— Et dans le cas contraire ? demanda Jake. Vous disiez qu'il avait disparu depuis deux semaines.

— Il faudra essayer de le retrouver vous-mêmes. Dans son intérêt.

Jake parut perplexe.

— De quoi l'accuse-t-on, au juste ?

— À proprement parler, de rien. Seulement d'avoir quitté Kransberg. Pas très poli, pour un invité d'honneur. Surtout que ça rend ses petits camarades nerveux. Ils préfèrent rester ensemble – sans doute pour pouvoir négocier en position de force. Et, bien entendu, il a fallu renforcer les mesures de sécurité, ce qui nuit à l'ambiance country-club. Voilà pourquoi tout le monde aimerait le voir revenir.

— Il a pu sortir sans problème ?

— Non, et c'est là que ça devient intéressant. Il avait un laissez-passer, tout ce qu'il y a de plus officiel.

— Qu'est-ce que ça a d'intéressant ?

Bernie alla jusqu'au piano et ouvrit un dossier. Il tendit une copie carbonée à Jake.

— Jetez un œil à la signature.

— *Lieutenant Patrick Tully*, lut Jake d'une voix sourde.

Lorsqu'il leva la tête, il croisa le regard de Bernie.

— Je me demandais si vous étiez au courant. Apparemment pas, à voir votre air ahuri. Ça commence à vous intéresser ?

— De quoi s'agit-il ? s'enquit Lena.

— D'un soldat abattu la semaine dernière, répondit Jake sans quitter le document des yeux.

— Et vous soupçonnez Emil ? dit-elle avec inquiétude.

Bernie haussa les épaules.

— Tout ce que je sais, c'est que deux hommes ont disparu de Kransberg et que l'un d'eux est mort.

Jake secoua la tête.

— Vous faites fausse route. Je connais Emil.

— Tout se passe entre amis, si je comprends bien.

Jake haussa les sourcils, mais préféra ne pas relever.

— Pourquoi Tully lui aurait-il signé un laissez-passer ?

— Là est la question, non ? Ce qui m'étonne, c'est que ce genre de document coûte cher. Or, les hôtes de Kransberg n'ont pas d'argent… enfin, ils sont censés ne pas en avoir. On n'a pas besoin de liquide, quand on est nourri et logé aux frais du gouvernement américain.

Jake secoua de nouveau la tête.

— Ce n'était pas l'argent d'Emil, affirma-t-il, revoyant le billet avec un tiret devant le numéro de série.

— Alors, c'était celui de quelqu'un d'autre. Emil n'a pas pu avoir ce papier gratuitement. Tully n'était pas du genre désintéressé. (Bernie prit un autre dossier.) Tenez, vous lirez ça ce soir. Depuis son arrivée en Europe, Tully avait trempé dans une multitude de trafics. Bien sûr, ce document ne le dit pas explicitement : il porte seulement la trace des différentes mutations. En général, c'est la solution qu'adopte le gouvernement militaire – on refile le problème à quelqu'un d'autre.

— Dans ce cas, pourquoi l'avoir envoyé dans un endroit comme Kransberg ?

Bernie hocha la tête.

— J'ai posé la question. On ne voulait plus qu'il soit en contact avec la population civile. Au début, il était affecté dans une ville de la Hesse, et les choses en sont arrivées au point où même les Allemands se plaignaient. Il était surnommé « Commandant Péage ». Invraisemblable ! Il se promenait en bottes de cheval avec un fouet à la main. Les habitants croyaient que les SS étaient de retour. Le gouvernement militaire a dû l'expédier ailleurs. À Bensheim, dans un camp de prisonniers. Là, pas de marché noir, au mieux quelques cigarettes, mais il en fallait plus pour l'arrêter. À ce que j'ai appris, il vendait des certificats de mise en liberté... Ne cherchez pas, le dossier indique seulement : *Relevé de ses fonctions.* Doux euphémisme. Il s'est fait pincer parce qu'il a fini par manquer de clients, et qu'il a fait de nouveau arrêter ceux qu'il avait libérés – croyant sans doute qu'ils accepteraient de payer une seconde fois. Une de ses victimes a crié au scandale, et du jour au lendemain il s'est retrouvé à Kransberg. Les autorités devaient penser que là-bas il ne pourrait plus nuire à personne. Il n'y a pas de candidats à l'évasion.

— Sauf Emil.

— Évidemment.

— Mais comment ont réagi les autorités, quand il n'est pas reparu ? Les pensionnaires allaient et venaient à leur guise ?

— Les gardes ont cru que s'il avait un laissez-passer, tout était en règle. De plus, Tully conduisait. Kransberg ne doit pas ressembler à une prison, voyez-vous. De temps à autre, les chercheurs peuvent aller en ville, accompagnés par un militaire. Donc personne n'a rien remarqué d'anormal. Et quand Emil n'est pas rentré, Tully a feint la surprise.

— Il n'était pas censé rester avec Emil ?

— En théorie, si, mais comment vérifier ? Tully devait partir en permission pour le week-end, il n'avait aucune envie de jouer les anges gardiens. Il a prétendu avoir fait confiance à Emil, qui avait soi-disant un problème familial à régler. Il ne tenait pas à imposer sa présence.

Bernie jeta un bref regard à Lena.

— Et personne n'a protesté ? demanda Jake.

— Bien sûr que si. Mais la stupidité n'est pas un motif suffisant pour passer en cour martiale. Surtout si l'intéressé assure avoir voulu rendre service à un hôte de Kransberg. Au pire, on l'aurait muté ailleurs. Je suis même prêt à parier qu'il aurait fini par reprendre son trafic de faux papiers. Mais il est allé à Potsdam. Vous connaissez la suite.

Jake avait ouvert le dossier et contemplait la photo agrafée à la première page. Un jeune homme, pas un cadavre boursouflé après avoir dérivé toute une nuit sur le Jungfernsee. Jake essaya de se le représenter en train de traverser d'un pas énergique une petite ville de la Hesse, son fouet à la main, mais le visage sur la photo était souriant et lisse – celui d'un gosse attablé devant un soda dans un drugstore de Natick, Massachusetts. La guerre avait changé tout le monde.

— Je ne comprends toujours pas, déclara-t-il. Si le règlement était aussi souple, pourquoi payer pour sortir de Kransberg ? À vous entendre, il aurait aussi bien pu sauter par une fenêtre et s'enfuir, non ?

— En théorie, oui. Écoutez, personne ne cherche effectivement à s'évader de Kransberg. Ça ne leur vient pas à l'esprit. Ce sont des chercheurs, pas des prisonniers de guerre. Ils souhaitent obtenir un billet pour la Terre promise, pas s'enfuir. Peut-être qu'Emil préférait avoir un laissez-passer – vous connaissez le penchant des Allemands pour la paperasse. Afin de ne pas être considéré comme fugitif.

— Ça fait beaucoup d'argent, pour un simple laissez-passer. D'ailleurs, d'où tenait-il tous ces Marks ?

— Aucune idée. Vous n'aurez qu'à le lui demander. C'est ce qui vous intriguait le plus, non ?

— Non. Je désirais surtout savoir pourquoi Tully avait été tué. Apparemment, il y a toutes sortes de raisons possibles.

— Sans doute. Mais il peut aussi n'y en avoir qu'une.

— Parce que quelqu'un a signé un bout de papier ?

Bernie eut un geste d'impuissance.

— Peut-être est-ce une coïncidence. Mais il y a fort probablement un rapport. Un homme quitte Kransberg et part pour Berlin. Une semaine plus tard, celui qui l'a aidé à partir vient lui aussi à Berlin et se fait tuer. Je ne crois pas à ce genre de coïncidence. Il existe forcément un lien. C'est mathématique.

— Je connais Emil Brandt. Il n'a tué personne.

— Ah bon ? Dans ce cas, j'aimerais beaucoup qu'il me le dise lui-même. Tant que vous y serez, questionnez-le donc sur sa médaille SS, puisque vous le connaissez si bien. (Bernie se rapprocha du piano.) De toute façon, il constitue votre seule piste. Et vous n'avez même pas besoin de le chercher : c'est lui qui va venir à vous.

— Il met le temps.

— Sait-il où vous êtes ? demanda Bernie à Lena.

De nouveau recroquevillée sur le banc du piano, elle fixait le sol.

— Son père, peut-être. Oui, son père doit le savoir.

— Alors, soyez patients. Il finira par se manifester. À moins que vous ne soyez plus aussi pressés de le revoir… Un peu gênant, tout bien considéré, déclara Bernie à l'adresse de Jake.

— Qu'est-ce qui vous prend ?

— Je n'aime pas offrir l'hôtel à des nazis, simplement.

— Il n'est pour rien dans tout ça.

— Peut-être. Peut-être aussi que vous ne savez plus raisonner. Réfléchissez… C'est mathématique, répéta Bernie avant de récupérer les dossiers posés sur le piano. Je suis en retard. Frau Brandt…, ajouta-t-il, saluant sèchement Lena de la tête, puis se tournant vers Jake. Tout concorde.

Il avait déjà traversé la moitié de la pièce quand Jake l'arrêta.

— Bernie ? Si tout concorde, expliquez-moi donc le rapport entre la visite de Tully à Berlin et le fait qu'à ma connaissance vous êtes la seule personne qu'il voulait voir.

Bernie resta un long moment silencieux.

— Qu'en déduisez-vous ? lâcha-t-il enfin.

— Que les mathématiques ne sont pas une science exacte.

Bernie parti, la pièce parut aussi calme et vide qu'un sas de décompression. On n'entendait que le tic-tac de la pendule de l'entrée.

— Ne fais pas attention à Bernie. Il n'est pas méchant. C'est juste un air qu'il se donne, déclara Jake à Lena.

En guise de réponse, elle se leva et alla se poster près de la fenêtre, les bras croisés.

— Ainsi, nous sommes tous des nazis, désormais.

— Seulement pour Bernie. Il en voit partout.

— Tu crois que ça se passera mieux aux États-Unis ? « Et votre amie allemande, elle était nazie, elle aussi ? » Voilà ce que j'entendrai. Dire que cet homme est ton ami… « Frau Brandt… », répéta-t-elle, imitant Bernie.

— C'est sa vision des choses.

— Non, je suis bien Frau Brandt. J'avais fini par l'oublier… (Elle regarda Jake.) Maintenant, tout est vraiment comme avant. Nous sommes de nouveau trois.

— Non, deux.

Elle esquissa un sourire.

— Oui, pendant quelque temps. C'était bien agréable… On devrait y aller. Il ne pleut plus.

— Mais tu ne l'aimes pas…

— Oh, l'amour ! répliqua Lena avec un soupir, éludant la question. Je voyais à peine Emil, raconta-t-elle, les yeux rivés au piano. Il n'était jamais là. Et la mort de Peter a tout changé entre nous. Mieux valait se voir le moins possible… Mais je ne l'enverrai pas en prison pour autant. Tu ne peux pas me demander ça, lança-t-elle d'un air de défi.

— Je ne te le demande pas.

— En effet. Je ne suis qu'un appât – c'est bien le mot employé par ton ami ? J'ai vu ton expression, on aurait dit un policier. Toutes ces questions…

— Il n'ira pas en prison. Il n'a tué personne.

— Qu'en sais-tu ? J'ai bien tué quelqu'un.

— C'était différent.

— Peut-être que pour Emil aussi.

Jake la dévisagea.

— Lena, que se passe-t-il ? Tu sais bien qu'il n'a rien fait.

— Qu'est-ce que ça change ? Il est allemand, point final. On nous accuse de tous les maux… (Elle regarda par la fenêtre.) En tout cas, je ne l'enverrai pas en prison.

Jake la rejoignit. De l'index, il l'obligea à tourner la tête vers lui.

— Tu me crois capable de te demander une chose pareille ?

Elle lui jeta un coup d'œil, puis s'écarta légèrement.

— Je ne sais plus ce que je crois. Pourquoi ne pas faire comme si de rien n'était ?

— C'est impossible, répondit Jake d'une voix calme. Mais cesse de t'inquiéter : tout ira bien. Il faut simplement retrouver Emil. Avant les autres. Tu comprends pourquoi.

Elle acquiesça de la tête.

— Aurait-il vraiment l'idée d'aller chez son père ? reprit Jake. Tu disais qu'ils étaient brouillés.

— Il n'a personne d'autre. Il est déjà venu le chercher, tu sais. Après tout ce qui s'est passé. Alors…

— Où ça ? Dans l'appartement de Pariserstrasse ?

— Non, l'immeuble avait été bombardé… À l'hôpital. Il nous avait donné rendez-vous, mais il n'a pas pu arriver jusque-là.

— Donc il n'a pas d'autre adresse. Il ira d'abord chez son père.

— Sûrement.

— Il n'y a personne d'autre ? Frau Dzuris ne l'a jamais revu.

— Frau Dzuris ?

— C'est elle que je suis allé voir en premier, tu te souviens ? Il n'était pas facile de remonter jusqu'à toi… Attends une minute. Elle a parlé d'un soldat qui lui avait rendu visite. Voilà peut-être pourquoi Tully est venu à Berlin : pour te retrouver.

— Moi ?

— Ou Emil. Pour le ramener à Kransberg. Cela expliquerait qu'il ait aussi cherché à voir Bernie – pour vérifier les *Fragebogen*. C'est Bernie qui s'en occupe. Tully devait espérer tomber sur le tien. Sauf que tu n'en as jamais rempli. Pourquoi, au fait ?

Lena haussa les épaules.

— En tant que femme d'un membre du parti ? On m'aurait aussitôt envoyée déblayer les décombres. Je n'aurais pas tenu, j'étais trop affaiblie. Et tout ça pour quoi ? Une carte de rationnement en catégorie V ? Avec Hannelore, j'avais la même chose.

— Mais, comme moi, Tully l'ignorait. Et il a voulu vérifier.

— Si c'était bien moi qu'il cherchait.

— Ça paraît probable. S'il arrivait à remettre la main sur Emil, il se tirait d'un sacré pétrin.

— Mais Emil l'avait déjà payé, non ?

Jake secoua la tête.

— Bernie se trompe. Tully n'a pas reçu d'argent d'Emil. À Francfort, les Marks émis par les Russes ne courent pas les rues. En fait, il a touché cette somme à Berlin.

— Alors, pourquoi a-t-il aidé Emil à sortir ?

— C'est à Emil qu'il faudra poser la question.

— Tu fais encore le policier.

— Non, le reporter. Bernie a raison sur un point : Emil est notre seule piste. Il doit jouer un rôle dans cette affaire, mais pas celui auquel Bernie pense.

— Bernie ne pense qu'à causer des ennuis à Emil. De toute évidence. Ce soldat, il a tant d'importance ? Qui était-ce exactement ?

— Personne. Un sujet de reportage. Enfin, au début. Maintenant, c'est une autre histoire. Si tu veux vraiment éviter des ennuis à Emil, on a intérêt à retrouver le meurtrier de Tully.

L'air sombre, Lena enregistra ces propos, puis elle alla jusqu'au phonographe et considéra longuement un des disques, comme si elle s'attendait à entendre de la musique. Sans bruit, Jake s'approcha d'elle et lui posa la main sur l'épaule.

— Tout à l'heure, on envisageait de partir pour l'Afrique… Rien n'a changé.

— À un détail près : tu es le policier, et moi l'appât.

9

Le lendemain, il faisait toujours aussi chaud. Berlin baignait littéralement dans un nuage de vapeur, la pluie qui avait entraîné la poussière s'élevant à présent sous forme de volutes au-dessus des ruines détrempées, et ajoutant à la puanteur ambiante. Le père d'Emil habitait Charlottenburg, à quelques rues du château du même nom, dans ce qui restait d'un immeuble art nouveau divisé en logements exigus pour des familles que les bombardements avaient chassées de chez elles. La rue n'ayant pas été dégagée, Jake dut laisser la jeep près du château et se frayer un chemin avec Lena parmi les gravats – où étaient plantés des piquets portant le numéro des maisons, tels les jalons d'un sentier de randonnée. Ils arrivèrent à destination en nage, mais le Pr Brandt, en costume et en chemise à col amidonné comme sous la république de Weimar, avait l'air impeccable malgré la chaleur écrasante. Il était vraiment très grand. Alors qu'Emil et Jake faisaient la même taille, le professeur les dépassait d'une tête, si bien qu'il dut se pencher pour embrasser Lena sur la joue, avec la raideur d'un vieil officier.

— Très gentil à vous d'être venue, Lena, dit-il, plus poli que chaleureux, comme s'il recevait un ancien étudiant ; puis il fronça les sourcils à la vue de l'uniforme américain de Jake. Il est mort…

— Non, pas du tout, c'est un ami d'Emil, expliqua Lena avant de faire les présentations.

Le Pr Brandt tendit à Jake une main décharnée.

— Vous avez dû connaître mon fils en des temps plus heureux…

— Oui, avant la guerre.

— Dans ce cas, vous êtes le bienvenu. J'ai d'abord craint… une visite plus officielle.

Un certain soulagement se lut sur son visage jusque-là impassible. Il désigna la pièce encombrée, mal éclairée par les rais de lumière qui filtraient entre les planches obturant la fenêtre.

— Il faut m'excuser, poursuivit-il. Je n'ai rien à vous offrir. La vie est difficile… Peut-être accepteriez-vous de faire une promenade dans le parc ? À cette saison, c'est plus agréable.

— On a peu de temps.

— Juste un petit tour, alors.

À l'évidence honteux de son cadre de vie, il semblait pressé de sortir. Il se tourna vers Lena.

— Mais il faut d'abord que je vous dise… Je suis vraiment navré… Le Dr Kunstler est passé. Vous savez que je lui avais demandé de se renseigner à Hambourg. Vos parents… Mes sincères condoléances.

Ses paroles avaient la solennité d'un éloge funèbre.

— Oh ! fit Lena d'une voix étranglée, presque plaintive. Tous les deux ?

— Oui. Tous les deux.

— Oh ! répéta Lena.

Elle s'effondra sur une chaise et porta la main à ses yeux. Jake s'attendait à ce que le professeur ait un geste de réconfort ; au lieu de quoi il s'écarta, la laissant seule avec la terrible nouvelle. Jake la regardait furtivement, réduit à l'impuissance par le rôle qu'il jouait, celui d'un ami de la famille, simple témoin silencieux.

— Un verre d'eau ? proposa le professeur.

Lena secoua la tête.

— Tous les deux… Vous êtes certain ?

— Les registres d'état civil sont peu fiables. Il régnait une telle confusion. Mais quelqu'un les a formellement identifiés.

— Donc je n'ai plus personne, murmura-t-elle.

Jake se rappela les propos de Breimer découvrant par le hublot l'agglomération dévastée. « Les Allemands n'ont que ce qu'ils méritent. » Le député n'avait vu que les immeubles en ruine.

— Ça va aller ? demanda Jake.

Lena fit oui de la tête, puis se leva et tira sur sa jupe pour se rendre présentable.

— Je m'en doutais. C'est simplement… le fait de l'entendre… Vous avez raison, ajouta-t-elle à l'adresse du Pr Brandt. Il vaut mieux sortir faire un tour. Prendre l'air.

Visiblement soulagé, le vieil homme saisit son chapeau et les précéda dans le couloir. Mais il tourna le dos à la porte d'entrée, et Lena resta à la traîne, ignorant Jake qui lui offrait son bras.

— Nous allons sortir par-derrière. L'immeuble est surveillé, expliqua le professeur.

— Par qui ? s'étonna Jake.

— Le jeune Willi. Il doit être payé pour ça. Il passe son temps dans la rue. Lui, ou un de ses amis. À fumer.

Où se procurent-ils les cigarettes ? Ce garçon m'a toujours fait l'effet d'un faux jeton.

— Qui le paye ?

Le professeur haussa les épaules.

— Des truands, certainement. Ce n'est sans doute pas moi qu'ils surveillent. Un autre occupant de l'immeuble. Ils guettent le moment propice. Mais je préfère qu'ils ne sachent pas où je suis.

— Vous êtes sûr ?

Jake regardait les cheveux blancs de son interlocuteur. Un vieillard victime de son imagination, qui s'obstinait à protéger une pièce aux fenêtres aveugles.

— Herr Geismar, tous les Allemands sont désormais experts en la matière. Voilà douze ans qu'on nous surveille. Même dans mon sommeil, je m'en rendrais compte. Ah, nous y sommes. (Il ouvrit la porte de service, faisant entrer un flot de lumière.) Personne, vous voyez…

— Bien sûr, Emil n'est jamais venu ici ? s'enquit Jake, cherchant à comprendre.

— Est-ce la raison de votre visite ? Désolé, j'ignore où il est. Mort, peut-être.

— Non, il est vivant. Il se trouvait à Francfort.

Le professeur s'immobilisa.

— Vivant ? Et avec les Américains ?

— Oui.

— Dieu soit loué. Je croyais que les Russes… (Il se remit à marcher.) Donc il a pu s'échapper. Il disait que le pont de Spandau était encore ouvert. Je croyais qu'il avait perdu la tête. Les Russes étaient…

— Il a quitté Francfort il y a deux semaines, l'interrompit Jake. Pour Berlin. J'espérais que vous l'auriez vu.

— Jamais il ne viendrait me voir.

— Je pensais que… pour retrouver Lena, hasarda Jake.

— Non, je n'ai vu qu'un Russe.

— Un Russe cherchait Emil ?

— Non, pas lui… Lena. Comme si j'allais l'aider ! Tous des pourceaux.

— C'est moi qu'on cherchait ? intervint Lena, qui n'avait rien perdu de la conversation.

Le professeur acquiesça, évitant le regard de la jeune femme.

— Pourquoi ? demanda Jake.

— Je n'ai pas posé la question, répondit-il d'un ton pincé.

— Quoi qu'il en soit, il ne cherchait pas Emil… reprit Jake, réfléchissant à voix haute.

— Pourquoi l'aurait-il cherché ? J'ai pensé…

— Il s'est présenté ?

— Les Russes ne le font jamais.

— Et vous ne lui avez pas demandé son nom ? Un Russe enquêtant en secteur britannique ?

Le Pr Brandt s'immobilisa de nouveau, avec l'air gêné d'un homme surpris en train de commettre une indélicatesse.

— Je ne voulais pas m'en mêler. J'ai cru que c'était une affaire privée, vous comprenez. (Il se tourna vers Lena.) Ne m'en veuillez pas. J'ai pensé que c'était peut-être un de vos amis. Il y a tant de jeunes Allemandes qui… On en parle sans cesse.

— Vous avez cru ça de moi !

— Je ne suis pas le mieux placé pour juger, admit-il, imperturbable.

Lena le foudroya du regard.

— Non, mais vous ne vous privez pas de le faire. Et maintenant, c'est mon tour. Vous m'avez vraiment crue capable de ça ? De me prostituer avec des Russes ? (Elle baissa les yeux.) Au fond, je ne suis pas étonnée. Vous croyez tout le monde capable du pire. Même Emil, votre propre fils !

— Mon fils est un nazi.

Lena eut un geste d'impuissance.

— Rien ne changera donc jamais…

Elle accéléra le pas et les distança, visiblement pour tenter de reprendre ses esprits. Avec l'impression d'être un intrus dans une querelle de famille, Jake traversa d'un pas tranquille la rue en compagnie du professeur.

— Elle est hors d'elle. Sans doute à cause de cette mauvaise nouvelle, déclara enfin ce dernier. Risque-t-elle des ennuis ? Ce Russe, a-t-il quelque chose à voir avec Emil ?

— Aucune idée. Mais prévenez-moi si votre fils revient.

Le professeur dévisagea Jake.

— Puis-je vous demander quelles sont vos fonctions exactes dans l'armée américaine ?

— En fait, je suis reporter. Mais on nous oblige à porter l'uniforme…

— … pour votre travail. Emil disait la même chose. Vous le cherchez à titre amical ? C'est tout ?

— Exactement.

— Il ne va pas être arrêté ?

— Non.

— Je me suis dit que peut-être… Tous ces procès… Ils ne vont pas le juger ?

— Non. Pourquoi ? À ma connaissance, il n'a rien à se reprocher.

Le Pr Brandt lui lança un étrange regard.

— Non. Seulement ça, répliqua-t-il avec un soupir en

désignant le château de Charlottenburg éventré. Voilà ce que lui et ses amis en ont fait.

Ils arrivaient par l'ouest, où le sol était encore jonché de verre brisé – les derniers vestiges de l'Orangerie. Le Versailles berlinois… Le château proprement dit avait été touché de plein fouet : l'aile orientale était rasée, les flammes avaient noirci les quelques murs de pierre ocre encore debout. Lena parcourait déjà les anciens jardins à la française devenus méconnaissables, un immense bourbier couvert d'éclats d'obus.

— Ça devait se terminer ainsi, reprit le professeur. Tout le monde pouvait s'en rendre compte. Pourquoi pas Emil ? Ils ont détruit l'Allemagne. D'abord les livres, et puis le reste. De quel droit ? Comme si ce pays leur appartenait ! Il était aussi à moi. Où est mon Allemagne à présent ? Regardez ce château. Anéanti. Des criminels.

— Pas Emil.

— Il travaillait pour eux, répliqua-t-il, haussant le ton comme pour plaider une affaire qu'il instruisait depuis des années. Méfiez-vous. Quand on met un uniforme, on finit par adhérer à ce qu'il représente. Pour le travail, toujours. Vous savez ce que disait Emil ? « Je ne peux pas attendre que l'Histoire te donne raison. Je dois travailler maintenant. Après la guerre, on fera des choses formidables. On ira dans l'espace. » Qui ça, « on » ? L'humanité ? Après la guerre… Pendant qu'il me tenait ce genre de discours, les bombes pleuvaient. On déportait les gens par trains entiers. Mais bien sûr, ça n'avait aucun rapport. « Que feras-tu, là-haut ? je lui ai demandé. Tu regarderas en bas et tu compteras les morts ? » (Il s'éclaircit la voix et, se ressaisissant, constata :) Vous êtes comme Lena. Vous me trouvez trop dur avec Emil.

— Je ne sais pas, répondit Jake, mal à l'aise.

Le professeur contemplait le château.

— Mon fils m'a brisé le cœur…

Cet aveu fit grimacer Jake, comme si le vieil homme s'était arraché un pansement, mettant une plaie à nu.

— Lena croit que je le juge poursuivit-il, mais je ne sais même plus qui il est…

Sa voix trahissait son découragement, et pourtant il se tenait toujours aussi droit, la nuque soutenue par son col amidonné. Il s'avança dans le parc.

— Enfin, aux Américains de le juger, à présent, conclut-il.

— On n'est pas ici pour juger.

— Ah bon ? Qui s'en chargera, alors ? Vous nous croyez capables de le faire ? De juger nos propres enfants ?

— C'est peut-être une tâche impossible.

— Dans ce cas, les coupables ne seront jamais châtiés.

— La guerre est finie, professeur Brandt. Et personne n'a échappé au châtiment.

Jake fixait les ruines calcinées du château.

— Je ne vous parle pas de la guerre, mais de ce qui s'est passé ici. Je savais. Tout le monde savait. La gare de Grunewald… Ils préféraient faire partir les déportés d'ici, figurez-vous, plutôt que du centre-ville où les gens les auraient vus. Pensaient-ils qu'ici personne ne s'apercevrait de rien ? Ils les mettaient dans les trains par milliers. Même les enfants… Qui pouvait croire qu'ils allaient en vacances ? Je les ai vus de mes propres yeux. Mon Dieu, je me suis dit, nous allons payer pour tout ça, payer très cher ! Comment était-ce possible ? Ici, dans mon pays, un crime pareil ? Comment ont-ils pu ? Pas les Hitler, ni les Goebbels – des monstres comme eux, on en voit tous les jours. Dans les zoos. À l'asile. Mais Emil… Un petit garçon qui jouait avec son train électrique. Avec ses cubes. Il n'en finissait pas de construire. Des milliers de fois, je me suis posé la question : comment ce petit garçon a-t-il pu être mêlé à ça ?

— Quelle est la réponse ?

— Il n'y en a pas. (Le Pr Brandt s'arrêta pour ôter son chapeau, sortir son mouchoir et s'essuyer le front.) Pas de réponse. Vous savez, sa mère est morte à sa naissance. Alors nous n'étions que tous les deux. Lui et moi. J'ai sans doute été trop sévère. Parfois, je me dis que tout vient de là. Mais il ne me causait aucun souci – un enfant si calme. Si doué. On voyait son intelligence à l'œuvre quand il jouait : un cube, puis un autre, jusqu'au résultat final. Souvent, je restais assis à l'observer.

Jake le regarda furtivement, essayant de l'imaginer sans son col dur, assis à même le sol jonché de cubes d'une chambre d'enfant.

— Et plus tard, bien sûr, à l'Institut, il a été brillant, ajouta le professeur. Tout le monde lui prédisait un grand avenir. Tout le monde. Pour en arriver là… (Il étendit le bras, englobant du même geste le passé et les jardins dévastés.) Comment quelqu'un d'aussi intelligent a-t-il pu s'aveugler à ce point ? Comment peut-on voir les cubes et pas le reste ? Il doit lui manquer une case. Comme à tous les autres. Eux ne l'ont sûrement jamais eue. Mais Emil ? Un jeune Allemand modèle. Que lui est-il arrivé, pour qu'il se retrouve avec eux ?

— À la fin, il est quand même revenu pour vous.

— Oui, mais avec des SS. Je lui ai demandé s'il croyait que j'allais monter dans la même voiture que ces gens-là.

— Les SS vous recherchaient ?

— Pas moi. Leurs archives. Les Russes étaient déjà

là et eux passaient récupérer leurs archives, vous vous rendez compte ? Pour sauver leur tête. Ils devaient s'imaginer qu'on ignorait ce qu'ils avaient fait. Mais comment aurait-il été possible de cacher une chose pareille ? Quelle inconscience… Donc ils ont débarqué chez moi. Emil m'a expliqué qu'il n'y avait pas le choix, qu'ils allaient m'emmener avec eux. C'est alors que je les ai entendus : « Si ce vieux salaud ne se presse pas, on l'abat aussi ! » Ils sont soûls, ai-je pensé, mais ça leur arrivait d'abattre des gens pour rien, même les derniers jours, quand tout était perdu. « Très bien, ai-je déclaré, qu'ils abattent le vieux salaud, ça fera une balle de moins pour les autres. » Emil s'est fâché. « Ne dis pas des choses pareilles. Tu es fou ? » Je lui ai répondu que c'était lui le plus fou, que les Russes le pendraient s'ils le trouvaient avec ces porcs. « Non, le pont de Spandau est ouvert. On peut passer à l'Ouest. » Je lui ai affirmé que j'aimais mieux rester avec les Russes plutôt que partir avec ces ordures. Même là, il a fallu qu'on se dispute. « Tant pis pour le vieux ! On n'a plus le temps ! » a crié un SS. Il avait raison, on entendait partout des tirs d'artillerie. Et ils ont démarré. C'est la dernière image que je garde : mon fils montant dans une voiture pleine de SS…

Il se tut, comme s'il se repassait la scène.

— Il tentait de vous sauver, murmura Jake.

Mais le professeur préféra ignorer sa remarque et reprendre le fil de la conversation.

— Comment avez-vous fait la connaissance d'Emil ?

— Lena travaillait pour moi à la Columbia.

— La station de radio, oui, je me souviens. Il y a si longtemps… (Il jeta un coup d'œil à Lena qui les attendait au fond du parc, là où les eaux paresseuses de la Spree forment un méandre.) Elle a mauvaise mine.

— Elle est tombée malade. Elle va mieux, maintenant.

Le professeur hocha la tête.

— Je comprends pourquoi je ne la voyais plus. Après les bombardements, elle venait souvent vérifier que tout allait bien. Fidèle Lena… Elle n'a jamais dû en parler à Emil.

À leur approche, la jeune femme se tourna vers eux.

— Regardez les canards ! Ils sont toujours là ! Qui peut bien les nourrir ?

Sa façon à elle de s'excuser pour son accès de colère.

— Alors, vous avez terminé ? lança-t-elle.

Le professeur scruta le visage de Jake.

— Terminé ? Qu'attendiez-vous de moi ?

De la poche de sa chemise, Jake sortit la photo de Tully.

— Avez-vous eu la visite de cet homme ?

Le professeur examina la photo.

— Un Américain… Non, pourquoi ? Lui aussi cherche Emil ?

— Il aurait pu. Ils se sont rencontrés à Francfort.

— Il est de la police ? demanda aussitôt le professeur.

Surpris, Jake leva les yeux. Comment parvenait-on à vivre sous surveillance pendant douze ans ?

— Il était. Il est mort.

— Voilà donc pourquoi vous désirez voir Emil. « À titre amical. »

— Parfaitement.

Le professeur consulta Lena du regard.

— C'est vrai ? Il ne cherche pas à l'arrêter ?

— Vous croyez que je l'aiderais, dans ce cas ?

— Bien sûr que non, renchérit Jake. Mais je suis inquiet. Deux semaines d'absence, par les temps qui courent, c'est long. Ce soldat est le dernier homme à avoir vu Emil, et il est mort.

— Que voulez-vous dire ? Vous croyez qu'Emil… ?

— Je ne crois rien. Simplement, je ne veux pas qu'on lui réserve le même sort…

Le professeur semblait frappé de stupeur.

— Emil sait peut-être quelque chose, c'est tout ce qui m'intéresse, reprit Jake. Il faut qu'on le retrouve. Il n'est pas allé chez Lena, donc il ne reste plus que vous.

— Il ne viendra pas ici.

— Il l'a déjà fait.

— Oui, mais vous savez ce que je lui ai dit… ce fameux jour, avec les SS ? « Ne remets pas les pieds chez moi. » Il ne reviendra pas. Plus maintenant.

Il détourna le regard.

— En tout cas, si vous le voyez, vous connaissez l'adresse de Lena, dit Jake en rangeant la photo de Tully.

Plongé dans ses pensées, le professeur n'écoutait pas.

— J'ai chassé Emil… Que pouvais-je faire d'autre ? Des SS… J'ai eu raison.

— Mais oui. Vous avez toujours raison, répondit Lena d'un ton las. Et voilà le résultat.

— Lena…

— Je vous en prie. Assez de disputes. Assez de politique.

Le professeur secoua la tête.

— Ce n'est pas de la politique. Ça n'a aucun rapport. Vous croyez que c'était de la politique, ce qu'ont fait les nazis ?

Lena soutint son regard, puis s'adressa à Jake :

— Partons.

— Mais vous reviendrez ? hasarda le professeur.

Il avait soudain la voix d'un vieillard. Lena s'approcha de lui et posa la main sur le revers de sa veste comme pour lui redresser sa cravate, un geste d'une douceur inattendue. Il resta immobile, laissant la jeune femme caresser l'étoffe, à défaut d'une étreinte.

— À ma prochaine visite, je repasserai votre costume, promit-elle. Avez-vous besoin de quoi que ce soit ? Des conserves ? Jake peut s'en procurer.

— Du café, peut-être…, concéda-t-il avec réticence.

Lena lissa une dernière fois son revers avant de prendre le chemin du retour sans les attendre.

— Je vais marcher encore un peu… Lena est comme une fille pour moi, déclara le professeur en la suivant du regard.

Jake hocha la tête, ne sachant que dire. Le vieil homme se redressa de toute sa hauteur et remit son chapeau.

— Herr Geismar ? Si jamais vous retrouvez Emil… (Il s'interrompit, pesant ses mots.) Ne lui nuisez pas, auprès des Américains. Il y a un problème, semble-t-il. Alors aidez-le. Ma requête vous surprend ? De la part d'un vieil Allemand si sévère… Mais un enfant, il est toujours là, dans votre cœur. Même quand… il tourne mal. Même dans ce cas-là.

Jake l'observait, si grand et si seul au milieu de ce bourbier.

— Au moins Emil n'a mis personne dans les trains, remarqua-t-il.

Le professeur leva les yeux vers les ruines noircies du château, puis porta la main à son chapeau pour saluer Jake.

— Je vous laisse juge.

Lorsqu'il regagna la jeep avec Lena, Jake jeta un coup d'œil dans la rue du Pr Brandt. Il n'y avait personne en vue, pas même le jeune Willi montant la garde contre des cigarettes.

Chez Frau Dzuris, rien n'avait changé : même couloir aux murs suintant d'humidité, même odeur de pommes de terre bouillies, mêmes enfants au visage émacié dans la chambre d'où ils épiaient les visiteurs.

— Lena, mon Dieu ! Vous avez fini par la retrouver ! Les enfants, regardez qui est là ! Lena ! Venez donc.

Mais ils n'avaient d'yeux que pour Jake, en train de sortir de ses poches des barres de chocolat dont ils s'emparèrent, déchirant l'emballage Hershey avant que Frau Dzuris puisse les en empêcher.

— Petits mal élevés ! Que dit-on ?

Ils remercièrent entre deux bouchées.

— Asseyez-vous, je vous en prie, reprit Frau Dzuris. Oh, Eva sera si déçue de ne pas vous avoir vus ! Elle est encore à l'église. Comme chaque jour. Je lui demande souvent pourquoi toutes ces prières. Pour que la manne nous tombe du ciel ? Dieu ferait mieux de nous envoyer des pommes de terre ! Voilà ce que je lui dis.

— Elle va bien, alors ? Et votre fils ?

— Toujours dans l'Est, répondit Frau Dzuris, baissant la voix. J'ignore où. C'est peut-être pour lui qu'Eva prie. Mais là-bas, en Russie, il n'y a pas de bon Dieu.

Jake avait pensé rester quelques minutes, le temps de poser la question qui lui tenait à cœur, mais il se calait à présent sur sa chaise, se prêtant au rituel des visites, des conversations berlinoises où l'on dressait la liste des morts et des vivants. Greta du rez-de-chaussée. Le gardien de l'immeuble qui s'était trompé d'abri. Le fils de Frau Dzuris, revenu vivant du front pour se faire piéger à l'usine Siemens et se retrouver aux mains des Russes.

— Et Emil ? demanda Frau Dzuris, avec un regard furtif en direction de Jake.

— Je ne sais rien… Mes parents sont morts, enchaîna Lena, préférant changer de sujet.

— Dans un bombardement ?

— Oui, je viens de l'apprendre.

— Tant de morts… Mais vous êtes là tous les deux – quelle chance vous avez eue !

Lena sourit timidement et se tourna vers Jake.

— Moi, surtout. Il m'a sauvé la vie. Il m'a trouvé des médicaments.

— Vous voyez ! J'ai toujours dit que les Américains avaient un bon fond. Et puis Lena, bien sûr, ce n'est pas n'importe qui, lança Frau Dzuris à Jake avec un petit rire complice.

— En effet.

— Vous savez, mon fils ne rentrera peut-être jamais, poursuivit-elle, cette fois à l'adresse de Lena. On ne peut pas en vouloir aux femmes. Les hommes font la guerre et les femmes attendent. Mais combien de temps ? Eva est patiente. Même s'il s'agit de mon fils, je me pose des questions… Combien sont revenus de Russie ? Il faut bien manger. Sans homme à la maison, comment va-t-elle nourrir les enfants ?

L'air attendri, Lena regarda ces derniers finir leur chocolat.

— Ils ont grandi. Je les reconnais à peine.

Une fraction de seconde, Jake eut l'impression qu'elle était quelqu'un d'autre, de retour dans une partie de sa vie qu'il ne connaissait pas, qui s'était déroulée sans lui.

— Oui, mais que vont-ils devenir, avec des pommes

de terre comme seule nourriture ? répondit Frau Dzuris, inquiète. C'est pire que pendant la guerre. Et maintenant, on va avoir les Russes sur le dos.

Jake sauta sur l'occasion.

— Frau Dzuris, le soldat qui cherchait Emil et Lena, il était russe ?

— Non, américain.

— C'est lui ?

Il lui tendit la photo de Tully.

— Pas du tout. Je vous l'ai déjà dit : grand et blond, comme un Allemand. Il avait même un nom allemand.

— Il vous a donné son nom ?

— Pas besoin. Je l'ai vu là, expliqua-t-elle, pointant son index vers sa gorge, à l'endroit où se serait trouvée une plaque d'identité.

— Comment s'appelait-il ?

— J'ai oublié. Mais c'était bien un nom allemand. Ce qu'on raconte est vrai, ai-je pensé. Pas étonnant que les Américains aient gagné, avec tous ces officiers allemands dans leur armée. À commencer par Eisenhower, plaisanta-t-elle sans méchanceté.

Déçu, Jake rangea la photo. La piste ne menait nulle part.

— Donc, ton soldat ne cherchait pas Emil, conclut Lena, soulagée.

— Il y a un problème ? demanda Frau Dzuris.

— J'espérais un peu que l'homme de la photo était votre visiteur. Cet autre Américain, il a expliqué pourquoi il venait ?

— Comme vous, il avait vu l'adresse que j'ai laissée sur Pariserstrasse. Je croyais qu'il s'agissait d'un de vos anciens amis, du temps où vous travailliez pour les Américains, déclara Frau Dzuris à Lena. Mais pas un ami comme vous, précisa-t-elle, tout sourires, à l'intention de Jake. (Se tournant de nouveau vers Lena, elle ajouta :) J'ai toujours su, vous savez. Une femme sent ces choses-là. Et maintenant, vous vous êtes retrouvés ! Je peux vous donner un conseil ? N'attendez pas. Ne faites pas comme Eva. Tant d'hommes ne reviennent pas. La vie continue. Et un homme comme celui-là... (Au grand embarras de Jake, elle lui tapota la main.) Il a même pensé au chocolat...

Il fallut encore cinq bonnes minutes à Lena et Jake pour quitter l'immeuble, Frau Dzuris continuant de bavarder et Lena s'attardant auprès des enfants auxquels elle promettait de repasser.

— Frau Dzuris, si jamais quelqu'un venait..., commença Jake alors qu'ils étaient à la porte.

— N'ayez crainte. Je ne vous trahirai pas, l'interrompit-elle d'un air entendu, se méprenant sur ce qu'il attendait d'elle. (D'un mouvement du menton, elle désigna Lena qui descendait l'escalier.) Emmenez-la en Amérique. Ici, il n'y a plus rien.

Dans la rue, Jake contempla l'immeuble avec perplexité.

— Que se passe-t-il encore ? demanda Lena. Tu vois bien, ce n'était pas lui. Bonne nouvelle, non ? Il n'y avait aucun rapport.

— Il devrait pourtant y en avoir un. Ce serait logique. Me voilà de retour à la case départ. Par ailleurs, qui a bien pu se présenter ici ?

— Ton ami prétendait que les Américains recherchaient Emil. Peut-être quelqu'un de Kransberg.

— Mais pas Tully, marmonna Jake, les sourcils froncés.

— À te croire, tout le monde recherche Emil.

Lena monta dans la jeep et Jake contourna le véhicule pour rejoindre sa place, mais il s'arrêta, fixant le sol.

— Sauf le Russe. C'était toi qu'il cherchait.

Lena lui jeta un bref coup d'œil.

— Qu'en déduis-tu ?

— Rien. J'essaie de comprendre… (Il grimpa dans la jeep.) … mais j'ai besoin d'Emil pour y arriver. Où diable se cache-t-il ?

— Tu n'as jamais été aussi impatient de le voir.

Jake démarra.

— À l'époque, personne n'avait été tué.

Emil ne se montra pas. Les jours suivants se muèrent en une attente inquiète. Jake et Lena se succédaient à la fenêtre, guettaient les pas sur le palier, et lorsqu'ils faisaient l'amour c'était à la hâte, comme s'ils s'attendaient à voir quelqu'un apparaître à la porte d'une minute à l'autre. Son officier russe parti vers d'autres aventures, Hannelore était de retour, et ses bavardages insouciants ajoutaient une pression supplémentaire. À force de la voir aligner des cartes sur la table pendant des heures jusqu'à ce qu'elles lui prédisent un avenir sur mesure, Jake avait l'impression de faire les cent pas même quand il était assis.

— Tiens, encore le valet de pique. Un signe de force, d'après Frau Hinkel. Il faut absolument que tu ailles la voir, Lena. Incroyable, tout ce qu'elle sait ! Au départ, bien sûr, j'y allais pour m'amuser. Mais elle devine tout. Pour ma mère, elle était au courant – comment l'a-t-elle appris ? Je n'en avais jamais parlé. Et c'est une Allemande, pas une gitane. Installée juste derrière le KaDeWe, tu te rends compte ? Elle a vraiment un don. Là, un autre valet – deux hommes, exactement ce qu'elle m'a prédit.

— Seulement deux ? ironisa Lena.

— Deux mariages. Je lui ai dit qu'un seul me suffisait, mais elle me répète qu'elle en voit deux.

— Te voilà bien avancée ! Tu passeras le premier à te demander comment sera le second.

— Sans doute, admit Hannelore avec un soupir. Il n'empêche que tu devrais y aller.

— Vas-y autant qu'il te plaît. Moi, je ne veux rien savoir.

C'était vrai. Tandis que Jake attendait, qu'il tournait et retournait dans sa tête les pièces du puzzle – Tully d'un côté, Emil de l'autre – pour tenter de faire jaillir la vérité, Lena paraissait étrangement sereine, comme si elle avait décidé de laisser les choses suivre leur cours. D'abord atterrée par la mort de ses parents, elle semblait désormais s'y résigner, en proie à une sorte de fatalisme qu'elle avait dû acquérir pendant la guerre, où l'on se satisfaisait d'être encore vivant. Chaque matin, elle allait aider dans une crèche pour enfants sans-abri ; l'après-midi, Hannelore sortie, elle et Jake faisaient l'amour ; le soir, elle s'efforçait de transformer les rations en un repas digne de ce nom. Immergée dans le quotidien, elle vivait au jour le jour. C'était Jake qui, condamné à l'oisiveté, subissait le poids de l'attente.

Il leur arrivait de sortir. Par une soirée pluvieuse, ils assistèrent à un concert dans une église au toit détruit. Alors que les spectateurs berlinois, épuisés, dodelinaient en écoutant l'interprétation laborieuse d'un trio de Beethoven, Jake prenait des notes pour un article. Les lecteurs de *Collier's* aimeraient le symbole : la musique s'élevant des ruines, au moment où la ville renaissait à la vie. Un autre soir, Jake emmena Lena chez Ronny's. Il voulait rencontrer Danny, mais une fois sur place, effrayée par les voix avinées qui résonnaient jusque dans la rue, Lena resta à la porte et le laissa entrer seul.

N'apercevant ni Günther ni Danny, Jake repartit avec Lena le long du Kurfürstendamm, jusqu'à un cinéma ouvert par les Britanniques. Dans la salle bondée où régnait une chaleur étouffante, on passait *L'esprit s'amuse*. À la grande surprise de Jake, le public composé de militaires était aux anges, saluant par des éclats de rire les apparitions de Mme Arcati, par des sifflements admiratifs celles de Kay Hammond en chemise de nuit vaporeuse. À voir les personnages s'habiller pour dîner, puis prendre un café et un cognac au salon, on se serait cru sur une autre planète.

Ce fut seulement lorsque les images en technicolor firent place au noir et blanc des actualités que Jake et Lena retrouvèrent la réalité berlinoise – au sens propre, avec l'arrivée d'Attlee, nouveau Premier ministre britannique, marquée par une seconde séance de photos au château de Cecilienhof. L'agencement sur la terrasse était identique à celui de la séance précédente en présence de Churchill, juste avant que la pelouse ne soit inondée de billets. Suivirent les Jeux alliés, avec Breimer au micro en artisan de la paix, et les poings levés des supporters britanniques dans les tribunes après les buts inespérés marqués par leur camp. Jake sourit. Le montage donnait l'impression que leur équipe avait gagné le match. Puis il y eut un plan montrant une maison en train de s'écrouler. « Et maintenant, une autre victoire, alors qu'un reporter américain sauve, au péril de sa vie, une femme d'une mort certaine… »

— Mon Dieu, mais c'est toi ! s'exclama Lena, s'agrippant à son bras.

On le voyait sous un porche, enlaçant une Allemande comme s'ils émergeaient des décombres derrière eux, et durant une fraction de seconde Jake oublia ce qui était réellement arrivé, la version proposée par le film étant plus convaincante que ses souvenirs.

— Tu ne m'en as jamais parlé, lui reprocha Lena.

— Ça ne s'est pas passé de cette façon, chuchota-t-il.

— Ah bon ? Tu vois bien que si.

Que répondre ? Qu'il s'agissait d'une illusion ? La bande d'actualités l'authentifiait. Troublé, Jake se redressa sur son siège. Et s'il ne fallait jamais se fier aux apparences, qu'il s'agisse d'un match de football américain ou du héros du jour ? Un événement n'existait qu'à travers le regard qu'on portait sur lui. Un cadavre à Potsdam. Des liasses de billets. On reconstituait le puzzle, pièce par pièce, mais si on se trompait sur la chronologie ? Si ce n'était pas avant, mais après que la maison s'était effondrée ? Lorsque la lumière revint dans la salle, Lena prit le silence de Jake pour de la modestie.

— Dire que tu as gardé ça pour toi ! À présent, tu es célèbre, déclara-t-elle, ravie.

Jake l'entraîna vers la sortie au milieu des soldats en uniforme kaki.

— Comment as-tu tiré cette femme de là ?

— On est simplement sortis de la maison. Ça ne s'est pas déroulé comme dans le film, Lena.

Devant son expression incrédule, il n'insista pas. Ils rejoignirent le hall où se pressaient des officiers britanniques, chacun avec son Hannelore.

— Mais voici l'homme providentiel en personne ! (Brian tirait Jake par la manche.) Un héros, ni plus ni moins ! Je suis stupéfait.

— Pas autant que moi, rétorqua Jake, avant de lui présenter Lena.

Brian serra la main de la jeune femme.

— Fräulein… Vous devez être fière de lui ! Un exemple pour la jeunesse, non ? Je vous offre un verre ?

— Une autre fois, répondit Jake.

— Je vois… Le film t'a plu, au moins ? Bien sûr, je ne parle pas de ton apparition.

Ils retrouvèrent la moiteur de la nuit berlinoise.

— Beaucoup. Et toi ? Il ne t'a pas donné le mal du pays ?

— Très cher, cette Angleterre-là n'a jamais existé. Désormais, nous sommes le pays des gens simples. M. Attlee y tient beaucoup. Mais, ayant moi-même des goûts modestes, ça ne me dérange pas.

— Il n'empêche que le film donne une image flatteuse.

— Rien d'étonnant. Il a été tourné juste avant la guerre, tu sais. Impossible de le sortir avant la fin des hostilités, qui ont duré des années. On commence seulement à le distribuer. Tu n'as pas remarqué comme Rex Harrison a l'air jeune ?

— Vraiment rien ne t'échappe, dit Jake.

Encore une fois, il ne fallait pas se fier aux apparences. Brian alluma une cigarette.

— Et ton enquête, elle avance ? Le soldat aux bottes de cheval ?

— Tout est au point mort. Je me suis laissé distraire.

Brian jeta un coup d'œil en direction de Lena.

— Pas par la conférence, en tout cas. Je ne t'y ai pas vu une seule fois. Mais ton histoire m'a fait réfléchir – à cause de l'absence de bagages, entre autres. Ce qui m'intrigue, c'est comment ce type a pu monter dans l'avion.

— Qu'est-ce que ça a de surprenant ?

— Tu ne te rappelles pas la foire d'empoigne ? Pour

une malheureuse place, on devait faire jouer ses relations.

— Donc tu te demandes qui l'a pistonné ?

— Plus ou moins. On était tous serrés comme des sardines, même l'honorable député, et à la dernière minute arrive un nouveau passager. Sans bagage, comme s'il était parti en catastrophe. Si tu veux mon avis, il avait été convoqué en haut lieu…

Mais Jake réfléchissait à autre chose : comment Emil s'était-il rendu à Berlin ? De toute évidence, prendre l'avion n'était pas à la portée de n'importe qui – à plus forte raison d'un Allemand.

— Je suppose qu'on n'a pas retrouvé d'ordre de mission, poursuivit Brian.

— Pas à ma connaissance.

— Évidemment, il a pu graisser la patte à quelqu'un – je l'ai bien fait… Mais il pouvait aussi avoir le feu vert d'un supérieur. Si tu t'intéresses tellement à lui, il serait peut-être utile de découvrir de qui.

— Entendu.

Et pour Emil, qui avait donné le feu vert ?

— Avec les militaires, on ne sait jamais. Ils gardent tout en double exemplaire, sauf ce dont on a besoin. Mais il doit bien rester une trace quelque part. Enfin, simple supposition.

— Attends, j'ai une autre colle pour toi : comment un Allemand ferait-il le voyage depuis Francfort ?

— Comme tout le monde : en camion militaire, à condition de trouver quelqu'un pour l'emmener – il n'y a plus de transports civils. Ou à vélo, s'il n'a pas peur que les Russes jouent aux autos-tamponneuses avec lui. Ça les amuse, paraît-il.

— C'est vrai, déclara Lena.

Brian la dévisagea, étonné qu'elle ait suivi la conversation.

— Tu penses à quelqu'un de précis ? demanda-t-il à Jake.

— Un ami à moi, qui devrait être là depuis plus d'une semaine, répondit Jake sans laisser à Lena le temps d'intervenir.

— Rien d'alarmant. Tu n'imagines pas comment c'est là-bas.

Brian désigna les étendues plongées dans l'obscurité à l'extérieur de la ville.

— Le chaos. Il n'y a pas d'autre mot. Tu as vu les autoroutes ? Les réfugiés qui vont dans tous les sens. Les Polonais qui rentrent chez eux. Je leur souhaite d'ailleurs bien du plaisir. Les gens dorment où ils peuvent. Ton homme doit être en train de se masser les pieds dans une grange.

— Pourquoi une grange ?

— Pour la couleur locale. À ta place, je ne m'en ferais pas. Il réapparaîtra un de ces jours.

— Mais s'il a pris l'avion…

— Un Allemand ? Il lui faudrait de sacrées relations. Et dans ce cas, il serait déjà là, non ?

— Tu as raison, reconnut Jake avec un soupir.

Il contemplait la foule en train de se disperser comme s'il s'attendait à voir Emil surgir parmi les promeneurs.

— Bon, il faut que j'aille me désaltérer. Fräulein… (Brian salua Lena de la tête et fit un clin d'œil à Jake.) Méfie-toi des maisons branlantes. La chance ne sourit pas toujours aux audacieux. Au fait, que penses-tu de cette victoire britannique ? Un petit miracle, non ?

— En effet, dit Jake avec un sourire narquois.

— Ah, un dernier point. Que mijote l'honorable député ?

— Pourquoi mijoterait-il quelque chose ?

— Il est toujours à Berlin. D'habitude, les personnalités officielles ne font que passer. Et ce n'est pas moi qui le leur reprocherai. Mais lui n'a pas l'air pressé de partir. Bizarre, non ?

— Vraiment ? s'étonna Jake.

— En tout cas, Tommy Ottinger trouve ça louche. Breimer serait là uniquement pour défendre les intérêts d'American Dye.

— Et alors ?

— Tommy rentre au bercail. Or, j'ai horreur de laisser perdre un scoop potentiel. Tu devrais essayer d'en savoir plus – si toutefois tu as le temps.

Nouveau coup d'œil en direction de Lena.

— Tommy donne ses tuyaux, maintenant ?

— Tu le connais : avec quelques verres dans le nez, il devient loquace. Mais c'est un sujet purement américain, qui ne peut donc pas me servir. Une affaire à suivre, en tout cas. J'avoue que j'aimerais assez prendre l'honorable député la main dans le sac.

— Quel sac ?

— Toujours d'après Tommy, il négocierait des réparations à l'amiable. Un petit quelque chose pour American Dye. Puisque ça sert les intérêts américains, ce ne serait pas du pillage, mais du patriotisme. À Potsdam, les trois Grands font de beaux discours, et pendant ce temps-là on dépouille le pays.

— Je croyais que c'étaient les Russes qui s'en chargeaient.

— Mais pas les boys américains bien propres ? Tous des champions de football, d'après les bandes d'actualités. Eh bien non. Plutôt d'un autre sport. Les Russes se servent sans discernement : ils démontent les usines et tout ce qui brille en espérant toucher le gros lot. Les

Occidentaux ne sont pas en reste – Dieu leur pardonne –, mais ils procèdent différemment. Ils ont des experts. Des unités spécialisées réparties dans tout le pays, pour mettre la main sur ce qui compte vraiment. Plans, formules mathématiques, travaux de recherche. On pille la matière grise, en quelque sorte. Tu étais à Nordhausen. Là-bas, on a embarqué tous les documents – quatorze tonnes de paperasse, tu te rends compte ? Mais personne n'y croit, parce qu'aucun reporter n'a pu prouver quoi que ce soit. On est sur le point de lever un lièvre, et hop, il s'évanouit. Secret défense. Un fantôme. En fait, il nous faudrait les talents de médium de Mme Arcati. Là, on aurait peut-être une chance… (Brian s'interrompit et considéra Jake avec gravité.) À ta place, j'essaierais de creuser la question. C'est un sujet en or et personne n'en parle – on l'effleure à peine de temps à autre. Bien sûr, les Russes sont furieux et nous accusent – d'avoir kidnappé les ingénieurs des usines Zeiss, entre autres –, mais ils font pareil de leur côté. Et tout continue. Jusqu'au jour où il ne restera plus rien à piller. Les réparations… voilà le reportage qu'il faudrait faire.

— Qu'est-ce qui t'en empêche ?

— Je ne suis plus de taille. Il faut quelqu'un de jeune, qui n'ait pas peur de mouiller sa chemise.

— Mais pourquoi Breimer ? Quelle preuve as-tu qu'il fait autre chose que des discours fumeux ?

— D'abord le type qu'il a vu au stade. Tu te souviens ? Le second larron. Il appartient à une des unités spécialisées.

— Comment le sais-tu ?

— Je me suis renseigné.

Jake le regarda droit dans les yeux et sourit.

— Tu ne laisses donc jamais rien passer ?

— Pas grand-chose, dit Brian, rendant à Jake son sourire. Bon, j'y vais. Voilà une jeune femme fatiguée qui voudrait bien rentrer chez elle, et moi je continue à bavarder. Fräulein... (Il salua de nouveau Lena de la tête, puis se tourna vers Jake.) Penses-y, d'accord ? Il est temps de te remettre au travail.

Jake prit Lena par l'épaule et l'entraîna vers Olivaerplatz, loin des noctambules et des jeeps en maraude. Au clair de lune, la crête déchiquetée des immeubles détruits se détachait sur le ciel, aussi anguleuse que l'écriture gothique.

— C'est vrai, ce qu'il dit sur les chercheurs ? Les Alliés veulent piller le cerveau d'Emil ? demanda Lena.

— Tout dépend de ses connaissances... Mais oui, sûrement.

— Donc, tout le monde est à ses trousses.

— Il a dû prendre l'avion, murmura Jake, plongé dans ses réflexions. Personne ne viendrait à pied de Francfort. Soit il n'est pas encore à Berlin, soit il se cache quelque part.

— Pourquoi se cacherait-il ?

— Un homme est mort. Si Tully et lui se sont bel et bien rencontrés...

— Tu recommences à faire le policier.

— À moins qu'il ait trouvé quelqu'un pour le conduire. Ce ne serait pas la première fois.

— Comme le jour où il est venu me chercher ?

— Avec des SS. Il fallait y penser...

— Emil n'était pas un SS.

— Mais il est venu avec eux. Son père me l'a dit.

— Oh, il raconte n'importe quoi. Par dépit. Quand je

songe que ce vieil aigri est ma seule famille, désormais… Chasser son propre enfant !

— Emil n'est plus un enfant.

— Non, mais un SS, lui ?

— Lena, pourquoi son père aurait-il menti ? Il a sûrement raison, déclara Jake d'une voix douce.

Elle accusa le coup, puis se détourna, refusant d'affronter la réalité.

— Mais oui. Il a toujours raison.

— Tu as pourtant de l'affection pour lui. Ça se voit.

— De la pitié, plutôt. Il n'a plus rien, pas même son travail. Il a donné sa démission quand on a mis les Juifs dehors. C'est là que les disputes avec Emil ont commencé. Bien sûr qu'il avait raison, mais voilà le résultat.

— Il enseignait quoi ?

— Les mathématiques. Comme Emil. À l'Institut, on le comparait à Jean-Sébastien Bach, parce qu'il avait transmis son don. Tel père, tel fils. Les deux professeurs Brandt. Maintenant, il n'y en a plus qu'un.

— Emil aurait dû démissionner, lui aussi.

Lena continua de marcher.

— Facile à dire aujourd'hui. Mais à l'époque… Qui pouvait prédire l'avenir ? On avait parfois l'impression que les nazis étaient là pour toujours. C'était notre seul horizon, tu comprends ?

— J'étais là, moi aussi.

— Tu n'étais pas allemand. Tu pouvais toujours trouver du travail ailleurs. Emil, lui… Je ne sais pas, je ne peux pas parler à sa place. Peut-être que son père a raison. Mais ton ami veut faire de mon mari un criminel, ce qu'il n'a jamais été. Ni un SS, d'ailleurs.

— On lui a quand même décerné une médaille. C'est

dans son dossier. Je l'ai vu. Pour services rendus au Reich. Tu étais au courant ?

Lena secoua la tête.

— Il ne t'a rien dit ? insista Jake. Entre mari et femme ? Comment est-ce possible ?

Lena s'immobilisa et contempla Olivaerplatz déserte, seulement éclairée par la lune.

— Tu veux qu'on parle d'Emil ? Pourquoi pas, après tout ? Il est avec nous. Un fantôme, comme dans le film. Toujours quelque part dans la pièce. Eh bien non, il ne m'a jamais rien raconté. Ça devait lui sembler préférable. Une médaille pour services rendus au Reich. Mon Dieu... Tout ça pour des chiffres... (Elle se redressa.) Je ne savais rien. Que dire de plus ? Comment peut-on vivre avec quelqu'un sans le connaître ? C'est plus facile qu'on ne croit. Au début, on discute, et puis avec le temps... (Elle semblait perdue dans ses pensées.) J'ignore pourquoi, en fait. Sans doute à cause de son travail. On n'abordait jamais ce sujet. De toute façon, je n'y comprenais rien. Emil, lui, ne vivait que pour ça. Et quand la guerre a éclaté, c'est devenu top secret. Interdiction de me révéler quoi que ce soit. Alors on parle des petites choses de la vie quotidienne, un peu moins chaque jour, jusqu'au moment où on n'a plus rien à se dire.

— Vous aviez un fils.

— Oui, concéda-t-elle, l'air gêné. On parlait de lui. Ça explique peut-être que je ne me sois pas rendu compte. Emil était si peu là. Moi, j'avais Peter. Voilà comment on vivait. Et après la mort de Peter... plus rien. Qu'aurait-on pu se dire ? (Elle baissa les yeux.) Ce n'est pas sa faute. Je ne peux pas lui en vouloir. Il était un bon père, un bon mari. Alors que moi... étais-je une si bonne épouse ? J'ai essayé, pendant un temps. Mais entre nous, il n'y a jamais eu… Pas à cause de lui. C'est moi qui n'avais plus envie.

— Pourquoi l'as-tu épousé ?

Elle haussa les épaules et eut un sourire désabusé.

— Parce que j'avais envie de me marier. D'avoir ma maison. Ce n'était pas comme aujourd'hui, tu sais. Une jeune fille bien élevée habitait chez ses parents. Quand je suis arrivée à Berlin, j'ai dû m'installer chez Frau Willentz – une connaissance de mes parents – et c'était pire encore. Elle m'attendait à la porte. Et à l'âge que j'avais… Ça paraît tellement bête, à présent ! Je voulais mon service en porcelaine comme les autres. De la porcelaine… Et j'aimais bien Emil, tu sais. Il était gentil, il venait d'une bonne famille. Un père professeur… Même mes parents n'ont pas fait d'objection. Tout le monde approuvait ce mariage. Et j'ai eu mon service en porcelaine – à fleurs, des coquelicots. Enseveli au premier bombardement, comme… (Elle considéra les immeubles en ruine.) Maintenant, je me demande pourquoi je voulais ce service. Et la vie qui allait avec. Comment savoir ce qui nous pousse ? Pourquoi t'ai-je suivi ?

— Parce que je te l'ai demandé.

— C'est vrai, avoua-t-elle, fixant toujours les ruines. Dès la première fois, j'ai su. À cette soirée au Club de la presse étrangère. Je me suis dit que personne ne m'avait jamais regardée ainsi. Avec l'air de connaître mon secret.

— Quel secret ?

— Tu semblais savoir que je dirais oui. Que je n'étais pas une bonne épouse.

— Arrête.

— En tout cas, j'ai été infidèle, poursuivit-elle comme si elle n'avait pas entendu. Mais je ne souhaite pas pour autant le malheur d'Emil. On ne pourrait pas le laisser tranquille ? Faut-il vraiment se transformer en policiers ? L'attendre ici telle une araignée guettant sa proie ?

— Emil n'est la proie de personne. D'après Bernie, on veut même lui offrir un emploi.

— Pour piller son cerveau. Et après, qu'est-ce qui l'attend ? Oh, partons tout de suite ! Quittons Berlin.

— Lena, tu sais bien que je ne peux pas te faire sortir du pays. Pour ça, il faudrait…

— … que je sois ta femme, ce qui n'est pas le cas.

Elle eut un hochement de tête résigné. Jake lui sourit et l'attira à lui.

— Pas encore, en tout cas… Ce ne sera pas comme la première fois. Et je t'offrirai un nouveau service en porcelaine. À New York, les magasins en sont pleins.

— Je n'en ai plus envie. Je veux autre chose.

— Quoi donc ?

Elle tourna la tête sans répondre et se blottit contre lui.

— Que nous nous aimions, c'est bien assez. Je ne demande rien de plus.

Elle se remit à marcher, l'entraînant par la main.

— Tiens, regarde où nous sommes !

Ils avaient atteint sans s'en apercevoir Pariserstrasse, où l'on reconnaissait au clair de lune les formes sombres des tas de gravats. À l'emplacement de l'ancien immeuble de Lena, le lavabo était toujours perché sur un amoncellement de briques. Sa porcelaine paraissait grisâtre dans la pénombre. En revanche, le piquet avec l'adresse de Frau Dzuris s'était renversé, et la pluie avait dilué l'encre.

— On devrait ajouter la nôtre, au cas où, déclara Jake.

— Pourquoi ? Emil ne viendra pas me chercher ici. Il sait que l'immeuble a été bombardé.

Jake la dévisagea.

— Mais l'Américain qui a rendu visite à Frau Dzuris ne le savait pas, lui. Il est d'abord passé ici.

— Et alors ?

— Donc il n'avait pas vu Emil. Où es-tu allée, après le bombardement ?

— Dans l'appartement d'une amie rencontrée à l'hôpital. Mais parfois on dormait sur place. Les caves étaient sûres.

— Qu'est devenue cette amie ?

— Morte dans l'incendie.

— Il doit pourtant y avoir quelqu'un. Réfléchis. Où irait-il ?

— Chez son père. Comme toujours.

— Alors il n'est pas à Berlin..., conclut Jake en soupirant.

Il alla redresser le piquet avec l'adresse, et le cala entre les briques.

— Au moins, les amis de Frau Dzuris sauront où la trouver.

— Tu parles d'amis, rétorqua Lena en ricanant. Tous des nazis.

— Frau Dzuris ?

— Évidemment. Pendant toute la guerre, tu sais, elle a porté l'insigne avec la croix gammée. Ici... (Lena désigna sa poitrine.) Elle adorait les discours. « Mieux que du théâtre », affirmait-elle. Elle mettait sa radio si fort qu'il y en avait pour tout l'immeuble. Si quelqu'un se plaignait, elle répliquait : « Vous ne voulez donc pas écouter le Führer ? Je vous dénoncerai. » Toujours prête à faire du zèle... Au moins, c'est fini. Plus de discours, ajouta Lena, tournant le dos aux décombres. Tu n'étais pas au courant ?

— Non, répondit Jake, troublé.

Une bonne vivante, aimant les gâteaux aux graines de pavot. Qui aurait cru ? Un camion à ridelles s'engagea dans la rue en vrombissant, et le faisceau de ses phares éclaira Lena.

— Attention !

La saisissant par le bras, Jake la ramena vers les ruines.

— *Frau ! Frau !*

Des sons gutturaux, suivis par des rires. À l'arrière du camion, un groupe de soldats russes brandissait des bouteilles.

— *Komm !* lança l'un d'eux alors que le camion ralentissait.

Jake sentit Lena se figer. Il s'avança dans la rue pour que son uniforme soit visible à la lumière des phares.

— Fichez le camp ! cria-t-il, faisant signe au camion de reculer.

— *Amerikanski !* l'interpella un soldat, mais l'uniforme avait produit son effet.

Les hommes qui avaient commencé à descendre remontèrent. L'un d'eux porta un toast à Lena, propriété d'un rival plus chanceux. Une plaisanterie en russe fit le tour du camion. Avec de gros rires, les soldats se mirent au garde-à-vous.

— Allez, dégagez, ordonna Jake, espérant que son ton peu amène tiendrait lieu de traduction.

— *Amerikanski*, répéta le soldat en buvant au goulot.

Soudain, il désigna quelque chose derrière Jake et s'esclaffa en russe. Jake se retourna. Grâce au clair de lune, il distingua un rat immobile sur le lavabo, le museau dressé. Sans autre forme de procès, le Russe dégaina et tira. L'estomac noué par la déflagration, Jake se baissa. Le rat détala, mais d'autres coups de feu retentirent. Ravis de cet exercice de tir improvisé, les soldats avaient pris le lavabo pour cible. Leurs balles résonnaient avec un bruit métallique sur la porcelaine qui finit par se briser. Un éclat vola en l'air et disparut dans la même direction que le rat. Lena s'agrippa à la chemise de Jake. Encore quelques pas, et ils seraient dans la ligne de mire des tireurs pris de boisson. Mais les coups de feu cessèrent subitement et les soldats se remirent à rire. L'un d'eux tapa sur le toit du camion pour donner le signal du départ, puis, les yeux fixés sur Jake, il lui lança une bouteille de vodka tandis que le véhicule s'ébranlait. Jake la bloqua à deux mains tel un ballon de football américain, et la contempla quelques instants avant de la jeter sur un tas de briques. Lena tremblait à présent de tous ses membres, comme si le bruit du verre cassé venait de libérer la frayeur qu'elle avait réussi à contenir.

— Bande de porcs ! lâcha-t-elle, se cramponnant à Jake.

— Ils étaient ivres morts, dit-il pour la rassurer, mais choqué lui aussi.

On pouvait donc mourir en une fraction de seconde, victime d'un Russe à la gâchette facile. Et si je n'avais pas été là…, songea Jake. Il imagina Lena en train de s'enfuir, poursuivie par des ombres dans cette rue qu'elle avait longtemps habitée. Alors qu'il regardait le camion s'éloigner, une lampe s'alluma au sous-sol d'une maison – quelqu'un avait dû attendre dans le noir la fin de la fusillade. Ici, seuls les rats couraient assez vite.

— Retournons sur le Kurfürstendamm, murmura Lena.

— N'aie pas peur. Ils ne reviendront plus. On est presque à l'église, répondit Jake, la serrant contre lui.

Mais lui aussi se sentait en danger au milieu de cette rue sinistre dans la lumière blafarde. Il régnait un calme oppressant. Lena et lui longeaient un des rares murs encore debout lorsque la lune se cacha derrière les nuages, les ramenant aux premiers jours du couvre-feu, quand il fallait retrouver son chemin à la lueur des bandes phosphorescentes. Au moins y avait-il encore à cette époque des voitures, de l'animation, des coups de sifflet, des responsables de la défense passive aboyant leurs ordres. À présent, rien ne troublait le silence, pas même la radio de Frau Dzuris.

— Ils ne changeront jamais, affirma Lena avec un soupir. Les premiers temps, après toutes leurs atrocités, on a pensé que le pire était passé. Mais non. C'est toujours pareil.

— Au moins, ils n'abattent plus les gens froidement. Ce ne sont jamais que des soldats. Ils s'amusent comme ils peuvent, dit Jake, essayant de changer de sujet.

— Au début, ils s'amusaient déjà d'une drôle de façon. À l'hôpital, tu sais, ils se jetaient même sur les jeunes mères, les femmes enceintes. Les cris ne les arrêtaient pas. Ça les faisait rire. Peut-être que ça les excitait. Jamais je n'oublierai. D'un bout à l'autre du bâtiment, tous ces hurlements…

— C'est du passé, maintenant.

Lena ne releva pas.

— Ensuite, ils ont occupé la ville. Deux mois… Une éternité. Les voir dans les rues en sachant de quoi ils étaient capables, en se disant qu'ils pouvaient recommencer n'importe quand… Chaque fois que j'en croisais un, je réentendais les hurlements. Je savais que je ne pouvais pas vivre comme ça. Pas avec eux aux commandes…

Jake lui caressa les cheveux avec la tendresse d'un parent s'efforçant de consoler un enfant malade.

— Chut… C'est du passé.

À son expression, il voyait pourtant qu'il n'en était rien. Elle s'écarta.

— Rentrons, dit-elle.

Il la regarda de dos. Il aurait voulu réussir à la rassurer, mais elle s'était recroquevillée sur elle-même, prête à affronter d'autres soldats surgissant de l'obscurité.

— Ils ne reviendront plus, répéta Jake, comme s'il pouvait l'en convaincre.

10

La fête organisée par Tommy Ottinger avant son départ coïncidait avec la fin de la conférence et elle se transforma, sans qu'il l'ait voulu, en une grande soirée d'adieu à Potsdam. Au moins la moitié des journalistes quittaient Berlin, aussi peu informés sur la teneur des négociations qu'à leur arrivée. Après deux semaines de communiqués sans intérêt et de conditions d'hébergement approximatives, ils avaient envie de s'amuser. Lorsque Jake arriva au centre de presse, le vacarme était déjà assourdissant, le sol jonché de bouteilles. Les tables des machines à écrire avaient été poussées contre un mur pour servir d'estrade à un orchestre de jazz, et sur la piste de danse improvisée se succédaient une poignée d'auxiliaires féminines et d'infirmières de la Croix-Rouge, reines de la soirée comme au bal du lycée. Les autres invités, assis sur les tables ou adossés aux murs, discutaient, un verre à la main, criant pour se faire entendre. Dans un coin, la partie de poker commencée plusieurs semaines auparavant se poursuivait derrière un rideau de fumée, les joueurs indifférents à l'agitation qui régnait autour d'eux. Ron circulait dans la foule avec un sourire ravi, inscrivant sur un bloc-notes les candidats à une visite guidée du château de Cecilienhof et des studios de Babelsberg, enfin ouverts à la presse maintenant que tout le monde partait.

— Vous ne voulez pas voir dans quel cadre s'est déroulée la conférence ? demanda-t-il à Jake. Oh, mais où ai-je la tête ? Vous le connaissez déjà !

— Pas l'intérieur. Et à Babelsberg, qu'y a-t-il d'intéressant ?

— La gentilhommière où a dormi Truman. Magnifique.

— Une autre fois. Pourquoi cet air réjoui ?

— Tout est bien qui finit bien, non ? Notre Président a retrouvé sa chère Bess. Oncle Joseph, Dieu sait qui… Et tout le monde s'est bien tenu. Enfin, presque… (Il lança un regard oblique à Jake, mais retrouva aussitôt le sourire.) Au fait, vous avez vu les actualités ?

— Oui, je voulais justement vous en toucher un mot.

— Ça fait partie du service. Je vous ai trouvé très bien.

— Allez vous faire foutre.

— C'est ainsi que vous me remerciez ? À votre place, n'importe qui serait fou de joie. À propos, vous devriez vérifier vos messages. Je me promène avec ça depuis des jours.

Ron sortit une dépêche de sa poche, et la tendit à Jake qui l'ouvrit. *On vous voit aux actualités dans tous les cinémas. Où êtes-vous ? Envoyez dès que possible témoignage sur sauvetage héroïque. En exclusivité pour* Collier's. *Félicitations.*

— Bon sang, grogna Jake. Je devrais vous laisser répondre.

— Moi ? Je ne suis que le coursier. Oh, avec un peu d'imagination, vous devriez y arriver, glissa Ron avec malice.

— Je me demande ce qu'on fera de vous après la guerre.

— Mais voici notre nouvelle star ! (Tommy les avait rejoints, et il prit Jake par l'épaule.) Tu n'as pas de verre ?

Son crâne dégarni était déjà luisant de sueur.

— Si, répondit Jake, lui enlevant le sien. Apparemment, tu bois pour deux.

— Pourquoi m'en priverais-je, alors que je m'apprête à dire *auf Wiedersehen* à ce lieu de perdition ? À qui allez-vous donner ma chambre, Ron ? Lou Aaronson est intéressé.

— Vous me prenez pour qui ? Le réceptionniste ? J'ai une liste d'attente longue comme ça. Pendant que certains ne mettent même pas les pieds dans leur logement…

Nouveau regard oblique en direction de Jake.

— Il paraît que Breimer est toujours là, dit celui-ci.

— Que le Congrès vote une loi pour expulser ce connard ! lança Tommy d'une voix pâteuse.

— Un peu de respect, voyons, intervint Ron.

— Qu'est-ce qu'il fabrique ? demanda Jake.

— Rien de bon. Il trempe depuis des lustres dans toutes les combines possibles et imaginables, répliqua Tommy.

Ron leva les yeux au ciel.

— Et c'est reparti pour le procès d'American Dye… Vous ne pourriez pas changer de disque ?

— Écoutez-le ! Que savez-vous de tout ça ?

— Pas grand-chose. Sauf qu'on a gagné la guerre

grâce à eux, répondit Ron avec un haussement d'épaules.

— Ah bon ? Grâce à moi aussi, dans ce cas. Mais, contrairement à eux, je ne suis pas riche à millions. Bizarre, non ?

Ron lui donna une tape sur l'épaule.

— Vous êtes riche sur le plan spirituel, Tommy, c'est l'essentiel. Tenez, offert par la maison, ajouta-t-il en lui tendant un verre. À plus tard. Il y a une infirmière là-bas qui veut voir la gentilhommière où Truman a dormi.

— N'oubliez pas, pour ma chambre, lui rappela Tommy tandis qu'il tournait les talons. Dire que c'est encore un gosse, avec l'avenir devant lui…

Il but une gorgée.

— C'est vrai, Tommy, ce que dit Brian ? lança Jake. Tu aurais un tuyau pour moi ?

— Ah, il t'en a parlé. Ça t'intéresse ?

— Je t'écoute. Que sais-tu sur Breimer ?

Tommy hocha la tête.

— Tout part de Washington. C'est moi qui ai levé le lièvre, à propos. Je coincerai cette crapule, même si je dois vérifier tous les brevets les uns après les autres. Un sujet passionnant, par ailleurs : comment les riches deviennent encore plus riches.

— Quelle est la réponse ?

— Tu es sûr de vouloir l'entendre ? Des histoires de holdings, de licences, un véritable labyrinthe juridico-financier. La moitié du temps, leurs propres avocats s'y perdent. American Dye… Tu n'ignores pas qu'ils étaient comme ça avec IG Farben, ajouta Tommy, repliant son majeur sur son index. Avant la guerre, mais aussi pendant. Échange de brevets et partage des profits. À un détail près : tant que durent les hostilités, impossible de faire du commerce avec une firme d'un pays ennemi. Ça ferait mauvais effet. Donc, on encaisse les bénéfices dans un pays tiers – la Suisse, où on a créé une nouvelle firme. Rien à voir avec la précédente, évidemment, sauf que par une coïncidence amusante, on retrouve les mêmes hommes dans les différents conseils d'administration. Quel que soit le vainqueur, on rentre dans ses frais.

— Pas très joli. Tu peux le prouver ?

— Non, mais j'en suis certain.

— Comment ?

— Grâce à mon flair légendaire, déclara Tommy, se tapotant le nez avant de contempler le contenu de son verre. Et à condition de venir à bout des tonnes de dossiers. Ça peut paraître facile de découvrir qui possède quoi. Eh bien, pas ici. Tout est embrouillé à plaisir. Mais je suis sûr de moi... Tu te souviens de Blaustein, l'adversaire des cartels ? IG Farben était sa cible favorite. Il m'a promis de m'aider. Toutes les réponses se trouvent à Washington. Il suffit d'avoir le bon document. Bien sûr, il faut d'abord mettre la main dessus, conclut-il, levant son verre en direction de ses collègues qui dansaient toujours avec les auxiliaires féminines au milieu du brouhaha.

— Mais alors, que fait Breimer à Berlin ?

— Il négocie pour tenter de blanchir ses anciens amis. Et de leur sauver la mise. Mais sans grand succès, précisa Tommy avec un sourire satisfait. Tout le mérite en revient à Blaustein. Quand on fait assez de bruit, quelqu'un finit par dresser l'oreille. Même en Amérique. Résultat : personne ne veut entendre parler d'IG Farben. Le dossier sent trop mauvais. Le gouvernement militaire a créé un tribunal d'exception rien que pour eux. Et ils seront condamnés pour crimes de guerre – tout les accuse. Même Breimer ne réussira pas à tirer les gros bonnets d'affaire. Ses innombrables discours pour discréditer le programme de dénazification n'y suffiront pas. Chacun sait ce qu'a fait IG Farben. Ils ont même construit une usine à Auschwitz, bon Dieu ! Qui lèvera le petit doigt pour des ordures pareilles ?

— C'est tout ce que tu reproches à Breimer ? Ses discours ?

Jake commençait à se demander si Ron n'avait pas raison, si Tommy, tout à son dada, ne perdait pas de vue la réalité. Quelles preuves avait-on contre Breimer ?

— Il se démène quand même beaucoup. Et pas seulement en faisant des discours. Personne ne sait vraiment ce qu'est la dénazification, ni à qui elle doit s'appliquer. Alors Breimer s'engouffre dans la brèche, et très vite, le doute s'installe. Nos hommes désirent rentrer chez eux, pas juger des nazis. Exactement ce qu'espère American Dye, pressé de voir ses anciens partenaires reprendre leur activité. D'ailleurs, tous les suspects ne sont pas en prison. Aux dernières nouvelles, Breimer proposerait des contrats de travail à certains.

— Comment ça ? dit Jake, surpris.

— American Dye a déjà les brevets. Reste à récupérer le personnel qualifié. Personne ne tient à s'attarder en Allemagne. Le pays risque de tomber aux mains des communistes, et qu'arrivera-t-il dans ce cas ? Le problème, c'est de faire entrer ces gens sur le territoire américain. Le Département d'État a la mauvaise idée de refuser le moindre visa aux anciens nazis. Mais puisque tout ce beau monde était nazi et que l'armée s'y intéresse aussi, il ne reste qu'un moyen : trouver un sponsor. Prêt à affirmer qu'il ne peut pas se passer de leurs compétences.

— Comme American Dye.

Tommy opina du chef.

— La firme pourra même produire ses contrats avec le ministère de la Défense pour le prouver. L'armée arrête les têtes pensantes, American Dye leur offre un contrat de travail bien juteux, et tout le monde est content.

— Tu parles toujours du personnel d'IG Farben ? Des ingénieurs chimistes ?

— Absolument. Ils se voient déjà chez American Dye. J'ai parlé à l'un d'eux. Il voulait savoir comment était Utica.

— D'autres scientifiques sont concernés ?

— Possible. Écoute, voilà comment ça se présente : American Dye fera tout ce que l'armée lui demande – c'est son principal client. Si l'armée a besoin d'un expert en tunnels aérodynamiques, American Dye l'embauchera, surtout si on lui garantit le contrat correspondant. Pas besoin de te faire un dessin. Toujours ce bon vieux complexe militaro-industriel.

— À un détail près : on n'y avait encore jamais employé d'anciens nazis.

— Tout dépend de l'odeur que dégage leur dossier. Personne n'ira proposer un emploi à Goering. Mais, tu sais, la plupart de ces types se sont contentés de fermer les yeux. Ils n'étaient nazis que sur le papier. Et d'ailleurs, le pays entier l'était. En prime, ils sont compétents – d'où l'intérêt qu'on leur porte. Les meilleurs au monde dans leur domaine. Il suffit d'en parler à nos agents pour que leurs yeux se mettent à briller. Comme si on leur proposait une fille pour la nuit. Ah, la science allemande… (Tommy hocha la tête et but une nouvelle gorgée.) Sacré pays, quand même ! Pas de ressources minières, ou presque. Ils fabriquaient tout en laboratoire. Le caoutchouc. Le carburant. Ils n'avaient que du charbon, et regarde à quoi ils sont arrivés.

— À quoi ils ont failli arriver. Tu oublies où ils en sont maintenant.

— D'accord, ils avaient un grain, admit Tommy avec un sourire amusé. Quel individu sain d'esprit aurait écouté Hitler ?

— Frau Dzuris…

— Qui ça ?

— Personne. Je parlais tout seul. Au fait, tu n'aurais pas entendu parler de versements en liquide ?

— À qui ? Aux Allemands ? Tu plaisantes ? Pas besoin de les acheter, ils ont bien trop envie de partir. Ici, que leur reste-t-il ? Tu en as vu beaucoup, des usines chimiques qui embauchent ?

— Et pendant ce temps-là, Breimer recrute.

— Pas officiellement. Plutôt après les heures de travail. C'est le genre d'homme qui ne peut demeurer sans rien faire… Pourquoi t'intéresses-tu à tout ça ? demanda Tommy, levant le nez de son verre.

— Breimer doit avoir des sommes importantes à sa disposition, en cas de besoin, poursuivit Jake, ignorant la question.

Tommy fronça les sourcils.

— Où veux-tu en venir ?

— Nulle part, je t'assure. Je me tiens au courant, c'est tout.

— À quelles fins ? Je te connais. Tu te fiches complètement d'IG Farben, non ?

— Complètement. Ne t'inquiète pas, je ne te volerai pas ton scoop.

— Alors pourquoi essaies-tu de me tirer les vers du nez ?

— Je n'en sais rien. Par habitude. Ma mère disait que si on sait écouter, on apprend toujours quelque chose.

Tommy éclata de rire.

— Toi, tu as eu une mère ? Impossible.

— Bien sûr que si. Même Breimer en a une. Et je te parie qu'elle est drôlement fière de lui !

— Mais lui n'hésiterait pas à la vendre si on lui proposait un placement avantageux. (Tommy posa son verre sur la table.) Dire qu'elle s'occupe sans doute du club de jardinage de la ville pendant que son fils touche des dessous-de-table d'American Dye. Beau pays !

— Le plus beau du monde…

— Moi qui étais impatient de rentrer… Comprenne qui pourra. Écoute, rends-moi un service : si tu découvres quelque chose sur Breimer, passe-moi un coup de fil, d'accord ? Puisque tu te tiens toujours au courant…

— Tu seras le premier prévenu.

— Mais pas en PCV, s'il te plaît. Tu as une dette, n'oublie pas.

Jake eut un sourire narquois.

— Tu vas me manquer, Tommy.

— Tu parles… Qu'est-ce que ce garnement a encore inventé ?

Un roulement de tambour retentissait dans la salle. Debout sur l'estrade, devant l'orchestre, Ron levait son verre.

— Votre attention, s'il vous plaît ! On ne peut quand même pas terminer la soirée sans porter un toast…

— Un toast ! Un toast ! scandèrent en chœur les invités, faisant tinter leurs clés contre leur verre.

— Allez, Tommy, venez me rejoindre !

Des huées et des sifflets, un chahut bon enfant digne d'une fête d'étudiants. Il ne manquait plus qu'une ou deux personnes se promenant avec une bouteille en équilibre sur la tête. Ron tenta de rendre hommage au groupe de reporters le plus sympathique avec lequel il ait jamais travaillé, mais les cris de la foule couvrirent sa voix et il finit par capituler, brandissant son verre avec bonne humeur, souhaitant bonne chance à tout le monde, bombardé par l'assistance d'avions en papier machine jaunâtre qu'il esquiva en riant.

— Un discours ! Un discours !

— Allez vous faire foutre ! lança Tommy, déclenchant un nouveau concert de sifflets.

— Allez, Tommy, vas-y !

C'était Benson, de *Stars and Stripes*, la voix rauque à force d'avoir crié. Tommy sourit et leva son verre.

— En cette occasion historique…

Encore des sifflets. Un avion en papier atterrit sur l'estrade.

— … buvons à la libre circulation sur toutes les voies navigables internationales.

À la grande surprise de Jake, cette phrase provoqua un éclat de rire général. Tommy vida son verre tandis que l'orchestre se remettait à jouer.

— Qu'est-ce que ça a de drôle ? demanda Jake à Benson.

— C'était la grande idée de Truman à la conférence. Il paraît que la mine d'Oncle Joseph valait le déplacement.

— Tu plaisantes ?

— Pas du tout. Il a vraiment insisté pour que ce soit mis à l'ordre du jour.

— Je croyais que les séances se tenaient à huis clos.

— Ce genre d'épisode ne reste pas longtemps secret. Il a dû y avoir cinq fuites en cinq minutes. Où étais-tu passé ?

— J'avais à faire.

— Et Truman qui ne voulait pas lâcher le morceau… D'après lui, c'était la solution pour obtenir une paix durable. Ouvrir le Danube à la navigation, précisa Benson en s'esclaffant.

— Je suppose que ça ne figure pas dans l'accord final.

— Pas de danger. Tout le monde a fait semblant de n'avoir rien entendu. Comme quand quelqu'un pète à l'église… (Benson se tourna vers Jake.) Qu'avais-tu de si important à faire ?

Au même moment, le vacarme s'intensifia, un mélange de musique et de voix, de plus en plus strident, qui sembla soudain s'élever avec le sifflement d'un jet de vapeur. Personne n'y prêta attention. Les infirmières se bousculaient sur la piste de danse, mais, comme dans toutes les soirées durant l'Occupation, c'étaient les voix masculines qui dominaient. À cause de l'interdiction faite aux militaires de fraterniser avec la population civile, on ne rencontrait les jeunes femmes allemandes qu'au milieu des ruines, ou dans les clubs souterrains du Kurfürstendamm. Liz, au bras d'un officier, fit signe à Jake de la rejoindre. Il se contenta de se mettre ostensiblement au garde-à-vous, puis se dirigea vers le bar. Un quart d'heure de plus, par politesse, et il partirait retrouver Lena.

Toute l'assistance dansait, à présent, donnant l'impression de sautiller sur place – sauf les joueurs de poker dans leur coin, qui continuaient d'abattre mécaniquement leurs cartes. Jake jeta un coup d'œil à l'autre extrémité du bar et sourit. Là aussi, le calme régnait. Muller avait fait une apparition, visiblement sans enthousiasme. Il ne buvait pas et avait plus que jamais l'air sévère d'un juge de paix, ou d'un chaperon au bal du lycée.

Après avoir reçu un coup de coude dans les côtes et eu sa manche aspergée de bière, Jake s'éloigna du bar et fit une dernière fois le tour de la salle. Un petit groupe se tordait de rire en écoutant Tommy. Près de la sortie, un panneau d'affichage en liège disparaissait sous les titres de journaux et les articles. Celui de Jake sur la conférence de Potsdam était là, avec des commentaires humoristiques dans la marge, dont un *Peut mieux faire*. Quelqu'un d'autre avait griffonné *Le dernier des géants* au-dessus d'un reportage sur le départ de Churchill. Des blagues de potaches. Le climat dans lequel Jake avait passé la guerre.

— Vous admirez votre prose ?

Il se retourna et vit Muller dans son uniforme impeccable, alors que tout le monde dans la salle était trempé de sueur.

— Je suppose que vous n'allez pas tarder à rentrer, vous aussi, maintenant que la conférence est terminée, ajouta Muller.

— Pas encore, j'ai un reportage à finir.

— C'est vrai : le marché noir. J'ai vu le dernier numéro de *Collier's*. Il y aura une suite ?

Jake haussa les épaules en guise de réponse.

— Vous savez, pour chaque article comme le vôtre, quelqu'un de chez nous passe une journée à rendre des comptes.

— Mieux vaudrait faire le ménage.

— On s'y emploie, figurez-vous.

— De quelle manière ?

Muller sourit.

— Comme toujours. On durcit la réglementation. Mais, même pour ça, il faut du temps.

— Surtout si ceux qui rédigent les textes envoient eux aussi de l'argent chez eux.

Muller le regarda d'un œil noir, puis se radoucit.

— Venez avec moi. On va fumer une cigarette, dit-il poliment, mais fermement.

Jake le suivit dehors. Argentinische Allee était déserte. Il n'y avait que des jeeps garées les unes derrière les autres le long de la chaussée poussiéreuse. Muller tendit une cigarette à Jake.

— Vous n'avez pas chômé. Je vous ai vu au cinéma.

— Oui, ce n'était pas prévu.

— J'ai également appris qu'on avait enquêté à Francfort sur notre ami Tully. À votre instigation, sans doute ?

— Vous n'aviez pas précisé que le personnage était aussi pittoresque. Ce surnom de « Lieutenant Péage »…

— « Commandant Péage », puisque vous voulez tout savoir. Ce qui revient au même, d'ailleurs. Pas vraiment un de nos meilleurs éléments, admit Muller avec un sourire crispé.

— Un fouet, tout de même, quelle idée… Il s'en est servi ?

Muller tira sur sa cigarette.

— Espérons que non. Vous avez trouvé ce que vous cherchiez ?

— Je progresse. Mais pas grâce au gouvernement militaire. Je peux savoir pourquoi vous m'avez caché des informations ?

— Personne ne vous a rien caché.

— Pas même un rapport balistique ? La troisième feuille du dossier que je n'ai jamais eue ? Elle a dû se perdre, alors…

Silence de Muller.

— Je vous pose à nouveau la question : pourquoi m'avoir caché certaines informations ?

Muller soupira et jeta sa cigarette sur la chaussée.

— C'est pourtant simple. Je ne veux pas que vous

fassiez ce reportage. Je suis assez clair, cette fois ? Il suffit qu'une brebis galeuse ait des ennuis au marché noir pour que les journaux accusent le gouvernement militaire de corruption. On n'a pas besoin de ça. On préfère laver notre linge sale en famille.

— Même quand un homme se fait abattre ? Avec une balle américaine ?

— Même dans ce cas-là. Nous avons un département des enquêtes criminelles, vous savez. Des gens très compétents.

— Pour étouffer les affaires gênantes, sans doute.

— Non, pour découvrir la vérité – sans faire de scandale… Rentrez en Amérique, Geismar, lâcha Muller d'un ton las.

— Non.

Le colonel haussa les sourcils, surpris par ce refus catégorique.

— Je pourrais vous y contraindre. Vous avez un laissez-passer, comme tous vos collègues.

— Vous n'allez pas me le retirer. Je suis un héros – on me voit dans tous les cinémas. Vous ne pouvez pas me faire quitter la ville maintenant. Ça ferait mauvais effet.

Muller se força à sourire.

— Je reconnais que dans l'immédiat, ce ne serait pas la meilleure solution.

— Alors, pourquoi ne pas oublier un peu le secret défense et coopérer avec moi ? Un de vos hommes est mort. Le département des enquêtes criminelles ne lèvera pas le petit doigt, vous le savez aussi bien que moi. Je pourrais vous apporter mon aide.

— Votre aide ? Vous n'êtes pas flic. Un emmerdeur, tout au plus. Laissez-moi plutôt attendre la retraite en paix. Allez semer la pagaille ailleurs.

— Dans l'intervalle, ça vous intéressera peut-être d'apprendre que Tully avait sur lui des Marks émis par les Russes.

Relevant la tête, Muller dévisagea Jake. Ce genre de détail retenait toujours l'attention du gouvernement militaire.

— Évidemment que ça m'intéresse. Comment le savez-vous ?

— Le numéro de série. Demandez aux agents du département des enquêtes criminelles, puisqu'ils sont si compétents. Vous voulez toujours que je laisse tomber ?

Muller fixait le sol, décrivant du bout du pied des cercles concentriques, comme s'il avait du mal à se décider.

— Écoutez, personne ne cherche à vous cacher quoi que ce soit. Je vous fournirai le rapport balistique.

— Inutile. Je l'ai déjà vu.

— Je préfère ne pas savoir comment.

— Puisque vous semblez mieux disposé à mon égard, vous pourriez me rendre un service. Pour vous faire pardonner. On n'a pas trouvé d'ordre de mission sur Tully, je crois ?

— Non.

— Ni de laissez-passer pour l'aéroport ? Qui lui a obtenu une place dans l'avion ? Il faudrait vérifier auprès de l'officier chargé d'attribuer les titres de transport. Le 16 juillet.

— Mais ça risque de prendre très…

— Votre secrétaire doit avoir du temps libre. Si elle pouvait téléphoner pour moi, j'apprécierais. Vous, on vous écoutera. Moi, il me faudra sans doute des semaines.

— Jusque-là, pourtant, vous n'avez pas eu trop de problèmes.

— Mais cette fois, au moins, l'aide viendrait d'en haut. Vous savez bien que ça change tout. Ah, une dernière chose, tant qu'on y est. Que Jeanie vérifie également si un certain Emil Brandt ne figurait pas sur les listes de passagers de ces deux dernières semaines… (Jake nota l'expression perplexe de Muller.) Il s'agit d'un chercheur que Tully a aidé à quitter Kransberg. La « poubelle ». Vous connaissez ?

— Où tout cela vous mènera-t-il ?

— Contentez-vous de demander à Jeanie de vérifier.

— Tout le monde ignore l'existence de Kransberg.

Jake haussa les épaules.

— Les gens sont bavards. Vous devriez venir plus souvent au centre de presse. Vous seriez surpris de ce qu'on y apprend.

— Vous n'avez pas le droit d'en parler dans la presse. C'est secret défense.

— Je sais. Ne vous en faites pas. Ce n'est pas Kransberg qui m'intéresse. Seulement le commandant Péage.

— Je ne vois pas bien le rapport.

— Si les événements me donnent raison, vous pourrez lire toute l'histoire dans les journaux.

— Je n'en ai aucunement l'intention.

Jake sourit.

— Attendez de voir ce qu'il en est. Vous changerez peut-être d'avis… Il n'y aura pas de règlements de comptes, affirma-t-il.

— J'ai votre parole ?

— Vous me croiriez ? Disons que vous n'avez rien à craindre de moi et restons-en là. Mais j'apprécierais beaucoup que vous donniez ces coups de fil.

— Entendu, déclara Muller en hochant lentement la tête. J'aimerais vous demander quelque chose en retour :

acceptez de collaborer avec le département des enquêtes criminelles.

— Pour que tout soit consigné en triple exemplaire ? Merci bien.

— Il n'est pas question de vous laisser courir partout la bride sur le cou. Vous travaillez avec eux, compris ?

— Donc, je fais partie de l'équipe. Alors qu'il y a cinq minutes vous vouliez me renvoyer dans mes foyers.

Les épaules de Muller s'affaissèrent.

— J'ignorais que les Russes étaient impliqués. Maintenant, je veux en savoir plus. Même s'il faut pour ça faire appel à vous... Vous êtes vraiment sûr, pour l'argent ? Les numéros de série ? C'est la première fois que j'en entends parler. Je croyais que tous les billets étaient identiques.

— Il y a un tiret devant le numéro. Quelqu'un que je connais au marché noir me l'a montré. Le genre de détail qui n'échappe pas aux habitués. Apparemment, le Trésor américain est moins naïf que vous ne pensiez.

Muller se redressa.

— Eh bien, me voilà rassuré. Vous devriez l'être aussi. Retournons à l'intérieur avant que je ne change d'avis, ajouta-t-il, précédant Jake.

À la porte, le vacarme les fit reculer. Les invités dansaient la conga en file à travers la salle, levant la jambe avec un sens du rythme approximatif. Muller hocha de nouveau la tête.

— La fine fleur du journalisme... Mon Dieu, je regretterais presque le service actif. Je vous offre un verre ?

— Buvez plutôt à ma santé. Je préfère rentrer.

— Où ça, si je puis me permettre ? Vous ne dînez pas souvent avec nous, ces derniers temps. Vous entretenez quelqu'un ailleurs ?

— Colonel... Vous savez bien qu'il existe des règles.

— Et qu'elles sont appliquées à la lettre, comme le reste... (Il allait tourner les talons, mais se ravisa.) Geismar ? Ne me faites pas regretter mon indulgence à votre égard. Je peux encore vous renvoyer en Amérique.

— C'est noté. Surtout, n'oubliez pas de téléphoner pour moi.

Jake prit congé de Tommy, que l'alcool rendait larmoyant et débordant d'affection. Les danseurs de conga s'étaient dispersés et plus personne n'évoluait sur la piste, mais la soirée continuait. Tout le monde semblait dans cet état d'ébriété avancé où la moindre plaisanterie pouvait à chaque instant mettre le feu aux poudres. Liz faisait des photos de groupe, les reporters alignés bras dessus bras dessous, avec un sourire de commande et les yeux dans le vague. Une ovation salua l'arrivée de quelqu'un qui apportait de la glace. Jake n'avait plus aucune raison de s'attarder. À quelques mètres de la porte, Liz le rattrapa.

— Les amours vont bien ?

Les yeux brillants d'avoir trop bu, elle portait ses chaussures d'une main, de l'autre son appareil.

— Très bien. Et les vôtres ?

— J'ai perdu mon chevalier servant, si vous voulez tout savoir.

— Plus de Joe le géant ?

— Ne vous réjouissez pas trop vite. Il revient demain. Hélas, il faut toujours qu'ils reviennent... Vous me ramenez ? Je me sens incapable de marcher avec ça aux pieds, dit-elle en brandissant ses chaussures.

Jake sourit.

— Vous ne tenez plus sur vos jambes ?

— Mes jambes ? Il y a bien une heure qu'elles m'ont lâchée.

— Suivez-moi.

Elle lui tendit ses chaussures.

— Tenez. Il faut que j'aille chercher mon sac.

Les chaussures à la main, Jake la regarda s'avancer vers une table, la démarche incertaine, puis se débattre avec la bandoulière de son sac qui glissait sans cesse. Il finit par la rejoindre et prendre le sac sur son épaule.

— Trop gentil ! Ce sac est ridicule.

— Venez, l'air frais vous fera du bien. Que transportez-vous là-dedans ?

Elle se mit à glousser.

— J'avais oublié. C'est vous que je transporte. Une seconde…

L'obligeant à s'arrêter, elle ouvrit à grand-peine la fermeture Éclair, tira du sac une liasse de clichés qu'elle feuilleta pour trouver le bon.

— Frais sortis de la chambre noire. Enfin, plus si frais : je les promène avec moi depuis plusieurs jours… Ah, voilà ! Le correspondant de *Collier's* à Berlin. Pas mal pour son âge.

Jake était à droite de la photo, surpris alors qu'il quittait le Centre de documentation. Les tempes dégarnies et l'air étonné.

— J'ai été plus séduisant.

La même sensation qu'en voyant son reflet dans la vitrine brisée du KaDeWe : quelqu'un d'autre, différent du jeune homme sur la photo de son passeport.

— C'est vous qui le dites.

À gauche du cliché, Joe prenait la pose, aussi grand et blond que les Aryens des affiches de propagande. Agent d'une des unités spécialisées, d'après Brian. Et ami de Breimer. Jake remit la photo dans la liasse, puis la reprit et la contempla de nouveau.

— Liz, quel est le nom de famille de Joe, déjà ?

— Shaeffer. Pourquoi ?

Un nom allemand.

— Sans doute rien d'important. Je peux la garder ?

— Évidemment. Je ne suis pas à une photo près.

« Blond comme un Allemand », avait dit Frau Dzuris. Joe correspondait à la description. Mais était-ce bien lui ? Sur la photo, encore une illusion, Jake et lui avaient l'air de vieux amis. Il ne fallait décidément pas se fier aux apparences. Jake jeta un coup d'œil à sa montre. Frau Dzuris devait s'apprêter à se coucher, s'il frappait à sa porte elle risquait de paniquer. Mais elle n'était sans doute pas encore endormie. Il attrapa Liz par le bras et la guida vers la sortie.

— Il y a le feu ?

— On part. J'ai quelqu'un à voir.

— Oh, oh…, susurra-t-elle d'une voix pâteuse, avant de récupérer ses chaussures. Cette fois, je ne les prête pas. Votre amie n'aura qu'à porter les siennes.

Jake ne releva pas et l'entraîna vers la jeep.

— Je sais que ça ne me regarde pas, commença-t-elle en s'installant sur son siège.

— Alors ne dites rien.

— Et susceptible, en plus !… Vous savez ce que vous êtes ? Un romantique.

— Je n'avais pas remarqué.

— Si, je vous assure, insista-t-elle, opinant du chef comme pour se donner raison.

— Que fait Joe, à Berlin ?

Sous l'effet de l'alcool, elle se mit à rire.

— Oh, lui, ce n'est pas un romantique. Pourquoi me

parlez-vous de lui ? (Elle se tourna vers Jake.) Rien de sérieux, avec lui. Simplement, il est… disponible.

— Mais que fait-il ?

Elle eut un geste évasif.

— Il est… disponible.

Liz se cala contre le dossier. À cause des cahots, elle semblait avoir du mal à garder la tête droite. Jake se demanda si elle n'allait pas s'évanouir, mais elle reprit la parole.

— Je suis contente que la photo vous plaise… Je l'ai faite avec un reflex… Un Zeiss… Pas de flou.

C'était son élocution qui avait du flou. Ils venaient de contourner l'ancien immeuble de la Luftwaffe et se dirigeaient vers Gelferstrasse. Ils y étaient presque. Jake s'arrêta devant la villa en laissant tourner le moteur, empoigna le sac de Liz et le lui passa à l'épaule.

— Ça va aller ?

— Toujours pressé, hein ? Vous habitez bien ici, non ?

— Pas ce soir.

— D'accord, Jake. J'y vais.

Mais, contre toute attente, elle se pencha vers lui et l'embrassa sur la bouche, un long baiser.

— Pourquoi ? demanda-t-il lorsqu'elle s'écarta.

— Pour voir quel effet ça fait.

— Vous avez trop bu.

— Oui… et je n'ai pas très bien choisi mon moment, poursuivit-elle, soudain gênée.

Elle prit son sac, descendit, se tourna vers la jeep.

— Étrange, la façon dont les choses se passent. Ça aurait pu marcher entre nous, non ?

— Ça aurait pu.

— Un vrai gentleman, remarqua-t-elle en remontant

le sac sur son épaule. Et je parie que, demain matin, vous serez du genre à faire comme s'il ne s'était rien passé.

Mais le souvenir de ce baiser accompagna Jake jusqu'à Wilmersdorf, rappel imprévu de la part de mystère que chacun abritait, au plus profond de lui-même. Il ne s'était pas trompé au sujet de Frau Dzuris, prête à se coucher et les bras croisés sur son peignoir, effrayée qu'on frappe à sa porte. Il ne s'était pas non plus trompé sur la photo.

— Vous voyez, qu'il ressemble à un Allemand ! triompha-t-elle. C'est bien lui. Vous le connaissez ? Un ami à vous ?

Mais dans la pénombre du couloir, Jake n'eut pas un regard pour la photo. Il ne pouvait détacher les yeux du revers du peignoir de Frau Dzuris, là où était autrefois épinglé l'insigne nazi.

Le lendemain, ce fut Liz qui fit comme si de rien n'était. Elle partait visiter Potsdam avec un des groupes pilotés par Ron, plusieurs participants s'étant désistés pour cause de gueule de bois. Elle parut surprise que Jake lui reparle de Joe.

— Pourquoi tenez-vous tant à le voir ?

— Il a des informations susceptibles de m'intéresser.

— Hum… Quel genre ?

— Sur quelqu'un qui a disparu.

— Vous pourriez cesser de parler par énigmes ?

— Vous pourriez me dire où est Joe ?

Elle capitula avec un haussement d'épaules.

— En fait, je dois le retrouver à Potsdam.

— Pourquoi Potsdam ?

— Il veut m'offrir un appareil photo.

Jake désigna le fameux reflex.

— Celui-là aussi, c'est lui qui vous l'a offert ?

— Qu'est-ce que ça peut vous faire ? Il est généreux, voilà tout.

Jake eut un sourire narquois.

— Facile, avec des appareils réquisitionnés. Il vous a dit où il l'avait trouvé ?

— Posez-lui donc la question… Vous ne venez pas ?

Elle indiquait la voiture de Ron, une vieille Mercedes. Deux reporters somnolaient à l'arrière, les pieds sur les sièges, en attendant le départ.

— Trop de monde. Je préfère vous suivre.

— On ferait mieux de rester ensemble. Rappelez-vous ce qui s'est passé la dernière fois qu'on est allés à Potsdam.

Finalement, Liz fit le voyage dans la jeep de Jake. Ils suivirent la Mercedes de Ron jusqu'à l'autoroute, puis la perdirent de vue quand elle prit de la vitesse pour doubler le flot de véhicules quittant Berlin. La densité de la circulation étonna Jake. Avec le soleil, on aurait dit que tout le monde allait à Potsdam – des camions, des jeeps, et des voitures comme celle de Ron, réquisitionnées dans les garages par leurs nouveaux propriétaires. Derrière eux, une vieille Horch noire remplie de Russes se laissait distancer, mais les autres véhicules fonçaient sur l'autoroute comme avant la guerre, les arbres de la forêt de Grunewald défilant à toute allure.

Lorsqu'ils pénétrèrent dans la ville, les dégâts causés par les bombardements, auxquels Jake n'avait pas fait attention la première fois, lui sautèrent aux yeux. Le château de Potsdam, ruine sans toit avec quelques fragments de colonnade encore debout, avait particulièrement souffert. À l'autre bout de la place de l'Alten Markt, l'église Saint-Nicolas avait perdu son dôme, ses quatre tours ressemblant plus que jamais à d'étranges minarets. Seul l'hôtel de ville semblait avoir résisté : au sommet de sa coupole, Atlas tenait toujours une boule dorée représentant la Terre. Ironie de l'Histoire, les bombardiers britanniques avaient épargné le monument le plus kitsch.

Il régnait pourtant une grande animation. Un tramway brinquebalant passait devant l'obélisque, et la place elle-même était prise d'assaut : des centaines de personnes, peut-être un millier, se pressaient entre les étals couverts de marchandises, aussi bruyamment qu'à l'époque du marché médiéval qui avait donné son nom à ce lieu. Cet immense théâtre où tout s'échangeait, où les marchands attrapaient le client par la manche, où plusieurs langues se mêlaient, rappela curieusement à Jake les souks du Caire, mais les couleurs étaient absentes : pas de pastèques fendues en deux ni de pyramides d'épices, rien que des chaussures aux semelles usées, des bibelots en porcelaine ébréchée et des vêtements d'occasion. Les fonds de tiroir. Au moins échappait-on à l'atmosphère furtive du marché noir du Tiergarten, où tout le monde guettait d'un œil l'arrivée de la police militaire. Les Russes faisaient des achats au lieu de monter la garde, impatients de rattraper le temps perdu après l'interruption due à la conférence. Personne ne parlait à voix basse. Deux soldats transportaient des pendules sur leur tête. Tully n'avait rien dû voir de tout cela. Jake imaginait plutôt une rencontre dans un endroit tranquille. Peut-être même dans le parc du Neuer Garten, à deux pas des lacs. Mais pour vendre quoi ?

Ils laissèrent la jeep dans un espace vide entre deux colonnes et s'aventurèrent dans la foule, Liz prenant photo sur photo. Aucune trace de la Mercedes de Ron, qui devait rouler vers la gentilhommière de Truman, mais Jake remarqua avec amusement que la Horch noire s'était glissée derrière sa jeep. Le seul endroit de Berlin où on avait du mal à se garer.

— Où devez-vous rejoindre Joe ?

— Il m'a dit de l'attendre près des colonnes. On est en avance. Regardez ! Vous croyez que c'est du vrai Meissen ?

Liz souleva une soupière en porcelaine à fleurs roses et à poignées dorées, comme on en trouvait par dizaines à Karstadt avant la guerre. La femme maigre et voûtée à qui elle appartenait se réveilla soudain.

— *Meissen, ja. Natürlich.*

— Pour quoi faire ? De la soupe ? ironisa Jake.

— Je la trouve jolie.

— Lucky Strike ? Camel ? demanda la femme avec l'accent allemand.

Liz lui rendit la soupière et lui fit signe de poser pour elle. Au bruit du déclencheur, la femme sourit nerveusement, brandissant sa soupière qu'elle espérait encore vendre. Jake tourna précipitamment les talons, aussi honteux que s'ils lui avaient dérobé quelque chose, de même que les peuples primitifs croient les appareils photo capables de vous voler votre âme.

— Vous n'auriez pas dû, déclara-t-il tandis qu'ils s'éloignaient, poursuivis par des cris de dépit.

— Elle était pittoresque, répliqua Liz sans s'émouvoir. Pourquoi sont-elles toutes en pantalon ?

— D'anciens uniformes. Les hommes n'ont plus le droit de les mettre, alors ce sont les femmes qui les portent.

— Pas celles-là.

Liz montrait deux jeunes filles en robe d'été, conversant avec des soldats français dont les bérets rouges tranchaient sur cet océan de gris et de kaki.

— Elles vendent autre chose.

— Vraiment ? À la vue de tous ?

Elles acceptèrent néanmoins de poser, tenant chacune un soldat par la taille, avec plus de naturel que la femme à la soupière.

Liz et Jake avaient décrit un demi-cercle autour de l'obélisque. Ils avaient dépassé les vendeurs de montres et de cigarettes, les piles de rations militaires. Sur les marches de l'église Saint-Nicolas, un homme avait étendu des tapis, touche surréaliste importée de Samarkand. À quelques mètres de là, un ancien combattant manchot tentait de vendre sa boîte à outils désormais inutile. Une femme flanquée de deux enfants proposait une paire de chaussures pour bébé. Liz et Jake repérèrent Shaeffer près des colonnes les plus au nord. Il examinait un appareil photo.

— Tu te souviens de Jake ? Il veut te voir, dit Liz.

— Ah bon ?

Elle lui ôta l'appareil des mains et colla son œil au viseur.

— Une trouvaille intéressante ?

— Juste un vieux Leica. Pas la peine d'acheter ça… Vous cherchez aussi un appareil ? demanda Shaeffer à Jake.

— Seulement si c'est un Zeiss, comme celui de Liz. Vous l'avez récupéré à l'usine ?

Shaeffer le dévisagea.

— Aux dernières nouvelles, elle est en zone soviétique.

— On raconte qu'une de nos unités spécialisées l'a visitée.

— Vraiment ?

— J'ai pensé que nos hommes avaient dû rapporter quelques souvenirs.

— Pourquoi auraient-ils pris ce risque ? On trouve tout ce qu'on veut ici même.

— Donc, vous n'avez pas mis les pieds là-bas ?

— À quoi rime cet interrogatoire ?

— Ne monte pas sur tes grands chevaux, intervint Liz, lui rendant le Leica. Jake pose toujours des questions. Il est payé pour ça.

— Ah oui ? Qu'il aille les poser ailleurs. Tu es prête ?

— Ohé, la photographe ! (Deux soldats américains accouraient.) Vous vous souvenez de nous ? Dans le bureau de Hitler.

— Comme si c'était hier. Vous allez bien ?

— On rentre au pays. À la fin de la semaine.

Liz sourit.

— C'est bien ma chance. Une dernière photo souvenir ?

— Oui, ce serait formidable. Avec l'obélisque, si possible.

Jake suivit l'objectif de l'appareil, fixant les deux GI's et le marché animé derrière eux. Comment expliqueraient-ils à leur famille la présence de ces Russes auscultant des montres, de ces Allemandes émaciées brandissant des soupières ? Devant l'église, deux soldats déployaient un tapis sous le regard d'un général couvert de décorations. Alors que le tram arrivait, fendant la foule, le général jeta un coup d'œil vers les colonnes du château. Sikorsky, une cartouche de cigarettes à la main. Jake sourit. Même les gradés venaient arrondir leurs fins de mois au marché. Ou payer leurs indics…

Un des GI's griffonna quelque chose sur un bout de papier.

— Vous pouvez envoyer la photo à cette adresse ?

— Vous êtes de Saint Louis ? s'exclama Liz, étonnée.

— Pourquoi, vous aussi ?

— Webster Groves.

— Sans blague !… Ça paraît très loin, non ? ajouta le soldat, contemplant le château en ruine.

— Bien le bonjour chez moi ! lança Liz tandis qu'ils s'éloignaient.

Elle se tourna vers Shaeffer.

— Tu te rends compte ?

— Allons-y, dit-il, agacé.

— Je peux vous poser encore une question ? lança Jake à Shaeffer, qui partait déjà. Pourquoi recherchez-vous Emil Brandt ?

Shaeffer s'immobilisa. La stupéfaction se lut sur son visage.

— Qu'est-ce qui vous fait penser que je cherche quelqu'un ?

— Moi aussi, j'ai vu Frau Dzuris.

— Qui ça ?

— La voisine. Du temps de Pariserstrasse.

— Qu'attendez-vous de moi ?

— Je suis un vieil ami de la famille. En tentant de retrouver la trace d'Emil, j'ai découvert que vous étiez passé avant moi. Pourquoi ?

— Un vieil ami de la famille…

— Avant la guerre. Je travaillais avec sa femme. Alors, permettez-moi d'insister : pourquoi le cherchez-vous ?

Shaeffer scrutait le visage de Jake, comme s'il espérait lire dans ses pensées.

— Parce qu'il a disparu.

— De Kransberg, je suis au courant.

Shaeffer écarquilla les yeux.

— Eh bien, que désirez-vous savoir ?

— Pourquoi cet acharnement ? Que représente Emil ?

— Si vous connaissez l'existence de Kransberg, vous avez la réponse. C'est un hôte du gouvernement américain.

— Pour une durée indéterminée.

— Exact. On a encore des questions à lui poser.

— Mais quand vous aurez fini, il pourra partir ?

— Je l'ignore. Ça ne relève pas de mes compétences.

— Quelles sont-elles ?

— Ça ne vous regarde pas. Que voulez-vous au juste ?

— La même chose que vous : retrouver Emil Brandt. Vous avez de ses nouvelles ?

Shaeffer le fusilla du regard, puis soupira.

— Non. Pas depuis un certain temps. On piétine. Mais vous aurez peut-être une piste, en tant qu'ami de la famille... On ne connaît rien de sa vie privée, seulement ce que contient son cerveau.

— C'est-à-dire ?

Shaeffer baissa les yeux.

— Une mine. Ce type peut se révéler une véritable bombe à retardement, s'il se trompe d'interlocuteurs.

— Vous pensez aux Russes ?

— Naturellement. Vous disiez avoir travaillé avec sa femme. Vous ne sauriez pas où elle se trouve ?

— Non, pourquoi ?

Jake évita le regard de Liz.

— On pense qu'il est avec elle. Il en parlait sans cesse. Lena.

— Lena ? répéta Liz.

— Un prénom très courant ici, s'empressa de préciser Jake.

Liz comprit le message et garda le silence.

— Et si Emil ne tient pas à ce qu'on le retrouve ? demanda-t-il.

— Ce n'est pas à lui d'en décider, répliqua Shaeffer, puis il consulta sa montre. On ne peut pas poursuivre cette discussion ici. Venez à deux heures au quartier général.

— C'est un ordre ?

— C'en sera un si vous ne venez pas. Vous comptez nous aider, oui ou non ?

— Si je savais où il est, je ne vous aurais pas questionné.

— Vous pouvez sûrement nous apporter des éléments sur sa famille, ses amis, ses collègues. Il doit bien y avoir quelqu'un qu'il irait voir. Vous aurez peut-être une piste, répéta Shaeffer. On ne sait jamais.

— Le temps a passé. Une chose est sûre, je ne connais plus ses amis. J'ignorais même qu'il avait été nazi.

— Et après ? Tout le monde était nazi. Vous n'êtes pas un de ces acharnés, j'espère, dit Shaeffer, l'air soupçonneux.

— Acharné à quoi ?

— À continuer la guerre, à traquer les nazis. Je n'ai pas de temps à perdre avec ce genre de choses. Peu importe qu'il ait été le meilleur ami de Hitler. On veut juste ce qu'il a là-dedans.

Il porta la main à sa tempe. Un écho d'une conversation antérieure, lors d'un dîner mémorable.

— Une dernière question. La première fois que je vous ai aperçu, vous veniez chercher Breimer. Dans la villa de Gelferstrasse, le 16 juillet. Ça ne vous rappelle rien ? Où êtes-vous allés ?

Shaeffer pinça les lèvres.

— Aucun souvenir.

— Le soir où Tully s'est fait tuer... Je vois que ce nom ne vous est pas inconnu.

— En effet. Il était en poste à Kransberg. Et alors ?

— Alors il est mort.

— À ce qu'on m'a dit. Bon débarras, si vous voulez mon avis.

— Vous ne désirez pas savoir qui l'a tué ?

— Pourquoi ? Pour lui décerner une médaille ? Il a évité à quelqu'un d'autre d'avoir à le faire. Ce type ne nous causait que des ennuis.

— Mais il conduisait le véhicule dans lequel Emil Brandt s'est échappé de Kransberg. Et ça ne vous intéresse pas ?

— Tully ? Le soldat dont on a découvert le cadavre ? demanda Liz.

Jake les dévisagea successivement, elle et Shaeffer, troublé par cette interruption, prenant pour la première fois conscience de l'intérêt que Shaeffer pouvait trouver à ce flirt avec Liz. Un moyen pour lui de vérifier de quelles informations elle disposait. Savait-on jamais à qui on avait affaire ?

— Lui-même... Mais bien sûr ça ne vous intéresse pas, ajouta-t-il à l'intention de Shaeffer. Et vous ne vous souvenez plus de l'endroit où vous avez emmené Breimer ce soir-là.

— J'ignore où vous voulez en venir, mais vous feriez mieux d'aller voir ailleurs. Avant que je vous casse la figure.

— Ça suffit, intervint Liz. On n'est pas sur un ring. Je suis ici pour acheter un appareil photo, pas pour assister à un match de boxe. De vrais gamins... (Elle lança un regard noir à Jake.) Vous l'avez cherché... Maintenant, si vous me faisiez un sourire ? J'ai une pellicule à finir. Et après, vous rentrerez sagement chez vous… Ça s'adresse également à toi, précisa-t-elle à Shaeffer.

Curieusement, ce dernier s'exécuta, se tournant comme Jake vers l'objectif.

— À deux heures, n'oubliez pas, répéta-t-il entre ses dents.

— Taisez-vous. (Liz s'accroupit pour mieux les cadrer.) Allez, un sourire.

Au même moment, un coup de feu claqua sur la place, suivi par un cri. Jake jeta un coup d'œil par-dessus l'épaule de Liz. Un soldat russe courait devant l'obélisque, évitant les gens qui s'écartaient à son approche, un troupeau d'oies effrayées. Un deuxième coup de feu, plus à droite, près d'une poignée de Russes assemblés autour de la Horch noire. Ils avaient dégainé. Jake eut juste le temps de voir que leurs armes n'étaient pas braquées vers l'obélisque, mais en direction de Liz.

— À terre ! hurla-t-il.

Mais Liz, surprise, se redressa, et la balle vint se loger dans son cou. Une seconde de silence, puis une troisième détonation, un sifflement aigu. Touché, Shaeffer s'écroula en arrière. Avant que Jake ait pu bouger, Liz s'affaissa sur lui, le poussant contre une colonne jusqu'à ce qu'il s'effondre lui aussi et que sa tête heurte la pierre. Partout des hurlements sur la place, des bruits de pas précipités. Une balle ricocha sur une colonne. Jake tentait de respirer, écrasé sous le poids, et il comprit que c'était le sang de Liz, jaillissant de sa gorge, qui lui emplissait la bouche. Encore des coups de feu sur la place, si nombreux qu'ils semblaient tirés au hasard parmi les gens à plat ventre sur les pavés pour échapper à la fusillade.

Fébrilement, Jake tenta de faire rouler Liz sur le côté

alors que son sang lui inondait à nouveau le visage. Il parvint à se dégager, à sortir le pistolet de Shaeffer de son holster, à se glisser derrière la colonne, reprenant peu à peu son souffle. Les Russes près de la Horch noire faisaient toujours feu, dans toutes les directions, cette fois, pour répondre aux tireurs embusqués aux quatre coins de la place. D'une main tremblante, Jake essaya de mettre les Russes en joue, mais ne réussit qu'à faire voler en éclats le phare de la Horch. Ce fut une balle venue d'ailleurs qui atteignit un des Russes, le projetant contre la voiture.

Et puis, avant que Jake ait pu tirer de nouveau, la fusillade s'arrêta net. Les autres Russes, rapides comme l'éclair, se réfugièrent derrière la Horch, invisibles. La place s'était vidée, seul un corps gisait près de l'obélisque. Jake entendit un gargouillis près de lui, puis un cri en allemand vers l'église Saint-Nicolas. Il rampa jusqu'à Liz dans sa chemise ensanglantée qui lui collait à la peau. Les yeux ouverts, encore écarquillés par la terreur, mais vivante. Son sang ne jaillissait plus, il s'écoulait doucement dans la flaque au ras de sa tête. Jake lui appuya sur le cou pour stopper l'hémorragie, mais le sang lui poissa aussitôt les doigts.

— Ne mourez pas. On va avoir de l'aide.

De qui ? À quelques pas, Shaeffer s'agita et gémit. Rien ne bougeait sur la place.

— Ne mourez pas, répéta Jake.

Sa voix s'étrangla. Liz le fixait, et il se demanda si elle le voyait, s'il pouvait la maintenir en vie par la seule force de son propre regard. Une fille de Saint Louis, Missouri. Il tourna la tête vers la place.

— À l'aide ! hurla-t-il, mais personne ne comprenait l'anglais. *Hilfe !*

Comme si une ambulance allait surgir, tous pneus

crissants… Il regarda de nouveau Liz droit dans les yeux.

— Tout va bien se passer. Tenez bon.

Il lui appuya plus fort sur le cou, la main complètement rougie par le sang. Combien en avait-elle perdu ? Un bruit de pas derrière lui. Il leva les yeux. Un des deux GI's, effaré à la vue du sang.

— Nom de Dieu…

— Aidez-moi, dit Jake.

— Ils ont eu Fred, répondit-il, groggy.

— Allez demander de l'aide aux Allemands. Il faut la transporter à l'hôpital. *Krankenhaus*.

Le GI le dévisageait, l'air ahuri.

— *Krankenhaus*, répéta Jake. Demandez-leur, je vous en supplie.

Le jeune homme s'éloigna comme un somnambule, et s'agenouilla au pied de l'obélisque où gisait son camarade. Quelques personnes réapparaissaient sur la place, lançant à droite et à gauche des regards furtifs, de crainte que la fusillade reprenne.

— Ne vous en faites pas. Tenez bon. On va s'en sortir.

Jake prit alors conscience avec un frisson que non, ils ne s'en sortiraient pas. Liz allait mourir. Aucune ambulance ne surgirait avec un médecin en blouse blanche qui arrangerait tout. Il n'y avait plus que l'attente. Liz avait compris, c'était visible. Comment vivait-on ces ultimes instants ? La tête envahie par un grondement assourdissant, ou dans un silence total, en contemplant le ciel ? Tout se passa en quelques secondes, le temps qu'il faut pour prendre une photo. Elle roula des yeux affolés, Jake l'accompagnant du regard, puis entrouvrit la bouche comme pour parler, et il entendit son dernier soupir, peu spectaculaire, une légère inspiration qui n'alla pas jusqu'à son terme, l'air étant bloqué à l'intérieur. Rien à voir avec le théâtre bruyant d'une naissance. La respiration s'interrompait, on quittait la vie.

Liz avait les pupilles fixes. Jake retira sa main, l'essuya sur son pantalon, étalant le sang. Une odeur écœurante. Il ramassa l'appareil photo, encore hébété, chaque mouvement lui demandant un effort. Une vie anéantie en une fraction de seconde, en un éclair trop rapide, même pour un objectif Zeiss. Shaeffer se remit à gémir et Jake s'approcha lentement, toujours à genoux. Du sang là aussi, une immense tache rouge en travers de l'épaule gauche.

— Du calme. On va vous transporter à l'hôpital, déclara Jake.

De son bras indemne, Shaeffer se cramponna à lui.

— Pas un hôpital russe, murmura-t-il d'une voix rauque. Sortez-moi d'ici.

— Le secteur américain est trop loin.

Shaeffer lui agrippa de nouveau le bras.

— Pas un hôpital russe, répéta-t-il, criant presque. Surtout pas !

La place se remplissait, les gens erraient sans but comme après un accident. Des Russes partout. Une vraie ville russe.

— Vous pouvez vous lever ? demanda Jake, une main sous la nuque de Shaeffer.

Avec une grimace, ce dernier se redressa lentement et s'immobilisa en position assise. Il clignait des yeux, encore sous le choc. Jake lui glissa le bras sous l'aisselle pour l'aider à se relever, chancelant sous le poids.

— La jeep est là-bas. Vous êtes capable de tenir debout ?

Shaeffer acquiesça, mais se laissa tomber en avant.

Jake jeta un coup d'œil vers la place. Il lui fallait quelqu'un. N'importe qui.

— Hé, Saint Louis ! (Il fit signe au GI de le rejoindre, tout en soutenant Shaeffer de l'autre bras.) Là, donnez-moi un coup de main. Pour le faire monter dans la jeep.

À eux deux, ils réussirent à mettre Shaeffer sur ses pieds, à le faire avancer, un pas à la fois, haletant. Il perdait toujours du sang.

— Pas un hôpital russe, marmonna-t-il, comme s'il délirait.

Puis il hurla de douleur quand son corps toucha le siège du passager, dernier sursaut avant de perdre connaissance, la tête penchée sur le torse.

— Il va s'en sortir ? s'enquit le GI.

— Oui. Aidez-moi à ramener la photogaphe.

Mais une fois sur place, devant Liz qui gisait dans une mare de sang, le GI, horrifié, eut un mouvement de recul. Agacé, Jake souleva lui-même la jeune femme, et, titubant, la transporta dans ses bras jusqu'à la jeep comme une jeune mariée, la tête renversée en arrière. Il la déposa délicatement sur le siège arrière et repartit chercher le pistolet de Shaeffer. Le GI était toujours là, livide, l'appareil photo de Liz à la main.

— Vous avez du sang sur vous, dit-il bêtement.

— Restez avec votre copain, ordonna Jake, récupérant l'appareil. Je vous envoie quelqu'un.

Le GI contempla le cadavre de son camarade.

— Dieu tout-puissant ! lâcha-t-il, la voix brisée par l'émotion. Je ne sais même pas ce qui s'est passé.

Un groupe de Russes venait d'arriver, entourant la Horch à la manière des policiers militaires, examinant le cadavre de leur collègue. Le soldat parti en courant après avoir tout déclenché semblait s'être évanoui dans la ville. Pas d'autres morts, seulement Liz et le GI qui devait rentrer au pays à la fin de la semaine. Comme Jake regagnait la jeep, pressé de partir, un des Russes vint vers lui, gesticulant en direction de Shaeffer recroquevillé sur son siège. Il y aurait des questions, un médecin soviétique, tout ce que Jake voulait éviter. Il grimpa dans la jeep et démarra. Le soldat russe l'interpella, lui demandant sans doute de couper le contact. Pas le temps. L'hôpital militaire le plus proche se trouvait à Lichterfelde, à des kilomètres de là.

Le Russe restait devant la jeep, le bras levé. Jake le mit en joue avec le pistolet de Shaeffer. Aussitôt, il s'accroupit et s'écarta. Un gosse pas plus vieux que le GI, effrayé à la vue d'un fou ensanglanté qui brandissait une arme. Ses collègues levèrent la tête et se baissèrent à leur tour. Le pouvoir des armes à feu, aussi grisant que l'adrénaline : personne ne vous résistait. Les Russes battaient encore en retraite quand la jeep fit demi-tour sur la place pour se diriger vers le pont.

Le corps de Shaeffer bascula au premier virage, puis s'affaissa sur Jake, pesant sur lui de tout son poids tandis qu'ils quittaient Potsdam. Lorsqu'ils franchirent en trombe le poste de contrôle marquant le changement de secteur, Jake comprit à l'expression effarée des militaires en faction qu'il avait le visage couvert de sang. De sa manche, il l'essuya, des caillots rouge sombre mêlés à de la sueur. Sur l'autoroute, à pleine vitesse, il se surprit à avaler l'air à grandes goulées, comme s'il avait longtemps retenu sa respiration sous l'eau. Sans le cadavre de Liz à l'arrière et Shaeffer appuyé contre lui, dodelinant de la tête, il aurait eu l'impression de se réveiller d'un cauchemar. « Je ne sais même pas ce qui s'est passé », avait constaté le GI. Jake, lui, le savait. Il se repassa mentalement la scène, s'arrêtant sur l'instant où il avait vu les pistolets braqués non vers le soldat qui s'enfuyait, mais vers Liz. Ce soldat n'avait-il servi qu'à faire diversion, Liz étant depuis le début la cible des tireurs ? Mais qui pouvait vouloir la tuer ? Une erreur. Jake regarda Shaeffer. Quelqu'un d'autre était visé. Un homme qui préférait risquer sa vie plutôt que de tomber aux mains des Russes.

11

Le corps de Liz fut rapatrié par avion militaire pendant que celui de Shaeffer se réparait lentement sur un lit d'hôpital, sans visiteurs. Le gouvernement militaire américain avait protesté officiellement auprès des Russes, qui s'étaient empressés de lui retourner la politesse, l'incident remplissant les bacs à courrier des secrétaires jusqu'à la réunion de la Kommandatura, qui permettrait d'en débattre. Jake s'était replié dans son ancien appartement et tentait d'écrire un article sur Liz, mais il finit par y renoncer. Pour *Stars and Stripes*, elle était déjà devenue une sorte de soldat tombé en première ligne. Que pouvait-il ajouter ? Comme dans les bandes d'actualités, une image se substituait à la réalité. Sur un écran, que verrait-on ? Un accident au cours d'une fusillade, pas une photographe recevant une balle destinée à quelqu'un d'autre. Seul Jake avait remarqué dans quelle direction l'arme était pointée.

Lorsqu'il regagna la villa de Gelferstrasse, un bruit de pas dans la chambre voisine le fit sursauter, mais ce n'était que Ron, occupé à plier les vêtements de Liz et à les empiler près d'un sac de voyage grand ouvert.

— Vous ne voudriez pas me donner un coup de main ? Ça me fait tout drôle, de ranger ses affaires, avoua-t-il à Jake, un slip à la main.

— C'est la première fois que vous voyez de la lingerie féminine ?

— Ça me fait quelque chose, simplement.

De façon inhabituelle, il paraissait impressionné, et Jake comprit ce qu'il éprouvait. À chaque dessous en soie posé dans le sac, la disparition de Liz devenait un peu plus palpable, comme s'il ne restait d'elle que cette pile de linge soigneusement plié.

— Pourquoi ne pas demander à la vieille femme d'en bas de s'en occuper ?

— À une Allemande ? Tout disparaîtra, ou presque. Vous savez comment sont ces gens-là.

Jake ramassa une paire de chaussures, celles dans lesquelles Lena avait dansé, les contemplant quelques instants.

— Prenez-les, si vous voulez, dit Ron.

Pourquoi pas ? Un plein sac de vêtements que Lena pourrait porter, alors qu'il était si difficile d'en acheter. Jake se sentait devenir comme les Berlinois, prêt à dépouiller les morts. Il posa les chaussures dans le sac.

— Quelqu'un les voudra peut-être, en souvenir. Elle a de la famille ?

Ron haussa les épaules en signe d'ignorance.

— Et ça ?… Toutes les mêmes, constata-t-il avec un soupir, indiquant un assortiment de produits de beauté.

Un tube de rouge à lèvres entamé, de la poudre de riz, un pot de crème hydratante… Rien qui mérite d'être réexpédié.

— Il n'y a qu'à les donner en bas.

— À la vieille femme ?

— Elle pourra les vendre.

— Je parie qu'elle préférerait les appareils photo. Elle et son mari parlent déjà de récupérer le débarras du sous-sol – vous savez, là où Liz s'était installé une chambre noire. Sous prétexte qu'ils manquent de place.

— Je viderai la pièce moi-même, dit Jake.

Il alla chercher un appareil resté sur le lit. Celui que Liz avait à Potsdam, encore éclaboussé de sang. Il rembobina la pellicule et la sortit du boîtier.

— Vous avez intérêt à le nettoyer avant de le ranger avec le reste, ajouta-t-il, tendant l'appareil à Ron qui y jeta un regard inquiet. Et ce sac, on en fait quoi ?

— Il repart aux États-Unis.

— Sans passer par le département des enquêtes criminelles ?

— À quoi bon ?

— Liz a quand même été tuée, non ?

— Elle aurait pu aussi se faire écraser par un autobus. On n'aurait pas envoyé l'autobus au département des enquêtes criminelles. Qu'est-ce qui vous prend ?

Bonne question. Qu'est-ce qui lui prenait ? Pas plus ce rouge à lèvres que ce chemisier bien plié ne prouvaient quoi que ce soit. La seule preuve, aussi peu fiable qu'une bande d'actualités, était ce que lui-même avait entrevu. Il s'approcha du bureau couvert de photos.

— Quelle mort absurde, en tout cas ! Couvrir la guerre sans une égratignure, et à la dernière minute, pan ! marmonnait Ron en finissant de remplir le sac.

Jake passa les photos en revue. Churchill à l'ancienne chancellerie du Reich. Ron à l'aéroport dans une marée d'uniformes. Un portrait de Joe.

— Et Shaeffer, comment va-t-il ?

— Il a perdu pas mal de sang, mais il a été bien recousu.

— Les visites sont interdites, il paraît ?

Ron leva les yeux au ciel.

— Puisque je vous dis qu'il a perdu beaucoup de sang. Depuis quand êtes-vous si proches ?

— Je posais juste la question. Que vont devenir ces photos ?

— Aucune idée. Normalement, elles sont pour notre service d'information. Vous en voyez qui pourraient intéresser la famille ?

— Pas vraiment. Liz ne figure sur aucune.

De ce côté-là de l'objectif, on mourait sans laisser de trace.

— Faites donc le tri. Mais emportez-les : on va avoir besoin de la chambre… (Ron referma le sac de voyage.) Eh bien voilà. Ça ne représente pas grand-chose.

— Elle aimait voyager léger.

— Sauf quand il s'agissait de son fichu matériel, dit Ron, désignant de la tête une malle près de la porte. Mais c'était une fille formidable.

— Ça oui…

— Et tous les deux, vous n'avez jamais…

— Jamais quoi ?

— Vous savez bien. Dès le début, j'ai eu l'impression que vous lui plaisiez.

— Il n'y a rien eu entre nous.

Mais ça aurait pu marcher.

— Alors, elle a dû se contenter de ce vieux briscard de Shaeffer ? Si vous voulez mon avis, ce n'est pas lui qu'il fallait sauver.

— Elle était déjà morte.

Ron hocha la tête.

— C'est vraiment le Far West. On n'est en sécurité nulle part, dans cette putain de ville.

Jake pensa à Günther en train de lire ses westerns et de jouer les détectives pour les autres.

— Ça ne nous a pas empêchés de mettre la police à la retraite.

— La police, c'est nous, répliqua Ron, l'air surpris. De toute façon, ça changerait quoi ? (Il se dirigea vers la porte.) Le sort en avait décidé ainsi, non ? Et quand votre heure a sonné…

— Ça n'a rien à voir. Liz s'est fait descendre.

— Bien sûr… (Ron se retourna.) Qu'est-ce que vous dites ?

— Que Liz s'est fait descendre. Ce n'était pas un accident.

— Vous êtes fou ? s'exclama Ron, les yeux écarquillés. Il n'y avait jamais qu'une centaine de témoins, vous savez.

— Ils se trompent.

— Mais pas vous, naturellement. Et qui serait le meurtrier ?

— Quoi ?

— Qui serait le meurtrier ? Si quelqu'un a tiré et que ce n'est pas un accident, on peut se poser la question.

Jake le dévisagea.

— En effet. Qui a tiré ?

— Peut-être un Russe…

— Oui, mais pas n'importe lequel. Qui ? répéta Jake, réfléchissant tout haut.

Il rassembla les photos. Avant de partir, il remercia Ron.

— Où allez-vous comme ça ?

— Voir un policier. Un vrai.

À Kreuzberg, ce fut Bernie qui ouvrit à Jake.

— Vous choisissez bien votre moment… Entrez, puisque vous êtes là. Il faut le remettre sur pied.

Jake inspecta la pièce du regard : même fouillis que la première fois, mais embaumant le café chaud. Le nez dans sa tasse, Günther hochait la tête, avec le plan de Berlin en toile de fond.

— Que se passe-t-il ?

— Le procès. Günther doit être à la barre des témoins dans une heure, et qu'est-ce qu'il fait ? Il prend la cuite de sa vie. Je l'ai trouvé par terre en arrivant.

— Le procès de qui ?

— De votre amie Renate. C'est le grand jour. Aidez-moi plutôt à le mettre debout.

— Herr Geismar…, salua Günther, l'air hébété.

— Finissez-moi ce café, ordonna Bernie. Des semaines de préparatifs, et voilà le tour qu'il nous joue…

Günther se levait, chancelant.

— Vous êtes capable de vous raser seul, ou il faut qu'on vous aide ? ajouta Bernie.

— Je peux encore me raser moi-même.

— Et pour les vêtements ? Vous ne pouvez pas y aller dans cette tenue.

Un maillot de corps couvert de taches. Günther fit un signe de tête en direction de la penderie, puis se tourna vers Jake.

— Où en est votre affaire ? J'ai cru que vous aviez renoncé.

— Pas du tout. J'ai des tas de choses à vous raconter.

— Parfait, dit Bernie. Parlez-lui. Ça le réveillera peut-être. (Il ouvrit la penderie et sortit un costume sombre.) Il vous va ?

— Évidemment.

— Il vaudrait mieux. Autant que vous fassiez bonne impression, même si je dois vous soutenir.

— C'est si important ? demanda Günther d'un ton désabusé.

— Elle a envoyé votre femme au four crématoire. Ça ne vous suffit pas ?

Günther baissa les yeux et avala une gorgée de café.

— Qu'attendez-vous de moi, Herr Geismar ?

— Il faut que je parle à vos amis russes. Au sujet d'un de leurs copains. Il y a eu une fusillade à Potsdam.

— Encore Potsdam, grogna Günther.

— Un Russe a abattu une amie à moi. Je voudrais savoir qui c'est. Enfin, qui c'était... Il s'est fait abattre à son tour.

Günther haussa les sourcils.

— Son nom ne figure pas sur le rapport ?

Une question de flic.

— Ce n'est pas son nom qui m'intéresse, mais qui il était.

— Ah, l'identité du meurtrier... En tout cas, vous voilà avec une nouvelle affaire sur les bras.

— Non, c'est la même.

— La même ? répéta avec étonnement Bernie, qui avait suivi la conversation. On a présenté ce décès comme un accident. Suite à un vol. C'était dans les journaux.

— Il n'y a eu aucun vol. J'ai tout vu. C'était un coup monté... Pour liquider quelqu'un, ajouta Jake à l'adresse de Günther. Mais le tireur a raté sa cible.

— Et il a tué votre amie à la place.

Jake acquiesça en silence.

— Il a aussi touché à l'épaule celui qu'il visait.

— Pas vraiment une fine gâchette, conclut Günther, parlant comme dans les westerns.

— Difficile de faire mouche au milieu de la foule. Vous connaissez le marché de Potsdam. Après, ç'a été la panique. Des coups de feu dans tous les sens. Vous n'aurez qu'à demander à votre ami Sikorsky.

Günther se redressa.

— Lui ? Au marché de Potsdam ?

Jake sourit.

— Pour vendre des cigarettes. Ou acheter un tapis, je ne sais plus. Mais quand la fusillade a éclaté, il est parti sans demander son reste, comme tout le monde.

— Donc, il n'a pas vu le premier échange de coups de feu.

— Moi, si.

— Alors, je vous écoute.

— Rasez-vous en même temps, dit Bernie, poussant Günther vers la salle de bains. Je vais refaire du café.

D'un pas lourd, Günther alla docilement jusqu'au lavabo. Il contempla quelques instants son reflet dans le miroir et commença à s'enduire le visage de savon à barbe avec un blaireau. Jake s'était assis sur le rebord de la baignoire.

— Pressez-vous ! cria Bernie depuis la pièce voisine. Il faut revoir votre témoignage une dernière fois.

— Déjà fait, dit Günther dans un soupir, comme s'il parlait au miroir, ses joues et son menton disparaissant lentement sous la mousse.

— Ce serait dommage d'oublier quelque chose !

— Pas de danger.

Penché au-dessus du lavabo, il prit son rasoir d'une main tremblante.

— Ça va aller ? Je peux vous aider, si vous voulez, proposa Jake.

— Vous avez peur que je me blesse ? Non… (Il examina le rasoir.) Et pourtant, combien de fois je me suis dit que ce serait si facile… Une belle coupure, pour en finir définitivement. (Il hocha la tête.) Jamais pu aller jusqu'au bout. Pourquoi ? Je l'ignore. Ce n'est pas faute d'avoir essayé. Plusieurs fois, j'ai mis la lame ici, précisa-t-il, montrant sa gorge. Mais je n'ai pas pu. Vous pensez que je me couperais maintenant ? Par accident ? Je ne crois plus aux accidents. Parlons plutôt de notre affaire.

Déconcerté, Jake se rassit plus confortablement. Ce n'étaient pas des propos d'ivrogne, bien au contraire. Günther lui avait ouvert son cœur sans même avoir conscience de se mettre à nu, comme quelqu'un se dévêtant derrière une fenêtre. Que s'était-il passé dans sa tête lorsqu'il avait senti la lame du rasoir contre sa peau – ce même rasoir qui dessinait à présent une trajectoire impeccable à travers la mousse, guidé d'une main ferme par un survivant ?

Bercé par le crissement de la lame sur la peau, Jake se mit à raconter, essayant d'adopter une logique aussi rigoureuse que celle du rasage – descendre le long de la joue, contourner la commissure des lèvres. Son récit ne tarda cependant pas à suivre son propre cours, aussi tortueux que celui des événements. Günther ignorait les derniers développements – le tiret devant le numéro de série des Marks d'occupation, Kransberg, Frau Dzuris, jusqu'au jeune Willi montant la garde dans la rue du Pr Brandt. Par moments, Jake avait l'impression que Günther n'écoutait plus, occupé à tirer sur sa peau pour se raser de près sans se couper, mais un grognement venait alors le rassurer : l'ancien flic enregistrait le moindre détail, comme si chaque coup de rasoir lui éclaircissait les idées. Bernie lui apporta une nouvelle tasse de café et resta appuyé au chambranle, observant ses mimiques dans le miroir, pour une fois sans l'interrompre. Un Russe agenouillé devant une Horch noire, pointant son arme… Le commandant Péage… Günther rinça son rasoir, puis se passa le visage sous l'eau.

— Je suis présentable, cette fois ?

— Comme si vous sortiez d'une boîte. Tenez.

Bernie lui tendit une chemise propre.

— Eh bien, qu'en pensez-vous ? demanda Jake à Günther.

— Un véritable imbroglio, répondit-il en s'essuyant le visage, l'air absent.

— Vous êtes perdu ?

— C'est plutôt vous qui mélangez tout…

Jake lui lança un regard interrogateur.

— Herr Geismar, reprit Günther, on ne mène pas une enquête à bien en se fiant uniquement à son intuition. Il faut procéder point par point, comme un comptable. Si vous avez deux problèmes, vous faites deux colonnes séparées, et vous ne passez pas sans cesse de l'une à l'autre.

— Mais elles se recoupent !

— Seulement à Kransberg. Et il ne s'agit peut-être que d'une coïncidence. Ce qui crève les yeux, vous savez, c'est que Tully ne recherchait pas Herr Brandt. Les autres, oui, mais pas lui. (Il enfila sa chemise.) Vraiment, il faut remettre de l'ordre dans tout ça. Chaque élément dans la colonne correspondante. Et si le même élément apparaît dans les deux colonnes, alors seulement vous pourrez opérer d'éventuels recoupements.

— Peut-être à Potsdam. On y revient toujours.

— Oui, mais pourquoi ? demanda Günther en boutonnant sa chemise. Je n'ai jamais compris ce que Tully faisait à Potsdam. Précisément ce jour-là, alors que la ville était fermée au public.

— Comme convenu, j'ai vérifié les laissez-passer pour les studios de Babelsberg où logeaient les Américains. Chou blanc. Aucune trace de Tully, intervint Bernie.

— C'est pourtant là qu'on a découvert son cadavre. En secteur soviétique, avec des Marks émis par les Russes, répliqua Jake.

— Ah oui, l'argent. Un élément intéressant... (Günther vida d'un trait la tasse de café.) S'il a reçu de l'argent russe, c'est forcément là. Mais sans doute pas en vendant des montres à un Popov. Ils ne se promènent pas avec des sommes pareilles. Vous n'avez pas de nouvelles de Danny Alford ?

— Non.

— Retournez le voir... Je dois vraiment mettre une cravate ?

— Oui, pour faire bon effet devant le juge, répondit Bernie.

— Danny ne nous aidera pas. Il faut retrouver Emil Brandt, lâcha Jake en soupirant, frustré par cette interruption.

Günther glissa la cravate sous son col de chemise.

— Faites deux colonnes séparées, répéta-t-il. Pour l'instant, elles ne se recoupent pas.

— Et j'imagine que, pour vous, la fusillade à Potsdam n'a pas de rapport non plus ?

— Non, encore qu'il y ait un point commun.

— Shaeffer ?

— Herr Geismar, vous avez vraiment un don pour nier l'évidence ! s'exclama Günther en faisant son nœud de cravate. Trois personnes sont debout sur la place. Proches les unes des autres. D'après votre description, le tireur visait la photographe. Moi, je retiens qu'elle était accroupie. Et que la cible, c'était vous.

Pendant quelques secondes, Jake se contenta de fixer Günther, totalement réveillé par la caféine.

— Moi ? dit-il dans un souffle.

— Quelqu'un qui trouve un cadavre, qui enquête pour découvrir le meurtrier… Ça ne vous a pas effleuré ? Qui d'autre ? Un militaire, parce qu'il se serait rendu clandestinement à l'usine Zeiss ? Possible. La photographe ? Pas totalement à exclure – vous êtes un peu trop prompt à écarter cette éventualité. Quand quelqu'un se fait abattre, c'est en général à lui que la balle était réservée. Mais admettons que vous ayez raison, que la providence ait joué un rôle. Dans ce cas, c'est sur vous qu'elle veillait.

Liz tuée par la balle qui lui était destinée, simplement parce que la providence veillait sur lui ?

— Je n'y crois pas.

— Quand avez-vous vu cette Horch noire pour la première fois ? Sur l'autoroute, non ? Peu après avoir quitté Gelferstrasse.

— Ça ne prouve rien. N'oubliez pas que personne n'a tiré avant qu'on ait rejoint Shaeffer.

— À l'écart de la foule. Et si on avait voulu vous abattre tous les deux ? Pour provoquer un incident. Et ne pas trop attirer l'attention sur vous.

— Mais pourquoi…

— Parce que vous représentez une menace pour quelqu'un, sans le moindre doute. Au même titre qu'un détective.

— Je n'y crois pas, répéta Jake, mais d'un ton moins catégorique que la première fois.

Günther ramena ses cheveux en arrière d'un coup de brosse.

— Libre à vous. Néanmoins, je vous suggère de déménager. S'ils connaissent Gelferstrasse, ils peuvent très bien avoir votre autre adresse. Qui doit aussi être celle de votre amie, la charmante Lena. Risquer votre vie est une chose…

— Vous croyez vraiment qu'il y a un risque ?

Günther haussa les épaules.

— Mieux vaut prévenir que guérir.

— Pourquoi Lena serait-elle en danger ?

— Pourquoi un Russe la recherchait-il ? Ça ne vous a pas intrigué ? Chez le Pr Brandt, c'est elle que le Russe désirait voir, pas le fiston.

— Oui, mais avec l'espoir de remonter jusqu'à Emil.

— Pourquoi n'avoir pas prononcé son nom ?

— D'accord. Mais quelle conclusion en tirer ? Ne me dites pas que c'est une évidence !

Günther secoua la tête.

— Plutôt une hypothèse, mais qui s'impose d'elle-même : les Russes savent déjà où se trouve Emil Brandt.

Jake se tut, attendant en vain la suite. Günther tourna les talons et partit dans la pièce voisine avec sa tasse à café.

— C'est l'heure ? lança-t-il à Bernie.

— Vous êtes dégrisé ? Montrez-moi vos mains.

Günther tendit le bras, agité par un léger tremblement.

— J'ignorais que c'était moi qu'on jugeait.

— Il nous faut un témoin crédible, pas un ivrogne.

— Je suis flic. Je suis déjà allé dans un tribunal.

— Pas comme celui-là.

Jake les avait suivis, absorbé par ses réflexions.

— Ça ne tient pas debout, lança-t-il à Günther.

— Pour le moment. Comme je le disais, ce n'est qu'une hypothèse. Mais à votre place, je déménagerais. Je cacherais Lena.

Jake le regarda, troublé.

— J'aimerais quand même poser quelques questions

à Shaeffer. C'est sur lui qu'on a tiré, pas sur moi. Et il voulait quitter Potsdam à tout prix. Même grièvement blessé, il n'avait que ça en tête. (Il s'interrompit.) De toute façon, où pourrais-je emmener Lena ? On ne déménage pas si facilement, à Berlin.

— En effet. À moins d'y être contraint. J'ai changé Marthe d'appartement quatorze fois, constata Günther, baissant les yeux. Quatorze fois... Je me les rappelle toutes. Ce n'est pas le genre de chose qu'on oublie. Güntzelstrasse, Blücherstrasse, toutes. On va m'interroger là-dessus ? demanda-t-il à Bernie.

— Non. Seulement sur la dernière fois.

Günther hocha la tête.

— Celle où notre *Greifer* nous a percés à jour. Devant une tasse de café. On ne se doutait de rien. Marthe avait des papiers. On se croyait en sécurité...

Jake lui jeta un coup d'œil surpris. Ainsi, il avait aidé sa femme à se cacher.

— Je croyais que vous aviez divorcé.

— À sa demande. C'était préférable... (Günther se redressa brusquement.) Vous pensiez que je l'avais abandonnée ? Marthe ? C'était ma femme. J'ai fait ce que j'ai pu. Appartements, papiers... Pas difficile, pour un flic. Mais ça n'a pas suffi. La *Greifer* l'a repérée. Un jour, par hasard. Tous ces efforts en vain. Tous ces déménagements... (Il se tourna vers Bernie.) Excusez-moi, c'est l'émotion.

— Ça ne va pas ?

Günther eut un sourire penaud.

— Je me sens juste un peu... Peut-être qu'un verre... pour mes nerfs.

— Pas question.

Mais voyant Günther recroquevillé dans son vieux costume, l'air implorant, Jake s'approcha de la table et lui versa un doigt de cognac. Günther l'avala d'un trait, tel un médicament, puis attendit, se laissant gagner par la chaleur de l'alcool.

— Ne vous en faites pas. Je n'oublierai rien, lança-t-il à Bernie.

— Espérons que non, dit celui-ci, fouillant dans sa poche et lui tendant une pastille à la menthe. Tenez, sinon les Russes flaireront votre haleine à un kilomètre.

— Les Russes ? répéta Jake, étonné.

— Ce sont eux qui organisent ce procès. Pour nous prouver qu'ils savent faire, qu'ils ne se contentent pas de pendre les gens haut et court. Surtout quand ils les ont arrêtés avec notre aide. Allons-y, on va être en retard.

— Je pourrai entrer ? J'aimerais être là. Voir Renate.

— En tant que journaliste ? Les accréditations sont attribuées depuis des jours. Personne ne veut manquer ça.

Jake leva vers lui les mêmes yeux implorants que Günther réclamant un cognac.

— D'accord. On vous mettra avec l'accusation. Vous pourrez surveiller notre ami commun, ce qui n'est pas une sinécure… Non, Günther, plus de cognac.

Ce dernier rendit le verre à Jake.

— Merci… Je me renseignerai auprès de Willi pour vous, ajouta-t-il, sa façon à lui de payer Jake de retour.

— Willi ?

— Je le connais bien. À moi, il parlera.

— Mais pourquoi lui ?

Jake n'en revenait pas. Günther continuait envers et contre tout à réfléchir à leur affaire.

— Pour savoir à quoi s'en tenir. Dans les moindres détails. Comment dit-on, déjà ? Pour mettre les points sur les « i » et les barres aux « t ».

— Méthodique comme un flic.

Günther haussa les épaules.

— La rigueur est toujours payante. Il ne faut rien négliger.

— Qu'est-ce que j'ai négligé ?

— Pas « négligé », « ignoré », peut-être. Parfois, on ne veut pas voir ce qui est gênant.

— Par exemple ?

— La voiture.

— Encore la Horch ! Qu'est-ce qu'elle a de si important ?

— Une autre Horch. Celle d'Emil Brandt. Comment a-t-il pu entrer dans Berlin, le jour de sa fameuse visite ? La ville était en flammes, on se battait encore. Et lui serait venu chercher sa femme ? Avec quelle autorisation ?

— Il était dans une voiture SS.

— La sienne. Vous croyez que les SS jouaient les chauffeurs ? En pleine chute de Berlin ? Non, Emil Brandt était soit SS lui-même, soit leur prisonnier. Mais ils acceptaient de prendre son père comme passager, donc il n'était pas leur prisonnier. Un collègue. Sans doute chargé d'une mission. Laquelle ? Même les SS n'évacuaient plus leurs proches, pendant ces dernières journées.

— Le père d'Emil m'a dit qu'ils voulaient récupérer des archives.

— En prenant le risque de se rendre à Berlin ? Je me demande bien lesquelles.

— On peut le découvrir facilement, intervint Bernie. Les Allemands ont signé la capitulation dans la partie occidentale. Il doit rester une trace quelque part. S'il y a une chose dont on ne manque pas, ce sont les archives.

— Des dossiers, toujours des dossiers, grommela Günther, les yeux fixés sur la pile que Bernie emportait au procès. Pour tous les mauvais Allemands. On verra ce qu'ils nous apprennent sur Emil Brandt.

— Qu'est-ce qui vous fait croire qu'il y figure ? demanda Jake.

— Que cherche-t-on à sauver, dans une ville en flammes, sinon soi-même ?

— C'est sa femme qu'il tentait de sauver.

— Mais il n'y est pas arrivé, répondit Günther, détournant le regard. Bien sûr, c'est parfois impossible… (Il enfila sa veste, prêt à partir.) Cette dernière semaine – vous n'étiez pas là. Les incendies… Les Russes dans les rues. On croyait que c'était la fin du monde… Eh bien non. Mais maintenant, l'heure du châtiment a sonné.

La salle d'audience donnait une impression d'improvisation, comme si les Russes avaient planté le décor sans savoir où placer les accessoires. Leur programme de dénazification se résumait à des exécutions, pas à des procès. Celui d'un *Greifer* étant un cas à part, ils avaient réquisitionné une salle près de l'ancien quartier général de la police sur Alexanderplatz, dressé une estrade en bois blanc pour les juges, et réservé aux journalistes quelques rangées de chaises pliantes qui grinçaient chaque fois que l'un d'eux se penchait pour tendre l'oreille. Les avocats des parties civiles et leurs conseillers du gouvernement allié se serraient à une table, en position de force face à l'avocat de la défense et à son unique assistant, seuls à une autre table. Alignées contre un mur, plusieurs femmes-soldats soviétiques établissaient à l'aide de sténotypes les minutes du procès, qu'elles tendaient au fur et à mesure à deux jeunes filles en civil pour les faire traduire.

Le procès se déroulait en allemand, mais le président et ses deux assesseurs, des officiers couverts de décorations qui feuilletaient les dossiers en dissimulant mal leur ennui, ne comprenaient visiblement presque rien. C'est pourquoi les avocats des parties civiles, en uniforme eux aussi, traduisaient en russe les temps forts de leur réquisitoire. Il y avait également un fauteuil en bois pour les témoins, le drapeau soviétique, et pas grand-chose d'autre. Un cadre digne des procès de l'Inquisition, plus dépouillé encore que celui des tribunaux du Far West dans les romans de Karl May. Pas la moindre robe de juge ou d'avocat en vue. Tout le monde était fouillé à l'entrée.

Renate se tenait debout derrière une balustrade en contreplaqué qui ressemblait à une cage, face à l'assistance, comme si l'expression de son visage durant l'audience devait constituer une preuve supplémentaire. Légèrement en retrait, deux soldats armés de mitraillettes ne la quittaient pas des yeux, impassibles. D'après Bernie, elle avait changé, mais Jake la reconnut aussitôt malgré sa maigreur et cet air hagard qu'on voyait partout à Berlin. C'était bien Renate, les cheveux désormais coupés ras et prématurément blanchis. Elle portait l'ample robe grisâtre des prisonnières, serrée à la taille par une ceinture, qui laissait voir ses clavicules saillantes, et son visage – si joli et mutin dans les souvenirs de Jake – semblait défait, presque défiguré par l'existence. Mais elle avait gardé ses yeux perçants, qui scrutaient à présent le public avec défiance, toujours à l'affût d'une information utile, même en ces lieux. Comme du temps où elle identifiait les Juifs.

Elle aperçut immédiatement Jake, haussant les sourcils sous l'effet de la surprise, qui fit vite place à la perplexité. Un ami assis à la table de ses accusateurs ?

Pour témoigner contre elle ? Que pourrait-il dire ? Une fille au sourire charmeur et qui n'avait peur de rien, allant jusqu'à mendier une cigarette à un nazi sur un quai de gare. Un regard aigu, habile à repérer une proie possible dans la rue. De nouveau, Jake se demanda comment elle avait pu en arriver là. La fameuse question, qui revenait sans cesse. Comment avaient-ils tous pu en arriver là ? Il eut soudain envie d'adresser à Renate un petit signe amical, rassurant. Je me souviens de toi. Tu n'avais rien d'un monstre, à l'époque. Comment serais-je en mesure de te juger ? D'ailleurs, qui le serait ? Sûrement pas ces trois officiers russes sur leur estrade rudimentaire. Leur visage joufflu ne semblait pas exprimer la moindre curiosité.

Quelques minutes après le début du procès, Jake comprit que les trois hommes n'étaient pas là pour établir la culpabilité de Renate, uniquement pour décider de la sentence. Mais y avait-il le moindre doute ? Les Allemands avaient gardé la trace de ses agissements sous forme de colonnes chiffrées. À la lecture de chaque réquisitoire, Renate courbait un peu plus la tête, comme accablée par leur longueur, par le nombre d'arrestations, assez pour remplir des wagons entiers. Tant de victimes. Les connaissait-elle toutes, ou avait-elle simplement deviné, flairant sur elles l'odeur de la peur quand elles pénétraient dans un café ? En tout cas, Renate avait passé un moment avec chacune d'elles. Rien à voir avec l'anonymat dans lequel un pilote déclenche l'ouverture de la soute à bombes.

La méthode était bien celle décrite par Bernie : repérer quelqu'un, prévenir par téléphone, confirmer l'arrestation d'un signe de tête, s'éloigner pendant que des collègues embarquent leur proie dans une voiture. Pourquoi Renate n'avait-elle pas marché droit devant elle au lieu de regagner le point de rassemblement ? Et cette chambre où, sans être en prison, elle se mettait à la disposition de ses maîtres ? Pourquoi n'avoir pas continué d'avancer pour ne plus revenir ? Günther avait bien changé quatorze fois sa femme d'appartement. Mais il avait des papiers, des amis prêts à l'aider. Sans personne pour le cacher, un Juif n'avait aucune chance de s'en sortir. Où Renate serait-elle allée ?

Curieusement, le procureur russe entreprit ensuite de raconter par le menu la propre capture de Renate, la traque à l'issue de laquelle on l'avait retrouvée, terrée dans la cave d'un immeuble de Wedding. Jake crut un instant que les Russes voulaient se donner le beau rôle devant les journalistes, qui prenaient fébrilement des notes. Mais lorsqu'il vit Bernie écouter avec attention, qu'il entendit Günther mentionné nommément comme le responsable de cette capture, il comprit que le procureur recourait en fait à une technique éprouvée pour mettre en valeur son témoin à charge, si convenable dans son costume-cravate. En pure perte. Son récit haletant laissa totalement froid le président, qui s'agita sur sa chaise et alluma une cigarette. Son assesseur lui chuchota quelque chose à l'oreille. D'un geste agacé, il éteignit sa cigarette et se plongea dans la contemplation de la fenêtre, près de laquelle un ventilateur brassait paresseusement l'air – emprunt imprévu à la civilisation occidentale. Jake attendait avec impatience la suspension de séance.

Après le morceau de bravoure du procureur, il supposait que Günther tiendrait la vedette. Quels autres témoins pouvait-il y avoir ? Le dossier reconstituait le déroulement des opérations, mais les victimes étaient mortes, dans l'incapacité d'accuser qui que ce soit. Günther, lui, avait réellement vu Renate à l'œuvre. Et un procureur commençait toujours par faire parler la police, pour confirmer ses thèses. Ce fut cependant une certaine Frau Gersch qu'on appela en premier, sans doute pour frapper les esprits : très frêle, elle se déplaçait avec des béquilles, et il fallut l'aider à gagner le fauteuil réservé aux témoins. Le procureur l'interrogea d'abord avec sollicitude sur l'état de ses pieds.

— Gelés. Pendant la marche de la mort. On nous avait fait quitter le camp pour que les Russes ne nous trouvent pas. Il a fallu marcher dans la neige. Si on tombait, on était abattus, expliqua-t-elle, le souffle court, mais sans émotion apparente.

— Vous avez eu de la chance.

— Non. Je suis tombée, moi aussi. On m'a tiré dessus. Là... (Elle montra sa hanche.) On m'a crue morte, alors on m'a laissée. Seulement, je ne pouvais pas bouger. Dans la neige, mes pieds ont gelé.

Des mots simples, mais prononcés d'une voix sourde. Les journalistes devaient se pencher pour entendre, faisant grincer leurs chaises. La femme se tourna vers Renate.

— C'est elle qui m'a envoyée dans ce camp, cracha-t-elle.

Renate secoua la tête.

— Je ne savais pas. Je vous assure que je ne savais pas.

Le président la foudroya du regard, choqué de l'entendre prendre la parole, mais se demandant comment réagir. Personne ne semblait connaître la procédure, pas même l'avocat de la défense, qui se contenta de faire taire sa cliente de la main et de lancer un coup d'œil gêné au président.

— Bien sûr que si ! Elle savait ! rétorqua la femme.

— Frau Gersch, reconnaissez-vous l'accusée ? demanda le procureur, imperturbable.

— Évidemment. C'est la rabatteuse.

— Vous la connaissiez personnellement ?

— Non, mais je me souviens de son visage. C'est elle qui est venue me chercher, avec deux hommes.

— C'était la première fois que vous la voyiez ?

— Non, elle avait engagé la conversation chez le cordonnier. J'aurais dû me douter… Et puis, le même après-midi…

— Un cordonnier ? interrogea l'un des assesseurs, confondant le passé et le présent à cause des béquilles bien en vue.

— Un contact de Fräulein Naumann, expliqua le procureur. Dans la clandestinité, les chaussures s'usaient vite – à force de marcher, de se déplacer en permanence. Alors, Fräulein Naumann fréquentait les cordonniers. « Beaucoup de clients, aujourd'hui ? Des inconnus ? » Elle a identifié ainsi nombre de ses victimes. L'échoppe en question se trouvait… (Il consulta ostensiblement ses notes.)… à Schöneberg. Sur Hauptstrasse. Est-ce exact ?

— Oui, répondit Frau Gersch.

Jake regarda Renate. Astucieux, de s'informer auprès des cordonniers. Une ruse de reporter mise au service de criminels.

— Et là, elle vous a adressé la parole ?

— Oui, la pluie et le beau temps, les bombardements. Pour bavarder. Ça ne me plaisait pas – j'étais toujours sur mes gardes –, alors je suis partie.

— Vous êtes rentrée chez vous ?

— Pas tout de suite, par prudence. J'ai marché jusqu'au Viktoriapark, puis dans le quartier. Mais, à mon retour, elle m'attendait avec deux hommes. Les voisins – de braves Allemands qui m'aidaient – n'étaient déjà plus là. Eux aussi, elle les a envoyés dans les camps.

L'avocat de la défense intervint.

— Permettez-moi de préciser qu'à cette époque, en 1944, il était illégal pour un citoyen allemand de cacher des Juifs.

La stupéfaction se lut sur le visage du président.

— Nous ne sommes pas ici pour étudier les lois du régime nazi, déclara-t-il enfin. Insinuez-vous que Fräulein Naumann a bien agi ?

— Je rappelle simplement qu'à l'époque elle agissait en toute légalité.

— Reprenez, dit le président au procureur. Finissons-en.

— On vous a ensuite arrêtée. Sous quel chef d'accusation ?

— Parce que j'étais juive.

— Comment Fräulein Naumann le savait-elle ? Pas par vous, j'imagine ?

Frau Gersch haussa les épaules.

— Elle prétendait qu'elle le sentait. J'ai assuré que j'avais des papiers. « Inutile, a-t-elle insisté, c'est une Juive. » Et bien sûr, ils l'ont crue. Elle travaillait pour eux.

Le procureur se tourna vers Renate.

— Avez-vous vraiment dit ça ?

— C'était la vérité. Elle était juive.

— Comment le saviez-vous ?

— À son apparence.

— Plus précisément ?

Renate baissa la tête.

— Elle avait quelque chose de juif.

— Puis-je demander à l'accusée – quel don étrange, tout de même… – si elle ne s'est jamais trompée ?

— Jamais. Je savais toujours, répondit Renate sans ciller.

Jake se redressa, écœuré. Et fière d'elle, en plus. Son ancienne amie.

— Continuez, Frau Gersch. Où vous a-t-on emmenée ?

— À la maison de retraite juive. Sur Grosse-Hamburger-strasse.

Un détail précis. Rien n'avait été laissé au hasard.

— Et là, que s'est-il passé ?

— On nous a gardés jusqu'à ce qu'on soit assez nombreux pour remplir un camion. Puis on nous a conduits au train. Direction l'Est…, murmura-t-elle.

— … et les camps, compléta le procureur.

— Oui, les camps. Les chambres à gaz. Moi, j'étais en bonne santé, capable de travailler. Mais les autres… (Elle apostropha Renate.)… ceux que vous avez envoyés en même temps que moi, ils sont tous morts.

— Je ne les ai envoyés nulle part. Je ne savais pas.

Cette fois, le président fit taire lui-même Renate d'un geste.

— Vous saviez ! Vous avez tout vu ! cria la femme.

— Frau Gersch…, dit le procureur, sa voix grave ramenant le silence avec l'efficacité d'un coup de maillet, pouvez-vous affirmer que l'accusée et la femme qui vous a arrêtée sont une seule et même personne ?

— J'en suis sûre et certaine.

Bernie écoutait toujours attentivement.

— L'avez-vous revue ensuite ?

Jake se demanda où le procureur voulait en venir.

— Oui, du camion. Elle était à sa fenêtre. Elle nous regardait partir. Sans bouger.

Un écho de la version de Bernie. Plus le cordonnier de Schöneberg, en secteur américain. C'était donc bien Bernie qui avait retrouvé Renate, et qui l'avait livrée aux Russes.

— La même femme ? Vous êtes vraiment sûre ?

— La même. Oui, c'est la même…

Frau Gersch tremblait, à présent, au bord de la crise de nerfs. Elle tenta de se lever, défiant Renate du regard.

— Vous, une Juive ! Envoyer d'autres Juifs à la mort ! Et regarder les camions nous emmener ! Nous, vos semblables…, lâcha-t-elle dans un sanglot, oubliant l'assistance autour d'elle. Vous êtes comme les animaux qui se mangent entre eux !

— C'est faux ! hurla Renate.

Le président tapa sur son bureau du plat de la main et prononça une phrase en russe, sans doute pour suspendre la séance, mais le procureur vint aussitôt lui chuchoter quelques mots à l'oreille. Pris au dépourvu, le président acquiesça.

— Nous allons nous interrompre un quart d'heure, mais avant, qu'on fasse entrer les photographes. Et que l'accusée reste debout, précisa-t-il.

Le procureur fit un signe vers le fond de la salle, et Ron quitta sa place pour ouvrir aux photographes. Peu nombreux, ils s'avancèrent un à un. Éblouie par la lumière des flashes, Renate clignait des yeux et secouait la tête comme pour chasser une mouche. Assis bien droit, les juges prenaient la pose. Un soldat tendit à Frau Gersch ses béquilles. Jake s'attendait presque à voir surgir Liz, son appareil à la main, pour immortaliser ces instants. Puis le crépitement des flashes cessa et le président se leva.

— L'audience reprend dans un quart d'heure, annonça-t-il, allumant sans plus attendre une cigarette.

Dans le couloir, la foule des reporters dut s'écarter pour laisser passer Frau Gersch qui se déplaçait laborieusement avec ses béquilles. De toute évidence, il n'y aurait pas de contre-interrogatoire. Un peu à l'écart, Brian Stanley buvait au goulot d'une flasque. Il la tendit à Jake.

— On voit qu'on n'est pas à Moscou, ironisa-t-il. Pas d'autocritique. Très important, pour les Russes, de confesser ses torts en public. Il faut dire qu'ils ont beaucoup à se faire pardonner.

— Ce procès est une farce, murmura Jake, regardant Frau Gersch s'éloigner.

— Pas étonnant. On n'est pas dans un temple de la justice comme l'Old Bailey… Il n'empêche, cette Fräulein Naumann n'inspire pas spécialement la sympathie.

— Autrefois, si.

Brian dévisagea Jake avec perplexité, ignorant qu'il connaissait la jeune femme. Il hocha lentement la tête.

— On n'est jamais déçus. Grâce au nazisme, les humains se sont révélés sous leur meilleur jour… Dans un autre ordre d'idées, tu t'intéresses toujours à la voile ?

— La voile ?

— Tu ne parlais pas de faire une promenade en bateau sur les lacs ? En tout cas, le yacht-club a encore quelques embarcations. Dis que tu viens de ma part.

— J'avais oublié. Merci.

— Arrange-toi juste pour ne pas envoyer le bateau par le fond. Ce serait à moi de payer.

— Quelque chose à boire ? s'enquit Benson, qui venait d'apparaître, flanqué de Ron.

— Trop tard, répondit Brian, lui tendant sa flasque vide.

— Que fais-tu ici ? demanda Benson à Jake, avant de

prendre Ron à partie : Vous m'aviez promis l'exclusivité pour *Stars and Stripes* !

— Ne me regardez pas comme ça... Comment êtes-vous entré ? lança Ron à Jake. Normalement, il n'y avait plus d'accréditations.

— J'aide l'accusation. J'ai bien connu Renate Naumann.

Un silence gêné, rompu par Ron.

— Incroyable, le chic que vous avez pour apparaître là où on ne vous attend pas !

— Vous pourriez m'obtenir une interview ?

— Je peux toujours demander. Rien en vue pour l'instant : il paraît qu'elle n'a pas envie de parler. De toute façon, pour ajouter quoi ? Que reste-t-il à dire ?

— Je l'ignore, mais à moi, elle le dirait peut-être.

— Il faudra partager. Tout le monde se dispute ce procès.

— Pas de problème. Arrangez-vous simplement pour m'aider à la voir... Très bien, ton article sur Liz, ajouta Jake à l'adresse de Benson. Elle aurait apprécié.

— Merci, marmonna ce dernier, visiblement ému par le compliment. Quelle histoire ! En revanche, il semblerait que son petit ami aille mieux. Il est sorti ce matin de l'hôpital.

— Quoi ? s'exclama Jake. Hier, il n'avait pas le droit de recevoir de visites, et aujourd'hui il est sorti ? Que s'est-il passé ?

— Il aurait des amis au Congrès, plaisanta Benson. Et puis, qui a envie de s'attarder dans un hôpital militaire ? Ils tuent plus de patients qu'ils n'en guérissent... En tout cas, il est comme un coq en pâte. Il a retrouvé ses pénates, avec en prime une infirmière aux petits soins. Mais qu'est-ce que ça peut te faire ?

— Vous étiez au courant ? lança Jake à Ron.

— De quoi ?

Jake le saisit par le bras.

— Je vous ai tout expliqué. C'est lui qui était visé, pas Liz. Quelqu'un veut le tuer. Sa chambre est-elle gardée ? Qui habite sous le même toit ?

— Comment ça, Liz n'était pas visée ? le coupa Benson, surpris.

Ron retira la main de Jake de son bras, l'air furieux.

— L'armée américaine : voilà qui habite sous ce toit. Allez monter la garde vous-même, si ça vous inquiète tant.

— De quoi s'agit-il ? insista Benson.

— Rien d'important, répliqua Ron. Geismar a des hallucinations, simplement. D'ailleurs, déclara-t-il à l'intéressé, vous aussi feriez bien d'aller vous faire examiner à l'hôpital. Vous tenez de drôles de discours, depuis quelque temps.

— Vous m'assurez qu'il y a toujours quelqu'un avec Shaeffer ?

— Absolument. Et aucun Russe n'a le droit d'entrer.

— Donc je peux le voir ?

— Si ça vous chante. Il ne risque pas de s'enfuir. Pourquoi ne pas lui porter des fleurs, tant que vous y êtes ? Vraiment, Geismar ! (Ron jeta un coup d'œil à la foule, qui réintégrait avec lenteur la salle d'audience.) J'entends la cloche. Vous venez avec nous, ou vous préférez aller jouer les infirmières ?... Écoutez, je ne comprends rien à votre histoire, mais vous pouvez être tranquille : Shaeffer ne court pas plus de risques que vous et moi... Peut-être même moins, ajouta-t-il en désignant de la tête les Russes à la porte.

— J'ignorais que Shaeffer et toi vous connaissiez, intervint Benson, toujours curieux.

— Geismar a des amis cachés un peu partout à

Berlin, pas vous ? rétorqua Ron, regagnant à son tour la salle d'audience. À propos, comment avez-vous fait la connaissance de notre charmante accusée ? demanda-t-il à Jake.

— Elle était reporter. Comme nous tous. C'est moi qui l'ai formée.

Ron s'immobilisa quelques secondes.

— Voilà qui doit donner à réfléchir, dit-il avant de suivre Benson à l'intérieur.

Debout près de Günther à une extrémité de la table, Bernie s'approcha de Jake lorsque celui-ci vint se rasseoir. Les juges rejoignaient leur estrade, les uns derrière les autres.

— Alors, que pensez-vous de ce début ?

— Franchement, Bernie... Des béquilles...

Le visage de ce dernier se referma.

— Une réalité. Comme les chambres à gaz.

— Dans ce cas, pourquoi ne pas fusiller tout de suite Renate Naumann ?

— Pour garder une trace... de la façon dont procédaient les nazis. Il faut que les gens sachent.

— Elle fait donc de la figuration ?

— Non, elle est bien coupable. Comme Otto Klopfer. Aucune différence... (Bernie surprit le regard interrogateur de Jake.) Oui, Otto Klopfer, qui voulait vérifier l'étanchéité du pot d'échappement de son camion pour accélérer l'asphyxie des passagers. Sans doute avez-vous déjà oublié. Vous ne seriez pas le premier... (Il considéra les journalistes, qui faisaient racler leurs chaises sur le sol en s'installant.) Enfin, cette fois, au moins, ces messieurs daigneront peut-être nous écouter.

— Mais on a forcé Renate. Vous le savez.

— C'est aussi ce que prétend Otto Klopfer. Ils disent tous ça. Vous les croyez ?

— Parfois.

— Ça vous avance à quoi ? À les entendre, tous ont des circonstances atténuantes, mais l'histoire se termine toujours pareil. En tant qu'avocat général, j'ai appris une chose : dès qu'on s'apitoie sur le sort des accusés, on n'arrive pas à les faire condamner. Cette femme ne mérite pas votre compassion. Sa culpabilité est criante.

Le procureur appela Günther, mais, avant que celui-ci ait pris place dans le fauteuil, l'avocat de la défense se leva d'un bond.

— Puis-je demander à la cour à quoi riment ces témoignages mélodramatiques ? Personne ne conteste la nature des faits. L'accusée les a elle-même décrits en détail, déclara-t-il en brandissant un dossier. Des faits, devrais-je ajouter, dont elle s'est rendue coupable sous la menace. Désobéir lui aurait coûté la vie. Et n'oublions pas qu'elle a permis d'identifier ceux qui l'employaient. Elle nous a apporté sa pleine et entière coopération pour que les vrais fascistes répondent de leurs crimes devant la justice soviétique. Et quelle est sa récompense ? Cette mascarade ? C'est au peuple soviétique de la juger, pas à la presse occidentale. Je réclame qu'on cesse de faire du théâtre, et qu'on en revienne aux affaires sérieuses.

Cette tirade imprévue laissa les juges pantois. Ils finirent par se consulter, mais seulement pour prier l'avocat de répéter ses propos en russe. Que comprenaient-ils vraiment de ce procès ? Pendant que l'avocat s'exécutait, Renate resta impassible. « Sa pleine et entière coopération… » Après un passage à tabac ? À moins qu'elle n'ait accepté d'aligner des listes de noms, s'acquittant d'une mission d'un nouveau genre : dénoncer ses anciens maîtres. Quand l'avocat eut terminé, le président éluda sa requête d'un geste et lui ordonna de se rasseoir.

— Nous vous écoutons, dit-il à Günther.

L'avocat de la défense baissa la tête tel un écolier réprimandé pour son insolence. Il n'avait rien compris. Ce procès était bel et bien une pièce de théâtre qui se jouait au cœur de l'été, une fois la guerre terminée. Le déblaiement des décombres et les colonnes de réfugiés étaient passés au second plan. On entrait dans la saison des dénonciations, des règlements de comptes, des réparations morales impossibles à évaluer. D'où les tribunaux, les crânes tondus, les index accusateurs – autant d'autodafés pour purifier l'âme des coupables. Comme Günther, tout le monde réclamait justice.

Celui-ci commença son témoignage en récapitulant d'une voix monocorde ses états de service dans la police. Un retour au calme, après les sanglots de Frau Gersch. Bernie connaissait son public. On pouvait l'attendrir avec des béquilles, mais au bout du compte l'image rassurante de l'autorité prévalait. Les juges écoutaient poliment Günther, comme si, ironie du sort, ils se sentaient enfin face à un des leurs.

— Peut-on conclure qu'après tant d'années d'expérience vous avez acquis un certain sens de l'observation ? demanda le procureur.

— J'ai l'œil, comme on dit dans la police.

— Pourriez-vous alors nous raconter la scène à laquelle vous avez assisté un jour de 1944 au café Heil, sur Olivaerplatz ?

Au bout de la rue où vivait naguère Lena, où la vie suivait son cours pendant leurs ébats…

— Un lieu familier pour vous ? ajouta le procureur.

— Non. Pour cette raison, j'ai soigneusement

inspecté la salle du regard. Afin de vérifier qu'il n'y avait aucun risque.

— Pour votre femme, sans doute ?

— Oui, pour Marthe.

— Elle se cachait…

— À l'époque, pour faire croire à sa propriétaire qu'elle avait un emploi, elle marchait toute la journée. Dans des lieux publics où elle pouvait passer inaperçue, comme la gare du Zoo ou le Tiergarten.

— Et au cours de ces promenades, vous vous retrouviez ?

— Deux fois par semaine. Le mardi et le vendredi. Pour m'assurer qu'elle allait bien, lui donner de quoi manger. J'avais des tickets de rationnement.

Chaque semaine, des mois durant, attendre de sentir une main sur son épaule.

— Où avaient lieu ces rencontres ?

— Souvent chez Aschinger. Près de la gare de Friedrichstrasse.

Il y avait toujours du monde…

Jake était lui aussi allé dans cette immense brasserie, pour dîner rapidement avant d'enregistrer son bulletin d'information. Il imaginait Günther et Marthe feignant de s'y croiser, bousculés par la foule du déjeuner, à l'une de ces tables où l'on mangeait debout le plat du jour.

— … mais il fallait changer d'endroit. Pour éviter qu'on reconnaisse Marthe. Ce jour-là, nous nous étions donné rendez-vous sur Olivaerplatz.

— C'était bien en 1944 ?

— Le 7 mai. À treize heures trente.

L'avocat de la défense se leva.

— Quelle importance ?

— Asseyez-vous, ordonna le président.

Les grandes rafles avaient commencé en 1942. Deux années entières à se fondre dans la foule.

— Vous avez une excellente mémoire, Herr Behn. Continuez, je vous prie, déclara le procureur.

Günther se tourna vers Bernie, qui l'encouragea de la tête.

— Je suis arrivé le premier, comme d'habitude, pour inspecter les lieux.

— L'accusée était là ?

— Au fond de la salle. En train de lire son journal devant un café – rien d'anormal. Puis Marthe s'est approchée. Elle m'a demandé si la chaise à côté de moi était libre. Une feinte, pour ne pas avoir l'air d'être ensemble. J'ai vu l'accusée nous jeter un coup d'œil et j'ai failli partir, mais elle s'est replongée dans la lecture de son journal comme si de rien n'était. Alors, Marthe et moi avons commandé deux cafés. Nouveau coup d'œil de l'accusée. Je me suis demandé si ce n'était pas moi qu'elle regardait, si je ne l'avais pas arrêtée dans le passé – j'avais déjà eu ce genre d'expérience –, mais non, apparemment, simple curiosité de sa part. Puis elle est allée aux toilettes. Il y avait un téléphone – j'ai vérifié par la suite –, c'est là qu'elle a appelé ses amis.

— Est-elle revenue à sa place ?

— Oui, elle a fini son café. Elle a réglé l'addition, s'est ensuite dirigée vers la sortie en passant tout près de nous. Et quelques secondes plus tard, Marthe s'est fait arrêter. Par deux types en manteaux de cuir noir. Qui d'autre en portait, en 1944 ? J'ai tout de suite compris.

— Pardonnez-moi, Herr Behn. Comment pouvez-vous affirmer qu'ils ont été contactés par l'accusée ?

Günther baissa les yeux.

— Marthe lui avait parlé. Une imprudence ridicule,

après toutes nos précautions. Mais qu'est-ce que ça a vraiment changé ?

— Marthe lui avait parlé ?

— Elle l'avait reconnue. Elles étaient à l'école ensemble. « Renate, c'est bien toi ? » a-t-elle demandé. Spontanément, sous l'effet de la surprise. Marthe a dû penser qu'elle aussi se cachait. « Ça fait si longtemps… tu n'as pas changé », a-t-elle ajouté.

— Fräulein Naumann l'a-t-elle reconnue ?

— Bien sûr. Mais elle ne l'a pas montré. « Vous faites erreur », a-t-elle répondu, et elle avait raison. Marthe aurait dû se taire. À l'époque, c'était dangereux d'être reconnu. Les nazis torturaient parfois les Juifs pour qu'ils livrent des noms. En tout cas, elle avait reconnu Marthe… (Il s'interrompit, les yeux dans le vague, puis se remit à parler, plus vite, comme pour en finir.) Elle a tenté de s'en aller, évidemment, mais les hommes en manteaux noirs sont arrivés, alors elle n'a pas pu. C'est là que j'ai compris. Ils ont échangé un regard avec elle, comme s'ils étaient de mèche. Avant, ils l'ont cherchée dans la salle. Pour qu'elle leur dise qui. Elle aurait pu mentir, prétendre que Marthe était partie. Elle aurait pu la sauver. Son ancienne camarade de classe. Mais non. « C'est elle. Elle est juive. » Voilà ce qu'elle a répondu. Et ils ont empoigné ma femme. « Renate… » a dit Marthe. Juste son prénom, mais l'autre n'a même pas eu un regard.

— Et vous ? Qu'avez-vous fait ? interrogea le procureur.

On aurait entendu une mouche voler.

— Tout le monde nous regardait. J'ai protesté. « Que se passe-t-il ? Il doit y avoir une erreur… » Alors, les deux hommes ont demandé : « Lui aussi ? » Mais l'accusée ne savait pas qui j'étais. Et au moment où ils allaient m'embarquer moi aussi, Marthe m'a sauvé. « C'est un inconnu, a-t-elle affirmé. On partageait juste la même table. » Un inconnu... Elle les a aussitôt suivis pour qu'ils n'aient pas le temps de se poser des questions. Sans résister, ni faire de scandale. Sans même me regarder une dernière fois, pour ne pas me trahir...

Jake se redressa. Les pensées se bousculaient dans sa tête. C'était évident : quand on ne connaissait pas sa victime, il fallait quelqu'un pour la désigner, et on pouvait se tromper. Un café bondé... Une place de marché remplie de monde... Mais là, il n'y avait eu personne pour sauver Liz.

— Excusez-moi de vous poser à nouveau la question, Herr Behn, c'est pour éviter toute confusion. Vous affirmez avoir vu et entendu l'accusée identifier votre femme, et donc la condamner à la déportation. Une ancienne connaissance... Vous êtes formel ?

— Absolument. J'ai tout vu. (Günther fixa des yeux Renate.) Elle a envoyé ma femme à la mort.

— Non. On m'avait dit que c'étaient des camps de travail, répondit posément Renate.

— À la mort, répéta Günther. Après, elle est partie en voiture avec eux. Dans la même voiture. Tous les *Greifer* ensemble.

— Contre mon gré, affirma Renate.

— Merci de votre témoignage, Herr Behn, déclara le procureur.

— Et vous savez ce qui s'est passé, après ? lança Günther.

Surpris, Bernie leva la tête. Ce n'était pas dans le script.

— Non... Quoi ? demanda le procureur.

— Un exemple de ce qu'on vivait à l'époque. La serveuse s'est approchée de moi. « Vous payez pour les deux ? Il y avait deux cafés », a-t-elle dit… Alors j'ai payé.

Günther était arrivé au bout de son récit, il venait de mettre le point final.

— Merci, Herr Behn, répéta le procureur.

L'avocat de la défense se dressa une nouvelle fois.

— J'ai une question. Étiez-vous membre du parti national-socialiste, Herr Behn ?

— Oui.

— Qu'il soit noté que le témoin est un fasciste avoué.

— Dans la police, l'adhésion était obligatoire, précisa le procureur. Cette information n'apporte rien.

— Je mets néanmoins en doute l'impartialité du témoin, insista l'avocat. Un fonctionnaire nazi, chargé de faire appliquer des lois fascistes. Il est ici par intérêt personnel.

— Absurde ! Ce témoignage correspond à la réalité. Demandez-lui ! répliqua le procureur, l'index pointé vers Renate.

Les deux hommes étaient debout. Les quelques efforts pour respecter la procédure semblaient tourner au règlement de comptes.

— N'étiez-vous pas au café Heil ? poursuivit le procureur. N'avez-vous pas dénoncé Marthe Behn ? Ne l'avez-vous pas désignée à vos collègues ? Répondez.

— Si, dit Renate.

— Alors que cette femme n'était pas une inconnue pour vous.

Renate baissa les yeux.

— Je n'avais pas le choix. Vous ne comprenez pas. Cette semaine-là, il me manquait une arrestation. Pour atteindre le quota. Il ne restait plus beaucoup de Juifs. Il m'en fallait encore un.

Jake en avait la nausée. Un numéro pour remplir le camion.

— Pour sauver votre peau ?

Renate secoua la tête.

— Non, pas la mienne.

— Fräulein Naumann, intervint l'avocat, qui avait retrouvé son calme, voulez-vous bien révéler à la cour qui d'autre était en résidence surveillée avec vous dans les locaux de Grosse-Hamburger-Strasse ?

— Ma mère.

— Dans quelles conditions ?

— Ils la gardaient pour être sûrs que je reviendrais le soir, une fois ma journée terminée, expliqua-t-elle d'un ton résigné, consciente que ça ne changerait rien pour elle.

Pourtant, elle avait relevé la tête et regardait Jake, tel un orateur fixant un visage dans le public. Elle ne s'adressait qu'à lui, comme elle aurait pu le faire au cours de l'interview qui n'aurait sans doute jamais lieu.

— Ils savaient que je ne l'abandonnerais pas. On avait été arrêtées ensemble. Les premières à travailler à Siemensstadt. Et puis, quand les déportations ont commencé, ils m'ont dit qu'ils rayeraient son nom de la liste si j'acceptais de les aider. À raison d'un certain nombre d'arrestations par semaine. Je n'allais pas l'envoyer dans les camps.

— Vous avez préféré y envoyer d'autres Juifs, rétorqua le procureur.

— Il n'en restait plus beaucoup, répéta-t-elle, les yeux toujours fixés sur Jake.

— Il s'agissait de camps... de travail, disiez-vous ?

— Oui, de travail. Mais ma mère était très âgée. Je savais que les conditions de vie y étaient difficiles. Que pour survivre...

— Ce n'est pas tout, n'est-ce pas ? insista le procureur.

Il consulta un document.

— Votre supérieur… Hans Becker. D'après certains témoignages, vous étiez très intimes. Est-ce exact ?

— Oui.

— Et a-t-il rayé votre mère de la liste en échange de votre bonne volonté ?

— Dans un premier temps, oui. Ensuite, il l'a envoyée à Theresienstadt. Un camp moins dur, prétendait-il… Il n'avait plus personne à déporter.

— Racontez à la cour ce qui est arrivé à votre mère, là-bas, dit l'avocat.

— Elle est morte.

— Mais ça ne vous a pas empêchée de continuer vos activités, fit remarquer le procureur. Vous rentriez toujours chaque soir, non ?

— Où serais-je allée ? Les Juifs me connaissaient, je ne pouvais pas me cacher avec eux. Je n'avais personne.

— Sauf Hans Becker. Vous avez poursuivi votre liaison.

— Oui.

— Même après la déportation de votre mère.

— Oui.

— Et vous persistez à dire que vous la protégiez ?

— Ce que je dis vous intéresse vraiment ?

— Quand c'est la vérité, oui.

— La vérité ? C'est qu'il m'a forcée. Jour après jour. Il aimait ça. Je maintenais ma mère en vie, et moi aussi par la même occasion. J'ai agi sous la contrainte. Je vis un enfer, pensais-je, mais il aura une fin, les Russes vont arriver. Encore un peu de patience. Et quand vous êtes bel et bien arrivés, vous m'avez traquée comme un chien. « La petite amie de Becker », on m'a appelée.

Vous parlez d'une petite amie… avec ce qu'il me faisait subir ! Quel crime ai-je donc commis ? Celui d'être demeurée en vie ?

— Ça, Fräulein, ce n'est pas un crime.

— Non, c'est le châtiment, lança-t-elle à l'adresse de Jake. Le seul fait d'être demeurée en vie.

— En effet, déclara soudain Günther dans son fauteuil, sans regarder personne, si bien qu'on ne pouvait comprendre ce qu'il voulait dire.

Le procureur s'éclaircit la voix.

— Merci de nous rappeler que les nazis sont responsables de tout, Fräulein. On peut néanmoins regretter que vous ayez travaillé pour eux avec autant de zèle.

— J'ai agi sous la contrainte, répéta-t-elle, fixant Jake jusqu'à ce qu'il détourne le regard.

Qu'espérait-elle ? Qu'il lui accorde son pardon ?

— En avez-vous fini avec le témoin ? demanda le président qui s'impatientait.

— Une dernière question, répondit l'avocat. Herr Behn, vous êtes un homme robuste. Vous n'avez pas tenté de résister aux deux hommes dans le café ?

— À des gens de la Gestapo ? Non.

— Vous aussi, vous avez donc sauvé votre peau, ironisa l'avocat. Encore que, vous l'avez dit vous-même, ce soit votre femme qui vous ait sauvé.

— Oui, elle m'a sauvé. Pour elle, dès lors qu'elle était découverte, c'était trop tard.

— Et après cet épisode, vous êtes resté dans la police ?

— Oui.

— Pour faire appliquer les lois du gouvernement qui avait arrêté votre femme ?

— Les lois raciales n'étaient pas de notre compétence.

— Je vois. Certaines lois, mais pas toutes. Vous procédiez quand même à des arrestations ?

— De criminels de droit commun, oui.

— Où les envoyait-on ?

— En prison.

— À la fin de la guerre ? La plupart ne se seraient pas plutôt retrouvés dans ces fameux camps « de travail » ?

Günther ne répondit pas.

— Expliquez-nous donc comment vous décidiez quelles lois du régime national-socialiste appliquer, insista l'avocat.

— Comment je décidais ? Je n'en avais pas le pouvoir. J'étais fonctionnaire de police. Je n'avais pas le choix.

— Je vois. Seule Fräulein Naumann avait le choix.

— Objection, intervint le procureur. Tout cela est absurde. Les situations ne sont pas comparables. Que tente d'insinuer la défense ?

— Que ce témoignage est suspect depuis le début. Il s'agit d'une affaire personnelle, qui n'a rien à voir avec la justice soviétique. Vous tenez cette femme pour responsable des crimes des nazis ? Elle n'avait pas le choix. Écoutez vos propres témoins. Personne n'avait le choix.

La seule défense possible : tout le monde est coupable, donc personne n'est coupable.

— Elle avait le choix, répliqua Günther, la voix enrouée par l'émotion.

L'avocat de la défense opina du chef, satisfait d'être arrivé à ses fins.

— Mais pas vous ?

— Ne répondez pas, souffla le procureur.

Günther se redressa pourtant sans ciller. Contrairement à Bernie, il attendait ce moment, un autre châtiment. Et rien ne l'arrêterait, pas même une bouteille de cognac. Il regardait droit devant lui, déterminé.

— Si, j'avais le choix. Moi aussi, j'ai travaillé pour les nazis. Les meurtriers de ma femme. Même après tout ça, confessa-t-il, d'une voix aussi assurée que sa main sur le rasoir, quelques heures plus tôt.

Un silence pesant planait sur l'assistance dont la gêne était perceptible. Ce n'était pas la réponse attendue. Plutôt une petite mort, aussi discrète que le dernier soupir de Liz. Ou qu'un coup de rasoir. Günther fit face à Renate.

— Nous avons tous travaillé pour les nazis, poursuivit-il d'une voix plus sourde. Mais vous... vous auriez pu fermer les yeux, épargner votre ancienne camarade de classe... Pour une fois.

À ces mots, Renate détourna enfin le regard, faisant face aux sténotypistes, si bien que ses paroles furent à peine audibles.

— Il me fallait une arrestation de plus, c'est tout, murmura-t-elle comme s'il s'agissait d'une raison suffisante.

Nouveau silence gêné dans la salle, finalement rompu par le président.

— Nous ne faisons pas le procès du témoin. Contestez-vous ce qu'il a vu ?

L'avocat de la défense secoua la tête, à présent aussi pressé que tout le monde d'en terminer.

— Parfait. Dans ce cas, nous vous remercions. Vous pouvez vous retirer, dit le président à Günther. L'audience est ajournée jusqu'à demain, ajouta-t-il après un coup d'œil à sa montre.

— Mais il y a d'autres témoins ! protesta le procureur, soucieux de ne pas laisser retomber l'émotion.

— Eh bien, qu'ils reviennent demain. Ça suffit pour aujourd'hui. Et la prochaine fois, tenez-vous-en aux faits.

Quels faits ? s'interrogea Jake. Encore une colonne de chiffres ? Voyant que personne ne bougeait, le président désigna la porte.

— L'audience est ajournée, répéta-t-il avec agacement, avant de se lever en faisant signe à ses assesseurs de le suivre.

Jake entendit un brouhaha, le fracas des chaises, les avocats qui rassemblaient leurs dossiers. Günther restait assis dans son fauteuil, l'air sonné. Surpris par ce renvoi soudain, les gardes de Renate lui donnèrent un coup de coude et entreprirent de lui faire traverser la salle sous la menace de leurs armes. Près de la table de l'accusation, son regard croisa celui de Jake. Elle s'immobilisa devant lui.

— C'était donc bien toi. Ainsi, tu es revenu, lança-t-elle de sa voix familière.

Ne sachant s'ils devaient la laisser parler, les gardes cherchèrent autour d'eux quelqu'un pouvant leur donner des instructions, mais, les juges partis, la salle se vidait. Jake se contenta d'acquiescer en silence. Que pouvait-il répondre ? « Ça me fait plaisir de te revoir » ? Alors qu'elle n'avait que la peau sur les os ?

— Je ne l'ai pas fait pour moi, murmura-t-elle, les yeux fixés sur lui.

Jake baissa les siens, incapable d'articuler un son. Bernie observait la scène de loin. Que dire ? Un des gardes prit Renate par le bras. Dans un instant, elle serait partie. Un mot, n'importe lequel.

— Tu n'as besoin de rien ?

La formule rituelle des visites aux détenus. Renate soutint quelques secondes son regard, l'air déçu, puis elle secoua la tête. Les gardes lui donnèrent un ordre en russe et l'entraînèrent vers la sortie. Jake attendit que la salle achève de se vider, que le bruit des conversations reflue dans le couloir. Günther ne bougeait toujours pas. Quand Bernie s'approcha de lui, il se remit debout avec raideur, refusant toute aide. Il se dirigea vers Jake d'un pas délibéré.

— Je vais vous reconduire, proposa Bernie.

Günther l'ignora et s'arrêta devant Jake.

— Je parlerai à Willi, promit-il avant de sortir de la pièce.

Déconcerté, Bernie regagna sa place pour ranger ses dossiers.

— Et vous ? lança-t-il à Jake.

— J'ai ma jeep, répondit ce dernier.

Prêt à partir, il se tourna vers Bernie.

— Vous pensez encore que toutes les histoires se terminent pareil ?

Bernie glissa un dernier dossier dans son cartable.

— Dans le cas de Marthe Behn, ça ne fait aucun doute.

12

Une fois dehors, Jake évita Alexanderplatz où tout le monde s'était garé. Il s'engagea dans une rue adjacente, trop anéanti pour affronter Ron et ses collègues occupés à échanger leurs impressions. Günther avait déjà disparu entre les montagnes de gravats. Marcher droit devant soi, n'importe où, pour oublier. Malheureusement, le procès poursuivait Jake, la mort le retenait par l'épaule. Les retombées de la guerre. Il jeta un coup d'œil autour de lui. Personne dans la rue, pas même les habituels groupes d'enfants en train d'escalader les monceaux de briques. Les bombardements avaient fait des ravages : plus un mur debout, l'air toujours saturé de poussière âcre. Des mouches tournoyaient en bourdonnant au-dessus du cratère creusé par un obus, et transformé depuis en une mare grisâtre par l'eau des égouts qui s'écoulait d'une conduite éventrée. Mais il y avait des années que la pourriture s'infiltrait partout à Berlin. Quand Hans Becker avait-il appris à Renate la déportation de sa mère ? Un soir, au lit ? Le pire était toujours sûr, même dans les moments les plus ordinaires. Une serveuse qui avait tout vu, mais qui encaissait l'addition comme si de rien n'était. La vie des Berlinois, jour après jour. Pour la première fois, Jake se demanda si Breimer n'avait pas raison, si ce champ de ruines n'était pas une punition méritée, sorte de châtiment biblique destiné à purifier la ville à jamais. En vain : elle continuait de ressembler à ce trou géant qui se remplissait d'eau croupie.

— *Uri.*

Jake sursauta à la vue du soldat russe, surgi de nulle part.

— *Uri*, répéta celui-ci, désignant le bras de Jake.

— Je n'ai pas de montre à vendre.

— *Ja, uri*, insista le soldat, l'air mécontent, montrant la vieille montre Bulova au poignet de Jake, puis sortant une liasse de billets.

— Non ! Et maintenant, fichez le camp.

Un œil mauvais. Jake sentit soudain son sang se glacer, la peur l'étreindre. Une rue déserte. On pouvait si facilement y mourir, pris pour cible comme un rat. Un caprice du destin. Une bavure de plus. Par chance le soldat tourna les talons, fourrant les billets dans sa poche d'un geste de dépit.

Alors que Jake le regardait s'éloigner, reprenant son souffle, la rue lui parut encore plus déserte. Ici, pas de marché envahi par la foule. Si Günther avait raison et qu'il était bien la cible, n'importe qui était susceptible de le mettre en joue, à présent. Sans témoin. Il resta quelques instants immobile, de retour à Potsdam. Étrange casse-tête que ce crime dont on connaissait l'auteur, mais pas la victime. Trois cibles possibles. Et si c'était vraiment lui qu'on avait cherché à abattre ? D'instinct, il porta la main à sa hanche, regrettant de ne pas être armé. Encore qu'à Liz ça n'ait pas servi à grand-chose. Il fronça les sourcils. Mais ce jour-là, justement, elle ne le portait pas, son holster de cow-girl. Où était-il, à présent ? En route vers Saint Louis, Missouri ? Jake revit Ron dans la chambre de Liz, pliant ses vêtements. Pas de pistolet. Cette disparition changeait-elle grand-chose ? Non, mais elle était inexplicable.

Troublé, il contemplait la mare d'eau croupie. Procéder avec méthode. Par élimination. Ils étaient trois au marché. En général, un tueur faisait mouche. Mais qui pouvait en vouloir à Liz ? Il ne restait donc que deux cibles possibles, et l'une d'elles risquait d'avoir de la visite dans la villa de Gelferstrasse.

Jake fit demi-tour et remonta la rue, toujours une main sur la hanche. Lorsqu'il rejoignit sa jeep, un autre soldat russe occupé à lire un journal lui lança un regard inquiet et s'éloigna aussitôt, comme s'il portait réellement une arme.

Apparemment, Breimer lisait le même journal dans la villa où se reposait Shaeffer, face à la maison qui s'était effondrée. À côté de lui, une infirmière militaire feuilletait un numéro de *Life* en l'écoutant d'une oreille distraite commenter à voix haute un article. Incapable de se taire, même à la porte d'un blessé.

— Deux mille fois la puissance de la Townbuster – et c'était notre plus grosse bombe ! Deux mille fois ! (Il leva la tête à l'arrivée de Jake.) Ah, parfait ! Notre ami a demandé de vos nouvelles. Eh bien, c'est un grand jour, non ? Il n'y en a plus pour longtemps…

Devant le silence gêné de Jake, il lui tendit son journal.

— Apparemment, vous n'êtes pas au courant. Et

vous vous prétendez journaliste ! Après ça, on va tous pouvoir rentrer chez nous. Vingt mille tonnes d'équivalent TNT. Une charge pas plus grosse que le poing. Inimaginable !

Jake prit le journal. Le *Stars and Stripes*. LES ÉTATS-UNIS ONT LANCÉ LA PREMIÈRE BOMBE ATOMIQUE SUR LE JAPON. L'autre guerre, presque oubliée. Une ville dont Jake n'avait jamais entendu parler. Une dizaine de kilomètres carrés rayés de la carte en un éclair. En comparaison, les dégâts derrière Alexanderplatz ressemblaient à un exercice d'entraînement.

— Cette fois, la guerre est bien finie, déclara Breimer, mais Jake revoyait surtout le regard inquiet du soldat russe près de la jeep.

— Et ça marche comment ? demanda-t-il, parcourant la première page où un diagramme retraçait l'évolution des bombes, toujours plus puissantes.

— Posez la question à nos têtes pensantes. Je sais seulement que ça a marché. Il paraît qu'on ne voit toujours rien à cause de la fumée. Deux jours après l'explosion. Pas étonnant que ce bon vieux Harry ait tenu la dragée haute aux Russes. Il faut reconnaître qu'il a bien caché son jeu.

Truman, tout sourires pour l'objectif de Liz sur la terrasse du château de Cecilienhof. Mais avec une carte maîtresse dans la manche de son costume croisé.

— Oui, c'est vraiment un grand jour ! reprit Breimer, euphorique. Quand je pense à nos soldats... Ils vont tous pouvoir rentrer au pays. Et entiers, Dieu merci.

Avec son visage joufflu, il ressemblait plus que jamais à un orateur du Kiwanis Club prêt à faire assaut d'éloquence. Mais comment lui donner tort ? Qui souhaitait la mort d'un seul marine sur une plage de Honshu ? À Okinawa, il avait fallu sortir les Japonais des grottes au lance-flammes, un par un. Et pourtant, il s'agissait d'une nouvelle forme de guerre, encore plus destructrice que les précédentes.

— Comment va le blessé ? s'enquit Jake, pour échapper à un nouveau discours.

— Il est en bonne voie. Grâce au caporal Kelly, ici présente. Trop jolie pour être infirmière, entre nous soit dit. Mais il faut la voir à l'œuvre. Elle n'est pas du genre à se laisser attendrir.

— Pas avec une seringue à la main, en tout cas.

Le sourire flatté qui éclairait le visage ingrat de la jeune femme démentait la sécheresse de sa réponse.

— Je peux le voir ? demanda Jake.

— C'est lui qui est impatient de vous voir, répondit Breimer.

Visiblement en position d'autorité, il prit Jake par l'épaule.

— Incroyable, la façon dont vous l'avez tiré d'affaire. Vous n'imaginez pas à quel point on vous en est reconnaissants.

— Qui ça, « on » ?

Breimer retira sa main.

— Tout le monde. Les Américains. Ce garçon est l'un de nos meilleurs éléments. Pas question de le laisser tomber entre les griffes des Russes.

— Il n'est pas en odeur de sainteté chez eux ?

— Pas vraiment… (Breimer baissa la voix.) Quel dommage, pour cette jeune photographe.

— Certes… (Jake se dirigea vers la porte, puis désigna l'infirmière de la tête.) Quand est-elle de garde ?

— Deux fois par jour, pour vérifier que tout va bien. Évidemment, je viens dès que je peux. C'est le moins que je puisse faire. Joe m'a apporté une aide précieuse.

— Vous ne pourriez pas vous arranger pour qu'il y ait quelqu'un jour et nuit ? En faisant jouer vos relations ? Ce serait plus sûr.

Breimer sourit.

— Inutile de dramatiser. Il ne va pas si mal. Le plus difficile, c'est de l'empêcher de se lever. Il veut tout faire trop vite.

— Les Russes lui ont déjà tiré dessus une fois. Ils sont tout à fait capables de recommencer.

Jake indiqua la porte d'entrée de la villa, ouverte sur la rue. Breimer semblait perplexe.

— D'après les autorités, il s'agit d'un accident.

— Elles n'étaient pas là. Moi si. À votre place, j'essaierais d'avoir quelqu'un, au cas où.

— Vous vous inquiétez pour rien. On n'est pas en secteur soviétique.

— Monsieur le Député, la ville entière est en secteur soviétique. Vous préférez prendre des risques ?

Breimer ne souriait plus.

— Je vais voir ce que je peux faire, dit-il sans discuter davantage.

— Si possible quelqu'un avec une arme, précisa Jake avant d'ouvrir la porte de la chambre.

Shaeffer était assis sur son lit, calé contre des oreillers, torse nu, mais l'épaule couverte d'un énorme pansement. On lui avait coupé les cheveux à l'hôpital. Avec ses oreilles décollées, il paraissait dix ans de moins et ne ressemblait plus aux Aryens des affiches nazies. Sans uniforme, il donnait la même impression de fragilité qu'un joueur de football américain sans ses épaulettes. Lui aussi lisait le journal, mais il le posa en voyant entrer Jake.

— Enfin ! J'attendais votre visite. Pour vous remercier de…

— De rien du tout.

Jake inspecta la pièce du regard. Au rez-de-chaussée. Le lit face à une fenêtre grande ouverte. Une ancienne bibliothèque. Sur les étagères, quelques livres dont les voleurs n'avaient pas voulu.

— Vous auriez dû rester à l'hôpital, affirma-t-il.

— Oh, je vais beaucoup mieux, répondit Shaeffer à ce qu'il prenait pour de la sollicitude. Et dans ce genre d'endroit, on risque toujours de tomber sur un chirurgien fou prêt à vous amputer d'une jambe. Vous connaissez la réputation des hôpitaux militaires.

— Je pensais à votre sécurité. Il n'y a pas de chambres libres à l'étage ?

Jake alla jeter un coup d'œil par la fenêtre.

— Ma sécurité ?

— J'ai demandé à Breimer de faire garder la porte d'entrée.

— Pourquoi ?

— À vous de me le dire.

— De vous dire quoi ?

— Pourquoi les Russes vous ont pris pour cible.

— Moi ?

— D'après le député, ils ne vous aiment pas trop.

— Breimer ? Il voit des Russes partout, même en rêve.

— Moi, je les ai vus à Potsdam. En train de vous tirer dessus. Si vous m'expliquiez pourquoi ?

Jake approcha une chaise du lit et s'assit.

— Je n'en ai pas la moindre idée.

Sous le regard insistant de Jake, Schaeffer finit par détourner les yeux, gêné.

— Vous n'auriez pas une cigarette ? L'infirmière m'a confisqué les miennes. Soi-disant pour que je vive plus longtemps.

— C'est mal parti.

Le regard toujours rivé à Shaeffer, Jake alluma une cigarette et la lui tendit.

— Écoutez, je sais que j'ai une dette envers vous, mais ça ne m'oblige pas à vous faire la moindre révélation, lâcha Schaeffer. Mes activités sont couvertes par le secret militaire.

— Je n'ai pas encore sorti mon bloc-notes. Si je vous questionne, c'est par curiosité personnelle, pas pour les journaux. À cause de vous, j'ai failli me faire tuer, moi aussi. J'ai bien le droit d'essayer de savoir pourquoi, non ?

Shaeffer tirait sur sa cigarette, suivant des yeux les volutes de fumée comme s'il pouvait s'échapper avec elles.

— Vous connaissez l'Agence du renseignement technique ?

— Non.

— Un titre ronflant pour une unité chargée de s'occuper des scientifiques allemands. Interrogatoires, centres de détention…

— Comme Kransberg.

— Exact.

— Quelles sont vos autres missions ?

— D'abord, retrouver les individus concernés. Il n'est pas impossible qu'on ait mis sur pied une équipe opérant à Berlin. Et que ça ne plaise pas aux Russes.

— Pourquoi ? Ils sont ici depuis mai dernier. Il reste tant de monde à récupérer ?

— Beaucoup plus qu'on ne croit, répondit Shaeffer avec un sourire satisfait. Les Russes étaient tellement occupés à expédier les machines chez eux qu'ils ont oublié la nécessité d'avoir des hommes compétents pour s'en servir. Et quand ils s'en sont rendu compte, les types en question avaient disparu – dans les secteurs occidentaux, où ils se cachent sans doute. Les Russes ont du mal à recruter. On ne se bouscule pas pour partir à Moscou.

— Surtout si American Dye vous propose un contrat sur mesure, dit Jake, avec un mouvement de tête en direction de la porte.

Shaeffer fronça les sourcils, puis éteignit sa cigarette.

— Doucement. Laissez Breimer en dehors de tout ça, ou cette conversation s'arrête là. C'est clair ?

— Entendu.

— De toute façon, le problème n'est pas là. Les Russes aussi offrent un salaire alléchant. Mais il faut avoir envie d'aller travailler dans l'Oural.

— Plutôt que dans la charmante ville d'Utica.

Nouveau froncement de sourcils.

— Je croyais avoir été clair.

— D'accord, personne ne va à Utica.

— Non. C'est à Dayton qu'on les envoie, puisque vous voulez tout savoir. Dans un centre près de Wright Field… (Shaeffer s'interrompit, conscient d'avoir été trop bavard, puis continua avec un haussement d'épaules.) Le premier groupe ira donc à Dayton. Si toutefois on peut leur obtenir un visa. Satisfait ?

— Personnellement, je m'en fiche. Quel est l'obstacle ?

— Le programme de dénazification. Ces gars-là… Avec eux, même Eisenhower aurait des ennuis. Ils ne veulent que les bons Allemands. Il faut se lever tôt pour en trouver un. Les Russes se montrent moins regardants.

Jake se leva pour aller inspecter le contenu de l'étagère la plus proche.

— … sauf à votre sujet. En admettant que l'équipe dont vous parliez existe.

— Pure hypothèse.

— Vous avez quelque chose à vous reprocher ?

— De leur point de vue ? Seulement de trop bien réussir. Voilà deux mois que les Russes sont à Berlin, et il leur manque toujours du monde. Nous, en trois semaines, on a fait le plein. On avait à peine commencé qu'une personne nous en indiquait une autre, et tout s'est enchaîné. Ils nous attendaient. Le personnel médical de la Luftwaffe au complet, par exemple. Ils avaient même gardé les résultats de leurs recherches. Ils ne sont pas difficiles à trouver – leurs amis nous aident. Ils sont partout.

Même dans les rues, en train de promener leur chien, pensa Jake.

— Et les ingénieurs des usines Zeiss ?

— Secteur soviétique. On n'y met pas les pieds.

— Ce n'est pas ce qu'affirment les Russes.

— Ils aiment faire du scandale. À ma connaissance, ces ingénieurs désiraient passer à l'Ouest.

— Il leur fallait juste une main secourable.

Shaeffer détourna une fois encore le regard.

— Peut-être que ces gars-là ont des années d'avance sur nous en matière de viseurs de tir aérien. Des années… Ça vaut le coup de prendre des risques. Peut-être aussi qu'on a eu envie de donner une leçon aux Russes. Ils ont pris l'habitude de kidnapper des gens. On a pu vouloir leur montrer que, nous aussi, on savait faire. Pour que, à l'avenir, ils y réfléchissent à deux fois.

— Ça a marché ?

— Plus ou moins. Personne n'a disparu dernièrement.

— Sauf Emil Brandt.

— En effet.

— Donc, il est sur votre liste.

— Il est sur la liste de tout le monde. C'est lui qui a fait l'ensemble des calculs : il connaît leur programme entier de construction de fusées. Pas question de le laisser filer. Surtout maintenant.

Jake haussa les sourcils.

— Pourquoi ?

Shaeffer reprit son journal.

— L'équipe de von Braun… Vous imaginez ce qui serait arrivé si leurs V-2 avaient eu une charge atomique ?

— Je préfère ne pas y penser.

Londres, rayé de la carte.

— Tout le monde rêve de les débaucher, affirma Shaeffer. Mais c'est nous qui les avons, et on va les garder. Sans la moindre exception.

— Et s'ils ne tiennent pas à aller en Amérique ?

— Tous souhaitent partir. Même Emil Brandt. Il veut juste emmener sa femme. On a déjà perdu sa trace une fois, après Nordhausen. On récupérait les fusées et les plans pendant que l'équipe au complet attendait tranquillement la fin à Oberjoch. Et voilà que, sans prévenir, Brandt part pour Berlin. Une équipée hallucinante. Il a eu de la chance d'en sortir vivant.

— Avec ses archives, renchérit Jake, l'air de rien.

Shaeffer eut un geste dédaigneux.

— Des documents administratifs. Aucun intérêt. Toutes les archives scientifiques se trouvaient à Nordhausen. Ce n'était qu'un prétexte pour récupérer sa femme.

— Des documents administratifs ? Je croyais que c'étaient les archives des SS.

— La construction des V-2 se faisait sous la responsabilité des SS. Ils avaient la haute main sur le programme. Comme sur le reste. Pour ce que ça leur a rapporté…

— Ils ont quand même remis une médaille à Emil Brandt.

— Ils en donnaient à n'importe qui. Les scientifiques n'étaient pas emballés à l'idée de travailler sous l'autorité des SS. Pas vraiment le genre d'employeur dont on rêve. Mais après tout, on ne choisit pas son patron. Et avec une petite distribution de médailles, le tour était joué. Les SS en avaient des tonnes…

Jake revit les croix de fer amoncelées sur le sol de l'ancienne chancellerie.

— Pour finir, on transfère toute l'équipe à Kransberg, reprit Shaeffer. Histoire de les avoir sous la main. Et c'est là qu'Emil Brandt disparaît une fois encore ! Les autres, on leur dit que leur famille les rejoindra plus tard et ils se font une raison. Mais celui-là, non. Il faut qu'il aille retrouver sa femme Dieu sait où, pour un tête-à-tête en amoureux. Comme si on avait besoin de ce genre de complications. Maintenant, on doit aussi la chercher, elle. Alors qu'on manque d'agents. Et pour tout arranger, ça…

Shaeffer désigna sa blessure.

— Brandt n'est pas avec sa femme, dit Jake. Elle ignore où il se trouve.

Shaeffer le dévisagea en silence. Pour gagner du temps, il prit une autre cigarette dans le paquet resté sur le lit.

— Merci de m'épargner des recherches inutiles. Vous ne voulez pas me dire où elle est, par hasard ?

— Non.

— Dans notre secteur ?

— Oui. Mais elle n'est au courant de rien.

— Eh bien, voilà un souci de moins.

— Comment ça ?

— Le fait de savoir où elle est. Pourquoi croyez-vous que j'étais dehors toutes les nuits ? De peur que les Russes la découvrent avant nous. Ils auraient définitivement pris l'avantage. Et on aurait perdu Emil Brandt.

Lena, un appât. Jake sentit de nouveau l'angoisse l'étreindre, comme lorsqu'il avait vu surgir le soldat russe derrière Alexanderplatz.

— Elle serait plus en sécurité avec nous, vous savez, affirma Shaeffer.

— Elle ne risque rien là où elle est.

Mais était-ce vrai ? Un Russe avait demandé à la voir.

— Vous pouvez au moins me dire comment vous êtes arrivé jusqu'à elle. On a tout essayé : les *Fragebogen*, les voisins… Ça n'a rien donné.

— Vous avez oublié le père d'Emil Brandt. Pourquoi, d'ailleurs ?

— Le père d'Emil Brandt ? Il est mort.

— Qui vous a raconté ça ?

— Emil lui-même. C'est moi qui l'ai débriefé.

— Vous n'en avez pas parlé.

— Vous ne m'avez pas posé la question.

— En tout cas, son père est vivant. Je l'ai vu. Pourquoi Emil a-t-il raconté une chose pareille ?

Shaeffer haussa les épaules.

— Pourquoi refusez-vous de me révéler où se trouve sa femme ? Tout le monde aime garder ses petits secrets. Un manque de confiance, peut-être. Le vieux professeur sait quelque chose ?

— Non, lui non plus n'a pas vu Emil. Personne n'a vu Emil. Sauf Tully. Mais il ne vous intéresse pas.

Shaeffer baissa les yeux et tendit son drap devant lui.

— Écoutez, on ne pourrait pas fumer le calumet de la

paix, puisqu'on chasse sur les mêmes terres ? J'aurais bien besoin de votre aide.

— Pour quoi faire ?

— Ce que vous faites déjà. On n'a toujours pas retrouvé Emil Brandt. Et je suis hors service. Pas vous.

— Parce que vous avez eu la bonté d'arrêter la balle. Si on revenait un peu à Tully pour voir où ça nous mène ?

— Brandt et lui étaient amis à Kransberg. Enfin, si on peut dire. Brandt parlait anglais et Tully l'écoutait. Jusque tard dans la nuit. Brandt était imprévisible, facilement déprimé. À cause du tour pris par les événements. Et l'alcool le rendait bavard.

— Vous tenez ça de Tully ?

— Peut-être qu'il y avait des micros dans les chambres. Et qu'on pouvait suivre les conversations de nos hôtes...

— Belle mentalité !

— Les micros avaient été posés par les nazis. On n'a fait que s'en servir.

— Ça change tout...

— Je ne suis pas sûr que vous compreniez la situation. Les scientifiques marchandent. Ils veulent s'assurer qu'ils auront un emploi, un contrat leur permettant de quitter le pays. Donc, ils ne révèlent pas en bloc toutes leurs connaissances. Un peu à la fois seulement, histoire de faire durer le suspense. Et jamais sans l'autorisation de von Braun. Je ne leur en veux pas – ils ne font que se protéger. Mais nous, on a besoin de savoir. Pas uniquement ce qui est sur les plans, mais aussi ce qu'ils ont là-dedans.

Shaeffer se tapota la tempe.

— D'accord. Donc Tully et Brandt sont copains.

— Mais soudain Brandt prend le large, avec Tully

comme chauffeur, et on est les derniers prévenus. À ce moment-là, Tully joue les innocents, Brandt a disparu, et personne ne voit le rapport.

— Quel rapport ?

— Tout le monde pense que Tully s'est fait avoir, que Brandt a réussi à lui soutirer un laissez-passer.

— Pas vous ?

— Je ne crois plus au père Noël. Je me suis renseigné. Tully est un petit malin. Vous saviez qu'il avait vendu des certificats de libération à des prisonniers allemands ?

— C'est ce qu'on raconte.

— Sacrée combine. Il en a même fait payer certains deux fois – on a découvert le pot aux roses à cause de ça. Mais personne n'a rien pu prouver. C'était sa parole contre la leur. Une poignée d'Allemands criant à l'escroquerie. Qui avait le temps d'ouvrir une enquête ? Mais avec Brandt, c'est une autre histoire. Ça m'a intrigué et j'y ai regardé de plus près. En fait, l'évasion de Brandt était une idée de Tully. Sans doute une nouvelle combine.

— Une idée de Tully ?

— À Kransberg, on ne vérifie pas tous les enregistrements. On ne transcrit que les discussions scientifiques. Le reste du temps, nos soldats lisent des bandes dessinées ou vont faire un tour aux toilettes. Alors j'ai interrogé celui qui était de garde ce soir-là pour savoir de quoi Tully et Brandt avaient parlé. « De tout et de rien, des trucs personnels », me répond-il. Je lui demande quel genre. « Rien d'important, Tully a juste dit à Brandt qu'on avait retrouvé sa femme. » Rien d'important, en effet…

Shaeffer eut un rire sarcastique.

— Tully mentait, déclara Jake.

— À l'époque, je l'ignorais. J'ai seulement retenu qu'il s'était fait un nouveau client. En offrant à Brandt la seule chose qui l'intéressait. J'en ai conclu qu'ils avaient dû négocier en secret. Brandt n'a prévenu personne de son départ, pas même von Braun. Il est parti avec Tully sans rien dire. Quand je l'ai appris, j'ai remué ciel et terre pour qu'on rattrape Tully, mais lui aussi s'était envolé.

— À Berlin. Pourquoi ?

— Sans doute pour passer à la caisse. Les hôtes de Kransberg n'ont pas d'argent sur eux. J'ai pensé que Brandt avait pu s'en procurer auprès de sa femme.

— Mais il n'a jamais réussi à la rencontrer.

— Et Tully s'est retrouvé avec un Allemand fou furieux sur les bras.

Jake secoua la tête.

— Non, il n'a pas revu Brandt. Qu'aurait-il eu à y gagner, après lui avoir menti ?

— Peut-être, mais j'ignorais ce détail. Vous voyez que vous nous seriez utile… (Shaeffer se cala contre ses oreillers et réfléchit.) Tully est néanmoins venu à Berlin.

— Dans les enregistrements, est-il question de ses amis à Berlin ? Connaissait-il quelqu'un ici ?

— Oui, Emil Brandt.

— Vous le soupçonnez d'être le meurtrier ?

— Peu importe. Je veux surtout le récupérer. Tully ne compte pas.

— Assez tout de même pour se faire descendre.

— Lui ? Peut-être qu'il n'a simplement pas eu de chance, répliqua Shaeffer, agacé, en rajustant son pansement.

— Peut-être…

Pas plus de chance qu'une photographe qui n'avait rien demandé.

— En tout cas, mieux vaudrait s'en assurer, ajouta Jake.

— Plus maintenant. (Shaeffer grimaça, gêné par son pansement.) Je ne retiens qu'une chose : il devait me permettre de remonter jusqu'à Brandt et ça n'a pas marché… Mais je me réjouis d'apprendre que Brandt n'est pas avec sa femme. Au moins, cette ordure de Tully n'a rien touché dans l'histoire.

— Bien sûr que si.

Des Marks émis par les Russes. Jake regarda par la fenêtre, de nouveau étreint par l'angoisse.

— On peut le voir comme ça, admit Shaeffer, croyant que Jake faisait allusion à la balle qui avait tué Tully. Qu'y a-t-il ?

— Rien. Je réfléchissais…

Changer Lena d'appartement, au plus vite.

— Il faut que j'y aille, lança Jake. Vous voulez que j'appelle l'infirmière ?

Il désignait le pansement. Les traits de Shaeffer se durcirent.

— Vraiment, vous réfléchissiez ? Ne vous posez pas trop de questions. Je veux récupérer Emil Brandt. Quoi qu'il ait pu faire.

— S'il a réellement fait quelque chose.

— Contentez-vous de le retrouver… (Shaeffer sourit.) Quand je pense à sa femme… On ferait une bonne équipe, tous les deux.

Jake hocha la tête, sans cesser de regarder par la fenêtre.

— On se fait trop facilement tirer dessus, avec vous, dit-il. Et si c'étaient les Russes qui avaient Emil ?

— Alors, il faudrait que je sache où.

— Pour pouvoir organiser un kidnapping ? Ils n'apprécieraient pas.

— Quelle importance ?

— Vous n'aurez peut-être pas toujours autant de chance. Liz ne sera plus là pour se faire descendre à votre place.

Shaeffer le foudroya du regard.

— Vous n'avez pas le droit !

— D'accord, je n'ai rien dit.

— J'aimais beaucoup Liz. C'était une chic fille.

Shaeffer baissa pudiquement les yeux. Un adolescent timide sur une banquette du drugstore local.

— Je n'ai rien dit, répéta Jake.

— Vous avez un sacré toupet ! Qu'est-ce qui vous permet d'affirmer que j'étais visé ? Avec les Russes, on n'est jamais sûr de rien. Et comment auraient-ils eu vent de ma présence ? Expliquez-moi ça.

— Dites-moi d'abord ce que vous faisiez là. Du shopping en secteur soviétique… Drôle d'idée, pour quelqu'un comme vous !

— C'était à cause de Liz. Elle voulait un nouvel appareil. Pourquoi pas ? Comment les Russes l'auraient-ils appris ? Comment m'auraient-ils reconnu ?

— Peut-être qu'un *Greifer* vous a repéré.

— Un quoi ?

— Une sorte de rabatteur…

Jake se leva et se dirigea vers la porte.

— Le nom de Sikorsky ne vous évoque rien ? demanda-t-il en se retournant.

— Vassily ?

— Soi-même. Il était au marché de Potsdam, ce jour-là. Il vous connaît ?

Sans répondre, Shaeffer évita le regard de Jake.

— Je vois, reprit ce dernier. Assurez-vous que Breimer envoie quelqu'un monter la garde à l'entrée.

— Ne vous en faites pas. Je sais me défendre.

Shaeffer sortit un pistolet de sous le drap et caressa la crosse. Jake resta cloué sur place. L'arme semblait un prolongement naturel de la main de Shaeffer, un peu comme un gant de base-ball.

— Vous dormez toujours avec, ou c'est une habitude récente ? Un conseil, en tout cas : ne vous approchez pas trop de cette fenêtre, lança-t-il, la main sur la poignée de la porte.

Shaeffer pointa l'arme dans cette direction, mettant en joue un adversaire invisible.

— À cette distance, un Colt 1911 arrête n'importe qui.

Jake le dévisagea.

— C'est aussi un Colt 1911 qui a mis fin aux jours de Tully.

Son pistolet toujours braqué vers l'extérieur, Shaeffer fronça les sourcils.

— Comment le savez-vous ?

— J'ai vu le rapport balistique.

— Et alors ? C'est une arme courante. Il n'y en a jamais qu'un million en circulation.

— Pas au sein de la population allemande. À moins que Tully n'en ait fourni un à Emil Brandt avec son laissez-passer.

— Qu'en déduisez-vous ?

— Qu'Emil n'a pas tué Tully.

Shaeffer eut un sourire amusé.

— Oui, ça me revient : c'est moi que vous soupçonnez ! « Où avez-vous emmené Breimer le soir du… » je ne me rappelle plus quelle date.

— Le 16 juillet. Où étiez-vous, d'ailleurs ?

— Allez vous faire foutre, répondit Shaeffer en glissant son Colt entre les draps. Vous n'écoutez rien.

J'étais bien le seul à vouloir qu'il reste en vie. Rappelez-vous, il devait me conduire jusqu'à Emil Brandt... Vous avez une drôle de façon de vous faire des amis, constata-t-il avec un hochement de tête.

— Parce qu'on est amis ? Je ne m'en étais pas rendu compte.

Shaeffer le considéra d'un œil noir.

— Débrouillez-vous juste pour mettre la main sur Emil Brandt. (Affalé sur les oreillers, il se força à sourire.) Vous êtes tous pareils, vous autres journalistes. Il faut toujours que vous fassiez de l'esprit. Pour avoir l'air plus malins que tout le monde... (De nouveau ses yeux gris acier, son regard d'Aryen.) Mais n'oubliez pas quel uniforme vous portez, ajouta-t-il. Ici, on fait tous partie de la même équipe.

— Liz aussi en faisait partie ?

Shaeffer baissa la tête.

— Vous savez ce que c'est. Il y a toujours une part de risque. On est en guerre.

— Pas contre les Russes.

Shaeffer jeta un coup d'œil au gros titre qui s'étalait en première page de son journal.

— Ah bon ? Qui a dit ça ?

Dans l'appartement encore inondé de soleil, Hannelore se maquillait déjà pour sortir.

— Il ne serait pas un peu tôt ? demanda Jake, la voyant se pencher devant le miroir avec son tube de rouge à lèvres.

— Je suis invitée à prendre le thé. Normalement, on y va assez tôt.

— Un thé chez les Russes ?

Jake eut un sourire amusé. Il imagina une tablée de

commissaires du peuple impassibles, servis par le chapelier d'Alice au pays des merveilles.

— Non, avec mon nouvel ami, un officier britannique. Il m'a promis un vrai thé anglais, avec des tasses en porcelaine.

Un thé sans doute passablement alcoolisé, et suivi d'un autre type de réjouissances sur le canapé. Hannelore se tamponna les lèvres avec un mouchoir.

— Vous avez raté Lena de peu. Elle est chez Frau Hinkel. Vous devriez y aller, vous aussi. Incroyable, ce que cette femme sait !

— Lena, chez une diseuse de bonne aventure ?

— Frau Hinkel n'est pas une gitane. Elle sait vraiment beaucoup de choses.

Jake regardait par la fenêtre en direction de Wittenbergplatz. Il observait la rue. Les fenêtres donnant sur la place étaient très exposées, éclairées par la merveilleuse lumière de l'après-midi comme par un projecteur.

— Hannelore ? Vous n'auriez pas vu quelqu'un rôder en bas de l'immeuble ? Un Russe, par exemple ?

— Ne soyez pas ridicule, répondit-elle en prenant son sac. Mon ancien petit ami est rentré en Russie. Il ne reviendra pas me chercher.

— Ce n'est pas ce que je voulais dire…

Jake s'interrompit. Pourquoi Hannelore aurait-elle remarqué quoi que ce soit ?

— Accompagnez-moi, proposa-t-elle, je vais vous montrer où habite Frau Hinkel. Derrière le KaDeWe.

Jake ferma la porte à clé et la suivit dans l'escalier.

— Parmi vos amis… aucun ne connaîtrait d'appartement libre ?

Hannelore se retourna, piquée au vif.

— Vous voulez que je parte ? Cet appartement est à

moi, ne l'oubliez pas. Ce n'est pas parce que j'ai eu la gentillesse de…

— Non, je cherche un logement pour Lena, pas pour vous. Pour qu'elle soit chez elle. Ici, on vous complique la vie.

— Oh, ça ne me dérange pas. Je suis habituée. C'est plus chaleureux, vous savez. Et vous êtes si généreux pour la nourriture. Sans vous, qu'aurions-nous à manger ? De toute façon, où Lena peut-elle aller ? On ne trouve pas d'appartement, sauf si…

— Quoi ?

— Sauf si on a des amis haut placés.

Jake sourit.

— Pas comme moi !

— Non. Un général, peut-être. Quelqu'un d'important. Ce sont eux qui ont des appartements. Eux et les prostituées.

Deux mondes bien distincts dans l'esprit de Hannelore.

Une équipe déblayait une extrémité de Wittenbergplatz, des femmes en pantalon de treillis qui remplissaient des charrettes de gravats. Sous le soleil, une odeur de fumée montait partout des décombres.

— Mon nouvel ami arrive de Londres, reprit Hannelore, alors qu'elle traversait avec Jake la chaussée défoncée en trébuchant sur ses hauts talons. Vous croyez que je me plairais là-bas ?

— Moi je m'y suis plu, en tout cas.

— Mais maintenant, c'est partout pareil. Détruit comme ici.

Elle désigna la place en ruine.

— Non, pas à ce point-là, rectifia Jake.

— Pourtant, ils l'ont dit à la radio. Pendant la guerre. Tout a été bombardé.

— Non, seulement certains quartiers.

— Pourquoi nous aurait-on menti ? répliqua-t-elle avec assurance.

Un public tout acquis à Goebbels.

— C'est là, annonça-t-elle quand ils atteignirent le KaDeWe. Dans la rue d'à côté. Il y a une pancarte avec une main. Vous me trouvez comment ?

— Aussi élégante qu'une lady.

— Vrai ?

Elle fit bouffer ses cheveux, se regarda dans la vitrine brisée, puis adressa un petit signe d'adieu à Jake.

— Beau parleur, lança-t-elle en pouffant, avant de partir d'un pas chancelant vers l'ouest de la ville.

La pancarte représentait la paume d'une main traversée par trois lignes, grossièrement dessinée. L'appartement de Frau Hinkel se trouvait au premier étage, reconnaissable à un signe du zodiaque sur la porte. Jake entra. Plusieurs femmes attendaient patiemment leur tour sur des chaises, comme dans la salle d'attente d'un médecin. Berlin était redevenu une cité médiévale, avec ses marchés noirs où l'on transformait les montres en or, ses sorcières qui lisaient l'avenir dans les cartes. Dire qu'on y avait mesuré la courbe de la lumière quelques années plus tôt…

Mais quelle importance ? Lena était là, et son visage s'illumina à la vue de Jake. Un sourire qui valait toutes les bonnes fortunes du monde.

— Jacob !

Les autres femmes le dévisagèrent avec curiosité, baissant très vite les yeux à cause de son uniforme. La voisine de Lena lui céda sa place.

— Comment as-tu appris que j'étais là ? s'enquit Lena.

— Par Hannelore.

— C'est idiot, je le sais, mais elle a tellement insisté, lui chuchota Lena à l'oreille. Que se passe-t-il ? Tu as l'air…

Jake secoua la tête.

— Il n'y a rien. Une mauvaise journée. J'ai suivi un procès.

— Le procès de qui ?

Mais Jake désirait la voir sourire, pas lui raconter une histoire atroce de plus. Il désirait oublier Renate, Günther et les autres. Ne plus penser qu'au bleu du ciel. Il jeta un coup d'œil à sa montre.

— Partons d'ici. Quelqu'un me prête un bateau. Il fait encore jour. On pourrait aller se promener sur le lac.

— Un bateau ! s'écria Lena, ravie, mais elle se renfrogna aussitôt. Non, c'est impossible. On attend d'autres enfants à la crèche. Il faut que j'aille aider le pasteur Fleischman. Ne sois pas déçu. On peut remettre à demain, non ? Mais tu es couvert de poussière ! s'exclama-t-elle, lui tapotant la manche d'un geste possessif. Quoi ? Qu'y a-t-il encore ?

— Rien. Je te regardais.

Elle rougit, puis se remit à lui dépoussiérer la manche.

— Tu devrais prendre un bain.

— Hannelore vient de sortir. On aurait l'appartement à nous, répondit Jake d'un ton plein de sous-entendus.

— Chut…

— Tu pourrais prendre un bain avec moi.

Lena s'immobilisa, fronçant les sourcils pour lui rappeler qu'ils n'étaient pas seuls dans la pièce. Il se pencha vers elle.

— Je te dirai l'avenir, murmura-t-il.

Elle pouffa de rire, le creux de l'oreille chatouillé par le souffle de Jake.

— Vraiment ? D'accord, je reviendrai un autre jour. Assez attendu pour aujourd'hui.

Mais alors qu'ils se levaient, un petit garçon, sans doute le fils de Frau Hinkel, disparut derrière un rideau, et avant qu'ils aient pu atteindre la sortie, la voyante se montra en personne. Elle fixa Jake, puis souleva le rideau pour les faire passer dans la pièce voisine.

— Venez. Tous les deux.

Gêné, Jake regarda les autres femmes qui attendaient, mais elles ne protestèrent pas, habituées à laisser leur tour aux militaires. Lena l'entraîna vers le rideau. Comme sa propriétaire, la pièce était austère et sans attrait : ni chapelets, ni turbans, ni boules de cristal, seulement une table, quelques chaises, et un jeu de cartes usé.

— Les cartes peuvent révéler ce qui existe et ce qui pourrait advenir, mais en aucun cas ce qui va arriver. C'est bien compris ? s'enquit Frau Hinkel tandis qu'ils s'installaient.

Sa façon à elle de se couvrir, sans emphase, d'une voix douce et rassurante. Elle demanda à Lena de battre les cartes, mais la jeune femme eut un mouvement de recul.

— Toi d'abord, dit-elle à Jake.

— Mais je ne veux…

Avant qu'il ait pu terminer sa phrase, Frau Hinkel lui avait mis le jeu dans les mains. Les cartes étaient lisses à force d'avoir servi, et les personnages ressemblaient aux Hohenzollern. Jake commença à les aligner, en proie à une appréhension irrationnelle, comme s'il redoutait ce qu'elles pouvaient lui révéler. Il avait beau n'y voir qu'une farce doublée d'une escroquerie, il souhaitait recevoir de bonnes nouvelles – qu'elles se confirment ou pas –, des promesses de voyages, de longévité, d'un bonheur sans nuages. Mais n'était-ce pas le cas de tout le monde ? Il revit ces femmes au visage fatigué dans la salle d'attente, chacune espérant un signe du destin.

— Les cartes vous sont favorables. Vous avez de la chance dans l'existence, déclara Frau Hinkel comme si elle l'avait entendu.

Il se sentit soulagé malgré lui. Mais pour vingt-cinq Marks, à qui prédisait-on un coup du sort ?

— Tant mieux pour vous, poursuivit-elle, car vous avez frôlé la mort…

Facile à deviner, après toutes ces années de guerre, pensa Jake, commençant à se prendre au jeu.

— … mais quelqu'un vous protège. Ici, vous voyez ? Une femme, on dirait.

Il leva la tête, cependant Frau Hinkel alignait de nouvelles cartes, recouvrant les précédentes d'un air concentré.

— Une femme ? répéta Lena, étonnée.

— Je crois. Ou peut-être simplement la chance, je ne peux rien affirmer. Tout est symbolique. Et maintenant, le contraire : c'est vous le protecteur. Il y a du danger, mais la chance vous accompagne. Une maison.

— Les actualités, commenta Lena d'une voix paisible.

— Là, encore une fois. Le protecteur, une sorte de chevalier. Une épée. Peut-être un sauvetage. Vous êtes un guerrier ? demanda-t-elle, utilisant spontanément ce terme archaïque.

— Non.

— Un juge, alors. L'épée de la justice. Ce doit être

ça. Je vois des papiers autour de vous. Beaucoup de papiers.

— Exactement !... Il écrit dans les journaux, expliqua Lena.

Frau Hinkel feignit de n'avoir rien entendu et s'absorba dans la contemplation des cartes.

— Le juge est en situation difficile. Vous voyez, ici, les yeux ne regardent pas dans la même direction, ce qui complique les choses. Mais vous vous en sortirez... (Elle aligna une nouvelle rangée de cartes.) Très intéressant. Beaucoup de contradictions. Encore des papiers. Encore de la chance. Mais aussi une trahison. Ce qui explique pourquoi les yeux ne regardent pas dans la même direction. Il y a un traître dans votre entourage...

Elle parlait avec autant de ferveur que si elle faisait une découverte, alors qu'elle devait sans cesse répéter la même chose.

— ... et toujours cette femme. Très présente, au centre de tout. Pour le reste, difficile de se prononcer, mais la femme ne bouge pas, vous revenez toujours vers elle. Je peux voir votre main ?

Prenant la main de Jake dans la sienne, Frau Hinkel suivit du doigt la ligne qui traversait sa paume.

— C'est bien ce que je pensais. Mon Dieu, quelle belle ligne de cœur, pour un homme ! Si profonde. Regardez comme elle est droite. C'est pour la vie. Vous avez le cœur fidèle. Tout est rempli de contradictions, sauf lui... Ne jugez pas les gens à la légère, avec un cœur pareil. (Elle se tourna vers Lena, la main de Jake toujours dans la sienne.) La femme qui tombera sur cet homme-là aura beaucoup de chance. Un seul amour. Personne d'autre.

En bonne professionnelle, elle jouait sur la corde

sensible. Lena sourit. Frau Hinkel aligna ses dernières cartes.

— Voyons voir. Toujours pareil. La mort qui passe tout près. La chance, mais attention, rien de certain. Et la trahison.

— On ne sait pas qui est le traître ?

— Non, mais vous le démasquerez. Les yeux regardent dans la même directio, maintenant. Vous le saurez très vite.

Mal à l'aise, Jake s'agita sur sa chaise.

— Vous voyez des voyages ? demanda-t-il, pour revenir à des préoccupations plus frivoles.

— Bien sûr, beaucoup de voyages, affirma-t-elle comme si ça allait de soi. Dont un en bateau dans peu de temps.

Pour un Américain, c'était prévisible.

— Je vais rentrer chez moi ?

— Non, un voyage bien plus court. Et il y en aura beaucoup d'autres. Vous ne serez jamais chez vous, toujours ailleurs, dit-elle doucement. Mais vous n'en souffrirez pas. L'endroit importe peu. Vous vivrez toujours ici... En fait, la chance vous sourit, non ? ajouta-t-elle, effleurant une dernière fois la ligne de cœur de Jake.

Elle rassembla les cartes et les tendit à Lena.

— Maintenant, elles vont m'être favorables à moi aussi ! se réjouit celle-ci.

Pas de problème, du moment que tu paies tes vingt-cinq Marks, faillit répliquer Jake. Pourtant, quand Frau Hinkel aligna les cartes battues par Lena, elle les contempla avec perplexité avant de les ramasser à nouveau.

— Que voyez-vous ?

— Difficile à dire. Parfois, avec deux personnes, ça

complique les choses. Réessayez, pour qu'elles n'obéissent qu'à vous.

Lena s'exécuta avec le plus grand sérieux.

— Ah, ça se précise, annonça Frau Hinkel en les réalignant devant elle. Les cartes d'une mère. Beaucoup de tendresse, avec tous ces cœurs. Très important, pour vous, les enfants. J'en vois deux.

— Deux ?

— Oui, deux, répéta Frau Hinkel sans même vérifier.

Jake eut envie de faire un clin d'œil à Lena, mais elle avait pâli et semblait désemparée.

— Chez vous, tout va par deux, reprit la voyante. Deux hommes. Ces deux rois… (Elle lança un regard complice à Lena.) Il y a eu quelqu'un d'autre dans votre vie ?

Lena acquiesça. Frau Hinkel prit sa main dans la sienne comme elle l'avait fait pour Jake, afin d'y chercher une confirmation.

— Là, deux lignes.

— Elles se croisent, fit remarquer Lena.

— Oui, mais à la fin il n'en reste qu'une. Peut-être que l'un d'eux est mort ?

Une fois encore, Frau Hinkel ne prenait guère de risques.

— Non.

— Alors, c'est que vous avez choisi…

Elle inclina légèrement la main de Lena.

— Et voilà les enfants. Deux, vous voyez.

Elle revint à la précédente rangée de cartes et hocha la tête.

— Des malheurs, des joies aussi. Je vois une maladie. Vous avez été souffrante ?

— Oui.

— Mais vous êtes guérie. Regardez cette carte. Elle combat la maladie.

— La carte avec l'épée ? s'enquit Jake.

Frau Hinkel sourit poliment.

— Non, celle-ci. Elle représente souvent un remède. Tant mieux pour vous. Il y a tellement de gens aujourd'hui qui ne trouvent pas de remède, même dans les cartes.

Elle aligna une nouvelle rangée.

— Vous étiez à Berlin, pendant la guerre ?

— Oui.

— Là, un signe de destruction. Je le vois sans arrêt, en ce moment. Les cartes, au moins, ne mentent pas.

Elle en abattit une noire, qu'elle recouvrit précipitamment d'une autre.

— Un symbole de quoi ? interrogea Lena, sur la défensive.

Frau Hinkel la dévisagea.

— À Berlin ? Un Russe, en général. Excusez-moi, déclara-t-elle, soudain gênée, exprimant sa compassion à demi-mot. Mais c'est du passé. Regardez ce qui sort, maintenant : encore des cœurs. Vous êtes quelqu'un de généreux. Il faut oublier le passé. Il veut toujours revenir – voyez cette carte –, mais il est moins fort que tous ces cœurs… Vous pouvez enterrer le passé, avec les cartes que vous avez, ajouta-t-elle de manière inattendue.

Elle aligna une rangée supplémentaire, des cartes rouges uniquement.

— Et à présent, que va-t-il arriver ? demanda Lena.

— Non, que *peut*-il arriver, lui rappela Frau Hinkel sans lever les yeux. Encore deux hommes… Il faut vous décider. Après, vous serez en paix avec vous-même. Il y a eu beaucoup de malheur dans votre vie. Je vois même…

Elle se tut, ramassa les cartes, et quand elle reprit la parole elle fit les mêmes prédictions optimistes que toutes les diseuses de bonne aventure. Santé. Prospérité. Chance en amour. Tandis que Lena la payait, toute souriante, elle lui tapota la main avec bienveillance. Mais, au moment où elle soulevait le rideau pour les laisser sortir, ce fut Jake qu'elle retint par le bras.

— Un instant, lança-t-elle, attendant que Lena soit passée dans l'autre pièce. Je n'ai pas l'habitude de lire l'avenir. Ce n'est pas mon rôle.

— Qu'y a-t-il ?

— Les cartes ne lui sont pas favorables. Les cœurs ne suffisent pas. Elle va avoir des ennuis. Je vous en parle parce que vos cartes et les siennes sont mêlées. Si vous êtes vraiment un protecteur, protégez-la.

Jake en resta coi, ne sachant s'il devait rire ou se mettre en colère. Était-ce ainsi qu'elle s'y prenait pour inciter ses clients à revenir, ces veuves éplorées qui remplissaient sa salle d'attente ? En faisant naître des angoisses qui les réveillaient la nuit ?

— Peut-être aussi qu'elle rencontrera un bel étranger. Vous devez en voir beaucoup, dans vos cartes.

Frau Hinkel se força à sourire.

— C'est vrai. Je vois ce que vous insinuez, dit-elle en jetant un coup d'œil vers la pièce voisine. Où est le mal, après tout ? On ne sait jamais. Ce genre de prédiction se réalise parfois. Même moi, j'ai des surprises.

— Entendu. J'ouvrirai l'œil – dans les deux directions…

— Comme bon vous semble.

Elle tourna les talons en guise d'adieu.

— Que voulait-elle ? demanda Lena à la porte.

— Rien. Juste des cigarettes américaines.

Ils descendirent l'escalier en silence.

— En tout cas, nous voilà plus pauvres de cinquante Marks, déclara Jake.

— Elle a tout de même vu beaucoup de choses. Comment a-t-elle pu deviner ?

— Quelles choses ?

— Que tu as frôlé la mort, ou la présence de cette femme, par exemple.

— Comment savoir ? Peut-être de simples prédictions en l'air.

— Non, j'ai vu ton expression. Ça ne te laissait pas indifférent. De quoi s'agit-il ?

Lena s'arrêta sous la porte cochère, à l'abri du soleil.

— Tu te souviens de la photographe, dans la villa de Gelferstrasse ? Elle s'est fait tuer l'autre jour. Un accident. J'étais près d'elle quand c'est arrivé, et ça m'est revenu en écoutant Frau Hinkel, voilà tout.

— Un accident ?

— Oui.

— Pourquoi ne m'as-tu rien dit ?

— Je ne voulais pas t'inquiéter pour un malheureux accident.

— Frau Hinkel n'avait pas l'air du même avis.

— Qu'en sait-elle ?

Lena baissa les yeux.

— Elle ne s'est pas trompée pour les enfants.

— Deux enfants ?

— Oui, deux. Ce bébé russe… Comment a-t-elle deviné ? (Émue, elle détourna le regard.) Les cartes d'une mère… alors que je me suis débarrassée de ce bébé. Les cœurs ne devaient pas être pour lui.

De l'index, Jake lui souleva le menton.

— Voyons, Lena, tout ça est ridicule…

— Oui, mais je n'aime pas me dire que j'ai tué un enfant.

— Tu ne l'as pas tué. Ce n'est pas la même chose.

— L'effet est le même. Parfois, je le vois en rêve, tu sais. Il a grandi. C'est un garçon.

— Arrête, dit Jake, lui caressant les cheveux.

— Bien sûr, acquiesça-t-elle. Il faut enterrer le passé...

Elle releva la tête comme pour chasser les mauvais souvenirs, puis elle prit la main de Jake dans la sienne et suivit du doigt la ligne qui lui barrait la paume.

— Alors c'est moi, là ?

— Oui.

— « Quelle belle ligne de cœur, pour un homme ! » répéta-t-elle, imitant Frau Hinkel.

Jake sourit.

— Il faut bien que les voyantes disent de temps en temps la vérité, sinon elles fermeraient boutique. À propos, et ce bain ?

Lena inclina la main de Jake pour voir sa montre.

— Oh, mais il est très tard ! Désolée, il faut que j'y aille. (Elle se redressa et lui déposa un baiser sur la joue.) Je n'en ai pas pour longtemps. Que vas-tu faire ? demanda-t-elle comme ils regagnaient Wittenbergplatz.

— Nous chercher un nouvel appartement.

— Pourquoi ? On n'est pas si mal, dans celui de Hannelore.

— Non, mais je crois que ça vaut mieux.

— Pourquoi ? Tu me caches encore quelque chose.

— Je ne veux plus que tu serves d'appât.

— Et Emil ?

— S'il vient, Hannelore sera là.

Lena le regarda droit dans les yeux.

— En fait, tu penses qu'il ne viendra pas. Dis-moi la vérité.

— Je pense seulement qu'il est peut-être aux mains des Russes.

— Impossible, répliqua-t-elle aussitôt.

Jake la dévisagea, troublé, revoyant les deux lignes qui se croisaient sur la paume de sa main.

— J'ai dit « peut-être ». Le type qui l'a fait sortir de Kransberg avait en poche des Marks émis par les Russes. Je me demande s'il ne leur a pas vendu des informations – sur l'endroit où se trouvait Emil. Je ne tiens pas à ce qu'ils remontent jusqu'à toi.

— Les Russes… Je les intéresse réellement ?

— Emil les intéresse, et tu es sa femme.

— Ils s'imaginent que j'irai avec eux ? Jamais.

— Ils ne s'en doutent pas. J'aime mieux prendre mes précautions.

Sur Wittenbergplatz, les femmes en pantalon de treillis déblayaient toujours les briques. Lena contempla l'immeuble si familier, encore debout au milieu des ruines.

— Vraiment, cet appartement n'est plus sûr ? Je m'y suis toujours sentie en sécurité. Pendant la guerre, j'étais certaine qu'il ne lui arriverait rien.

— Il est encore sûr, mais j'en voudrais un où tu ne risques rien.

— Le protecteur… Frau Hinkel avait raison.

— Dépêche-toi plutôt de monter, rétorqua Jake en grimpant dans la jeep.

Lena jeta un dernier coup d'œil à l'immeuble avant de s'installer à côté de lui.

— La sécurité… À l'hôpital, on a voulu me transformer en bonne sœur, me faire porter une aube, tu sais. « Enfilez ça, vous serez en sécurité », m'a-t-on dit. Mais ça n'a pas suffi.

Le pasteur Fleischman, complètement décharné, la pomme d'Adam saillante au-dessus de son col dur, attendait devant la gare d'Anhalt avec une charrette, si bien que dans son habit noir il ressemblait étrangement à un porteur.

— Lena ! Je m'inquiétais. Regardez ce que j'ai trouvé… (Il désigna la charrette.) Mais bien sûr, une voiture…

Il contemplait la jeep avec convoitise. Gênée, Lena se tourna vers Jake.

— Tu accepterais ? Ça m'ennuie de te le demander. C'est interdit, évidemment… mais les enfants sont toujours si fatigués après le voyage en train. Et il faut si longtemps pour aller à pied jusqu'à l'église. Tu vas nous aider ?

— Aucun problème, répondit Jake avant de se présenter au pasteur.

Les deux hommes échangèrent une poignée de main.

— Vous en attendez combien ?

— Je ne sais pas trop. Une vingtaine, sans doute. C'est très gentil à vous.

— Il va falloir faire plusieurs voyages.

Le pasteur acquiesça distraitement, l'air au-dessus de ce genre de détail, comme si Dieu, après avoir multiplié les poissons et les pains, allait agrandir la jeep sans difficulté.

Ils attendirent sur le quai bondé dont les poutrelles tordues de la verrière détruite formaient désormais une cage thoracique ouvrant sur le ciel. Fleischman avait amené une autre bénévole pour l'aider. Pendant que Lena bavardait avec elle, Jake, adossé à un pilier, fumait en observant les gens autour de lui. Des voyageurs assis en groupe, le visage abattu, cramponnés à leurs bagages, dans un état de stupeur qui tranchait sur l'agitation habituelle d'une gare. Une meute d'adolescents à l'affût de quelque chose à voler. Un soldat russe faisant les cent pas, sans doute à la recherche d'une fille. Des femmes épuisées. Morne spectacle, à l'image de ce qu'on prenait pour la paix. Jake revit le bruyant cortège qui l'accompagnait sur ce même quai le jour où il avait quitté Berlin – le champagne, les uniformes nazis, le clin d'œil de Renate, comme si elle avait déjà quelque chose à se faire pardonner.

— Comment avez-vous appris l'allemand ? demanda le pasteur à Jake, essayant poliment d'engager la conversation.

— J'ai vécu à Berlin.

— Ah bon ? Et connaissez-vous le Texas ?

— Le Texas ?

— Pardonnez-moi. Je m'étais dit qu'un Américain… Mais, bien sûr, c'est un grand pays. Là-bas, au Texas, il y a une église luthérienne, voyez-vous. À Fredericksburg. Sans doute une ville fondée par des Allemands. En tout cas, ils proposent de prendre quelques enfants. Une chance pour les petits, assurément. Un avenir. Mais les envoyer si loin, après ce qu'ils ont vécu… Je m'interroge. Et lesquels choisir ?

— Combien en veulent-ils ?

— Cinq. Ils peuvent en prendre cinq. Nous voilà réduits à envoyer nos enfants à l'étranger, constata le pasteur avec un soupir. Enfin, Dieu veillera sur eux.

Mieux qu'ici, espérons-le, songea Jake, à la vue des murs noircis par les flammes.

— Ils sont orphelins ?

— Oui, ils viennent des Sudètes. Leurs parents ont été tués pendant l'expulsion. Hier en Silésie, aujourd'hui ici. Et demain… qui sait ? Peut-être chez les cow-boys.

— Sûrement de braves gens, s'ils ont offert de les prendre.

— Oui, je sais. Mais en choisir cinq… sur quels critères ?

Il s'éloigna sans attendre la réponse de Jake. Mettre les noms dans un chapeau et tirer au sort ? Au-dehors, le jour déclinait. Les gens piétinaient sur le quai. Le train avait à présent une heure de retard.

— Désolée, dit Lena. Je n'avais pas prévu… Tu préfères partir ?

— Tout va bien. Assieds-toi donc et repose-toi un peu.

Il se laissa glisser au pied du pilier en l'entraînant avec lui, la tête au creux de son épaule.

— Tu dois t'ennuyer.

— Non, ça me donne le temps de réfléchir.

Mais tandis qu'il laissait dériver son esprit engourdi par l'attente, c'était aux cartes qu'il pensait, à ces yeux qui regardaient dans deux directions. Duplicité. Incohérence. Il regrettait de ne pas avoir devant lui une grille de mots croisés où un mot conduisait de façon logique à un autre. Verticalement, première colonne, un Américain prend l'avion. Avec pour seul bagage une information qui ne se voit pas, mais qui vaut beaucoup d'argent. En Marks émis par les Russes. Et donc destinée à un Russe. À Potsdam. Où l'Américain en question est abattu avant la nuit. Comment a-t-il passé le reste de la journée ? Sûrement pas à chercher Emil. Mais le visiteur russe du vieux Pr Brandt ne le cherchait pas davantage. Günther avait émis l'hypothèse que les Russes savaient où Emil se trouvait. Dans ce cas, qui pouvait souhaiter la mort de Tully ? Certainement pas son client, sinon pourquoi aurait-il pris la peine de le payer ? Sans doute était-il devenu un témoin gênant. Mais pour qui ?

La tête de Jake bascula en avant et il rouvrit les yeux avec un sursaut. Un bref instant, il se demanda s'il était vraiment éveillé. Il faisait nuit dans la gare, l'obscurité seulement trouée par les petits cercles de lumière crue d'une rangée d'ampoules tendue entre deux piliers. Un paysage irréel où des formes indistinctes se déplaçaient dans la pénombre. Lena respirait paisiblement, toujours blottie contre Jake, en sécurité. Il ferma les yeux. Impossible de terminer une grille de mots croisés sans le mot-clé. Il avait beau tourner le problème dans tous les sens, il en revenait toujours à Emil, le point central où se recoupaient les colonnes. Sans lui, on en était réduit à lire dans le marc de café, ou dans les cartes. « Même moi, j'ai des surprises », avait reconnu Frau Hinkel. Mais ses clients n'entendaient que ce qu'ils voulaient bien entendre.

Le sifflement du train réveilla tout le monde. Les gens se levèrent d'un bond. Les rails brillaient sous les phares de la locomotive qui s'avançait lentement le long du quai, aussi poussive que si elle tractait une charge trop lourde pour elle. Il y avait des voyageurs jusque sur le toit des wagons, perchés sur les marchepieds, ou encore cramponnés à la moindre pièce de métal saillante, comme dans les trains que Jake avait vus en Égypte. Des pieds dépassaient des portes ouvertes de quelques wagons de marchandises. Épuisés, courbatus, les passagers sautaient sur le quai et s'éloignaient lentement, la démarche raide. La locomotive s'arrêta enfin dans un dernier jet de vapeur et le crissement des freins. Aussitôt, la foule chargée de bagages se rua vers le train, jouant des coudes pour monter avant même qu'il se soit vidé. Dans la confusion ambiante, le pasteur Fleischman courait en tous sens, essayant de repérer ses futurs pensionnaires. Il fit signe à Lena de le rejoindre. Frau

Schaller, l'autre bénévole, aidait déjà des enfants à descendre.

Le crâne rasé à cause des poux, des squelettes. En culottes courtes, les jambes maigres comme des allumettes, portant autour du cou une ficelle avec leur nom sur un bout de papier. Alors qu'on se bousculait autour d'eux, ils restaient immobiles, clignant des yeux, hébétés. Certains avaient des bleus très visibles.

— Regarde ça ! Ils ont été battus ? demanda Jake.

— Non, ce sont des œdèmes, parce qu'ils ne mangent pas à leur faim. Le moindre choc leur fait un bleu.

Le pasteur Fleischman entreprit de hisser les plus jeunes dans la charrette pendant que leurs aînés, blottis les uns contre les autres, observaient la scène avec ahurissement. Aucun bagage. Une fillette au nez enduit de morve séchée. Encore un article dont *Collier's* ne voudrait jamais – les vrais perdants de la guerre.

Jake se pencha pour soulever un petit garçon et l'asseoir dans la charrette, mais l'enfant eut un mouvement de recul et se mit à crier « *Nein ! Nein !* » Sur le quai, plusieurs personnes se retournèrent, alertées par les cris. Lena s'interposa, s'accroupit devant l'enfant et lui parla doucement. Elle jeta un coup d'œil à Jake pardessus son épaule.

— C'est ton uniforme. Il a peur des soldats. Dis-lui quelques mots en allemand.

— Je voulais juste t'aider. Mais tu peux rester avec la dame, si tu préfères, expliqua Jake au petit garçon.

Celui-ci le dévisagea, puis se cacha derrière Lena.

— Ça arrive souvent. Dès qu'ils voient un uniforme, dit-elle en guise d'excuses.

Jake s'adressa à un autre enfant :

— Toi aussi, tu as peur de moi ?

— Non, c'est Kurt qui a peur. Un vrai bébé. Regarde, il a fait pipi dans sa culotte… Tu as du chocolat ?

Il désignait la poche de Jake.

— Pas aujourd'hui. Désolé. Je t'en apporterai demain.

Le garçonnet baissa la tête – demain était si loin.

Frau Schaller avait ouvert un grand sac et distribuait des morceaux de pain que les petits serraient contre leur cœur entre deux bouchées. Ils commencèrent à remonter le quai, le pasteur Fleischman poussant la charrette, les autres enfants le suivant de leur mieux, Lena et Frau Schaller fermant la marche. Les plus grands regardaient autour d'eux, les yeux écarquillés. Ils ne reconnaissaient pas le Berlin dont ils avaient entendu parler toute leur vie, celui des boulevards ombragés et des lumières du Kurfürstendamm. À la place, ils découvraient des colonnes de réfugiés, des murs noircis par les flammes, et, au-dehors, la masse sombre des tas de briques. Tout aussi abasourdis, les adultes sortaient de la gare en titubant littéralement sous le choc. Et maintenant, où aller ? Jake pensa aux sans-abri exténués qui erraient sans but dans le Tiergarten, le jour de son arrivée.

Avec le pasteur, il réussit à entasser les tout-petits dans la jeep, Lena prenant sur ses genoux le garçonnet qui s'était mouillé. La crèche se trouvait dans une église de Schöneberg, et à mi-parcours la moitié des enfants somnolaient déjà, bercés par le bruit du moteur. Incapables de se repérer dans ce dédale de ruines éclairées par la lune. Et tous ces réfugiés que personne n'était venu chercher ? Jake se revit quittant l'aéroport Tempelhof, aussi hébété qu'eux, puis se perdant avec Ron dans les rues autour de Hallesches Tor. Alors qu'il connaissait Berlin, qu'il était attendu, comme ses compagnons de vol. Une voiture officielle pour

Breimer, la jeep de Ron pour Liz et lui-même. Tout le monde avait un guide. Sauf Tully. Comment était-ce possible ? D'après Brian, il avait dû partir en catastrophe, convoqué en haut lieu. Et on l'aurait laissé retrouver son chemin au milieu des ruines, dans cette agglomération tentaculaire ? Non, on lui avait forcément envoyé quelqu'un. Des kilomètres séparaient Potsdam du centre-ville. « Pas de taxis », avait dit Ron. Et encore moins pour Potsdam. Quelqu'un devait guetter Tully dans la foule de l'aéroport. Jake se souvint de la photo de Ron prise par Liz, de cette marée d'uniformes à l'arrière-plan. Pourquoi n'avait-elle pas photographié Tully par la même occasion ? Ça lui aurait facilité les choses. Il devait être là, quelque part, une des silhouettes floues devant l'entrée. Pendant que Jake lui tournait le dos, les yeux fixés sur les décombres de l'autre côté de la rue. Il faudrait regarder la photo de plus près. Peut-être était-ce là que tout se recoupait. Personne ne débarquait seul à Berlin, sauf les réfugiés de Silésie.

Au sous-sol de l'église, on avait aligné quelques lits à barreaux et des matelas récupérés après les bombardements. Dans un coin, une marmite de soupe chauffait sur un vieux poêle à bois. Les murs étaient nus : ni dessins, ni découpages. Pas un jouet non plus. Voyant Lena installer les enfants, Jake mesura pour la première fois la difficulté de la tâche, la nécessité d'inventer sans cesse des jeux pour les distraire. Toujours cramponné à elle, Kurt enfouissait la tête dans son cou dès qu'il croisait le regard de Jake, mais les autres se précipitèrent vers le poêle.

— Je ferais bien d'aller chercher les grands avant qu'il n'y ait plus de soupe, déclara Jake, sautant sur ce prétexte pour s'éclipser.

Le retour fut interminable. Le pasteur avait insisté

pour rapporter la charrette qu'il avait chargée avec peine à l'arrière de la jeep, la calant contre lui, si bien qu'à chaque cahot elle menaçait de basculer et de se fracasser sur la chaussée. Ils avançaient au pas, aussi lentement que la locomotive entrant en gare. Devant l'église, la charrette finit par tomber, et Jake dut aider à la remettre sur ses roues.

— Merci, dit le pasteur. C'est pour le bois, voyez-vous. Pour le poêle…

Jake l'imagina au milieu des décombres avec son col dur, en train de ramasser des morceaux de meubles réduits à l'état de petit bois. Le pasteur et lui durent porter les enfants endormis qui pesaient de tout leur poids, jusqu'au plus malingre d'entre eux. Quand Jake apparut à la porte du sous-sol, la tête d'un petit garçon blottie contre son épaule, le visage de Lena s'illumina. Le même sourire que dans la salle d'attente de Frau Hinkel, mais plus tendre, comme lorsqu'ils étaient au lit ensemble.

En fait de soupe, il s'agissait d'un mélange de feuilles de chou et de pommes de terre cuites à l'eau, ce qui n'empêcha pas les enfants de vider leurs assiettes avant de s'allonger sur les matelas et d'attendre le sommeil. Une file d'attente à la porte de l'unique toilette, quelques chamailleries, arbitrées par le pasteur épuisé. Lena débarbouillant les visages avec un linge humide. Une nuit sans fin. La fillette au nez encroûté de morve pleurait sur les genoux de Frau Schaller qui lui caressait la tête pour la consoler.

— Que vont-ils devenir ? demanda Jake au pasteur.

— Ils doivent rejoindre le camp de réfugiés de Teltowerdamm. Ils n'y seront pas si mal. Au moins, ils mangeront à leur faim. Mais c'est tout de même un camp. On essaie de leur trouver un foyer. Certaines familles acceptent, pour les rations supplémentaires. Bien sûr, c'est difficile. Ils sont si nombreux.

On distribua aux enfants encore éveillés des livres que Lena et Frau Schaller leur lurent à voix basse, sacrifiant au rituel de l'histoire avant le coucher. Jake en prit un lui aussi, un recueil de récits bibliques illustrés qui avait dû servir pour la catéchèse. Il connaissait assez d'allemand pour s'en tirer. Le livre ouvert à la première page, il s'assit près du jeune amateur de chocolat.

— Moïse ! s'exclama celui-ci, fier de sa science.

— C'est bien lui.

Jake commença à lire, mais le garçonnet semblait surtout intéressé par l'illustration, qu'il dévorait des yeux. Une représentation fidèle de l'Égypte, un des premiers paysages imaginaires de l'enfance – les eaux bleues du Nil, les roseaux, un petit paysan à dos d'âne faisant tourner une noria, des palmiers dans une oasis de verdure, puis les ocres du désert jusqu'en haut de la page. On voyait également un groupe de femmes en train de récupérer le panier d'osier au bord du fleuve, dans la même effervescence que les soldats ramenant Tully sur la terre ferme à Potsdam. Lui aussi avait longtemps dérivé au fil de l'eau.

Mais Moïse, porté par les flots vers un avenir meilleur, était destiné à être sauvé. Alors qu'on avait tenté de faire disparaître Tully. Comment ? En le jetant dans le lac du haut du pont avant de regagner Berlin ? En le traînant dans l'eau jusqu'à ce que le courant l'emporte ? Un poids mort, celui d'un adulte, autrement plus lourd qu'un enfant décharné. Pour quelle raison s'infliger pareille corvée ? Pourquoi ne pas l'avoir laissé sur place ? Qui aurait remarqué un cadavre de plus dans une ville où il en restait des dizaines parmi les décombres ?

Jake reporta son regard sur l'illustration, sur ces

femmes au visage animé. Parce que Tully ne devait pas être retrouvé. Que pouvait-on en déduire ? Que son meurtrier, non content de l'abattre, avait voulu se débarrasser de lui une fois pour toutes. Pour qu'il soit d'abord porté disparu, puis considéré comme déserteur, et qu'enfin on classe le dossier. Pas d'enquête, définitivement hors d'état de nuire, éliminé sans laisser de traces, pas même sa plaque d'identité qui aurait dû glisser au fond du Jungfernsee avec son cadavre. Mais ses bottes de cheval, non serrées par des lacets, avaient glissé, et il était remonté à la surface où il avait flotté, sous l'effet conjugué du vent et du courant, jusqu'à ce qu'un soldat russe, telle la fille du pharaon, le repêche. Au dernier endroit où il aurait dû réapparaître.

Jake leva les yeux. Lena l'observait, les traits tirés, si fatiguée qu'elle paraissait au bord des larmes. Le garçonnet s'était endormi contre l'épaule de Jake.

— On peut y aller. Inge reste avec les enfants.

Jake déposa délicatement le garçonnet sur son matelas et remonta la couverture sur lui. Le pasteur Fleischman le remercia et le raccompagna jusqu'à la porte avec Lena, par courtoisie.

— Je pensais au climat... Il fait chaud, au Texas. Je devrais peut-être n'envoyer que les plus solides. Comment choisir ? demanda-t-il de nouveau avec un soupir.

Jake contempla les enfants endormis, recroquevillés sous leur couverture.

— Je n'en sais rien, répondit-il.

— Le pasteur est un brave homme, déclara Lena une fois dans la jeep. Il a été arrêté par les nazis, tu sais. Et envoyé à Oranienberg. Ce sont ses paroissiens qui l'en ont sorti. Ça n'arrivait pas souvent.

La vie quotidienne dans l'Allemagne nazie. Une

serveuse qui venait réclamer l'addition, mille et une atrocités, et soudain, contre toute attente, un homme touché par la grâce.

— Tu le connaissais, avant ? C'était ta paroisse ?

— Non. Pourquoi ?

— Je me demandais si quelqu'un pouvait remonter jusqu'à toi par son intermédiaire.

— Oh…

Jake lui jeta un regard furtif. Elle dodelinait de la tête, pas encore endormie mais gagnée par la somnolence, aussi paisible que les enfants. Non seulement un appât, mais la compagne d'un homme qui lui posait sans cesse des questions. Vulnérable, dans un cas comme dans l'autre. Il devait pourtant bien exister un endroit où personne ne la connaîtrait. Mais qui avait des appartements à Berlin ? Les filles de général et les prostituées.

— Tu as dépassé la rue, marmonna Lena tandis qu'il remontait Tauentzienstrasse en fonçant vers l'église du Souvenir.

— Quelqu'un à voir. J'en ai pour un instant.

Jake se gara en double file entre deux jeeps devant Ronny's.

— Ici ? s'étonna Lena.

— Je reviens tout de suite.

Il se tourna vers un des chauffeurs qui attendaient devant leurs véhicules.

— Vous pourriez me rendre service et veiller sur mon amie ?

— Parce que maintenant il me faut un garde du corps ? murmura Lena.

— Veillez sur elle vous-même, répliqua le GI, avant de remarquer l'uniforme de Jake et de se mettre au garde-à-vous. À vos ordres ! ajouta-t-il aussitôt.

En franchissant la porte, Jake fut assailli comme

d'habitude par une musique assourdissante, un solo à la trompette de *Let Me Off Uptown*, strident même dans cette salle bruyante. Le club semblait encore plus bondé qu'auparavant, mais Danny avait toujours sa table à l'écart dans un coin, toujours les cheveux coiffés en arrière comme Noel Coward, toujours sa manie de pianoter au rythme des morceaux. Un élément permanent du décor. Une seule fille était attablée avec lui ce soir-là, ainsi que Günther, le nez dans son verre.

— Quelle excellente surprise ! s'exclama Danny. Vous venez sans doute remonter le moral de ce cher vieux Günther ? (Il donna un coup de coude à l'intéressé, qui eut à peine un regard pour Jake.) Il ne va pas fort, ces temps-ci. Pas une très bonne publicité pour les filles. Vous vous souvenez de Trude ?

La blonde adressa à Jake un sourire plein d'espoir.

— Vous avez une minute ? J'ai un service à vous demander, dit Jake à Danny qui se leva spontanément.

— De quoi s'agit-il ?

— Vous pourriez me trouver une chambre ? Ou un appartement ?

— Pour vous ?

Jake se pencha vers lui.

— Pour une dame, répondit-il sur le ton de la confidence.

Danny jeta un coup d'œil à sa montre.

— Vous en avez pour longtemps ?

— En fait, ce serait pour y vivre.

— Vous n'allez pas entrer dans ce genre d'embrouille ! Après, elles s'accrochent, et plus moyen de s'en débarrasser. Mieux vaut en faire profiter les amis. Ça revient moins cher.

— Vous êtes en mesure de m'aider, ou pas ?

Danny le jaugea, tel un homme d'affaires avisé.

— Si vous avez les moyens de payer.

— Aucun problème, répliqua Jake sans ciller. Mais personne ne doit rien savoir… Elle est mariée. Vous pourrez vous arranger avec le propriétaire ?

— Le propriétaire ? C'est moi.

— Vous ?

— Je vous l'ai dit, rien ne vaut l'immobilier. Regardez comme c'est utile. À condition de mettre dehors les occupants actuels, qui ne vont pas apprécier. Je vais devoir les reloger. À vos frais.

— Marché conclu.

Danny haussa les sourcils, surpris de ne pas avoir à marchander.

— Très bien. Donnez-moi vingt-quatre heures.

— Pas dans un immeuble avec des filles. Je ne veux pas d'allées et venues incessantes.

— Quelque chose de respectable.

— Parfaitement.

— Comme vous voudrez. Une cigarette ? (Danny ouvrit un étui en or.) Vous feriez mieux de m'écouter. Ne vous attachez pas, vous le regretterez. Moi, j'aime bien avoir le choix.

— Merci de votre aide, dit Jake sans relever. Vous désirez une avance ?

Il sortit une liasse de billets. Gêné, Danny détourna le regard.

— Inutile. Je vous fais confiance. Vous êtes un ami de Günther. (Il offrit une chaise à Jake.) Prenez donc un verre avec nous. Allez, Günther, on partage. Servez généreusement notre ami.

— Merci, mais on m'attend… De toute façon, j'aurais du mal à rattraper mon retard, ajouta Jake à l'intention de Günther en désignant la bouteille. Vous avez passé la journée ici ?

— Pas du tout, j'ai travaillé pour vous...

À le voir, Jake comprit que le procès du matin s'était déjà évanoui, en même temps que le contenu de la bouteille.

— J'ai parlé à Willi.

Jake s'assit un instant.

— Laissez-moi deviner. C'est un Russe qui le paie pour surveiller l'immeuble du professeur.

— Exact.

— Et le tireur du marché ? La fine gâchette ?

— Je me suis renseigné.

— Un des hommes de Sikorsky ?

— Probablement. Vassily m'a assuré qu'il ne le connaissait pas, or il connaît tout le monde. (Günther le fixa des yeux.) Comment le savez-vous ?

— J'ai discuté avec Shaeffer, qui a été touché à l'épaule. Voilà deux ou trois semaines qu'il joue au chat et à la souris avec Sikorsky. Ce dernier lui a tendu un piège et il est tombé dedans.

— Mais la souris en a réchappé. En fait, vous n'aviez pas besoin de mes services. Vous avez découvert autre chose ?

— Tully savait où se trouvait Emil Brandt. Il ne l'a pas seulement aidé à s'échapper. Il l'a envoyé dans la gueule du loup. Un coup monté. Et il a touché sa récompense, en argent russe. Il y a bien un recoupement : l'information vendue par Tully, qui devait permettre d'arriver jusqu'à Brandt.

Günther réfléchit quelques instants et reprit son verre.

— Possible. L'argent nous a égarés. Une somme pareille... À Berlin, on vend ses informations pour moins cher.

— Pas celle-là. Emil Brandt est un gibier de choix.

Votre ami Sikorsky, par exemple, s'intéresse beaucoup à lui.

— Mon ami..., grommela Günther. Une relation d'affaires, pas davantage...

La stupéfaction de Jake le fit sourire.

— Eh oui, tout le monde fait son petit commerce.

— Quoi qu'il en soit, Emil est sûrement aux mains des Russes, vous le disiez vous-même ce matin.

— Un raisonnement logique. Mais vous croyez que Vassily s'en vanterait devant moi ? Dans ce genre d'histoire, j'ai bien peur qu'il se retranche derrière ses principes. En admettant qu'il soit au courant de quelque chose.

— Peut-être accepterait-il au moins de vous révéler qui a conduit Tully à Potsdam ? Je n'arrive pas à comprendre comment il s'est rendu là-bas.

— Le général n'a pas l'habitude de faire le chauffeur, Herr Geismar.

— Quelqu'un attendait Tully à l'aéroport. Quelqu'un l'a emmené à Potsdam et l'a abattu. Ça ne pouvait être qu'un Russe.

— Le même homme ?

— Ça vous étonne ?

— Vous vous voyez passer toute une journée avec la personne que vous allez tuer ? À quoi faire ? Non, vous en finiriez au plus vite, rétorqua Günther, abattant sa main sur la table comme un couperet.

— Argument irréfutable, mon vieux, approuva Danny.

Jake, qui avait oublié sa présence, sursauta presque.

— Mais le chauffeur était forcément russe, reprit-il, agacé par cette interruption. Pourquoi ne pas poser la question ?

— Parce que ça ne vous apprendrait absolument rien.

Et que vous éveilleriez les soupçons, ce qu'il faut éviter à tout prix avec les Russes. De grands nerveux, qui ont la gâchette facile… Tant que vous n'avez pas plus d'éléments, enquêtez dans l'ombre et avec méthode, comme un flic, conseilla Günther avec gravité, l'index levé pour donner plus de poids à cette mise en garde.

— Mais tous les indices me ramènent à l'aéroport !

Günther haussa les épaules.

— L'aéroport, oui, c'est intéressant. Mais l'identité du chauffeur, que nous apprendrait-elle ? Sauf s'il est aussi le meurtrier, ce qui paraît impossible. Non, là n'est pas la question. Par ailleurs, il faut que je protège mes intérêts, vous comprenez.

— C'est vrai. Tout le monde fait son petit commerce.

Günther but une gorgée, puis contempla le contenu de son verre.

— Vous oubliez que je suis un ami du peuple soviétique…

Il avait parlé avec amertume. Le souvenir du procès était donc encore bien présent.

— Qui sait ? ajouta-t-il. Peut-être même travaillerai-je bientôt pour eux. Le général admire mes talents. Et les occasions sont si rares…

— Vous ? Travailler pour lui ? Pour les Russes ?

Jake semblait atterré.

— Qu'est-ce que ça changerait, mon ami ? Après votre départ, qui restera-t-il ? Il faut bien vivre. Mais pas d'affolement. Pour l'instant, je ne suis guère tenté. J'ai une affaire à élucider.

Il fit mine de porter un toast, comme s'il voulait rassurer Jake.

— Vous voyez ? lança Danny. Il n'y a que ça qui compte, pour ce vieux Sherlock. Les enquêtes, pas l'argent.

Jake se leva et regarda Günther vider d'un air placide son verre.

— Dans ce cas, je vais essayer de vous tenir en haleine… Mais vous vous préparez un drôle d'avenir, avec Sikorsky. Il était au marché de Potsdam, vous savez, quand Shaeffer s'est pris une balle. On pourrait penser que c'était lui le *Greifer*.

Choqué par ce mot, Günther retourna machinalement son verre, l'air aussi ahuri que les enfants sur le quai de la gare. Il dévisagea Jake, puis poussa lentement le verre hors de sa vue, comme tout le reste.

— Méfiez-vous qu'il ne devienne pas aussi le vôtre, dit-il, de nouveau impassible.

— Mais…

— Mais on vous attend. À propos, où en est notre autre sujet de discussion – le changement d'appartement ?

— C'est réglé, répondit Jake, évitant le regard de Danny.

— Parfait. Il suffit parfois d'un déménagement… (Günther baissa les yeux.)… mais pas toujours.

La rue était pleine de chauffeurs en uniforme kaki, simples soldats qui tuaient le temps comme ils pouvaient pendant que leurs officiers dansaient. Le GI chargé de veiller sur Lena bavardait avec elle, adossé à la jeep.

— Il dit qu'il connaît le Texas ! Il y a des collines, là-bas, c'est une bonne nouvelle, annonça-t-elle à l'approche de Jake.

Il mit quelques secondes à comprendre qu'elle pensait aux petits réfugiés.

— Oui, beaucoup de collines, assura le soldat avec l'accent du sud des États-Unis.

Encore un qu'on avait sorti de sa piscine pour lui faire jouer les chauffeurs en Europe.

— Ils seront contents, fit remarquer Lena tandis que Jake démarrait. Ça leur rappellera leur pays.

Les vertes collines de Silésie.

— Espérons-le.

— Qu'as-tu fait, pendant tout ce temps ?

— J'ai vu quelqu'un pour un nouvel appartement. On peut emménager demain.

Il s'engagea dans la rue.

— Si vite ?

— Pourquoi pas ? On a très peu de bagages.

— Pour toi, évidemment, c'est facile. Tu vis comme un vrai nomade, répliqua-t-elle sans méchanceté.

— Une habitude.

Un jour sous la tente, le lendemain à l'hôtel ou dans une chambre chez l'habitant.

— À laquelle tu as pris goût.

Il se tourna vers elle.

— Tu pourras t'y faire ?

Lena se força à sourire.

— Bien sûr. On sera des nomades. Une seule valise. Tu m'en crois capable ?

Jake sourit à son tour.

— Plutôt avec deux valises, disons.

Il n'y avait personne devant l'immeuble – toujours un endroit sûr – ni à l'intérieur. Comme on pouvait s'y attendre, le thé auquel était conviée Hannelore se prolongeait tard dans la nuit.

— Il faut que je fasse ma toilette, dit Lena. Je n'en aurai pas pour longtemps. Regarde le désordre que

Hannelore a laissé ! Voilà bien une chose que je ne regretterai pas.

— Je vais ranger.

— Demain matin. Il est trop tard. Je ne tiens plus debout.

Mais dès que la porte de la salle de bains se referma, Jake alla dans la cuisine. Comme lorsque Lena était malade et qu'il faisait la vaisselle en attendant le médecin – le ménage, un remède pour tromper l'angoisse. Trois semaines seulement s'étaient écoulées depuis. Il n'aurait presque rien à emporter – deux ou trois tasses, des feuillets épars près de la machine à écrire. La plupart de ses vêtements se trouvaient dans la villa de Gelferstrasse. Pas même de quoi remplir une valise. Quelques minutes leur suffiraient pour déménager. Et pourtant, Frau Hinkel se trompait : après toutes ces années, il était chez lui dans cet appartement où il avait habité avant la guerre, puis ces dernières semaines où il s'y était réfugié comme dans un sanctuaire. Il avait vécu ici plus longtemps que nulle part ailleurs. Un lieu familier. Rien d'extraordinaire – un canapé défoncé où Hal s'endormait souvent ; une table à laquelle Lena prenait le café, son peignoir inondé par la lumière du soleil. Un petit morceau de Berlin qui n'appartenait qu'à lui. Mais le refuge était devenu un piège.

Il entendit la porte de la salle de bains s'ouvrir et s'approcha de la fenêtre, éteignant derrière lui. Rien d'anormal. Tout était calme sur Wittenbergplatz. Il inspecta la rue, d'un côté et de l'autre, les yeux dans les deux directions. Encore un point sur lequel Frau Hinkel se trompait peut-être. Mais quand on se cachait, il fallait se déplacer sans cesse. Heureusement, les cartes lui étaient favorables. De l'immeuble de Pariserstrasse, il ne restait qu'un tas de ruines ; dans vingt-quatre heures il aurait quitté son ancien appartement. Mais Lena était toujours là, sans doute en train de se coiffer, assise au bord du lit en chemise de nuit, attendant qu'il la rejoigne. Il scruta la pénombre autour de lui. Ce n'étaient jamais que des murs.

Dans la salle de bains, il se brossa les dents, puis se passa de l'eau sur le visage pour effacer la poussière de la journée, ce qui eut pour effet de le réveiller. En l'honneur de leur dernière nuit dans l'appartement, Lena avait dû mettre sa nuisette en soie d'avant-guerre, celle dont les bretelles glissaient sur ses épaules. À moins qu'elle ne fût déjà en train de faire ses bagages, prête à partir vers une nouvelle adresse. Mais lorsqu'il ouvrit la porte de la chambre, il la vit sur le lit dans la lumière tamisée de la lampe, recroquevillée comme les enfants sous leur couverture, paupières closes. La journée avait été longue. Il demeura immobile, contemplant son visage moite – à cause de la chaleur, pas de la fièvre comme durant les heures qu'il avait passées à son chevet. Une partie de ses vêtements étaient empilés avec soin. Toute sa vie dans une valise, la dernière chose qu'elle souhaitait, mais elle avait relevé le défi. Jake éteignit la lampe, se déshabilla, se glissa sans bruit sous les draps en essayant de ne pas la réveiller. Il se rappela cette première nuit où ils n'avaient pas non plus fait l'amour, où ils étaient restés allongés côte à côte. Il s'étendit sur le côté et la sentit bouger.

— Jacob…, dit-elle dans un demi-sommeil. Je suis désolée.

— Ce n'est rien. Rendors-toi.

— Non, je voulais…

— Chut…

Il lui caressa le front.

— Repose-toi. Demain, on ira se promener en bateau sur les lacs, chuchota-t-il.

Une promesse comme on en fait à un enfant pour l'aider à s'endormir.

— En bateau… d'accord…, marmonna-t-elle d'une voix ensommeillée. Merci pour tout.

— Tout le plaisir était pour moi, répondit Jake avec un sourire attendri.

Dans le silence revenu, il crut qu'elle avait fini par sombrer, mais elle se rapprocha pour lui faire face, les yeux grand ouverts.

— Tu sais, je ne t'ai jamais aimé aussi fort que ce soir.

— À quel moment, au juste, pour que je puisse recommencer ? demanda-t-il doucement.

— Ne te moque pas… (Elle nicha sa tête au creux de son épaule et lui caressa la joue.) Jamais aussi fort. Quand tu lisais une histoire à ce petit garçon, j'imaginais ce qui aurait pu être. Si les choses avaient été différentes.

Jake revit ses yeux dans le sous-sol de l'église. Ils ne brillaient pas de fatigue, mais d'une tristesse insondable, aussi palpable dans l'air que la poussière montant des ruines.

— Essaie de dormir, conseilla-t-il.

Alors qu'il lui effleurait les paupières, elle prit sa main dans la sienne.

— Laisse-moi regarder ta ligne de cœur, murmura-t-elle en la suivant du doigt. Oui, elle est bien là.

Satisfaite, elle ferma enfin les yeux.

13

Brian avait tenu parole. Jake était bien inscrit au yacht-club de Grunewald, où un voilier l'attendait en échange d'une signature.

— Il nous avait prévenus que vous viendriez, déclara le soldat anglais en faction sur le ponton. Je vais demander à Roger de vous amener le bateau. Vous savez naviguer ?

Jake acquiesça.

— Ce n'est qu'un dériveur, précisa le soldat. Rien de compliqué. Mais je préfère poser la question. On a parfois des surprises, avec certains de ces messieurs…

De la tête, le soldat désigna le café installé sur la terrasse. Sous une rangée de drapeaux britanniques claquant au vent, des militaires buvaient des bières. À l'une des tables, ils étaient encore en kilt, leur tenue d'apparat.

— Attendez ici, conclut-il. J'en ai pour une seconde.

Lena offrait son visage aux rayons du soleil, toute au plaisir de la journée. Une petite brise montait du lac, pas la moindre trace de la puanteur de la ville.

Le voilier à un seul mât, avec une dérive de la taille d'un jouet et une minuscule paire de rames, était juste assez grand pour deux passagers. Il tangua dangereusement quand Jake y posa le pied, l'obligeant à se camper sur ses deux jambes et à se retenir au ponton pour tendre la main à Lena, qui la refusa avec un sourire condescendant. Elle retira ses chaussures et sauta avec assurance dans l'embarcation où le vent souleva sa robe. Sur la terrasse, la moitié des militaires observaient la scène, se tordant le cou pour apercevoir ses cuisses.

— Assieds-toi, lança-t-elle à Jake avec autorité, avant d'écarter d'un coup sec le bateau du ponton.

— Méfiez-vous du courant, dit le soldat. Ce n'est pas un vrai lac, les gens ont tendance à l'oublier.

Elle opina du chef tout en hissant la voile d'une main ferme. Le voilier commença à prendre de la vitesse.

— Tu m'avais caché tes talents de marin, constata Jake, étonné, quand elle se mit à border la voile.

— Je suis de Hambourg. Là-bas, tout le monde sait se servir d'un bateau. (Elle regarda autour d'elle, flairant ostensiblement le vent.) Mon père adorait naviguer. Chaque été, on partait en mer. C'est moi qu'il emmenait avec lui, mon frère était trop petit.

— Ton frère ?

— Tué à la guerre, répondit-elle, impassible.

— Je ne savais pas.

— Il s'appelait Peter, lui aussi.

— Tu as d'autres frères et sœurs ?

— Non, il n'y avait que lui et mes parents. Il ne me reste personne. Sauf Emil… (Elle haussa les épaules, mais releva aussitôt la tête.) À gauche toute, il faut virer de bord… Mon Dieu, quelle journée magnifique ! Ce qu'il fait chaud !

Elle les entraînait délibérément vers le large, et, de

fait, la guerre s'éloignait en même temps que le rivage. Les zones calcinées disparaissaient au loin, on ne voyait que les pins. Était-ce encore Berlin, ces vaguelettes d'un bleu de carte postale miroitant sous le soleil ? La main en visière, Jake contemplait le lac. Pas de cadavres comme sur les eaux stagnantes du Landwehrkanal – le courant avait tout emporté vers la mer du Nord, sauf les bouteilles, les éclats d'obus, et peut-être une paire de bottes de cheval tombés au fond. Mais à la surface, tout n'était que lumière.

— Un frère dont j'ignorais l'existence… Qu'est-ce que tu me caches d'autre ? Je voudrais tout connaître de toi.

Lena sourit, déterminée à prendre les choses avec bonne humeur.

— Pour décider si tu me gardes ou pas ? Trop tard. Tu as eu le temps de m'essayer. C'est comme chez Wertheim : ni reprise ni échange.

— On n'a jamais dit ça, chez Wertheim.

— Ah bon ? Eh bien moi, je le dis.

Elle plongea la main dans l'eau, éclaboussant Jake.

— Ne t'en fais pas. Je n'ai aucune intention de t'échanger…

Lena s'assit à l'avant, remonta sa robe sur ses cuisses, étira ses jambes blanches au soleil.

— Tu es très belle, aujourd'hui, ajouta Jake.

— Tu trouves ? Alors ne rentrons pas. On vivra ici, sur le lac.

— Méfie-toi du soleil.

— Je m'en fiche. Ça donne bonne mine.

Le vent avait faibli. Dans le bateau presque immobile, étendus sur le dos comme à la plage, les yeux fermés, ils bavardaient avec insouciance.

— Ce sera comment, à ton avis ? demanda Lena

d'une voix aussi paisible que le clapotis des vagues contre la coque.

— Quoi ?

— Notre vie.

— Pourquoi faut-il toujours que les femmes s'inquiètent de ce qui se passera après ?

— Elles sont si nombreuses à t'avoir posé la question ?

— Toutes, sans exception.

— Peut-être qu'on a besoin de faire des projets. Tu leur répondais quoi ?

— Que je n'en savais rien.

Lena laissa glisser sa main au fil de l'eau.

— C'est ça, ta réponse ? « Je n'en sais rien » ?

— Non. En fait, je sais.

Elle se tut quelques instants, puis se redressa.

— Je vais nager un peu, annonça-t-elle.

— Ici ? Sûrement pas.

— Pourquoi ? Il fait si chaud.

— Tu ne sais pas ce qu'il y a dans ce lac.

— Tu crois que j'ai peur des poissons ?

Elle s'agrippa au mât pour ne pas déséquilibrer l'embarcation.

— Je pensais aux cadavres, pas aux poissons. Cette eau n'est pas propre. Tu risques d'attraper quelque chose.

— Quelle idée ! (Évacuant cette perspective d'un geste, elle retira son slip.) C'est comme pendant les bombardements, tu sais. Il y avait des soirs où on mourait de peur, et d'autres pas du tout. Sans raison. On sentait juste qu'il n'arriverait rien. Et c'était le cas.

Elle enleva sa robe par la tête et resta debout, les bras en l'air, le corps tout blanc à l'exception de la toison cuivrée entre ses cuisses.

— Ne fais pas cette tête-là ! s'exclama-t-elle en éclatant de rire. Je n'avalerai pas une seule goutte d'eau.

— Enfin, Lena, c'est dangereux !

— Oh, le danger…

Elle jeta sa robe à l'autre bout du bateau, tendit les bras devant elle, se tourna une dernière fois vers Jake.

— Tu vois, une vraie nomade… Cramponne-toi. Il ne faudrait pas qu'on chavire, ajouta-t-elle, pragmatique.

Et elle piqua une tête avec élégance, fendant l'eau, aspergeant le petit voilier qui oscillait dans son sillage. Jake se pencha et la vit glisser sous la surface du lac. De ses longs bras en arc de cercle, elle repoussait les flots, sa chevelure déployée au-dessus de la courbe de ses hanches. Il se demanda si ce corps laiteux et délié n'était pas le produit de son imagination, la vision idéalisée d'une femme. Mais au même instant, Lena réapparut, riant et crachant, bien réelle.

— Tu ressembles à une sirène.

— Avec des nageoires… (Elle se mit sur le dos sans effort et battit des pieds.) C'est merveilleux ! Doux comme de la soie. Viens.

— Je préfère te regarder.

Elle bascula en arrière et fit un saut périlleux sous l'eau, se donnant en spectacle. Lorsqu'elle revint à la surface, elle se laissa flotter les yeux fermés, la peau scintillant au soleil. Jake leva la tête. Le courant les avait entraînés vers Grunewald. On distinguait la plage où la pluie les avait surpris, ce premier dimanche. Inaccessible, refusant même un baiser, Lena avait grelotté durant tout le trajet de retour à travers la forêt. Avant de danser au son du phonographe pour revenir à la vie. Jake repensa à elle descendant l'escalier d'un pas mal assuré dans les chaussures de Liz. À présent, elle folâtrait avec l'aisance d'un marsouin. Une autre Lena, capable de sauter la tête la première dans le lac. Et à qui la chance semblait enfin sourire.

Elle regagna le bateau, s'agrippant à la coque.

— La baignade est finie ?

— Encore un instant. C'est si rafraîchissant. Quand devons-nous rentrer ?

— On a le temps. Je préfère attendre la nuit pour déménager.

— Comme des voleurs. Quelle est notre nouvelle adresse ?

— Je ne l'ai pas encore.

— Il faudra que je prévienne le Pr Brandt. Il ne saura plus où me trouver.

— Tant mieux. Son immeuble est surveillé.

— À cause d'Emil ?

— Non, de toi.

— Oh…

Elle plongea la tête sous l'eau, sans lâcher la coque.

— Ne t'inquiète pas. J'enverrai quelqu'un vérifier qu'il va bien.

— C'est juste qu'il est tout seul. Il n'a personne.

— Surtout pas Emil, qui raconte que son père est mort.

— Emil ? Pourquoi dirait-il une chose pareille ?

Jake haussa les épaules.

— Peut-être que, pour lui, c'est comme si son père était mort. Je n'en sais rien. En tout cas, il a répondu ça quand on l'a interrogé à Kransberg.

— Pour protéger le professeur. Éviter qu'on l'arrête. La Gestapo venait souvent chercher les familles.

— Les Alliés n'ont rien à voir avec la Gestapo.

Lena fixa Jake du regard.

— Pour toi, non. Tu ne peux pas comprendre… A-t-il dit que moi aussi j'étais morte ?

— Non, il voulait te retrouver. C'est comme ça que tout a commencé.

— Pourquoi ne pas le laisser faire ? Et en finir une bonne fois ? Je n'ai pas envie de me cacher.

— Maintenant, Emil n'est plus seul à te chercher.

Une lueur d'angoisse traversa le regard de Lena, mais elle se tourna vers le soleil et repartit à la nage.

— Lena…

— Je ne t'entends plus.

En quelques brasses, elle était déjà loin. Elle se dirigea vers le yacht-club avant de rebrousser chemin et de se laisser flotter, immobile sur les eaux calmes du lac. Comme Tully, à un détail près : cette nuit-là, le vent soufflait assez fort pour creuser les vagues et pousser son cadavre.

Remonter à bord prit plus de temps qu'un simple plongeon. Lena se hissa laborieusement à l'intérieur du bateau, une jambe à la fois pour ne pas chavirer. Elle s'ébroua, essora ses cheveux et s'étendit pour se sécher au soleil. Ensuite Jake et elle se contentèrent de dériver doucement au fil de l'eau, comme Moïse dans son panier d'osier. Le voilier avait de nouveau viré de bord et se rapprochait de l'île aux Paons, où Goebbels avait naguère donné une fête en l'honneur des Jeux olympiques. Plus de lampions, la moitié des arbres carbonisés : l'île avait l'apparence lugubre d'un cimetière. Des cadavres avaient dû venir lentement s'y échouer avec d'autres débris. Comme le corps de Tully devant le château de Cecilienhof, tournant en rond avant de terminer son voyage là où on ne l'attendait pas.

Jake sentit quelques gouttes sur son visage. Ce n'était pas la pluie, seulement Lena qui l'éclaboussait pour le réveiller, assise près de lui. Pendant qu'il somnolait, elle avait remis sa robe.

— On devrait y aller. Il n'y a pas beaucoup de vent, on va mettre du temps à rentrer.

— On n'a qu'à se laisser porter par le courant, dit Jake sans même ouvrir les yeux. Il nous ramènera pile devant le yacht-club.

— Pas du tout, il nous entraîne à l'opposé.

— Mais non, c'est mathématique. Au nord des Alpes, tous les cours d'eau coulent vers le nord. Au sud, c'est le contraire. On n'a rien à faire.

— À Berlin, si. La Havel coule d'abord vers le sud, avant de remonter vers le nord. Tu peux vérifier sur une carte.

Mais sur les cartes, on ne voyait qu'un chapelet de lacs bleus, tout en bas à gauche.

— Si tu ne me crois pas, reprit Lena, regarde où on est déjà…

Jake se redressa légèrement. Le yacht-club paraissait très loin, et il n'y avait toujours pas le moindre souffle de vent.

— Tu vois ? Si on ne fait pas demi-tour, on va se retrouver à Potsdam.

Jake s'assit aussitôt, s'assommant presque contre le mât.

— Quoi ? Qu'est-ce que tu as dit ?

— Qu'on allait se retrouver à Potsdam, répéta Lena, l'air perplexe. Le courant va dans cette direction.

Jake contempla les eaux étincelantes du lac, pivotant sur lui-même pour en parcourir les rives du regard.

— C'est évident ! Personne ne l'a laissé là-bas. Il n'y a même pas mis les pieds !

— Quoi ?

— Il s'est retrouvé à Potsdam. Sans y être allé. Ce n'était pas le lieu du crime.

Jake pivota de nouveau sur lui-même, inspectant les abords du lac, comme si le mystère allait s'éclaircir d'un seul coup, ce nouvel élément suffisant à débloquer la situation. Mais il ne vit que la longue plage de Grunewald. Où Tully s'était-il donc rendu ?

— De qui parles-tu ? demanda Lena.

— De Tully. Il n'est pas allé à Potsdam, mais ailleurs. Tu as une carte ?

— Seuls les militaires en ont.

Lena le dévisageait sans comprendre.

— Günther en a une. Vite, on rentre ! (Jake vira de bord d'un coup sec.) Le courant… J'aurais dû y penser… Moïse… Il suffisait d'ouvrir les yeux. Merci, tu m'as bien aidé.

Il envoya un baiser à Lena. Elle lui fit un petit signe de tête, mais sans sourire, fronçant les sourcils comme si la journée était en train de s'assombrir.

— Qui est Günther ?

— Un ancien flic. Un ami à moi. Lui non plus n'a pas pensé au sens du courant, et il est censé connaître Berlin comme sa poche.

— Peut-être pas les lacs, remarqua-t-elle, scrutant la surface de l'eau.

Jake sourit.

— Mais toi, si. Heureusement.

— Alors, nous voilà tous flics… Enfin, pas encore… (Elle se tourna vers le soleil.) Regarde, c'est le calme plat. Impossible de rentrer.

Mais la découverte de Jake semblait avoir remis tout en mouvement, et, quelques minutes plus tard, une petite brise se leva qui les poussa jusqu'au yacht-club en un rien de temps.

Günther était chez lui à Kreuzberg, rasé de près et les idées claires. Même son appartement était bien rangé.

— Vous avez tourné la page ? demanda Jake.

Günther l'ignora, les yeux fixés sur Lena.

— Voici donc Lena Brandt, murmura-t-il, lui prenant la main. Je comprends pourquoi votre mari était si impatient de rentrer à Berlin.

— Mais pas à Potsdam, précisa Jake. Il n'y a pas mis les pieds. Enfin, pas avec Tully. Tenez, venez voir.

Il s'approcha du plan géant de la ville.

— Ces Américains… Aucune éducation, dit Günther à Lena. Une tasse de café, peut-être ? Je l'ai fait à l'instant.

— Avec plaisir, répondit-elle, du même ton poli.

— Il en boit des litres par jour, intervint Jake.

— Je ne suis pas allemand pour rien. Du sucre ?

Après avoir servi Lena, Günther lui offrit son fauteuil. Jake revint à la charge.

— La Havel coule vers le sud. Le cadavre a dérivé jusqu'à Potsdam, expliqua-t-il, suivant le cours de la rivière avec son index. On était sur les lacs, aujourd'hui. Le courant va dans cette direction. Voilà comment Tully est arrivé là-bas.

Günther prit le temps de digérer l'information, puis il s'avança vers le plan, étudiant la zone vert et bleu en bas à gauche.

— Exit le chauffeur russe…

— Oui, et Potsdam n'est plus le lieu du crime.

Günther haussa les sourcils.

— Ne vous réjouissez pas trop vite. Jusque-là, on pouvait se limiter à Potsdam. Maintenant, Tully a pu être abattu n'importe où à Berlin.

— Non, forcément quelque part par là, assura Jake, traçant du doigt un cercle autour des lacs. Personne n'irait traverser toute la ville avec un cadavre. Il fallait être près de l'eau pour avoir cette idée. Et chercher à se débarrasser du corps au plus vite.

— Sauf si le crime était prémédité.

— Dans ce cas, tout aurait eu lieu au bord du lac, pour faciliter les choses, répliqua Jake, désignant le rivage. Mais je ne crois pas qu'il y ait eu préméditation. Le meurtrier n'a même pas pris la peine de faire les poches de Tully, ni de récupérer sa plaque d'identité. Il voulait juste le faire disparaître d'urgence. Le plus près possible, là où personne ne le retrouverait jamais.

Jake pointait l'index au centre de la grande tache bleue.

— Vous avez réponse à tout, concéda Günther avant de prendre Lena à témoin. Un expert en criminologie, notre Herr Geismar... Le café est bon ?

— Très bon. Vous aussi, vous êtes expert, répondit Lena.

— J'attendais cette rencontre avec impatience, déclara Günther en s'asseyant. Je peux vous poser une question ?

— Quelque part par là, réfléchissait Jake à voix haute, s'adressant au plan, le doigt toujours pointé vers le lac.

— Oui, mais où exactement ? Les rives s'étendent sur des dizaines de kilomètres, fit remarquer Günther.

— Il suffit de procéder par élimination. (Jake recouvrit de la main la rive occidentale.) Pas Kladow : en secteur soviétique... (Il occulta le bas du lac.)... ni Potsdam. Plutôt quelque part sur cette rive-là... (Il dessina alors une ligne imaginaire qui reliait Spandau à Wannsee, en passant par Grunewald.) Où Tully a-t-il bien pu se rendre ?

— Quelqu'un parlant seulement anglais ? D'abord chez les Américains, croyez-en mon expérience.

Zehlendorf. La main de Jake remonta légèrement, traversant la forêt, effleurant des lieux familiers. Le siège du gouvernement militaire sur Kronprinzenallee. Le centre de presse. Gelferstrasse. La Kommandatura, juste en face du Kaiser Wilhelm Institut qu'Emil connaissait si bien. Mais l'Institut était fermé, plongé dans l'obscurité depuis des mois. La forêt de Grunewald, alors ?

— Quelle question désiriez-vous me poser ? demanda Lena à Günther.

— Pardonnez-moi, je me suis laissé distraire. Il y a un détail qui m'intrigue : le moment choisi par votre mari pour venir vous chercher. En pleine bataille de Berlin. J'y étais. Cette dernière semaine, même les policiers se battaient les armes à la main. Des journées terribles.

— En effet.

— Une telle confusion. Ces actes de pillage... Comment avez-vous appris la présence de votre mari ? Vous ne l'avez pas vu ?

— Grâce au téléphone. Il fonctionnait, même dans ce chaos.

— Je m'en souviens. Plus d'eau potable, mais le téléphone marchait toujours. Donc, votre mari vous a appelée ?

— De l'appartement de son père. Il voulait me rejoindre, mais les rues...

— Oui, trop dangereux. Les Russes étaient là ?

— Pas encore. Tout près, et entre nous, quelle différence ? C'était impossible : les Allemands ne se comportaient pas mieux, ils tiraient sur tout ce qui bougeait. J'avais peur de quitter l'hôpital. Je croyais que là, au moins, j'étais en sécurité. Que même les Russes…

— Il a dû accuser le coup. Si près du but. Après avoir fait tant de kilomètres. La tour de la DCA près du zoo demeurait sûre, mais il l'ignorait sans doute. Il aurait pu passer par là.

Lena regarda Günther droit dans les yeux.

— Ne l'accablez pas. Il n'est pas lâche.

— Ma chère, je n'accable personne. Surtout cette semaine-là.

— Je ne parle pas de ça. C'est moi qui lui ai demandé de ne pas venir.

— Ah…

— C'est moi qui ai été lâche.

— Frau Brandt…

— Oui, vraiment. (Elle se pencha sur sa tasse et but une gorgée de café.) J'avais peur qu'on se fasse tuer tous les deux s'il attendait plus longtemps. Je ne voulais pas d'un mort de plus. C'était de la folie de venir, le temps pressait. Je l'ai supplié de repartir avant qu'il soit trop tard. Je n'avais pas envie de quitter la ville. Pour moi, plus rien n'avait d'importance. Ça paraît dément, mais c'est la vérité. En quoi tout cela vous intéresse-t-il ?

— Son père non plus n'est pas parti, reprit Günther sans répondre. Seulement les archives. Il ne vous en a pas parlé ?

— Non. Quelles archives ?

— Dommage. J'aurais aimé en savoir plus. C'est sûrement grâce à elles que votre mari disposait d'une voiture. Rappelez-vous, plus personne n'en avait. Ni de carburant, d'ailleurs.

— Son père dit qu'il était avec des SS.

— Même les SS n'avaient plus de véhicules pour leurs déplacements personnels. Pas à cette période, en tout cas. Donc, ce devait être à cause des archives. Quel genre d'archives, à votre avis ?

— Pas la moindre idée. C'est à lui qu'il faudra poser la question.

— Ou aux Américains… (Günther se tourna vers Jake.) À propos, qu'en disent-ils ? Vous avez du nouveau ?

— Des documents administratifs, d'après Shaeffer. Aucun intérêt. Aucune valeur scientifique, si c'est ce à quoi vous pensiez.

— Peut-être parce qu'il ne sait pas les lire. Contrairement à Bernie Teitel. Un vrai génie. Dans ses mains, le moindre papier devient une arme. L'homme qui sait faire parler les archives, déclara Günther, brandissant un dossier invisible comme s'il dégainait, à la manière de Bernie au tribunal.

— Si elles lui ont parlé, il ne m'en a rien dit, alors qu'il s'enterre avec elles depuis des semaines. Jour et nuit.

— Où ça ?

Jake le dévisagea avec étonnement, puis se tourna vers le plan.

— Au Centre de documentation…

Il désigna Wasserkäfersteig, tout près de la forêt de Grunewald.

— Le Centre de documentation ! répéta-t-il, déplaçant son index vers la gauche.

Il suffisait de couper à travers la forêt en passant sous l'autoroute, là où il s'était abrité de la pluie avec Lena, pour rejoindre directement le lac.

— Vous avez découvert quelque chose ?

— Tully avait bien rendez-vous avec Bernie, non ? Le lendemain. Mais il est passé plus tôt que prévu. Pour quelle raison rend-on visite à Bernie ? (L'index de

Jake se posa de nouveau sur Wasserkäfersteig.) À cause des archives. C'est lui le meilleur spécialiste. Il est incontournable...

Jake revit Bernie faisant irruption dans la salle à manger, percutant le vieil homme avec sa pile de dossiers – précisément le soir où Tully avait été tué. Il tapota le plan.

— C'est là que Tully est allé. Et que tout se recoupe.

Günther se leva et contempla le point correspondant au Centre de documentation, se caressant le menton, songeur.

— Bravo. En admettant qu'il soit arrivé jusque-là. Malheureusement, lui seul pourrait nous le dire.

— Non, ils gardent une trace, un registre signé par chaque visiteur. Son nom doit y figurer. On parie ? Même de l'argent, si vous le désirez.

Günther secoua la tête.

— Non. Aujourd'hui, vous avez réponse à tout. Mais que voulait-il faire là-bas ?

— Sans doute vérifier les archives. Tully aussi appartenait au Comité de sécurité publique, il n'avait pas besoin de la permission de Bernie, seulement de son aide. Or, il avait vingt-quatre heures d'avance. Donc il a commencé seul.

— À chercher le dossier d'Emil Brandt, j'imagine.

— C'est là que tout se recoupe.

— Un dossier sans « aucun intérêt », d'après votre ami Shaeffer... Qu'est-ce que le commandant Péage espérait donc trouver ? Là encore, lui seul pourrait nous le dire, constata Günther avec un soupir.

— Justement. Les archives sont toujours là-bas. Rien ne sort du Centre de documentation. Comme à Fort Knox. Le dossier que Tully cherchait n'a pas bougé.

— Alors, vous feriez bien d'aller y mettre le nez.

(Günther posa la main sur l'épaule de Jake et contempla de nouveau le plan.) « Aucun intérêt »... Assez tout de même pour qu'Emil Brandt revienne à Berlin dans l'espoir de le récupérer.

— C'est moi qu'il venait chercher, intervint Lena.

— Oui, bien sûr...

— Mais Tully, lui, ne venait pas pour Lena, dit Jake.

— Non, en effet.

Günther fixait toujours le plan, sourcils froncés.

— Quoi encore ? demanda Jake.

— Rien. Je m'étonne simplement qu'il ait eu l'idée de consulter ces archives.

— Emil a dû y faire allusion devant lui. Ils ont beaucoup parlé, à Kransberg. Ils étaient très amis.

— Une amitié qui a dû coûter cher.

— Comment ça ?

— Le commandant Péage... Il n'était pas précisément désintéressé.

— Non, il se faisait même grassement payer.

Malgré l'heure tardive, Jake voulut en avoir le cœur net. Lena et lui repartirent en jeep jusqu'à Zehlendorf. Même rue étroite émergeant des bois sombres, mêmes barbelés éclairés à intervalles réguliers par des projecteurs. Et, comme la première fois, une sentinelle mâchant du chewing-gum. L'homme désigna un panneau.

— C'est fermé, mon vieux. Vous ne savez pas lire ?

— Je veux juste voir l'officier de garde.

— Pas question.

— J'ai un message pour lui de la part du capitaine Teitel.

Un nom qui ouvrait toutes les portes, à commencer par la grille du Centre.

— Votre amie reste ici, déclara la sentinelle. Dépêchez-vous.

À moitié endormi, les pieds sur le bureau où était placé le registre, l'officier de garde dans le hall d'entrée parut stupéfait de voir quelqu'un à une heure pareille. Si Tully s'était présenté là, ça devait être en plein jour.

— Le capitaine Teitel m'a demandé de vérifier le registre.

— Pour quoi faire ?

— Un rapport quelconque. Comment voulez-vous que je le sache ? Je peux consulter ce registre, ou pas ?

L'air soupçonneux, l'officier le poussa vers Jake qui le feuilleta rapidement.

— Quelle période couvre-t-il ? Il me faut le 16 juillet.

— Pour quoi faire ?

— Votre disque est rayé ?

L'officier sortit un second registre et l'ouvrit à la page requise. Jake l'examina ligne par ligne, suivant les noms du doigt. Une journée chargée. Enfin, il trouva ce qu'il cherchait : *Lieutenant Patrick Tully*. Une écriture aussi voyante que ses bottes de cheval. Il avait signé en arrivant et en sortant, mais sans indiquer l'heure. Jake contempla les deux signatures. Jamais il n'avait approché Tully de si près depuis l'épisode du château de Cecilienhof. Les choses se précisaient, il y avait bien un recoupement. Il tira de sa poche de chemise la photo de Tully.

— Déjà vu ce type ?

— Vous êtes de la police militaire ?

— Vous l'avez vu, oui ou non ?

Le soldat jeta un coup d'œil à la photo.

— Pas que je me souvienne. Les gens entrent et sortent sans arrêt. Au bout d'un certain temps, ils se ressemblent tous. Qu'est-ce qu'il a fait ?

— Si on emporte un dossier, il faut une signature supplémentaire, non ?

— Personne n'emporte de dossier. C'est interdit.

— Pas pour Teitel.

— Lui, il en apporte de l'extérieur. Rien ne sort d'ici, sauf si on est entré avec. Quand je suis de garde, en tout cas.

— Très bien. Merci. C'est ce que je désirais entendre.

L'officier reprit le registre.

— Une minute ! l'arrêta Jake, le regard attiré par une autre signature tarabiscotée.

Breimer, avec un « B » ventru. Et, juste en dessous, Shaeffer. C'était donc là qu'ils s'étaient rendus, ce fameux soir.

— Un problème ?

Jake hocha la tête et referma le registre.

— Aucune idée.

Sous le porche, il resta quelques instants immobile, aussi surpris par la présence des projecteurs que la première fois, où Shaeffer était également là, avec Liz. Il avait donc fait deux fois le déplacement.

— Tu as trouvé ce que tu cherchais ? s'enquit Lena lorsque Jake la rejoignit dans la jeep.

— Oui. Tully est bien venu. J'avais raison.

— Et les archives d'Emil ?

— Demain. On rentre. Tu as attrapé un coup de soleil.

Elle examina sa peau, toute rouge à la lumière des projecteurs.

— Oui. Tu avais raison, là aussi, dit-elle d'un ton acide.

— Qu'y a-t-il ? demanda Jake, s'engageant dans la rue en pente.

— Rien. C'est si important, ces archives ?

— Assez pour que Tully se déplace jusqu'ici. Je m'en doutais.

— Des chiffres, pour les fusées d'Emil. C'est ça qu'elles contiennent ? Des chiffres ?

— Pas d'après Shaeffer.

— Pourtant, à en croire ton policier, ce sont elles, et pas moi, qu'Emil est venu chercher à Berlin.

— Il voulait peut-être les deux.

— Pour construire de nouvelles armes ? La guerre était finie.

— Comme monnaie d'échange, la seule dont disposent les scientifiques. Des chiffres.

— Pour s'acheter quoi ?

— Un avenir, dit Jake avec un haussement d'épaules.

— En fabriquant des armes pour quelqu'un d'autre…

Jake tourna à gauche au pied de la colline et se dirigea droit vers la forêt de Grunewald.

— Où vas-tu ? demanda Lena.

— Vérifier comment ça s'est passé. Le temps que ça a pris.

— Pour faire quoi ?

— Pour se débarrasser du corps.

Lena se tut, recroquevillée sur elle-même comme ce premier dimanche où elle grelottait sous la pluie. La forêt était sombre. On ne voyait que le faisceau des phares et le croissant de lune qui se reflétait sur le lac de Krumme Lanke. Personne sur la route, l'épais rideau d'arbres dissimulant les habituels groupes de sans-abri réfugiés là pour la nuit. Pas de témoins, donc. Le cadavre sans doute affaissé sur son siège comme un ivrogne. Facile. N'importe où sur cette route, dans l'obscurité, à l'écart du Centre de documentation avec ses sentinelles et ses projecteurs. Ou carrément sur la plage. Quelques minutes plus tard, Jake et Lena contemplaient le lac dont les eaux miroitaient au clair de lune. Peut-être la dernière chose que Tully avait vue.

Danny avait l'œil. Son immeuble, un bâtiment art nouveau à la façade cossue, était bien situé dans une rue donnant sur Savignyplatz. L'appartement se trouvait au rez-de-chaussée, la porte calée par une valise et des taies d'oreiller remplies de vêtements, signes d'un déménagement précipité.

— Ne vous en faites pas, on part ! lança une jeune femme, voyant arriver Jake et Lena.

Presque jolie, avec des sandales à hauts talons, des lèvres rouge vif, et une moue exaspérée.

— Avant vingt-deux heures ! Bande de vautours !

Elle fourra une jupe dans le dernier sac.

— Désolée, dit Lena, gênée.

— Ben voyons !

Lena baissa la tête et s'adossa au mur du couloir pour attendre, sans un regard vers Jake. À quelques mètres, un homme avec un sac à dos sortait d'un autre appartement. Il fronça les sourcils, puis, les reconnaissant, s'approcha et souleva son chapeau pour les saluer.

— Ravi de vous revoir. Comment allez-vous ?

— Oh, le docteur…

— … Rosen. En personne. Tout va bien ?

Lena acquiesça de la tête.

— Je n'ai même pas pu vous remercier.

Il la rassura d'un geste et se tourna vers Jake avec cette expression désabusée qui le faisait paraître plus vieux que son âge. Il remarqua les valises à leurs pieds.

— Elle habite ici ?

— Pour quelque temps.

Rosen dévisagea Lena.

— Pas de rechute ? La pénicilline a fait effet ? Vous n'avez plus de fièvre ?

Lena sourit poliment.

— Non, juste un coup de soleil. Qu'est-ce que je peux faire ?

— Porter un chapeau, répliqua Rosen, agitant un index menaçant.

À la porte, l'ancienne occupante de l'appartement les foudroyait du regard. Elle tendit les clés à Jake.

— Tenez.

Rosen prit congé de Lena.

— Prenez soin de vous. Ça m'a fait plaisir de vous revoir. Et ne vous exposez pas trop au soleil... Au revoir, Marie, ajouta-t-il à l'adresse de l'autre jeune femme avant de s'éloigner.

— Alors, c'est vous la nouvelle ? Avec un Américain pour vous entretenir ?... Tant mieux pour vous. Vous connaissez Rosen ?

— Il m'a soignée quand j'étais malade.

La jeune femme se renfrogna aussitôt.

— Ce Juif ? Moi, je ne veux pas qu'il me touche. Pas avec ses sales mains.

— Il m'a sauvé la vie.

— Ah bon ? Tant mieux pour vous. Les Juifs... Sans eux, rien ne serait arrivé.

Elle empoigna ses bagages. Pour lui échapper, Jake transporta les leurs à l'intérieur.

— Désolée de vous mettre dehors, répéta Lena en le suivant.

— Allez au diable !

L'appartement gardait les traces d'un départ hâtif. Rien n'était vraiment à sa place. Dans la chambre, Jake aperçut un lit défait et une penderie grande ouverte. Un foulard posé sur l'abat-jour d'une lampe donnait à la lumière une teinte rougeâtre.

— Charmante créature, dit Jake.

Lena alla enlever le foulard et s'affala dans le fauteuil le plus proche, comme si la seule vue de la pièce avait suffi à l'épuiser. Elle alluma une cigarette.

— Il y en a beaucoup d'autres comme elle. Elle m'a prise pour une prostituée. C'est l'endroit qui veut ça ?

— Ce n'est qu'un appartement. Ici, tu seras tranquille.

Jake jeta un coup d'œil dans la rue et tira les rideaux. Lena contemplait sa cigarette avec un sourire ironique.

— Ma mère disait vrai. Elle m'avait prévenue qu'en allant à Berlin je finirais ainsi.

— Si tu ne te plais pas ici, je chercherai autre chose.

Lena inspecta la pièce du regard.

— Non. Au moins, on aura de la place.

— Ce sera mieux quand on aura tout nettoyé. Personne ne pourra deviner que cette dinde a vécu là.

— « Ses sales mains », répéta Lena, morose. Il y avait une fille de ce genre, dans ma classe. Elle n'était même pas nazie. Comment nettoyer ça ?

Elle tira sur sa cigarette qui tremblait entre ses doigts.

— Après l'arrivée des Russes, tu sais, on nous a projeté des films. Sur les camps. Tous ces crimes ont été commis au nom du peuple allemand, nous a-t-on dit. En mon nom, tu imagines ? Que penser ? Que c'est ma faute, à moi aussi ? Toutes ces atrocités ?

— Personne ne dit ça.

— Mais si. Tout le monde accuse les Allemands. Et d'ailleurs, il y a forcément des coupables… (Elle se redressa.) Quelqu'un a fabriqué toutes ces armes, ce qui est peut-être encore pire. Des Allemands. Mon frère, même. Il est venu en permission, juste avant… Tu sais ce qu'il a dit ? Qu'il se passait des choses terribles en Russie, et que personne ne devait jamais l'apprendre. Je me suis interrogée. Qu'est-ce que Peter pouvait bien avoir à se reprocher ? Lui, un si gentil garçon. Maintenant, je me félicite de n'avoir rien su. Ça m'évite de me torturer l'esprit. Quoi qu'il ait pu faire.

Jake vint s'asseoir près d'elle.

— Il n'a peut-être rien fait. Lena, qu'y a-t-il ?

Elle éteignit sa cigarette et la promena nerveusement dans le cendrier.

— Je ne veux pas non plus savoir ce qu'a fait Emil. Ni avoir à le juger. Je ne veux pas savoir ce que contiennent ces archives, quel genre de chiffres. Peut-être que dans son équipe ils ont conçu des armes terribles, mais c'est mon mari. Quand il est repassé à Berlin, vois-tu, j'ai eu l'impression que c'était moi qui lui sauvais la vie. Je l'ai supplié de partir avant qu'il soit trop tard. Dans son intérêt. Et maintenant, tu…

— Quoi ?

— Tu en fais un criminel. Parce qu'il a participé à l'effort de guerre. Comme mon frère. Comme n'importe qui, même ton policier de Kreuzberg. Qui sait ce qu'ils ont pu faire ? En mon nom. Parfois, je n'ai plus envie d'être allemande. C'est affreux, non ? Je refuse d'apprendre ce qu'ils ont sur la conscience.

— Lena, les archives sont là. Quelqu'un en a déjà pris connaissance. Emil les a livrées lui-même. Elles ne le mettent pas directement en cause, expliqua Jake d'un ton patient.

— Alors, pourquoi tiens-tu à les voir ?

— Parce qu'elles peuvent nous aider à comprendre pourquoi Tully a été abattu. Il vendait des informations, on peut donc se demander ce qu'il avait découvert de si intéressant. Ça ne te paraît pas logique ? dit-il doucement, comme pour apaiser un enfant.

— Si.

— Dans ce cas, pourquoi te mettre dans cet état ?

— Je l'ignore.

Elle baissa les yeux.

— C'est cet appartement. On va aller ailleurs.

— Non, ça n'a rien à voir.

— Eh bien, de quoi s'agit-il ?

Lena croisa les mains sur ses genoux et releva la tête.

— Emil est venu à Berlin pour moi… Rien que pour moi, affirma-t-elle, la voix brisée par l'émotion.

Jake se pencha vers elle et prit ses mains dans les siennes.

— Moi aussi.

14

— Le problème, ce sont les recoupements, expliqua Bernie en longeant les rangées d'armoires métalliques. On nous a tout laissé en vrac et nous n'avons pas encore fini de trier. Les archives personnelles de Himmler sont là-bas, celles de la Waffen SS ici, mais ça vaut la peine de les comparer quand il manque des dates. De toute façon, qu'est-ce qui est vraiment personnel, dans tout ça ? Et il faut espérer que les dossiers d'Emil Brandt aient été bien classés. Rien ne permet de l'affirmer. Avec son équipe, ils n'ont participé à la construction des fusées qu'à partir de 1943, donc vous pouvez laisser tomber tout ce côté... (Bernie élimina d'un geste la moitié de la pièce.) Le programme ayant été baptisé A-4, on essaie de tout regrouper sous la rubrique A-4, mais, comme je le disais, ça peut valoir la peine de comparer avec le reste. Bonne lecture, ajouta-t-il, ouvrant un tiroir.

— Les archives livrées par Emil Brandt sont là-dedans ?

— Pour partie, oui. La source n'apparaît pas, mais si

elles sont à lui, elles doivent être là. Bien sûr, les documents scientifiques se trouvaient à Nordhausen. Von Braun les avait enterrés, pour plus de sûreté – dans une ancienne galerie de mine, je crois. C'est l'Agence du renseignement technique qui les a, mais vous vouliez les archives personnelles de Brandt, non ?

— En effet.

— Eh bien, tout est là.

Il donna une petite tape sur le tiroir.

— Nom de Dieu..., murmura Jake à la vue de l'interminable série de dossiers.

— Oui, je sais. Ils rédigeaient tellement de rapports qu'on se demande quand ils avaient le temps de se battre.

— C'est l'armée qui veut ça. Les militaires ont tous la manie de la paperasse, non ? Je préfère ne pas voir nos propres archives.

— Celles-ci sont d'un genre un peu particulier. Si vous vous ennuyez, jetez donc un coup d'œil à celles des médecins de la Luftwaffe. Vous souhaitez apprendre en combien de temps un homme meurt de froid ? Tout y est – évolution seconde par seconde de la température du corps et de la pression artérielle. Tout, sauf les cris de douleur. Si vous avez besoin de moi, je suis en bas.

Mais les premiers dossiers semblaient assez anodins : rapports, consignes, comptes rendus, le genre de documents qu'on pouvait trouver dans les bureaux de n'importe quelle société – American Dye à Utica, par exemple –, moins l'en-tête en capitales noires de la Waffen SS. La trace écrite d'une prise de pouvoir bureaucratique, opérée grâce à la main-d'œuvre des camps de la mort. L'usine de Peenemünde avait été construite par des prisonniers de guerre, mais en juillet 1943, la poursuite du programme A-4 avait nécessité un apport d'ouvriers supplémentaires que les SS étaient seuls capables de fournir – en la personne des *Häftlinge*, terme officiel désignant les déportés. Après cette première réquisition, qui leur serait fatale, apparaissaient les archives proprement dites, longue suite de dates et d'événements consignés dans d'innombrables rapports échangés par les différents chefs SS, soucieux de tirer parti de la situation. Sept juillet : présentation du programme A-4 en présence de Hitler, très impressionné. Vingt-quatre juillet : raids alliés sur Hambourg. Vingt-cinq juillet : le programme A-4 reçoit le feu vert pour la production de fusées, les armes de la vengeance. Dix-huit août : bombardement de Peenemünde. Dix-neuf août : alors que le Reich s'enfonce dans la nuit, Hitler ordonne à Himmler de fournir des déportés pour accélérer la production des V-2. Deux jours plus tard, le vingt et un août, Himmler est chargé de construire une nouvelle usine à Nordhausen, loin des bombes alliées. Vingt-trois août : arrivée des premiers déportés sur le nouveau site.

Les dossiers suivants reconstituaient la course contre la montre pour creuser la caverne d'Ali Baba, sous la montagne qui abriterait l'immense usine souterraine. Des pages et des pages de détails techniques, de rapports hebdomadaires sur l'avancement des travaux et la construction de nouveaux camps. Alors que Jake parcourait mécaniquement les statistiques quotidiennes, une véritable ville prenait forme sous ses yeux, à une échelle dont les chiffres donnaient la mesure. Dix mille ouvriers. Deux gigantesques tunnels sous la montagne, longs de trois kilomètres. Quarante-sept galeries transversales, d'au moins deux cents mètres chacune. La ville s'étendait de jour en jour, rappelant l'édification des pyramides. D'ailleurs, la comparaison ne s'arrêtait pas là. Les dix mille ouvriers étaient des esclaves, eux aussi. On ne mentionnait pas le nombre de morts – il fallait le deviner à la taille des nouveaux contingents qu'on demandait à Himmler de réquisitionner parmi ses inépuisables réserves de main-d'œuvre. Le coût humain de l'entreprise était éclipsé par les prévisions des ingénieurs et les objectifs mensuels. À Berlin, chaque rapport avait été daté, tamponné, archivé. Emil en avait-il eu connaissance à Peenemünde, où les chercheurs se réunissaient chaque soir autour d'un café pour discuter de la trajectoire des fusées ?

Toujours est-il qu'au fil des pages les tunnels s'allongeaient, les fusées se matérialisaient, les camps se multipliaient, jusqu'à ce que les SS prennent officiellement le contrôle des opérations : le 8 août 1944, Hans Kammler, général de la Waffen SS, remplaçait Dornberger à la tête du programme. Désormais, les chercheurs et leurs fusées miracle appartenaient à Himmler. Distribution de médailles. Jake survola le rapport décrivant la cérémonie. Elle avait eu lieu à Peenemünde, et non à Berlin. Sans les familles. Suivie d'un banquet où on avait trinqué au champagne.

Encore des dossiers. Février 1945 : l'équipe de von Braun abandonnait finalement Peenemünde – par train spécial, un voyage en avion présentant trop de risques à cause des bombardements. Tout le personnel scientifique était envoyé plus au sud, éparpillé dans les villages autour de la nouvelle usine. Un afflux de déportés évacués des camps de l'Est à l'approche des Russes portait à quarante mille le nombre des prisonniers. Et sous la montagne, on continuait en dépit de tout à produire à la chaîne les V-2 qui iraient détruire Londres. En mars, tandis que de nouvelles consignes réclamaient contre toute logique l'accélération du programme, les archives s'interrompaient brutalement. Mais Jake connaissait la fin de l'histoire – il l'avait déjà écrite. Le onze avril, les Américains avaient pris Nordhausen. Le programme A-4 avait vécu.

Jake se redressa sur sa chaise. Que penser de tout cela ? Des tiroirs remplis de détails qu'il ignorait jusqu'alors, mais que d'autres devaient connaître. Pas de quoi prendre l'avion pour Berlin au risque de se faire descendre. Qu'est-ce qui lui avait échappé ? Il laissa le dernier dossier ouvert sur la table et sortit fumer une cigarette. Assis au soleil sur les marches du porche, il regarda la lumière dorée de l'après-midi inonder la forêt de Grunewald. Des heures de recherches, en pure perte. Tully y avait-il lui aussi passé sa journée ? Bernie apparut à la porte.

— Besoin de changer d'air ? Vous avez tenu plus longtemps que la moyenne. Vous devez avoir l'estomac mieux accroché.

— En fait, il s'agit surtout de documents administratifs. De statistiques. Rien de plus.

Bernie alluma une cigarette.

— Parce que vous ne savez pas lire entre les lignes. C'est écrit dans une nouvelle langue. Les mots ont changé de sens.

— *Häftlinge*, par exemple ?

Bernie opina du chef.

— Les malheureux… Ça devait être moins éprouvant à taper pour les secrétaires. Un euphémisme de plus. Vous avez vu l'expression « mesures disciplinaires » ? Ça voulait dire pendaison. Les corps accrochés à une grue à l'entrée des tunnels pour que tout le monde passe dessous en allant travailler. Pendant une semaine, jusqu'à ce que l'air devienne irrespirable.

— Des mesures disciplinaires pour punir quoi ?

— Le « sabotage ». Un boulon mal serré. Des gestes trop lents. Au fond, ceux-là ont peut-être eu de la chance. Au moins, leur mort a été rapide. Les autres mettaient des semaines à rendre l'âme. Mais ils y passaient tous. Au rythme de cent soixante décès par jour.

— Un chiffre impressionnant.

— Mais approximatif. Quelqu'un a pris son crayon et fait le calcul. Ça n'a pas grande valeur... Si je comprends bien, vous n'avez pas trouvé ce que vous cherchiez, ajouta Bernie en s'avançant sous le porche.

— Échec complet. Je vais m'y remettre. Il y a forcément quelque chose.

— Le problème, c'est qu'à l'inverse de Tully vous ne savez pas ce que vous cherchez.

Jake réfléchit quelques instants.

— Lui ignorait où trouver ce qu'il cherchait. Voilà pourquoi il avait besoin de votre aide.

— Peut-être n'a-t-il rien découvert lui non plus.

— Mais il est passé ici. Il a signé le registre. Donc, il doit bel et bien y avoir quelque chose.

— Et maintenant ?

Jake jeta sa cigarette au pied des marches.

— J'y retourne... Chaque fois que j'ai l'impression de toucher au but, je reviens à la case départ. Au moment où Tully est descendu de l'avion... (Il se leva et secoua la poussière de son pantalon.) Bernie, je peux vous arracher une faveur de plus ? Rappelez vos copains de Francfort pour qu'ils vérifient si Tully figurait bien sur la liste des passagers en partance pour Berlin le 16 juillet. Et, si oui, qui lui a donné le feu vert. J'espérais que le gouvernement militaire me fournirait la réponse, mais dans vingt ans je l'attendrai encore. Certaines requêtes ont une fâcheuse tendance à se perdre. Essayez aussi de découvrir où Tully a passé le week-end suivant la disparition d'Emil Brandt.

— À Francfort, d'après ce qu'on m'a dit.

— Oui, mais plus précisément ? Que fait-on, le week-end, à Francfort ? Essayez de savoir s'il a parlé de ses projets.

— C'est vraiment important ?

— Aucune idée. Juste une piste de plus. Au moins, ça permet d'avancer pendant que je tente d'y voir clair dans ces archives.

Bernie le dévisagea.

— Vous savez, il se peut très bien que Tully se soit trompé, et qu'il n'y ait rien ici.

— Impossible. Emil s'est rendu à Berlin pour tenter de récupérer ces dossiers. Pourquoi avoir pris ce risque s'ils ne contiennent rien d'essentiel ?

— Rien d'essentiel pour vous.

— Pour lui non plus. Je viens de les lire.

— Tout dépend de l'angle sous lequel on les regarde. Vous voulez mon avis ? (Bernie attendit que Jake acquiesce de la tête.) Je pense qu'Emil Brandt était envoyé par von Braun.

— Pourquoi ?

— Après la prise de Nordhausen, il nous a fallu environ deux semaines pour rassembler les chercheurs. Ils étaient assez nombreux, là-bas. Von Braun lui-même ne s'est rendu que le 2 mai. Qu'ont-ils fait pendant tout ce temps ?

— Aucune idée. Je vous écoute.

— Ils ont mis au point leur défense.

— Un raisonnement d'avocat général. De quoi devaient-ils se défendre ?

— D'avoir trempé dans tout ce que vous venez de

lire… « On n'y est pour rien. Ce sont les SS. Regardez, tout est là. Ce sont eux les coupables. Nous, on était seulement censés effectuer des calculs. » Des archives bien utiles, si on vous pose des questions gênantes. Ce qu'on ne s'est pas privés de faire, après avoir découvert quel genre de main-d'œuvre ils employaient. Von Braun était le responsable de l'équipe – il avait toutes les fiches techniques, un atout majeur. Mais les dossiers qui sont ici pèsent aussi leur poids, au moment de prouver qu'on a les mains propres… (Bernie brandit les siennes.) « Topons là. On vous livre nos plans et nos hypothèses de travail. On vous aide à construire des fusées. Pour le reste… Vous voyez bien qu'on n'a rien à se reprocher. Ce sont les SS qui ont tout fait. »

— C'est la vérité. Les archives le disent.

— Alors, Emil Brandt avait raison de vouloir les récupérer, non ? Il a même réussi à vous convaincre de son innocence.

— Voyons, Bernie, ces types n'ont pendu personne. Ils sont restés à Peenemünde jusqu'en février – c'est écrit noir sur blanc. Que savaient-ils de ces atrocités ?

— Tout le monde savait, répliqua Bernie de sa voix de procureur. Mais personne ne veut le croire. Tout le monde savait. Renate Naumann, Günther, n'importe quel habitant de ce sale pays ! Vous croyez vraiment que quelqu'un disposant d'une voiture durant ces dernières semaines pouvait ignorer ce qui se passait ? Les pendaisons n'ont pas cessé après février. Ils n'ont pas pu ne rien voir. Sans parler de tous les autres. Il y avait quarante camps de travail autour du site, Jake. Quarante ! Tous remplis de mourants. Ils savaient.

— Ça n'en fait pas pour autant des…

— Non. Seulement des complices. Vous pensez qu'ils valent mieux que les autres, en tant que virtuoses de la règle à calcul ? Ils étaient au courant de ce qui se passait… mais ils sont intouchables, ajouta Bernie avec lassitude. Heureusement pour eux que les SS aimaient se vanter de leurs exploits. Ça leur ôte une sacrée épine du pied. Et ça justifie bien un petit voyage à Berlin, non ? Enfin, ce n'est qu'une théorie. Vous en avez une meilleure ?

— Mais pourquoi envoyer Emil plutôt qu'un sous-fifre ?

— Peut-être était-ce le seul volontaire. À cause de sa femme.

Jake secoua la tête.

— Il n'a pas effectué le voyage seul. Il était accompagné de deux SS. Pourquoi lui avoir fait courir ce risque ?

— Parce qu'il savait exactement ce qu'il fallait rapporter.

— Tully aussi, constata Jake avec un soupir. Il est venu jusqu'ici. Il y a forcément quelque chose qui m'échappe.

Bernie haussa les épaules.

— Vous avez vu les archives.

— Oui, mais je ne suis pas le seul. Tenez-moi la place au chaud, d'accord ? Je repasserai.

— Où allez-vous ?

— Prendre un second avis.

Shaeffer était désormais installé dans un fauteuil, mais son pansement, toujours en place, devait lui irriter la peau, car il se grattait énergiquement quand Jake entra.

— Tiens, mon nouvel associé ! s'exclama-t-il, ravi de cette distraction imprévue. Vous avez du nouveau ?

Jake s'assit sur le lit.

— Non, c'est vous qui avez des choses à m'apprendre. Vous êtes allé au Centre de documentation consulter les archives du programme A-4. Qu'avez-vous découvert ?

Shaeffer ouvrit les mêmes yeux ronds qu'un enfant pris en faute, puis il sourit.

— Rien.

— Vraiment ?

— Si je vous le dis.

— Vous avez dû être déçu. Après deux tentatives.

— Un vrai détective privé…

— Votre nom est dans le registre. Comme celui de Tully. Le même jour. Mais vous le saviez sûrement.

— Non, affirma Shaeffer sans ciller.

— En tout cas, ça n'a pas l'air de vous surprendre.

Shaeffer se remit à se gratter sans répondre. Jake se redressa et croisa les bras.

— J'ai tout mon temps, figurez-vous. Vous comptez me dire ce que vous cherchiez, ou vous préférez jouer aux devinettes ?

— Ce que je cherchais ? Quelque chose que je voulais savoir. Et je ne l'ai pas trouvé.

Jake laissa retomber ses bras.

— Vous feriez mieux de vider votre sac, Shaeffer. Contrairement à ce que vous semblez croire, cette histoire n'a plus rien de drôle. Quelqu'un se rend au même endroit que Tully le jour où il est assassiné, consulte les mêmes archives, a sur lui la même arme que celle du crime… J'ai vu des gens se faire condamner pour moins que ça.

— C'est vous qui n'êtes pas drôle. Si je ne me retenais pas, je vous casserais la figure. Je vous le répète, j'ignorais que Tully était allé là-bas.

— Essayons une autre approche. Brandt a révélé quelque chose à Tully. Un de vos micros a bien dû l'enregistrer.

Shaeffer acquiesça.

— Au début, je n'ai pas relevé. Nos hommes notent ce qui paraît intéressant – quand ils écoutent. On se retrouve avec des bribes de dialogue. À nous de reconstituer le reste. Sauf s'il s'agit d'une discussion scientifique, qui est intégralement transcrite.

— Mais ce n'était pas le cas.

— Comme souvent, ils parlaient à bâtons rompus. De choses et d'autres. Et soudain, Brandt déclare : « Tout ce qu'on a fait, on en a la trace dans nos archives. » Ou une phrase du même genre. Rien de surprenant : tout se trouvait bel et bien à Nordhausen, ils nous avaient tout livré. Des tonnes de papier. Ils veulent pouvoir s'en servir, alors pourquoi dissimuler quoi que ce soit ? Sur ce, Brandt disparaît. Je passe en revue les différentes transcriptions et je m'interroge : si Brandt faisait référence à d'autres archives ? Autant s'en assurer. Mais celles du Centre de documentation ne m'ont rien appris de nouveau, à moins que quelque chose m'ait échappé. J'en ai conclu que Brandt parlait des archives de Nordhausen.

— Tully n'était pas convaincu. Or, il en savait plus que vous.

— Comment ça ?

— Il avait suivi toute la conversation.

Shaeffer réfléchit un instant, puis secoua la tête.

— Mais là-bas, il n'y a rien. J'ai vérifié.

— Et même deux fois.

— Admettons. Peut-être que mon allemand est plus laborieux que le vôtre.

— Et celui de Breimer ? Son nom figure aussi dans le

registre. C'est pour ses compétences linguistiques que vous lui avez demandé de vous accompagner ? Ou bien avait-il ses propres raisons ?

— Laissez-le en dehors de tout ça.

— Répondez, sinon je lui poserai la question… cher associé.

Shaeffer fixa Jake d'un œil noir, puis se recroquevilla dans son fauteuil et se mit à décoller nerveusement le sparadrap de son pansement.

— Écoutez, on est en terrain miné. Ces chercheurs sont les meilleurs spécialistes mondiaux des fusées – personne ne leur arrive à la cheville. Il nous les faut. Mais ils sont allemands. Et ça gêne certains. Qu'ils aient suivi des ordres, passons – qui ne l'a pas fait ? –, mais s'ils sont allés plus loin, on ne peut pas compromettre Breimer. On a besoin de son aide. Il ne va quand même pas…

— … offrir des emplois à des nazis.

— Pas à des criminels, du moins.

— Donc, vous redoutiez la présence de documents compromettants dans les archives.

Shaeffer détourna le regard.

— Absolument pas. De toute façon, il n'y avait rien. J'ignore ce que Brandt a voulu dire, si toutefois il voulait dire quelque chose. L'essentiel est qu'il n'y avait rien. Ces types ont les mains propres.

— Bernie Teitel n'est pas de cet avis.

— Normal, il est juif.

Jake haussa les sourcils.

— Ce qui l'est moins, c'est d'entendre un Américain tenir ce genre de propos.

— Vous m'avez très bien compris. Lui, c'est une croisade qu'il mène. Mais pas question qu'il mette la main sur ces gars-là. Il n'a rien contre eux.

Jake se leva.

— Sans doute que si. Une information que Tully croyait pouvoir vendre aux Russes.

— Rien prouvant qu'ils étaient nazis, en tout cas. Les Russes s'en fichent.

— Et nous aussi, apparemment.

Shaeffer releva le menton, retrouvant son air martial.

— Brandt et les autres ne sont pas des nazis.

Au-dehors, le jour déclinait lentement. Dans la villa de Gelferstrasse, tout le monde devait être à table, la vieille femme en train de servir la soupe. Jake gara la jeep et descendit la rue, repensant à ce premier soir où Liz avait flirté avec lui dans la salle de bains. À peu près à l'heure où Tully devait éplucher les archives en regardant sa montre. Mais peut-être avait-il été surpris en pleine lecture ? Il fallait tout reprendre de zéro. Au moment où Tully était arrivé à l'aéroport. Une silhouette floue sur les photos de Liz – à moins qu'elles ne se révèlent aussi décevantes que les archives.

Le vieil homme mettait le couvert lorsque Jake passa devant la salle à manger, évitant soigneusement le groupe qui prenait l'apéritif au salon. À l'étage, sa chambre avait été aérée, le ménage fait, le couvre-lit en chenille rose bien tendu sur le lit. Rien à redire sur la qualité du service. Les photos de Liz trônaient en pile sur la coiffeuse comme il les avait laissées, sans souci de l'ordre chronologique. L'hélice d'avion plantée dans le sol du Tiergarten, quelques sans-abri à l'arrière-plan. Churchill. Les GI's du Missouri en double exemplaire, mais pas tout à fait dans la même pose. Liz, comme tous les photographes que Jake connaissait, devait multiplier les clichés et prétendre ensuite avoir saisi au vol le plus réussi. Il tomba sur un portrait de lui qui lui avait échappé : accablé, le visage défait, contemplant Paristrasse en ruine. Dans un magazine, sans légende, il aurait pu passer pour un soldat rentrant du front. Il se regarda dans le miroir. Quelqu'un d'autre.

L'aéroport. Jake tira la photo de la pile et l'étudia centimètre par centimètre comme s'il la développait, s'efforçant d'améliorer la mise au point. Curieusement, comme devant la précédente, il eut l'impression d'une scène sortie de son contexte. S'était-il vraiment trouvé là ? Encore une fraction de seconde tombée aux oubliettes. Ron Ehrlich debout au premier plan avec son sourire suffisant, et derrière lui le tourbillon de la foule. Le dos d'un crâne chauve qui accrochait la lumière – sans doute celui de Brian Stanley. Le béret à pompon rouge d'un soldat français. Aucun intérêt. Jake prit la photo suivante, identique mais cadrée différemment, plus à gauche. Quand on faisait défiler rapidement les deux clichés l'un après l'autre, les silhouettes semblaient s'animer. Vers la droite, un petit reflet. Des bottes en cuir ? Jake rapprocha la photo. Tout se brouilla. Il l'éloigna de nouveau. Peut-être bien des bottes, d'après la hauteur, mais impossible de distinguer le visage. Il refit défiler les deux clichés, mais le reflet ne bougeait pas. S'il s'agissait de Tully, il était debout, de profil, fixant quelque chose vers la gauche.

On frappa, un coup discret, à peine audible. Jake se retourna et vit apparaître la tête du vieil homme dans l'entrebâillement de la porte.

— Excusez-moi de vous déranger, Herr Geismar.

— Qu'y a-t-il ?

Le vieillard resta quelques instants silencieux, écarquillant les yeux. Jake se demanda s'il revoyait sa fille assise à sa coiffeuse, dans un nuage de poudre de riz.

— Herr Ehrlich m'a dit de m'adresser à vous pour le débarras du sous-sol. Le matériel de photo, vous savez ? Je ne veux pas vous bousculer, mais on a besoin de cette pièce. Si vous pouviez la vider, dès que ça vous sera possible.

— Désolé. J'avais oublié. Je m'en occupe tout de suite.

— Dès que ça vous sera possible, répéta le vieil homme, battant en retraite.

Jake le suivit dans l'escalier. Il se dirigeait vers la porte du sous-sol lorsque Ron sortit du salon, un verre à la main.

— Il m'avait bien semblé vous voir passer en douce. Vous dînez avec nous, ce soir ?

Même sourire suffisant que sur la photo.

— Impossible. Je vide le débarras du sous-sol. Que faut-il faire du matériel de Liz ?

— Aucune idée. L'envoyer au centre de presse, sans doute. Ne partez pas, j'ai ça pour vous... (Il sortit de sa poche un papier plié en quatre.) Contre toute attente, les Russes ont dit oui. À sa demande, paraît-il. Y aurait-il quelque chose que j'ignore entre elle et vous ? Quoi qu'il en soit, vous pouvez y aller. Il vous suffit de présenter ce papier. (Il le tendit à Jake.) N'oubliez pas que vous n'êtes pas seul sur cette affaire. Il faudra partager.

— Partager quoi ?

— Votre interview avec Renate Naumann. Que vous m'avez demandé de vous décrocher, au cas où vous l'auriez oublié. Je me mets en quatre pour amadouer les Soviétiques, et voilà tout l'effet que ça vous fait ! Enfin, le contraire m'aurait étonné.

— Elle a demandé à me voir ?

— Peut-être dans l'idée qu'elle pourra vous

attendrir. Mais à votre place, je ne traînerais pas. Les Russes changent d'avis toutes les cinq minutes. Par ailleurs, cette interview tombe à pic. Nos compatriotes s'impatientent.

Ron tira cette fois un télégramme de sa poche.

— Vous l'avez lu ?

— Bien obligé. C'est le règlement.

— Et alors ?

— *Courrier des lecteurs enthousiaste après article sur acte héroïque. Envoyez le suivant dès que possible. Vendredi au plus tard*, récita Ron de mémoire, avant de tendre le télégramme à Jake. Je vous sauve la mise, monsieur le héros. Vous me devez une faveur.

— Entendu. Mettez ça sur mon compte.

La chambre noire de Liz était une petite pièce sentant le renfermé près de la cave à charbon, avec des cageots de carottes et de navets dans un coin. Et, pour tout matériel, trois bacs sur une table éclairée par une ampoule rouge au bout d'un fil électrique, quelques flacons de révélateur, des tirages séchant sur un fil comme une lessive, une boîte de papier photo mat. Pourquoi ne pas laisser le tout au vieux couple ? Ils en obtiendraient sûrement un bon prix au marché noir. Mais qui prenait encore des photos ? Célébrait-on seulement des mariages à Berlin ?

Liz, quoi qu'il en soit, avait mitraillé la ville. Une moitié de la table disparaissait sous des liasses de négatifs, une loupe de bibliothécaire posée au-dessus. Quand Jake regarda à travers, les clichés de la taille d'un timbre-poste prirent un format habituel. Un grossissement suffisant pour déterminer si un reflet venait d'une paire de bottes. Jake fourra la loupe dans sa poche, puis rassembla le reste du matériel à une extrémité de la table. Contre le mur se trouvait une table plus petite avec une autre série de photos. Il y jeta un coup d'œil. Même genre de vues que celles restées dans sa chambre, mais moins bien cadrées, moins nettes – le rebut, qu'aucun rédacteur en chef ne verrait jamais. L'ancienne chancellerie. Encore l'aéroport et Ron avec le sourire, mais l'arrière-plan était plus flou. Alors que Jake approchait la photo de l'ampoule pour chercher les fameuses bottes, un autre reflet attira son regard : celui d'un pistolet accroché au mur.

Il posa la photo et décrocha le holster, l'approchant à son tour de l'ampoule. Un Colt 1911. Mais tout le monde en avait un – c'était un modèle courant. Il le sortit du holster, surpris par son poids. L'arme que Liz aurait dû avoir sur elle à Potsdam. Quand ils étaient tous les trois sur la place du marché. Jake contempla le Colt quelques instants, hésitant à donner libre cours à ses interrogations. Avait-il servi ? Il serait facile de vérifier s'il avait tiré la balle qui avait tué Tully. Les stries noires sur le métal permettraient d'identifier l'arme du crime aussi sûrement que des empreintes digitales. Mais c'était de la folie. Il fit glisser la culasse. Vide. Il porta le pistolet à ses narines. Seulement une vague odeur de graisse. Qu'espérait-il donc ? Le métal gardait-il quelque temps l'odeur de la poudre, ou bien se dissipait-elle aussitôt ? En tout cas, le Colt n'était pas chargé, il avait une fonction purement dissuasive. Autant pour Frau Hinkel, qui voyait Jake entouré de traîtres. Il posa l'arme sur les photos, ramassa le tout et remonta dans sa chambre.

La loupe n'était pas très grande, mais elle remplit son office : même si l'arrière-plan manquait toujours de netteté, on distinguait au moins les silhouettes. Des militaires croisant d'autres militaires. Et des bottes. Il remonta un peu la loupe : un uniforme américain, un visage qui pouvait être celui de Tully, qui l'était forcément, les bottes l'attestaient. Finalement, Liz l'avait bien photographié. Et alors ? Rien que Jake ne sût déjà. Tully était arrivé à l'aéroport et regardait quelque chose vers la gauche. Jake orienta la loupe dans cette direction, mais il n'y avait rien de plus. Juste le crâne chauve de Brian, les mêmes uniformes dont aucun ne semblait tourné vers Tully, et la marge blanche.

Jake se redressa et jeta avec dépit la photo sur la coiffeuse, nargué par l'air satisfait de Ron. Quand elle atterrit sur les autres, il crut même voir la tête de ce dernier secouée par un éclat de rire. « Encore une », avait dû dire Liz en cherchant un meilleur angle. Combien en avait-elle fait ? Il se pencha pour attraper toute la pile. Assez pour reconstituer l'ensemble du panorama ? Parmi les tirages au rebut, il récupéra ceux de l'aéroport et les étala devant lui en éventail sans s'occuper de Ron, superposant les fragments d'arrière-plan et progressant de droite à gauche – le crâne de Brian, les portes de l'aérogare, les marges blanches – jusqu'à ce qu'il puisse scruter la foule comme Tully l'avait fait.

Il reprit la loupe et la déplaça vers la gauche à partir de Tully : des soldats affairés, la tête de Ron qui cachait tout ce qui se trouvait derrière, mais aussi d'autres visages après la marge de la première photo, certains assez nets, quelques-uns de profil, en direction de Tully. Un militaire dans une jeep. Jake se força à bouger la loupe le plus doucement possible – dans une foule, il suffisait d'une seconde d'inattention pour qu'un visage vous échappe. Et, au ras de la dernière marge, il finit par remarquer une silhouette insolite, un uniforme à épaulettes rayées. Russe. Il immobilisa la loupe sur le corps de l'homme tourné vers Tully comme s'il venait de le repérer, puis sur son visage, si familier qu'il en paraissait moins flou. Des pommettes larges, les petits yeux malins de certains Slaves. Sikorsky en personne était venu attendre Tully.

Jake regarda de plus près, de peur que son imagination lui joue des tours et que le visage s'évanouisse dans la foule. Mais non : c'était bien Sikorsky. Celui-là même qui s'intéressait tellement à Nordhausen. Et qui avait chargé Willi de surveiller l'immeuble du Pr Brandt. « Un nom très courant », avait-il fait remarquer à Lena devant l'hôtel Adlon. Il connaissait donc Emil – un premier recoupement. Et il s'avérait à présent qu'il avait rencontré Tully. Sans doute avait-il également servi de *Greifer* à Potsdam – nouveau recoupement. Jake posa la loupe et prit d'instinct le Colt, étreint par la même angoisse que derrière Alexanderplatz après le procès. Peut-être qu'au fond tout se tenait et qu'il était bien l'ennemi à abattre. Lui, Jake, empêtré dans son enquête sur la mort de Tully et seul à refuser de lâcher prise. Pas Shaeffer, ni Liz. Il leva les yeux, et vit dans le miroir l'homme que Sikorsky avait dû désigner comme cible, debout derrière Liz sur la place du marché.

Et maintenant qu'il savait, que faire ? Demander un entretien au général ? Il quitta précipitamment la villa de Gelferstrasse, mais s'immobilisa quelques instants au milieu de la chaussée, hésitant sur la direction à prendre. Quelques lumières étaient apparues, qui éclairaient le crépuscule, et pourtant il se sentait totalement isolé dans cette rue aussi déserte qu'une ville du Far West avant un règlement de comptes. Comme dans l'un des romans de Günther, il porta la main à son Colt, tel un justicier se préparant à tenir tête à une bande de hors-la-loi jusqu'à l'arrivée de la cavalerie. Avec une arme même pas chargée. Il laissa retomber sa main, découragé. Vers qui se tourner ? Günther, déjà à la recherche d'un nouvel employeur ? Bernie, occupé à traquer une autre sorte de criminels ? Il prit alors conscience qu'il n'avait pas besoin d'aller très loin. Seulement de se rappeler quel uniforme il portait. La cavalerie était au bout de la rue, en train de gratter son pansement.

Breimer dînait avec Shaeffer, chacun son plateau sur les genoux. Jake s'arrêta à la porte. Shaeffer le dévisagea.

— Que se passe-t-il ?

— Il faut que je vous parle.

— Allez-y. Il n'y a pas de secrets entre nous. N'est-ce pas, monsieur le Député ?

Sa fourchette à la main, Breimer leva les yeux avec intérêt.

— Il est prisonnier de Sikorsky, lâcha Jake.

— Qui ça ? demanda Breimer.

— Brandt, répondit machinalement Shaeffer. Comment le savez-vous ?

— C'est lui qui attendait Tully à l'aéroport. Liz l'a pris en photo. Pas d'erreur possible. Brandt est aux mains de Sikorsky depuis le début.

— Et merde ! s'écria Shaeffer en repoussant son plateau.

— C'est bien ce que vous pensiez, non ? dit Breimer.

— Ce n'était qu'une hypothèse.

— Et maintenant, une certitude, répliqua Jake.

— Formidable. On fait quoi ?

— On le récupère. C'est votre spécialité, non ?

— À condition de savoir où le trouver.

— À Moscou, affirma Breimer. Les Russes n'ont pas besoin d'en référer au Département d'État, eux. Ils agissent. Eh bien, on peut classer l'affaire. Après tout ce qu'on a…

— Non, il est à Berlin, l'interrompit Jake.

— Qu'est-ce qui vous fait dire ça ?

— Ils essaient toujours de récupérer sa femme. Brandt ne leur sert à rien s'il refuse de coopérer. Ils ont à cœur de lui faire plaisir.

— Des suggestions ? interrogea Shaeffer.

— Encore une fois, c'est vous le spécialiste. Faites suivre Sikorsky. Il ne devrait pas tarder à aller voir son protégé.

Shaeffer secoua la tête.

— Ce ne serait pas très amical.

— Ça vous a déjà arrêté ?

— N'allez pas créer un incident diplomatique, les gars, lança Breimer contre toute attente. Surtout à présent qu'on file le parfait amour…

Il prit le *Stars and Stripes* resté sur l'appui de la fenêtre. LES RUSSES ENTRENT EN GUERRE CONTRE LE JAPON.

— Juste à temps pour l'assaut final, les fils de pute ! ajouta-t-il. Alors que personne ne leur a rien demandé… (Il posa brusquement sa fourchette, comme si cette idée lui coupait l'appétit.) En tout cas, on fait ami-ami avec eux, alors qu'au besoin ils n'hésiteraient pas à nous égorger. Si vous voulez mon avis, on s'est trompés de combat.

— Pas si vous lisez les archives concernant Nordhausen, répliqua Jake, choqué. Et puis, ce n'est peut-être que partie remise…

Breimer fonça dans le panneau.

— Leur heure viendra, ne vous en faites pas. Salauds de bolcheviks ! (Il se tourna vers Shaeffer.) Mais, dans l'immédiat, évitez de jouer aux cow-boys. Le gouvernement militaire va devoir ménager les Russes… provisoirement.

— De toute façon, il est hors de question de filer Sikorsky. On serait aussitôt repérés.

— Pas si on fait appel à un homme de l'art, répliqua Jake, adossé à l'étagère.

— C'est-à-dire ?

— Un ami allemand qui connaît Sikorsky. Un ancien flic. Ça peut l'intéresser, moyennant une contrepartie.

— Laquelle ?

— Un *Persilschein*.

— Un quoi ? demanda Breimer, mais personne ne lui répondit.

Shaeffer prit une cigarette et alluma son briquet sans quitter Jake des yeux.

— Je ne peux pas faire ce genre de promesse. Ma signature n'a aucune valeur officielle. Il faudrait qu'il accepte sans garantie. Évidemment, s'il nous permettait de localiser Brandt…

— … vous trouveriez la bonne signature. Je vais lui en parler.

— Vous n'allez pas embaucher un Allemand ! protesta Breimer.

— Pourquoi pas ? Vous le faites bien, rétorqua Jake.

Le député se redressa comme si on l'avait giflé.

— Ça n'a rien à voir.

— Oui, je sais : la grande question des réparations.

— Ne mêlez pas d'Allemands à tout ça, recommanda Breimer à Shaeffer. L'Agence du renseignement technique est une opération exclusivement américaine.

— À votre aise, déclara Jake avec un soupir. Mais il faut surveiller Sikorsky. C'est notre seule piste.

Shaeffer le considérait en silence à travers la fumée.

— Réfléchissez-y, reprit Jake en s'éloignant de

l'étagère, agacé. Vous vouliez que je retrouve Brandt. C'est fait. Ou du moins, on sait comment remonter jusqu'à lui. La balle est dans votre camp. En attendant, vous n'auriez pas quelques cartouches ? Liz était à court. Elle aussi avait le même Colt, ajouta-t-il à l'adresse de Shaeffer en caressant l'arme à sa ceinture.

— Je croyais qu'un journaliste n'avait pas le droit d'être armé, remarqua avec étonnement Breimer, sans relever le regard échangé par les deux hommes.

— C'était avant que je commence à travailler pour l'Agence. Maintenant, je suis sur mes gardes. D'ailleurs, vous aussi, vous avez une arme.

Jake désignait une bosse dans la poche de Breimer.

— Pour votre information, elle est destinée au père d'un soldat de ma circonscription, répliqua ce dernier.

Shaeffer ouvrit le tiroir de sa table de chevet et sortit une boîte de cartouches qu'il lança à Jake.

— Attention à ne pas vous tirer dessus par mégarde, monsieur le Député. Rien de tel pour perdre une élection, ironisa Jake, puis il s'assit au bord du lit, chargea le Colt et le referma d'un coup sec. Voilà qui est mieux. Il ne me reste plus qu'à apprendre à m'en servir.

Shaeffer, silencieux, promenait le bout de sa cigarette sur le rebord du cendrier. Il leva les yeux.

— Geismar, ce n'est pas raisonnable.

— Je plaisantais. Je sais parfaitement me servir…

— Non, à propos de Sikorsky. Une filature n'apportera rien, quel que soit celui qui s'en charge. Je connais bien le général. S'il cache Brandt quelque part, ses propres hommes l'ignorent. Il est trop prudent pour ça.

— Les Russes doivent avoir un équivalent de Kransberg. C'est par là qu'il faudrait commencer.

Shaeffer se concentra de nouveau sur le cendrier pour éviter le regard de Jake.

— Dans ce cas, on devra utiliser sa femme.

— Qui donc ? interrogea Breimer.

— Geismar est ami avec la femme de Brandt.

— Dans ces conditions…

— Pas question, coupa Jake. Elle n'ira nulle part.

— Si, voir son mari, répondit Shaeffer avec une détermination subite. Et on sera juste derrière. C'est l'unique solution. Jusque-là, on attendait que Brandt vienne à elle. Maintenant, les choses se corsent. Il faut donner ce qu'il veut à Sikorsky. C'est le seul moyen de remonter jusqu'à sa proie.

— Ben voyons… D'où sortez-vous cette brillante idée ?

— J'ai bien réfléchi. Ça marchera, mais pas sans la femme de Brandt. Vous négociez avec Sikorsky – ou, mieux, vous demandez à votre ami de le faire. Ça méritera bien un *Persilschein*. La femme de Brandt rencontre Sikorsky, mais nos hommes ne la quittent pas d'une semelle. Elle ne court aucun risque. Absolument aucun. Et on les récupère tous les deux, vous avez ma parole.

— Bien sûr. Au prix d'une nouvelle fusillade… Pas question. Cherchez mieux.

— Il n'y aura pas de fusillade. Je vous dis que ça marchera. À condition qu'elle nous mène jusqu'à Sikorsky.

— En servant d'appât. Il n'en est pas question, compris ? Elle ne voudra pas.

— Elle le ferait si vous le lui demandiez.

Jake se leva et regarda successivement les deux hommes aux yeux fixés sur lui.

— Je m'en garderai bien, répondit-il.

— Pourquoi ?

— Pour qu'elle risque sa vie ? Je ne tiens pas à ce point à retrouver Brandt.

— Moi si, riposta Shaeffer. Écoutez, il vaut toujours mieux essayer de s'entendre – dans l'intérêt de l'équipe. Mais il existe d'autres solutions. Si vous refusez d'impliquer sa femme, c'est moi qui le ferai.

— Pour ça, il faudrait que vous sachiez où elle est.

— Je le sais. Juste en face du KaDeWe. Vous croyez qu'on ne vous a pas surveillé ?

Jake haussa les sourcils, surpris, puis rétorqua :

— Vous auriez dû être plus attentif. Je l'ai fait déménager. Pour lui éviter de tomber entre les mains des Russes. Et aussi entre les vôtres, au bout du compte. Je veillerai sur elle. Que personne ne touche à un seul de ses cheveux, c'est clair ? Sinon, on déménagera encore. Aucun problème. Je connais Berlin.

— Avant la guerre, oui. Maintenant, vous n'êtes qu'un type en uniforme comme nous. Avec des obligations.

— Mais pas Lena. Trouvez une meilleure solution, Shaeffer. (Jake se dirigea vers la porte.) Au fait, je vous donne ma démission. Je refuse d'être aux ordres. Cherchez-vous un autre associé.

— Vous m'avez l'air d'oublier dans quel camp vous êtes, mon garçon, l'interrompit Breimer, qui avait suivi cet échange en spectateur. Ça arrive, quand on s'intéresse de trop près aux Allemandes. Réfléchissez bien. On est tous américains, ici.

— Certains plus que d'autres.

— Que voulez-vous dire ?

— Que vous n'aurez pas ma voix. La réponse est non.

— Votre voix ? Ce n'est pas une réunion de conseil municipal. On est en guerre.

— Faites-la vous-même.

— J'y compte bien. Et vous feriez bien de m'imiter. Sinon, à quoi sert notre présence ici ?

— Je vais vous le dire. Ce pays est à genoux et vous n'avez qu'une idée en tête : faire des cadeaux à ceux qui l'ont mis dans cet état, en laissant crever les autres. C'est ça, votre idée de l'Amérique ?

— Calmez-vous, Jake, intervint Shaeffer.

— J'ai vu beaucoup de cadavres, ces dernières années, poursuivit Jake. Tous ces hommes ne sont pas morts pour qu'on remette IG Farben à flot.

Le visage de Breimer s'empourpra.

— De quel droit me parlez-vous sur ce ton ?

— Il n'en pense pas un mot, insista Shaeffer.

— De quel droit ? En tant qu'Américain, j'ai encore le droit de dire non. Et c'est à vous que je le dis, Breimer.

— Si je m'attendais…

— Calmez-vous, Jake, répéta Shaeffer d'une voix ferme.

Jake croisa son regard et se tourna vers la porte, l'air soudain gêné.

— Je vous laisse dîner.

Mais Breimer s'était levé d'un bond, manquant renverser son plateau.

— Vous croyez que je me laisse intimider par des types comme vous ? Vous n'êtes pas le premier sur ma route. Si vous refusez de jouer le jeu, je vous éjecte de cette ville… Les journalistes sont tous les mêmes. Des révolutionnaires en chambre. Des bavards inconséquents. Exactement ce que veulent les Russes. Vous aidez l'ennemi, voilà ce que vous faites, et vous ne vous en rendez même pas compte !

Jake lui fit face.

— C'est pour ça qu'ils m'ont tiré dessus ? Bizarre, d'ailleurs. Tully a été tué par un Américain, pas par

Sikorsky. Alors, pourquoi celui-ci voudrait-il se débarrasser de moi ? On peut se demander s'il n'a pas rendu service à quelqu'un de notre camp. Qui sait ? Peut-être même à vous…

Breimer ouvrit des yeux ronds.

— Quelqu'un de chez nous, en tout cas, continua Jake. De quoi hésiter à prendre parti, tout bien considéré.

— Geismar ? Repassez me voir demain. On reparlera de tout ça, dit Shaeffer.

— La réponse est toujours non.

— Vous prenez des risques en traînant trop longtemps seul dans les rues. Ne l'oubliez pas.

— Alors, c'est tout ? s'indigna Breimer. Ce type fait un pied de nez au gouvernement américain, et on le laisse retourner chez sa petite amie comme si de rien n'était ?

— Il reviendra. On s'est tous laissé emporter… La nuit porte conseil, ajouta Shaeffer à l'adresse de Jake.

Ce dernier fit la sourde oreille.

— C'est seulement à vous que je fais un pied de nez, Breimer. Et j'en suis fier – pour moi, c'est un acte patriotique.

— On perd notre temps. Allez chercher cette femme, ordonna Breimer à Shaeffer. Elle fera ce qu'on lui dira.

La main sur la porte, Jake fit volte-face.

— Que les choses soient bien claires : n'essayez pas de toucher à Lena. Je vous assure que vous le regretteriez.

— Vous ne me faites pas peur.

— Ah bon ? Il y a un célèbre magazine américain qui m'ouvre ses colonnes. Je peux y raconter l'histoire d'un habitant d'Utica qui récupère l'arme de son fils mort à la guerre. Grâce à un député assez généreux pour accomplir cette action charitable. Avec une photo de la rencontre entre les deux hommes, tout le monde en aura les larmes aux yeux. Mais je peux aussi raconter comment ce même député s'illustre à Berlin de manière beaucoup moins honorable. En blanchissant des criminels nazis avec l'argent du contribuable américain. Alors que nos soldats continuent de mourir dans le Pacifique. Un autre genre d'illustration, cette fois. IG Farben avait une usine à Auschwitz. Je verrais bien une photo du conseil d'administration, et, juste à côté, une autre avec un tas de cadavres. Je parie qu'on peut même en trouver une montrant les dirigeants d'IG Farben en train d'échanger une poignée de main avec leurs collègues d'American Dye avant la guerre. En votre présence, pourquoi pas ? Sans oublier un portrait de vous réalisé par Liz – elle rêvait de travailler pour *Collier's*. L'Agence pour le renseignement technique lui doit bien ça.

— Bon Dieu, Geismar…, lâcha Shaeffer avec un soupir.

— C'est un tissu de mensonges, déclara Breimer.

— Mais ça ne m'empêchera pas d'écrire l'article. Je sais faire. J'ai déjà raconté beaucoup de mensonges – pour notre camp. Je n'hésiterai pas à mettre tout ça noir sur blanc. Et vous n'aurez pas trop de deux ans pour démentir. Alors, laissez la femme de Brandt tranquille.

Breimer en eut le souffle coupé. Il fixa Jake quelques instants, puis reprit la parole d'une voix cinglante, méconnaissable.

— Vous êtes en train de vous mettre dans un sacré pétrin, pour les beaux yeux de votre Allemande !

Jake ouvrit la porte.

— Merci pour les cartouches, lança-t-il à Shaeffer

par-dessus son épaule. Si jamais je récupère Brandt, j'enverrai une fusée éclairante.

Shaeffer contemplait le sol avec accablement comme si quelqu'un y avait fait ses besoins, mais il redressa la tête quand Jake sortit.

— Geismar ? Il nous faut la femme de Brandt.

Dans le couloir, Jake croisa le GI de garde et l'infirmière qui venait chercher les plateaux. Puis il se retrouva dans Gelferstrasse, plus seul que jamais.

15

Günther refusa d'assurer la filature, donnant paradoxalement raison à Shaeffer.

— Ça ne marchera jamais. Sikorsky est bien trop prudent. Et ce n'est pas un travail de flic, vous savez. C'est…

— Je sais. Mais je ne vous croyais pas si difficile.

— Disons qu'il reste trop d'incertitudes.

— On peut au moins affirmer que Sikorsky a rencontré Tully.

— Vassily serait donc le client, mais qui d'autre Tully a-t-il vu ? Pas Herr Brandt. La balle est américaine.

— Tout se tient. Et Sikorsky sait où se trouve Emil.

— À l'évidence. Mais vous continuez de tout mélanger. Qui cherchez-vous au juste ? Herr Brandt ou le meurtrier de Tully ?

— Les deux.

Günther le dévisagea.

— Sikorsky ne nous conduira pas à Herr Brandt, mais peut-être au meurtrier. À condition qu'il ne se doute de rien. Vous voyez bien qu'il reste des incertitudes.

— Que suggérez-vous ? Qu'on laisse Emil aux mains des Russes ?

Günther haussa les épaules.

— Mon cher, je me fiche de savoir qui va construire des fusées. On en a fabriqué ici. Vous avez vu le résultat. (Il se leva et alla se servir une autre tasse de café.) Dans l'immédiat, occupons-nous plutôt de notre affaire... Herr Brandt attendra.

— Impossible, répliqua Jake, agacé.

Günther leva les yeux de sa tasse.

— Eh bien, consultez les archives.

— C'est fait.

— Recommencez. Vous êtes sûr que tout est là-bas ?

— Tout ce qu'Emil a livré.

— Donc, ce que cherche Vassily doit s'y trouver. Là est le problème, voyez-vous. Comment expliquer la mort de Tully ? Tout s'est déroulé comme prévu. Vassily a eu ce qu'il voulait, Tully a été payé de ses services. Une réussite. Alors, pourquoi ce meurtre ? À moins que la transaction ne soit pas allée jusqu'à son terme. Et qu'il manque encore quelque chose à Vassily.

— En plus de Lena.

Günther secoua la tête.

— C'est Herr Brandt qui veut la retrouver. Vassily se contente de l'y aider. Non, il s'agit d'autre chose. Une information contenue dans les archives. Sinon, pourquoi Tully les aurait-il consultées ? Retournez vérifier.

De la main, tel un maître d'école, il congédia Jake. Celui-ci jeta un coup d'œil à sa montre.

— Entendu. Mais pas tout de suite. Mon travail d'abord.

— J'oubliais ce fameux reportage. Toujours le marché noir ?

Jake releva la tête, regrettant d'en avoir trop dit.

— Non. Renate, cette fois. Une interview.

— Je vois… (Sa tasse à la main, Günther regagna son fauteuil sans faire de commentaire.) Au fait, avez-vous vérifié le planning des chauffeurs de la Kommandatura ?

— Non, j'ai supposé que Sikorsky avait conduit lui-même…

— Jusqu'à Zehlendorf ? Possible. Mais autant s'en assurer. Histoire de ne rien négliger.

— D'accord, mais plus tard.

Günther but une gorgée de café.

— Herr Geismar ? Vous pourriez poser une question à Renate de ma part ? lança-t-il, le visage à moitié caché par sa tasse.

Jake attendit.

— Demandez-lui ce qu'elle ressentait.

Au centre de détention près d'Alexanderplatz, on conduisit Jake dans une petite pièce aussi dépouillée que la salle d'audience improvisée : une table, deux chaises, un portrait de Staline. Le soldat qui l'escortait lui proposa du café avec obséquiosité, puis le laissa seul. Rien d'intéressant à regarder, sauf le plafonnier en verre dépoli datant sans doute de l'ère wilhelminienne et de l'éclairage au gaz. Renate entra par une autre porte, encadrée par deux gardes qui l'accompagnèrent jusqu'à la table et se postèrent ensuite devant le mur, raides comme des piquets.

— Bonjour, Jake.

Un sourire si timide qu'il ne parvint pas à éclairer son visage. Toujours la robe grise et les cheveux coupés ras.

— Renate...

— Offre-moi une cigarette. Ils croiront que c'est autorisé, dit-elle en anglais, en même temps qu'elle s'asseyait.

— Tu veux faire l'interview en anglais ?

— En partie au moins, pour ne pas éveiller leurs soupçons. Un des deux parle allemand...

Ce fut toutefois dans cette langue qu'elle remercia Jake, après avoir aspiré une première bouffée.

— Mon Dieu, c'est encore meilleur que de la nourriture. On n'en perd jamais le goût. En prison, on n'a pas le droit de fumer. Où est ton calepin ?

— Pas besoin. Pourquoi auraient-ils des soupçons ? questionna Jake, perplexe.

— Je t'en prie. Je préfère que tu écrives. Tu as ton calepin ?

Il le sortit de sa poche, remarquant que la main de Renate tremblait, trahissant son anxiété, alors qu'elle secouait sa cigarette dans le cendrier.

Mal à l'aise, il tripota son stylo. Lui demander ce qu'elle avait ressenti, avait dit Günther. Mais que pourrait-elle répondre ? Après avoir tant de fois acquiescé de la tête et vu les SS embarquer des innocents dans leur voiture...

— J'offre un spectacle si désagréable ?

Jake se força à croiser le regard de Renate, reconnaissable entre mille.

— Je ne trouve pas les mots, confessa-t-il.

Elle baissa les yeux.

— La pire créature au monde. Je sais bien que tu me vois ainsi. Il n'y a pas pire que moi.

— Je n'ai pas dit ça.

— Mais tu n'oses pas me regarder en face. La pire des créatures. « Comment a-t-elle pu faire une chose pareille ? » C'est ça, ta première question ?

— Si tu le souhaites.

— Et tu veux la réponse ? Ce n'est pas elle, mais quelqu'un d'autre. Ici. À l'intérieur… (Elle se tapa la poitrine.) Deux personnes différentes. D'un côté, le monstre. De l'autre, la femme que tu connais. Toujours pareille. Regarde au moins celle-là. Tu peux faire un petit effort, non ? Contrairement à toi, eux ne savent même pas qu'elle existe. (De la tête, elle désigna ses gardes. Jake resta silencieux.) Note quelque chose, par pitié ! On a si peu de temps.

Elle tira nerveusement sur sa cigarette.

— Pourquoi m'as-tu choisi pour t'interviewer ?

— Parce que tu me connais. Moi, et pas le monstre… Tu te rappelles le jour où tu m'as fait des avances ? Oui, des avances, ne le nie pas. J'ai failli accepter, tu sais. À l'époque, tous les Américains nous faisaient rêver. Comme au cinéma. On voulait toutes aller aux États-Unis. Oui, j'ai vraiment failli accepter. Étrange, le tour que prennent les choses.

Jake la regardait, atterré. Sa voix tremblait autant que ses mains, à la fois tendue et familière, habitée par l'énergie désespérée qui caractérise la folie. Il se raccrocha à son bloc-notes.

— Tu as envie qu'on parle de ça ? Du bon vieux temps ?

— Au moins quelques minutes, dit-elle en anglais. S'il te plaît. Pour qu'ils ne se doutent de rien.

Elle jeta un coup d'œil aux gardes avant de se tourner à nouveau vers Jake, rassurée.

— Alors, ajouta-t-elle en allemand, qu'êtes-vous tous devenus ? Tu sais ce qui est arrivé aux autres ?

Déconcerté, il ne répondit pas aussitôt. Renate lui effleura la main.

— Raconte-moi.

— Hal est rentré aux États-Unis, commença-t-il, troublé, les yeux fixés sur elle. En tout cas, il était sur le départ la dernière fois que je l'ai rencontré…

Du regard, elle l'encouragea à continuer.

— Tu te souviens de Hannelore ? Elle est ici, à Berlin. Je l'ai revue. Elle a maigri. Elle habite l'ancien appartement de Hal.

Des nouvelles sans importance. Que pouvaient bien penser les deux gardes, sous leur portrait de Staline ?

Renate reprit une cigarette avec un hochement de tête.

— Ils étaient amants.

— C'est ce qu'elle m'a dit. Je l'ignorais.

— Parce que tu n'étais pas un assez bon reporter.

— Tu étais la meilleure… (Jake ne put s'empêcher de sourire, prisonnier de leur complicité d'avant-guerre.) Rien ne t'échappait.

Gêné, il s'interrompit. La réalité refaisait irruption dans la pièce. Renate regarda ailleurs.

— Non. C'était plus fort que moi… Et toi ? Que fais-tu ?

— J'écris pour différents magazines.

— Plus de radio ? Alors que tu as une si belle voix ?

— Renate, il faut que…

— Et Lena ? Elle est vivante ?

— Oui. Elle est à Berlin, avec moi.

Le visage de Renate s'adoucit.

— Je suis si heureuse pour vous. Après toutes ces années. Elle a quitté son mari ?

— Elle va le faire, quand on l'aura retrouvé. Il a disparu.

— Qui ça, « on » ?

— Les Américains. Ils veulent l'embaucher comme chercheur. Pour eux, c'est une valeur sûre.

— Vraiment ? dit-elle, l'air intrigué. Lui toujours si tranquille… Qui aurait imaginé ? Donc, tout le monde est vivant ?

— Je n'ai pas de nouvelles de Nanny Wendt.

— Nanny Wendt…, murmura-t-elle d'un ton rêveur. J'ai si souvent pensé à vous tous, à cette période de ma vie. J'étais heureuse, tu sais. J'adorais ce travail. Tu m'a donné ma chance. Aucun Allemand ne s'y serait risqué, à l'époque. Même au noir. Parfois, je me demandais pourquoi tu m'avais engagée. Tu n'étais même pas juif. Tu aurais pu te faire arrêter.

— De l'inconscience, sans doute.

— Quand je t'ai vu au procès… (Elle baissa la tête.) À présent, il sait, lui aussi – voilà ce que je me suis dit. Et il ne verra plus qu'elle. Maudite *Greifer*…

Elle se tapa de nouveau la poitrine, du côté droit.

— C'est pourtant moi que tu as choisi pour t'interviewer.

— Qui d'autre ? Tu m'as aidée dans le passé. Tu n'as pas oublié qui j'étais.

Embarrassé, Jake s'agita sur sa chaise.

— Cette fois, je ne peux pas t'aider, Renate. Je ne connais personne dans ce tribunal.

— Oh, ça…

Elle agita sa cigarette d'un geste désabusé.

— Ce n'est pas la question. Ils vont me pendre, je le sais. Je vais mourir.

— Ils ne te pendront pas.

— Quelle différence ? Ils m'enverront à l'Est. Personne n'en revient jamais. Toujours l'Est. D'abord les nazis, et maintenant les Russes. J'ai vu assez de gens partir. Je sais ce que ça signifie.

— Tu as prétendu le contraire.

— Moi, je savais. Elle, non, déclara Renate en montrant le côté gauche de sa poitrine. Elle ne voulait pas savoir. Sinon, comment aurait-elle fait ? Chaque semaine, d'autres visages. Comment continuer, en sachant de quoi il retournait ? Au bout d'un certain temps, elle aurait pu faire n'importe quoi. Sans verser une larme. Un métier comme un autre. C'est vrai, tout ce que tu as entendu au procès. Le cordonnier, le café Heil, tout est vrai. Les camps de travail, elle y croyait. Sinon, elle n'aurait pas pu. Voilà comment c'était pour elle.

Jake leva les yeux vers la vraie Renate.

— Et comment en est-elle arrivée là ?

— Oui, bien sûr, dit-elle d'un ton las. Tu es venu pour ça. Vas-y, note... (Elle se redressa et lança un coup d'œil furtif aux gardes.) Par où commencer ? Après ton départ ? Le visa que j'attendais n'est jamais arrivé. Malgré les vingt-six Marks que j'avais versés. Un acte de naissance, quatre photos d'identité, et vingt-six Marks. C'était tout. Mais il fallait que quelqu'un vous accompagne, et il y avait déjà trop de Juifs. La qualité de mon anglais n'y changeait rien. Je le parle toujours. Tu vois, mon accent n'est pas mauvais, ajouta-t-elle, changeant de langue une nouvelle fois. Parle un peu, toi aussi, pour que les gardes s'habituent. Sinon, ils vont croire que je veux t'impressionner.

Jake la regarda droit dans les yeux.

— Ton accent est parfait, mais je ne suis pas sûr de comprendre tout ce que tu me dis.

— Ils n'ont pas changé d'expression ? demanda-t-elle.

— Non.

— Donc je suis restée à Berlin, raconta-t-elle en allemand. Évidemment, la situation n'a fait qu'empirer.

L'étoile jaune. Les bancs réservés dans les jardins publics. Tu connais tout ça. Puis les Juifs ont dû aller travailler en usine. On m'a envoyée à Siemensstadt. Ma mère aussi, malgré son grand âge. En fin de journée, elle tenait à peine debout. Mais nous étions vivantes. C'est à ce moment-là que les rafles ont débuté. Nos noms étaient sur la liste. Je connaissais la suite logique. Mais ma mère ? Comment survivrait-elle ? Alors, nous nous sommes cachées.

— Vous aussi ?

— C'est pour cette raison que ça m'a été facile, tu comprends ? Je savais comment ça se passait, ce qu'il fallait faire. Tous les stratagèmes. Le cordonnier, par exemple. Personne n'y avait pensé. On m'a félicitée de ma perspicacité. Mais j'avais eu le même problème, je me doutais qu'ils iraient là. Et j'avais raison.

— Tu es restée cachée longtemps ?

— Non, je me suis fait prendre.

— Comment ?

Elle eut un sourire amer, presque un rictus.

— Par un *Greifer*. Un jeune homme que je connaissais. Il était plus ou moins amoureux de moi, mais j'avais refusé ses avances. Il était juif, et je ne me considérais pas comme juive, vois-tu. D'abord comme une Allemande. Quelle idiote, quand j'y pense !... Mais il était là, dans ce café, et j'avais la quasi-certitude que lui aussi se cachait. Je n'avais adressé la parole à personne depuis des jours. Tu n'imagines pas ce que c'est, de garder si longtemps le silence. On est comme affamé, dévoré par l'envie de parler. Je savais qu'il m'aimait bien, alors j'ai cru qu'il m'aiderait. On était à l'affût de toute personne pouvant...

— Il t'a aidée ?

— Oui, à me faire arrêter par la Gestapo. On m'a

embarquée, torturée. Pas aussi brutalement que d'autres, mais assez pour me convaincre que je n'étais plus allemande. Et que, la fois suivante, ce serait pire. On m'a demandé où se trouvait ma mère. Je n'ai rien dit, mais j'étais consciente que, la fois suivante, je parlerais. À ce moment-là, le jeune homme en question m'a offert son aide. Il avait des amis là-bas – en fait d'amis, c'étaient les monstres qui l'employaient. Il m'a proposé un marché : si je travaillais avec lui, on nous rayerait de la liste, ma mère et moi. À condition que j'accepte de l'accompagner. « Après ce qui vient de se passer ? » ai-je demandé. Et devine ce qu'il m'a répondu ? « Il n'est jamais trop tard pour conclure un marché, sauf quand on est mort »… Alors, je l'ai accompagné. C'était ça, le marché : il me tenait, et moi je sauvais ma peau. La première fois, je suis partie avec lui. J'étais son élève. Mais, ce jour-là, c'est moi qui ai repéré la victime. Quelque chose dans son apparence. Et après… qu'importe le nombre, la suite n'est jamais qu'une répétition de la première fois.

— Qu'est devenu ce jeune homme ?

— Déporté. Tant qu'on est restés ensemble, tout allait bien pour lui. On formait une équipe. Mais on nous a séparés, et sans moi il se débrouillait moins bien. C'était moi qui avais l'œil. Il n'avait plus rien à offrir.

Renate écrasa sa cigarette dans le cendrier.

— Mais toi si.

— J'étais la meilleure. Et je plaisais à Becker. Je présentais toujours bien. Tu vois cette marque ? (Elle désigna sa joue gauche, barrée par une petite cicatrice sous la paupière inférieure.) C'est la seule trace des coups que j'ai reçus. J'avais eu le visage tuméfié, mais tout est rentré dans l'ordre. Je n'ai gardé que cette marque. Becker aimait la caresser. Ça lui rappelait peut-être des souvenirs. De quoi, je l'ignore… (Elle détourna le regard, son désarroi enfin visible.) Mon Dieu, comment pouvons-nous avoir cette conversation ? Comment décrire ce qui est arrivé ? De toute façon, ça changera quoi ? Écris ce que tu veux. Rien ne sera pire que la réalité. Tu dois penser que je me cherche des excuses. Bien sûr, c'était la faute de David, de Becker. Mais c'était aussi la mienne. Je croyais qu'il serait possible d'en parler, et pourtant quand j'essaie de raconter – regarde-toi –, ce n'est plus moi que tu vois. C'est l'autre Renate. Celle qui a envoyé ses semblables à la mort. La seule qui intéresse les magazines.

— Je m'efforce juste de comprendre.

— Comprendre ? Ce qui s'est passé en Allemagne ? Comment peut-on comprendre un cauchemar ? Comment ai-je pu faire une chose pareille ? Comment les autres ont-ils pu ? Quand on se réveille, on ne peut rien expliquer. On se prend seulement à espérer que rien de tout ça n'a eu lieu. Que ce n'est pas possible. Voilà pourquoi il faut qu'ils se débarrassent de moi. Sans preuves, sans *Greifer*, ce sera comme s'il ne s'était rien passé… (Elle hochait la tête, sur le point de pleurer.) Tu vois ? Je croyais en avoir fini avec les larmes. À la différence de ma mère. Elle en a suffisamment versé pour nous deux réunies. « Comment peux-tu faire ça ? » Facile pour elle, puisque c'était à moi d'effectuer le sale boulot. Chaque fois que je la regardais, elle pleurait. Tu sais quand elle a cessé ? Dans le camion. Plus une larme. Je me suis dit qu'elle était soulagée de ne plus avoir à mener cette vie. Soulagée de ne plus me voir.

Jake sortit un mouchoir de sa poche et le tendit à Renate.

— Elle ne pensait sûrement pas ça.

Renate se moucha. Elle hocha de nouveau la tête.

— Bien sûr que si. Mais je n'y pouvais rien. Oh, arrête de pleurer ! se sermonna-t-elle en séchant ses larmes. Je ne voulais pas t'infliger ce spectacle, Jake. Je voulais que tu retrouves l'ancienne Renate, pour que tu aies envie de l'aider.

Jake posa son stylo.

— Renate, tu sais bien que rien de ce que j'écris ne changera quoi que ce soit. C'est un tribunal soviétique. Ils se fichent de l'opinion des journalistes.

— Non, ce n'est pas ça. Il faut que tu m'aides. Je t'en supplie... (Elle posa la main sur celle de Jake.) Tu es ma dernière chance. Tout est fini pour moi. Mais quand je t'ai vu au procès, j'ai pensé que peut-être il me restait encore une chance. Que tu le ferais pour moi.

— Quoi donc ?

— Oh, regarde-moi cette fontaine, sanglota-t-elle en essuyant ses joues ruisselantes. J'étais sûre que si je commençais...

Elle se tourna vers les gardes et Jake se demanda si elle ne jouait pas la comédie, si ses larmes ne faisaient pas partie de toute une mise en scène.

— Que je ferais quoi ? insista-t-il.

Renate interpella un des gardes.

— Vous pourriez m'apporter un verre d'eau ?

Celui qui parlait allemand acquiesça, marmonna quelque chose en russe à son collègue et quitta la pièce.

— Note vite, lança Renate à Jake en anglais, d'une voix enrouée à force d'avoir pleuré. Wortherstrasse, à Prenzlauer, le troisième bâtiment à partir de la place. Sur ta gauche, en direction de Schönhauserallee. Un vieil immeuble berlinois, dans la seconde cour. Frau Metzger.

— De quoi s'agit-il, Renate ?

— Note, je t'en prie ! On n'a presque plus de temps.

Tu te souviens, après le procès, quand je t'ai dit que je n'avais pas fait ça pour moi ?

— Oui, c'était pour ta mère.

— Non, répliqua-t-elle sans ciller. J'ai un enfant.

Jake s'arrêta d'écrire.

— Un enfant ?

— Finis de noter. Frau Metzger. Elle ne sait rien sur moi. Elle croit que je travaille en usine. Je la paie régulièrement. Mais si je ne lui donne rien ce mois-ci, elle ne voudra plus le garder.

— Renate…

— Par pitié. Il s'appelle Erich. Un prénom allemand – c'est un vrai petit Allemand, tu comprends ? Je ne voulais pas qu'il soit… tu sais bien… (Gênée, elle pointa l'index vers son ventre.) Circoncis.

— Oui. Il est cent pour cent allemand. Personne n'est au courant. Sauf toi. Surtout, que les magazines ne l'apprennent pas, tu me le promets ? Toi seulement.

— Qu'attends-tu de moi ?

— Emmène-le. Prenzlauer se trouve dans la partie est de Berlin. Frau Metzger n'hésitera pas à le laisser aux Russes. Il faut que tu l'emmènes, il n'a personne d'autre. Jake, au nom de l'amitié que tu avais pour moi…

— Tu es folle !

— Oui, folle. Tu crois qu'après tout ce que j'ai fait j'allais hésiter à te demander ce service ? As-tu des enfants ?

— Non.

— Alors, tu ne peux pas comprendre. Pour son enfant, on ferait n'importe quoi. Même ça…

Elle eut un geste circulaire, embrassant à la fois la pièce et sa vie de *Greifer*.

— Ai-je eu raison ? Dieu seul le sait. Mais Erich est

vivant. Je l'ai sauvé grâce à l'argent de la Gestapo. Je touchais une petite somme, vois-tu, pour mon travail dans les cafés, pour… Chaque pfennig était pour lui. Tu paies pour sauver un Juif, voilà ce que je me disais. Il y en aura au moins un qui survivra. Si je voulais rester en vie, c'était pour lui, pas pour moi. Et maintenant…

— Renate, je ne peux pas m'occuper d'un enfant.

— Je t'en supplie ! Il n'a personne d'autre. Tu as toujours été un type bien. Fais-le pour lui, si tu n'as pas de pitié pour moi. Tout ce que j'ai fait, c'était pour qu'il survive, jour après jour. Je ne vais pas abandonner à présent ! Si tu l'emmènes en Amérique, ils peuvent me pendre, je saurai au moins que j'ai réussi à le sortir d'ici. (Elle referma de nouveau sa main sur celle de Jake.) Il n'apprendrait jamais ce qu'a fait sa mère. Il n'aurait pas à vivre avec ça. Il ne saurait rien.

— Renate, comment veux-tu que je ramène un gosse aux États-Unis ?

— Dans un autre pays occidental, alors. N'importe où, mais pas ici. Tu pourrais lui trouver une famille, des braves gens – je te fais confiance, je suis sûre que tu ferais pour le mieux. Tout, sauf un camp de réfugiés tenu par les Russes.

— Et je lui dirai quoi ?

— Que sa mère est morte. Il est encore petit, il oubliera vite. Il se souviendra à peine de cette femme qui venait le voir de temps en temps. Tu peux lui raconter que tu l'as connue quand elle était jeune, et qu'elle est morte pendant la guerre. Ce qui est vrai, d'ailleurs. Il n'y a pas de mensonge.

Elle baissa les yeux. Jake observa son visage rougi par les larmes, son regard figé par un désespoir si lourd qu'il en sentait le poids sur ses épaules. À Berlin, le pire était toujours sûr. Il se tourna vers celle qu'il croyait être la vraie Renate.

— Tu n'es pas morte, remarqua-t-il.

Elle parut perplexe, puis un pâle sourire éclaira son visage.

— Aujourd'hui, non. Pour pouvoir te demander ce service. Mais demain, il n'y aura plus que l'autre Renate. Tout est fini.

— Pas forcément. Laisse-moi au moins parler aux avocats des parties civiles.

— Pour leur dire quoi ? Tu étais présent au procès, tu les as vus. Qu'ai-je à gagner ? La détention dans une prison russe ? Qui en sort vivant ?

— Tu ne serais pas la première.

— Oui, mais dans quel état ? Vieille et malade, avec pour seule perspective de regagner l'Allemagne ? Et, dans l'intervalle, que deviendrait Erich ? Non, tout est bien fini. Si tu souhaites m'aider, sauve mon fils. Ah, voilà mon eau !

Elle s'agita sur sa chaise en voyant le garde réapparaître avec un verre qu'il lui tendit.

— Très aimable à vous, remercia-t-elle en allemand.

Pendant qu'elle buvait, le garde interrogea du regard son collègue qui lui répondit par un haussement d'épaules.

— Tu vas m'aider ? reprit Renate.

— Ne me demande pas ça. Désolé, mais…

— Parlons anglais, maintenant. Et ce n'est pas une demande, mais une supplique.

— Où est le père de cet enfant ?

— Mort, quand nous étions dans la clandestinité. Un soir, il n'est pas rentré. Alors, j'ai compris. J'ai eu le bébé toute seule. C'est toi qui lui serviras de père.

Elle rendit à Jake son mouchoir.

— Tais-toi. Je ne peux pas faire ça.

Renate le fixa droit dans les yeux.

— Dans ce cas, il mourra. Maintenant que la guerre est finie, et malgré tout ce que j'ai fait pour lui.

Jake se tourna vers les gardes, toujours immobiles sous le sourire impénétrable de Staline.

— Écoute, je connais une église protestante où on s'occupe des orphelins. On essaie de leur trouver un foyer. Je peux en parler au pasteur. C'est un brave homme, il aura peut-être…

— En secteur occidental ? Dans des familles chrétiennes ?

— Sûrement. Je lui poserai la question. Il est possible qu'il connaisse une famille juive.

— Non. Mon fils est allemand. Je tiens à ce qu'il soit en sécurité la prochaine fois.

— Tu veux qu'il soit allemand ? demanda Jake, étonné.

Pas moyen de couper le cordon.

— Je veux surtout qu'il reste en vie. Vous, les Américains… vous ne savez pas comment sont les gens, ici. Tu me promets qu'il sera dans une famille, pas dans un camp ?

— Je ne peux rien promettre, Renate. Il faut d'abord que je parle au pasteur. Je ferai pour le mieux. En tout cas, j'essaierai.

— Mais tu ne le laisseras pas chez Frau Metzger pour qu'elle le confie à n'importe qui ?

— Encore une fois, je ne peux rien promettre…

— Si, promets. Même si c'est un mensonge. Tu ne vois pas que j'ai besoin de ça, de me raccrocher à l'idée que tout ira bien ?

— Je refuse de te mentir. Je ferai mon possible. Tu devras t'en contenter.

— Parce que je n'ai plus de monnaie d'échange ? Plus de Juifs à dénoncer ?

Jake évita son regard. Chaque semaine une nouvelle liste, l'obligation de vendre son âme, jusqu'à ce qu'il n'y ait plus d'autre vie possible. Il se faisait l'effet d'un bourreau, lui aussi.

— Que pense ton avocat du procès ? demanda-t-il pour changer de sujet.

— Lui ? dit-elle, vaguement méprisante. Il veut que je sois raisonnable, que je joue les innocentes – la malheureuse qui n'a pas eu le choix. Et que je me repente publiquement.

— Pourquoi pas ?

— Le repentir ne suffit pas. Pas à moi, en tout cas. Je ne peux rien effacer. Je revois tous ces visages, les regards qu'ils me jetaient. Ils ne disparaîtront jamais.

— Encore une minute ! cria l'un des gardes en allemand.

Renate prit une autre cigarette dans le paquet.

— Une dernière, pour la route. C'est bien comme ça qu'on dit, en anglais ?

— Oui. Mais je reviendrai.

— Non. Ils refuseront. Une fois seulement. Et je suis si heureuse de t'avoir vu. Quelqu'un de mon autre vie. De retour à Berlin. Jamais je n'aurais cru… (Elle saisit de nouveau la main de Jake.) Attends… Ce n'est pas une vraie monnaie d'échange, mais c'est mieux que rien. Si toutefois il est encore là… Promets-moi, pour Erich.

— Laisse tomber, Renate.

— Tu disais que les Américains le cherchaient, ça t'intéressera peut-être. Le mari de Lena. Je sais où il est. Je l'ai vu.

Jake se redressa, sidéré.

— Où donc ?

— Promets-moi, répéta-t-elle sans lâcher sa main. Mon dernier marché.

Jake acquiesça.

— Où est-il ?

— Je peux vraiment compter sur toi ?

— Où est-il ?

— De toute façon, je n'ai pas le choix, n'est-ce pas ?

— C'est l'heure ! cria le garde.

— Juste une minute, demanda Renate avant de répondre à Jake : Sur Burgstrasse, dans l'ancien immeuble de la Gestapo. Au 26. Il a été bombardé, mais les Russes l'utilisent encore en partie. Avant d'être transférée ici, j'étais détenue là-bas.

— Et tu l'as vu ?

— Par la fenêtre, dans le bâtiment de l'autre côté de la cour. Lui ne m'a pas vue. J'ai pensé : Mon Dieu, mais c'est Emil ! Pourquoi est-il ici ? Attend-il d'être jugé, lui aussi ? Au fait, c'est le cas ?

— Non. Que faisait-il ?

— Il regardait juste dans la cour. Et puis la lumière s'est éteinte. Rien de plus. Est-ce important pour toi ? Une information intéressante ?

— Tu es sûre que c'était lui ?

— Sûre et certaine. J'ai toujours l'œil, tu sais.

Un des gardes s'approcha de la table. Renate se leva.

— Donne-lui des cigarettes, dit-elle en anglais. Ils seront plus aimables avec moi.

Se dressant à son tour, Jake tendit son paquet au garde.

— Ce que je t'ai appris va t'aider ? s'enquit-elle. Je t'aurai au moins apporté une dernière information utile ?

Jake fit oui de la tête.

— Alors, promets.

— Je te le promets.

Elle sourit, puis ses lèvres tremblèrent comme si elle allait se remettre à pleurer, une sorte de tic nerveux qui ôta à son visage toute expression.

— Cette fois, c'est bien fini.

Avant que Jake ait eu le temps de réagir, elle fit le tour de la table pour le rejoindre pendant que le garde fourrait les cigarettes dans sa poche, et elle se jeta à son cou, se laissant presque tomber contre lui. Mal à l'aise, incapable de répondre à son étreinte, Jake sentait son corps squelettique à travers sa robe grise, ses os qui semblaient prêts à se briser. Elle le serra fort, puis murmura à son oreille, sans que le garde la voie :

— Merci. Il est toute ma vie.

Elle se recula et le garde la saisit par le bras. Elle posa alors son autre main sur le torse de Jake, s'agrippant à sa chemise.

— Par pitié, ne lui dis jamais la vérité.

Quand le garde l'entraîna, elle le suivit, se retournant pour regarder Jake par-dessus son épaule, se forçant à sourire, mais elle s'éloigna à contrecœur, traînant les pieds. Rien à voir avec sa démarche alerte sur le quai de la gare, lorsqu'il avait quitté Berlin.

Burgstrasse n'était qu'à quelques centaines de mètres à l'ouest d'Alexanderplatz, mais par prudence Jake préféra s'y rendre en jeep. Il ne voulait pas s'arrêter, juste s'assurer que l'immeuble était bien là, que Renate ne lui avait pas menti pour lui soutirer une promesse. La rue se trouvait face à la cathédrale détruite par les bombardements, sur l'autre rive de la Spree transformée en égout à ciel ouvert. Au numéro 26, l'immeuble était encore debout, ainsi que l'avait dit

Renate, avec un drapeau rouge sur le toit. Jake passa devant au ralenti comme s'il avait perdu son chemin. Une façade massive qui n'avait plus de crépi, une entrée monumentale flanquée de gardes aux yeux bridés – dans l'armée soviétique, les Mongols étaient toujours en bas de l'échelle. Et, quelque part derrière ces murs, Emil en train de regarder par une fenêtre. Comment Shaeffer pourrait-il pénétrer dans cette forteresse ? Une attaque surprise au cœur de Berlin, les balles sifflant aux oreilles de Lena ? Impossible sans un plan mûrement réfléchi. Mais c'était Shaeffer, le spécialiste. À lui de tout organiser. Au moins savait-on où chercher Emil. La dernière information de Renate, sa part du marché. Jake s'arrêta au bout de la rue pour vérifier combien d'argent il avait dans son portefeuille : assez pour faire patienter Frau Metzger jusqu'au passage du pasteur Fleischman. Un versement supplémentaire, de la main à la main.

L'immeuble de Prenzlauer abritait des logements ouvriers, avec trois arrière-cours en enfilade. Suivant les instructions de Renate, Jake s'arrêta dans la deuxième où séchait une lessive, puis gravit deux étages dans une cage d'escalier seulement éclairée par un trou d'obus au-dessus de sa tête. Il dut frapper plusieurs fois avant que la porte finisse par s'entrouvrir.

— Frau Metzger ? Je viens au sujet d'Erich.

— C'est vous qu'elle envoie ? Elle est trop occupée, sans doute ? (La nourrice ouvrit complètement la porte.) Il était temps. Qu'est-ce qu'elle croit, que je suis cousue d'or ? Rien depuis le mois de juin, aucune avance. Comment je fais, moi, pour nourrir son fils ? Ça mange, un garçon !

— Je vous paierai ce qu'elle vous doit.

Jake sortit son portefeuille.

— Alors maintenant, elle s'est trouvé un Américain !

Enfin, ce n'est pas mon affaire. Ça vaut toujours mieux qu'un Russe… Et toi, tu vas pouvoir manger beaucoup de chocolat, ajouta-t-elle, se tournant vers un enfant debout près de la table.

Environ quatre ans, en culotte courte, les jambes maigrichonnes, et les mêmes yeux sombres que Renate. Écarquillés par la peur, ils semblaient lui dévorer le visage.

— Allez, prends tes affaires. Ne crains rien, c'est l'ami de ta mère, lança Frau Metzger d'un ton bourru, mais sans méchanceté. Son ami… Elle ne s'embête pas, celle-là ! Pendant que nous, on… Non, c'est trop, protesta-t-elle à la vue des billets tendus par Jake. Elle ne me doit que deux mois. Je ne suis pas une voleuse. Je réclame juste mon dû… Je vous donne les affaires du petit.

— Vous ne comprenez pas. J'enverrai quelqu'un. Je ne peux pas l'emmener aujourd'hui.

— Comment ça ? Ne me dites pas qu'elle est morte !

— Non.

— Dans ce cas, il s'en va. Je pars chez ma sœur. Vous n'imaginez tout de même pas que je vais rester ici avec les Russes ? Encore une semaine, je m'étais dit, et après… Mais vous êtes là, donc tout est réglé. Venez, j'en ai pour une minute. Il n'a pas grand-chose. J'avais demandé des tickets à sa mère pour les vêtements, mais vous croyez qu'elle y a pensé ? Avec elle, pas de danger. Même pas capable de se déplacer. Il faut qu'elle envoie un Amerloque. Regardez comme il a peur. Enfin, il n'est jamais très bavard. Pas moyen de lui faire dire bonjour, dit-elle dans un soupir, avec un geste désabusé. Il est comme ça.

L'enfant dévisageait Jake en silence, pas réellement

effrayé, plutôt en proie à la curiosité muette d'un animal inquiet de son sort.

— Je ne peux vraiment pas l'emmener aujourd'hui.

— Il va pourtant bien falloir. J'ai assez attendu. Vous ne pouvez pas me demander… (Frau Metzger ouvrit un tiroir, dont elle vida le contenu dans un sac en toile.) La guerre est finie, vous savez. Qu'est-ce qu'elle croit ? Voilà. Je vous l'avais dit, il n'a presque rien.

Elle tendit le sac à Jake, qui ressortit son portefeuille.

— Mais je ne peux pas… Laissez-moi vous verser quelque chose en plus.

— Un cadeau ? Très aimable à vous, déclara-t-elle, prenant l'argent. Apparemment, la chance sourit enfin à sa mère. Tu vois, Erich, comme le monsieur est gentil. Tu seras bien avec lui. Viens donc me faire un baiser.

Elle se pencha, le serrant à peine dans ses bras, indifférente. Et pourtant, combien de temps avaient-ils passé ensemble ? Le garçonnet ne bougeait pas. Frau Metzger le poussa vers Jake.

— Allez, va retrouver ta mère !

Choqué, Jake fixait la main de la nourrice sur l'épaule d'Erich. Malgré les innombrables horreurs qu'il avait entendues à Berlin, il avait le cœur serré devant cet exemple de cruauté ordinaire. Qu'était-il arrivé à tous ces gens ?

Erich s'avança, la tête basse. Frau Metzger compta les billets donnés par Jake et les fourra dans la poche de son tablier.

— C'est tout ce que vous trouvez à lui dire ? demanda Jake. Vous le laissez partir comme ça ? Un enfant aussi jeune…

— De quel droit me jugez-vous ? rétorqua-t-elle, ses yeux lançant des éclairs. Je me suis occupée de lui, non, pendant que sa mère prenait du bon temps ? J'ai mérité chaque mark que j'ai touché. On verra combien de temps vous tiendrez avec elle. En tout cas, dites-lui qu'il est inutile de remettre les pieds ici, quand tout sera terminé. L'hôtel est fermé… (Elle leur avait ouvert la porte et contemplait Erich avec une certaine gêne.) J'ai fait de mon mieux. Sois un bon garçon. N'oublie pas ce que je t'ai appris. N'oublie pas ta nourrice.

Jake et l'enfant se retrouvèrent dans le couloir. La porte se referma derrière eux avec un déclic. Peut-être la seule chose dont Erich se souviendrait – le déclic de la serrure. Ils restèrent quelques instants immobiles, puis le garçonnet glissa sans un mot sa main dans celle de Jake, dans l'attente qu'on l'emmène. Il ne se dérida pas davantage dans la jeep, regardant passivement les rues défiler, comme les petits réfugiés de Silésie. La lente descente de Schönhauserallee. Les impacts d'obus sur les murs du palais à l'entrée du Linden. Les cyclistes et les militaires. L'hélice d'avion plantée au milieu du Tiergarten. Il enregistrait tout sans prononcer une parole. Lorsqu'ils laissèrent la jeep sur Savignyplatz, il reprit la main de Jake.

— Mon Dieu, qui est-ce ? s'exclama Lena.

— Encore un client pour le pasteur. Il s'appelle Erich.

— Mais où l'as-tu…

— C'est le fils de Renate. Tu te souviens, du temps de la Columbia ?

— Renate ? Je croyais que tous les Juifs…

— L'histoire est longue. Je te la raconterai plus tard. Emmenons-le d'abord à l'église.

Lena s'agenouilla devant le garçonnet.

— Pas avant de l'avoir fait dîner. Regarde comme il est maigre. Tu as faim ? N'aie pas peur, ici tu ne risques rien. Tu aimes le fromage ?

Elle le conduisit jusqu'à la table, le fit asseoir et lui apporta un bout de fromage caoutchouteux provenant d'une ration militaire. L'enfant le considéra avec méfiance.

— C'est du vrai fromage, insista Lena. En Amérique, il est de cette couleur-là. Tiens, il reste du pain. Vas-y, mange.

Il prit docilement le morceau de pain et en grignota une bouchée.

— Alors, tu t'appelles Erich. Un beau prénom. J'ai connu un Erich, autrefois. Brun, comme toi... (Elle lui effleura les cheveux.) Il est bon, ce pain ? Tiens, en voilà d'autre. (Elle lui tendit un deuxième morceau au creux de sa main, comme elle l'aurait fait avec un chien errant.) Tu vois ? Et maintenant, un peu de fromage.

Elle le nourrit ainsi pendant quelques minutes, jusqu'à ce qu'il se mette à manger seul, absorbant la nourriture dans le même silence que le panorama durant le trajet en jeep.

— Où est sa mère ? demanda Lena à Jake.

Il secoua la tête pour lui faire comprendre qu'il ne voulait rien dire devant Erich.

— Il vivait chez une nourrice de Prenzlauer. Il n'a pas dû s'amuser tous les jours. Il ne parle pas.

— Oh, ce n'est pas si important, de parler, affirma Lena à l'enfant. Moi non plus on ne m'entend pas, quand je suis dans un lieu inconnu. Finis de manger, et puis tu te reposeras un peu. Tu dois être fatigué, d'avoir traversé toute la ville depuis Prenzlauer.

Il acquiesça gravement, rassuré par l'allemand sans accent de Lena, plus familier que celui de Jake.

— On devrait l'emmener à Fleischman. Il se fait tard, déclara Jake.

— On a tout le temps, répondit Lena. Mais si sa mère

est vivante… pourquoi le confier à Fleischman plutôt qu'à elle ?

— Je lui ai promis de trouver un endroit sûr. Je t'expliquerai plus tard, répliqua Jake, sentant sur lui le regard d'Erich.

Lena offrit un autre bout de fromage au garçonnet.

— N'est-ce pas que c'est bon ? Il en reste, prends tout ce que tu veux. Ensuite, tu iras dormir, d'accord ?

Elle s'adressait à lui d'une voix douce, mélodieuse.

— Lena, il ne peut pas rester ici. On ne va pas…

— Non… Juste cette nuit. Le sous-sol de l'église… Regarde comme il est fatigué. Tout est nouveau pour lui… (Elle se tourna vers Erich.) Tu sais comment je m'appelle ? Lena. (Elle bâilla ostensiblement, portant sa main à sa bouche.) Oh, je suis fatiguée, moi aussi.

— Lena, intervint Jake, tu sais très bien à quoi je pense.

— Oui, mais ce n'est que pour une nuit. Qu'est-ce qui t'arrive ? Tu ne vas pas le renvoyer comme ça. Regarde ses yeux. Vraiment, les hommes…

En réalité, l'enfant avait les yeux grand ouverts et son regard allait de Jake à Lena, comme s'il essayait de prendre une décision. Enfin, il fixa Jake, se leva, avança jusqu'à lui et le prit de nouveau par la main. Perplexe, Jake crut un instant qu'il désirait partir, mais il se mit à parler, s'exprimant avec une clarté étonnante après avoir si longtemps gardé le silence.

— J'ai envie de faire pipi.

Lena ne put s'empêcher de sourire.

— Une affaire d'hommes, fit-elle remarquer à Jake alors qu'il se dirigeait avec Erich vers la salle de bains.

Ensuite, Jake fut bien obligé de laisser Lena prendre les choses en main. Tout ce qu'il avait prévu était bouleversé, comme un tour de cartes par l'apparition d'un joker imprévu. De la table, il la vit installer Erich sur le lit et lui caresser le front en le berçant de paroles apaisantes. Contrarié, il alluma une cigarette et jeta un coup d'œil à son calepin : l'arrestation de Renate dans un café après un flirt innocent – elle aussi victime d'un *Greifer*. La révélation que Ron voulait lui faire partager avec ses collègues... Il regarda vers la chambre. Lena murmurait toujours à l'oreille de l'enfant. Pour passer le temps, il remit de l'ordre dans ses notes, espérant découvrir un fil conducteur. Comment raconter cette histoire en omettant l'élément central ? Mais, une fois Jake attablé devant sa feuille de papier, l'article parut s'organiser de lui-même, s'ouvrant sur Marthe Behn avant de revenir à l'arrestation de Renate, et de reconstituer étape par étape la spirale infernale jusqu'au signe de tête fatidique. Pas un plaidoyer, quelque chose de plus complexe, une sorte de roman policier où chaque personnage était coupable. Jake rédigea le tout d'une traite pour en finir, comme s'il pouvait classer l'affaire en la mettant noir sur blanc. Le cordonnier, la mère de Renate, Hans Becker, le pacte diabolique... Même ainsi, il avait peine à y croire. Qu'était-il donc arrivé à tous ces gens ? Dans cette ville où, naguère, il buvait tranquillement de la bière à l'ombre des arbres. Combien de clients du café avaient levé la tête à l'arrivée des hommes en noir ? Pas vraiment des complices, seulement des anonymes qui préféraient détourner le regard. Il n'y avait plus que Renate pour se rappeler chacun de ces visages. Jake écrivait depuis un moment lorsqu'il s'aperçut que le murmure s'était arrêté dans la chambre. On n'entendait plus dans l'appartement que le crissement de son stylo sur le papier. Debout à la porte, Lena l'observait avec un sourire las.

— Il dort, dit-elle. Tu travailles ?

— Je voulais boucler cet article tant que j'ai encore les détails présents à l'esprit.

— Il faut toujours battre le fer tant qu'il est chaud. (Elle s'assit en face de lui et prit une cigarette.) Je me demande s'il ne couve pas quelque chose. Je préférerais que Rosen l'examine, au cas où. Je l'ai revu aujourd'hui – il est toujours fourré ici, on dirait.

— Il s'occupe des filles.

Lena rougit.

— Oh, ça ne m'avait pas effleurée. Mais c'est tout de même un médecin.

— Lena, on ne peut pas garder cet enfant. Il ne faut pas t'attacher à lui.

— Je sais… Pas pour une seule nuit… C'est ça, le plus terrible, non ? Personne n'a le temps de s'attacher à lui. Personne. À l'instant, je me disais qu'on était comme une petite famille. Toi en train d'écrire, lui sagement endormi.

— Nous ne sommes pas sa famille, insista Jake, avec douceur mais fermeté.

— Non, bien sûr… Parle-moi de Renate. Que lui est-il arrivé ? Erich ne peut plus nous entendre.

Jake poussa vers elle les pages qu'il venait de noircir.

— Tiens. Tout est là.

Il se leva, alla chercher la bouteille de cognac et remplit deux verres. Il en posa un devant Lena qui n'y prêta pas attention, plongée dans sa lecture.

— C'est elle qui t'a raconté tout ça ?

— Oui.

— Mon Dieu…

Elle passa au feuillet suivant. Quand elle les eut tous lus, elle les rendit à Jake et avala une gorgée de cognac.

— Tu ne parles pas de son fils.

— Elle veut que personne ne sache. Surtout pas lui.

— Alors, personne ne comprendra pourquoi elle a agi ainsi.

— Quelle importance, ce que pensent les gens ? Elle l'a fait, voilà tout.

— Oui, mais pour Erich. On ferait n'importe quoi, pour son enfant.

— Exactement ce qu'elle m'a dit... et elle a insisté, Lena : elle ne veut pas qu'il apprenne la vérité.

— Et qu'il sache qui il est vraiment.

— De toute façon, ce serait un sacré boulet à traîner, non ? Autant d'horreurs... Ça vaut mieux pour lui. Il n'en saura rien.

— Il ne saura pas non plus qui sont ses parents...

— On n'a pas toujours le choix.

Lena se redressa et prit appui sur la table pour se lever.

— Non, pas toujours, approuva-t-elle, détournant le regard. Tu as faim ? Je peux te préparer...

— Reste assise. J'ai d'autres révélations... Renate a vu Emil. Je sais où il se trouve.

Lena se figea.

— Tu as attendu tout ce temps pour me le dire ?

— Avec Erich, je n'en ai pas eu l'occasion.

Elle se rassit.

— C'est donc arrivé. Où est-il ?

— Aux mains des Russes, dans un immeuble de Burgstrasse.

— Burgstrasse..., répéta-t-elle, essayant de localiser la rue.

— À l'est de la ville. L'immeuble est gardé. Je suis passé devant.

— Et alors ?

— Il y a des gardes à la porte. N'entre pas qui veut.

— Que peut-on faire ?

— Rien. Laisser Shaeffer et son équipe s'en occuper. Ils sont experts.

— En quoi ?

— En matière de kidnapping. Il faudra en passer par là. Les Russes ne le rendront jamais – ils ne reconnaîtront sans doute même pas qu'il est entre leurs mains. Il faut que Shaeffer trouve un moyen. Il voulait t'utiliser. Comme appât.

Lena fixa quelques instants la table, encaissant la nouvelle. Puis elle saisit son verre de cognac et le vida d'un trait.

— D'accord.

— Comment ça ?

— Pour servir d'appât.

— Pas question. Quand on va chez les Russes, on n'est pas sûr d'en revenir. Tu ne peux pas courir ce risque. Il s'agit d'une opération militaire, Lena.

— On ne peut pas non plus le laisser là-bas ! Il est venu me chercher, lui – au péril de sa vie. Je lui dois bien ça.

— Non, Lena, c'est trop dangereux.

— Mais les Russes…

— Je te l'ai dit, j'en parlerai à Shaeffer. Lui seul est capable de sortir Emil de ce guêpier. Il tient absolument à remettre la main dessus. Il attend ce moment depuis des jours.

— Mais pas toi, hein ? Tu ne tiens pas à revoir Emil ?

— Ce n'est pas si simple.

Lena posa la main sur celle de Jake.

— On ne peut pas le laisser chez les Russes. Je ne veux pas.

— Il y a quelques semaines, tu le croyais mort.

— Mais il est vivant. La situation a changé. Tu as

voulu jouer au détective, fouiner partout. Et tu l'as retrouvé. C'est ce que tu souhaitais, non ?

— Oui, avant.

— Plus maintenant ?

— Pas si le danger est trop grand pour toi.

— Je n'ai pas peur. Il faut en finir. Comment vivrons-nous, le sachant là-bas ? Aux mains des Russes ! Il faut réellement en finir. Je ne supporte plus d'être enfermée – tu ne me laisses même pas sortir d'ici. Va voir ton ami et dis-lui que je suis prête. Je veux sortir Emil de là.

— Pour lui annoncer que tu le quittes ? Il t'en sera sûrement très reconnaissant.

Lena baissa la tête.

— Non, bien sûr. Mais au moins, il sera libre.

— C'est vraiment la seule raison ?

Lena regarda Jake droit dans les yeux, et lui effleura la joue du doigt.

— Quel petit garçon tu fais... Jaloux, après tout ce qui s'est passé. Emil est comme un membre de ma famille – rien à voir avec ce qu'il y a entre nous. Tu ne l'as toujours pas compris ?

— Je croyais que si.

— Tu croyais... Et, à la première occasion, tu réagis comme un gosse. Tu te souviens de Frau Hinkel ?

— Oui, les deux lignes qui se croisent.

— Elle m'a dit de faire un choix. Mais il est fait. Avant la guerre, déjà. C'est toi que j'ai choisi. Tu dois être aveugle pour ne pas t'en rendre compte !

— Il n'empêche que je refuse de te voir risquer ta vie avec Shaeffer.

— Peut-être que, là encore, c'est à moi de choisir. À moi seule.

Jake soutint son regard quelques secondes.

— Laisse-moi au moins lui parler, répondit-il. Il n'a sans doute même plus besoin de toi, maintenant qu'on sait où se trouve Emil.

— Alors, on fait quoi ?

— On attend. On ne met pas les pieds en secteur soviétique. On n'approche pas de Burgstrasse. Si les Russes pensent qu'on est au courant de quelque chose, ils transféreront Emil à coup sûr. Et on ne fait pas de zèle en se portant volontaires, d'accord ?

— Mais tu me préviendras si jamais ton ami a besoin…

Jake acquiesça de la tête, l'interrompant, et serra sa main dans la sienne.

— Je ne veux pas qu'il t'arrive quoi que ce soit.

— Eh bien, moi non plus, figure-toi ! Pas maintenant, en tout cas. (Elle lui caressa la main, puis dressa l'oreille.) Ce ne serait pas Erich ? Je vais voir.

Elle partit aussitôt vers la chambre. Jake la suivit des yeux, mal à l'aise. Encore un marché qu'il n'aurait pas dû conclure. Mais il ne laisserait pas Lena prendre le moindre risque, que Shaeffer le veuille ou non. Et ensuite ? Ils seraient de nouveau trois.

Lena réapparut et tira la porte derrière elle, l'index sur les lèvres.

— Il dort, mais il s'agite beaucoup. Parlons moins fort.

— On le laisse dans le lit ?

— On le déplacera plus tard, quand il sera bien endormi.

Elle s'approcha de Jake, lui déposa un baiser sur le front, commença à déboutonner sa chemise.

— Que fais-tu ?

— J'ai envie de te voir sans cet uniforme.

— Il faut qu'on parle, Lena.

— Non, assez parlé. Tout est décidé. On va plutôt imaginer que les enfants sont couchés et qu'on doit se contenter du canapé, à condition de ne pas faire de bruit. Voyons si on en est capables.

— Tu essaies surtout de changer de sujet.

Lena posa ses lèvres sur celles de Jake pour le faire taire.

— Chut… Pas de bruit.

Il sourit.

— Tu n'as pas encore entendu le canapé.

— On fera très doucement. Ce sera encore plus agréable.

Elle avait raison. Le silence même était excitant, donnant à chaque caresse quelque chose de furtif, comme si le grincement d'un seul ressort pouvait les trahir. Jake se glissa si lentement en Lena qu'elle laissa à peine échapper un soupir à son oreille. Puis un doux va-et-vient prolongé jusqu'au frisson final, qui ne troubla pas davantage le calme de la pièce. Lena le garda longtemps en elle, lui caressant les reins, au point que pendant quelques instants il ne sentit plus la différence entre faire l'amour et être simplement étendu à son côté.

Le canapé était néanmoins étroit et inconfortable. Ses ressorts arrachèrent Jake à son engourdissement béat, l'empêchant de céder au sommeil. Les questions se bousculaient dans son esprit. Lena avait-elle connu des moments semblables avec Emil ? Utilisaient-ils aussi le canapé pour ne pas réveiller leur fils ? Par une coïncidence troublante, comme s'il avait pensé à voix haute, elle lui caressa le visage.

— C'est toi que j'ai choisi, chuchota-t-elle.

— Oui, dit-il, la couvrant de baisers, puis il se retira et s'assit près d'elle, incapable de rester allongé plus longtemps. Tu crois qu'Erich nous a entendus ?

Elle secoua la tête, le regard ensommeillé.

— Remonte la couverture. J'aimerais me reposer un peu. Comment arrives-tu à te lever ?

— Aucune idée. Tu veux quelque chose ? proposa-t-il en allant se servir à boire.

— Qu'est-ce que c'est que cette tenue ? lança Lena, contemplant le corps nu de Jake, puis elle se redressa, en appui sur un coude. Jake ? L'enfant… J'ai remarqué… Je croyais que tous les Juifs, tu sais…

De la tête, elle désigna le sexe de Jake, aussi gênée que Renate, alors même qu'il venait de jouir en elle.

— Renate ne l'a pas fait circoncire. Pour qu'il soit un vrai petit Allemand.

Troublée, elle se redressa complètement, couvrant sa nudité à l'aide de sa robe.

— Elle souhaitait vraiment ça ? Même après…

— Pour le protéger, Lena.

Jake but une gorgée de whisky. Lena hocha la tête avec tristesse.

— Oui, bien sûr… Mon Dieu, quel calvaire elle a dû vivre !

Jake jeta un coup d'œil à son article sur la table, auquel il manquait l'essentiel.

— Tu l'as dit toi-même : pour son enfant, on ferait n'importe quoi… (Il reprit son verre, mais s'interrompit au moment où il le portait à ses lèvres.) C'est évident ! J'aurais dû y penser…

— Quoi donc ?

— Rien. Une idée qui me vient.

Il attrapa ses vêtements et s'habilla.

— Où vas-tu ?

— Je ne comprends pas comment ça a pu m'échapper. Normalement, un reporter sait tout de suite quand il lui manque un élément. Il le sent… (Il leva la tête, conscient de l'étonnement de Lena.) Juste un pressentiment. À tout à l'heure.

— Tu sors à une heure pareille ?

— Couche-toi sans m'attendre. Et n'ouvre à personne.

Il se pencha pour l'embrasser sur le front.

— Mais pourquoi…

À son tour, il porta un index à ses lèvres.

— Chut… Pas maintenant. Tu vas réveiller Erich. À plus tard.

Jake quitta l'immeuble en courant et rejoignit la jeep garée près de Savignyplatz. Il chercha le démarreur à tâtons. La lune éclairait avec parcimonie les rues étroites autour de la place, mais, quand il atteignit Charlottenburger Chausee, il découvrit une large perspective inondée de lumière pâle, d'une beauté inattendue. Précisément alors qu'il n'avait pas le temps de s'extasier, la ville ingrate et brutale choisissait d'exhiber ses charmes, le saisissant par surprise, lui dévoilant sa face secrète pendant que tout le reste était plongé dans l'obscurité. Il se prit à imaginer que, tels les cailloux blancs de Hansel et Gretel, la lune éclairait enfin sa route le long de l'avenue déserte, puis sur Schloss-Strasse qu'il remonta en écrasant l'accélérateur – toujours là au moment le plus critique, le guidant à travers les décombres pour qu'il poursuive sans trop de mal son chemin. Aucune trace du jeune Willi, seulement la présence rassurante de la lumière argentée. Quand le Pr Brandt lui ouvrit, Jake était sûr de son fait.

— Je viens pour les archives, annonça-t-il.

— Comment avez-vous deviné ? demanda le professeur tandis que Jake commençait sa lecture.

Ils étaient assis à une table où une simple lampe éclairait les dossiers, laissant dans l'ombre le visage des deux hommes, et la voix du professeur avait quelque chose de sépulcral.

— À Kransberg, Emil a raconté que vous étiez mort, répondit Jake distraitement, essayant de se concentrer. Pourquoi, sinon pour empêcher les Américains de remonter jusqu'à vous ? Et pour que vous ne risquiez pas…

— … de le dénoncer. Je vois… Il a cru ça de moi…

— Peut-être craignait-il simplement qu'on fouille votre appartement.

Jake feuilletait le rapport d'activité de Mittelwerks à Nordhausen, encore une pièce à conviction dont le Centre de documentation n'avait pas vu la couleur. Jamais répertoriée, personne ne l'avait eue entre les mains – l'élément qui manquait à l'histoire, comme l'enfant de Renate.

— Mais pourquoi vous a-t-il confié ses archives ?

— Il ignorait ce qui l'attendait à Berlin, à quelle vitesse les Russes progressaient. À en croire la rumeur, ils n'étaient pas seulement à l'est, ils encerclaient presque toute la ville. Le pont de Spandau restait ouvert, mais pour combien de temps ? Et comment vérifier ? Emil redoutait de ne pas pouvoir repartir – moi-même, je pensais que le risque était réel. Si les Russes s'en étaient emparés…

— Donc, il a tout laissé chez vous, par prudence. Vous avez pris connaissance de ces documents ?

— Plus tard. Quand je l'ai cru mort. Je voulais en avoir le cœur net.

— Et vous ne les avez pas détruits ?

— Non, je me suis dit qu'un jour ils serviraient. Que ces scientifiques allaient mentir, tous autant qu'ils étaient. Prétendre qu'ils n'étaient pas au courant. Il n'y a qu'à voir… Bref, j'ai pensé que quelqu'un devait répondre de tous ces crimes. Qu'il fallait qu'on sache.

— Et pourtant, vous n'avez pas livré ces dossiers aux autorités.

— Peu après, vous m'avez appris qu'Emil était vivant. Je n'ai pas pu. C'est mon fils, malgré tout…

Il se tut, et Jake leva les yeux. Sans son costume strict, le vieil homme semblait très frêle, presque noyé dans son peignoir, mais son cou maigre était aussi droit que s'il avait encore son col dur.

— Ai-je eu tort ? Je l'ignore, Herr Geismar. Peut-être ai-je gardé ces archives pour vous. Peut-être répondront-elles à vos interrogations. (Il détourna le regard.) Elles sont à vous. Emportez-les, je vous en prie. Je n'en veux plus chez moi. Et vous m'excuserez, mais je suis fatigué…

— Attendez. J'ai besoin de votre aide. Mon allemand n'est pas excellent.

— Pour ça ? Il suffira amplement. Le problème est plutôt d'arriver à croire ce qu'on lit. Là, noir sur blanc. Consigné en bon allemand. (Le Pr Brandt fit la grimace.) La langue de Schiller.

— Mais pas les abréviations. Le jargon technique. Ici, par exemple, von Braun réclame des ouvriers qualifiés. Des Français, c'est bien ça ?

— Oui, des prisonniers français. Les SS fournissaient la liste des déportés – futurs ingénieurs, techniciens… et von Braun faisait son choix. Pour la construction de l'usine, aucune importance : tout le monde sait se servir d'une pelle. Mais pour le travail de précision…

— Donc, von Braun était bien sur place.

— Évidemment. Comme tous les autres, pour inspecter, pour surveiller. C'était leur usine, à ces chercheurs, vous comprenez ? Ils ont tout vu, Herr Geismar. L'heure n'était plus aux rêves, à la conquête de l'espace. Ils ont vu ce qui se passait. Avez-vous lu la lettre de Lechter, où il explique que les mesures disciplinaires ont un effet négatif ? Les ouvriers n'aiment pas voir des prisonniers pendus – ça ralentit la production. Ce sont ses mots exacts. Et que propose-t-il ? De pendre les saboteurs ailleurs… Le même Lechter se plaint que lors de leur dernière visite on ait fait traverser à certains de ses collègues une zone où travaillaient des ouvriers malades du choléra. Ne pourrait-on éviter que ça se reproduise, et n'emmener les visiteurs que dans des ateliers absolument sûrs, pour ne pas mettre leur santé en danger ? (Il s'interrompit, s'éclaircit la voix.) Désirez-vous un verre d'eau ? demanda-t-il en se levant, prétexte évident pour quitter la table.

Jake tourna la page. Il entendit l'eau couler derrière lui. Un rapport de plus, une demande de transfert à Peenemünde pour un certain Dr Jaeger, preuve qu'il en était. En double exemplaire, encore une pièce à conviction pour Bernie. Mais ce n'était que du papier. Tout le monde n'était-il pas compromis ? Tous ceux qui sirotaient du cognac à Kransberg en attendant leur visa ? Et Tully ? Que savait-il, au juste ? Jake prit soudain conscience – déduction digne de Günther – que personne hormis le Pr Brandt n'avait parcouru ces archives. Tully avait dû quitter le Centre de documentation aussi dépité que Jake. Il était venu jusqu'à Berlin pour ne découvrir qu'une partie de l'histoire.

— Les calculs d'Emil, fit remarquer Jake à la vue d'une page couverte de chiffres.

— Oui, dit le professeur avec un soupir, jetant un coup d'œil par-dessus son épaule. Les statistiques et les probabilités…

Il regagna sa chaise d'un pas lourd.

— À quelle fin ? De quoi s'agit-il ?

— De calories, répondit le professeur sans même vérifier, comme s'il connaissait par cœur le document en question.

— Mille cent, lut Jake. Il s'agit vraiment de calories ? Expliquez-moi.

Le vieil homme but une gorgée d'eau.

— La ration quotidienne. À raison de mille cent calories par jour, combien de temps un homme peut-il survivre, compte tenu de son poids ? Regardez le tableau à gauche. Si on diminue la ration – mettons jusqu'à neuf cents calories –, l'espérance de vie tombe à soixante jours en moyenne. Soit deux mois… Bien sûr, ces chiffres ne sont pas exacts. Les variables ne sont pas prises en compte. Le facteur humain, par exemple. Certains individus résistent plus longtemps que d'autres. Chacun meurt à son rythme. Mais c'est utile, une moyenne. Ça permet de calculer le nombre de calories nécessaires pour prolonger l'espérance de vie, disons d'un mois. Ce que personne n'a cherché à faire. Le travail fourni par les prisonniers au cours du premier mois, avant qu'ils s'affaiblissent, revenait de toute façon moins cher que d'allonger leur durée de vie. Le tableau du bas le montre. Il n'était pas rentable de les maintenir en vie, sauf les plus qualifiés. Les chiffres le prouvent… (Le Pr Brandt se redressa.) Les calculs d'Emil sont justes. J'ai tout vérifié. La page suivante indique dans quelles proportions augmenter les rations pour les ouvriers qualifiés. Je suppose qu'Emil s'en est servi pour obtenir qu'ils soient mieux nourris, mais je ne peux l'affirmer. En général, les autres ne survivaient pas plus de deux mois. Une moyenne, mais qui reflétait la réalité.

Calculée à partir des chiffres du mois précédent. Un exercice d'école…

Le professeur but une nouvelle gorgée d'eau avant de reprendre la parole, tel un enseignant faisant une longue démonstration au tableau noir.

— Les autres calculs sont tout aussi élémentaires. Temps de montage, nombre de fusées produites par vingt-quatre heures. Pas besoin de regarder la feuille, je peux tout vous réciter de mémoire. Nombre optimal d'ouvriers sur une chaîne de montage. Parfois, ils étaient trop nombreux. Le montage était une étape complexe – mieux valait un seul travailleur qualifié que trois peu expérimentés. Emil le démontre quelque part. Ça paraît une question de bon sens, mais les nazis aimaient que tout soit chiffré. Voilà à quoi ils employaient mon fils.

Jake considéra le document en silence, laissant le professeur reprendre ses esprits et terminer son verre d'eau.

— Il a dû faire autre chose que ces calculs.

— Sans aucun doute. Sur le plan technique, les V-2 étaient une grande réussite, à l'évidence. Le résultat de plusieurs mois de recherches et de mise au point. Les Allemands peuvent être fiers… Partir à la conquête de l'espace, voilà de quoi ces hommes étaient capables. Et on leur faisait calculer des rations caloriques, ajouta le professeur avec un hochement de tête.

Jake feuilleta rapidement les dernières pages, puis referma le dossier et le contempla un long moment.

— Vous êtes surpris ? Vous attendiez mieux de votre ancien ami ? reprit le professeur.

Jake ne répondit pas. Ce n'étaient que des chiffres. Il dévisagea son interlocuteur avant de lui poser une question très simple, presque déplacée.

— Mais qu'est-ce qui leur a pris, à tous ?

— C'est ça qui vous intéresse ?... Je l'ignore. Moi aussi, je me suis interrogé. Qui étaient vraiment ces jeunes gens, nos enfants ? Mais je n'ai pas la réponse. (Le professeur considéra sa bibliothèque remplie de livres.) Ma vie durant, j'ai cru que la science était un monde à part. Tout n'est qu'illusion, mais pas les chiffres. Ils sont parfaits. Ils ne mentent jamais. Et si on parle leur langage, ils vous expliquent l'univers. J'en étais convaincu... Je ne comprends pas plus que vous, avoua-t-il avec un soupir, faisant de nouveau face à Jake. Les nazis ont même détruit les chiffres. À présent, ils n'expliquent plus rien. (Il saisit le dossier.) Vous vous dites l'ami de mon fils. Qu'allez-vous faire de ces documents ?

— Vous êtes son père. Qu'en feriez-vous ?

Le Pr Brandt serra le dossier contre son cœur, et, d'instinct, Jake tendit la main pour le récupérer. Quelques feuillets, la seule preuve que Bernie aurait jamais.

— Soyez sans crainte, déclara le professeur. Je vous demande seulement de me l'arracher. Si je revois Emil, je veux pouvoir affirmer que vous me l'avez pris, pas que je vous l'ai donné.

Jake attrapa le dossier et tira dessus d'un coup sec.

— Ça change vraiment quelque chose ?

— Je l'ignore. J'aurai au moins la satisfaction de penser que je ne les ai pas trahis, lui et ses collègues.

— Très bien... C'est mieux ainsi.

— Oui, c'est mieux, répéta le professeur d'une voix à peine audible.

Il se redressa et s'écarta de la lampe, son visage disparaissant de nouveau dans l'obscurité.

— Vous lui direz bien, à Lena, que c'est vous qui

avez pris le dossier ?... Si elle cesse de venir, voyez-vous, je n'aurai plus personne.

Jake n'eut rien besoin de dire à Lena. Elle était endormie sur le lit, tout habillée, à côté du garçonnet. Il ferma la porte de la chambre et se laissa tomber sur le canapé défoncé pour relire entièrement le dossier, avec encore plus d'accablement que la première fois – il avait le temps d'apprécier la situation dans toute son horreur, chaque détail plus sinistre et compromettant que le précédent. Des documents précieux pour Bernie, mais pour qui d'autre ? Était-ce bien eux que Tully comptait vendre ? Quelle valeur pouvaient-ils avoir pour Sikorsky ? A priori aucune – à ceci près qu'il s'intéressait aux chercheurs actuellement occupés à négocier avec Breimer, et convaincus d'être débarrassés du dossier dont chaque page les accusait. Pour eux aussi, ces documents pouvaient se révéler précieux.

Jake s'allongea pour réfléchir et pensa à Tully : vendeur de *Persilscheine* avant Kransberg, de certificats de libération à Bensheim – où il n'avait pas hésité à pigeonner deux fois de suite ses victimes. Les escrocs faisaient rarement preuve d'originalité – ils s'en tenaient aux recettes éprouvées. Or les archives d'Emil avaient encore plus de valeur qu'un simple *Persilschein* : elles représentaient un billet pour la liberté. Quoi que les chercheurs aient eu à se reprocher, ces bouts de papier étaient les seules preuves à charge, et ils devaient être prêts à payer pour les récupérer.

Lorsque Jake se réveilla, il faisait jour, et Lena était attablée devant le dossier fermé, le regard vide.

— Tu l'as lu ? demanda-t-il, se redressant.

Elle écarta le dossier.

— Oui. J'ai vu que tu avais pris des notes. Tu comptes en faire un article ?

— Après avoir vérifié quelques détails au Centre de documentation. Pour prouver que tout concorde.

— Prouver à qui ? répliqua-t-elle d'un air absent. Tu veux du café ?

Elle alla mettre de l'eau à chauffer et mesurer la quantité de café, accomplissant les rites matinaux comme si de rien n'était.

— Es-tu sûre d'avoir compris ? Je peux t'expliquer.

— Surtout pas. Je ne veux rien savoir.

— Il le faut pourtant.

Elle se tourna vers la gazinière.

— Va plutôt faire ta toilette. Le café sera prêt dans une minute.

Désarçonné par cette réaction, Jake s'approcha de la table et contempla le dossier.

— On doit parler du contenu de ces pages, Lena.

— Des horreurs, je sais. Tu es comme les Russes. « Regardez ce film. Vous verrez les crimes dont vous avez été complices, tous autant que vous êtes. Les atrocités que vous avez commises pendant la guerre. » Je ne veux plus regarder. La guerre est finie.

— Rien à voir avec la guerre. Lis ce qui est écrit. Ils ont affamé tous ces prisonniers, les ont vus mourir sous leurs yeux. Ce n'est pas la guerre, c'est autre chose.

Lena porta les mains à ses oreilles.

— Arrête. J'en ai assez entendu. Emil n'a rien fait de tout ça.

— Si, Lena. Bien sûr que si.

— Comment peux-tu en être sûr ? À cause de ces papiers ? Qu'est-ce qui te prouve qu'on ne l'a pas forcé ? Pense à Renate.

— Tu crois que c'est comparable ? Une Juive qui se cachait ? Ils l'auraient tuée…

— Je n'en sais rien. Et toi non plus. Peut-être qu'Emil aussi tentait de protéger sa famille. Les nazis exerçaient des représailles contre les familles. Peut-être s'efforçait-il de nous éviter des ennuis, à Peter et à moi…

— Tu n'en crois pas un mot… Lis ce qui est écrit… (D'un geste sec, Jake ouvrit le dossier.) Lis. Il ne te protégeait pas.

Lena baissa les yeux.

— Tu voudrais que je le déteste. Ça ne te suffit pas que je sois avec toi ? Il faut en plus que je le déteste ? Ne compte pas sur moi. Il fait partie de ma famille – enfin, ce qu'il en reste. Je n'ai plus que lui.

— Lis. Ça ne nous concerne plus.

— Ah bon ?

— Non. Ça ne concerne qu'un type détenu dans un immeuble de Burgstrasse, et qui a du sang sur les mains. Je ne le connais plus.

— Écoute au moins sa version. Donne-lui une chance de s'expliquer. Tu lui dois bien ça.

— Moi ? Lui devoir quelque chose ? Personnellement, je le laisserais bien croupir là-bas. Les Russes peuvent le garder !

Devant l'expression désemparée de Lena, Jake quitta la pièce et claqua la porte de la salle de bains derrière lui, furieux de s'être laissé emporter. Il se passa de l'eau sur le visage et se rinça la bouche, aussi pleine d'amertume que son humeur. Ça ne les concernait plus, et pourtant il y avait la réaction inattendue de Lena, ces justifications pitoyables qu'on entendait partout à Berlin. Les deux lignes dont avait parlé Frau Hinkel étaient toujours là. Même après la lecture du dossier.

Lorsqu'il revint, il trouva Lena au même endroit, fixant le sol.

— Excuse-moi.

Elle acquiesça en silence et servit le café.

— Assieds-toi, ça va refroidir, dit-elle en bonne maîtresse de maison, pour mettre fin aux hostilités.

Pourtant, une fois qu'il fut assis, elle resta debout près de la table, l'air préoccupé.

— On ne peut pas laisser Emil là-bas, murmura-t-elle.

— Tu crois qu'il sera mieux dans une prison alliée ? C'est ce qui l'attend, tu sais. On passe en justice pour moins que ça, répliqua Jake, montrant le dossier.

— Je ne veux pas qu'il reste là-bas. Tu n'as pas besoin de t'en mêler. Je m'en occupe. Préviens ton ami Shaeffer.

Jake la dévisagea.

— J'aimerais juste savoir une chose.

— C'est toi que j'ai choisi, répondit-elle sans ciller.

— Il ne s'agit pas de nous. Il faut que je sache. Admets-tu la réalité des preuves qui sont là ? Ce qu'Emil a fait ?

Lena prononça un « oui » à peine audible. Jake ouvrit le dossier, tourna les pages, désigna l'un des tableaux.

— Voilà le temps nécessaire pour…

— Arrête.

Mais c'était plus fort que lui.

— À peu près soixante jours. L'espérance de vie de ces malheureux. Tu as toujours envie de faire libérer Emil ?

Jake leva la tête. Les larmes aux yeux, Lena semblait lui adresser une prière muette.

— On ne peut pas le laisser aux mains des Russes, affirma-t-elle.

Il jeta un dernier coup d'œil à la page couverte de chiffres dactylographiés et repoussa le dossier. Toujours deux lignes qui se croisaient.

Ils s'évitèrent toute la matinée par crainte d'une nouvelle dispute, Lena s'occupant d'Erich et Jake relisant l'article qu'il devait remettre à Ron. Il acceptait de partager avec ses collègues, mais pas avant que son papier soit bouclé, prêt à être câblé. Vers midi, Rosen vint examiner Erich.

— Il a besoin de manger à sa faim. Sinon, il est en bonne santé, constata-t-il.

Impatient de partir, Jake profita de cette interruption pour réunir ses notes. À sa grande surprise, Lena insista pour l'accompagner et confia Erich à l'une des protégées de Danny.

— Je dois d'abord passer par le centre de presse, prévint Jake. Après, on pourra aller voir le pasteur Fleischman.

— Non, on fera autre chose.

Elle n'en dit pas plus et ils roulèrent en silence. Dans le centre de presse déserté après la conférence de Potsdam, tout était calme, sauf la table des joueurs de poker. Jake s'arrêta juste le temps de déposer son article et d'acheter deux bières au bar en sortant. Dans la jeep, il en proposa une à Lena.

— Non merci, répondit-elle, d'une voix aussi triste que le ciel gris au-dessus d'eux.

Elle guida Jake jusqu'à Tempelhof, mais à l'approche de l'aéroport elle s'assombrit encore, l'expression de son visage à la fois lugubre et déterminée.

— Qu'y a-t-il d'intéressant ici ?

— Pas ici, un peu plus loin. Au *Friedhof*. Tout droit.

Ils arrivèrent devant l'un des cimetières qui s'étendaient au nord de Tempelhof.

— On va où ?

— J'ai une visite à faire. Arrête-toi là. Il n'y a pas de fleurs, tu as remarqué ? Plus personne n'en a.

Pas une fleur, en effet, mais quelques GI's encadrant une équipe de prisonniers de guerre qui creusaient une longue rangée de tombes.

— Que se passe-t-il ? s'enquit Jake. Vous craignez une épidémie ?

— Non, juste l'hiver. Le colonel dit que les gens vont tomber comme des mouches à la première vague de froid. Il faut que tout soit prêt avant que le sol gèle.

Derrière une série de pierres tombales, Jake aperçut une autre rangée de fosses fraîchement creusées, puis une autre encore, comme si tout le cimetière était constellé de trous béants.

La tombe de Peter paraissait minuscule, la dalle pas plus grande qu'un plâtras sur une mince bande de terre envahie d'herbes folles.

— L'entretien n'est pas assuré, dit Lena. Avant, je m'en chargeais. Et puis j'ai arrêté de venir.

— Aujourd'hui, pourtant, tu en as ressenti le besoin. À cause d'Emil ? demanda Jake, mal à l'aise.

Lena contemplait la tombe.

— Tu crois bien le connaître. Mais avant de le juger, tu as peut-être besoin d'en apprendre un peu plus.

— Pourquoi nous infliger cette épreuve, Lena ? Qu'est-ce que ça change ? Je sais bien qu'il avait un enfant.

Lena attendit quelques instants avant de se tourner vers Jake.

— Pas « un » enfant. Le tien. C'est de ton enfant qu'Emil s'est occupé.

— Le mien ?

Une exclamation involontaire pour meubler le silence, suivie d'une sorte de vertige, un accès de jubilation ridicule, presque grotesque, évoquant l'image caricaturale du jeune père en train de fumer le cigare dans la salle d'attente d'une maternité. Alors qu'ils étaient au cimetière… Jake baissa la tête.

— Le mien ? répéta-t-il, sur la défensive, cette fois. Pourquoi ne m'as-tu rien dit ?

— À quoi bon ? Pour te faire de la peine ? S'il avait été vivant, peut-être. Mais ce n'était pas le cas.

— Et comment… Tu es absolument sûre ?

Lena le regarda avec un sourire déçu.

— Sûre et certaine. Je sais compter. Pas besoin d'être une grande mathématicienne.

— Emil savait, lui ?

— Non. Difficile de lui avouer. Et ça ne l'a même pas effleuré… d'effectuer ce calcul-là, répondit-elle, les yeux de nouveau fixés sur la tombe.

Abasourdi, Jake se passa la main dans les cheveux. Leur enfant… Il revit le visage de Lena dans le sous-sol de l'église tandis qu'il faisait la lecture au petit réfugié. Qui aurait pu être…

— Il était comment ?

— Tu ne me crois pas ? Il te faut des preuves ? Une photo ?

— Je ne voulais pas dire ça… (Il prit Lena pas le bras.) Je souhaite que ce soit vrai. Je suis heureux que nous ayons… (À la vue de la tombe, il s'interrompit et lâcha le bras de Lena.) C'est juste de la curiosité. Est-ce qu'il me ressemblait ?

— Il avait tes yeux.

— Et jamais Emil n'a soupçonné… ?

— Il ne se souvenait pas vraiment de tes yeux. Non,

il n'a jamais soupçonné. C'était surtout à moi que Peter ressemblait. Un vrai petit Allemand, ton enfant.

— Un fils…, murmura Jake, bouleversé.

— Tu allais partir. Je croyais ne jamais te revoir. Et voilà qu'en moi je gardais un petit peu de toi. Personne ne se douterait de rien, ce serait mon secret. Alors… Tu te rappelles, à la gare, le jour de ton départ ? Je savais déjà.

— Et tu n'as rien dit ?

— Que pouvais-je dire ? « Reste avec moi » ? Personne n'avait besoin d'être au courant, pas même Emil. Il était content, tu sais. Il avait toujours souhaité un enfant, et après des années d'attente il était enfin exaucé. Dans ces moments-là, on ne vérifie pas la couleur des yeux, on voit son enfant. C'est ce qui s'est passé. Emil a été un bon père. Ton fils n'a manqué de rien. Il l'a aimé. Et quand Peter est mort, Emil a eu le cœur brisé. Voilà ce qu'il a fait, en même temps que tout le reste. Le même homme. Tu comprends, maintenant ? Tu es toujours décidé à le laisser « croupir » ? Tu as une dette envers lui, dont tu dois t'acquitter. Au nom de ton fils.

— Lena…

— Moi aussi, j'ai une dette. Pour lui avoir menti, à ton sujet et à celui de Peter. Et tu voudrais que je me désintéresse de lui ? Impossible. Quand Peter est mort – sous les bombes américaines –, j'ai pensé que c'était le châtiment. Pour tous mes mensonges. Ne me dis pas que c'est absurde, j'en suis convaincue. Il n'empêche que je dois réparer mes torts.

— En révélant maintenant la vérité à Emil ?

— Non, jamais. Ça le tuerait. Mais je me dois de l'aider – c'est ma seule chance de m'acquitter de cette dette.

Jake recula d'un pas.

— Pas de la mienne.

— Si, de la tienne aussi. Voilà pourquoi je t'ai amené ici. (Lena désigna la tombe.) Tu es là, toi aussi. Ici, à Berlin. Tu es des nôtres. L'enfant d'Emil est également ton enfant. Tu as beau te cacher derrière ton uniforme – il est si facile de juger de l'extérieur. Tous ces monstres, regardez ce qu'ils ont fait. Rentrons nous coucher, et demain tout sera comme avant... Mais non. Plus rien n'est simple, désormais. Plus rien ne sera jamais comme avant.

Jake semblait déconcerté.

— Si, peut-être une chose : il faut que tu l'aimes encore, pour faire ça.

— L'amour... Mon Dieu... (Lena s'approcha de Jake et referma ses poings sur sa chemise.) Faut-il que tu sois têtu ! Si je ne t'aimais pas, tu crois que j'aurais gardé cet enfant ? Il m'aurait été si facile de m'en débarrasser. Une erreur. Ça arrive. Mais je n'ai pas pu. Je ne voulais pas te perdre complètement. Quand je regardais Peter, je te voyais. Alors, j'ai accepté qu'Emil soit son père. Mais l'aimer ? Non, je l'ai utilisé pour ne pas te perdre.

En silence, Jake prit les mains de Lena dans les siennes.

— Et en aidant Emil, tu aurais l'impression de t'amender ?

— Pas totalement. Mais ce serait mieux que rien.

— Il ira en prison.

— Tu en es sûr ? Qui décidera ?

— C'est la loi.

— Une loi américaine. Pour punir les Allemands.

— Je suis américain.

— Dans ce cas, à toi de décider, répliqua-t-elle en repartant vers la jeep.

Jake resta quelques instants immobile, parcourant du regard toute la rangée de tombes jusqu'à celle de Peter, cette partie de lui enterrée à Berlin. Puis il tourna les talons et suivit Lena dans l'allée.

III

RÉPARATIONS

16

Le plan de Shaeffer prévoyait d'abord de changer le lieu de l'intervention.

— L'immeuble de Burgstrasse est trop bien gardé.

— Donc, c'est impossible ?

— Non, mais ça peut mal tourner. Et on se retrouvera avec un incident diplomatique sur les bras. Beaucoup plus simple de faire déplacer Brandt... (De nouveau en uniforme, Shaeffer gratta son pansement à travers sa chemise.) Dans un appartement, par exemple.

— Il y aura quand même des gardes.

— Oui, mais pas autant. Burgstrasse est une véritable souricière. Il n'y a qu'une entrée. Dire que Brandt est là-bas depuis le début... À propos, comment êtes-vous remonté jusqu'à lui ? Vous ne me l'avez toujours pas raconté.

— Un tuyau. Ne vous en faites pas, il est bien là. Quelqu'un l'a vu.

— Qui ça ? (Devant l'expression de Jake, Shaeffer changea de sujet.) Un tuyau, donc ? Il vous a coûté cher ?

Un petit garçon…

— Assez. De toute façon, vous la vouliez, cette information. Maintenant, vous n'avez plus qu'à récupérer Brandt.

— On le récupérera. Mais on le fera bien. Je n'aime pas l'idée d'envoyer sa femme dans cet immeuble. Le risque est trop grand, même pour nous.

— Je ne comprends toujours pas pourquoi vous avez besoin d'elle. Vous savez où il est. Contentez-vous d'aller le chercher.

Shaeffer secoua la tête.

— Il faut une diversion, si on veut que tout se passe sans problème.

— Voilà ce que Lena est pour vous ? Une diversion ?

— Vous m'avez dit qu'elle était d'accord.

— Absolument pas.

— En attendant, vous êtes ici. Alors, ne perdons pas de temps. J'ai tout à organiser. Essayons déjà de voir comment vous pouvez faire déplacer Brandt.

— Pourquoi Sikorsky accepterait-il ?

Shaeffer haussa les épaules.

— La dame en question a des exigences. Elle n'a pas envie d'entamer sa nouvelle vie dans une cellule – ce serait de mauvais augure, ça la ferait peut-être reculer… Je ne sais pas, moi, vous trouverez bien quelque chose. C'est vous le beau parleur, exercez vos talents aux dépens des Russes, pour une fois. Ça peut aussi être à vous que l'adresse de Burgstrasse déplaît – après tout, c'est vous qui escorterez la dame. Vous y tenez toujours ?

— Elle n'ira pas sans moi.

— À votre aise. Mais vous assurerez votre protection vous-même. Je m'occupe de Brandt et de personne d'autre.

— S'il arrive quoi que ce soit à Lena…

— … vous aurez ma peau, je sais. (Pressé de partir, Shaeffer prit sa casquette.) Il n'arrivera rien si on fait attention. On y va ? Commencez par votre petite entrevue avec Sikorsky. Vous avez de la chance, constata-t-il en jetant un coup d'œil à sa montre, il est dans notre secteur. Le Conseil de contrôle se réunit aujourd'hui, donc vous n'aurez même pas à vous rendre à Karlshorst. Vous pourrez voir le général au banquet. Il y a toujours un banquet. Personne ne se doutera que la rencontre était préméditée – vous l'aurez croisé par hasard. Et, toujours par hasard, vous aurez une proposition à lui faire. À ce propos, vous avez décidé de la somme à lui demander ?

— Comment ça ?

— Vous serez plus crédible si vous ne livrez pas la femme de Brandt gratuitement. Mais n'en rajoutez pas – ce n'est jamais que sa femme. Il faut que la transaction réussisse. L'essentiel est de bien préparer le coup, pas de toucher le gros lot.

Écœuré, Jake détourna le regard.

— Allez vous faire foutre.

Shaeffer ne releva pas.

— Arrangez-vous pour que Brandt change d'endroit, insista-t-il. Et, quoi qu'il arrive, laissez-moi un jour ou deux. Le temps de mettre la main sur quelques uniformes russes.

— Pour quoi faire ?

— On ne va quand même pas y aller en uniforme de l'armée américaine ! On serait vite repérés, en secteur soviétique.

Des méthodes de cow-boy. Rien de rassurant.

— Tout ça ne me plaît pas trop.

— On agit d'abord, on critique ensuite. Dans

l'immédiat, essayez de convaincre notre ami russe d'ouvrir la cage. Je m'occupe du reste. (Shaeffer sourit.) Je vous avais dit qu'on ferait une bonne équipe. Il faut vraiment de tout pour faire un monde, hein ?

Des soldats montaient la garde à l'entrée de l'allée menant au siège du Conseil de contrôle, mais le nom de Muller servit à Jake de sésame. Il s'avança dans la cour gravillonnée face au parc, cherchant où se garer parmi les jeeps et les voitures officielles. Les prisonniers de guerre n'avaient pas chômé : le parc avait été entièrement nettoyé, tout était aussi impeccable que les sentinelles à foulard blanc. Des officiers avec des mallettes franchissaient au pas de course les lourdes portes, en retard ou simplement pour se donner de l'importance, un tourbillon d'activité. Sans se faire remarquer, Jake suivit un groupe dans le grand hall éclairé par des lustres. La salle de réunion, interdite aux journalistes, serait plus difficile d'accès, mais, le nom de Muller ayant déjà accompli des miracles, Jake s'engagea dans le couloir qui conduisait à son bureau. Sa secrétaire, aux ongles d'un rouge toujours aussi voyant, partait déjeuner.

— Le colonel en a pour des heures. Les Russes arrivent toujours tard, et après ils y passent l'après-midi. Mais vous pouvez laisser votre nom. Je vous reconnais… Le reporter, non ? Comment avez-vous réussi à entrer ?

— Vous pourriez faire porter un message ?

— Pas si je veux garder mon job. Entrée interdite à la presse, les jours de réunion. Le colonel me tuerait.

— Pas un message pour lui. Pour un Russe. Sikorsky. Il est…

— Je sais qui c'est. Vous désirez le voir ? Pourquoi ne pas vous adresser aux Russes ?

Jake sourit.

— C'est aujourd'hui que je désire le voir. Vous savez comment ils sont. Si vous pouviez lui faire passer un mot… Il s'agit d'une affaire importante.

— Pour qui ?

— Juste un mot.

Avec un soupir, elle lui tendit une feuille de papier.

— Dépêchez-vous. Je prends sur ma pause déjeuner.

— J'apprécie, dit Jake, griffonnant son message. Jeanie, c'est ça ?

— Caporal-chef, pour votre information.

Flattée, elle lui rendit néanmoins son sourire.

— À propos, lança Jake, vous avez pu contacter ce fameux officier à Francfort ?

— C'est une blague ? De qui parlez-vous ? demanda-t-elle, une main sur la hanche.

— De l'officier chargé d'établir la liste des passagers pour les vols au départ de Francfort. Muller devait l'appeler de ma part. Ça vous revient ?

Après quelques secondes de perplexité, le visage de la jeune femme s'éclaira.

— Ah oui, la mutation d'un lieutenant… On a reçu les documents. J'aurais dû vous avertir ?

— Il a été muté ? Vous avez son nom ?

— Qui s'en souvient ? Vous savez combien de dossiers passent par ce bureau ? répliqua-t-elle, désignant de la tête les casiers métalliques. Pour moi, ce n'est qu'un soldat de plus qui retourne au pays. Si j'ai fait attention cette fois-là, c'est à cause d'Oakland.

— Oakland ?

— Sa ville. Et la mienne aussi. Je me suis dit qu'il y en avait au moins un qui rentrait chez lui. Qui est-ce ?

— L'ami d'un ami. J'avais promis de prendre de ses nouvelles, mais j'ai oublié son nom.

— De toute façon, il est parti. Qu'est-ce que ça peut faire ? Attendez, son dossier est peut-être en attente... (Elle ouvrit un tiroir, vérifia rapidement le contenu.) Non, il est archivé, constata-t-elle, refermant le tiroir. C'était si important ?

— Plus maintenant...

Encore une fausse piste. Menant à un bâtiment militaire quelque part au milieu de l'Atlantique.

— Je demanderai à Muller, assura Jake. Il s'en souviendra peut-être.

— Lui ? La moitié du temps, il ignore ce qu'il y a au courrier. À ses yeux, tous les formulaires se ressemblent. C'est l'armée... Et on dit qu'il n'y a pas mieux pour faire des rencontres !

Jake sourit.

— Vous n'en avez pas fait ?

— Si, des centaines. Vous écrivez un livre, ou quoi ? Je devrais être en train de déjeuner.

Elle le précéda dans le couloir jusqu'à la salle d'audience de l'ancienne Cour suprême, brandissant ostensiblement le message pour endormir la méfiance des gardes. Par la porte ouverte, Jake aperçut quatre tables installées en carré, des volutes de fumée s'élevant des cendriers. Muller était près du général Clay, dont le visage austère, aux traits marqués, reflétait la résignation de celui qui doit écouter un sermon. L'orateur russe semblait prendre l'assistance à partie, même les collègues assis à ses côtés, impassibles, tête baissée, comme s'ils attendaient eux aussi la traduction. Jeanie s'approcha de leur table sous l'œil surpris de Muller, et Jake suivit l'échange en langage des signes alors qu'elle se penchait pour tendre le message à Sikorsky – un regard interrogateur, un index pointé vers le couloir, un mouvement de tête affirmatif, puis le général se leva avec précaution pendant que l'orateur poursuivait sa harangue. Dans le couloir, il haussa les sourcils, intrigué.

— Monsieur Geismar…

— Désolé de vous interrompre.

— Aucune importance. Des livraisons de charbon… Que puis-je pour vous ? s'enquit-il avec curiosité.

— M'accorder un entretien.

— Un entretien ? Ce n'est peut-être pas le meilleur moment…

— Quand vous voudrez. Il faut qu'on parle. J'ai quelque chose pour vous.

— Quoi donc ?

— La femme de Brandt.

Sikorsky fixa Jake de ses yeux perçants.

— Vous me surprenez, dit-il enfin.

— Je ne vois pas en quoi. Vous avez passé un contrat pour mettre la main sur Emil. Vous pouvez en faire autant pour sa femme.

— Vous vous trompez. Emil Brandt est en secteur occidental.

— Ah bon ? Allez donc au 26, Burgstrasse. Emil serait sûrement content de vous voir. Surtout si vous lui annoncez une visite de sa femme. Ça devrait lui remonter le moral.

Sikorsky détourna le regard, allumant une cigarette pour gagner du temps.

— Il arrive que des gens nous rejoignent de leur plein gré, vous savez. Pour raisons politiques. Parce qu'ils croient en l'avenir de l'Union soviétique. Qu'ils partagent notre vision du monde. Mais pas Frau Brandt, apparemment ?

— À elle de répondre. Vous saurez peut-être la convaincre, lui démontrer qu'on a la belle vie dans un kolkhoze. À moins qu'Emil soit plus persuasif. C'est son mari, après tout.

— Et vous ? Qui êtes-vous, au juste ?

— Un vieil ami de la famille. Considérez ma proposition comme une livraison de charbon.

— D'une provenance inattendue. Puis-je connaître vos motivations ? Pas l'essor de la coopération entre alliés, j'imagine ?

— Pas exactement. Je vous ai proposé un marché.

— Ah…

— N'ayez crainte. Ça vous coûtera moins cher qu'avec Tully.

— Vous parlez par énigmes, monsieur Geismar.

— J'essaie plutôt d'en résoudre une. Je vous livre la femme de Brandt en échange de quelques informations. Raisonnable, non ?

— Quelques informations…, répéta Sikorsky, dubitatif.

— La réponse à deux ou trois questions que je me pose. Par exemple, pourquoi attendiez-vous Tully à l'aéroport ? Où l'avez-vous emmené ? Que faisiez-vous au marché de Potsdam ? Ce genre de choses.

— Une interview ?

— Non, une conversation en tête-à-tête. Une amie à moi a été tuée pendant la fusillade au marché de Potsdam. Une chic fille, qui ne faisait de mal à personne. Je veux savoir pourquoi. C'est important pour moi.

— Il y a parfois des accidents regrettables.

— Parfois. La mort de Tully n'était pas un accident. Je veux savoir qui l'a tué, lui aussi. Voilà le prix à payer.

— Pour rencontrer Frau Brandt ? Et réunir les deux époux ?

— J'ai dit que je l'amènerais. Pas que vous la garderiez. Sauf sous certaines conditions.

— Encore des négociations… (Sikorsky jeta un coup d'œil à la porte derrière lui.) L'expérience m'a appris qu'elles ne débouchaient jamais sur une solution satisfaisante. Personne n'y trouve son compte. Un processus long et fatigant.

— Mais vous pourrez mettre la main sur Frau Brandt.

— Qu'est-ce qui vous fait croire qu'elle m'intéresse ?

— Vous la cherchez. Un homme à vous surveille l'immeuble du père d'Emil Brandt au cas où elle lui rendrait visite.

— En votre compagnie…

— Par ailleurs, connaissant Emil, il doit très mal supporter la séparation. Difficile de débriefer un homme qui ne pense qu'à revoir sa femme. Une situation gênante.

— Vous croyez que c'est le cas ?

— On a eu le même problème avec lui. Il refuse d'aller où que ce soit sans elle. Sinon, vous l'auriez déjà expédié en Union soviétique.

— En admettant qu'il soit entre nos mains.

— Ça vous intéresse, ou pas ?

Derrière eux la porte s'ouvrit, quelqu'un aboya une phrase en russe. Sikorsky se retourna et opina du chef à l'adresse de son collègue.

— Les Britanniques se réveillent. Maintenant, c'est au tour des céréales. Nos céréales. On dirait que tout le monde veut sa part.

— Même vous.

Sikorsky dévisagea Jake, puis jeta sa cigarette sur le sol en marbre et l'écrasa sous le talon de sa botte, geste d'une brutalité troublante, celle d'un rustre sous le vernis des bonnes manières.

— Venez ce soir à l'hôtel Adlon. Vers vingt heures. On pourra parler. En tête-à-tête… (Il pointa l'index vers le stylo de Jeanie, que Jake avait toujours à la main.)… et sans notes. On arrivera peut-être à un accord.

— J'étais sûr que vous diriez ça.

— Ah bon ? Dans ce cas, je vous réserve une surprise. Une énigme pour vous, cette fois. Je ne peux pas payer le prix que vous demandez : moi aussi, je veux savoir qui a tué le lieutenant Tully. (Sikorsky sourit devant l'air stupéfait de Jake, comme s'il venait de remporter la première manche.) Eh bien, à ce soir !

Jake reprit le couloir en sens inverse, tripotant nerveusement le stylo de Jeanie. Tout ça ne donnerait rien : ni Shaeffer avec sa casquette de soldat soviétique, ni même le rendez-vous à l'hôtel Adlon – encore une négociation où personne n'avancerait un pion. « Je ne peux pas payer le prix que vous demandez. » Dans ce cas, pourquoi avoir accepté un entretien ? La sournoiserie de ce sourire, ce mégot écrasé d'un coup de talon aussi facilement qu'un insecte…

La porte du bureau de Muller était juste poussée, pas fermée à clé, la table de travail bien rangée, comme Jeanie l'avait laissée. Jake remit le stylo en place et contempla les casiers métalliques. Où la jeune femme déjeunait-elle ? Dans un mess au sous-sol ? Il ouvrit le tiroir dans lequel aurait dû se trouver le mystérieux dossier de mutation, et ne vit qu'une épaisse liasse de carbones et des intercalaires à onglets classés par ordre alphabétique. De Francfort à Oakland… Avec ou sans nom, ce dossier devait être quelque part dans la pièce. Mais que faire, alors ? Recourir aux canaux habituels, câbler à Hal Reidy pour lui demander d'effectuer des recherches ? Des semaines d'attente, dans les deux cas. Pendant ce temps-là, un lieutenant anonyme voguait sur l'Atlantique, un « t » de plus auquel il manquait une barre. Jake referma le tiroir.

Il posa la main sur le casier voisin où Jeanie avait rangé le compte rendu du département des enquêtes criminelles, et, par curiosité, ouvrit le tiroir pour vérifier s'il était toujours là. Tully avait une mince chemise à son nom : le fameux compte rendu au complet, rapport balistique compris, une lettre officielle de condoléances adressée à sa mère, un reçu pour le cercueil et les affaires personnelles. Rien d'autre, comme si Tully avait bel et bien été englouti par la Havel. Jake parcourut de nouveau le compte rendu, identique à celui qu'il avait déjà vu : états de service, affectations précédentes, promotions… Pourquoi Sikorsky s'intéresse-t-il encore à toi ? se demanda-t-il, tournant les pages sans qu'aucune lui apporte la réponse.

Il fouilla dans le tiroir du dessous. Peut-être existait-il un second dossier classé ailleurs, comme au Centre de documentation ? Minutes des réunions de la Kommandatura, inventaire des stocks de provisions – la réalité quotidienne de l'Occupation, par tiroirs entiers. Jake ouvrit celui des dossiers de mutation, cherchant machinalement à la lettre « T », feuilletant les différentes fiches, et il s'arrêta, surpris, quand un nom familier lui sauta aux yeux. Un autre Patrick Tully, qui aurait eu plus de chance ? Mais non, c'était le même matricule.

Jake sortit la feuille. Un ordre de mission, pour un voyage de Brême à Boston, embarquement prévu le 21 juillet. Et une semaine plus tard, retour à Natick, Massachusetts. Une pièce à conviction supplémentaire, mais prouvant quoi ? Pourquoi Tully s'était-il envolé pour Berlin ? Sans bagage, sûrement pas pour continuer ensuite vers Brême. Seule réponse possible : il venait récupérer son dû, l'argent qui lui permettrait de rentrer au pays. Mais pourquoi être allé au Centre de documentation ? Jake lut attentivement la copie carbonée. Tully n'avait aucun ordre de mission sur lui quand on avait découvert son corps. Aurait-il ignoré l'existence de cette mutation, et continué de se remplir les poches comme si de rien n'était pendant que son billet pour l'Amérique se promenait entre Francfort et Berlin ?

— Vous trouvez ce que vous cherchez ?

Jake fit volte-face, pour découvrir Jeanie à la porte, un sandwich dans une main, une bouteille de coca dans l'autre.

— Ne vous gênez surtout pas ! ajouta-t-elle.

— Désolé. Le nom de cet ami m'est revenu après votre départ. J'ai tenté de retrouver son adresse. Je me suis dit que vous ne m'en voudriez pas…

— La prochaine fois que vous voulez quelque chose demandez-le-moi. Maintenant, sortez avant que j'essaie de savoir ce que vous cherchez vraiment.

Jake haussa les épaules, un écolier surpris dans le bureau du directeur.

— Je vous ai présenté des excuses. Et il ne s'agit pas non plus d'un secret d'État, répliqua-t-il, replaçant la fiche et refermant le tiroir.

— Je ne plaisante pas. Fichez le camp. Si le colonel vous découvre ici, il aura notre tête à tous les deux. Je vous aime bien, mais pas à ce point-là.

Jake eut un geste résigné.

— D'accord, je m'en vais. (Il se dirigea vers la porte puis s'arrêta, la main sur la poignée.) Je peux quand même vous poser une question ?

— Quel genre de question ?

— Combien de temps met un ordre de mission pour rriver jusqu'ici ? Un double, bien entendu.

— Pourquoi ? (L'air soupçonneux, Jeanie posa son oca et s'assit sur le rebord du bureau.) Ils arrivent uand ils arrivent. Tout dépend du lieu d'expédition… /otre ami était à Francfort ? Difficile à dire. Là-bas, 'est la pagaille. Avec Munich, on n'attend pas, mais vec Francfort…

— Et s'il y a un contrordre ?

— Même chose. Pourquoi cet interrogatoire ?

Jake sourit.

— Je ne sais pas trop. Simple curiosité. Merci de 'otre aide. Vous avez été adorable. On pourra peut-être nfin prendre un verre ensemble, un de ces jours.

— Quel suspense insoutenable !

Il quitta la pièce et descendit le grand escalier digne l'un hall d'opéra. Une durée indéterminée pour venir de 'rancfort. Mais l'ordre de mission pour le rapatriement tait déjà là. Alors, pourquoi pas le contrordre ? À moins ue personne ne s'en soit soucié, laissant à la mort le oin de tout annuler. Un passager de moins à l'embarquement, un formulaire de moins à envoyer.

Une fois dehors, Jake contempla les jeeps alignées ans la cour, rappelant les anciennes stations de taxis de a gare du Zoo ou du Kaiserhof. Désormais, c'était ici, u au siège du gouvernement militaire à Dahlem, u'attendaient ces taxis d'un nouveau genre. Ici qu'il allait se rendre pour en prendre un, à moins qu'on ait un hauffeur russe.

De retour à l'appartement de Savignyplatz, Jake rouva Erich en train de jouer avec les jeunes femmes du ond du couloir. Il avait gagné leur sympathie. Et plus 'attention qu'on ne lui en avait jamais accordé, songea ake. Rosen aussi était là, avec son sac à dos, buvant du thé. Une atmosphère étrangement familiale. Lena suivit Jake dans la chambre.

— Quoi de neuf ?

— Rien pour l'instant. Juste une invitation à dîner avec Sikorsky à l'hôtel Adlon.

— L'hôtel Adlon ! Voyez-vous ça…, lança Lena d'un air ironique en portant la main à ses cheveux.

— Comme au bon vieux temps.

— Ne te réjouis pas trop vite. C'est un dîner en tête-à-tête.

— Tu y vas seul ? Et Shaeffer ?

— Je dois d'abord tout mettre au point avec Sikorsky.

— Ensuite, je pourrai y aller ?

— Attendons de voir ce qu'il dit.

Jake saisit le pistolet de Liz sur le bureau et vérifia qu'il était chargé.

— Tu crois qu'il va refuser ?

— Pour le moment, il affirme qu'Emil est en secteur occidental.

— En secteur occidental ?

— C'est ce qu'il prétend. (Jake surprit dans le miroir l'expression anxieuse de Lena.) Tranquillise-toi. Il acceptera. Il veut juste se faire prier.

— Il se méfie, dit-elle, toujours soucieuse.

Jake se tourna vers elle.

— Mais non. Simplement, c'est lui qui fixe les règles, alors on doit les suivre. (Il posa la main sur l'épaule de Lena.) Cesse de t'inquiéter. J'ai dit que je tirerais Emil de là et je le ferai. Pour ça, il faut d'abord accepter les conditions de Sikorsky. Ce genre d'homme a besoin d'un dîner pour rompre la glace.

— Vraiment ? Un dîner, c'est tout ?

— C'est tout.

— Dans ce cas, pourquoi ce pistolet ?
— Tu as vu l'hôtel Adlon, récemment ?
Lena regarda Jake sans comprendre.
— Infesté de rats, affirma-t-il.

17

Dès le début, tout alla de travers. Les Russes, sans raison apparente, avaient installé un poste de contrôle devant la porte de Brandebourg. Le temps que Jake présente une pièce d'identité et qu'on lui fasse signe de passer, il était en retard. Il perdit quelques minutes supplémentaires à chercher son chemin dans les ruines de l'hôtel désert, avant de trouver un sauveur en la personne d'un homme en livrée, surgi de l'obscurité tel un fantôme du passé, un réceptionniste sans comptoir. Étant donné l'étendue des dégâts, sa présence tenait du miracle. Le hall et le bâtiment principal donnant sur le Linden étaient détruits, mais un chemin sommairement tracé parmi les gravats permettait d'accéder à l'aile du fond. Le réceptionniste passa devant Jake avec sa torche électrique pour franchir plusieurs petits tas de briques, les enjambant comme si la femme de ménage n'avait pas encore eu le temps de s'en occuper, puis il s'engagea dans un escalier de service qui débouchait sur un couloir plongé dans la pénombre. À son extrémité, apparition aussi surréaliste que le reste du décor, une salle à manger inondée de lumière, où se pressaient uniformes soviétiques et serveurs à veste blanche brandissant des plats. Les fenêtres ouvertes donnaient sur un trou béant, l'ancien jardin de Goebbels, et Sikorsky était attablé près de l'une d'elles, soufflant la fumée de sa cigarette dans l'air nocturne. Jake s'apprêtait à le rejoindre lorsqu'une main le retint par la manche.

— Qu'est-ce que tu fais là ? (Il sursauta, plus tendu qu'il ne croyait.) Brian..., bredouilla-t-il à la vue du visage rougeaud, autre apparition surréaliste.

Brian Stanley partageait une table pour quatre avec deux soldats russes et un civil au teint blafard.

— Tu n'es pas là pour la nourriture, j'espère ? Encore que mon ami Dieter ici présent ne jure que par le chou-rave. Je t'offre un verre ?

— Impossible. Quelqu'un à voir. Pour unc interview.

— Tu tombes à pic. Ces deux soldats ont participé à la prise du Reichstag. Voici même l'homme qui a planté le drapeau soviétique.

— Ah bon ?

— C'est ce qu'il prétend, ce qui revient au même... (Brian jeta un coup d'œil à l'autre bout de la pièce.) Tu ne comptes pas interviewer Sikorsky !

— Qu'est-ce que ça peut te faire ?

— Rien à espérer de lui. Autant essayer de tirer une larme à un caillou. Tu passes au centre de presse, plus tard ? Il devrait y avoir une sacrée nouba.

— Pourquoi donc ?

— Tu n'es pas au courant ? Le soleil s'apprête à se coucher sur l'empire du Levant. On n'attend plus que le câble. Cette fois, ce sera vraiment la fin et on pourra fêter ça. Après six ans de guerre !

— Oui, la fin d'un monde...

— À la tienne ! (Son verre à la main, Brian lança un regard oblique à Sikorsky.) Surveille tes arrières. Ce gars-là tue jusqu'à ses propres hommes.

— Au dire de qui ?

— De tout le monde. Tu n'as qu'à lui poser la question. (Brian vida son verre.) En fait, ce n'est peut-être pas une bonne idée. Contente-toi de surveiller tes arrières.

Jake lui broya l'épaule et s'éloigna. Sikorsky s'était levé, l'air impatient. Il ne tendit pas la main à l'approche de Jake, le saluant seulement de la tête lorsqu'il ôta sa casquette et la posa devant la sienne, comme si même les deux couvre-chefs se préparaient à un bras de fer.

— Un collègue à vous ? interrogea Sikorsky en s'asseyant.

— Oui.

— Il boit trop.

— Il fait juste semblant. Vieille ruse de journaliste.

— De journaliste anglais, répliqua le général, secouant la cendre de sa cigarette. Les Russes, au moins, boivent pour de bon… (Il remplit un verre de vodka et le poussa vers Jake, l'air parfaitement lucide.) Alors, monsieur Geismar, vous avez votre fameux entretien et vous ne dites rien ? (Il tira sur sa cigarette brune sans quitter Jake des yeux.) Quelque chose ne va pas ?

— Je ne me suis encore jamais trouvé face à quelqu'un qui a voulu me tuer. Une sensation étrange.

— Parce que vous n'avez pas fait la guerre. Moi, ça m'est arrivé des centaines de fois. En face, bien sûr, on me regardait de la même façon.

— Même s'il s'agissait de Russes ? demanda Jake pour le provoquer. Il paraît que vous n'hésitez pas à tuer vos propres hommes.

— Des saboteurs, répondit Sikorsky, impassible.

— Autrement dit, des déserteurs.

— Il n'y avait pas de déserteurs à Stalingrad. Seulement des saboteurs. Je n'ai pas eu le choix. C'est de ça que vous souhaitez parler ? De la guerre ? Vous n'y connaissez rien. Il fallait qu'on tienne bon. On était pris entre deux feux. Bien obligés de se battre. Il fallait qu'on gagne. Et on a gagné.

— Ceux qui ont survécu.

— Permettez-moi de vous raconter une histoire, puisque le sujet vous intéresse. On devait approvisionner la ligne de front sur l'autre rive de la Volga, où les Allemands s'étaient déployés jusque sur les falaises. On décharge les bateaux, ils nous tirent dessus. Mais il fallait à tout prix qu'on décharge. On a donc fait appel à des gosses. Pas des soldats. Des enfants.

— Et après ?

— Les Allemands les ont abattus.

Jake détourna le regard.

— Ça prouve quoi ?

— Que vous n'avez pas la moindre idée de ce qu'on a vécu, de ce qu'on a dû faire. On a été forcés de se blinder. Alors, tuer quelques saboteurs… ce n'était rien. Rien du tout.

— Ils n'étaient sans doute pas du même avis que vous.

— Vous faites du sentiment. On ne pouvait pas se permettre ce luxe. Ah ! (Sikorsky tendit quelques tickets de rationnement au serveur.) Pour deux. Malheureusement, il n'y a pas de menu. Vous aimez la soupe aux choux ?

— J'adore.

Le général haussa les sourcils, puis renvoya le serveur d'un geste.

— Exactement ce que m'a dit Günther : amateur de

mots d'esprit – et cynique, comme tous les grands sentimentaux.

— Vous l'avez questionné à mon sujet ?

— Bien sûr. Vous m'intriguiez. Cette obstination… Mais que vouliez-vous me demander ? Je ne le sais toujours pas.

— Vous l'avez acheté, lui aussi ?

— Pour qu'il me parle de vous ? (Sikorsky eut un sourire méprisant.) Soyez sans crainte. Il n'est pas corrompu. Voleur, mais pas corrompu. Un autre grand sentimental.

— Peut-être que, comme moi, il n'a pas envie de se blinder.

— Dans ce cas, vous ne gagnerez jamais. Vous vous briserez.

Jake se redressa et contempla ce visage de militaire endurci, rendu plus inhumain encore par les reflets métalliques de la sueur sous la lumière crue.

— Dites-moi, murmura-t-il comme s'il réfléchissait à voix haute. Que ferez-vous quand la guerre sera finie ? Les Japonais sont sur le point de capituler. Que ferez-vous de votre blindage, à ce moment-là ?

Sikorsky le dévisagea avec étonnement.

— Parce que vous croyez que la guerre est finie ?

Avant que Jake ait pu répondre, le serveur apporta la soupière. La manche élimée de sa veste blanche, trop longue, trempait presque dedans. Sikorsky se mit à manger bruyamment, sans se soucier d'éteindre sa cigarette.

— Si on passait aux choses sérieuses ? (Il lâcha un morceau de pain dans sa soupe.) Vous prétendez m'imposer des conditions, alors qu'en réalité vous n'avez jamais eu l'intention de nous livrer Frau Brandt. À quoi jouez-vous ?

— Qu'est-ce qui vous fait dire ça ? répliqua Jake, désarçonné.

— Il s'agit de la jeune femme que j'ai croisée avec vous sur le Linden ? Sûrement plus qu'une amie... (Sikorsky hocha la tête.) Non, vous n'avez aucune intention de nous la livrer.

— Vous vous trompez, lança Jake avec une assurance feinte.

— Je vous en prie... De toute façon, quelle importance ? Je me fiche que Herr Brandt ait sa femme avec lui ou pas. Pour lui, ce serait sans doute plus agréable ; pour moi, ça ne change rien. Ce n'est pas une bonne monnaie d'échange, voyez-vous. La prochaine fois, essayez plutôt le charbon, une denrée rare. Là, vous n'avez pas de quoi négocier.

— Dans ce cas, pourquoi ne pas avoir transféré Emil ailleurs ?

— C'est ce que j'ai fait. Dès que vous avez mentionné Burgstrasse. Si vous étiez au courant, d'autres l'étaient sans doute. J'ai pris mes précautions, peut-être à tort. D'après Günther, vous êtes un solitaire. C'est pour ça qu'il vous admire. Il doit se reconnaître en vous. Mais c'est un naïf... (Sikorsky leva le nez de son assiette.)... contrairement à nous. Trop de gens prennent les Russes pour des naïfs. Les Allemands, par exemple, jusqu'à ce qu'on les écrase.

Il enfourna goulûment le morceau de pain gorgé de soupe. Jake revint à la charge.

— Vous avez pourtant laissé Emil à Berlin.

— Trop longtemps. Par la faute de votre lieutenant Tully. « Gardez-le sous la main, il peut m'être utile », disait-il. Une regrettable erreur.

— Utile pour quoi ?

— Pour mettre la main sur le reste de l'équipe.

— Emil ne ferait jamais ça.

— Vous croyez ? On ne peut jamais savoir de quoi un homme est capable. Mais dans ce cas précis, je suis d'accord avec vous : rien à voir avec Tully. En voilà un qui était prêt à tout.

— Même à utiliser Lena. Pour obliger Emil à coopérer.

— Moi aussi, j'ai pensé que c'était son plan. Et j'ai cherché la femme de Brandt – un moyen de pression privilégié. Maintenant, je me rends compte que j'ai eu tort. Tully ne possédait pas tous les éléments.

— Comment ça ?

— Il ignorait votre existence. Quelle est l'utilité d'une femme ayant un autre homme dans sa vie ? Aucune. Frau Brandt, la femme adultère... Vous vous êtes déplacé pour rien, monsieur Geismar. Vous voulez me la livrer – enfin, vous prétendez vouloir me la livrer –, mais ce sont les collègues de Brandt que je veux, pas sa femme. Elle n'a plus le moindre intérêt pour moi. Si toutefois elle en a jamais eu. Merci de m'avoir ouvert les yeux sur ce point. Il est temps pour Brandt de quitter Berlin. Aucune raison de le garder ici. Pas au 26, Burgstrasse, en tout cas. Au fait, comment avez-vous su ?

— Quelqu'un l'a vu.

— Un Américain ? Ça confirme qu'il vaut mieux le transférer. D'autant qu'il doit se mettre au travail. On a déjà trop attendu... Mangez votre soupe, elle refroidit.

— Je n'ai pas faim.

— Dans ce cas, si vous permettez... (Sikorsky échangea les assiettes.) Il serait dommage de laisser perdre de la nourriture.

— Je vous en prie.

Jake réfléchissait, essayant d'y voir clair. Lena, un

moyen de pression... Pourtant, Tully n'avait pas cherché à la retrouver. Il était allé au Centre de documentation. Sikorsky le savait-il ? Mais rien à tirer de ce dernier, occupé à engloutir sa soupe. Derrière eux, la table de Brian se faisait plus bruyante, les verres s'entrechoquant, un éclat de rire résonnant aux oreilles de Jake tandis qu'il regardait l'assiette se vider. Lena, pas une bonne monnaie d'échange...

— Alors, pourquoi m'avoir fait venir ?

— C'est vous qui m'avez demandé un entretien, répondit Sikorsky, inclinant l'assiette pour récupérer une dernière cuillerée de soupe.

— Et vous vous êtes réjoui à la perspective de me renvoyer les mains vides.

— Réjoui ? Non. Je n'ai pas votre sens de l'humour. J'ai eu une idée. Une autre sorte de négociation. Quelque chose que nous souhaitons tous les deux. Vous aimez les surprises ?

— Je vous écoute.

— Je vais vous emmener voir Emil Brandt.

Jake baissa les yeux, décontenancé. Une nappe blanche, tachée, les doigts courts du général sur la cuiller.

— Ah bon ? Et dans quel but ?

— Un service que vous pourriez me rendre. Brandt supporte mal la séparation, comme vous dites. Il parle souvent de sa femme. « Quand arrivera-t-elle ? » imita Sikorsky d'une voix de fausset. Dans l'intérêt de son travail, mieux vaut ne pas lui laisser de faux espoirs. Mais me croira-t-il ? Alors que, venant de vous, son rival...

Ce dernier mot prononcé avec gourmandise.

— Vous lui dites adieu de la part de sa femme, et il partira sans regrets. Ce n'est pas beaucoup demander.

Sikorsky s'essuya la bouche et roula sa serviette en boule sur la table.

— Vous êtes vraiment un salaud…

— Monsieur Geismar, ce n'est pas moi l'amant de Frau Brandt, répliqua le général, une lueur de jubilation dans le regard.

— Quand aura lieu cette entrevue ? s'enquit Jake, s'efforçant de garder son calme.

— Tout de suite. Brandt part demain. Ça vaut mieux, si les Américains connaissent l'immeuble de Burgstrasse. Sinon, ils risqueraient de s'exciter. Eux aussi, vous pourrez les délivrer de leurs faux espoirs : Brandt ne reviendra pas.

— Ils protesteront.

— Comme d'habitude. Mais Brandt sera déjà loin. Un de plus qui aura choisi l'avenir radieux du socialisme soviétique. On y va ?

Sikorsky prit sa casquette.

— Vous êtes trop pressé.

— Il faut exploiter l'effet de surprise. Très efficace.

— Peut-être, mais notre conversation n'est pas terminée. Je n'ai toujours pas ce que je souhaitais…

Le général dévisagea Jake.

— Les réponses aux questions que je me pose, précisa ce dernier. Le contrat entre nous.

— Monsieur Geismar, commença Sikorsky avec un soupir, ce n'est vraiment pas le moment… (Il reposa sa casquette, sortit une cigarette, jeta un coup d'œil à sa montre.) Bon. Cinq minutes. Pour votre amie abattue au marché de Potsdam, je le répète, il s'agit d'un accident.

— Mais vous m'avez désigné comme cible. Pourquoi ?

— Parce que vous étiez un gêneur, dit Sikorsky avec

lassitude, écartant d'un geste la fumée de sa cigarette. Et c'est toujours le cas.

— Qui est-ce que je gêne ? Pas vous.

Le général regarda Jake sans répondre, puis se tourna vers la fenêtre ouverte.

— Une autre question ?

— Vous aussi, vous aimeriez savoir qui a tué Tully. Pourquoi ?

— Ça paraît pourtant évident. C'était mon âme damnée, comme on dit. Je vais devoir trouver une autre source d'information. Sa mort est regrettable. Autre chose ?

— Vous l'attendiez à Tempelhof. Pour l'emmener où ?

— Ça vous intéresse réellement ?

— Je suis reporter. Il me faut tous les détails. Où êtes-vous allés ?

Sikorsky haussa les épaules.

— Chercher une jeep. Il voulait une jeep.

— Au siège du Conseil de contrôle ? risqua Jake.

— Oui. À Kleistpark. Là-bas, il y a toutes les jeeps qu'on veut.

— Et ensuite ?

— Ensuite ? Vous croyez que je lui ai fait faire une visite guidée de Berlin ? Pour que tout le monde nous voie ?

— Quelqu'un vous a quand même vus à Tempelhof.

— Qui ça ?

— La jeune femme que vous avez tuée à Potsdam.

— Ah…

Le général fronça les sourcils, brièvement pris en défaut, puis il balaya l'information du bras en même temps que la cendre de sa cigarette.

— Eh bien, elle est morte.

— Mais elle vous a vus. Alors, pourquoi être venu attendre Tully ?

— Vous ne devinez pas ?

— Pour lui verser ce que vous lui deviez ?

— Bien sûr. Il ne faisait rien gratuitement. L'amour de l'argent… Un défaut typiquement américain.

— Facile à dire, quand on imprime cet argent avec une planche à billets américaine.

— Payée de notre sang. Vous osez nous reprocher ces facilités de trésorerie ? On ne vous doit pas un seul mark.

— Admettons. Donc, vous avez payé Tully pour vous avoir livré Brandt.

— Pas exactement… Ces détails ont tant d'importance pour vous ? Tully a été payé à son arrivée dans notre secteur avec Brandt. Une livraison contre remboursement, en quelque sorte.

— Tully a conduit Brandt en secteur soviétique ?

Pas de week-end à Francfort, donc…

Sikorsky se rengorgea presque, tel un ancien combattant racontant une bataille.

— C'était plus sûr. Faire prendre l'avion à Brandt aurait été risqué – moins discret. Il fallait qu'il disparaisse sans laisser de traces. Donc, Tully nous l'a amené en voiture. La distance n'était pas si grande. Ça ne l'a pas empêché de réclamer de l'essence pour le retour. Toujours un petit extra. Il était comme ça. Un détail de plus pour vous. Il a regagné Francfort avec du carburant soviétique.

— Que restait-il donc à lui payer, à Tempelhof ?

— Les livraisons suivantes.

— D'avance ? Vous aviez une telle confiance en lui ?

Sikorsky sourit.

— Vous ne le connaissiez pas. À partir du moment où on lui donnait quelque chose, on pouvait être sûr qu'il reviendrait. Il en redemandait toujours. Un investissement rentable.

— À fonds perdus, cette fois.

— Oui, hélas. Rien de dramatique, d'ailleurs. Vous avez raison, nous savons nous servir d'une planche à billets… Votre curiosité est satisfaite ? Venez plutôt assister au dénouement de l'histoire.

— Une dernière chose. Pourquoi tenez-vous tant à identifier l'assassin de Tully ? C'est la raison pour laquelle vous m'avez donné rendez-vous ici, non ? Pour voir ce que je savais.

— J'ai vu. Comme je m'en doutais, vous ne savez rien.

— Mais quel intérêt, pour vous ? Vous avez Brandt. L'argent n'est pas un problème. Pour vous venger ? Vous vous fichez bien du sort de Tully.

— Mais pas de sa mort. On ne se fait pas descendre sans raison. A-t-il été victime de ses mauvaises fréquentations ? Dans son cas, je l'admets, ça n'a rien d'invraisemblable. Mais l'argent n'a pas été volé. Voilà qui est plus étrange. À moins de chercher dans une autre direction. Les Américains. Ils peuvent très bien avoir eu vent de notre arrangement. Dans ce cas, des mesures s'imposeraient pour… éviter une nouvelle surprise désagréable. Quelles sont les motivations réelles de ce M. Geismar, par exemple ? Et s'il travaillait pour les Américains ? Après vous avoir vu avancer vos pions, poser vos questions, je n'ai plus aucun doute. Vous faites cavalier seul. Un conseil, monsieur Geismar : quand vous jouez aux échecs avec un Russe, gardez toujours quelque chose en réserve, une pièce maîtresse pour protéger vos arrières. Mais trêve de bavardages.

Sikorsky reprit sa casquette. Jake se cramponna à la nappe, comme si la table, et tout le reste avec, allait lui échapper définitivement. Agir.

— Rasseyez-vous, lança-t-il.

Peu habitué à recevoir des ordres, le général se redressa, piqué au vif, puis il reposa lentement sa casquette.

— Voilà qui est mieux, poursuivit Jake. D'abord, je ne suis pas là pour jouer aux échecs. Et vous êtes moins psychologue que vous ne le pensez. Vous n'imaginiez tout de même pas que je suivrais un homme qui a cherché à me tuer ?

— Vous avez terminé ? Si je cherchais vraiment à vous tuer, je pourrais le faire ici même. Il n'est pas trop tard.

— Ça m'étonnerait. Pas devant témoins. (De la tête, Jake désigna la table de Brian.) Un accident sur une place de marché, c'est davantage votre style. Dommage que vous n'ayez pas tiré vous-même. Je parie que vous ratez rarement votre cible.

— Jamais, répliqua Sikorsky, soufflant la fumée de sa cigarette par les narines.

— Malheureusement, vous êtes moins infaillible quand il s'agit de juger vos interlocuteurs. À mon tour d'observer vos réactions. Tully ne vous aurait livré personne d'autre, il vous menait en bateau. Il devait rentrer aux États-Unis le week-end suivant – si, c'est vrai, j'ai vu son ordre de mission. Il venait juste toucher un petit extra avant de disparaître sans laisser d'adresse…

Sikorsky fixait Jake d'un œil impassible, sans trahir la moindre émotion.

— Mouais, constata le journaliste, c'est ce que je pensais. Je continue ? Tully avait également rendez-vous avec un officier du Comité de sécurité publique. Ça ne vous intéresse pas ? Pourtant, ça devrait. Il aimait bien passer deux fois à la caisse. Peut-être que vous n'étiez pas le plus offrant.

— Pour acheter quoi ? demanda posément Sikorsky.

— Ce qui pouvait aider à mettre la main sur les autres hôtes de Kransberg. Une vente en gros avant liquidation. Pas seulement Emil Brandt et sa femme, croyez-moi.

— Pourquoi devrais-je vous croire ?

— Parce que je sais où Tully s'est rendu ce jour-là, et pas vous. Vous venez de le reconnaître.

— Où est-il allé ?

— Si je vous réponds, on sera deux à savoir. Est-ce bien raisonnable ? En me taisant, je m'offre une petite assurance vie – quelque chose qui vous empêche d'appuyer sur la détente. Je suis trop précieux pour que vous m'abattiez.

Sikorsky écrasa sa cigarette d'un geste rageur.

— Qu'attendez-vous de moi ?

Jake hocha la tête.

— Vos informations ne me satisfont pas. Vous non plus, vous n'avez pas la bonne monnaie d'échange, voyez-vous. Je n'ai aucune envie de rencontrer Emil. Allez lui dire adieu vous-même.

— Vous ne souhaitez pas le rencontrer ?

— Moi, pas spécialement, mais sa femme, oui. Je désirais juste trouver un arrangement, pour lui rendre service à elle. De mon point de vue, vous n'aviez rien à y perdre. Mais voilà, il faut à tout prix que vous prouviez à quel point vous êtes coriace. Blindé. Résultat : personne n'obtient satisfaction. (Jake regarda Sikorsky.) Lena Brandt veut absolument voir son mari. Le marché que je vous ai proposé reste valable. À votre place, je ne me presserais pas de transférer Emil Brandt ailleurs – si vous souhaitez reprendre cette conversation.

Un rugissement s'éleva derrière eux. Brian, fin soûl, riait de ses propres plaisanteries.

— Vieille ruse de journaliste…, ironisa Sikorsky. Comme votre marché, sans doute.

— À vous de juger. Si j'étais vous, j'y réfléchirais à deux fois. La méfiance, vous savez, c'est comme la rouille – ça attaque tout. Même les meilleurs blindages. Un défaut typiquement russe… (À son tour, Jake attrapa sa casquette.) Merci pour la soupe, en tout cas. Et si vous changez d'avis, prévenez-moi.

Il se dressa, obligeant Sikorsky à faire de même, les yeux toujours fixés sur lui.

— On dirait que nous avons perdu notre temps, monsieur Geismar.

— Pas tout à fait. J'avais besoin d'un éclaircissement, et je l'ai.

— Un seul éclaircissement ? Après tant de questions ?

— Vieille ruse de journaliste. En faisant parler les gens, on apprend souvent ce qu'on voulait savoir.

— Vraiment ? Et qu'avez-vous appris ?

Jake se pencha en avant, prenant appui sur la table.

— Que tout continue comme avant. Rien ne s'est arrêté avec la mort de Tully – contrairement à ce que vous aimeriez nous faire croire. Voilà pourquoi vous aviez décidé de me faire rencontrer Emil : pour que je raconte à tout le monde que je l'avais vu et que je savais qui l'avait livré. Affaire classée. Mais rien n'est classé. Vous venez de m'en donner la preuve. Les livraisons prochaines. Emil qui devait disparaître sans laisser de traces. Pourquoi ? Et puis Tully se fait tuer. La partie est-elle terminée pour autant ? Non, juste un incident de parcours, un contretemps gênant. Il devait regagner les États-Unis ? Ce n'est pas non plus la fin du monde. Pourquoi ? Parce que Tully ne travaillait pas seul. (Jake se cala contre le dossier de sa chaise.) En fait, rien n'a changé depuis Stalingrad, hein ? Vous approvisionnez toujours la ligne de front coûte que coûte. Tully n'était pas votre associé, juste un de ces gosses que les Allemands ont tirés comme des lapins. Sacrifiés, pour que les bateaux puissent passer. Peu importe qui a assassiné Tully, du moment que les Américains ne soupçonnent pas la combine. Mais ce fouineur de Geismar s'en mêle. Il fait le rapprochement entre Tully et Brandt – une moitié de l'histoire. Alors, on entreprend de le convaincre qu'elle se résume à ça, on organise même des adieux avec Emil Brandt. Je le répète, vous n'êtes pas très psychologue. Vous imaginez que je vais m'arrêter en si bon chemin ? Au début, j'ai cru que Tully était une brebis galeuse, qu'il était seul à faire du marché noir. Mais avec le temps, je me suis aperçu qu'il y avait plusieurs brebis galeuses. Pas seulement Tully et Brandt. Pas seulement vous. Presque tout le troupeau est contaminé. Et pendant ce temps-là, votre informateur, toujours en place, continue de vous renseigner à nos dépens. Voilà le sujet de mon reportage.

— Si vous vivez assez longtemps pour l'écrire, dit Sikorsky, imperturbable.

— Ça dépend de vous, non ? (Jake désigna de la tête le holster du général.) Mais êtes-vous bien sûr que je sois seul à savoir ?

Les deux hommes se mesurèrent du regard, immobiles. Jake remit sa casquette.

— Échec et mat.

Sikorsky le dévisagea et leva lentement la main,

comme pour l'arrêter. Puis, résigné, il l'abaissa, faisant signe à Jake de se rasseoir.

— On nous regarde.

Il se rassit le premier. Pourtant, même lorsque Jake l'imita, il resta silencieux, contemplant la salle à manger comme s'il cherchait une issue. Jake attendit. Quelle stratégie le général allait-il adopter ? Il se taisait toujours, visiblement perplexe, fixant un point au-dessus de l'épaule de Jake. Soudain il haussa les sourcils, et esquissa ensuite un étrange sourire, à peine un frémissement des lèvres.

— Vous êtes un piètre joueur d'échecs, monsieur Geismar.

Il fixait toujours le même point derrière Jake.

— Ah bon ?

— Parfaitement. Même un débutant sait qu'il ne faut jamais avancer sa reine trop tôt.

Sikorsky souriait à présent de toutes ses dents, presque triomphant, si bien que Jake, percevant un remous dans la salle, se tourna pour suivre son regard.

Cheveux relevés, l'étoile filante formée par les paillettes de sa robe scintillant à la lumière, Lena se tenait près de Brian qui lui avait pris la main. Les conversations s'étaient tues, les regards convergeaient sur elle. Puis, en l'espace d'une seconde tout s'emballa, comme dans un film défilant en accéléré. Brian fit le baise-main à Lena, lui tendit un verre, les Russes se levèrent, Lena fit poliment non de la tête, et Jake la vit enfin approcher, calme et déterminée, rougissant de son audace. Le même visage que le jour où elle avait plongé du voilier dans la Havel. Jake se leva mécaniquement. La pièce semblait tourner autour de lui, mais, dans la panique qui le gagnait à la pensée d'avoir raté son coup, il n'avait d'yeux que pour les paillettes de la robe que Lena avait mise pour Emil.

— Frau Brandt, quelle bonne idée ! s'écria Sikorsky, lui offrant une chaise. Vous venez voir votre mari ?

— Oui.

— Votre visite va lui faire plaisir. M. Geismar a refusé notre invitation. Mais vous ne réagirez sans doute pas comme lui.

— Refusé ?

— Le général n'est pas vraiment intéressé par une rencontre, expliqua Jake. Il fait transférer Emil en zone soviétique dès demain.

— En zone soviétique ? Mais alors…

L'expression de Jake la fit taire.

— C'est pourquoi votre visite ne pouvait pas mieux tomber, intervint Sikorsky. Naturellement, vous seriez la bienvenue vous aussi. Hôte de marque de l'Union soviétique.

— Vous voulez dire qu'il s'en va… (Lena foudroya Jake du regard.) Tu étais au courant ?

— Une petite surprise du général. Jusque-là, nous discutions d'une solution un peu différente. De la possibilité de remettre ce départ à plus tard.

— Oh… Remettre à plus tard.

Lena baissa les yeux, commençant à comprendre.

— Désormais inutile, précisa Sikorsky.

— J'avais peur qu'il ne te croie pas, murmura Lena, toujours les yeux baissés.

— Vous n'avez pas menti. Toutes mes excuses, dit le général à Jake.

Il remplit un verre de vodka et le poussa vers Lena. Elle secoua la tête en se mordant la lèvre inférieure.

— Il part. Donc je ne le reverrai pas.

— Mais si, chère madame, vous pouvez le voir tout

de suite. Je viens de vous le dire… (Ravi du tour pris par les événements, Sikorsky se tourna vers Jake.) C'est ce que vous souhaitiez, non ?

Ce fut Lena qui répondit.

— Oui, je désire voir mon mari. C'est possible ?

Sikorsky acquiesça.

— Suivez-moi.

Jake posa sa main sur celle de Lena.

— Personne ne va nulle part. Vous croyez que je vais la laisser sortir d'ici avec vous ?

Sikorsky leva les yeux au ciel, prenant Lena à témoin.

— Votre ami est méfiant. Autant qu'un Russe… Calmez-vous, monsieur Geismar. Nous n'allons pas loin. À l'étage au-dessus. Ensuite, je vous ramène Frau Brandt et nous pourrons terminer notre conversation… Très intéressante, d'ailleurs, ajouta-t-il à l'adresse de Lena. M. Geismar a encore des révélations à me faire… (Il regarda Jake avec insistance.) Votre présence est le gage de son retour.

— L'étage au-dessus ? Emil est là-haut ?

— J'ai jugé préférable de le garder à proximité. Pour sa sécurité. Voyez comme c'est pratique.

— Vous aviez tout prévu, n'est-ce pas ?

— Sauf la visite de Frau Brandt. Parfois…

— Il va falloir changer vos plans. Lena ne vous suivra pas. Pas dans ces conditions.

— Quel dommage ! lâcha Sikorsky avec un soupir. Mais ça n'a pas d'importance.

Lena dégagea sa main, toujours retenue par celle de Jake.

— Je vais avec le général.

— Pas question.

— C'est à moi de décider.

— Absolument, Frau Brandt, approuva Sikorsky.

Servez-vous à boire, monsieur Geismar. Nous n'en aurons pas pour longtemps.

Jake dévisagea successivement ses deux interlocuteurs, acculé. Le général se mit debout.

— Si elle y va, moi aussi, dit Jake.

— Vous n'avez pas peur d'être indiscret ?

— Ce n'est pas eux que je surveillerai, mais vous. À la moindre tentative…

Sikorsky écarta cette hypothèse d'un geste.

— Parfait, reprit Jake. Dans ce cas, attendez sagement ici que j'explique la situation à mon ami Brian. Si nous ne sommes pas de retour dans un quart d'heure, il…

— … appellera des renforts ? Alors que vous êtes venu seul ?

— Vous en êtes sûr ?

— Mais oui. Mes hommes avaient pour consigne de m'avertir si vous étiez accompagné. Au poste de contrôle.

Jake encaissa l'information en silence. Sikorsky avait à l'évidence tout prévu. Que leur réservait-il encore ? Le général désigna de la tête la table voisine, où Brian riait toujours aux éclats.

— Pas vraiment l'homme de la situation…

— Assez pour donner l'alarme en cas de besoin. Moi, je n'ai pas l'intention de disparaître sans laisser de traces. Et, tel que je vous connais, vous ne tenez pas à ébruiter cette affaire.

— À votre aise. Profitez-en pour lui remettre votre arme… (Sikorsky sourit.)… à moins que vous ne comptiez vous en servir là-haut ? (Il agita l'index.) Faites-moi un peu confiance, monsieur Geismar. S'il vous plaît.

Il désigna la poche de Jake, ne la quittant pas des yeux

jusqu'à ce que ce dernier sorte le pistolet et le pose sur la table.

Lena se raidit comme devant un animal prêt à mordre, tapi sous les mots depuis le début. Jake l'observa tout en allant vers la table de Brian. Les épaules très droites, elle avait fini par céder à la peur, mais quand il revint vers elle, laissant Brian bouche bée, elle se leva sans un mot. Lorsque Sikorsky les accompagna hors de la salle, même les serveurs s'interrompirent, fascinés par l'éclat des paillettes sur la robe bleue.

La traversée du couloir avait des airs de marche forcée, le pas traînant et en silence. Dans l'escalier, Lena se cramponna au bras de Jake comme si elle avait peur de trébucher.

— Je ne pouvais pas savoir, murmura-t-elle. Je te demande pardon. J'ai tout gâché.

— Je trouverai une solution, répondit Jake en anglais. Il accepte de reprendre la discussion. Repars dès que tu auras vu Emil. Ne m'attends pas.

— Mais…

— Vous voyez assez clair ? demanda Sikorsky, quelques marches plus haut.

— Je trouverai une solution, répéta Jake pour la rassurer.

Mais quelle solution ? Le poste de contrôle, Emil sur le point de partir : rien n'avait été laissé au hasard. Et pourtant, Sikorsky était prêt à discuter, pour découvrir ce que Jake savait. Prêt à accepter une monnaie d'échange, si Jake en avait une à lui proposer – une révélation susceptible de compromettre l'approvisionnement de la ligne de front. Peut-être l'endroit où Tully s'était rendu en jeep le jour de sa mort, n'importe quoi pour faire durer la discussion jusqu'à ce que Lena soit à l'abri. Une dernière tentative. Malheureusement,

Sikorsky semblait toujours avoir une longueur d'avance.

En revanche, il n'avait pas menti sur leur destination : une porte gardée par deux soldats armés de mitraillettes, présence menaçante dans ce couloir d'hôtel. À l'approche de Sikorsky, les soldats se mirent au garde-à-vous, et regardèrent droit devant eux lorsqu'il s'avança vers la porte en les ignorant.

— Attendez, bredouilla Lena, gênée. C'est idiot, mais... je ne sais pas que dire.

— Frau Brandt..., lâcha Sikorsky en soupirant, mi-amusé, mi-exaspéré.

Elle prit une profonde inspiration.

— On peut y aller.

Sikorsky ouvrit la porte et s'effaça pour la laisser entrer.

Emil lisait à une table près de la fenêtre, en manches de chemise. Il n'avait pas changé – la seule personne de ce pays à n'avoir pas maigri. Mêmes cheveux bruns, mêmes lunettes cerclées d'acier, même teint pâle, mêmes épaules affaissées. Toujours le même. Lorsqu'il se retourna et se dressa, trop abasourdi pour sourire, l'émotion se lut sur son visage. Il s'agrippa au dossier de sa chaise.

— Lena...

Jake le vit détailler la robe bleue, les cheveux blonds relevés, comme s'il avait devant lui un fantôme des anciennes soirées de l'hôtel Adlon. Les yeux brillants de larmes, n'osant pas croire à son bonheur.

— Vous avez de la visite, Herr Brandt, dit Sikorsky, mais Emil ne semblait pas avoir entendu et se dirigeait vers Lena, toujours frappé de stupeur.

— Ils t'ont retrouvée. Je croyais...

Enfin, il fut près d'elle, le visage contre sa chevelure,

hésitant à lui toucher la nuque de peur qu'elle disparaisse au contact de ses doigts.

— Comme tu es belle…

La même voix grave. Jake eut un pincement au cœur. Lena recula d'un pas, toujours enlacée par Emil, et écarta une mèche de cheveux qui lui tombait sur le front.

— Tu vas bien ?

Il acquiesça.

— Surtout maintenant que tu es là.

Elle lui posa la main sur l'épaule.

— Ce n'est qu'une courte visite. Je ne peux pas rester.

Devant l'air déconcerté d'Emil, elle recula encore, échappant à son étreinte, puis s'adressa à Sikorsky :

— Oh, je ne trouve pas les mots… Que lui avez-vous dit ?

Emil prit enfin conscience de la présence des deux hommes, se figeant à la vue de Jake, un autre fantôme du passé.

— Bonsoir, Emil.

— Jacob ? bredouilla-t-il, perplexe.

Jake s'approcha, jusqu'à ce qu'ils soient littéralement face à face puisqu'ils étaient de taille identique. Emil avait malgré tout changé : ses yeux de myope avaient désormais le regard vide, décapé de toute vie.

— Je ne comprends pas, avoua-t-il.

— M. Geismar nous prête Frau Brandt le temps d'une visite, expliqua Sikorsky. Il a bien insisté pour qu'on la lui rende aussitôt après.

— Qu'on la lui rende ?

— Elle a décidé de rester en Allemagne. Une vraie patriote.

— Rester en Allemagne ? Mais nous sommes

mariés… (Emil se tourna vers Lena.) Qu'est-ce que ça signifie ?

— Vous avez tant de choses à vous dire, constata Sikorsky, jetant un coup d'œil à sa montre. Et si peu de temps. Asseyez-vous donc… (Il indiqua un canapé fatigué.) Venez, monsieur Geismar. Il s'agit d'une conversation privée, vous êtes d'accord ? Aucune crainte à avoir – nous serons pratiquement dans la même pièce…

Il désigna une porte de communication grande ouverte.

— Vous l'hébergez ? constata Jake avec étonnement.

— Une suite. Très pratique quand on a des invités.

Pour la première fois, Jake regarda autour de lui : un petit salon vieillot, un mur fissuré de haut en bas, un canapé recouvert d'un drap froissé. Et des soldats à la porte.

— Je ne comprends pas, répéta Emil.

— Ils vont t'envoyer en zone soviétique, répondit Lena. C'était ma seule chance de te revoir. Avant qu'il soit trop tard… Que dire d'autre ?

— En zone soviétique ?

Lena acquiesça.

— À cause de moi, je le sais. Tu étais en sécurité, là-bas. Et maintenant… voilà le résultat… (Sa voix se brisa.) Pourquoi a-t-il fallu que tu partes ? Pourquoi avoir fait confiance à cet homme ?

Emil la dévisagea, ébranlé.

— Je n'avais pas d'autre solution.

— Oui, pour me revoir. Comme la première fois. Cette dernière semaine où tu es venu à Berlin – je t'ai cru mort. C'est ma faute. Tu as fait tout ça pour moi… (Lena baissa la tête.) Emil, ne me demande pas de te suivre.

— Tu es ma femme, dit-il d'une voix sourde.

— Non… (Elle lui posa doucement la main sur le bras.) Non… Il est temps d'en finir.

— D'en finir ?

— Venez, monsieur Geismar, répéta Sikorsky, mal à l'aise. Nous avons d'autres problèmes à régler.

— Plus tard.

Le général fronça les sourcils, puis haussa les épaules.

— Comme vous voudrez. Après tout, c'est mieux ainsi. Vous resterez jusqu'à son départ. Comme ça, personne ne vendra la mèche. Vous dormirez sur le canapé. Ça ne vous ennuie pas ? Herr Brandt le trouve assez confortable. Et nous pourrons discuter aussi longtemps qu'il vous plaira.

— Vous avez dit qu'Emil partait demain.

— J'ai menti. Il s'en va dès ce soir.

Toujours une longueur d'avance…

— Discuter de quoi ? Pourquoi Jacob est-il ici ? interrogea Emil, affolé.

— C'est vrai, pourquoi êtes-vous ici, monsieur Geismar ? lança Sikorsky, amusé. Voulez-vous nous l'expliquer ?

— Pourquoi être venu avec Lena ? insista Emil.

Jake ne l'entendit pas, obnubilé par le regard du général, implacable malgré son sourire. « Aussi longtemps qu'il vous plaira. » Toute la nuit, dans l'espoir d'apprendre quelque chose que Jake ne savait même pas. Enfermé ici jusqu'à ce que Sikorsky ait ce qu'il désirait. Plus seulement acculé : pris au piège.

— Lena pourra s'en aller ? demanda-t-il au général.

— Évidemment. Ça faisait partie du contrat…

Mais comment le croire ? Jake vit Lena poussée dans un train avec Emil pendant que lui-même, prisonnier dans sa chambre de l'hôtel Adlon, inventait des histoires pour convaincre Sikorsky. « J'ai menti. » Jamais les Russes ne laisseraient Lena s'en aller.

Le général lui enfonça son index dans le torse.

— Faites-moi un peu confiance, monsieur Geismar. Nous confierons Frau Brandt à votre ami. Ensuite, vous et moi prendrons un cognac. Rien de tel pour délier les langues. Vous pourrez me donner toutes vos informations sur le lieutenant Tully.

— Tully ? Vous connaissez Tully ? s'exclama Emil.

Jake n'eut pas le temps de répondre. Un coup à la porte le fit sursauter. Deux officiers russes couverts de décorations interpellèrent Sikorsky avant même d'avoir mis un pied dans la pièce. Jake crut qu'ils venaient chercher Emil, mais ils avaient autre chose en tête, un problème nécessitant de brefs échanges en russe avec force gestes à l'appui, jusqu'à ce que le général, agacé, leur fasse signe de passer dans la chambre. Il jeta un nouveau coup d'œil à sa montre.

— Désolé de rater vos explications, dit-il à Jake. Sûrement un grand moment. Frau Brandt, il vous reste peu de temps. Je vous suggère de remettre les détails à plus tard. Vous ferez une lettre à votre mari. M. Geismar vous aidera peut-être à la rédiger…

Il leva la tête et aboya quelque chose en russe en direction de la chambre, la réponse à une question qu'il était seul à avoir comprise.

— Bien sûr, c'est plus facile de vive voix. Moins impersonnel. Mais dépêchez-vous. Je n'en ai pas pour longtemps – un problème administratif, beaucoup moins dramatique que le vôtre.

— Pourquoi Jacob devrait-il t'aider à m'écrire, Lena ? Pourquoi ? s'enquit Emil, étonné.

Sikorsky jeta un sourire narquois à Jake.

— Excellent point de départ.

Il disparut dans la chambre, aboyant une nouvelle phrase en russe et laissant la porte de communication ouverte, si bien que le son de sa voix resta avec eux.

Jake tourna le dos à la porte, et son regard s'attarda sur le mur fissuré – une autre maison en ruine, il s'y revoyait soudain, le grincement des solives lui vrillait les oreilles. Pas de caméra Movietone attendant au-dehors, cette fois, des mitraillettes, mais le même calme avant la tempête. Sortir Lena d'ici. Agir, vite.

— Pourquoi accompagnez-vous Lena ? interrogea Emil. En quoi cette histoire vous concerne-t-elle ?

— Tais-toi, répondit Lena. Il est venu pour t'aider. Mon Dieu, quel guêpier… Qu'allons-nous faire, Jake ? Ils vont l'emmener. On n'a plus le temps de…

Jake entendait les voix russes par la porte ouverte, aussi graves que le grondement des fondations dans la maison de Gelferstrasse. Il en était simplement sorti à temps. Drôle de héros. Les gens ne voyaient que ce qu'ils voulaient voir. « Je n'en ai pas pour longtemps », avait dit Sikorsky.

— Le temps de quoi faire ? répliqua Emil. Vous arrivez ici ensemble, et…

— Mais tais-toi ! répéta Lena, le tirant par la manche d'un coup sec. Tu ne comprends donc pas ! C'était pour t'aider.

Emil se tut enfin, surpris par la force de Lena, si bien que, dans la pièce soudain silencieuse, les voix russes résonnèrent plus fort. Jake regardait toujours la fissure. Une ultime tentative. Exploiter l'effet de surprise.

— Surtout, continuez à parler. Dites quelque chose. N'importe quoi, du moment qu'ils croient qu'on s'explique.

Il ôta sa casquette et la posa sur la tête d'Emil, abaissant la visière pour juger de l'effet produit.

— Qu'est-ce qui vous prend ? Vous êtes fou ?

— Peut-être. Continuez à parler, répéta Jake. Dis quelque chose, Lena, qu'ils sachent que tu es toujours là... Déshabillez-vous, souffla-t-il à Emil tout en dénouant sa propre cravate. Vite !

— Oh, Jake...

— Il est fou, lâcha Emil.

— Vous voulez sortir d'ici, ou pas ?

— Sortir ? C'est impossible.

— Enlevez votre chemise, nom de Dieu ! Qu'avez-vous à perdre ? Ils vous offrent un aller simple pour Nordhausen, et cette fois, c'est vous qui trimerez dans les galeries.

Emil ouvrit des yeux ronds.

— Non. Ils ont promis...

— Les Russes ? Ne soyez pas si naïf. Aide-moi, Lena. Et dis quelque chose !

Pétrifiée, elle dévisagea Jake qui dut la pousser vers Emil, et elle déboutonna la chemise de son mari. La pâleur de sa peau.

— Fais ce qu'il te dit, je t'en prie... Tu sais, Emil, la situation est tellement difficile, ajouta-t-elle, haussant la voix à l'intention des Russes dans la chambre, ses mots se bousculant, un charabia ininterrompu.

Jake posa son holster sur le canapé et retira son pantalon.

— On est de la même taille. Il suffit de bien enfoncer la casquette. Les gardes ne me connaissent pas. Ils ne verront que l'uniforme...

Lena discourait toujours toute seule, mais elle s'essoufflait.

— Vite, bon sang ! lança Jake à Emil.

— Vous savez, pour Nordhausen ?

— J'y suis allé… (Jake lui jeta son pantalon.) J'ai vu ce que vous aviez fait là-bas.

Emil ne répondit pas, hébété.

— Jake, je n'y arrive pas, murmura Lena, se débattant avec la boucle du ceinturon d'Emil.

Sans un mot, celui-ci la défit et enleva son pantalon.

— Parfait. À votre tour, maintenant, ordonna Jake. Mettez mon pantalon et parlez. Assez fort, mais pas trop. Quelques mots de temps en temps. Lena, approche… Écoute-moi bien.

Il la prit par l'épaule.

— Jake…

— Chut… Tu sors d'ici avec Emil dans mon uniforme. Comme si tu repartais avec moi. Les soldats ne s'intéressent pas à nous. On n'est que des visiteurs. Avancez en silence. L'air naturel. Descendez l'escalier, rejoignez Brian et quittez les lieux. Dis-lui bien qu'il n'y a pas une minute à perdre, d'accord ? Mais qu'il vous accompagne. S'il n'a pas de jeep, prenez la mienne. Sur le Linden. Les clés sont dans la poche de mon pantalon. Et foncez. Les Russes vous suivront sûrement. Évitez la porte de Brandebourg, ils ont installé un poste de contrôle. Mais pas de détours inutiles. Prends le volant si nécessaire. Allez à l'appartement et restez-y. Surtout, qu'il ne se montre pas… (Jake désigna Emil, à présent en uniforme. Il redressa sa cravate.) Prêt ? Vous voyez, un vrai Américain…

— Et toi ? demanda Lena.

— On sort d'abord Emil d'ici. Je tiens ma promesse. Allez-y, à présent.

— Jake…

Elle tendit la main vers lui.

— Plus tard. Dites quelque chose, Emil. Et enfoncez-moi cette casquette.

— Mais s'ils nous arrêtent ?

— Eh bien, ils vous arrêteront.

— Vous allez tous nous faire tuer.

— Non, je vous sauve la vie, répliqua Jake en le regardant droit dans les yeux. À présent, on est quittes.

— Quittes ?

— Parfaitement. Plus de dette.

Jake s'avança et enleva ses lunettes à Emil.

— Je ne vois plus rien, gémit celui-ci.

— Prenez le bras de Lena. Allez, on y va.

Jake posa la main sur la poignée de la porte.

— Ne fais pas ça, ils te tueront, murmura Lena, une supplique.

— Bien sûr que non. Je suis une célébrité... (Il s'efforçait de sourire, mais il croisa le regard de Lena.) Vite, sortez ! (Il tourna la poignée, sans bruit.) Pas d'adieux. Dépêchez-vous.

Il s'effaça pour leur ouvrir la porte, leur faisant fébrilement signe de s'en aller. Une seconde d'hésitation, encore plus dangereuse que d'avancer franchement. Lena regarda Jake une dernière fois, se mordant la lèvre, puis elle glissa son bras sous celui d'Emil et l'entraîna dans le couloir. Jake referma derrière eux et se mit à parler seul, assez fort pour que sa voix porte jusqu'à la pièce voisine et rassure tout le monde, même les soldats en faction, en donnant l'illusion d'une conversation. Parler pour endormir la méfiance des Russes. Mais combien de temps poursuivraient-ils leur discussion ? Emil et Lena étaient dans le couloir, ils approchaient de l'escalier. Quelques minutes de sursis, avec un peu de chance. Jusqu'au moment où Sikorsky réapparaîtrait et porterait la main à son arme. Car, bien sûr, Lena avait raison – ils le tueraient. Plus d'échappatoire.

Il boutonna la chemise d'Emil, essayant de réfléchir

tout en continuant de parler. Un holster sur le canapé. Pourquoi n'avait-il pas dit à Emil et à Lena de récupérer le pistolet dans la salle à manger ? Brian serait-il assez dégrisé pour s'en saisir avant de partir ? Il devait prendre congé de ses compagnons de beuverie, suivre Emil et Lena entre les tas de briques jusqu'à la rue, sans courir, trébuchant dans l'obscurité. Il leur faudrait du temps. Jake inspecta la pièce du regard. Rien. Pas même une penderie ni une armoire wilhelminienne. La salle de bains jouxtait la pièce voisine. Aucune issue, sauf une porte gardée par des mitraillettes et une fenêtre ouvrant sur l'ancien jardin de Goebbels. Un atterrissage en douceur, mais pas du premier étage. Et encore moins du second. Le saut de la mort. Dans les films d'évasion, les prisonniers nouaient leurs draps, une tresse blanche comme les cheveux de Rapunzel. Un conte de fées. Jake jeta un coup d'œil au canapé : un seul drap et rien pour l'accrocher, sauf le radiateur devant la fenêtre, première chose que verraient les Russes par la porte de communication. Même le nœud le plus simple prendrait trop de temps. Jake se ferait descendre avant d'avoir fait la première boucle.

Il prit le ceinturon d'Emil, tout en se demandant à quoi bon s'habiller. Il devait pourtant y avoir une solution, un moyen de convaincre les soldats de le laisser passer. Ils voulaient tous des montres, comme le Russe derrière Alexanderplatz. Mais Jake était Emil, à présent, pas un GI avec quelque chose à vendre. Il se tourna vers la fenêtre. Un vieux radiateur qui n'avait pas dû marcher depuis un an, même si la manette du thermostat était relevée à fond. Vieillotte, assortie à la poignée de la porte. De la pièce voisine, un éclat de rire lui parvint. Les trois hommes ne tarderaient pas à se séparer. Combien de temps s'était écoulé ? Assez pour que Brian ait pu accompagner Emil et Lena jusqu'au Linden ? Jake se remit à discourir dans la pièce déserte – la scène d'explications que Sikorsky ne voulait pas rater.

Il glissa le ceinturon dans les passants, s'interrompit, regarda de nouveau la fenêtre. Pourquoi pas ? Au moins, ça permettrait d'amortir la chute. Il attrapa la ceinture du holster. Plus épaisse, et plus large. Tant pis. Il en introduisit l'extrémité en force dans la boucle du ceinturon d'Emil, poussant la pointe de métal dans le cuir et tirant d'un coup sec. Si ça tenait, il disposerait de... Combien ? Deux mètres ?

— Vous avez mieux à proposer ? demanda-t-il à voix haute, comme si Emil était encore là pour se disputer avec lui.

La boucle du holster, de forme carrée, était assez grande pour qu'il l'accroche à la manette du radiateur, s'il en avait le temps. « Je vous sauve la vie. »

Nouveaux éclats de rire. Jake s'avança à pas de loup vers la porte de communication, suant à grosses gouttes. Les yeux fixés sur le radiateur, il s'essuya la main, y enroula l'extrémité de la ceinture sur laquelle il referma les doigts, ne laissant dépasser que la boucle. Si l'opération durait plus d'une seconde, il était un homme mort. Une brève inspiration pour se donner du courage, et il s'élança en avant, accrocha la boucle à la manette du radiateur et enjamba le rebord de la fenêtre. Un petit bruit métallique quand la boucle s'immobilisa, à l'évidence couvert par les voix des officiers russes, puis un grognement étouffé lorsque Jake se laissa tomber, se retenant d'une main à la ceinture, les pieds dans le vide. Il testa la solidité du dispositif, mais se sentit soudain glisser, le cuir lui brûlant la paume jusqu'à ce qu'elle bute contre la seconde boucle, à laquelle Jake s'agrippa. Des deux mains, cette fois, suspendu de tout son poids à un simple anneau de métal, les bras déjà raidis par des crampes.

Il regarda en contrebas. Pas de parterre, des gravats. Il aurait besoin de toute la longueur du ceinturon d'Emil, chaque dizaine de centimètres réduisant le risque de se briser une cheville. Côté jardin, les fenêtres étaient de simples ouvertures sur une façade parfaitement lisse ; pas de linteaux, rien pour arrêter une chute, sauf un tuyau courant en diagonale sur le mur. L'Europe, où on mettait les gouttières à l'extérieur. Jake tenta d'évaluer la distance. Peut-être assez proche pour y poser les pieds lorsqu'il lâcherait le bout du ceinturon, le temps de retrouver l'usage de ses bras. Puis s'y cramponner et se laisser glisser. À la portée de n'importe quel monte-en-l'air.

Avec précaution, il déplaça de quelques centimètres une main, ensuite l'autre, empoignant sous la boucle le cuir plus étroit du ceinturon d'Emil. La sensation de brûlure toujours là, comme s'il serrait un bouquet d'orties. Aucun bruit au-dessus, seulement sa respiration haletante, et le raclement de ses chaussures contre le mur. Il y était presque.

Alors, quelque chose céda. La manette du radiateur ou la première boucle, impossible à dire, et Jake plongea avec le ceinturon, ses pieds rebondissant sur la gouttière, ses mains cherchant une prise sur la façade jusqu'à ce qu'elles rencontrent à leur tour la gouttière et s'y agrippent. Il contracta les épaules pour calmer les mouvements désordonnés de son corps, mais la gouttière ployait sous son poids. Un grincement avant-coureur, suivi d'un craquement, tel un coup de feu, et elle cassa net, entraînant Jake qui atterrit dans un fracas de métal sur les gravats. Un hurlement quand son corps s'écrasa au sol… Puis, dans le silence absolu entre deux respirations, il crut avoir perdu connaissance, mais un nouveau tronçon de gouttière s'abattit près de lui et il entendit des cris à la fenêtre du deuxième étage, qui emplirent la nuit comme des aboiements furieux.

Bouger. Il redressa la tête, la nuque trempée, pris de vertiges, et roula doucement sur le côté, grimaçant sous l'effet de la douleur à l'épaule. Ses pieds, eux, n'avaient pas trop souffert – juste un tiraillement lancinant à une cheville, mais rien de cassé. Une chemise blanche, cible idéale dans le noir. Il continua de rouler sur lui-même jusqu'au mur, s'y appuyant pour se relever afin de ne pas basculer en avant s'il s'évanouissait et de ne pas se retrouver dans la ligne de mire des Russes. D'autres cris, plus sonores, sans doute les gardes. Il longea le mur vers l'embrasure d'une porte dans l'obscurité, puis sursauta, une série de détonations, une rafale de mitraillette tirée au hasard vers le jardin. La première chose qu'il avait apprise sur la guerre : la violence des sons qui vous explosaient aux oreilles, assez fort pour vous traverser, pour courir dans vos veines.

Il se tapit contre la porte, à l'abri des balles. Était-elle fermée à clé ? Mais l'hôtel était une nasse, le dernier endroit où se réfugier. Sikorsky et ses hommes seraient-ils seulement sortis ? S'éloigner du Linden, quelques instants supplémentaires de diversion. Il inspecta le jardin du regard, tentant de se représenter sa disposition. Un mur intact jusqu'à l'angle du bâtiment, ensuite un autre, sans la moindre ouverture. Enfin, si. Une brèche, faite par un obus. Peut-être un cul-de-sac, mais impossible de rester dans le jardin – sa chemise blanche attirerait les balles d'une seconde à l'autre. Davantage de lumière, à présent : les faisceaux des torches électriques balayèrent les décombres, avant de les ratisser méthodiquement, assez puissants pour éclairer dans les coins, s'arrêtant sur les tas de gravats, sur le tronçon de gouttière, se rapprochant de Jake. Encore une minute, et il apparaîtrait dans un rayon lumineux, pris au piège comme un de ces gosses escaladant les falaises de la Volga – une cible facile.

Il se baissa, ramassa une brique et la jeta vers la gouttière, un coup de poker désespéré. Bien visé. Un tintement aigu entraînant le faisceau des torches électriques, puis une rafale de mitraillette. Sans même vérifier l'état de sa cheville, Jake fonça vers la brèche, les gravats crissant sous ses semelles. De nouveau des cris en russe. Quelques pas de plus. Une progression interminable. Les faisceaux lumineux se rapprochèrent, illuminant le mur et la brèche, suivis par une nouvelle rafale de mitraillette. Jake s'accroupit, une feinte pour attirer la lumière, après quoi il plongea dans la brèche, atterrissant sur son épaule blessée, se protégeant la tête de ses mains tandis que les balles sifflaient au-dessus de lui, avec des ricochets sur le plâtre. Il tremblait de tous ses membres, finalement confronté à la guerre.

Recommençant à rouler sur lui-même, il s'éloigna de la brèche sur un sol jonché de débris de verre et de papiers épars, les vestiges d'un bureau. Les tirs continuaient, une balle perfora une surface métallique. Jake retira la main de sa nuque poissée par le sang depuis sa chute et revit la gorge de Liz, l'hémorragie. Une balle suffisait. Pas plus.

Soudain les tirs cessèrent, remplacés par des cris. Il rencontra une masse froide, un casier métallique derrière lequel il rampa, et risqua un coup d'œil au-dehors. Des gens à toutes les fenêtres, les yeux fixés sur le jardin, hurlant des consignes, mais aucune à l'adresse de Sikorsky. Lui et ses hommes avaient dû se redéployer, dévaler l'escalier, déjà lancés à la poursuite de Jake.

À tâtons, il passa dans la pièce voisine, se dirigeant vers ce qu'il croyait être Wilhelmstrasse qui partait en diagonale derrière l'hôtel. S'éloigner le plus possible du Linden. Il faisait plus clair dans cette pièce à ciel ouvert, et Jake s'aperçut qu'il avait laissé derrière lui la partie du bâtiment demeurée debout. Seuls un tas de gravats et un espace découvert le séparaient encore de la façade en ruine. Il courut vers la rue. Les hommes de Sikorsky arriveraient par le jardin. Il aurait quelques secondes pour s'échapper et disparaître au milieu des décombres pendant qu'ils le cherchaient dans l'hôtel. Mais lorsqu'il atteignit une ouverture, prêt à bondir, il entendit des bruits de bottes sur la chaussée. Pris en tenaille.

Il partit vers la droite, contournant un amas de briques, longeant toujours la rue. Plutôt que dans Wilhelmstrasse, les Russes iraient d'abord dans la pièce au casier métallique, avec l'espoir de l'y trouver mort. Il surveilla la rue par les ouvertures de la façade en ruine. Avancer, coûte que coûte. Une nouvelle pièce, immense, d'où des poutrelles tordues dépassaient comme d'un tipi. Derrière lui, d'autres bruits de bottes. Les hommes de Sikorsky entraient dans le bâtiment. Étaient-ils tous là ? Il se glissa sans bruit dans la pièce suivante. Et s'arrêta net. Pas un simple tas de gravats, une petite montagne : même la façade s'était effondrée, une voie sans issue dans ce labyrinthe. Il fallait rebrousser chemin. Mais les bruits de bottes le rattrapaient, résonnant à travers le bâtiment. Il leva la tête vers le ciel nocturne. Un seul moyen de s'en sortir : par en haut.

Il entreprit d'escalader les décombres, terrifié à l'idée de faire un faux pas, de déloger des briques qui en entraîneraient d'autres, donnant l'alarme. S'il atteignait le sommet, il pourrait gagner l'immeuble voisin, reprendre son souffle tandis que les Russes fouillaient celui-ci. Il poursuivit son ascension malgré la douleur à son épaule, à quatre pattes. Des briques bougeaient, s'enfonçant et roulant sous ses pas, mais moins bruyamment que les Russes, qui s'interpellaient d'une pièce à l'autre. Et que se passerait-il si, de l'autre côté, la montagne tombait à pic, face à un mur ?

Ce ne fut pas le cas. Arrivé en haut, à plat ventre, il ne vit qu'une nouvelle étendue de gravats en pente douce, débordant sur la rue et indépendante de l'immeuble voisin. Il aperçut aussi, en prenant soin de ne pas se redresser, des phares qui balayaient la chaussée, un véhicule militaire soviétique dont Sikorsky jaillit d'un bond, revolver à la main, faisant ensuite signe au chauffeur de continuer dans la direction opposée au Linden. Le général resta quelques instants immobile à regarder autour de lui sans lever la tête, et Jake se prit à espérer qu'il pourrait demeurer perché là, le seul endroit où personne ne penserait à le chercher. Mais pour combien de temps ? Jusqu'à ce que le soleil levant éclaire sa chemise blanche et qu'il soit encerclé par des hommes en armes ? Un autre véhicule approcha lentement, s'arrêta le temps que Sikorsky donne ses consignes, puis rejoignit Behrenstrasse, rue adjacente dont l'accès serait désormais coupé. Unique issue possible : le long de Wilhelmstrasse, si Jake parvenait à s'y engager avant que la rue soit illuminée par les phares. Il regarda Sikorsky pénétrer dans le bâtiment avec un soldat. Le moment ou jamais, pendant que le second véhicule manœuvrait à l'entrée de Behrenstrasse.

Il se laissa doucement glisser sur le dos, comme s'il descendait une dune, mais des briques roulèrent autour de lui, une petite avalanche, plus bruyante que du sable. Les Russes allaient entendre le vacarme, malgré le bruit du moteur. Il s'accroupit, respira profondément et suivit la pente, entraîné par son poids, volant presque, persuadé d'atterrir la tête la première sur la chaussée. Il chancela en posant le pied sur cette surface lisse, puis s'élança dans la rue. Combien de temps avant que le véhicule fasse demi-tour dans Behrenstrasse ? Les pas de Jake résonnaient alors qu'il courait vers le sud, s'éloignant du ministère de l'Air en ruine. Sans attirer l'attention. Jusqu'à ce qu'une rafale de mitraillette déchire la nuit. Tirée du véhicule sur Behrenstrasse, où les soldats avaient vu passer la chemise blanche à la lumière de leurs phares. Jake baissa la tête sans ralentir l'allure, cherchant désespérément une autre brèche entre les décombres. Des cris derrière lui, de nouveau des bruits de bottes – sans doute Sikorsky et ses hommes sortant dans la rue, alertés par les coups de feu.

Une longue perspective plongée dans l'obscurité, et, à son extrémité, l'autre véhicule militaire soviétique arrêté à la hauteur de Voss-strasse, près de l'ancienne chancellerie. Disparaître derrière les bâtiments, dans le dédale de ruines autour du bunker de Hitler. Malheureusement, les décombres formaient un mur ininterrompu. Encore des cris. Il y aurait des sentinelles à l'entrée du bunker, même la nuit, à cause des pillards. Que penseraient-elles en voyant Jake courir pour échapper aux balles ? La rue allait se terminer d'une seconde à l'autre, le véhicule barrant l'accès au carrefour, et quelqu'un s'était remis à tirer, peut-être au hasard, peut-être vers le reflet blafard de sa chemise.

Il bifurqua vers une zone sombre parmi les décombres. Un cul-de-sac, sorte de cratère lunaire adossé à l'ancienne chancellerie. Il repensa à Liz prenant photo sur photo. La longue salle de réception, et, au fond, le bureau saccagé de Hitler ouvrant sur le bunker. À cette heure, personne n'y ferait provision de souvenirs. Il escalada les gravats jusqu'à une fenêtre du rez-de-chaussée et sauta à l'intérieur, enfin à l'abri de la rue. Ses yeux habitués à la pénombre, il se remit en route, se cognant le tibia contre un fauteuil renversé, reculant vers le mur pour gagner à tâtons la fenêtre suivante. Un peu plus de lumière, assez pour se rendre compte que la salle de réception était toujours sens dessus dessous, un champ de mines avec ses meubles brisés et ses lustres au sol. Jake continua de longer le mur, évitant le monceau de plâtras au centre de la pièce. Encore des cris à l'extérieur. Les hommes de Sikorsky avaient dû atteindre le véhicule arrêté au carrefour, ils revenaient à travers les ruines. La chasse était ouverte. Se rapprocher à tout prix du bunker, où les sentinelles n'avaient peut-être rien remarqué. Exploiter l'effet de surprise.

Jake était près d'un fauteuil éventré quand une porte-fenêtre s'ouvrit à la volée. Il plongea derrière le fauteuil, retenant son souffle comme si le moindre halètement pouvait le trahir. Sikorsky. Accompagné de quelques hommes, dont un garde mongol. Tous brandissant mitraillettes et torches électriques dans la salle de réception silencieuse. D'un geste, Sikorsky leur ordonna de se déployer. Ils s'immobilisèrent, le temps que se taisent les derniers échos de leur entrée fracassante, puis le général se dirigea vers le fauteuil. Jake se figea. Il sentit un picotement sur sa nuque. Pas à cause de la peur ; un filet de sang qui recommençait à couler, trempant sa chemise. Combien en avait-il perdu ?

— Geismar !

La voix de Sikorsky se répercuta à travers la pièce

tandis qu'il se tournait vers le bureau et les portes-fenêtres du fond.

— Vous ne pouvez pas sortir !

Pas par le jardin, en tout cas, ni par la rue.

— Personne ne vous tirera dessus ! Vous avez ma parole !

Tout en criant, il faisait signe à ses hommes de fouiller la salle de réception. À Stalingrad, ils avaient reconquis la ville immeuble par immeuble, une guerre de tireurs embusqués.

— On a capturé Brandt ! ajouta-t-il, tendant l'oreille pour guetter une réponse.

Jake laissa échapper un soupir dont il redouta d'entendre l'écho. Avaient-ils vraiment capturé Emil ? Non, ils s'étaient trop vite lancés à sa propre poursuite pour en avoir eu le temps. Sikorsky aussi était un piètre joueur d'échecs.

À son signal, ses hommes s'avancèrent avec leurs torches, le garde mongol restant seul près de l'entrée. Mais il était armé. Les faisceaux lumineux allaient ratisser la salle de réception dans un sens, puis dans l'autre. Aucun moyen d'accéder au jardin. Jake jeta un coup d'œil par la fenêtre. Distraire l'attention du Mongol, le temps de s'enfuir et de traverser Vossstrasse. Seulement, le véhicule militaire bloquait toujours le carrefour, prêt à faire feu, sans compter qu'un autre Mongol risquait d'être posté sur les marches. Rebrousser chemin comme il était venu, jusqu'au cratère lunaire ? Pas avec chacun de ses pas qui résonnait dans l'immense pièce, et pour unique arme un accoudoir de fauteuil. Fin de la partie.

Les Russes approchaient du fond de la salle de réception, torches braquées vers le bureau de Hitler où des GI's avaient pris comme souvenirs des éclats de la table en marbre. Deux soldats furent envoyés pour inspecter la pièce, puis ils revinrent vers le fauteuil de Jake. Combien, en tout ? Quatre, plus Sikorsky. Un bruit de verre brisé, quelqu'un avait dû écraser une ampoule d'un lustre. Quelques minutes s'écoulèrent. Ensuite, les cinq hommes s'arrêtèrent, la tête tournée dans la même direction, aux aguets. Jake, pétrifié derrière son fauteuil, avait-il bougé sans s'en rendre compte ? Non, un bruit différent, venant de l'extérieur, qui s'amplifiait de minute en minute – un bouchon qu'on faisait sauter, le ronflement d'un moteur, des cris de joie qui fusaient. Jake se tordit le cou pour mieux voir. Un véhicule descendait Wilhelmstrasse, presque dans le faisceau des phares soviétiques.

— La guerre est finie ! On a gagné ! hurla quelqu'un en anglais.

Comme dans un stade à la fin d'un match. Alors, Jake vit la jeep où des soldats debout faisaient le « V » de la victoire, une bouteille de bière à la main. En pleine lumière, à présent. Des Américains, sorte de cavalerie fantôme qui venait à la rescousse, tout droit sortie des romans de Günther. En sautant par la fenêtre, Jake aurait presque pu se mêler à eux. Les Russes qui barraient l'accès au carrefour, cloués sur place, écarquillaient les yeux, ne sachant que faire. Et puis, avant que Jake ait pu bouger, les GI's, poussant toujours des hourrahs, se mirent à tirer en l'air pour saluer la victoire.

— La guerre est finie !

Mais les Russes n'entendirent que les coups de feu. Pris de court, ils répliquèrent, une rafale de mitraillette fauchant la jeep. Un GI, touché de plein fouet, s'écroula sur le pare-brise.

— Qu'est-ce qui vous prend ? cria son collègue, la voix couverte par une nouvelle rafale.

Tous les occupants de la jeep s'accroupirent en tirant à leur tour sur le véhicule soviétique, et Jake, horrifié, vit se rejouer sous ses yeux la fusillade du marché de Potsdam : un mélange de cris et de détonations, des soldats qui tombaient sous les balles comme à la guerre.

Dans l'ancienne chancellerie, les hommes de Sikorsky se ruèrent vers la sortie, s'interpellant et trébuchant sur les gravats. Les coups de feu signifiaient que Jake avait pu s'enfuir. Du haut de l'escalier, ils aperçurent la jeep et se mirent à tirer eux aussi. Les Russes du carrefour, se sentant attaqués sur leur gauche, pivotèrent sur eux-mêmes et répondirent. Des marches à découvert, nulle part où se cacher. Le Mongol, touché le premier, s'effondra tandis que ses collègues se baissaient. Sikorsky hurla quelque chose en russe avant de porter les mains à son ventre. Frappé de stupeur, Jake le regarda tomber à genoux alors que les balles sifflaient toujours entre les colonnes.

— Merde ! Ed est touché ! hurla quelqu'un en américain.

Autre rafale tirée de la jeep en direction du véhicule soviétique. Puis un cri rauque en provenance des marches, et la fusillade cessa aussitôt. Les soldats russes, hébétés, contemplaient la chancellerie depuis le carrefour, Sikorsky toujours à genoux, son uniforme enfin visible alors qu'il basculait en avant.

— Vous êtes fous, ou quoi ? Il est touché ! répéta le GI, penché sur son camarade.

Les soldats russes, abrités par leur véhicule, brandirent à tout hasard leurs mitraillettes, refusant de croire qu'on ne les attaquait pas.

— Vous, tirer ! bredouilla l'un d'eux.

— Abruti ! Ce n'est pas nous. C'est vous qui avez tiré ! La guerre est finie ! (Agitant un mouchoir, le GI descendit avec précaution de la jeep.) Mais qu'est-ce qui vous a pris ?

Un soldat russe se redressa et fit un pas vers lui. Ils avaient tous les deux leur arme à la main. Pendant quelques instants, plus personne ne parla, un silence palpable. Leurs collègues s'avancèrent lentement, découvrant avec consternation les corps étendus autour d'eux. Le Russe se tourna vers les marches, l'air terrifié comme s'il pensait à la punition qui l'attendait, sans bien comprendre ce qui s'était passé. Le Mongol, blessé, appelait à l'aide, mais il se contenta de le regarder fixement, ne réagissant même pas lorsque Jake sortit en boitant du bâtiment, s'approcha de Sikorsky et s'empara du revolver posé à côté de lui.

— Eh là ! Qui êtes-vous ? l'interpella un GI, surpris par ses vêtements civils.

Jake examina Sikorsky. Le regard vitreux, mais toujours vivant, respirant avec difficulté, le torse poissé de sang. Il s'agenouilla près de lui, le revolver à la main. Les autres Russes ne bougeaient pas, aussi stupéfaits que devant un fantôme.

Sikorsky eut un sourire amer.

— Vous…

Jake secoua la tête.

— Non, vos propres hommes.

Sikorsky jeta un coup d'œil vers la jeep.

— Shaeffer ?

— Non. Personne. La guerre est finie, voilà tout…

Le général poussa un grognement. Jake regarda le sang jaillir de sa blessure. Plus pour longtemps.

— Dites-moi pour qui Tully travaillait, reprit-il. L'autre Américain…

Sikorsky ne répondit pas. Jake approcha le revolver. Dans la rue, les Russes tressaillirent, mais ils continuèrent d'attendre, sur leurs gardes. Qu'allaient-ils faire s'il tirait ? Recommencer à s'entre-tuer ?

— Pour qui ? Dites-le-moi, insista Jake. Ça n'a plus d'importance, à présent…

Sikorsky voulut lui cracher au visage, mais il était trop faible et le filet de salive retomba sur ses lèvres. Jake lui braqua l'arme contre le menton.

— Pour qui ?

Sikorsky le défia du regard, toujours avec ce sourire amer.

— Achevez-moi, dit-il, fermant les yeux.

Le seul à connaître la vérité, et il était sur le point de mourir. Jusqu'à la fin, tout serait allé de travers. Devant ces paupières closes, Jake écarta l'arme, épuisé.

— Je vous laisse ce soin. Mon amie abattue à cause de vous a dû mettre une minute à mourir. J'espère qu'il vous faudra deux fois plus longtemps. Une minute pour penser à elle. J'espère que vous verrez son visage…

Sikorsky ouvrit des yeux exorbités, comme s'il la voyait bel et bien.

— Parfait. C'est tout ce que vous méritez, affirma Jake en se relevant. Maintenant, une minute pour les gosses sur les falaises de la Volga. Vous les voyez ? (Il soutint quelques secondes le regard écarquillé de Sikorsky.) Blindé jusqu'à la fin.

Il descendit les marches sans se retourner, même lorsqu'il entendit un hoquet étranglé derrière lui. Il tendit le revolver au soldat russe interloqué.

— Va-t-on enfin m'expliquer ce qui se passe ici, bordel ? dit le GI.

— Vous parlez allemand ? demanda Jake au soldat russe. Faites évacuer vos hommes.

— Pourquoi vos collègues ont-ils tiré ?

— Le Japon a capitulé.

Le Russe en resta bouche bée.

— Vous avez des blessés, ajouta Jake, soudain pris d'un vertige. Nous aussi. Il faut les évacuer. Déplacez votre véhicule.

— Mais comment vais-je expliquer…

Jake contempla le corps d'un soldat russe sur la chaussée, ensanglanté. Toute l'absurdité de la guerre.

— Je n'en sais rien…

Il fit face au GI en se palpant la nuque, puis regarda sa main rougie par le sang.

— Je suis blessé. Vous pouvez m'emmener ?

— Nom de Dieu ! (Le GI interpella le Russe.) Dégage ce véhicule, connard !

L'homme les dévisagea, l'air interrogateur, avant de faire signe au chauffeur de démarrer.

Dans la jeep, les GI's s'écartèrent pour que Jake puisse monter, l'un d'eux avec une bouteille de bière encore à la main.

— Alors comme ça, la guerre est finie ? lança Jake.

— Elle l'a été, quelques minutes.

18

À son réveil, il vit le visage de Lena penché sur lui dans un halo.

— Quelle heure est-il ?

Un pâle sourire.

— Midi passé. (Elle lui posa la main sur le front.) Tu as bien dormi. Erich, va chercher le Dr Rosen. Dis-lui que Jake est réveillé…

Un bruit de pas précipités, puis tout se brouilla tandis que le garçonnet quittait la pièce.

— Comment es-tu arrivé jusqu'ici ? reprit-elle. Tu peux parler ?

Comment ? Après un trajet en jeep plein de cahots, il s'était retrouvé sur le Kurfürstendamm au milieu des phares, des coups de klaxon, des GI's euphoriques qui dansaient jusque dans la rue avec leurs cavalières. Et puis, un blanc.

— Où est Emil ? demanda-t-il.

— Ici. Tout va bien. Non, ne te lève pas. Rosen a dit… (Elle lui passa de nouveau la main sur le front.) Tu n'as besoin de rien ?

Il secoua la tête.

— Dire que tu t'en es sorti…

Rosen apparut à la porte avec Erich et vint s'asseoir sur le lit, sortant une minuscule torche électrique qu'il braqua sur l'œil droit de Jake, puis sur le gauche. Il lui glissa ensuite une main sous la nuque pour vérifier son pansement.

— Comment vous sentez-vous ?

— En pleine forme.

— Les points de suture ont l'air de tenir. Mais vous devriez voir un médecin américain. Avec une blessure à la tête, il y a toujours un risque. Asseyez-vous. Pas de vertiges ?

Il examina la zone autour du pansement, après avoir confié sa torche à Erich qui la remit avec soin dans le sac.

— Mon nouvel assistant, déclara-t-il affectueusement. Il ferait un excellent médecin.

Jake se pencha en avant tandis que Rosen lui palpait méthodiquement le haut du dos.

— Un peu enflé, rien de grave. Mais il faudrait quand même une radio. Les Américains ont un appareil à rayons X ? Pour votre épaule aussi, ce serait utile.

Baissant les yeux, Jake découvrit une énorme ecchymose et fit jouer son articulation. Pas de luxation.

— Vous vous êtes fait ça comment ?

— En tombant.

Rosen eut l'air sceptique.

— Une belle chute, alors.

— Deux étages, répondit Jake, clignant des yeux au soleil de la mi-journée. J'ai perdu connaissance longtemps ? Vous m'avez administré quelque chose ?

— Non, le corps est le meilleur des médecins. S'il

n'en peut vraiment plus, il coupe le contact le temps de se rétablir. Erich, tu veux bien vérifier sa température ?

Avec solennité, le garçonnet appliqua sa paume fraîche sur le front de Jake.

— Normale, conclut-il d'une voix aussi fluette que sa main.

— Vous voyez ! Un excellent médecin !

— Mais qui a besoin de repos, intervint Lena, prenant l'enfant par les épaules. Il t'a veillé toute la nuit. Par précaution.

— Tu veux dire qu'il t'a tenu compagnie ?

Jake imagina Erich blotti contre elle dans le fauteuil.

— Un peu des deux. Il t'aime bien, tu sais.

— Merci, Erich, dit Jake.

Flatté, le garçonnet sourit gravement. Rosen reprit son sac.

— Vous êtes tiré d'affaire. Mais du repos, pendant vingt-quatre heures. Au cas où.

— Pour toi aussi, Erich, lança Lena. À la sieste... Venez, je vous ai fait du café, ajouta-t-elle à l'adresse de Rosen.

Le médecin et l'enfant la suivirent docilement.

— À toi aussi, dit-elle à Jake. Je reviens tout de suite.

Ce fut finalement Emil qui apporta le café, refermant avec soin la porte derrière lui. Dans ses vêtements habituels, une chemise élimée sous un gilet usé. Il tendit la tasse à Jake avec raideur, évitant son regard, mélange de défiance et de timidité.

— Lena met Erich au lit, expliqua-t-il. C'est un enfant juif ?

— C'est un enfant comme les autres, répliqua Jake, observant Emil par-dessus sa tasse.

Celui-ci se redressa, visiblement agacé, puis retira ses lunettes et les essuya avec son mouchoir.

— Vous avez changé.

— En quatre ans, tout le monde peut changer.

Jake porta la main à sa tempe dégarnie, mais la douleur le fit grimacer.

— Quelque chose de cassé ? interrogea Emil à la vue de l'ecchymose.

— Non.

— Drôle de couleur… Vous avez mal ?

— Et ça se prétend scientifique ! Évidemment que j'ai mal !

— J'imagine que je dois vous remercier.

— Ce n'est pas pour vous que j'ai fait tout ça. Les Russes auraient aussi emmené Lena.

— Voilà donc pourquoi vous avez changé de vêtements avec moi… En tout cas, merci… (Emil baissa les yeux, sans cesser d'essuyer ses lunettes.) Pas évident, de remercier l'homme qui… (Il rangea son mouchoir.) Quelle ironie… On retrouve sa femme, mais elle est à un autre. De ça également, je dois vous remercier ?

— Écoutez, Emil…

— Ne vous justifiez pas. Lena m'a tout avoué. On dirait que c'est un phénomène courant en Allemagne, désormais. Ça revient dans les conversations. Une femme seule, le mari qu'on croit mort. Un vieil ami de la famille. Le rationnement. Ce n'est la faute de personne. Il faut bien vivre.

La version donnée par Lena, ou celle qu'Emil avait choisi de croire ?

— Lena n'est pas ici pour les rations.

Emil dévisagea longuement Jake, puis il détourna le regard et vint s'asseoir sur l'accoudoir du fauteuil, tripotant ses lunettes.

— Et maintenant ? Qu'allez-vous faire ?

— À votre sujet ? Je n'ai rien décidé.

— Vous ne me renvoyez pas à Kransberg ?

— Pas avant de savoir qui vous en a fait sortir. Pour éviter que ça recommence.

— Vous me retenez prisonnier ?

— Ne vous plaignez pas. Vous pourriez être à Moscou.

— Je ne peux pas rester ici. Pas avec vous et Lena.

— Vous n'aurez pas fait un pas dans la rue que les Russes vous tomberont dessus.

— Pas si je suis chez les Américains. Vous n'avez pas confiance dans vos compatriotes ?

— S'agissant de vous, non. Vous les avez écoutés, et voyez le résultat.

— Comment pouvais-je me douter ? Ce jeune homme était si… bienveillant. Il proposait de me faire rencontrer Lena. À Berlin.

— Où vous pouviez récupérer quelques archives au passage. Cette fois-là aussi, vous étiez envoyé par von Braun ?

Emil parut perplexe, puis il secoua la tête.

— Non, il les croyait détruites.

— Mais pas vous.

— En effet. Avec mon père, je me méfiais. J'avais raison : il vous les a données.

— Il ne m'a rien donné du tout. J'ai dû les lui arracher. Il vous a protégé jusqu'à la fin, Dieu sait pourquoi.

— De toute façon, ça ne change rien, marmonna Emil, fixant le sol.

— Pour lui, si.

Emil encaissa en silence.

— À présent, en tout cas, c'est vous qui les avez.

— Tully n'a pas eu cette chance. Pourquoi, d'ailleurs ? Vous lui parlez de vos archives, et vous ne lui dites pas où elles sont ?

Pour la première fois, Emil esquissa un sourire, étrangement condescendant.

— C'était inutile. Il croyait le savoir. Il prétendait connaître l'endroit où les Américains stockent toutes les archives. Aussi incroyable que ça puisse paraître, il m'a offert son aide. D'après lui, seul un Américain était en mesure de les récupérer. Je l'ai laissé parler. Il devait me les remettre, conclut-il avec un hochement de tête.

— Par bonté d'âme ?

Ou pour passer deux fois à la caisse ?

— Moyennant finances, bien sûr. Mais j'ai quand même accepté. Je savais qu'il ne les trouverait pas – que je n'aurais donc rien à payer. Et s'il pouvait m'aider à quitter Kransberg… Je me suis cru plus malin que lui. C'est là qu'il m'a livré aux Russes.

— Drôle d'équipe. Pourquoi lui avoir fait toutes ces confidences ?

— Je ne tiens pas bien l'alcool. Disons que c'était par… désespoir. Comment vous expliquer ? Toutes ces semaines passées à attendre, à se demander pourquoi on ne nous envoyait pas aux États-Unis… Et puis il a été question de procès, des Américains qui voyaient des nazis partout, alors j'ai eu peur qu'on ne nous laisse jamais partir. C'est là que j'ai dû confier mes craintes à Tully. Et si les Américains nous mettaient dans le même sac que les nazis, à cause de ce qu'on avait dû faire pendant la guerre ? Que pourrions-nous répondre ? Il y avait des archives, tout y était consigné. « Quelles archives ? » m'a demandé Tully. Celles des SS, évidemment. Ils gardaient tout. Il fallait que je sois passablement ivre pour lui révéler de telles choses. Mais il m'a expliqué que c'étaient seulement les Juifs qui pourchassaient les nazis – que les Américains avaient besoin de nous. Pour qu'on mène nos recherches à bien. Il comprenait l'importance de nos travaux... (Emil parlait soudain avec plus de conviction.) Il avait raison, vous savez. Abandonner maintenant, si près du but...

Jake posa sa tasse et prit une cigarette.

— Donc, vous voilà en route pour Berlin, du jour au lendemain. Racontez-moi comment ça s'est passé.

— Une nouvelle séance de débriefing ?

— On a tout le temps. Asseyez-vous confortablement. Ne laissez aucun détail de côté.

Emil se réinstalla dans le fauteuil et se frotta les tempes, comme pour mettre de l'ordre dans ses souvenirs. Mais l'histoire qu'il avait à raconter était sans surprise. Jake la connaissait déjà. Aucun autre Américain n'y apparaissait. Sikorsky avait emporté dans la mort le nom du second associé de Tully. Jake en apprit juste un peu plus sur le passage de la frontière entre zone américaine et zone soviétique. Les sentinelles n'avaient semble-t-il fait aucune difficulté.

— Même là, je ne me suis douté de rien, déclara Emil. Seulement à Berlin. Alors, j'ai compris que c'était fini pour moi.

— Mais pas pour Tully, constata Jake, réfléchissant tout haut. Il avait un nouveau filon à creuser, grâce à votre petite discussion. Et qui pouvait rapporter gros. Au fait, les autres étaient au courant, à Kransberg ?

— Mes collègues ? Bien sûr que non. Ils n'auraient pas...

— Quoi ? Été aussi compréhensifs que Tully ? Ils se seraient retrouvés dans un sacré pétrin, non ? Avec des explications gênantes à fournir.

— J'ignorais ce que Tully avait en tête. Je croyais que les archives étaient détruites. Jamais je n'aurais trahi mes amis. Jamais ! répéta Emil, indigné. On forme une équipe, vous comprenez. On travaille ensemble.

Von Braun a fait des pieds et des mains pour qu'on ne soit pas séparés. Vous n'imaginez pas le mal qu'il a eu. Il a même été arrêté, un homme de cette valeur ! Mais on est restés ensemble, toute la guerre. Et quand on partage ce genre d'épreuves… Personne n'a idée de ce qu'on a vécu. De ce qu'on a dû faire.

— Façon de parler. Nom de Dieu, Emil, j'ai lu vos archives !

— Parfaitement, ce qu'on a dû faire. Qu'est-ce que vous croyez ? Que je suis un SS, moi aussi ?

— Je n'en sais rien. Tout le monde peut changer, vous l'avez dit.

Emil se leva.

— Je n'ai pas à me justifier. Surtout devant vous.

— Vous aurez à le faire tôt ou tard. Autant commencer tout de suite.

— Un procès, maintenant ? Dans cette maison de passe ?

— Contrairement à vous, ces filles n'étaient pas à Nordhausen.

— Nordhausen… Si vous pensez qu'il suffit de lire quelques pages d'un dossier pour…

— Non, j'y suis allé. J'ai vu les camps. Et ceux qui travaillaient pour vous.

— Pour moi ? Vous croyez qu'on a voulu ça ? Ce sont les SS qui ont tout organisé, pas nous. On n'avait rien à voir avec eux.

— Mais vous avez fermé les yeux.

— Que pouvait-on faire ? Porter plainte ? Vous n'imaginez pas comment c'était.

— Racontez-moi.

— Qu'y a-t-il à raconter ? Que voulez-vous donc tant savoir ?

Décontenancé, Jake le regarda sans rien dire. Les

mêmes lunettes et les mêmes yeux de myope, mais où se lisait à présent l'affolement d'un homme pris au piège. Oui, que voulait-il donc tant savoir ?

— Ce qui vous est arrivé. On a été amis, après tout.

Emil frémit, comme piqué au vif.

— C'est vrai. En apparence, seulement. En réalité, vous étiez l'ami de Lena… (Il fixa Jake, puis se tassa dans le fauteuil, anéanti.) Ce qui m'est arrivé ? Comment osez-vous me poser la question ? Vous étiez là. Vous savez ce qui s'est passé en Allemagne. Vous croyez que je m'en suis réjoui ?

— Non.

— En effet. Mais que fallait-il faire ? Démissionner comme mon père, en attendant des jours meilleurs ? Jusqu'à quand ? Peut-être à jamais. Pour moi, le temps pressait. À cause de mon travail. Je ne pouvais pas tout miser sur un éventuel changement politique. Nous étions au début d'une aventure fabuleuse. Comment attendre ?

— Donc, vous vous êtes mis au service des nazis.

— Non, on leur a résisté, à eux et à leur stupide ingérence, à leurs exigences aberrantes, leurs foutus rapports, et tout ça. Ils nous ont privés de Dornberger, notre directeur, et là aussi il a fallu tenir bon. Pour réussir à poursuivre nos recherches, même après la guerre. Vous comprenez ce que ça représente, de conquérir l'espace ? De tenter quelque chose que personne n'a jamais réalisé ? Mais c'est difficile, et ça coûte cher. Quel autre moyen avions-nous ? Les nazis nous offraient de l'argent. Pas assez, mais suffisamment pour continuer d'avancer, pour survivre.

— En leur construisant des armes ?

— Oui, des armes. C'était la guerre. Je devrais avoir honte ? (Il baissa pourtant les yeux.) L'Allemagne est ma patrie. Ce que je suis. Et Lena aussi, ajouta-t-il en se redressant. Le même sang. En temps de guerre, on est parfois amenés…

— J'ai tout vu, Emil. À Nordhausen, ça n'avait rien à voir avec la guerre. Il s'agissait d'autre chose. Vous aussi, vous avez vu.

— Les nazis prétendaient qu'ils n'avaient pas le choix. Il fallait tenir le calendrier. Ils avaient besoin de tous ces prisonniers.

— Et ils les ont tués. Pour respecter votre calendrier.

— Pas le nôtre. Le leur. Une aberration, comme le reste. Était-ce aberrant de maltraiter les prisonniers ? Évidemment, mais tout était aberrant. Quand j'ai découvert le site, je n'ai pas voulu y croire. Pas ça, pas chez nous, en Allemagne ! Mais à l'époque, tout le pays était pris de folie. Dans ces conditions, on sombre vite dans la folie soi-même. Comment peut-on demeurer sain d'esprit, quand la folie est la norme ? Les nazis nous faisaient faire des statistiques délirantes, mais il aurait été fou de refuser. À cause des pressions qu'ils exerçaient sur nous et nos familles, on devenait aussi fous qu'eux. On savait bien que la situation était sans issue, nous tous qui participions au programme. À la fin, même les chiffres ne signifiaient plus rien. Vous ne me croyez pas ? Écoutez ceci. Simple exercice mathématique… (Il se mit à arpenter la pièce, redevenant un petit garçon avec la tête dans les chiffres.) À l'origine, il était prévu de produire neuf cents fusées par mois, soit trente tonnes d'explosifs par jour pour détruire l'Angleterre. C'était en 1943. Hitler, lui, réclamait deux mille fusées par mois, un objectif impossible qu'on n'a jamais pu atteindre. Mais comme c'était tout de même l'objectif, il fallait toujours plus de prisonniers pour parvenir à ces chiffres déments. On en était loin. Et si on y était arrivés ? Ça aurait représenté soixante-six tonnes d'explosifs par jour. Soixante-six… Alors qu'en 1944 les Alliés, eux, en déversaient trois mille tonnes par jour sur l'Allemagne. Soixante-six contre trois mille, telles étaient les données du problème. Et pour le résoudre, on a fait travailler jusqu'à quarante mille prisonniers. On en avait besoin de toujours plus, pour atteindre l'objectif. Vous me demandez de vous expliquer ce qui s'est passé ? Les nazis étaient fous, et ils nous ont rendus fous. Je n'ai pas d'autre explication. Que répondre à une question pareille ?

Il eut un geste d'impuissance.

— J'aimerais pourtant qu'on me donne enfin une réponse, dit Jake. Tout le monde a une bonne excuse, dans ce pays. Mais pas de réponse précise.

— À quelle question ?

— Pourquoi mille cent calories par jour, par exemple ? Un chiffre de plus…

Emil détourna le regard.

— Vous m'accusez ?

— Juste d'avoir effectué les calculs.

Il y eut un silence, puis Emil s'approcha de la table de chevet et prit la tasse de Jake.

— Vous avez fini votre café ? (Il resta près du lit, contemplant la tasse vide.) Alors, maintenant, vous me mettez tout sur le dos… Pour vous sentir moins coupable de m'avoir pris ma femme ?

— Je ne vous mets rien sur le dos, répliqua Jake. Débrouillez-vous avec votre conscience.

Emil hocha la tête.

— Nos nouveaux juges… qui rejettent la faute sur nous, et qui rentrent ensuite chez eux en laissant une moitié du pays accuser l'autre. Comme s'ils souhaitaient que la guerre ne finisse jamais.

— Sauf pour vous, qui espérez partir avec toute votre équipe poursuivre vos précieuses recherches aux États-Unis. C'est ça l'idée, non ? Vous, von Braun et les autres. Plus de réponses à fournir. Oubliées, les questions gênantes. Plus d'archives.

— Vous êtes sûr que les Américains s'intéressent à ces documents ? demanda Emil, regardant Jake pardessus ses lunettes.

— Certains, oui.

— Et mes collègues à Kransberg ? Vous leur feriez ça, à eux aussi ? Un coupable ne vous suffit pas ?

— Vous n'êtes pas seul en cause.

— Ah bon ? Entièrement d'accord. Il y a Lena.

— Une fois de plus, vous me comprenez mal.

— Vous croyez qu'elle serait heureuse de me savoir en prison ?

Jake ne répondit pas.

— Dans ce cas, allez-y, reprit Emil avec un espoir. De toute façon, je ne peux pas rester ici. Les Américains me cherchent, Lena me l'a expliqué. Alors, livrez-moi. Peu importe l'endroit où je suis prisonnier.

— Ne soyez pas trop pressé de partir. Vous êtes une présence gênante, désormais, un colis en souffrance. Il va devoir prendre des mesures.

— Qui ça ?

— Le complice de Tully.

— Je vous ai déjà dit qu'il n'en avait pas.

— Mais si, forcément… Avez-vous fait des confidences à quelqu'un d'autre, à Kransberg ? interrogea soudain Jake, qui venait d'avoir une idée.

— À un Américain ? Non, seulement à Tully.

— Et à Shaeffer. Lors des séances de débriefing. Vous avez déjà rencontré son ami Breimer ?

— Le nom ne m'évoque rien. Pour nous, ils se valaient tous.

— Un type robuste. Pas un soldat, un officiel.

— Ah, lui... Oui, il est venu. Pour rencontrer l'équipe au complet. Il s'intéressait à notre programme de recherches.

— Je m'en doute. Il vous a parlé ?

— Non, seulement à von Braun. Les Américains aiment bien les noms à particule.

Jake se cala contre son oreiller pour réfléchir. Comment était-ce possible ? Encore des colonnes d'indices qui ne se recoupaient pas. Prenant ce silence pour une réponse, Emil se dirigea vers la porte avec la tasse vide.

— Prévenez au moins Kransberg, lâcha-t-il. Mes collègues vont s'inquiéter...

— Ils attendront. Je préfère que vous disparaissiez quelque temps. Vous me servirez d'appât.

— D'appât ?

— Oui. Comme Lena l'a fait pour vous. Chacun son tour. On verra qui mord à l'hameçon.

Emil se retourna, clignant des yeux derrière ses lunettes.

— Ça ne sert à rien de discuter tant que vous êtes dans cet état d'esprit. Vous croyez jouer les justiciers ? Pour venger qui, je me le demande... Pas Lena, en tout cas. À l'inverse de ce que vous croyez, je ne pense pas qu'à moi, mais aussi à elle. Imaginez l'épreuve que ça représente pour elle.

— Pour elle, vous êtes sûr ?

— Oui, pour elle. Vous pensez qu'elle a souhaité ça ?

Il eut un geste circulaire, englobant non seulement la

pièce, mais aussi les archives et l'avenir qui s'assombrissait.

— Au contraire. Elle se sent une dette envers vous.

— C'est plutôt vous qui en avez une.

— Peut-être. Mais sûrement pas Lena, répliqua Jake.

— Quelle ironie, murmura Emil. Dire que j'ai quitté Kransberg pour la rejoindre. Et voilà le résultat… par notre faute. Pour que vous puissiez lui prouver Dieu sait quoi. Me brandir ces maudits dossiers sous le nez. « Tu vois bien que ton mari est un monstre. Quitte-le. »

— Elle vous a déjà quitté.

— Pour vous…

Emil eut un hochement de tête incrédule, puis il se redressa et se tint bien droit, retrouvant l'apparence qu'il devait avoir en uniforme.

— Mais vous avez tellement changé, fit-il remarquer. Vous n'êtes plus le même homme. Je croyais que vous comprendriez la situation – que vous me laisseriez au moins mon travail. Mais non, ça aussi, il faut me l'enlever. Un trophée de plus. Et faire de nous tous des nazis. Lena ne vous en saura pas gré. Se rend-elle seulement compte à quel point vous avez changé ?

Jake fixa l'homme en face de lui, le même que sur le quai de la gare d'Anhalt, mais plus net, comme si le train avait ralenti, lui permettant de mieux le voir.

— Vous, par contre, vous n'avez pas changé, répondit-il avec une lassitude soudaine, à cause de la douleur lancinante à son épaule. Jusque-là, je ne vous connaissais pas. Contrairement à votre père. Une case manquante, il appelle ça.

— Mon père…

— Dans votre tête, il n'y a jamais eu de place que pour les chiffres. Pas pour Lena. Elle vous a servi de prétexte. Même Tully a été dupe. Peut-être croyez-vous d'ailleurs à vos propres mensonges. Comme lorsque vous semblez penser que Nordhausen est arrivé par hasard. Du jour au lendemain. Mais il ne suffit pas de croire à un mensonge pour qu'il soit vrai. Et Lena qui estime avoir une dette envers vous ! Ce n'est pas pour elle que vous vous êtes rendu à Berlin. Vous vouliez juste récupérer vos archives.

— Faux !

— Comme la première fois. Elle est persuadée que vous avez risqué votre vie pour elle. Mais vous n'étiez pas davantage venu pour elle. C'est von Braun qui vous avait envoyé. Dans sa voiture, avec une mission bien précise. Toujours dans l'intérêt de vos recherches. Il fallait détruire les documents compromettants. Vous n'avez même pas tenté de voir Lena, juste de sauver votre peau.

— Vous étiez là ? C'était l'enfer ! Comment aurais-je pu retraverser la ville ? Je n'étais pas seul dans cette voiture. Et il ne restait qu'un seul pont pour…

— Donc, vous êtes reparti aussitôt avec les SS qui vous accompagnaient. Ce n'est pas à moi de vous faire des reproches. Mais vous ne vous en ferez pas non plus. Pourquoi ? Parce que vous dirigiez les opérations. Dans la voiture du parti. La priorité, c'étaient les archives. Les passagers, après, s'il y avait le temps. Ce qui n'a pas été le cas.

— Lena était à l'hôpital. En sécurité, protesta Emil.

— Elle s'y est fait violer. Elle a failli mourir. Elle vous a raconté ?

— Non.

Emil baissa la tête.

— Peu importe, vous aviez ce que vous cherchiez. Vous avez abandonné Lena pour sauver vos collègues. Et vous seriez prêt à recommencer – avec son aide au besoin, puisqu'elle se sent une dette envers vous. Heureusement qu'elle a reçu votre coup de téléphone, ce jour-là.

— Tout ça est faux.

— Ah bon ? Alors, pourquoi n'avoir pas prévenu von Braun que vous quittiez Kransberg avec Tully ? Parce que vous ne pouviez pas lui donner la raison de ce second voyage, n'est-ce pas ? Il pensait que vous aviez déjà détruit vos archives. Mais vous teniez à vous en assurer. Voilà pourquoi vous êtes reparti à Berlin. Pour les archives, une fois encore. Pas pour Lena.

Les yeux rivés au sol, Emil paraissait accablé.

— Vous êtes vraiment prêt à tout pour la monter contre moi... Vous lui avez dit tout ça ?

— Je préfère vous laisser ce soin. Je n'étais pas là, comme vous l'avez souligné. Vous, si. Vous lui expliquerez sûrement mieux que moi...

Jake regarda Emil secouer la tête d'un air hébété dans la pièce devenue silencieuse, puis il s'affala sur son oreiller.

— À elle ensuite de se faire une opinion, conclut-il.

Brian débarqua après le dîner, apportant le journal et une bouteille de scotch du magasin des forces armées britanniques.

— Sain et sauf, apparemment ! Mais cette épaule ne m'inspire pas confiance. Tu devrais la montrer à quelqu'un de compétent. (Il déboucha la bouteille et remplit deux verres.) C'est coquet, ici, comme retraite ! J'ai croisé une ravissante créature dans le couloir. Nue sous son peignoir, à ce que j'ai pu voir. Hélas, je n'ai pas l'impression qu'on ait droit à un échantillon gratuit. À la tienne ! (Il vida son verre d'un trait.) Tu l'as trouvé comment, cet appartement ?

— Le propriétaire est anglais.

— Ah oui ? Encore un qui ne doit pas s'ennuyer.

— Quelqu'un t'a vu entrer ?

— Qu'est-ce que ça peut faire ? À mon âge, de toute façon, il faut payer pour ces choses-là, remarqua Brian en jetant un coup d'œil vers le couloir. Non, il n'y avait personne. À propos, ta jeep est dans la cour derrière l'immeuble. J'ai pensé qu'il valait mieux ne pas la laisser dans la rue. Inutile de tenter le diable.

— Merci.

Brian fit un signe de tête en direction du salon.

— Ce type qui se morfond sur le canapé, c'est le mari, je présume ? Et la nuit, qui dort avec qui ? À moins que ma curiosité soit déplacée…

— Merci de les avoir ramenés tous les deux. Je te revaudrai ça.

— Ne t'en fais pas, tu vas pouvoir t'acquitter de ta dette sans tarder. En me donnant l'exclusivité sur tes exploits d'hier soir. Un marché honnête, non ?

Jake sourit. Brian lui tendit le journal.

— D'ailleurs, tu fais déjà les gros titres, poursuivit-il. Si je ne me trompe pas, car on ne cite aucun nom. Et l'article n'est pas très éclairant…

Jake déplia le quotidien. LA PAIX ! sur cinq colonnes, au-dessus d'une photo représentant des marines en train de planter le drapeau américain sur Iwo Jima. En bas à droite, et en plus petits caractères, sous le titre LE DÉBUT DE LA TROISIÈME GUERRE MONDIALE ? QUI A TIRÉ LE PREMIER ?, un récit de la fusillade près de l'ancienne chancellerie, aussi confus que l'événement lui-même. L'auteur de l'article sous-entendait que Russes et Américains étaient ivres.

— Tu n'imagines pas le bruit fait par cette histoire, dit Brian. Les Russes sont furieux et tapent du poing sur la table. Ils exigent une enquête officielle, une réunion spéciale du Conseil de contrôle, le grand jeu, quoi. Et ils menacent de ne pas participer au défilé de la victoire – quelle perte... Tu peux me raconter ce qui s'est passé ?

— Aussi bizarre que ça puisse paraître, à peu près la même chose que ce qui est écrit ici. À ceci près que les Russes n'étaient pas soûls...

— Ce qui serait bien la première fois.

— ... et que ma présence n'est mentionnée nulle part, constata Jake, finissant l'article.

— Officiellement, mon vieux, tu n'étais pas là. Tu étais avec moi.

— C'est ce que tu as déclaré ?

— Bien obligé, sinon je serais encore en train de répondre à des questions. Tu es l'homme le plus célèbre de Berlin. La coqueluche de la ville – tout le monde te réclame. Si seulement on savait où te trouver... Bien sûr, je n'en ai pas la moindre idée. Tu allais quitter la salle à manger de l'hôtel avec une jeune femme, tu m'as offert de me ramener – drôle de promenade, soit dit en passant –, tu m'as déposé sur le Kurfürstendamm où je voulais prendre un dernier verre, et après je ne t'ai plus revu. Quant à cette fusillade, ajouta Brian, indiquant le journal, il me semble qu'un civil y a été mêlé. Mais personne ne sait qui c'est. Sans doute un Allemand. Évidemment, les Russes se taisent, mais de toute façon ils ne sont pas censés avoir perdu quelqu'un.

— Pourtant, j'ai parlé anglais.

— Les Américains croient que tout le monde parle leur langue. Tu leur as donné ton nom ?

— Non. Et j'ai parlé allemand avec les Russes. Sikorsky n'aura pas eu le temps de...

— Tu vois bien. Crois-moi, des deux côtés, on ne pense qu'à une chose : couvrir ses arrières. Mais quelle idée, aussi, d'aller prendre un verre dans le bunker ? Sans doute pour danser sur la tombe de Hitler… Une initiative regrettable, en tout cas. Enfin, l'essentiel est qu'on t'ait vu quitter l'hôtel Adlon avec moi. Il y a des témoins. Et si moi, je ne suis pas capable de te reconnaître, je me demande bien qui le serait. C'est ce que tu souhaitais, non ?

Jake eut un sourire amusé.

— Tu as vraiment pensé à tout.

— Surtout avec un reportage à la clé. En exclusivité, n'oublie pas. Pas question de partager avec les copains, on est bien d'accord ? Alors, que s'est-il passé ?

— Tu auras l'exclusivité, promis. Je te demande juste un peu de patience.

— Même pas un avant-goût ? De quoi diable pouvais-tu discuter avec le général Sikorsky ? Feu le général, devrais-je dire. À propos, les obsèques ont lieu demain – tous les représentants alliés seront là. Avec leur satanée fanfare, sans aucun doute. J'imagine que tu ne vas pas envoyer de gerbe.

Jake écoutait d'une oreille distraite.

— Non… Tu n'as pas idée…

— En effet, ironisa Brian. Tant que tu n'auras pas eu la bonté de m'expliquer…

— Personne n'a idée de ce qu'il m'a dit. Personne. Ça pourrait être n'importe quoi.

— Mais que t'a-t-il dit ?

— Laisse-moi réfléchir. C'est important. Il faut que je trouve une solution.

— Dans ce cas, tu permets ? demanda Brian en remplissant les verres. Ce n'est pas que je m'ennuie, mais…

— Ça peut vraiment être n'importe quoi. Et s'il avait révélé…

— Mais quoi, grand Dieu ?

Jake se tut et but son scotch à petites gorgées.

— Brian, lança-t-il enfin, les sourcils froncés, tu me rendrais encore un service ?

— Lequel ?

— Va prendre un verre au centre de presse. À ma santé.

— Et ensuite ?

— Tu racontes ta vie. Comme si l'alcool te déliait la langue. Tu m'as vu, j'ai levé un énorme lièvre, mais je n'ai pas voulu en dire plus et tu es contrarié.

— Il y aurait de quoi. Et tout ça dans quel but ?

— Pour que tout le monde sache que j'ai un scoop. Là-bas, c'est comme dans un village, les nouvelles vont vite. Attends, j'ai une idée. Tu as du papier ?

Brian sortit son calepin, tendit une feuille à Jake et le regarda écrire.

— Envoie ça à *Collier's* de ma part, précisa Jake. J'ai mis l'adresse pour le câble.

Brian prit la feuille et lut à voix haute.

— *Garder place pour article dans prochain numéro en prévision gros scandale.* Et si tu n'as rien à leur envoyer ? Ils n'apprécieront pas.

— J'aurai sûrement quelque chose. Et toi aussi. Mais de toute façon, ce message ne partira sans doute jamais. Les câbles sont soumis à la censure. Au premier coup d'œil, l'ami Ron va paniquer. Et questionner tout le monde.

— C'est-à-dire moi.

— Demande-lui ce qui le rend si nerveux – avec toi, il se radoucira. Et profites-en pour l'interroger sur Tully.

— Quelqu'un dont tu as mentionné le nom la dernière fois que je t'ai vu.

— Absolument. J'ai même parlé de « scandale Tully ».

— Ça te mènera où ?

— Au meurtrier de Tully. L'autre Américain.

— Le fameux chaînon manquant. Tu es sûr qu'il existe ?

— Quelqu'un a essayé de m'abattre à Potsdam. Et ce n'était pas Tully, il était déjà mort. Évidemment qu'il existe !

— Du calme. Tu ne vas pas aller te fourrer dans un nouveau guêpier, pas dans cet état… (Brian pointa l'index vers l'épaule de Jake.) Sans compter que tu aurais peut-être moins de chance. Jamais deux sans trois.

— La troisième fois sera la bonne. Le loup finira par sortir du bois. Fatalement.

— C'est avec ça que tu comptes l'appâter ? demanda Brian, brandissant le message de Jake.

— En partie. Si tout va bien, les Russes feront le reste. Ils croient Emil dans la nature, ce qui est le cas. Et si on leur offrait la possibilité de le récupérer ? Sikorsky est mort. Tully est mort. Qui d'autre enverraient-ils le chercher ?

— En espérant mettre la main sur toi par la même occasion ? Tout ça ne me dit rien qui vaille. Et tu t'y prendrais comment ?

— Contente-toi d'aller boire un verre au centre de presse, d'accord ? On touche au but.

— Grâce à quelques propos d'ivrogne… qui reviendront aux oreilles de notre homme…

— Comme tout le reste.

— Quelqu'un de notre camp, alors.

— Je n'en sais rien. Seule certitude, ce n'est pas toi.

— Trop aimable.

— Non. Simplement, la balle était américaine. Toi, tu achètes britannique, dit Jake, désignant la bouteille de scotch.

Brian plia le message en quatre et le fourra dans sa poche.

— À propos, tu veux sans doute récupérer ça… (Il sortit un pistolet.) Puisque tu as l'air décidé à aller au-devant des ennuis.

— Le pistolet de Liz, murmura Jake, l'ôtant des mains de Brian.

— Le départ de l'hôtel Adlon a été un peu précipité, mais j'ai quand même pensé à l'emporter. Au cas où.

— Elle est morte à cause de Sikorsky, tu sais.

— C'est ça, le fond de l'affaire ? lança Brian en se levant. On ne gagne rien à se venger. On n'est jamais à l'abri d'une mauvaise surprise.

— Je ne cherche pas à me venger.

— Alors, tu en fais beaucoup pour un simple reportage.

— Tenter d'élucider un meurtre, ce n'est pas une raison suffisante ?

— Mon cher, les criminels en liberté courent les rues. Il suffit de regarder autour de soi. Surtout ici. Ça dure depuis des années.

— Il n'est jamais trop tard pour bien faire.

— Je suis beaucoup trop vieux. Aux jeunes de prendre les choses en main. Je te laisse méditer sur les moyens d'y parvenir. Et finir cet excellent scotch… Encore qu'à la réflexion je ferais mieux d'emporter cette bouteille, reprit Brian, joignant le geste à la parole. Qui sait combien de tournées je vais devoir payer pour que l'alcool me délie suffisamment la langue ? À mes frais, par-dessus le marché.

— Je ne te remercierai jamais assez, Brian.

— On a couvert la campagne d'Afrique ensemble, ça ne compte pas pour rien. Je suppose qu'il est inutile de te recommander la prudence. Tu as toujours été une tête brûlée. Mais s'en prendre aux Russes, tout de même… J'aurais cru que tu avais assez à faire avec tes problèmes de ménage à trois, ajouta-t-il, hochant la tête en direction de la pièce voisine.

— Ils s'arrangeront d'eux-mêmes.

— C'est ce qu'on dit quand on est jeune, rétorqua Brian en soupirant.

Jake mit dix minutes à s'habiller, les bras si raides qu'il eut du mal à boutonner sa chemise. Même le laçage de ses chaussures fut une torture.

— Tu sors ? demanda Lena, levant les yeux du magazine donné par une des filles de l'immeuble, et devant lequel elle était attablée avec Erich.

Life – des images d'un autre monde. Emil était assis sur le canapé, l'air morose, perdu dans ses pensées.

— Je n'en ai pas pour longtemps.

Jake s'approcha de Lena pour l'embrasser, mais s'arrêta net. Le baiser le plus anodin était devenu déplacé. Il se contenta de caresser la tête d'Erich.

— Rosen t'avait conseillé de te reposer, dit Lena.

— Je vais très bien…

Sous le regard d'Emil, il se sentait comme un intrus. Il lui tardait d'être dehors, loin d'eux.

— Ne m'attendez pas pour vous coucher.

Seul Erich lui répondit, d'un petit signe de la main.

La rue lui apporta un soulagement, l'anonymat

rassurant de la nuit. Un soldat de plus dans une jeep. Il se dirigea vers Kreuzberg sans voir les ruines. Même Berlin pouvait ressembler à une ville normale. On s'habituait à tout.

Il trouva Günther en train de faire des réussites. Une bouteille à moitié vide à côté de lui, il alignait les cartes aussi méthodiquement que des colonnes d'indices.

— Ça alors, lâcha-t-il d'une voix morne, sans lever les yeux.

— Je vous apporte des nouvelles fraîches, déclara Jake en s'asseyant.

Günther répondit par un borborygme, et continua d'aligner ses cartes tandis que Jake lui racontait les événements de la nuit. Il ne s'interrompit même pas pour le récit de la fusillade devant l'ancienne chancellerie.

— Une fois encore, vous avez eu de la chance, conclut-il quand Jake eut terminé. Mais on n'est pas plus avancés pour autant.

— C'est la raison de ma visite. J'ai un service à vous demander.

— Fichez-moi la paix, marmonna Günther en retournant une carte. (Enfin, il se redressa.) Quel service ?

— Assister à des obsèques. Demain.

— Celles de Sikorsky ?

— Un ami à vous. Vous n'allez pas rater ça.

— Vous plaisantez ?

— Ce serait pourtant l'occasion de présenter vos respects à son successeur. Sans doute son bras droit – ils n'auront pas eu le temps de nommer quelqu'un de nouveau. Ou son supérieur, peu importe. Dans l'intérêt de vos affaires, en premier lieu.

Jake jeta un coup d'œil appuyé aux piles de rations.

— Et en second lieu ?

— Il pourrait y avoir un nouveau marché en vue.

— Pour moi ? fit Günther, haussant les sourcils.

— Essayez de voir les choses de son point de vue – d'imaginer ce qu'il a appris, ou ce qu'on lui a raconté. Tous les Russes présents à l'hôtel Adlon ont dû subir un interrogatoire serré. Il sait donc que Sikorsky nous a rencontrés, Lena et moi, et qu'il nous a emmenés voir Emil. Il sait aussi qu'Emil s'est échappé, et que Sikorsky s'est fait descendre en essayant de le rattraper. Enfin, il sait qu'Emil n'est pas chez les Américains – le complice de Tully a dû le tenir au courant. Où se cache-t-il ? Quel serait l'endroit le plus logique ?

Günther poussa un grognement interrogateur.

— Là où Emil veut être depuis le début : avec sa femme, poursuivit Jake. Qui m'a accompagné à l'hôtel Adlon. Or, il se trouve que vous êtes aussi mon ami. Un ami qui me surveillait pour le compte de Sikorsky. Son informateur, poursuivit Jake, abattant ses arguments comme autant de cartes à jouer.

Günther se figea.

— Je n'ai rien révélé à Sikorsky. Rien d'important.

— C'est ce qu'il m'a dit. Mais les Russes savent que c'est auprès de vous qu'il prenait ses informations sur moi. Ils savent que vous me connaissez. Peut-être même s'imaginent-ils que vous avez mon adresse. Ce qui signifie…

— Hypothèse intéressante, je le reconnais, coupa Günther en retournant lentement une autre carte. À ceci près que je n'ai pas votre adresse. Je ne vous l'ai jamais demandée, rappelez-vous. Précisément pour éviter des complications.

— Reste à convaincre les Russes que vous avez ce genre de scrupules. Ils vous prennent peut-être simplement pour une ordure.

Günther leva la tête, puis se remit à jouer.

— Si c'est une provocation, vous perdez votre temps.

— J'essaie juste de vous aider à voir les choses avec l'œil du successeur de Sikorsky. Quand vous le rencontrerez demain.

— Que dois-je lui dire ?

— Je voudrais que vous me trahissiez.

Abandonnant ses cartes, Günther prit son verre, se cala dans son fauteuil et considéra Jake attentivement.

— Je vous écoute.

— Il est temps pour vous de passer à la vitesse supérieure. Les cigarettes, les montres, les conversations de bar… On ne fait pas fortune avec ça. Or, un escroc à la petite semaine peut lui aussi avoir sa chance. Une affaire inespérée. Parfois même servie sur un plateau.

— Vous pensez à Herr Brandt.

Jake acquiesça.

— On va dire que je vous ai rendu visite parce qu'il me fallait des laissez-passer. Pour aider l'heureux couple à quitter la ville.

— Et je suis censé en avoir ?

— On en trouve au marché noir, dont vous êtes un habitué. Les Russes ne seront pas surpris. Mais vous voilà dans une situation délicate. Vous ne voulez pas vous faire d'ennemis. Votre ami Sikorsky disparu, le moment n'est-il pas venu de nouer de nouveaux contacts – et d'empocher une jolie somme au passage ? Séduisant, non ?

— Très.

— Donc vous organisez une rencontre pour nous remettre les laissez-passer. Si quelqu'un d'autre vient au rendez-vous…

— À quel endroit ? demanda Günther, avec un étrange souci du détail.

— Je n'ai pas décidé. En secteur américain, en tout cas. J'y tiens beaucoup. Il faut qu'on m'envoie un Américain. Si je vois des Russes, je flairerai aussitôt un piège. Alors qu'avec un Américain je ne soupçonnerai rien avant qu'il soit trop tard.

— Et, bien sûr, ils vous enverront votre Américain…

— Qui d'autre ? Il me connaît. Il sera même volontaire. J'ai fait circuler une rumeur selon laquelle j'étais sur le point de révéler un scandale. Un risque qu'il ne peut pas courir. Il viendra à coup sûr.

— Et vous serez à sa merci.

— Non, c'est lui qui sera à la mienne. Contentez-vous de l'amener jusqu'à moi.

— Et d'être votre *Greifer*, enchaîna Günther d'une voix sourde.

— N'empêche que ça peut marcher.

Günther se remit à aligner des cartes.

— Dommage que vous n'ayez pas été dans la police, avant la guerre. Vous n'avez pas peur de prendre des risques…

— Ça peut marcher, répéta Jake.

— À un détail près : je n'ai pas de contentieux avec les Russes. Et je ne veux pas me faire d'ennemis, comme vous dites. Si ça marche, qu'est-ce que je deviens ? Vers qui pourrai-je me tourner ? Les Russes sauront que je les ai trahis. Trouvez quelqu'un d'autre.

— Il n'y a personne d'autre. Vous, ils vous croiront. Et c'est un peu votre affaire.

— Non, c'est la vôtre. Ça m'a intéressé de vous aider, pour m'occuper. À présent, c'est différent. Je ne tiens pas à me faire remarquer. Surtout en ce moment.

— Pour vous, ce n'est jamais le moment, rétorqua Jake.

— Vous avez raison, dit Günther, refusant de se laisser entraîner dans une discussion.

Jake posa la main sur les cartes, l'empêchant de jouer.

— Ôtez votre main, lança Günther.

Pas de réaction. Jake le défiait du regard.

— Vous allez me ficher la paix ?

— Combien de temps encore comptez-vous ressembler à un mort-vivant ? Des années ? Ça fait long. Vous êtes toujours un flic. Et il s'agit d'un meurtre.

— Pour moi, il s'agit d'abord de survivre.

— Dans cet état ? Vous avez déjà donné. Le flic allemand modèle. Qui a fermé les yeux pendant que les gens mouraient. Et qui refuse maintenant de voir plus loin que le fond d'une bouteille de cognac. Pourquoi ? Pour pouvoir servir d'indic aux Russes ? Ce serait travailler pour le même genre de crapules. Vous voyez vraiment une différence ?

Excédé, Jake se leva soudain et alla se planter devant le plan géant de la ville. Le Berlin d'avant la guerre. Günther resta impassible, puis abattit machinalement une carte.

— Parce que les Américains valent mieux ?

— Peut-être pas, répondit Jake, contemplant Dahlem, en bas à gauche sur le plan. Mais il n'y a pas d'autre alternative. À vous de choisir, déclara-t-il en se retournant.

— De travailler pour les Américains ?

— Non, de redevenir un flic. Un vrai.

Ils se turent tous les deux. Un coup à la porte résonna dans le silence. Jake se redressa avec inquiétude, s'attendant à voir entrer des Russes, mais ce n'était que Bernie qui fit irruption dans la pièce avec des dossiers sous le bras, comme le premier soir dans la villa de Gelferstrasse. À la vue de Jake, il s'arrêta net.

— Où étiez-vous passé ? Tout le monde vous cherche !

— À ce qu'il paraît.

— Une bonne chose que vous soyez là, en tout cas. Ça m'évitera un déplacement supplémentaire, dit-il, s'approchant de la table sans s'expliquer davantage. *Wie gehts*, Günther ? (Il jeta un coup d'œil aux cartes.) Un sept sur un huit ? Vous n'êtes pas dans votre assiette ?

Il prit la bouteille pour en vérifier le contenu et la reposa.

— J'ai les idées tout à fait claires, protesta Günther.

— Je vous ai apporté les documents que vous m'avez demandés, concernant Bensheim. Mais il faudra me les rendre. Je ne suis pas censé…

— D'après Herr Geismar, on n'en a plus besoin.

— Bensheim ? De quoi s'agit-il, déjà ? demanda Jake.

— L'affectation de Tully avant Kransberg, répondit Bernie.

— Pour ne rien négliger, précisa Günther, ouvrant un dossier. (Il regarda Jake avec insistance.) Enquêter avec méthode, plutôt que prendre des risques inconsidérés. Les gens comme Tully ont tendance à procéder de la même façon plusieurs fois de suite. À qui vendait-il ses *Persilscheins* ? À quelle catégorie d'Allemands ? Je reconnaîtrai peut-être quelqu'un. Bien sûr, ce n'est qu'une hypothèse.

— Voilà donc à quoi ressemblent ces fameux *Persilscheins*…

Jake s'était approché et en avait sorti un du dossier. L'habituel papier bistre, avec des informations dactylographiées dans des cases et une signature à l'encre en bas de la page. Au nom de Bernhardt, un inconnu. Presque la même mise en page que les autres documents officiels de cette période de l'Occupation. Jake le parcourut, puis le remit dans le dossier. Un formulaire anodin, mais que le dénommé Bernhardt aurait payé très cher pour sauver sa réputation.

— Comme je le disais, on n'en a plus besoin, répéta Günther.

— Pourquoi ça ? interrogea Bernie, surpris.

— Günther se retire de l'affaire. Il ne veut plus boire en notre compagnie, expliqua Jake.

— Ça ne vous ennuie pas que j'y jette un coup d'œil ? interrogea Günther en saisissant les autres dossiers. Puisque vous avez pris la peine de les apporter.

— Je vous en prie, répondit Bernie en se servant à boire. Je ne vous ai pas interrompus, par hasard ?

— On avait fini, dit Jake. Je m'en vais.

— Pas si vite. J'ai des nouvelles pour vous.

Bernie vida son verre d'un trait et frissonna, comportement si inhabituel chez lui qu'il attira l'attention de Jake.

— Je croyais que vous ne buviez pas d'alcool ?

— Maintenant, au moins, je sais pourquoi… (Bernie posa son verre avec une grimace.) Renate est morte.

— Les Russes… ?

— Non. Elle s'est pendue.

Les trois hommes se turent. Il n'y avait plus un bruit dans la pièce.

— Quand ? lâcha Jake, oppressé par ce silence.

— On l'a retrouvée ce matin. Je n'aurais jamais cru…

Jake leur tourna le dos, s'absorbant dans la contemplation du plan géant. Ses yeux le piquaient comme s'il avait reçu du sable.

— Moi non plus, remarqua-t-il, surtout pour entendre le son de sa voix.

— Personne n'imaginait qu'elle... Elle s'est confiée à vous, la dernière fois que vous l'avez vue ? demanda Bernie.

Jake secoua la tête.

— Ou alors, j'ai mal entendu.

Il contemplait toujours le plan. Alexanderplatz et cette parodie de procès. Prenzlauer, où Renate avait caché Erich. La gare d'Anhalt, où elle avait mendié une cigarette sur le quai. D'une rue à l'autre, on pouvait dérouler le fil d'une vie sur un plan. Les anciens bureaux de la Columbia, où elle rapportait des informations en dardant sur vous son regard perçant.

— Cette fois, tout est vraiment terminé, conclut Günther sans émotion apparente.

— Ça n'a pas commencé de manière aussi sordide. Vous ne la connaissiez pas à l'époque. Elle était si... jolie, murmura Jake.

Si vivante, voulait-il dire. Il leur fit face.

— Oui, vraiment jolie, insista-t-il.

— Tout le monde doit mourir un jour, grommela Günther.

— Ça devrait me laisser indifférent, après tout ce qu'elle a fait, expliqua Bernie. Elle, une Juive. Et pourtant... Je ne suis pas venu ici pour ça. Pour en voir une de plus mourir.

— Elle a été complice, dit Günther.

— Comme beaucoup de gens qui ont fermé les yeux, répliqua Jake. Peut-être n'ont-ils pas eu le choix, eux non plus.

— Quoi qu'il en soit, espérons qu'elle a enfin trouvé la paix, déclara Bernie. Mais c'est quand même un étrange moyen d'y parvenir.

— Il y en a d'autres ? lança Günther.

— Tout dépend de la dose de remords qu'on peut supporter, répondit Bernie, prenant sa casquette.

Günther leva la tête à ces mots, puis détourna le regard.

— En tout cas, j'ai pensé que vous souhaiteriez être prévenus. Vous m'accompagnez ? demanda Bernie à Jake. J'ai encore des choses à faire… Je vous les laisse deux jours, Günther. D'accord ? (Il désignait les dossiers.) Après, je devrai les renvoyer. Vous êtes sûr que tout va bien ?

En réponse, Günther ouvrit un dossier et se plongea dans sa lecture. Jake attendit, mais l'ancien flic se contenta de tourner une page avec le même air concentré que s'il examinait des photos de l'identité judiciaire. Bernie et Jake étaient à la porte lorsqu'il se redressa.

— Herr Geismar ? (Il s'approcha lentement du plan, l'examinant à son tour quelques instants.) Choisissez le lieu. Et arrangez-vous pour me le faire connaître avant les obsèques.

Lena était dans le fauteuil, les jambes repliées sous elle, entourée d'un nuage de fumée qui s'élevait du cendrier posé sur l'accoudoir. Seule la faible lueur de la lampe tamisée par un foulard éclairait la pièce plongée dans la pénombre. La jeune femme semblait assise là depuis des heures, lovée au creux du fauteuil, dans une immobilité dont elle ne sortit même pas quand Jake s'approcha et lui caressa les cheveux.

— Où est Emil ?

— Au lit. Ne parle pas si fort, tu vas réveiller Erich.

De la tête, elle indiqua le canapé où l'enfant était

pelotonné sous un drap. La réponse à la question de Brian sur qui dormait avec qui.

— Et toi ?

— Tu veux que j'aille rejoindre Emil ? lança-t-elle avec une sécheresse inattendue dans la voix, allumant une nouvelle cigarette avec la précédente. Je ferais mieux de retourner chez Hannelore. Si c'est pour vivre comme ça… (Elle leva la tête.) Emil prétend que tu refuses de le laisser partir. Il voudrait regagner Kransberg.

— Il ira. J'ai besoin de lui encore vingt-quatre heures…

Jake alla chercher une chaise et s'installa très près de Lena pour pouvoir parler à voix basse.

— Encore vingt-quatre heures, répéta-t-il. Et tout sera fini.

Lena secoua sa cigarette et promena les cendres dans le cendrier.

— Emil pense que tu t'es servi de moi.

— Il a tout à fait raison, répondit Jake, essayant de la dérider.

— Mais il me pardonne. Il accepte de me garder.

— Que lui as-tu répondu ?

— Peu importe. Il ne m'écoute pas. J'ai péché, mais il me pardonne : voilà sa vision des choses. Tu vois, je suis pardonnée. Tous ces mois, avant la guerre, où je croyais… Et pour finir, comme une lettre à la poste.

— Il est au courant, pour avant la guerre ?

— Non. S'il savait que Peter… Tu ne lui as rien dit, n'est-ce pas ? Laisse-lui au moins cette illusion.

— Non, je n'ai rien dit.

— Laissons-lui au moins ça, répéta Lena, se renfrognant de nouveau. Quel gâchis ! Et maintenant, il me pardonne…

— Laisse-le faire. Ça lui facilite les choses. Ainsi, ce n'est la faute de personne.

— Si, la tienne. À toi, il ne pardonne pas. Il est persuadé que tu cherches à le détruire. Ce sont ses mots. Et à me monter contre lui. Des idées plus délirantes les unes que les autres. Sa façon à lui de te remercier de l'avoir sauvé…

Elle appuya la tête contre le dossier du fauteuil et ferma les yeux, soufflant la fumée de sa cigarette en l'air.

— Il veut que j'aille aux États-Unis, ajouta-t-elle.

— Avec lui ?

— Les épouses sont du voyage. Ce serait une chance pour moi – de faire une croix sur le passé.

— S'ils partent bel et bien.

— On pourrait recommencer à zéro. Telle est son idée. Tout recommencer… Tu l'as sauvé pour ça. Tu finiras par regretter.

— Non. C'était dans les cartes, tu te souviens ?

Les paupières closes, Lena sourit.

— Le sauveur… Te voilà avec trois brebis égarées sous ton toit. Que vas-tu faire de nous ?

— D'abord vous installer pour la nuit. Tu dors debout. Viens, on va coucher Erich ailleurs, il ne se rendra compte de rien.

— Non, laisse-le. Je suis trop fatiguée pour avoir sommeil. (Elle se tourna vers le garçonnet.) J'ai envoyé une des filles voir le pasteur Fleischman. Il demande si on ne pourrait pas garder Erich un peu plus longtemps. Il y a déjà tant de réfugiés dans les camps. Ça ne t'ennuie pas ? Il est si facile. Et puis Emil n'aime pas parler devant lui, ce qui m'arrange bien. Ça me donne un peu de répit.

— Et la piste du Texas ?

— Les familles ne veulent que les tout-petits. Sans doute parce qu'ils ne sont pas encore trop allemands, répondit Lena, plus découragée qu'agressive. (Elle écrasa sa cigarette avant d'ajouter :) Tes brebis égarées... Puisque tu nous as recueillis, tu es responsable de nous. Tu sais, Erich croit que tu vas l'emmener voir sa mère. Que répondre ? Qu'elle doit d'abord sortir de prison ?

— Même pas. Elle s'est pendue la nuit dernière.

— Oh !

Un petit cri étouffé, pareil à une plainte.

— Elle a fait ça ?

Lena jeta un coup d'œil en direction du canapé, puis fondit en larmes. Jake s'approcha pour la consoler, mais elle le repoussa d'un geste, se cachant le visage derrière sa main.

— C'est idiot. Je la connaissais à peine. Quelqu'un que je croisais au bureau... Ne me regarde pas. Je ne sais pas ce qui me prend.

— Tu es fatiguée.

— Se donner la mort... Combien de temps est-ce que tout ça va durer ? Être obligé de faire bouillir l'eau avant de la boire. Les enfants qui vivent comme de petits animaux. Et maintenant, une victime de plus. C'est ça, la paix ? C'était mieux pendant la guerre.

— Sûrement pas, murmura Jake, lui tendant un mouchoir.

— Non, tu as raison, dit Lena en se mouchant. Je m'apitoie sur mon sort. Faire bouillir de l'eau, mon Dieu, quelle importance ?

Elle renifla, s'essuya le visage, et ses sanglots s'espacèrent. Elle se cala dans le fauteuil, reprenant son souffle.

— Après l'arrivée des Russes, vois-tu, il y en a eu

beaucoup, comme elle, raconta-t-elle. Je n'ai pas versé une larme, à l'époque. On voyait les cadavres dans les rues. Comment savoir ce qui leur était arrivé ? Mon amie Annelise… C'est moi qui l'ai trouvée. Elle s'était empoisonnée. Comme Eva Braun. Elle avait la bouche toute brûlée. Quel crime avait-elle commis ? Elle s'était cachée jusqu'à ce qu'un Russe la découvre, ou plusieurs. Sa robe était tachée de sang, ici… (Lena désignait son ventre.) Et personne ne pleurait, elles étaient trop nombreuses. Alors, pourquoi ces larmes ? Peut-être parce que je croyais que c'était déjà du passé…

Elle s'essuya une nouvelle fois le visage et rendit son mouchoir à Jake.

— Que vas-tu dire à Erich ?

— Rien. Sa mère est morte pendant la guerre, voilà tout.

Lena contempla le garçonnet endormi.

— Pendant la guerre… Comment peut-on abandonner ainsi son enfant ?

— Elle ne l'a pas abandonné. Elle me l'a confié.

— Dans ce cas, tu ne peux pas l'envoyer dans un camp de réfugiés.

— Je sais, dit Jake en lui caressant la main. Je trouverai une solution. Laisse-moi un peu de temps.

Lena s'appuya de nouveau contre le dossier du fauteuil.

— Pour tout arranger. Refaire notre vie. Celle d'Emil aussi ?

— Qu'il se débrouille. Je ne m'inquiète pas pour lui.

— Moi, si. Il représente encore quelque chose pour moi. J'ignore quoi. Ce n'est plus mon mari, mais il compte toujours. Peut-être parce que je ne l'aime plus. Bizarre, non, de s'inquiéter du sort de quelqu'un qu'on n'aime plus ? J'ai même du mal à le reconnaître. C'est sans doute normal, quand on ne s'aime plus.

— C'est ce qu'il t'a dit ?

— Non. Je te le répète, il me pardonne. Facile, de pardonner, lorsqu'on n'aime pas, murmura-t-elle, comme si elle reprenait le fil d'une réflexion antérieure. Peut-être ne m'a-t-il jamais aimée. Seulement son travail. Même quand il parle de toi, il est question de ses recherches. Pas de moi. Je m'attendais à une scène de jalousie, je m'y étais préparée, mais non, il en revient toujours au même point : jamais il ne pourra partir si tu utilises ses archives contre lui. Personne ne voudra travailler avec lui. Maudits dossiers… Si seulement son père… (Elle évita le regard de Jake et se redressa.) Tu sais de quoi il parle ? De l'espace. Pendant que j'essaie de nourrir un enfant avec les rations que tu subtilises pour nous, lui me décrit des fusées. Son père avait raison : il vit dans son monde, pas dans le nôtre. Je me demande… Peut-être qu'après la mort de Peter il ne lui restait rien d'autre. Mais le priver de son travail maintenant… Je refuse de faire ça.

— Qu'est-ce que tu veux, alors ?

— Ce que je veux… Que nous puissions tous enfin tourner la page. Qu'Emil puisse partir aux États-Unis. Il prétend que là-bas on a besoin de lui.

— Parce que les Américains ignorent encore à qui ils ont affaire.

Lena baissa les yeux.

— Dans ce cas, ne dis rien. Laisse-lui une chance.

Troublé, Jake la dévisagea.

— C'est Emil qui t'a demandé de plaider sa cause ?

— Non. Il ne plaide pas sa cause, mais celle des autres. De ses collègues. Pour lui, c'est comme une famille.

— Ben voyons…

Lena prit une nouvelle cigarette et hocha la tête.

— Toi non plus, tu ne m'écoutes pas. Les deux hommes de ma vie, aussi butés l'un que l'autre. Emil n'a peut-être pas tout à fait tort, quand il dit que tu lui en veux personnellement.

— Tu es d'accord avec lui ?

— Non, sans doute pas. Mais tu sais très bien ce qui va se passer. Les Américains voient des nazis partout.

— Emil réussira peut-être à les convaincre qu'il n'en était pas un. Lui-même en est déjà convaincu.

— Mais pas toi.

— Non.

— Ce n'est pas un criminel, affirma Lena.

— Ah bon ?

— Qui va en décider ? Les vainqueurs, bien sûr.

Jake posa la main sur la boîte d'allumettes pour obliger Lena à le regarder.

— Écoute-moi, Lena. Personne ne s'attendait à ça. Ils ne voient même pas par où commencer, ce sont seulement des soldats. On veut nous faire croire que c'était à cause de la guerre, mais ça n'a rien à voir avec la guerre. C'était un crime, et il ne s'est pas commis tout seul.

— Je sais ce qui s'est passé. Je l'ai déjà entendu cent fois. Tu veux en faire porter la responsabilité à Emil ?

— Il faut bien que quelqu'un paie.

— Et il doit payer pour les autres ? Être désigné comme coupable ?

— Il était complice. Ils l'étaient tous, dans sa prétendue famille. Jusqu'à quel point sont-ils coupables ? Je l'ignore. Je sais seulement qu'on ne peut pas fermer les yeux – on n'en a pas le droit.

— Des calculs, c'est tout ce qu'il a fait.

— Tu n'as pas vu le camp de travail.

— Je sais ce que tu as vu.

— Et ce que je n'ai pas vu ? Au début, je n'ai rien remarqué. On n'enregistre pas tout, tellement c'est… Je n'ai pas fait attention.

— À quoi ?

— Il n'y avait aucun enfant. Pas un seul. Ils ne pouvaient pas travailler, on s'est donc débarrassé d'eux en premier. On les a exterminés aussitôt… Celui-là aussi, ils l'auraient tué, ajouta Jake, pointant l'index vers Erich. Voilà ce qu'il y avait dans ces fameux calculs. Des gosses comme Erich.

Lena jeta un coup d'œil vers le canapé et reposa sa cigarette sans l'allumer, croisant les bras avec un soupir.

— Lena…

— J'ai compris, dit-elle, dépliant ses jambes pour se mettre debout.

Elle s'approcha du canapé, se baissant pour border doucement l'enfant, puis elle se redressa et le regarda dormir.

— Je suis comme les autres, n'est-ce pas ? murmura-t-elle. Comme Frau Dzuris. À l'entendre, elle était seule à souffrir. Et moi, je ne fais pas mieux. Je reste ici à me lamenter sur mon sort. (Elle se tourna vers Jake.) Quand on nous a montré ces films, tu sais ce que j'ai fait ? J'ai tourné la tête…

Il leva les yeux. Lui aussi avait d'abord eu cette réaction, et c'était une main squelettique qui l'avait retenu, l'obligeant à voir la réalité en face.

— Après, les gens ont d'abord gardé le silence, et puis ça a commencé. « Comment les Russes osent-ils nous montrer un film pareil ? Ils ne valent pas mieux que nous. Pensez aux bombardements, aux souffrances qu'on a endurées. » N'importe quoi pour oublier ce qu'ils venaient de voir. J'étais comme eux. Moi non plus, je ne voulais rien voir. Et puis un jour, la vérité s'impose à vous, sur un canapé…

Jake ne répondit pas. Lena revint vers le fauteuil, passa la main sur le dossier.

— C'est trop nous demander, de vivre dans le remords. Tous des meurtriers.

— Je n'ai jamais dit…

— Non, seulement certains d'entre nous. Mais lesquels ? Tu voudrais que je fasse avouer Emil ? « C'est toi qui as fait ça ? » À moins que ce soit le fils de Frau Dzuris, ou même mon frère. « Tu en étais un ? » Comment poser cette question ? Peut-être qu'Emil est coupable. Mais je suis comme les autres : je ne veux pas savoir.

— Cette fois, pourtant, tu sais.

Lena baissa les yeux.

— Il n'empêche qu'il représente encore quelque chose pour moi.

Jake alla jusqu'à la table, fouilla dans sa pile de papiers et sortit un dossier. Il le tendit à Lena.

— Relis ça. Ensuite, tu me diras ce qu'Emil représente vraiment. Je sors faire un tour.

— Ne pars pas, supplia Lena, fixant le dossier. Tu vois bien, il est toujours entre nous.

— Alors, arrange-toi pour qu'il n'y soit plus.

— Tu ne peux pas me demander ça. On a une dette envers lui.

— On s'en est acquittés à l'hôtel Adlon. C'est envers Erich qu'on en a une, à présent, répliqua Jake, avec un mouvement de la tête en direction du canapé.

Lena s'assit sur l'accoudoir du fauteuil, recroquevillée sur elle-même.

— Et cette dette-là, tu vas t'en acquitter comment ?

Quelle solution vas-tu arrêter pour Erich ? Tu imagines sa vie en Allemagne ? L'enfant de Renate ?

— Personne ne saura qu'il est son fils.

— Quelqu'un le découvrira. Tu ne pourras pas l'empêcher.

Penchée en avant, elle fixait ses pieds nus.

— Tu voudrais le garder, dit Jake.

Lena secoua la tête.

— Une mère allemande ? Pour qu'un jour il me demande : « Toi aussi, tu étais nazie ? » Non, il lui faut une famille juive. On doit au moins ça à Renate.

— Eh bien, on en trouvera une.

— En claquant des doigts ? Tu crois qu'il en reste beaucoup ?

— J'en parlerai à Bernie. Il connaît peut-être quelqu'un.

— Tu as toujours réponse à tout, lâcha Lena avec un soupir.

Elle se mit à faire les cent pas comme un animal en cage, les bras de nouveau croisés sur la poitrine.

— Pour toi, tout est toujours si facile.

— Mais toi, tu ne l'es pas. Pas ce soir, du moins. Lena, que se passe-t-il ?

Il la regarda traverser la pièce de dos, dans l'espoir de percer les secrets de son humeur, aussi insaisissable que du vif-argent.

— Je n'en sais rien. (Elle fit un pas de plus et s'arrêta devant la porte de la chambre.) C'est moi qui ai voulu faire venir Emil. Tout, plutôt que le laisser aux mains des Russes – je n'avais que cette idée en tête. Et maintenant qu'il est là… je suis en colère après lui. La minute d'après, c'est après toi que je le suis. Je t'écoute, et je me dis : Il a raison. Mais je préférerais que tu aies tort. Peut-être que ça me concerne personnellement, aussi. Un beau gâchis… Je n'ai pas envie que tu aies raison au sujet d'Emil.

— Je ne peux pourtant pas faire disparaître les archives.

— Je sais, répondit Lena en frottant sa manche. Je sais. Mais arrange-toi au moins pour ne pas avoir à le dénoncer. Laisse ça à quelqu'un d'autre.

Elle se mordit la lèvre inférieure pour ne pas pleurer.

— C'est ce que tu veux ?

Lena renversa la tête en arrière, scrutant le plafond comme si la réponse allait s'inscrire sur l'enduit.

— Moi ? Ce que je veux ? Avant ton retour, je rêvais que rien de tout ça ne soit jamais arrivé. (Elle baissa la tête, les yeux dans le vague.) Ce que je veux… Tu souhaites vraiment le savoir ? Rester à Berlin. C'est toujours ma ville, même dans cet état. Travailler avec le pasteur Fleischman, peut-être – il a besoin de moi, il manque de bénévoles. Et le soir, rentrer à la maison et préparer le dîner. Je suis bonne cuisinière. Ma mère disait toujours que les hommes aiment bien avoir une femme qui sait faire la cuisine… (Lena fixait Jake, à présent.) On dînerait ensemble. De temps en temps, on sortirait. On ferait des élégances. On irait à une soirée, pour passer un bon moment. Je me retournerais soudain, et tu serais là, en train de me dévorer des yeux comme avant la guerre, au Club de la presse étrangère. Et personne sauf moi ne remarquerait rien. Voilà. Des millions de gens vivent ainsi. Une vie normale. Tu peux trouver un moyen pour qu'elle devienne réalité ?

Jake tendit la main vers Lena, mais elle ignora son geste, perdue dans son rêve.

— À Berlin, je ne crois pas. Même un Américain n'a pas ce pouvoir.

19

Ce fut finalement Günther qui choisit le lieu.

— Pas la gare. Trop exposé. Et il faut prendre en compte la présence de Herr Brandt.

— Emil ? Il ne m'accompagnera pas.

— Il le faut. C'est pour lui que notre homme se déplacera, pas pour vos beaux yeux…

Sa tasse de café à la main, l'air parfaitement dégrisé, Günther se leva et s'approcha du plan de Berlin.

— Mettez-vous à sa place. Il ne peut pas courir le risque de perdre Brandt une nouvelle fois. Si vous venez seul, qu'aura-t-il gagné, même s'il vous descend ? Il repartira les mains vides. Non, ce qu'il veut, c'est prendre livraison de Brandt. Vous ne vous méfiez pas, il l'embarque par surprise. Et vous aussi par la même occasion, tant qu'on y est. Pour vous régler votre compte plus tard. Donc, la rencontre doit se dérouler dans un lieu où il n'osera pas se faire remarquer : s'il vous tue devant témoins, il perd tout. Vous avez besoin de cette protection.

— Je suis capable de me défendre, répliqua Jake, caressant le pistolet à sa ceinture.

Günther se tourna vers lui avec l'esquisse d'un sourire.

— C'est donc vrai ? Les Américains parlent de cette façon ? Je croyais que ça arrivait seulement dans les romans de Karl May. (Il jeta un coup d'œil à sa bibliothèque.) Dans la vie réelle, ce serait de la folie. Il faut se protéger.

— Alors, quel lieu choisir ? Je vais devoir me débrouiller seul. Je ne peux faire confiance à personne.

— Même pas à moi ? (Günther croisa le regard de Jake, puis, vaguement gêné, se replongea dans la contemplation du plan.) Vous ne seriez plus seul.

— Vous voulez me couvrir ? Je croyais que…

— Il faut bien que quelqu'un se dévoue. On ne se lance pas sans partenaire dans une opération de police. Il faut être deux pour tendre un piège. Un qui attire, l'autre qui frappe. Clac !… Il croira vous prendre par surprise, et c'est moi qui le surprendrai. Sinon… Mais on a besoin d'un endroit sûr.

— À Berlin, ça n'existe pas.

— Sauf demain. Je me suis dit qu'on pourrait peut-être utiliser l'armée américaine.

— Pardon ?

— Vous avez oublié le défilé de la victoire, demain, avec tous les Alliés ? Rencontrons-nous là, suggéra Günther, l'index pointé sur le Linden.

— En secteur soviétique ?

L'ancien flic haussa les épaules.

— Herr Geismar, même les Russes n'oseront pas vous tirer dessus sous les yeux de l'armée américaine ! Bon… (Il déplaça son index vers la gauche, devant la porte de Brandebourg.) Voilà où sera la tribune officielle, en secteur britannique.

— De justesse.

— Peu importe, du moment que votre armée est là. Donc, on se donne rendez-vous face à la tribune. Vous resterez dans la foule.

— Si l'endroit est sûr, comment notre homme pourra-t-il m'obliger à le suivre ?

— En vous enfonçant le canon de son arme entre les deux omoplates. Discret, mais efficace. À sa place, c'est ce que je ferais. « Suivez-moi sans discuter », imita-t-il de sa voix de policier. Ça se passe en général de cette manière.

— En admettant que les Russes acceptent de jouer le jeu.

— Ils accepteront. Je vais le leur suggérer... (Günther tourna le dos au plan.) Le problème, c'est qu'on ignore à qui on aura affaire. Je serais plus tranquille si je le savais. Mais il va falloir attendre la dernière minute – et ce sera la surprise. Même si c'est nous qui tendons le piège, il peut se retourner contre nous. En enquêtant méthodiquement, au moins on ne risque rien.

— Additionner les indices, je sais. Les *Persilscheins* vous ont appris quelque chose ?

Jake jeta un coup d'œil aux dossiers sur la table.

— Non, rien, répondit Günther avec morosité. Il doit y avoir un élément qui nous échappe. Un meurtre obéit toujours à une certaine logique.

— Encore faudrait-il avoir le temps de chercher laquelle. Je suis à court de pistes. La dernière est morte avec Sikorsky.

Günther hocha la tête.

— Il y a forcément autre chose. J'ai beaucoup pensé à Potsdam, à cette fusillade sur la place du marché.

— On sait que c'était Sikorsky.

— Oui, mais pourquoi ce jour-là ? La date et l'heure doivent avoir leur importance. Quelque chose l'a poussé à agir. Pourquoi là, et pas avant ? Si on avait la réponse…

— Jamais vous ne lâchez prise ?

— C'est avec de la méthode qu'on élucide une affaire. Pas avec des pièges et des pistolets. Le Far West à Berlin, constata Günther avec un soupir, indiquant sa bibliothèque. Vous savez, on peut encore…

— Quoi ? Attendre qu'il m'abatte pendant que vous tentez d'y voir clair ? Non, on n'a plus le temps. Il faut en finir avant qu'il recommence.

— C'est une logique de guerre, Herr Geismar, pas celle d'une enquête policière.

— Peut-être, mais ce n'est pas moi qui ai dégainé le premier. Je voulais juste faire un reportage, nom d'un chien !

Günther revint vers la table et prit la cravate noire qui l'attendait pour les obsèques de Sikorsky.

— Maintenant que les hostilités sont engagées, il faut en finir, comme vous dites… Espérons que vous sortirez vainqueur, ajouta-t-il, faisant son nœud de cravate sans l'aide du miroir.

— J'ai un partenaire compétent et l'armée américaine derrière moi. On va gagner. Et après…

— S'il y a un après… Eh bien, vous aurez la paix, marmonna Günther, tirant sur sa cravate pour la redresser.

L'après-midi dans l'appartement fut oppressant, et le dîner pire encore. Lena avait trouvé du chou pour accompagner le corned-beef des rations, mais il trônait au milieu de leur assiette, une masse détrempée à laquelle ils touchèrent à peine. Seul Erich mangea avec appétit, son regard aussi perçant que celui de Renate allant de l'un à l'autre des trois visages maussades en face de lui ; mais lui non plus ne disait mot, sans doute habitué aux repas pris en silence. Emil s'était déridé dans la matinée, quand il avait appris qu'il serait rendu le lendemain aux Américains, mais il n'avait pas tardé à se refermer sur lui-même, passant le reste de la journée allongé sur le canapé, le bras replié sur les yeux comme un prisonnier privé de promenade. L'ersatz de café au vague goût amer, imbuvable, servit surtout de prétexte pour s'attarder un peu à table. C'est avec soulagement que les trois adultes et l'enfant accueillirent l'arrivée de Rosen, se réjouissant qu'une voix couvre enfin le cliquetis nerveux des cuillers.

— Regarde ce que Dorothee a trouvé pour toi, dit le médecin à Erich en lui tendant une demi-barre de chocolat. (Il sourit en voyant le garçonnet déchirer le papier argenté.) Pas tout à la fois !

— Vous le gâtez trop, déclara Lena. Dorothee va mieux ?

— Elle a toujours la bouche enflée. Une gifle d'un soldat ivre il y a deux jours. Trop enflée pour manger du chocolat, en tout cas.

— Je peux la voir ? supplia Erich.

— C'est possible ? demanda Rosen à Lena. (Quand elle eut acquiescé, il ajouta à l'adresse du garçonnet :) Mais souviens-toi, tu dois faire comme si Dorothee n'avait pas changé. Tu la remercies pour le chocolat et tu lui dis juste : « Désolé que tu aies une rage de dents. »

— Je comprends, il ne faut pas regarder sa blessure.

— C'est tout à fait ça, murmura Rosen.

— Je peux vous être utile ? s'enquit Lena.

— Ce n'est qu'un petit hématome. Mon assistant va s'en occuper très bien. On n'en a pas pour longtemps, répondit Rosen en tendant son sac à Erich.

Après leur départ, Emil se tourna vers Jake.

— Voilà donc la vie que vous offrez à Lena. Des putes et des Juifs.

— Tais-toi, répliqua Lena. Tu n'as pas le droit de parler ainsi.

— Pas le droit ? Tu es ma femme. Erich et Rosen..., poursuivit-il en ricanant. Qui se ressemble s'assemble.

— Ça suffit ! Comment peux-tu dire des choses pareilles ? Rosen ne sait pas, pour Erich.

— Ils se reconnaissent entre eux.

Lena lui lança un regard atterré, puis se leva pour débarrasser la table.

— Notre dernière soirée ensemble, dit-elle en empilant les assiettes. Et regarde ce que tu en fais. Moi qui voulais que ce dîner se passe bien...

— Entre ma femme et son amant. Très agréable pour moi.

Lena se figea, une assiette à la main. Elle finit par la poser sur la pile.

— Au fond, c'est vrai. Un enfant n'a rien à faire ici. Je l'emmène chez Hannelore dès ce soir.

— Tu ne pourras pas rentrer avant le couvre-feu, objecta Jake.

— Je passerai la nuit là-bas. Je n'ai rien à faire ici, moi non plus. Je te laisse écouter ces horreurs. J'en ai assez entendu.

— Tu t'en vas ? s'enquit Emil, étonné.

— Pourquoi pas ? Quand je te vois dans cet état... Je

te ferai mes adieux ici. Comme je te plains ! Tant d'amertume et de colère – on n'avait pas besoin de se séparer ainsi. On devrait se réjouir mutuellement de ce qui nous arrive. Tu vas retrouver les Américains. Tu auras la vie que tu voulais. Et moi…

— Toi, tu restes avec les putes.

— Parfaitement, je reste avec les putes.

— Vous passez les bornes ! intervint Jake.

Lena hocha la tête.

— Ce n'est rien. Il n'en pense pas un mot. Je le connais. (Elle s'approcha d'Emil.) N'est-ce pas que je te connais ? (Elle allait lui caresser la tête, mais, croisant son regard, elle laissa retomber sa main.) Tant de colère. Et tes lunettes… Encore toutes sales… (Elle les lui retira et les essuya sur sa jupe d'un geste familier.) Voilà. Tu y verras mieux.

— Je vois assez pour me rendre compte de la situation. Et du mal que vous avez fait, lança Emil à Jake.

— Le mal qu'il a fait, répéta Lena d'un ton accablé. Il t'a sauvé la vie. Et maintenant, il te donne une chance de repartir de zéro. Tu ne comprends donc pas ? (Elle lui posa la main sur l'épaule.) Fais un effort. Tu te souviens, pendant la guerre ? Le nombre de fois où on s'est demandé si on allait en sortir vivants ? À l'époque, c'était la seule chose qui comptait. Et on s'en est sortis. Peut-être pour pouvoir tous les deux refaire notre vie chacun de notre côté.

— Tout le monde n'en est pas sorti vivant.

Lena retira sa main de l'épaule d'Emil.

— Non, en effet, il manque quelqu'un.

— Ça doit bien t'arranger, que Peter ne soit plus là. Pour ta nouvelle vie.

Lena cilla à ces mots. Jake foudroya Emil du regard.

— Espèce de salaud…

Lena l'arrêta d'un geste.

— Assez discuté. Mon Dieu, me dire ça, à moi…

Elle dévisagea Emil qui se taisait, les yeux rivés à la table. Puis elle s'approcha du bureau, ouvrit un tiroir et en sortit une photo.

— J'ai quelque chose pour toi, reprit-elle, la lui rapportant. Je l'ai retrouvée dans mes affaires.

Emil étudia la photo en clignant des yeux. Ses épaules s'affaissèrent et tout en lui s'adoucit, même son regard.

— Comme tu étais jeune…, murmura-t-il.

— Toi aussi, enchaîna Lena par-dessus son épaule. Tu la veux ?

Durant ce bref moment d'intimité, Jake eut l'impression qu'ils avaient oublié sa présence.

Mais Emil redressa le buste, repoussa la photo et se leva. Il soutint quelques instants le regard de Lena avant de tourner les talons, traversant la pièce et refermant la porte de la chambre derrière lui.

Jake prit la photo. Un jeune couple enlacé sur une piste de ski, lunettes relevées sur leurs bonnets en laine, et aux lèvres un sourire aussi lumineux que la neige derrière eux. Si jeunes qu'on les reconnaissait à peine.

— C'était quand ? demanda Jake.

— Du temps où on était heureux.

Lena lui reprit la photo et l'examina à son tour.

— Voilà ton criminel de guerre. (Elle posa la photo.) Je vais chercher Erich. Tu peux faire la vaisselle.

« N'essayez pas de me rejoindre. C'est moi qui vous retrouverai », avait dit Günther. De fait, quand Emil et Jake arrivèrent sur les lieux du défilé, Günther était invisible, caché dans la foule en uniforme massée autour de la porte de Brandebourg, et le long de la

Charlottenburger Chausee dans le Tiergarten dévasté. Même la météo était avec les Alliés – les nuages s'étaient dissipés à temps, chassés par un vent assez fort pour faire claquer les rangées de drapeaux qui se succédaient. Des portraits géants de Staline, Churchill et Truman recouvraient la porte de Brandebourg, et, entre ses colonnes, Jake apercevait les soldats et les véhicules blindés qui commençaient à descendre le Linden. Des milliers d'hommes, auxquels s'ajoutaient ceux qui se pressaient de part et d'autre de la chaussée pour les acclamer. Il n'y avait qu'une poignée de civils – des curieux au visage sombre, quelques groupes de sans-abri, et les éternelles bandes d'enfants pour qui le moindre événement représentait une distraction. Les Berlinois étaient presque tous restés chez eux. Le long de l'avenue grisâtre bordée de ruines et de souches calcinées, les Alliés fêtaient la victoire entre eux.

Lorsque Jake s'arrêta devant la tribune officielle, les premières fanfares l'avaient déjà dépassée, ouvrant le défilé avec leurs cuivres stridents. Il se souvint d'autres défilés, cinq ans plus tôt, du martèlement des bottes au retour de la Pologne, qui faisait vibrer les arbres du Linden. Celui-ci était moins strict et plus coloré, les Français exultant presque sous leurs bérets à pompon rouge, les Britanniques marchant d'un pas si nonchalant qu'ils semblaient déjà démobilisés. Seule la 82e division aéroportée – casques étincelants et gants blancs coincés sous les épaulettes – s'était mise sur son trente et un, mais, à cause de la musique et des applaudissements épars, l'effet produit était plus théâtral que martial. Même la tribune pavoisée de drapeaux et de micros en prévision des discours à venir se dressait telle une scène de spectacle, remplie de généraux en uniformes d'apparat qui les faisaient ressembler à un chœur de barytons.

Joukov était le plus voyant, le torse entièrement couvert de médailles. À côté de lui, le treillis de Patton et ses quelques décorations paraissaient d'une simplicité provocante. Mais le plus spectaculaire fut l'entrée en scène des deux hommes. Chaque fois que Joukov avançait d'un pas pour se mettre en avant, Patton l'imitait, finissant par lui voler la vedette lorsqu'ils atteignirent la rambarde, comme dans un numéro de duettistes. Les photographes, ravis de l'aubaine, les mitraillaient depuis leur propre tribune. Le général Clay lui-même, d'ordinaire si austère, réprima un sourire en se tournant vers Muller, qui leva les yeux au ciel avec son expression indulgente de juge de paix. Un instant, Jake regretta de ne plus être un simple reporter couvrant l'événement pour *Collier's* – le niveau sonore, la rivalité absurde entre les deux généraux, les murs noircis du Reichstag au loin. Peut-être une interview de Patton, qui devait se souvenir de lui et avec qui on avait la certitude de faire un bon papier. Au lieu de quoi, il cherchait avec appréhension un visage dans la foule. Tout en songeant, alors que le défilé se poursuivait, qu'il n'avait jamais vu autant d'armes de sa vie. Günther se trompait : il ne se sentait nullement protégé. N'importe qui, parmi tous ces gens, pouvait s'apprêter à bondir.

— On est venus voir le défilé ? lança Emil, étonné.

Jake regarda sa montre.

— On a rendez-vous avec quelqu'un. Ce ne sera pas long.

— Qui est-ce ?

— L'homme qui vous a aidé à quitter Kransberg.

— Tully ? Vous m'avez dit qu'il était mort.

— Son complice.

— Encore un piège. On ne va pas chez les Américains.

— Je vous le répète, vous me servez d'appât. Après, vous pourrez rejoindre vos copains.

— Et mes archives ?

— Livrées avec vous aux Américains, pour le même prix.

— Vous ne ferez pas ça !

— Je vais me gêner.

— C'est impossible ! Imaginez ce que représenterait un procès pour Lena.

— Touchant, de voir à quel point vous pensez à elle. Estimez-vous heureux. Vous allez sauver votre peau. On ne peut pas en dire autant des déportés du camp de Dora.

Les yeux d'Emil s'assombrirent derrière ses lunettes et il tourna les talons.

— Allez au diable !

Jake l'empoigna par le bras.

— Essayez de fuir et je vous tire dans le pied. Ça ne me gênera pas, contrairement à vous…

Les deux hommes se toisèrent quelques instants, puis Jake lâcha le bras d'Emil.

— Et maintenant, regardez sagement le défilé.

Jake scruta la foule. Pas un seul visage familier. Mais pourquoi s'agirait-il de quelqu'un qu'il connaissait ? Dans la tribune officielle, Joukov se penchait au-dessus de la rambarde pour recevoir le salut de son régiment de cosaques. Encore des uniformes d'opéra, le martèlement sourd des bottes, des sabres au clair étincelant au soleil, et pourtant la scène n'avait plus rien de comique. Jake pensa aux avertissements de Goebbels contre les hordes de l'Est. Un groupe de sans-abri se détacha de la foule, se retournant pour voir les sabres, et, devant leur air résigné, Jake comprit qu'il assistait en réalité à une démonstration de force des Russes. Les Alliés étaient de simples figurants. Il ne s'agissait plus de fêter la victoire, mais de faire entendre des bruits de bottes. Personne ne peut nous arrêter. Un défilé annonciateur de la guerre suivante. Dans la tribune officielle, les sourires se figèrent. Jake se demanda ce qui se passerait une fois que tout serait terminé. La réponse était claire : une nouvelle guerre. À cet instant, il reçut une bourrade dans le dos.

— Impressionnant, non ?

Portant la main à son holster, il pivota sur lui-même.

— Du calme, dit Brian, surpris. Comme on se retrouve, ajouta-t-il à l'adresse d'Emil. Pas d'uniforme, cette fois ?

— Que fais-tu là ? demanda Jake.

Brian ? Mais il avait déjà eu Emil une fois à sa disposition.

— Qu'est-ce que ça a d'étonnant ? Tout le monde est là. Rien ne vaut un bon défilé. Regarde le vieux Joukov. On se croirait dans une comédie musicale de Gilbert et Sullivan. Tu m'accompagnes à la tribune de presse ?

— Pas maintenant, Brian. Fiche le camp.

Mais Brian avait les yeux fixés sur les cosaques qui défilaient toujours derrière Jake.

— À ce rythme-là, ils seront à Hambourg avant Noël.

— Fiche le camp, je te dis. On se verra plus tard.

Jake jeta un coup d'œil à droite, puis à gauche, redoutant de voir Günther arriver et les événements se précipiter.

— Laisse-moi au moins admirer ces sabres. Tu ne vas quand même pas m'empêcher de voir ça… Que se passe-t-il ? Dans quoi t'es-tu encore fourré ?

— Rien. Fiche le camp, c'est tout.

Jake continuait de lancer des regards inquiets autour de lui. Brian les dévisagea l'un après l'autre, Emil et lui.

— J'ai l'impression que je suis de trop. D'accord, je m'en vais. Je te garde une place ?

— C'est ça, garde-moi une place.

— Si toutefois le jeune Ron m'en donne l'autorisation. Même un maître d'hôtel serait plus aimable. Bon sang, voilà les joueurs de cornemuse ! (Brian fixa Jake.) Fais attention à toi.

Il se faufila jusqu'au premier rang, attendit que les derniers cosaques soient passés, et s'élança. Jake le perdit de vue alors qu'il traversait la foule pour accéder à la tribune de presse, mais il réapparut tout en haut, en compagnie de Ron. Et si c'était Ron ? Qui avait quitté la table le premier soir pour aller jouer au poker, mais qui avait très bien pu se rendre à Grunewald. Il était à présent le mieux placé pour repérer Jake, et, le moment venu, donner d'un signe de tête l'ordre de refermer le piège. Cependant, ni lui ni Brian ne regardaient dans cette direction, trop absorbés par leur conversation. Jake vérifia de nouveau l'heure. Que faisait Günther ? Il ne restait que quelques minutes – il devait être posté à proximité. Alors, pourquoi ne s'était-il pas montré quand Brian les avait abordés ? Et si Günther menait tout le monde en bateau depuis le début ?

Jake sursauta presque lorsque les cornemuses lancèrent leur plainte déchirante. Dans la tribune officielle, les Britanniques s'avancèrent au premier rang, modifiant l'ordre protocolaire et laissant voir les dignitaires en visite. Juste derrière le général Clay, en costume croisé, se tenait Breimer dont le séjour à Berlin s'éternisait, sa tâche toujours inachevée. Jake imagina un scénario : Breimer le reconnaissant depuis la tribune, prenant aussitôt congé de ses collègues, rejoignant Emil, l'entraînant dans une voiture qui attendait. Il regarda derrière lui. Pas de voiture. Et de toute façon, Breimer ne prendrait jamais ce genre de risque. Il restait à sa place, celle de l'orateur sur son estrade, qui ne se mêlait pas à l'action. Même Ron faisait un suspect plus crédible. Mais dans la tribune de presse, il était désormais près d'un caméraman qu'il aidait à filmer le défilé. Personne ne semblait s'occuper de Jake. Pourtant, il y avait forcément quelqu'un.

Soudain, les joueurs de cornemuse se mirent en formation pour interpréter un air assourdissant, obligeant le régiment qui les suivait à marquer une pause. Jake tourna lentement la tête de droite à gauche, tel un chasseur guettant sa proie à la jumelle. Au fond, la guerre se résumait toujours à ça : une partie de chasse, tous les sens en alerte, à l'affût du moindre mouvement. Mais là, tout semblait en mouvement. Les spectateurs allaient et venaient le long du défilé, les généraux changeaient de place dans leur tribune ; même les joueurs de cornemuse s'agitaient en soufflant dans leurs instruments. Des têtes apparaissaient et disparaissaient dans la foule, se dressant pour mieux voir, se penchant le temps d'allumer une cigarette. Une clairière remplie de cervidés en liberté, aucun ne s'arrêtant assez longtemps pour rester dans le viseur d'une carabine. Jake pivota sur lui-même et parcourut le Tiergarten du regard. L'heure était passée, mais toujours pas de Günther. « Je sais me défendre. » Vraiment ? Tandis qu'il scrutait de nouveau les tribunes à la recherche d'un visage connu, Jake prit conscience qu'il inversait les rôles : c'était lui le cerf. Aux aguets, sans savoir à quoi ressemblait le danger. Avec un chasseur, tapi quelque part, qui le surveillait.

Les joueurs de cornemuse se remettaient en marche lorsqu'un reflet à la limite de son champ de vision attira l'attention de Jake. Le seul point fixe dans ce tourbillon. Parfaitement immobile. Une rangée de musiciens passa. Si le reflet se déplaçait, Jake s'était trompé, mais une autre rangée de têtes s'éloigna et les lunettes noires étaient toujours tournées vers lui. Peut-être simplement pour suivre le défilé. Alors, Shaeffer leva le bras comme pour saluer et retira ses lunettes, les repliant d'une main et les glissant dans sa poche, ses yeux gris acier fixés sur Jake. Pas même un signe de tête. Seules ses lèvres bougèrent, un rictus convulsif plus qu'un sourire. Shaeffer. Comme par hasard. Après le passage d'une nouvelle rangée de musiciens, ils se mesurèrent du regard – cette fraction de seconde où chasseur et gibier se retrouvent face à face. Shaeffer n'avait pas l'air surpris de le voir, attendant seulement qu'il soit dans sa ligne de mire. Jake retint son souffle, comme hypnotisé. « On ignore à qui on aura affaire », avait dit Günther, mais Jake le savait, à présent. Ce regard ne laissait aucun doute. Impassible. Celui d'un homme venant chercher sa proie.

Les joueurs de cornemuse s'éloignaient. Shaeffer fit un pas en avant, cependant le régiment suivant s'ébranla et une nouvelle rangée de têtes l'arrêta. Combien de temps, avant qu'il puisse traverser ? Près de la porte de Brandebourg, un grondement s'éleva, pareil à celui du tonnerre. Instinctivement, Jake tourna la tête. Des chars soviétiques, lourds et massifs, qui achevaient de défoncer la chaussée et approchaient à toute vitesse, refusant de freiner leur élan. Shaeffer n'avait même pas réagi, les yeux toujours rivés sur Jake. Comme Sikorsky sur la photo prise par Liz, indifférent à ceux qui l'entouraient devant Tempelhof. Shaeffer. Tous les indices menaient à lui. Son pistolet identique à l'arme du crime. Les séances de débriefing à Kransberg – l'occasion rêvée, la couverture rêvée. La façon dont il avait endormi les soupçons en kidnappant les ingénieurs des usines Zeiss – sans intérêt ? – pendant qu'il cueillait un à un les chercheurs associés à von Braun. C'était lui qui avait pu prévenir Sikorsky avant le rendez-vous à l'hôtel Adlon. Lui encore qui avait consulté les archives. Lui enfin qui était là, sachant que Jake s'y trouverait. Et qui attendait de pouvoir traverser l'avenue.

Jake jeta un coup d'œil derrière lui. Toujours pas de Günther, seulement le parc dévasté. Il fallait être deux pour tendre un piège. Mais à quoi bon ? Jake voulait simplement découvrir la vérité. À présent, il devait à tout prix éloigner Emil avant que Shaeffer arrive jusqu'à lui. La jeep était un peu plus bas sur la Charlottenburger Chausee, pas très loin, mais hors d'atteinte s'ils étaient poursuivis. Nouveau coup d'œil, sur le côté cette fois, seul endroit où pouvait se trouver Günther. Pas de civils, seulement des uniformes. « Je veux que vous me trahissiez. » Peut-être Günther l'avait-il pris au mot, préférant finalement ne pas se faire d'ennemis. À moins que Shaeffer n'ait déjà mis la main sur lui et le détienne quelque part pour plus de sûreté ? Jake saisit Emil par le bras. Shaeffer dressa la tête et fit de nouveau un pas en avant, prêt à bondir.

— Qu'y a-t-il ? demanda Emil, agacé.

S'ils y allaient maintenant, Shaeffer foncerait vers eux, bousculant tout le monde. Jake scruta une fois de plus la foule. Les spectateurs, captivés par le spectacle, ne seraient d'aucune aide. Attendre les chars. Même Shaeffer n'oserait pas s'élancer au milieu de blindés en marche. Soutenir son regard, lui faire croire qu'ils étaient coincés là.

— Écoutez-moi, dit Jake d'un ton monocorde, articulant à peine pour que Shaeffer ne puisse rien lire sur ses lèvres. Il faut absolument qu'on rejoigne la tribune de presse. À mon signal, suivez-moi. Sans traîner.

— Que se passe-t-il ?

— Peu importe. Contentez-vous d'obéir.

— Encore un piège…

— … tendu par les Russes. Pas par moi. Ils ont envoyé quelqu'un vous récupérer.

Emil dévisagea Jake, l'air méfiant.

— Me récupérer ?

— Faites juste ce que je vous dis. Prêt ?

Dans un grondement de chenilles, les chars approchaient de la tribune officielle. Joukov se rengorgea et leva le bras avec solennité. Juste en dessous, Shaeffer, aussi raide qu'une statue, fixait toujours Emil et Jake, comme s'il les voyait même à travers le blindage. La moitié du régiment avait dépassé la tribune quand les chars s'immobilisèrent, moteurs tournant au ralenti tandis que toutes les tourelles pivotaient vers Joukov pour répondre à son salut. Pendant quelques secondes, alors qu'elles se mettaient dans l'axe, Shaeffer disparut derrière les canons. C'était le moment.

Jake partit vers la gauche, en direction de la tête du régiment, mais les canons se déplacèrent légèrement, et Shaeffer aperçut les deux hommes. Il se rua entre deux rangées de chars. Combien de temps lui faudrait-il ? Quelques secondes. Jake regarda par-dessus son épaule. Toujours pas de Günther. Personne, en fait. Emil et lui avaient le dos à découvert. Les tourelles avaient cessé de pivoter, les chars s'apprêtaient à repartir, formant un mur impénétrable, et Shaeffer serait désormais de leur côté de l'avenue.

Jake empoigna Emil par le bras et l'entraîna devant la rangée de blindés la plus proche, ses protestations noyées par le rugissement assourdissant des moteurs.

Courir. Quelqu'un allait-il les voir depuis la tourelle, et ignorer l'ordre de démarrer ? Des craquements dans les boîtes de vitesses. Jake tira sur le bras d'Emil, accélérant sa course alors que les chenilles se remettaient en mouvement. Se diriger vers la gauche, le plus loin possible de la rangée derrière eux. Un seul faux pas, et ils seraient écrasés. Ils atteignaient le dernier char lorsque Jake le vit arriver sur eux, trop vite pour qu'ils aient le temps de traverser devant lui. Il s'arrêta net, contractant ses muscles quand Emil percuta son corps immobile, et ils attendirent debout que passent les deux chars entre lesquels ils étaient prisonniers. En ne perdant pas de temps, ils pourraient filer juste après. Les yeux sur les chenilles, Jake se propulsa derrière le blindé.

— On y va ! hurla-t-il.

Il attrapa la manche d'Emil et le tira vers les spectateurs médusés, échappant de peu aux chenilles du char suivant, mais enfin de l'autre côté.

— Y a le feu ? lança un soldat, étonné.

Jake poursuivit sa course, bousculant les spectateurs jusqu'à ce que la foule se referme sur Emil et lui. Il ne s'arrêta qu'une fois derrière la tribune de presse, pour reprendre son souffle.

— Vous êtes fou, ou quoi ?

Emil, pantelant, avait le visage livide.

— Montez retrouver Brian – le journaliste qui était à l'hôtel Adlon. Il vous connaît. Arrangez-vous pour qu'on ne vous voie pas. Et restez là-haut, ne suivez personne. Compris ?

— Où allez-vous ?

— Faire diversion.

— Je suis encore en danger ? s'inquiéta Emil.

L'était-il vraiment ? Oserait-on le kidnapper devant toute la presse réunie, qui offrait finalement une meilleure protection que l'armée ? Mais comment savoir de quoi Shaeffer était capable ? Il jouait sa dernière carte.

— Notre homme est toujours là. Peut-être pas seul.

Un individu qui n'aurait pas hésité à se procurer des uniformes russes pour s'introduire dans leur antre. Jake tourna les talons.

— Vous me laissez ici ?

Emil cherchait des yeux une brèche dans la foule, prêt à s'enfuir.

— N'essayez pas de me fausser compagnie. Que vous le vouliez ou non, je suis votre meilleur atout. On est condamnés à être ensemble. Grimpez là-haut. Je reviens tout de suite.

— Et si vous ne revenez pas ?

— Ce sera la fin de vos problèmes, non ?

Emil soutint son regard.

— En effet.

— Mais vous vous retrouverez dans le premier train pour Moscou. Vous aurez tout le temps de méditer. Dans l'immédiat, si vous voulez sortir d'ici, faites ce que je vous dis. Allez-y ! Vite !

Emil hésita un instant, puis il s'appuya à la rampe en bois et commença à grimper. Jake se fraya un passage jusqu'à la première rangée de spectateurs. Attirer l'attention de Shaeffer avant que celui-ci s'intéresse à la tribune. Mais déjà, il scrutait fébrilement la foule, haussant soudain les sourcils quand il reconnut le visage de Jake. Un nouveau régiment russe défilait, dans un alignement parfait. S'éloigner de la tribune. Jake s'orienta vers la gauche, derrière la première rangée de spectateurs, s'arrangeant pour être visible mais entouré d'autres visages, parmi lesquels pouvait figurer celui d'Emil. De l'autre côté de l'avenue, Shaeffer le suivait, redressant sa haute silhouette pour ne pas le perdre de vue. Jake se dirigea vers la foule plus dense près de la porte de Brandebourg, entre des groupes de GI's indifférents. S'éloigner encore. Il jeta un coup d'œil par-dessus les colonnes de soldats. Shaeffer était toujours là, dardant sur lui ce même regard déterminé, excédé, guettant le moment où la voie serait libre. Il avait dû voir que Jake longeait l'avenue seul, après avoir abandonné Emil en cours de route. Pourquoi ne revenait-il pas en arrière ? Plus question de faire diversion, il fallait lui échapper. Après s'être occupé de Jake, il retournerait chercher Emil. Lequel ne demanderait qu'à le croire, soulagé de revoir le sympathique officier chargé des séances de débriefing, et refermerait ainsi lui-même le piège sur lui.

Plus loin devant, Jake aperçut le portrait des trois Grands drapé sur la porte de Brandebourg. L'avenue s'élargissait ensuite à l'entrée de Pariserplatz, où il serait facile de se perdre dans la masse des spectateurs. De nouveau des soldats russes, fusil à l'épaule, et toujours la tête blonde de Shaeffer de l'autre côté des rangées d'uniformes beigeâtres. Après la porte de Brandebourg, le défilé s'interrompait sur quelques mètres, bien assez pour que Shaeffer puisse traverser. Jake accéléra le pas afin de creuser l'écart. Il contourna la porte de Brandebourg et arriva sur la place remplie de monde. Une fanfare jouait *The Stars and Stripes Forever*. Il regarda en arrière. Comme il s'y attendait, Shaeffer traversait au pas de course avant que la fanfare n'occupe l'espace. Du même côté que lui, maintenant. Jake vit le Linden aux trottoirs bordés de soldats russes. Il allait devoir se fondre parmi les spectateurs, remonter vers le Reichstag. Mais la foule était plus compacte, un obstacle autant qu'un écran. Derrière lui, par-dessus la musique, il entendit Shaeffer crier son nom. Le semer. Il se projeta en avant, comme s'il pataugeait dans la boue.

Moins accommodants que les GI's, les Russes grommelaient sur son passage. Englué dans cette marée humaine, Jake comprit qu'il n'avait aucune chance. Quelle importance ? Shaeffer ne tirerait pas dans cette foule. Mais ce ne serait pas nécessaire. On était en secteur soviétique, où les gens disparaissaient sans laisser de traces. Il y aurait un semblant d'enquête, les autorités hausseraient les épaules en trinquant. Pourquoi avoir quitté la tribune ? En secteur occidental, Shaeffer ne pouvait pas courir le risque d'être démasqué. Ici, en revanche, Jake pouvait être kidnappé sans que personne n'en sache rien. Même s'il faisait du scandale, il serait perdant. Une intervention de la police militaire soviétique, un appel au successeur de Sikorsky, et Shaeffer repartirait seul, sans être inquiété. Il ne se serait rien passé. Disparu, comme Tully.

— *Amerikanski*, dit un Russe que Jake avait bousculé.

— Excusez-moi. Désolé.

Mais le Russe ne le regardait pas, il fixait les soldats américains qui emboîtaient le pas à la fanfare. Il s'écarta pour le laisser passer, croyant sans doute que Jake tentait de rejoindre son régiment. « N'oubliez pas quel uniforme vous portez. » Jake jeta un coup d'œil au défilé. Plus de 82e division aéroportée en tenue d'apparat ; des uniformes ordinaires comme le sien, ceux-là même qui, selon Günther, étaient censés le protéger. Il se baissa pour sortir du champ de vision de Shaeffer et se faufila jusqu'au bord du trottoir, ne relevant la tête qu'une fois dans le défilé. Quelques spectateurs russes se mirent à rire – une scène familière, un militaire à peine dégrisé qui se précipitait en catastrophe, certain de se faire ensuite rappeler à l'ordre. Jake se glissa entre deux rangées, et, une fois au milieu, donna un coup de coude au soldat le plus proche pour qu'il se pousse.

— D'où tu sors, toi ?

— J'ai la police militaire aux fesses.

Le soldat sourit.

— Alors, essaie de marcher au pas.

Comme sur une piste de danse, Jake tâtonna jusqu'à ce que son pied gauche s'aligne sur celui de ses voisins, puis il redressa le buste et balança les bras en cadence, semblable aux autres au point d'être invisible. Surtout, ne pas se retourner. Ils dépassaient l'endroit où devait se trouver Shaeffer, furieux, fendant la foule des spectateurs russes en regardant de tous les côtés, sauf vers le défilé.

— Qu'est-ce que tu as fait ? chuchota le soldat.

— Des bêtises.

— Je vois…

Jake s'attendait à ce que Shaeffer crie de nouveau son nom, mais il n'y avait que la marche militaire, le tintement des clochettes et les roulements de tambour. Alors qu'ils passaient sous la porte de Brandebourg pour aller vers l'ouest, Jake sourit tout seul, défilant pour fêter sa propre victoire. Pas contre les Japonais. Une guerre privée qu'il laissait derrière lui, en secteur soviétique. Ils approchaient de la tribune officielle, plus vite que n'importe qui dans la foule des spectateurs. Même si Shaeffer avait renoncé à le retrouver et rebroussait chemin, il ne rejoindrait pas la tribune de presse avant quelques minutes, assez longtemps pour entraîner Emil jusqu'à la jeep et quitter les lieux. Un rapide coup d'œil à droite. Patton saluait. Quelques minutes, certes, mais qui passeraient très vite. À présent, au moins, Jake en avait le cœur net. Sauf au sujet de Günther.

Il fut plus facile de sortir du défilé que d'y entrer. Après la tribune officielle, le régiment marqua une pause. Tandis que les soldats marchaient sur place, Jake se rapprocha discrètement de la foule des spectateurs, qu'il traversa pour rejoindre la tribune de presse. Quelques minutes. Et si Emil avait au bout du compte pris la fuite ? Mais non. Brian et lui étaient là, même pas en haut de la tribune, en train de fumer près des marches.

— Tenez ! s'exclama Brian. Qu'est-ce que je vous disais ? Il revient toujours. Reprenez votre souffle.

— Pourquoi si près de la sortie ? Il a voulu s'enfuir ? demanda Jake.

— Non. Il a été sage comme une image. Mais tu connais Ron. La curiosité personnifiée. Alors j'ai pensé…

— Merci, Brian, l'interrompit Jake très vite. Ça me fait une dette de plus envers toi.

Il jeta un coup d'œil par-dessus son épaule. Personne en vue. Brian, à qui rien n'échappait, fit un signe de tête vers la sortie.

— Si tu es pressé, tu ferais mieux de partir. Rentre bien.

Jake acquiesça.

— Si jamais… Juste au cas où… Va voir Bernie Teitel. Dis-lui pour qui tu as joué les baby-sitters, et il alertera qui de droit.

Il prit Emil par le bras pour descendre les marches.

— La prochaine fois, essaie le journalisme ! C'est beaucoup plus facile, lança Brian.

— Seulement si on fait ce métier comme toi !

Jake lui donna une tape sur l'épaule et s'éloigna.

Emil et lui traversèrent l'avenue avec quelques GI's

qui en avaient assez, et profitaient d'une nouvelle pause pour s'éclipser à travers le parc.

— Qui est ce Teitel ? Un Américain ? s'enquit Emil.

— Un de vos nouveaux amis.

Jake avait le souffle court. Encore quelques mètres jusqu'à la jeep.

— Un ami comme vous ? Un geôlier ? Mon Dieu, tout ça pour Lena ? Elle est libre de faire ce qui lui plaît.

— Autant que vous avant. Ne ralentissez pas.

Mais Emil s'arrêta, forçant Jake à se retourner.

— Non, je n'étais pas libre. Il fallait bien survivre. On accepte beaucoup de choses, pour survivre. Vous vous croyez différent ? Jusqu'où iriez-vous pour survivre ?

— Dans l'immédiat, j'essaie de nous sortir d'ici. Venez, vous pourrez vous justifier dans la jeep.

— Mais la guerre est finie, dit Emil d'une voix aiguë, presque une plainte.

Jake le dévisagea.

— Pas tout à fait.

Derrière Emil, quelque chose bougea dans le paysage, une forme floue plus rapide que les soldats du défilé et les spectateurs, et qui arrivait de l'autre extrémité du parc. Pas sur la chaussée, où elle aurait été plus à sa place, mais cahotant sur le sol défoncé.

— Bon sang..., murmura Jake.

Elle se dirigeait vers eux.

— C'est quoi ?

Une Horch noire, la même voiture qu'à Potsdam. Non, deux Horch, la seconde enveloppée dans le nuage de poussière soulevé par la première.

— À la jeep ! Vite !

Jake poussa Emil, le faisant vaciller, puis il l'attrapa par le bras et tous deux se mirent à courir. Évidemment,

Shaeffer n'était pas venu seul. Ils apercevaient la jeep, garée avec d'autres véhicules en retrait de la foule, mais déjà Jake entendait la Horch, le bruit du moteur comme une bourrade dans son dos. Sans cesser de courir, il dégaina. Pour faire quoi ? En dernier recours, un coup de feu tiré en l'air attirerait l'attention, leur offrant au moins la protection de la foule.

Ils approchaient de la jeep quand la Horch s'immobilisa devant eux, leur coupant la route dans un crissement de freins. Un Russe en uniforme sauta à terre et resta debout près de la portière, laissant le moteur tourner.

— Herr Brandt…

— Dégagez ou je tire !

Jake brandit son pistolet, canon pointé vers le ciel.

Le Russe eut un sourire méprisant, puis fit un signe de tête aux passagers de la seconde Horch qui s'arrêtait derrière lui. Deux hommes, en civil.

— Alors vous serez un homme mort. Lâchez cette arme… (Sûr de lui, sans même attendre que Jake baisse le bras, il ouvrit la portière.) Herr Brandt, venez, s'il vous plaît.

— Il ne va nulle part, répliqua Jake.

— Avec un laissez-passer, non, en effet, répondit le Russe. C'est inutile, voyez-vous. Un autre arrangement. Je vous en prie…

Il s'inclina vers Emil.

— Vous êtes en secteur britannique, dit Jake.

— Protestez officiellement. (Le Russe fixa des yeux la seconde voiture.) Dois-je demander à mes hommes de m'aider ?

Emil se tourna vers Jake.

— Voyez ce qui arrive par votre faute.

Le Russe écarquilla les yeux, troublé par ce désaccord, puis il indiqua le siège arrière de la Horch.

— Je vous en prie…

— J'ai dit que j'allais tirer et je le ferai, menaça Jake.

Le Russe ne bougea pas, mais la porte du passager s'ouvrit. Günther sortit et s'avança vers eux, pistolet à la main.

— Montez dans cette voiture, Herr Brandt.

À la vue de Günther dirigeant son arme vers Emil, Jake eut l'impression que ses poumons se vidaient. La déception le laissait sans forces. « Je veux que vous me trahissiez. » Emil s'approcha à contrecœur de la Horch. Le Russe referma la portière arrière sur lui. Clac.

— Un bon flic allemand, dit Jake.

Il regardait Günther droit dans les yeux. De son arme, celui-ci désigna la voiture.

— Montez, vous aussi. À l'avant.

Surpris, le Russe leva la tête.

— Non. Brandt seulement. Pas l'autre.

— Montez, répéta Günther.

Jake fit le tour de la voiture et attendit près de la portière ouverte. Un sifflement strident retentit à cet instant. Jake jeta un coup d'œil par-dessus le toit de la Horch. Près de l'avenue, Shaeffer avait interrompu sa course pour siffler entre ses doigts ; à présent, il s'élançait de nouveau. Un soldat se détacha de la foule et se mit à courir derrière lui. Le piège achevait de se refermer.

— Que faites-vous ? demanda le Russe à Günther.

— Je prends le volant.

— Comment ça ?

L'inquiétude se lisait sur son visage. Günther braqua son arme sur lui.

— Allez retrouver vos copains.

— Salaud de fasciste !

À son tour, le Russe dégaina, mais il n'alla pas au bout de son geste – abattu froidement par Günther, une détonation si soudaine qu'on pouvait se demander comment il avait eu le temps de tirer. Il y eut une agitation subite autour d'eux, celle d'un vol d'oiseaux effarouchés dans un champ. Les plus proches spectateurs s'accroupirent d'instinct. Dans la tribune officielle, avec un temps de retard, les aides de camp guidèrent les généraux vers la sortie. Quelques hurlements. Les passagers de la seconde Horch la quittèrent d'un bond et se ruèrent sur leur collègue à terre, hébétés. Shaeffer hésita, puis se remit à courir tête baissée. Tout se précipitait, si bien que Jake ne remarqua pas aussitôt que Günther, déjà dans la voiture, démarrait. Il sauta à l'intérieur, se cramponnant à la portière ouverte pour ne pas tomber. Violemment secoués sur le sol irrégulier du parc, ils obliquèrent à gauche et se dirigèrent vers la colonne de la Victoire à l'ouest, laissant le défilé derrière eux. Günther donna un coup de volant pour contourner un cratère d'obus et atterrit dans une ornière. Le cahot projeta Jake contre la portière, sur son épaule blessée.

— Vous êtes fou, ou quoi ? hurla Emil à l'arrière.

Il s'était cogné au toit de la Horch et se frottait le haut du crâne.

— Baissez-vous, conseilla calmement Günther, donnant un nouveau coup de volant pour éviter une souche.

À travers le nuage de poussière, Jake vit que la seconde Horch s'était lancée à leur poursuite, cahotant elle aussi sur les ornières. Plus loin derrière, une jeep, sans doute celle de Shaeffer, s'éloignait de l'attroupement qui s'était formé autour du corps du Russe. Par la vitre ouverte, bizarrement, lui parvenait le bruit des trompettes et des roulements de tambour. Un autre monde, où il se trouvait encore quelques minutes plus tôt.

— J'ai essayé de les retarder, expliqua Günther. Pour arriver après l'heure. Je croyais que vous seriez parti, que vous auriez compris qu'il y avait un problème.

— Pourquoi vous ?

— Parce que c'était moi que vous attendiez. Je devais vous conduire jusqu'à la voiture pour la remise des laissez-passer. Mais l'autre a vu Brandt. En train de courir. Les Russes sont des gens impulsifs…

Günther agrippa le volant alors qu'ils franchissaient un nid-de-poule.

— Vous l'êtes aussi. Pourquoi être venu à la place de l'Américain ?

— Il a eu un empêchement.

Jake se retourna. Leurs poursuivants gagnaient du terrain.

— Il est quand même là. D'ailleurs, il nous suit.

Günther émit un grognement dubitatif.

— C'est peut-être une mise à l'épreuve : est-il possible de faire confiance à un Allemand ?

Jake dévisagea Günther.

— Ils ont la réponse. Mais moi… j'aurais dû le savoir.

Günther haussa les épaules, les yeux fixés sur le sol devant lui.

— À Berlin, comment peut-on savoir à qui on a affaire ?

Nouveau coup de volant, cette fois pour éviter une statue des Hohenzollern qui en avait réchappé par miracle, la tête seulement grêlée par des éclats d'obus.

— On nous suit toujours ? demanda Günther.

Il n'osait pas quitter le pare-brise des yeux pour

regarder dans le rétroviseur. Jake se retourna une fois encore.

— Oui.

— Il faut rejoindre une chaussée praticable. Là-dessus, on n'avance pas…

Le rond-point de la place Grosser Stern était en vue, véritable goulot d'étranglement à cause du défilé.

— Si on pouvait prendre un raccourci, ajouta Günther. Cramponnez-vous.

Il obliqua de nouveau vers la gauche, s'éloignant du défilé pour s'enfoncer un peu plus à l'intérieur du parc dévasté. À l'arrière, Emil poussa un gémissement.

Jake se rendait compte que Günther les emmenait vers le sud, en direction du secteur américain, mais ses points de repère habituels avaient disparu. Devant lui s'étendait un spectacle de désolation. Le paysage lunaire sur lequel Ron ironisait. Le sol était encore plus défoncé qu'aux abords de la Charlottenburger Chaussee, encombré de monceaux de terre.

— On y est presque, annonça Günther.

Une bosse le fit rebondir sur son siège. Même la suspension d'une Horch n'y résistait pas. À la vue des deux véhicules qui les poursuivaient dans un nuage de poussière, Jake prit conscience que Günther goûtait enfin au Far West, à ses diligences lancées au galop à travers les badlands. Au même instant, de manière troublante, les occupants de la seconde Horch se mirent à tirer. Un crépitement, et la lunette arrière vola en éclats.

— Mon Dieu, ils nous tirent dessus ! cria Emil, la voix hachée par la peur. Arrêtez-vous ! C'est de la folie ! Que faites-vous ? Ils vont nous tuer.

— Couchez-vous, répondit Günther, penché sur son volant.

Jake se tassa sur son siège et regarda par-dessus le

dossier. On tirait maintenant depuis les deux véhicules, les balles volaient en tous sens.

— Plus vite, Günther, lança Jake, un jockey éperonnant sa monture.

— On arrive, on arrive.

Au loin, une surface goudronnée. Günther bifurqua vers la droite, comme s'il repartait en direction de la place Grosser Stern, puis vers la gauche pour éviter une branche morte, ce qui sema la confusion chez ses poursuivants. Nouveaux coups de feu. Une balle ricocha sur le pare-chocs arrière.

— S'il vous plaît, arrêtez, supplia Emil, allongé au pied du siège arrière. Vous allez nous tuer.

Mais ils étaient bel et bien arrivés, la Horch franchissant un amas de blocs de bitume au bord de Hofjägerallee avant d'atterrir avec fracas sur l'avenue. Contre toute attente, il y avait de la circulation – deux camions militaires se dirigeant vers le rond-point avançaient bruyamment vers eux. Günther leur coupa la route et vira à gauche dans un crissement de pneus, s'attirant un coup de klaxon rageur.

— Nom d'un chien, Günther ! protesta Jake, le souffle coupé.

La Horch vibrait encore de cette manœuvre spectaculaire.

— Conduite de flic.

— Si on pouvait échapper à une mort de flic…

— Un flic ne meurt pas comme ça. Il se fait descendre.

Jake se retourna. Les deux autres voitures avaient eu moins de chance. Bloquées sur le bas-côté, elles attendaient que les camions soient passés. Günther accéléra, fonçant vers le pont qui menait à Lützowplatz. S'ils réussissaient à l'atteindre, ils retrouveraient la ville, son dédale de rues où la présence des piétons interromprait les coups de feu. Mais pourquoi les Russes avaient-ils tiré, courant le risque d'abattre Emil ? En désespoir de cause ? Parce qu'ils préféraient le voir mort plutôt qu'aux mains des Américains ? Cela signifierait alors qu'ils croyaient avoir perdu la bataille.

Pas encore. La seconde Horch reprenait elle aussi de la vitesse sur le bitume de l'avenue. À présent, l'itinéraire était tout tracé : dépasser le quartier des ambassades au sud du parc, traverser le Landwehrkanal. Günther klaxonna. Un groupe de civils tirait péniblement une charrette à bras le long de l'avenue. Ils s'éparpillèrent devant la voiture, mais toujours sur la chaussée, obligeant Günther à freiner et à continuer de klaxonner. Les Russes en profitèrent pour se rapprocher. Nouveau coup de feu, qui chassa les civils. L'écart se réduisait. Jake se pencha par sa vitre ouverte et tira sur les pneus de la seconde Horch. Une fois, à titre d'avertissement ; une autre, pour la ralentir. En vain. Et puis, alors que Günther donnait un nouveau coup de klaxon, elle se mit à fumer – non, pas de la fumée, de la vapeur d'eau, qui s'échappait de la calandre comme d'une bouilloire à thé et remontait sur le capot. La balle de Jake avait-elle perforé le radiateur, ou était-ce seulement le moteur qui venait de rendre l'âme ? Quelle importance ? Dans son nuage de vapeur, la Horch se rapprochait toujours, mais enfin elle commença à perdre du terrain. Pas à cause d'un coup de frein. Vaincue par une défaillance mécanique.

— On y va ! s'exclama Jake.

La voie était libre. Plus un civil en vue. Derrière eux, la Horch s'était immobilisée. Un des passagers avait sauté à terre et s'accoudait à la portière pour viser.

Comme dans un club de tir. Günther écrasa l'accélérateur. La voiture bondit en avant.

Cette fois, Jake n'entendit même pas l'impact de la balle contre la vitre, noyé par le rugissement du moteur et les cris des Russes. Ni le bruit sourd du métal s'enfonçant dans la chair. Pas plus fort qu'un hoquet, il passa inaperçu jusqu'à ce que le sang gicle sur le tableau de bord. Günther bascula en avant, toujours agrippé au volant.

— Günther !

— Je peux conduire.

Un grognement rauque. Encore du sang, qui jaillit sur le volant.

— Nom de Dieu ! Arrêtez-vous !

— On y est presque.

La voix de Günther faiblissait. La Horch se déporta vers la gauche.

Jake empoigna le volant, le redressa, regarda autour de lui. Seule la jeep les poursuivait, à présent, la Horch loin derrière. Ils étaient toujours lancés à pleine vitesse, le pied de Günther aussi lourd qu'un poids mort sur l'accélérateur. Jake se réinstalla, les deux mains sur le volant, essayant de déloger le pied de Günther de la pédale.

— Le frein ! cria-t-il.

Günther avait de nouveau basculé en avant, une masse impossible à bouger. Jake se cramponna au volant, les mains poissées de sang.

— Poussez votre jambe !

Mais Günther ne semblait pas l'entendre, les yeux fixés sur le sang qui éclaboussait le volant. Il acquiesça lentement, l'air d'avoir compris, puis ses lèvres tressaillirent, comme s'il souriait.

— Une mort de flic, marmonna-t-il, la voix presque inaudible, un filet de sang au coin de la bouche.

Il s'affala de tout son poids sur le volant, appuyant sur l'avertisseur, si bien qu'ils se rapprochèrent à toute vitesse du pont en klaxonnant, dans une voiture conduite par un mort.

Une main sur le volant, Jake tenta d'écarter Günther, et ne réussit qu'à pousser son torse contre la vitre. Il allait devoir se plier en deux pour lui enlever le pied de l'accélérateur et atteindre le frein, mais il lui faudrait d'abord lâcher le volant.

— Emil ! Penchez-vous et prenez le volant.

— Tous des cinglés ! Arrêtez cette voiture !

— Impossible. Attrapez-moi ce volant.

Emil se releva, entendit un coup de feu, et se rallongea aussitôt. Jake regarda par la vitre brisée. Shaeffer, klaxonnant à son tour, leur faisait signe de s'arrêter.

— Attrapez-moi ce foutu volant ! hurla Jake.

Un camion apparut en sens inverse. Jake n'avait même pas la possibilité de décrire des cercles sur place, le volant couvert de sang lui échappait. Le pont était en vue, après il y aurait des piétons. Atteindre le frein à tout prix. D'une main, Jake poussa violemment la jambe de Günther, un bloc de béton qui finit par bouger, le pied glissant lentement de l'accélérateur. La voiture n'allait pas tarder à ralentir. De toute façon, quelque chose lâcherait d'une seconde à l'autre.

Ce fut un pneu. Une balle tirée par Shaeffer, pour les arrêter plus sûrement qu'à coups de klaxon. La Horch fit une embardée, comme si Jake avait laissé échapper le volant. Elle fonçait droit sur le camion. Jake donna un coup de volant à droite pour l'éviter. Il repartit dans la direction opposée, puis perdit le contrôle du véhicule, qui roulait au bord de la chaussée, entre les tas de gravats, secoué en tous sens, le volant ingouvernable. Jake poussa de nouveau la jambe de Günther, délogeant enfin son pied de la pédale d'accélérateur. Mais la voiture continua sur sa trajectoire, emportée par un dernier élan qui la fit décoller du pont. Le moteur s'étouffa au-dessus du vide. Rien sous les roues, une sensation vertigineuse. Mieux qu'une seconde entière au sommet du grand huit, l'impression de flotter dans l'air. Ensuite, la Horch piqua du nez.

Jake s'accroupit, se retenant à Günther, si bien qu'il ne vit pas l'eau au moment où ils plongèrent dans le canal ; il perçut juste la violence du choc qui le projeta contre le tableau de bord, le craquement inquiétant de son épaule, le bruit de sa tête heurtant le volant, la douleur aiguë qui oblitéra tout, sauf l'instinct de survie : avaler une grande goulée d'air alors que l'eau envahissait l'habitacle.

Il rouvrit les yeux. Un liquide boueux, presque visqueux, trop trouble pour voir grand-chose. Plus un canal, un égout. Curieusement, il pensa aux risques d'infection. Mais il n'avait pas le temps de penser. Il se redressa, sursautant à cause de sa douleur à l'épaule, et glissa son bras valide par-dessus le siège pour empoigner la chemise d'Emil. Il bougeait. Il était vivant et tentait de se relever. Jake tira brutalement sur sa chemise, le hissant par-dessus le siège et le poussant vers sa vitre ouverte. Un corps flottant, comme en apesanteur, qu'il suffisait de guider vers l'extérieur, mais l'avant de la Horch était encombré – Günther occupait une place précieuse.

Jake se plaqua contre le dossier et fit pivoter le corps d'Emil de façon à le faire sortir la tête la première. Les pieds du mathématicien battirent l'eau tandis qu'il se propulsait hors de la voiture. Vite. Le canal était peu profond ; si Jake avait assez d'air en réserve, il aurait le temps d'atteindre la surface. Il passa la tête dans l'ouverture, se cognant contre l'encadrement, s'aidant d'un seul bras, l'autre totalement inutilisable. Le corps à moitié engagé, il reçut le pied d'Emil dans l'épaule, douleur si fulgurante qu'il crut perdre connaissance et couler à pic, tels ces sauveteurs noyés par accident quand leur victime se débat trop. Les jambes libres, il nageait vers la surface lorsqu'il reçut un deuxième coup de pied d'Emil, très violent, à la tempe cette fois. La douleur irradia jusqu'à son épaule. Surtout, ne pas ouvrir la bouche. Bon Dieu, Emil, éloigne-toi. Encore un coup de pied, plus bas et qui ne devait rien au hasard. Précis, destiné à faire mal. Puis un autre. Au prochain, Jake risquait de s'évanouir, des bulles monteraient à la surface. Pas d'arme en vue. Plus d'air. Il nageait à l'indienne avec son bras valide, un dernier effort, la tête à l'air libre. Emil, le gentil Emil. « Jusqu'où iriez-vous pour survivre ? »

Alors qu'il émergeait, Jake s'était à peine empli les poumons d'air qu'une main le saisit à la gorge et lui enfonça la tête sous l'eau. Des crissements de pneus, des cris sur la rive. La main relâcha sa pression. Jake ressortit la tête de l'eau, soufflant et crachant.

— Emil…

Celui-ci scrutait la rive, un mur de béton que les bombardements avaient transformé par endroits en montagnes de décombres. Shaeffer et un de ses collègues en descendaient prudemment, trop occupés à chercher où poser les pieds pour s'intéresser au canal. Encore une minute, peut-être. Emil se retourna vers Jake qui haletait, son épaule lui faisant souffrir le martyre.

— C'est la fin, dit Jake.

— Non.

À peine un murmure, les yeux fixés sur Jake. Pas ceux d'un chasseur, contrairement à Shaeffer : un regard plus désespéré. « Jusqu'où iriez-vous ? » Emil le saisit de nouveau à la gorge. Comme il disparaissait sous l'eau, Jake comprit avec accablement qu'il perdait la mauvaise guerre – pas celle contre Shaeffer, une autre, dans laquelle il n'avait même pas eu conscience d'être engagé. Un coup de pied, dans l'estomac cette fois, lui coupa le souffle, tandis qu'une main agrippée à ses cheveux lui maintenait la tête sous l'eau. Il perdait la partie. Un autre coup de pied. Il allait mourir, et les traces de coups passeraient pour des ecchymoses dues à l'accident. Emil échapperait une fois de plus au châtiment.

Jake baissa brutalement la tête, l'entraînant, lui griffant les doigts. Inutile de le boxer sous l'eau. Il fallait lui labourer la main pour l'obliger à lâcher prise. Encore un coup de pied dans le ventre, mais Emil desserrait son étreinte, sans doute de peur de se noyer avec sa victime. Faire ce qu'il attendait. Mourir. Jake resta sous l'eau. Mais à la surface trouble, Emil ne distinguait rien. Allait-il suivre Jake ? Lui laisser croire qu'il avait réussi. Un nouveau coup de pied, encore l'épaule, et pendant quelques secondes Jake ne fit plus semblant, se laissant couler sans avoir la force de remonter, pris de vertiges comme avant un évanouissement. Ses semelles heurtèrent le toit de la Horch. Un peu plus bas, les cheveux de Günther flottaient par la vitre, pareils à des algues. Voilà à quoi il ressemblerait. Salauds. Jake fléchit les genoux, à bout de souffle, puis, dans un dernier sursaut, s'élança vers la rive, loin d'Emil.

— Le voilà ! cria Shaeffer lorsque sa tête apparut à la surface.

Jake aspira goulûment l'air, toussant et crachant l'eau qui lui emplissait la bouche.

Le soldat qui accompagnait Shaeffer était descendu dans le canal pour aller chercher Emil qui regardait Jake, frappé de stupeur. Il baissa la tête et contempla sa main zébrée de griffures sanglantes.

— Ça va ? répétait Shaeffer. Qu'est-ce qui vous a pris de ne pas vous arrêter ?

Pantelant, Jake flottait vers la rive. Nulle part où aller, maintenant. Il sentit la main de Shaeffer le saisir par son col de chemise et le ramener à grand-peine, puis l'attraper par son ceinturon et tirer d'un coup sec, comme le soldat qui avait repêché Tully dans le Jungfernsee. Jake s'affala sur le béton, dévisageant Shaeffer. Dans un bruit d'eau, Emil sortait du canal à quelques mètres de là.

Jake ferma les yeux pour lutter contre la nausée, puis les rouvrit.

— Vous comptez m'achever ici ?

Shaeffer le fixa avec perplexité.

— Ne dites pas n'importe quoi. Tenez, laissez-moi vous aider.

Mais il empoigna le mauvais bras, et, lorsqu'il tira pour relever Jake, la douleur se répandit comme une brûlure dans son épaule, et il ne put retenir un hurlement. La dernière chose qu'il entendit avant de s'évanouir enfin, presque soulagé.

20

On s'occupa de l'épaule de Jake à l'hôpital militaire près de la station Onkel Toms Hütte – c'est du moins ce qu'on lui expliqua le lendemain, tandis qu'il reposait, le cerveau encore embrumé par la morphine, sous le couvre-lit en chenille rose de sa chambre dans la villa de Gelferstrasse. Des gens étaient entrés et sortis, Ron pour prendre de ses nouvelles, la vieille femme du rez-de-chaussée pour jouer les infirmières, aucun d'eux vraiment réel, simples silhouettes dans le brouillard aussi blanc que son bras en écharpe, enrobé de gaze et de sparadrap, plus du tout à lui. Qui étaient-ils tous ? Lorsque la vieille femme revint, reconnaissable à présent – la propriétaire de la villa – il prit conscience avec une certaine gêne qu'il ignorait même son nom. Puis l'inconnu qui l'accompagnait, en uniforme américain, fit une piqûre à Jake, et ils disparurent l'un et l'autre. Ce que Jake vit ensuite, ce fut le visage de Günther flottant dans l'eau du canal. Fini d'additionner les indices. Plus tard, éveillé, toujours hanté par ce visage, il comprit que le brouillard n'était pas seulement dû à la morphine, mais aussi à une fatigue plus profonde, une forme de renoncement, parce qu'il avait tout fait de travers.

Il était assis près de la fenêtre, à contempler le jardin où la vieille femme avait cueilli du persil, quand Lena arriva enfin.

— J'étais folle d'inquiétude ! À l'hôpital, on ne m'a pas laissé entrer.

Accès réservé aux militaires. Et s'il était mort ?

— Tu es ravissante.

Il l'embrassa sur le front. Cheveux relevés, dans la robe qu'il lui avait achetée au marché noir.

— En l'honneur de Gelferstrasse, dit-elle.

Ils échangèrent un regard complice et elle rougit légèrement, heureuse qu'il ait remarqué.

— Tu as vu, Erich est là… Il paraît que ce n'est pas trop grave, l'épaule seulement. Et les côtes. La morphine te fait dormir ? Mon Dieu, cette chambre… (L'air affairé, elle s'approcha et remonta le couvre-lit.) Là.

L'espace d'un instant, il la vit comme une réplique, en plus jeune, de la vieille femme. Une Berlinoise, pour qui la vie continuait.

— Regarde ce qu'Erich a apporté. C'est lui qui a eu l'idée.

Les yeux fixés sur le bras en écharpe, le garçonnet lui tendit la moitié d'une barre de chocolat Hershey. Jake prit la barre et le brouillard se leva un peu. Il était plus ému qu'il n'aurait imaginé.

— C'est trop. Je vais le garder pour plus tard, d'accord ?

Erich acquiesça. Il désigna le bras de Jake.

— Je peux toucher ?

— Évidemment.

L'enfant passa la main sur le sparadrap, essayant de comprendre comment était posée l'attelle, visiblement intéressé.

— Je n'ai pas eu mal. Tu feras un bon médecin.

Erich secoua la tête.

— *Alles ist kaputt.*

— Un jour…, dit Jake, encore dans le brouillard.

Il contempla Lena, s'efforçant de se concentrer, de mettre de l'ordre dans ses pensées. Que faisaient-ils ici, au juste ? Shaeffer le retenait-il prisonnier ? Lena connaissait-elle la vérité ? Il se tourna vers elle. Autant en finir.

— Ils ont remis la main sur Emil.

— Oui, il est venu à l'appartement. Avec l'Américain. Tu n'imagines pas la scène.

— À l'appartement ? Pourquoi ?

Rien n'était clair.

— Il cherchait quelque chose, dit Erich.

Les archives, jusqu'au bout.

— Et il l'a trouvé ?

— Non, répondit Lena, évitant son regard.

— Il était en colère, précisa Erich.

— Maintenant, en tout cas, il est content. Alors, ça n'a plus d'importance. Il va partir, il a beaucoup de chance… (Elle dévisagea Jake.) Il prétend que tu lui as sauvé la vie.

— Non. Ça ne s'est pas passé de cette façon.

— Si. L'Américain a confirmé. Oh, tu es toujours trop modeste. Comme pour la bande d'actualités.

— Cette fois-là non plus, ça ne s'était pas passé de cette façon.

Lena éluda la phrase d'un geste.

— Peu importe… Maintenant, c'est du passé. Tu veux quelque chose ? Tu as le droit de manger ?

Reprenant son air affairé, elle se baissa pour ramasser une chemise.

— Je ne l'ai pas sauvé. Il a tenté de me tuer.

Lena se figea, penchée en avant, la chemise à la main.

— Qu'est-ce que tu racontes ? C'est la morphine.

— Non, c'est la vérité…

Il tentait de parler posément, sans s'énerver.

— Il a tenté de me tuer.

Lena se redressa avec lenteur.

— Pourquoi ?

— Sans doute à cause des archives. Il a dû croire que c'était possible. Que personne n'en saurait rien.

— Ce n'est pas vrai.

— Ah bon ? Demande-lui d'où viennent les égratignures qu'il a sur la main.

Un long silence, rompu par quelqu'un qui toussait pour s'éclaircir la voix.

— Et si on tournait la page une bonne fois ?

Shaeffer entra dans la pièce, Ron dans son sillage.

Lena s'adressa à lui :

— Alors, c'est vrai ?

— Dans un accident, on récolte toujours quelques égratignures, voyez-vous… Il suffit de vous regarder, dit-il à Jake.

— Vous avez tout vu, répliqua celui-ci.

— Une situation aussi confuse ? De l'eau partout, voilà ce que j'ai vu.

— Donc, c'est vrai, admit Lena dans un soupir, se laissant tomber sur le lit.

— On accorde parfois trop d'importance à la vérité. À tort.

— Où avez-vous emmené Emil ? questionna Jake.

— Il va bien, ne vous en faites pas. Mais pas grâce à vous. Quelle idée d'aller se baigner dans un endroit pareil ! Dieu sait ce qu’il y a là-dedans. Le médecin-chef recommande de lui administrer des sulfamides avant qu’on le reconduise à Kransberg. Pour éviter une éventuelle contagion.

— Vous le reconduisez à Kransberg ?

— Où voulez-vous que je l’emmène ? Chez les Russes ?

Ces derniers mots prononcés sans méchanceté, avec un large sourire qui acheva de dissiper le brouillard. Donc, ce n’était pas Shaeffer. Quelqu’un d’autre.

— Dites-moi la vérité, insista Lena. Emil a vraiment fait une chose pareille ?

Shaeffer hésita.

— Disons qu’il a paniqué, rien de plus. Mais oublions tout ça. On va remettre Geismar sur pied et tout ira bien.

C’cst ça, tout ira bien…, murmura Lena, troublée.

— On a deux ou trois problèmes à régler, intervint Ron.

Lena s’adressa à l’enfant qui avait suivi la conversation comme un match de tennis.

— Erich, tu sais ce qu’il y a, au rez-de-chaussée ? Un gramophone. Et des disques américains. Va les écouter, je te rejoins tout de suite.

— Accompagnez-le, Ron, et occupez-vous de lui, dit Shaeffer.

C’était lui qui donnait les ordres, à présent.

— Votre fils ? demanda-t-il à Lena.

Elle secoua la tête, les yeux fixés sur le sol. Shaeffer se tourna vers Jake, revenant aux affaires sérieuses.

— À vous. Pourquoi m’avez-vous fui comme le diable ?

— Je vous ai pris pour quelqu’un d’autre. (Jake essayait d’y voir clair.) Quelqu’un qui savait que je serais là. Mais vous le saviez aussi, apparemment. Comment ?

— Nos services de renseignement ont été prévenus.

— Par qui ?

— Aucune idée, je vous assure. (Shaeffer semblait soudain plus grave.) Vous n'ignorez pas comment ça se passe. On a un tuyau, mais pas le temps de remonter jusqu'à l'informateur, alors on va vérifier sur place s'il a dit vrai. Vous nous aviez déjà doublés une fois. Aucune raison de ne pas le croire. (Il jeta un coup d'œil en direction de Lena.) J'ai pensé que vous rendiez un nouveau service à cette jeune femme.

— Non, c'est à vous que je voulais rendre service.

— Ah bon ? Vous voyez comment ça s'est terminé. Pour qui m'avez-vous pris ?

— Pour le meurtrier de Tully.

— Tully ? Je n'en ai rien à faire, je vous l'ai déjà dit… Qui l'a tué ?

— Je l'ignore. Et je ne suis pas près de l'apprendre.

— De toute façon, ça intéresse qui ?

— Vous, par exemple. C'est le meurtrier de Tully qui a fait sortir Brandt de Kransberg.

— Eh bien, je vais l'y reconduire. Voilà ce qui importe. Le reste appartient au passé.

Le même sourire triomphant qu'après un match de football.

— Vous avez quand même des morts sur la conscience. Ils appartiennent au passé, eux aussi ?

— Ce n'est pas moi qui leur ai tiré dessus.

— Seulement dans le pneu de la Horch.

— Ah oui, le pneu. Là, je vous dois des excuses. C'est d'ailleurs bien la seule chose que je vous dois. Mais tout se tient. D'après Ron, on peut s'en tirer comme ça.

— Qu'est-ce que vous racontez ? Ces gens ont été abattus en public. Il y a des témoins. Vous en faites quoi ?

— Ça dépend de la façon dont on voit les choses, non ? Un Allemand tire sur un officier russe, il prend la fuite, on le poursuit, il se fait tuer. À Berlin, quoi de plus courant ?

— Devant tous les journalistes étrangers réunis ?

Shaeffer sourit.

— Dans cette pagaille, vous êtes le seul qu'ils aient reconnu. Hein, Ron ?

— Malheureusement, oui. Difficile de suivre le fil quand les événements se… bousculent, dit Ron qui venait de réapparaître.

— Et alors ?

— Ils savent que vous étiez là. Ils vous ont vu, donc il a fallu expliquer votre présence.

— Comment ?

— Une sacrée folie de vous lancer à la poursuite de cet Allemand ! Mais ça ne vous a jamais arrêté. Vous avez une réputation de tête brûlée. Et les journalistes – on ne peut pas leur en vouloir – adorent toujours voir l'un des leurs devenir un héros.

— Allez vous faire foutre. Ce n'est pas la version que je donnerai.

Ron le considéra attentivement.

— C'est pourtant celle qui est parue dans la presse, sous la plume de tous vos collègues. Pendant que vous étiez hospitalisé dans un état critique. *Entre la vie et la mort*, comme ils l'ont écrit. Je vous jure que c'est vrai.

— Je vous ai présenté des excuses pour le pneu. Et voilà maintenant que vous passez pour un héros. Sans l'avoir mérité… Mais tout se tient, répéta Shaeffer.

— Peut-être pas aux yeux des Russes. Ils étaient là, eux aussi.

— Seulement celui qui est mort.

— Vous avez descendu ceux de la seconde Horch ?

— Quelle Horch ? (Shaeffer se redressa.) Une autre question ?

— Et Günther, alors ? Il n'est pas mort dans un accident de la circulation. Il a reçu une balle. Tirée par qui ?

— Par vous, répondit Shaeffer d'un ton tranquille.

Ron ne laissa pas à Jake le temps de réagir.

— Kalach – l'officier russe abattu – l'a vu foncer vers les tribunes, voyez-vous. Heureusement, il l'a arrêté avant qu'il tire sur Joukov – on pense que c'était lui sa cible. Évidemment, Kalach a eu moins de chance que Joukov. Mais ça aurait aussi bien pu être Patton. Le jour du défilé de la victoire ! L'occasion rêvée pour quelqu'un qui veut frapper un grand coup. À cause de problèmes personnels, apparemment – un alcoolique, pas remis de la guerre. Un flic qui a mal tourné – quand ça arrive, il n'y a pas pire, vous savez. Des gens prêts à tout. Encore que je ne le blâme pas d'avoir eu une dent contre les Russes.

— Vous ne pouvez pas faire ça à Günther. C'était un type bien !

— Il est mort. Tout se tient, répéta Shaeffer.

— Pas pour moi. Ni pour les Russes.

— Bien sûr que si. C'est un des leurs qui a sauvé Joukov. Il aura droit aux remerciements de toute la nation reconnaissante. Et vous aux nôtres. Au titre de la coopération entre Alliés.

— Comment expliquerez-vous la présence d'Emil ?

— Pas la peine. Il n'était pas là, mais à Kransberg. On peut difficilement reconnaître en public qu'il nous avait échappé. Et les Russes n'iront pas se vanter d'avoir un temps mis la main sur lui. Voilà comment ça marche. (Shaeffer regarda Jake droit dans les yeux.) Personne ne souhaite créer d'incident diplomatique.

— Je ne vous laisserai pas faire ça. Pas à Günther.

— De quoi vous plaignez-vous ? Vous avez le beau rôle, avec un contrat juteux à la clé. De notre côté, on récupère Brandt sans que les Russes n'y puissent rien. Tout est bien qui finit bien, non ? Vous voyez, quand je disais qu'on formerait une bonne équipe…

— Ce n'est pas la vérité, protesta Jake, l'air buté.

— Mais si, insista Ron. Tous vos confrères l'ont écrit, donc ça doit être vrai.

— Ça ne le sera plus quand j'aurai envoyé mon article.

— Désolé de vous contredire, mais ce serait très mal perçu. Ils font de vous un héros, et en remerciement vous les couvrez de ridicule ? Vous ne feriez pas une chose pareille. D'ailleurs, vous n'avez pas le choix.

— Parce que mon article serait censuré ? Alors, voilà comment on fait du journalisme, maintenant ? Comme sous le Dr Goebbels ?

— Inutile de vous énerver. On arrange un peu les choses, c'est tout… (Ron désigna Shaeffer.)… pour ne pas nuire au gouvernement militaire. Et vous allez faire exactement pareil.

— De vrais petits saints, dit Jake d'une voix sourde, acculé.

Shaeffer commençait à perdre patience.

— Si vous tenez à pleurer un Boche, faites-le en privé… On a eu assez de mal comme ça à récupérer notre homme. Compris ?

Jake jeta un coup d'œil par la fenêtre. Quelle importance, après tout ? Günther avait disparu, et avec lui la piste menant au complice de Tully. L'enquête était aussi mal en point que le jardin en friche de la villa.

— Allez-vous-en, dit-il.

— Ce qui signifie que la réponse est oui, j'imagine ? Très bien. (Shaeffer prit sa casquette.) Je suppose que cette charmante personne reste avec vous ?

Lena acquiesça.

— Alors, vous aussi, vous avez sans doute ce que vous vouliez, ajouta Shaeffer. C'était l'enjeu de votre petite bagarre sous l'eau ?

Donc, il n'était toujours pas au courant… Mais là encore, quelle importance ? Emil reprendrait ses recherches, trouverait le dossier oublié, et le dernier obstacle serait levé. Pour lui aussi, tout finirait bien. Innocent, comme Shaeffer le désirait.

— Pourquoi ne pas lui poser la question à lui ? répliqua Jake.

— Peu importe. (Shaeffer considérait Lena avec intérêt.) Ce n'est pas moi qui lui jetterai la pierre…

Un compliment qui ne coûtait pas cher. Il se dirigea vers la porte, mais se retourna.

— Une dernière chose. Brandt affirme que vous avez des documents à lui.

Lena se raidit.

— A-t-il précisé lesquels ?

— Des notes qu'il avait prises. Et dont von Braun a besoin. Il a l'air d'y attacher beaucoup d'importance. Il a mis votre appartement sens dessus dessous, non ? J'en suis navré.

— Encore des mensonges, affirma Lena, secouant la tête.

— Je vous demande pardon ?

— Et vous l'emmenez en Amérique…

— On va essayer, en tout cas.

— Vous savez vraiment à qui vous avez affaire ?

Lena défiait Shaeffer du regard. Gêné, il se balança d'un pied sur l'autre.

— Je sais seulement que l'Oncle Sam a besoin de lui pour construire des fusées. Pour moi, c'est la seule chose qui compte.

— Il vous ment. Et vous couvrez ses mensonges. Vous m'avez raconté que Jake lui avait sauvé la vie. Mon Dieu, dire que je vous ai cru ! Et à présent, c'est vous qui le croyez. Des notes... Vous faites bien la paire, tous les deux !

— Je me contente de faire mon travail.

Lena hocha la tête avec un sourire amer.

— Oui, Emil aussi disait ça. Qui se ressemble s'assemble.

Les joues en feu, Shaeffer l'interrompit de la main.

— Ne me mêlez pas à vos problèmes conjugaux. Ce qui se passe entre mari et femme... (Il laissa retomber sa main et regarda Jake.) Quoi qu'il en soit, avez-vous ces documents ?

— Non, il ne les a pas, répondit Lena.

Shaeffer la dévisagea, vaguement sceptique, et s'adressa de nouveau à Jake :

— Les avez-vous ?

Mais Jake n'avait d'yeux que pour Lena. Tout était clair, à présent, le brouillard entièrement dissipé.

— J'ignore à quoi Emil fait allusion.

Shaeffer resta quelques instants immobile, tripotant sa casquette, puis il capitula.

— Ce n'est pas grave. On les retrouvera bien quelque part. Et moi qui le croyais capable de tout calculer de tête...

Après son départ, un tel silence s'installa dans la pièce qu'on entendit ses pas dans l'escalier.

— Tu les as détruits ? demanda enfin Jake.

— Non, je les ai avec moi.

— Pourquoi les avoir gardés ?

— Je n'en sais rien. Je voulais les détruire. Et puis Emil est arrivé à l'appartement avec l'Américain. Il était comme fou. « Où sont mes documents ? Où sont-ils ? Tu es de son côté, maintenant ! » Et la façon dont il me regardait… Alors, j'ai pensé : Oui, je suis de son côté.

Lena contemplait Jake.

— Où était le dossier ?

— Dans mon sac.

Elle s'approcha du lit et sortit les documents du sac.

— Bien sûr, l'idée ne l'a pas effleuré de chercher là. Pas dans mes affaires. Mais partout ailleurs. Je le regardais faire – il était vraiment comme fou – et soudain j'ai compris. Il n'est jamais venu à Berlin pour moi, n'est-ce pas ?

— Peut-être pour toi aussi.

— Non, seulement pour cette liasse de papiers. Tiens… (Lena alla jusqu'au fauteuil de Jake.) On sait, et en même temps on ne sait pas – c'était pareil pour tout. À l'instant, quand tu m'as raconté ce qui s'était passé, il y a eu un déclic dans ma tête. Tu sais pourquoi ? Je n'ai pas été surprise. C'était comme avant – on sait, et en même temps on ne sait pas. Je ne veux plus vivre ainsi. Tiens, prends-les.

Mais Jake ne bougea pas, les yeux fixés sur les feuilles bistre tendues vers lui.

— Qu'est-ce que je dois en faire ?

— Les remettre aux Américains. Pas à celui qui sort d'ici, précisa-t-elle, indiquant la porte. Il ne vaut pas mieux. Un second Emil. Un menteur…

Soudain, elle ramena le dossier vers elle, si bien que

Jake crut un instant qu'elle n'aurait pas la force de s'en séparer.

— Non, reprit-elle. C'est moi qui vais les emporter. Dis-moi où. Tu as un nom à me donner ?

— Bernie Teitel. Mais je ne peux pas te demander ça.

— Oh, ce n'est pas pour toi que je le fais. Pour moi. Et peut-être pour l'Allemagne. Ça paraît bizarre ? Il faut bien commencer quelque part. Pour qu'il reste quelque chose. Pas seulement des Emil. De toute façon, regarde-toi. Où irais-tu dans cet état ?

— En fait, Bernie loge au rez-de-chaussée.

— Ah bon ? Ce n'est pas très loin.

— Pour toi, si… (Jake voulut prendre le dossier.)… Emil représente encore quelque chose pour toi.

Elle secoua la tête.

— Non. Rien qu'un jeune homme sur une photo, articula-t-elle lentement.

Ils se dévisagèrent un moment, puis Jake se pencha en avant, ignorant le dossier, et posa sa main sur celle de Lena.

La jeune femme sourit et la retourna, suivant du doigt la ligne qui lui traversait la paume.

— « Quelle belle ligne de cœur, pour un homme »…

— … et quel beau couple vous formez. (Shaeffer se tenait dans l'embrasure de la porte, avec Erich.) J'ai ramené le gosse. (Il s'avança vers eux, le garçonnet sur les talons.) Alors, on fait des cachotteries ? Donnez-moi ça, ordonna-t-il à Lena, tendant la main.

— Ils ne vous appartiennent pas. Ni à Emil, d'ailleurs, répliqua-t-elle.

— Non, ils appartiennent au gouvernement des États-Unis.

D'un geste, Shaeffer incita Lena à lui remettre les documents.

— Merci de m'épargner une seconde inspection. Je me disais bien… (Il tira sur l'extrémité de la liasse.) C'est un ordre.

Il fixa Lena jusqu'à ce qu'elle lâche prise.

— De quel droit faites-vous ça ? lança Jake.

— Et vous ? Ces documents sont la propriété du gouvernement américain. Vous allez vous attirer des ennuis, si vous ne restez pas tranquille.

— Ils sont destinés à Bernie Teitel.

— Ça vous évitera le déplacement. (Shaeffer feuilleta le dossier, parcourant les pages.) Rien à voir avec les fusées, apparemment. Vous pouvez m'en dire plus ?

— Des rapports sur Nordhausen. Des détails chiffrés sur les camps. Sur les conditions de travail des déportés. Ce dont les chercheurs étaient au courant. Un tas de choses intéressantes. Lisez jusqu'au bout, vous y trouverez beaucoup de vos amis.

— Vraiment ? Et ce dossier pourrait les mettre dans une situation gênante ?

— Il pourrait en faire des criminels de guerre.

Shaeffer leva les yeux.

— Votre problème, vous savez, c'est que vous vous trompez de guerre. Vous en êtes encore à celle qui vient de se terminer.

— Ils ont collaboré.

— Geismar, combien de fois dois-je vous le répéter ? Je m'en contrefiche.

— Vous ne devriez pas, dit Lena. Ils ont tué des gens.

— Ça ne manque pas de sel, de la part d'une Allemande. Qui les a tués, à votre avis ? Mais peut-être voulez-vous juste faire porter le chapeau à votre mari ? Tellement pratique !

— Vous n'avez pas à lui parler sur ce ton.

Jake tenta de se lever, mais Shaeffer le poussa en arrière, le faisant grimacer de douleur.

— Attention à votre épaule… Eh bien, nous voilà avec un problème de plus à régler. Vous êtes vraiment un emmerdeur.

— Ce sera pire si Teitel ne récupère pas ce dossier. Même Ron n'arrivera pas à censurer mon article.

— Sur quel thème, cette fois ?

— Sur un député qui fait entrer des nazis aux États-Unis, par exemple.

— Ron n'apprécierait pas.

— Ou sur certains de nos agents qui jouent à cache-cache avec les Russes. Je n'ai que l'embarras du choix. Mais on peut aussi voir les choses de manière plus positive. Vous, aidant le gouvernement militaire à remplir sa mission, c'est-à-dire à juger ces ordures. Un article entier consacré au procès. Cette fois, ce serait vous le héros.

— Laissez-moi vous expliquer. Pour que tout soit clair. Regardez l'état de ce pays. Ces scientifiques seront sans doute les seules réparations qu'on obtiendra. Et on fera ce qu'il faut pour. On a besoin d'eux.

— Pour se battre contre les Russes.

— Parfaitement. Vous feriez bien de choisir votre camp.

— En oubliant ce qui s'est passé à Nordhausen ?

— Les nazis auraient violé la femme du Président Roosevelt que ça n'y changerait rien. On a besoin de ces chercheurs, compris ?

— Si Teitel ne récupère pas le dossier, j'écris mon article. Je le ferai, vous pouvez me croire.

— Je crois au contraire que vous ne le ferez pas.

Shaeffer inclina la liasse de documents, et, avant que Jake ait pu réagir, il la déchira en deux.

— Ne faites pas ça !

Jake essaya de nouveau de se lever, le bruit le transperçant de part en part, aussi fulgurant que la douleur à son épaule. Shaeffer répéta son geste, et Jake, à peine sorti de son fauteuil, s'y laissa retomber, voyant avec un sentiment d'impuissance les feuilles partir en morceaux.

— Espèce de salaud !

Encore ce bruit affreux.

Shaeffer fit un pas vers la fenêtre et jeta le tout au-dehors, des bouts de papier qui restèrent en suspension avant d'être chassés par le vent et de s'éparpiller au-dessus du jardin. Pas si petits que ça, se dit Jake en les observant, comme hypnotisé ; à peu près de la même taille que les billets qui dansaient et tourbillonnaient sur la pelouse du château de Cecilienhof.

Shaeffer se retourna.

— Comme je le disais, vous vous trompez de guerre. Celle-là est terminée.

Jake le regarda sortir, bousculant Lena et Erich aux yeux écarquillés – le seul à avoir compris depuis le début que tout était *kaputt*.

— Vous aussi, j'ai le sentiment de vous avoir laissé tomber. Peut-être encore plus que les autres, déclara Jake à Bernie.

Ils étaient venus récupérer les *Persilscheins* chez Günther et avaient trouvé la pièce saccagée, les piles de dossiers renversées, des boîtes éventrées jonchant le sol.

— Bienvenue au club. Tout le monde me lâche, grommela Bernie sans agressivité. Bon sang, regardez-moi ce foutoir ! Les nouvelles vont vite. On vole d'abord l'alcool, vous avez remarqué ? Et ensuite, le café. (Il ramassa les dossiers et les remit en pile.) Ne vous faites pas trop de reproches, d'accord ? Maintenant, au moins, je sais ce que je cherche. C'est déjà un progrès. Beaucoup de pièces à conviction se promènent en Allemagne – une partie d'entre elles est toujours susceptible d'atterrir sur mon bureau.

— Vous ne les confondrez jamais, dit Jake, lugubre.

— Eh bien, j'en coincerai d'autres… (Bernie fouillait dans le tiroir d'une commode.)… ce ne sont pas les candidats qui manquent.

— Et ça ne vous atteint pas ?

— M'atteindre ? (Il se tourna vers Jake, légèrement voûté.) Laissez-moi vous dire quelque chose. En venant ici, je croyais vraiment pouvoir être efficace. Obtenir justice. Et en réalité ? Je suis le dernier servi. Tout le monde passe avant. « On ne peut pas tout faire. » Nourrir les gens – ils crèvent de faim. Remettre Krupp sur les rails, rouvrir les mines. Les Juifs ? Oui, bien sûr, c'était atroce, mais que deviendra-t-on cet hiver si on ne réussit pas à acheter du charbon aux Russes ? Chacun a ses priorités, et les Juifs n'en font pas partie. On s'occupera d'eux plus tard. S'il y a le temps. Alors, la perte de quelques scientifiques, quelle importance ? Je n'ai toujours pas réussi à mettre la main sur les sentinelles des camps.

— Du menu fretin.

— Pas pour ceux qu'ils ont tués… Écoutez, ça ne me plaît pas plus qu'à vous. Mais c'est ainsi. On est persuadé de pouvoir changer le monde quand on arrive ici, et on doit se contenter de déblayer les décombres. En oubliant ses priorités. On fait ce qu'on peut.

— Oui, je sais. Pas à pas. Œil pour œil.

Bernie se redressa.

— Ça me rappelle un peu trop l'Ancien Testament. Il

n'y a pas de châtiment, voyez-vous. Comment punir un crime pareil ?

— Dans ce cas, pourquoi s'obstiner ?

— Pour qu'on sache. À chaque procès. Voilà ce qui s'est passé. À présent, on sait. Et on recommence au procès suivant. Je ne suis jamais qu'un avocat général. J'apporte les preuves à charge.

Jake baissa la tête, feuilletant les *Persilscheine* sur la table.

— Je regrette de ne plus avoir les archives d'Emil. Ces gens-là n'étaient pas de simples sentinelles – ils auraient dû se rendre compte.

— Geismar, tout le monde aurait dû se rendre compte, répliqua doucement Bernie.

— Ça vous aiderait que j'écrive un article ? Qu'on parle de vous dans la presse ?

Bernie sourit et se remit à fouiller dans le tiroir.

— Ne gaspillez pas votre encre. Rentrez au pays. Regardez-vous, cassé de partout. Ça ne vous suffit pas ?

— Il faut que je sache.

— Quoi donc ?

— Qui était le complice de Tully.

— Vous en êtes encore là ? À quoi bon ?

— D'abord parce qu'il peut très bien continuer à travailler pour les Russes... (Jake reposa la chemise contenant les *Persilscheins*.) Et puis j'aimerais le démasquer pour Günther, aller au bout de cette enquête pour lui.

— Ça m'étonnerait qu'il s'en soucie encore. À moins que vous ayez un moyen d'envoyer des messages dans l'au-delà ?

Jake s'approcha du plan de Berlin, laissé en place par les pillards. La porte de Brandebourg. L'immense

Charlottenburger Chausee, où se dressaient les tribunes du défilé.

— Pourquoi quelqu'un travaillant pour les Russes aurait-il averti les Américains de la présence d'Emil ? Dans quel but ?

— Vous m'en demandez trop.

— Günther, lui, aurait trouvé la réponse. Les énigmes insolubles, il était doué pour ça.

— Plus maintenant… Eh, regardez !

Du fond du tiroir, Bernie venait de sortir une vieille boîte recouverte de velours ou de feutre, tel un écrin à bijoux, et qui, une fois ouverte, révéla son contenu : une décoration. Jake revit les centaines de médailles militaires entassées sur le sol de l'ancienne chancellerie – contrairement à celle-ci, cachée comme un trésor.

— *Croix de fer, première classe. 1917*, lut Bernie. Un ancien combattant. Il ne m'en a jamais parlé.

Jake prit la décoration, la contempla, puis la rendit à Bernie.

— C'était un bon Allemand.

— J'aimerais bien savoir ce que vous voulez dire.

— Rien de plus que ça. Vous avez fini ?

— Oui, récupérez les dossiers. Vous croyez qu'il faut chercher dans la chambre ? Il ne possédait pas grand-chose, non ?

— Seulement des livres.

Jake prit un roman de Karl May dans la bibliothèque, en souvenir, puis il s'approcha de la table et ouvrit une des chemises. Un certain Herr Krieger, prétendument déporté, à présent en catégorie IV, sans preuve d'adhésion au parti nazi, et dont on conseillait la remise en liberté. Jake jeta un coup d'œil en bas de la page et se figea, les yeux écarquillés.

Évidemment ! Non, pas si évident. Impossible.

— Nom de Dieu…

— Qu'y a-t-il ? demanda Bernie, sortant de la chambre.

— Vous disiez bien que des pièces à conviction pouvaient atterrir sur votre bureau ? Il y en a une qui vient d'atterrir sur le mien, on dirait. (Jake rassembla les dossiers.) J'ai besoin de la jeep.

— La jeep ?

— Quelque chose à vérifier. Un autre dossier. Je n'en ai pas pour longtemps.

— Vous n'allez pas conduire dans cet état, pas d'une seule main.

— Je l'ai déjà fait…

Sur les ornières du Tiergarten.

— Allez, vite !

Jake tendait la main pour avoir les clés.

— La nuit va tomber, fit remarquer Bernie en les lui lançant pourtant. Et je suis censé faire quoi, en attendant ?

— Lire ça. (Jake désignait de la tête les romans de Karl May.) Ce type-là sait raconter des histoires.

Il se dirigea vers l'ouest jusqu'à Potsdamerstrasse, puis vers le sud en direction de Kleistpark. Dans la pénombre du crépuscule, seule la façade massive du siège du Conseil de contrôle se détachait, éclairée par quelques bureaux encore allumés. Le parking semblait presque désert. En haut du grand escalier, au bout du couloir, la porte vitrée du bureau de Muller était sombre, mais pas fermée à clé. Seuls les Allemands s'enfermaient à double tour, désormais.

Jake appuya sur l'interrupteur. La table de travail de Jeanie, toujours aussi bien rangée, le moindre crayon à sa place. Il s'approcha des casiers métalliques et fit défiler les onglets pour atteindre la chemise qu'il cherchait, puis la posa sur la table ainsi que les *Persilscheins*. Ce fut seulement après en avoir comparé le contenu avec celui des *Persilscheins* qu'il s'assit, se calant contre le dossier de la chaise pour réfléchir. Examiner les indices un par un. Mais il comprit, avant même d'atteindre le bas de la liste, que Günther avait vu juste sans le savoir. La solution était là depuis le début.

Et maintenant ? Pouvait-il prouver quoi que ce soit ? Découragé d'avance, il voyait déjà Ron prenant une fois de plus la situation en main, proposant sa version pour protéger les coupables, dans l'intérêt supérieur du gouvernement militaire. Peut-être y aurait-il un règlement de comptes discret un peu plus tard, quand plus personne ne s'occuperait de l'affaire. Et qui s'en occuperait encore ? Emil récupéré sain et sauf, au nez et à la barbe des Russes, tout le monde était content – sauf Tully, dont le sort n'avait jamais intéressé quiconque. Jake se trompait toujours de guerre. Il gagnerait sans en retirer le moindre bénéfice. Pas même des réparations. Il se redressa, les yeux fixés sur l'ordre de mission de Tully, les capitales rendues presque illisibles par la copie carbonée. Pas cette fois. Pas de loi du talion, autre chose, une nouvelle forme de réparation, pour dédommager les innocents.

Il se pencha, ouvrit les tiroirs du bureau, fouilla à l'intérieur. Des liasses de formulaires, carbonés au verso, en piles bien classées. Chapeau, Jeanie ! Chaque chose à sa place. Jake sortit une liasse, en chercha une autre dans la pile voisine, puis il se tourna vers la machine à écrire, retirant la housse de sa main valide et alignant le premier formulaire de manière à ce que les lettres soient centrées à l'intérieur des cases, comme sur un document officiel. Lorsqu'il se mit à taper, d'un seul doigt, le bruit des touches emplit la pièce, se répandant jusque dans le couloir désert. Une sentinelle passa, l'air soupçonneux, mais opina du chef à la vue de son uniforme.

— Des heures supplémentaires ? Vous feriez mieux de vous reposer, avec votre bras en écharpe.

— J'ai presque fini.

En réalité, il eut l'impression d'y passer des heures, une touche à la fois, la douleur se réveillant dans son épaule. Il s'aperçut alors qu'il lui manquait un document annexe et dut recommencer à fouiller dans les tiroirs. Il le découvrit dans celui du bas, avec une réserve de vernis à ongles venu des États-Unis. Donc, Jeanie avait un ami. Il glissa le nouveau formulaire dans la machine et se remit à taper, toujours avec un soin particulier de la présentation. Il avait presque terminé lorsqu'une ombre apparue dans l'embrasure de la porte obscurcit la page.

— Que faites-vous ? demanda Muller. La sentinelle m'a prévenu…

— Je remplis des formulaires en votre nom.

— Jeanie est là pour ça, dit le colonel, méfiant.

— Pas ceux-là. Asseyez-vous. J'y suis presque.

— Asseyez-vous ?

Muller se redressa sous l'effet de la surprise. Un militaire de l'ancienne école.

— Voilà…

Jake tira sur le formulaire.

— Tout est prêt. Vous n'avez plus qu'à signer.

— À quoi jouez-vous ?

— Les signatures, ça vous connaît. Votre spécialité. On les voit partout. Comme ici.

Jake poussa vers Muller les certificats de libération

venant de chez Günther. Le colonel les prit, y jeta un coup d'œil.

— Où avez-vous trouvé ça ?

— J'ai cherché. J'aime bien comprendre.

— Alors, vous aurez compris que ce sont des faux.

— Ah bon ? Peut-être. Pas celui-ci, en tout cas.

Jake brandit l'autre dossier.

— De quoi s'agit-il ? s'enquit Muller, sans même prendre la peine de regarder.

— De l'ordre de mission pour le retour de Tully dans ses foyers. Vous l'avez rapatrié. Or, Tully dépendait de Francfort. Aucune raison qu'un double de son ordre de mission échoue ici, si ce n'est que l'officier responsable de la mutation en reçoit toujours un. C'est le règlement. Donc, le double est arrivé. Peut-être même n'avez-vous jamais su qu'il était là – Jeanie a dû le ranger avec le reste du courrier. Une secrétaire efficace. Elle ne s'est jamais demandé si… (Jake posa le dossier.) Évidemment, moi non plus… Je ne me suis jamais demandé pourquoi il y avait un double ici. Et pas davantage pourquoi vous m'aviez caché une partie du rapport du département des enquêtes criminelles. Ni pourquoi vous m'aviez égaré en m'entraînant sur la piste du marché noir. Je croyais vous tirer les vers du nez – ça a dû bien vous amuser, de me voir poser toutes ces questions stupides. Il ne fallait surtout pas mettre le gouvernement militaire en situation gênante.

Il leva les yeux vers le visage maigre du colonel, qui lui parut soudain vieilli.

— Vous savez ce qui est le plus bizarre ? poursuivit-il. Je n'ai pas envie que ce soit vous. Peut-être à cause de vos cheveux argentés. Vous n'avez pas un physique de salaud. Vous faisiez partie des bons. Je me disais qu'il en existait au moins un.

— Que ce soit moi qui aie fait quoi ?

— Tué Tully.

— Vous plaisantez !

— Ça aurait pu marcher, en plus. Si seulement il était resté au fond de la Havel. S'il avait bel et bien... disparu. Comme Emil. Mais non.

— Ça vous amuse, d'inventer des scénarios ?

— Avouez que celui-ci est séduisant. Permettez-moi de vous en faire profiter. Asseyez-vous.

Mais Muller resta debout, les épaules bien droites, sa haute silhouette dominant le bureau, attendant, telle une arme chargée.

— Commençons par le rapatriement. Ce qui aurait dû m'intriguer, si j'avais fait attention. Günther aurait tout de suite vu ce qui clochait – il remarquait ce genre de choses. Rapatrier un inconnu... sauf que, pour vous, ce n'était pas un inconnu. Votre ancien associé... (Jake désigna de la tête les *Persilscheins*.) Pourquoi vous avez voulu le rapatrier, je n'en suis pas certain, mais j'ai mon idée. Bien sûr, Tully n'était pas le type le plus fiable en affaires, mais je pense plutôt que vous avez paniqué. Tout se passait comme prévu. L'affaire Brandt était close avant même qu'on sache qu'il y avait une affaire. Mais voilà que Shaeffer s'en mêle. Quelqu'un qui n'a pas peur de faire du bruit. De sonner l'alarme – je crois que c'est son expression. Donc, il s'adresse directement au gouvernement militaire. Et sonne l'alarme ici même. Avec l'aval d'un député. Rien encore de compromettant pour vous. Mais la machine est lancée. Et il y a Tully – comme maillon faible, on ne fait pas mieux. Comment être sûr de ce qu'il va dire ? Combien de temps avant que Shaeffer découvre que vous avez déjà fait affaire ensemble ?

Nouveau signe de tête en direction du dossier contenant les *Persilscheins*.

— Vous me suivez, jusque-là ? Donc, le plus simple est de rapatrier Tully – il vous suffit de signer un formulaire. Tout le monde veut rentrer au pays, non ? Sauf que cette fois, ça ne prend pas. Tully n'a pas envie de rentrer – il a des projets à réaliser ici. Vous le convoquez à Berlin en catastrophe, vous le faites venir par le premier avion, sans même lui laisser le temps de boucler ses bagages. Soit dit en passant, vous auriez aussi bien pu attendre. Vous ignoriez donc qu'il viendrait de toute façon ? Un rendez-vous, le mardi. Mais peu importe. L'essentiel était de régler le problème, et vite. Aux grands maux, les grands remèdes. Sikorsky va le chercher à l'aéroport et le dépose au siège du Conseil de contrôle…

Muller releva la tête pour protester.

— Inutile de nier, lança Jake, il me l'a dit lui-même. Donc, Tully passe chercher une jeep. Mais ici, on ne peut pas entrer et prendre une jeep librement. Ce n'est pas une station de taxis. Il faut d'abord qu'elle ait été attribuée par le service compétent. À vous, par exemple. Je pourrais vérifier combien vous en avez laissé sortir ce jour-là, mais à quoi bon ? C'était une jeep à vous. Où étiez-vous alors ? Je n'en sais rien – sans doute en réunion, à défendre la veuve et l'orphelin. Raison pour laquelle vous n'avez pas pu aller chercher Tully à l'aéroport. L'avion avait du retard, ce qui ne cadrait plus avec votre emploi du temps… Bref, vous étiez occupé. Dommage, parce que Tully a lui aussi trouvé de quoi s'occuper au Centre de documentation, tant et si bien que quand vous l'y avez rejoint, il avait mis sur pied une nouvelle combine. Sans parler de l'argent qu'il avait touché de Sikorsky. Et dont il ne vous a sûrement rien dit.

Jake scruta le visage de Muller.

— Non, il aura préféré garder ça pour lui. Mais il avait à présent une raison supplémentaire de s'incruster ici – un filon à exploiter. À vous de me raconter la suite. Vous a-t-il dit de vous mettre son rapatriement où je pense ? Ou bien a-t-il menacé de vous dénoncer si vous refusiez de jouer le jeu ? Qui vole un œuf vole un bœuf. Beaucoup d'argent à gagner avec ces archives de la Waffen SS. Shaeffer ? Vous vous débrouilleriez bien pour le faire taire. Vous aviez déjà étouffé l'affaire Bensheim, non ? Et si vous n'y arriviez pas… mais vous n'aviez pas le choix, sinon Tully vous entraînait dans sa chute. En tout cas, pas question pour lui de rentrer à Natick, Massachusetts, alors qu'il pouvait faire fortune ici. Bien sûr, vous avez pu vous débarrasser de lui pour garder les archives, mais il ne les avait pas encore – ses recherches au Centre de documentation n'avaient rien donné. Je crois donc plutôt qu'il vous avait simplement acculé au point qu'il ne vous restait pas d'autre solution. Un rapatriement aurait tout arrangé. Désormais, il fallait vous débarrasser de lui par n'importe quel moyen. Est-ce plus proche de la vérité ?

Le regard vide, Muller se taisait.

— Alors, c'est ce que vous avez fait, reprit Jake. Une petite promenade au bord du lac pour discuter tranquillement – vous ne tenez pas à être vu en sa compagnie. Mais Tully s'obstine. Il a une sacoche pleine de billets et Dieu sait quels autres projets en tête, et c'est lui qui prend la direction des opérations. Brandt ne lui suffit plus. Il lui faut d'autres proies. Et vous savez que ça ne marchera pas. Avec Brandt, c'était une chose – il a même coopéré. Mais à présent, vous avez Shaeffer sur le dos. Vous conseillez à Tully d'être raisonnable – de partir avec l'argent avant qu'il soit trop tard. La dernière chose qu'il a envie d'entendre. Peut-être aussi la dernière qu'il ait entendue. Je vous accorde une circonstance atténuante : vous n'aviez sans doute rien prémédité. Trop maladroit, pour commencer – vous ne lui avez même pas enlevé sa plaque d'identité après l'avoir abattu, vous l'avez aussitôt jeté à l'eau. Sans lester son cadavre, pensant probablement que les bottes de cheval suffiraient. À moins que, sous l'effet de la panique, vous n'ayez rien pensé du tout. Un meurtre improvisé. Quoi qu'il en soit, ça y est, Tully a disparu. Et après – c'est la meilleure, même moi je n'aurais pas pu l'inventer –, vous regagnez Gelferstrasse et vous dînez avec moi. Et vous attirez ma sympathie. Je trouvais que vous incarniez les raisons de notre présence ici. Mais enfin, Muller…

— Tout va bien ?

La sentinelle à la porte, qui les prenait au dépourvu. Muller pivota sur lui-même, portant la main à sa ceinture, puis se figea.

— On a presque fini, répondit posément Jake, après un coup d'œil à la main du colonel.

— Il se fait tard…

Muller cilla.

— Tout va bien, répondit-il de sa voix d'officier du gouvernement militaire.

Il laissa retomber sa main, se retourna et attendit, les yeux fixés sur Jake, que les pas s'éloignent dans le couloir.

— Nerveux ? demanda le journaliste. (De la tête, il désigna sa ceinture.) Attention, avec ça.

Muller se pencha en avant, prenant appui des deux mains sur le bureau.

— Vous risquez gros.

— Quoi ? Que vous me descendiez ? Ça m'étonnerait… Pas ici, en tout cas. Ça ferait désordre. Que dirait Jeanie ? Et puis vous avez déjà essayé.

Jake soutint le regard de Muller jusqu'à ce que celui-ci retire ses mains, comme hypnotisé.

— J'ignore de quoi vous parlez.

— De Potsdam. C'est là que tout a mal tourné. Et que vous avez vraiment eu du sang sur les mains. Pas juste celui d'un escroc à la petite semaine. Celui de Liz. Ça vous a fait quel effet, quand vous avez appris ?

— Appris quoi ?

— Elle aussi, vous l'avez tuée. Comme si vous aviez appuyé vous-même sur la détente.

— Vous n'avez aucune preuve, dit Muller, presque un murmure.

— On parie ? Vous croyez que j'ai fait quoi, pendant tout ce temps ? Je ne me serais pas donné autant de mal si Tully avait été seul en cause, vous savez. Après tout, il n'a pas volé ce qui lui est arrivé. Mais pas Liz. Là encore, Günther avait raison. La date et l'heure du crime. Pourquoi avoir tenté de me tuer à ce moment précis ? Autre question que je ne me suis pas posée, quand j'ai essayé de comprendre ce qui s'était passé. Et pourquoi s'en prendre à moi ? Tully était mort, emportant avec lui la seule piste dont Shaeffer disposait. Aucun moyen de remonter jusqu'à vous. Même une fois son cadavre échoué au bord du lac – un rapport succinct, le corps rapatrié avant qu'on puisse faire une autopsie… encore que personne n'en ait eu l'idée –, tout le monde n'avait d'yeux que pour les billets. Quel autre mobile pouvait-il y avoir ? En tout cas, c'est bien le seul que vous m'ayez suggéré. Un vrai coup de chance, pour vous, cet argent que Tully avait sur lui sans que vous le sachiez. Au fait, qu'avez-vous pensé en découvrant son existence ? Je serais curieux de l'apprendre…

Muller ne répondit pas.

— Un cadeau des dieux, j'imagine, continua Jake. Vous voilà tiré d'affaire. L'enquête de Shaeffer piétine pendant que moi, je vais voir les montres au marché noir. Et soudain, tout est remis en cause. Je commence à m'intéresser à Brandt et à Kransberg – pour des raisons personnelles, mais comme vous l'ignorez, vous pensez que j'ai des soupçons, que j'ai fait le rapprochement auquel personne n'a pensé. Et si je m'y intéresse, quelqu'un d'autre va peut-être découvrir le pot aux roses. Malheureusement, vous ne pouvez pas m'obliger à quitter Berlin, ça n'arrangerait rien – je ferais un scandale et les gens se poseraient des questions. Et puis, à la soirée d'adieu donnée par Tommy, je vous demande de vérifier auprès de l'officier qui attribue les titres de transport à Francfort, celui que vous-même avez appelé pour trouver à Tully une place dans l'avion – à moins que vous n'ayez chargé Jeanie de le faire… Non, vous aurez préféré vous en occuper vous-même. Une autorisation spéciale, pas la procédure habituelle. Un détail dont on se souvient. Pas une simple coïncidence, cette fois un véritable recoupement. Alors, vous paniquez de nouveau. Vous avez réussi à vous débarrasser de Tully, et c'est insuffisant. Vous confiez à quelqu'un le soin de me liquider à Potsdam. Dès le lendemain. Mais ça ne m'a pas davantage effleuré, pas tout de suite. J'étais à terre, couvert du sang d'une jeune femme innocente.

Muller baissa la tête.

— Ça ne devait pas se passer de cette façon…

Jake resta immobile. Enfin une confession, si facilement.

— Cette jeune femme… Ça ne devait pas se passer

de cette façon, répéta Muller. Je n'ai jamais eu l'intention de la…

— Non, moi seulement. Mais bon sang, Muller !

— C'était l'idée de Sikorsky, pas la mienne. Je lui avais dit que je ferais muter l'officier de Francfort, que ça s'arrêterait là. Je ne lui ai jamais demandé de vous tuer. Jamais, croyez-moi.

Jake leva les yeux vers Muller.

— Je vous crois. Il n'empêche que Liz est morte.

Muller finit par s'asseoir, se tassant lentement sur sa chaise, toujours la tête baissée, si bien que ses cheveux argentés reflétaient la lumière de la lampe de bureau.

— Rien de tout ça n'aurait dû arriver.

— Dans ce genre d'opération, il y a souvent des bavures. La mort de Shaeffer vous aurait bien arrangé.

— Je n'étais même pas au courant qu'il serait là. Je vous assure. Tout est l'œuvre de Sikorsky. Il était pire que Tully. Une fois qu'ils mettent le doigt dans l'engrenage…

— Je sais, difficile d'en sortir… (Jake s'interrompit, tournant et retournant le dossier.) Expliquez-moi tout de même une chose. Pourquoi avez-vous informé Shaeffer que je serais au défilé avec Brandt ? Ça ne peut être que vous – vous avez sûrement l'habitude de faire passer des tuyaux aux services de renseignement sans qu'on soupçonne d'où ils viennent. Mais pourquoi l'avoir fait ? Günther a tout organisé avec Kalach, qui vous prévient, seulement vous ne pouvez pas vous joindre à eux. Totalement impossible. En tant que gradé et second du général Clay, vous devez assister au défilé. Encore un détail qui ne m'a pas effleuré. Autant pour Günther et moi ! Mais Kalach désire quand même enlever Brandt. Vous auriez pu vous contenter de suivre la scène sans que personne ne se doute de rien. Dans la tribune avec Patton. Pourquoi avoir informé Shaeffer ?

— Pour mettre un point final à cette affaire. Si Shaeffer récupérait Brandt, il interrompait son enquête. Je voulais que tout cela cesse.

— Et s'il ne le récupérait pas ? Peu importait finalement entre les mains de qui Brandt tombait, non ? Peut-être Kalach aurait-il réussi, au bout du compte, en abattant Shaeffer au passage, et là, tout aurait été bien fini. Sous vos yeux.

— Non, je souhaitais que Shaeffer récupère Brandt. Je croyais qu'il y arriverait. Sikorsky aurait eu des soupçons si ça avait mal tourné, mais son successeur…

— … ne s'en serait pris qu'à lui-même. Et vous auriez pu rentrer chez vous les mains libres.

Muller dévisagea Jake.

— Je voulais en finir. Avec tout ça. Je ne suis pas un traître. Au début, j'ignorais ce que Brandt représentait pour nous.

— Jusqu'où Shaeffer irait pour remettre la main sur lui, plutôt. Pour vous, ce n'était qu'un *Persilschein* de plus. D'une valeur de dix mille dollars, constata Jake, reprenant le dossier Bensheim.

— Je ne savais pas…

— Dans notre intérêt à tous les deux, pas d'explications. Tout le monde à Berlin veut m'en donner, et elles n'expliquent jamais rien. (Jake posa le dossier.) Une, tout de même. La seule question que je me pose encore. Pourquoi tout ça ? Pour l'argent ?

Muller se tut, puis détourna les yeux, curieusement gêné.

— Il était là, à portée de main. Tellement facile… (Il regarda de nouveau Jake.) Tout le monde prélevait sa part. J'ai vingt-trois ans de carrière, et ça va me rapporter quoi ? Une retraite minable ? Et puis apparaît un petit morveux comme Tully, avec les poches pleines. Pourquoi pas ? (Il désigna les *Persilscheins*.) Pour les premiers, à Bensheim, je n'avais même pas idée de ce que je signais. Quelques formulaires de plus. Il y en avait tellement – il se débrouillait pour les glisser parmi les autres. Et puis, j'ai fini par voir clair dans son jeu…

— … et vous auriez pu le faire passer en cour martiale. Mais non. Vous aviez un contrat avec lui ?

Muller acquiesça.

— J'avais déjà signé plusieurs certificats. Pourquoi pas quelques-uns de plus ? observa-t-il d'une voix lointaine, se parlant à lui-même. Personne ne s'inquiétait du sort des Allemands, de savoir s'ils seraient libérés ou pas. Tully disait qu'en cas de problème je pourrais toujours l'accuser d'avoir fait des faux. En attendant, l'argent était là – il suffisait de se baisser pour le ramasser. Qui s'en apercevrait ? Tully pouvait être très persuasif quand il voulait – un aspect de sa personnalité que vous ne connaissez pas.

— Peut-être avait-il affaire à un public particulièrement réceptif. Et puis les choses se sont gâtées à Bensheim, et vous l'avez tiré d'affaire – une autre de vos mutations éclair. Mais très vite, il revient à la charge. Toujours persuasif. Plus de petits *Persilscheins*, cette fois. De grosses sommes.

— Oui, de grosses sommes. Pas une retraite minable. Vous savez ce que c'est, d'attendre un chèque chaque mois ? On passe sa vie à gravir les échelons, et voilà que des petits nouveaux…

— Je vous en prie…

— C'est vrai, dit Muller avec un sourire amer. Pas d'explications. Vous savez déjà tout ce que vous vouliez savoir.

— En effet.

— Pourquoi a-t-il fallu que vous vous en mêliez ? Et qu'allez-vous faire ? Appeler la police militaire ? Vous ne croyez tout de même pas que je vais m'incliner si facilement ? Pas maintenant.

— En temps ordinaire, non. Mais n'appuyez pas trop vite sur la détente… (Jake jeta un nouveau coup d'œil à la ceinture de Muller.) Je suis un ami de l'armée américaine, ne l'oubliez pas.

Muller leva les yeux.

— Ce qui signifie ?

— Que personne n'appelle personne.

— Eh bien ? Vous proposez quoi ?

— De laisser deux meurtres impunis.

Les deux hommes restèrent un long moment silencieux, se défiant du regard. Puis Jake se redressa.

— Ici, apparemment, c'est une pratique courante. À condition que ce soit dans notre intérêt. Alors maintenant, je vais vous demander de faire quelque chose dans mon intérêt.

— Que voulez-vous ?

Muller fixait toujours le journaliste, se demandant ce qu'il avait en tête. Jake poussa un formulaire vers lui.

— Votre signature. Ici, pour commencer.

Saisissant le document, Muller le parcourut, réflexe de bureaucrate. Toujours lire avant de signer, leçon donnée involontairement par Tully.

— Qui est Rosen ?

— Un médecin. Vous lui accordez un visa pour les États-Unis.

— Un Allemand ? Je ne peux pas.

— Bien sûr que si. Au nom de l'intérêt national. Comme pour les scientifiques. Au moins, il a les mains propres – aucune compromission avec les nazis. Il a été déporté. Indiquez le code correspondant… (Jake lui tendit un stylo.) Signez ici.

Muller prit le stylo.

— Je ne comprends pas…

Jake ne répondant pas, il se pencha en avant, griffonna quelque chose dans l'une des cases et signa au bas de la feuille.

— Celui-ci, à présent.

— Erich Geismar ?

— Mon fils.

— Depuis quand ?

— Depuis que vous avez signé. Citoyen américain. Rosen le ramène au pays.

— Un enfant ? Il lui faudra une preuve de sa nationalité américaine.

— Il l'a, dit Jake, faisant glisser un dernier formulaire vers Muller. La voici. Signez.

— D'après la loi…

— La loi, c'est vous. Vous m'avez réclamé une preuve, et je vous l'ai donnée. Tout est écrit ici. Une dernière signature et ce sera officiel. Allez, signez.

Muller s'exécuta.

— Et la mère ?

La question d'un secrétaire de consulat.

— Morte.

— Allemande ?

— Mais l'enfant est américain. Par décision du gouvernement militaire.

Quand Muller eut terminé, Jake récupéra les formulaires et détacha les copies carbonées.

— Merci. Vous venez de faire une bonne action, pour une fois. Où vont les doubles ?

De la tête, Muller désigna une boîte sur le bureau de Jeanie.

— Attention à ne pas les perdre, recommanda Jake. Vous en aurez besoin, si quelqu'un veut vérifier. Et vous effectuerez cette vérification. Personnellement. En cas de problème. Entendu ?

Muller acquiesça. Jake se leva, pliant les formulaires et les glissant dans sa poche de poitrine.

— Parfait. Alors, l'affaire est close. De l'utilité d'avoir un ami au gouvernement militaire.

— C'est tout ?

— Vous vous demandez si je vous ferai chanter pour vous soutirer autre chose ? Non. Je ne suis pas Tully. (Jake tapota la poche de sa chemise.) Vous offrez une vie digne de ce nom à deux personnes. Ça me paraît un marché honnête. Ce que vous faites de la vôtre ne me concerne plus.

— Mais vous savez que…

— Justement. Vous aviez raison sur un point, voyez-vous : je ne peux rien prouver.

— Rien prouver…, répéta Muller d'une voix à peine audible.

— Ne vous réjouissez pas trop vite, répliqua Jake, surprenant son expression. Et n'allez pas non plus vous faire des idées. Je ne peux rien prouver, mais il s'en faut de peu. Le département des enquêtes criminelles doit toujours avoir la balle prélevée sur le cadavre de Tully. Ils pourraient identifier le pistolet qui l'a tirée. Mais peut-être pas. Les armes ont parfois tendance à se volatiliser. Je pourrais aussi retrouver l'officier de Francfort que vous avez rapatrié. Mais vous savez quoi ? Désormais, je m'en moque. J'ai obtenu toutes les réparations que je souhaitais. Quant à vous… Vous passerez sans doute quelques mauvaises nuits, mais ça ne me concerne pas davantage. Donc, restons-en là. En revanche, à la moindre complication avec ces formulaires, ajouta Jake, portant de nouveau la main à sa poche de poitrine, vous aurez moins de chance, compris ? Je ne peux rien prouver devant un tribunal, mais pour l'armée, ce que j'ai suffira. Et je ne me gênerai pas. Je n'hésiterai pas à tout déballer, chose que les militaires détestent. Peut-être une dégradation. Vous pourrez faire une croix sur votre retraite. Alors, contentez-vous de jouer le jeu et tout le monde s'en tirera bien.

— C'est vraiment tout ?

— Encore une chose, puisque vous insistez. Vous ne pouvez pas vous rapatrier vous-même, mais vous devriez bien en faire la demande auprès du général Clay. Pour raisons de santé. Pas question que vous restiez ici. Les Russes ignorent que vous avez vendu la mèche à Shaeffer. Ils croient que vous travaillez toujours pour eux. Et eux aussi savent se montrer persuasifs. Une brebis galeuse… La dernière chose dont le gouvernement militaire ait besoin. Il a déjà assez de mal à comprendre ce qu'il fait ici. Peut-être même vous trouvera-t-on un remplaçant dont la présence sera salutaire pour ce pays. J'en doute, mais on ne sait jamais. (Jake contempla les cheveux argentés de Muller.) J'ai bien cru que c'était vous. Mais vous avez dû rencontrer la tentation sur votre route.

— Qu'est-ce qui me prouve que…

— Rien, en fait. Comme je le disais, préparez-vous à passer quelques mauvaises nuits. Mais pas ici. Pas à Berlin. Sinon, je pourrais très bien changer d'avis. (Jake empila les dossiers Bensheim.) Je les garde. (Il se leva et se dirigea vers la porte.) Rentrez chez vous. Si vous cherchez un emploi, adressez-vous à American Dye. Il paraît qu'ils embauchent. Je parie que vous leur conviendriez, avec votre expérience. Arrangez-vous juste pour quitter Berlin. De toute façon, vous ne tenez sûrement pas à me revoir – vous ne seriez pas très à l'aise. Et pour tout dire, moi non plus, je ne tiens pas à vous revoir.

— Vous restez ici ?

— Pourquoi pas ? Il se passe toujours quelque chose, à Berlin.

Muller hocha la tête.

— Votre laissez-passer arrive à expiration, dit-il, en bon fonctionnaire.

Jake sourit, surpris.

— Vous devez même en connaître l'heure exacte. Très bien, une toute dernière chose, dans ce cas. Demandez à Jeanie de me préparer un permis de séjour pour demain. À durée indéterminée. Autorisation spéciale du gouvernement militaire. Signez-le et on sera quittes.

Muller croisa son regard.

— Réellement ?

— En ce qui me concerne, oui. Et vous aussi, après quelques nuits blanches. Comme tout le monde. Autre leçon apprise ici : avec le temps, personne ne se souvient plus de rien.

Jake s'avança vers la porte.

— Geismar ? lança Muller, l'arrêtant.

Il se leva de sa chaise, encore plus vieilli, le visage défait.

— C'était seulement pour l'argent. Je suis un soldat. Pas un… Parole d'honneur, je n'ai jamais voulu ça. Jamais.

Jake se retourna.

— Dans ce cas, vous aurez sans doute moins de mal à vous endormir. (Il regarda Muller droit dans les yeux.) Vous vous en tirez à bon compte, non ?

21

À cette heure matinale, Tempelhof était presque désert. Plus tard, à l'arrivée des vols de l'après-midi, le grand hall en marbre se remplirait d'uniformes comme le premier jour, mais pour le moment seuls quelques GI's attendaient, assis sur leur sac de voyage. Les portes de l'escalier permettant d'accéder aux pistes étaient toujours fermées.

— N'oublie pas ce que je t'ai expliqué, disait Lena, accroupie devant Erich, lui ramenant fébrilement les cheveux en arrière. Reste bien avec le Dr Rosen quand vous changerez pour Brême. Tellement de monde. Ne lui lâche pas la main, d'accord ? Tu t'en souviendras ?

Erich acquiesça.

— Je pourrai m'asseoir près du hublot ? demanda-t-il, déjà ailleurs.

— Oui, près du hublot. Tu pourras me faire signe. Je serai là-bas... (Lena désigna la terrasse de l'aérogare.)... mais je te verrai. Tu n'auras pas peur, hein ?

Rosen sourit.

— Il est très impatient, dit-il à Jake. Un baptême de

l'air. Et un premier voyage en bateau. Pour moi aussi, d'ailleurs. Tant de générosité… Je ne pourrai jamais assez vous remercier.

— Contentez-vous d'être un bon père pour lui. Il n'en a jamais eu. Quant à sa mère… J'ignore quel souvenir il en garde. Quelques malheureuses visites…

— Que lui est-il arrivé ?

— Elle est morte. Dans les camps.

— Vous la connaissiez ?

— Il y a longtemps. (Jake posa la main sur le bras de Rosen.) Élevez-le comme un enfant juif.

— Comment pourrais-je faire autrement ? répliqua doucement Rosen. C'est ce que vous souhaitez ?

— Oui. Elle est morte pour ça. Dites à Erich, s'il pose la question, qu'il peut être fier d'elle…

Jake s'interrompit, de retour pendant quelques instants sur Alexanderplatz, regardant Renate repartir d'un pas lourd vers sa cellule.

— Vous avez le numéro de Frank à *Collier's* ? reprit-il.

— Oui, bien sûr.

— Je lui ai dit de vous attendre à l'arrivée du bateau. Mais en cas de besoin, il est joignable à ce numéro. Il a de l'argent pour vous. Il vous fournira tout ce qu'il vous faut. Jusqu'à ce que vous retombiez sur vos pieds.

— À New York… C'est comme un rêve !

— Quand vous y aurez vécu quelque temps, ça n'en sera plus un.

— Tu veux aller aux toilettes ? demanda Lena à Erich. Dans l'avion, je ne sais pas… Tu as encore un peu de temps. Viens.

— Dans les toilettes des femmes ?

— Oh, tu es bien grand, tout d'un coup ! Viens donc.

Elle le prit par la main.

— Je ne sais pas s'il se rend compte de ce que vous faites pour lui. De la chance qu'il a, dit Rosen.

Jake lui jeta un coup d'œil. Ce qui passait pour de la chance à Berlin… Mais Rosen regardait par-dessus son épaule.

— Qui est ce vieil homme ? Il vous connaît.

Le Pr Brandt s'avançait vers eux dans son costume sombre datant de Weimar, le faux col aussi raide que sa démarche.

— Bonjour. Alors vous aussi, vous êtes venu dire au revoir à Emil ?

— Non, à quelqu'un d'autre. J'ignorais qu'il prenait cet avion.

— Je me suis dit que c'était peut-être la dernière fois, se justifia le professeur d'un ton hésitant.

Il dévisagea Jake.

— Vous avez agi en ami, finalement, ajouta-t-il.

— Non. Il n'a pas eu besoin de moi. Il s'est débrouillé seul.

— Ah…, fit le professeur, perplexe, mais n'osant pas poser de questions.

Il sortit sa montre-gousset.

— Ils vont être en retard, constata-t-il.

— Non. Les voici.

Traversant le hall comme la première ligne d'un régiment, leurs talons résonnant sur le sol, Emil et Shaeffer arrivaient, flanqués de Breimer, avec dans leur sillage des soldats chargés de bagages. Un GI de l'aéroport, sans doute alerté par le martèlement des pieds, apparut sur le côté et leur ouvrit, se postant en haut de l'escalier, un bloc-notes à la main. Lorsqu'ils atteignirent la porte d'embarquement, ils s'arrêtèrent net, surpris de trouver des visiteurs.

— Que diable faites-vous là ? demanda Shaeffer à Jake.

Celui-ci ne répondit pas. Il regardait Emil s'approcher de son père.

— Papa !, s'exclama Emil avec surprise, une intonation juvénile.

— Alors, on vient saluer les amis ? lança Breimer. Très aimable à vous, Geismar.

Le Pr Brandt resta quelques instants immobile, les yeux fixés sur son fils, puis il lui tendit la main.

— Il faut donc se dire adieu…

Malgré la solennité du geste, sa voix était mal assurée.

— Pas un adieu définitif, répliqua Emil avec bonne humeur, prisonnier de la main de son père, mais s'efforçant de ne pas céder à l'émotion. Je reviendrai un jour. C'est mon pays, après tout.

— Non, murmura le professeur, lui effleurant le bras. Tu en as assez fait comme ça pour l'Allemagne. Pars. (Il laissa glisser sa main, sans le quitter des yeux.) Peut-être les choses seront-elles différentes pour toi, maintenant, en Amérique.

— Différentes ?

Emil rougit, conscient qu'on les écoutait.

Mais les regards convergeaient sur le Pr Brandt dont les épaules s'étaient mises à trembler, secouées par un sanglot brutal, irrépressible, qui prenait tout le monde de court, une réaction que personne n'avait prévue. Avant qu'Emil puisse l'en empêcher, le vieil homme s'avança et s'agrippa à lui, refermant ses bras et le serrant de toutes ses forces, l'étreinte de la mort. Jake aurait voulu baisser les yeux, mais il ne pouvait s'empêcher d'observer le père et le fils, consterné. Peut-être la seule histoire qui méritait d'être racontée – les liens sans cesse renoués du jeu de figures de la vie, enchevêtrés comme une pelote de laine.

— Papa…

Emil tentait de se dégager.

— Tu m'as rendu si heureux. Quand tu étais petit. Si heureux !

Le Pr Brandt tremblait toujours, le visage ruisselant de larmes, si bien que chacun finit par se détourner avec gêne, comme s'il était soudain devenu incontinent.

— Papa…, répéta Emil, sans réussir à desserrer l'étreinte.

Enfin le professeur recula d'un pas, se ressaisissant, caressant le bras de son fils.

— Ah, mais tes amis aussi sont là… (Il s'adressa à Jake.) Pardonnez-moi. La folie d'un vieillard.

Il s'écarta, cédant sa place, sans même prendre la peine de s'essuyer le visage.

Emil regarda Jake, étrangement soulagé, reconnaissant de cette interruption, mais ne sachant que faire. Il tendit une main hésitante.

— Eh bien voilà. Tout finit par s'arranger.

— Ah bon ?

Jake ignora la main tendue. Emil hocha la tête en direction du bras en écharpe.

— Votre épaule… Elle va mieux ?

Jake ne répondit pas.

— Un malentendu, reprit Emil. Shaeffer m'en a parlé.

— Il n'y a pas de malentendu…

Jake allait ajouter autre chose, mais après un coup d'œil au Pr Brandt, il tourna le dos à Emil.

— On ne va pas se disputer maintenant, intervint Breimer, jovial. Pas après ce que vous venez de vivre tous les deux.

— Non, on ne va pas se disputer, insista Shaeffer, fixant Jake pour l'inciter à échanger une poignée de main avec Emil.

Trop tard. Emil aussi s'était tourné, vers l'autre côté de la porte, au coin de laquelle Lena apparaissait avec Erich. Penchée vers lui, en grande conversation. Lorsqu'elle leva les yeux et découvrit le groupe de visiteurs, elle s'arrêta, se redressant lentement. Un instant plus tard, elle s'était remise à marcher, les épaules droites, l'air déterminé, comme lors de son entrée dans la salle à manger de l'hôtel Adlon. Pas dans sa robe bleue, cette fois – un tissu bon marché, à fleurs minuscules, mais belle quand même, accrochant la lumière à chaque pas.

— Que fait-elle ici ? demanda Shaeffer à son approche.

— C'est sa femme ? s'enquit Breimer. Pourquoi pas, après tout ? Elle peut dire au revoir à son mari.

À portée de voix, désormais, Lena se tenait devant Emil.

— Non, vous vous trompez, répondit-elle à Breimer. Mon mari est mort. À la guerre.

Et elle s'éloigna, laissant le silence s'installer. Jake regarda Emil. La même expression gênée, rougissante, que devant le Pr Brandt ; un désespoir diffus, comme si, ayant enfin aperçu la case manquante, il voyait les flots l'emporter sans réussir à en identifier le contenu.

— À la guerre ? répéta Breimer.

Lena glissa son bras sous celui de Jake.

— Ils vont embarquer. Viens, Erich.

Rosen prit le garçonnet par l'épaule, et ils se dirigèrent vers l'escalier derrière les GI's chargés de bagages.

— N'oublie pas de donner la main, d'accord ? (Lena s'adressa à Rosen.) Vous avez le déjeuner ?

Il brandit le sac avec un sourire indulgent. Lena s'agenouilla devant Erich.

— Une vraie mère poule, voilà ce qu'il pense. Toi aussi ?

Erich sourit.

— Eh bien, embrasse-moi, reprit-elle. Un baiser de mon poussin. Toujours si sage. Je t'écrirai. En anglais, tu veux ? Le Dr Rosen te lira la lettre, et puis tu la liras à ton tour. Pour t'entraîner. C'est une bonne idée, non ? Jake t'écrira aussi. (Elle se releva.) Fais-lui tes adieux, dit-elle à Jake.

Il se pencha, la main sur l'épaule d'Erich.

— Sois sage et écoute bien le Dr Rosen, d'accord ? Tu vas beaucoup t'amuser. Et je te rendrai visite un de ces jours.

— Tu n'es pas mon père ? questionna l'enfant avec curiosité.

— Non. Ton père est mort, tu le sais bien. Le Dr Rosen va s'occuper de toi.

— Mais tu m'as donné ton nom.

— Oh, ça… En arrivant en Amérique, tout le monde change de nom. C'est une habitude, là-bas. Alors, je t'ai donné le mien. Ça te va ?

Erich acquiesça.

— Et je te rendrai visite, répéta Jake. Je te le promets.

— D'accord.

L'enfant le prit par le cou, une brève étreinte, mais en faisant attention à l'attelle, si bien que son bras menu pesa à peine, aussi léger qu'un fil de laine.

— Geismar…, articula-t-il. C'est un nom anglais ? Pas allemand ?

— Si, avant. Maintenant, c'est un nom américain.

— Comme moi.

— Exactement. Comme toi. Bon, il faut te dépêcher si tu veux une place près du hublot.

Jake le poussa vers Rosen.

— N'oublie pas de me faire signe dans l'avion, recommanda Lena tandis qu'ils descendaient l'escalier. Je te regarderai.

Elle se retourna pour la première fois vers le Pr Brandt, posant la main sur sa manche.

— C'est bien d'être venu… On verra mieux de là-bas, remarqua-t-elle, se détachant du groupe pour rejoindre la grande baie vitrée.

— Allez-y sans moi. J'ai fait mes adieux. Et maintenant, c'est à vous que je dois les faire, on dirait.

Il jeta un coup d'œil vers Emil, fit taire Lena d'un geste, puis se pencha vers elle et lui déposa un baiser sur le front. Il la dévisagea un instant, hochant la tête, un salut muet, et se dirigea vers le hall en marbre fauve.

Shaeffer avait vérifié les noms sur la liste et attendait Emil, toujours immobile, les yeux fixés sur Lena.

— Venez, Emil, lança-t-il avec impatience, avant de déclarer à Breimer : On se verra à Francfort. Merci pour tout.

Emil interpella Lena.

— Mort à la guerre ? C'est comme ça qu'on se quitte ?

Elle pivota sur elle-même avec colère.

— Non, je te laisse avec Peter. Pars, maintenant.

— Avec Peter ? Que veux-tu dire ? Qu'est-ce que tu insinues ?

Furieux, il avait haussé le ton.

Jake regarda Lena, son visage durci, et il crut un instant qu'elle allait franchir le pas, aussi facilement que la serveuse demandant à Günther de payer l'addition après l'arrestation de Marthe. Mais, à la vue du Pr Brandt qui s'éloignait, elle baissa la tête.

— Rien. Comme le reste. Ça ne veut rien dire. Va-t'en.

Elle partit vers la baie vitrée sans se retourner.

— Venez, Emil, répéta Shaeffer en l'entraînant dans l'escalier.

— Ça par exemple ! lança Breimer à Jake. Vous devriez lui parler. Le traiter de cette façon. Pour qui se prend-elle ?

— Encore un mot, et je vous démolis. Je n'attendrai pas la prochaine élection pour vous faire perdre votre siège.

Breimer écarquilla les yeux.

— Ne vous échauffez pas ! Je ne voulais pas vous offenser. Je suppose qu'étant donné les circonstances... Il n'empêche qu'on ne traite pas les gens comme ça. Après tout ce qu'il a subi. Sans parler de ce que vous-même avez subi. Joe m'a raconté ce que vous avez fait pour nous. Bien sûr, vous vous croyez toujours plus malin que tout le monde – et vous l'êtes... Ça ne vous rend pas très sympathique, figurez-vous. Mais, en dernière extrémité, vous avez sauvé la situation. Et je vous tire mon chapeau...

Il s'interrompit un instant, les mots sonnant faux même à ses oreilles.

— En tout cas, on a récupéré Brandt, c'est l'essentiel. Mais ces gens... (Il fixait Lena.)... je vivrais cent ans que je ne les comprendrais toujours pas. On fait tout pour eux...

— Que faisons-nous tant pour eux ? demanda Jake, très calme. J'aimerais bien le savoir.

— On les aide, voilà ce qu'on fait. Bien obligés,

d'ailleurs. Qui d'autre s'en chargerait, les Russes ? Regardez cette ville. On peut voir ce qu'ils ont enduré.

Jake considéra la piste. Un cliquetis d'hélices, Emil et Shaeffer dépassant les mécaniciens au pas de course pour rejoindre l'avion. À l'autre bout du terrain d'aviation, le jour s'était levé, pâle et poussiéreux, au-dessus des kilomètres de maisons en ruine.

— Avez-vous idée de ce qui s'est passé ici ? murmura-t-il, en partie pour lui-même. La moindre idée ?

— Je suppose que vous allez me l'apprendre. En fait, je le sais déjà, alors laissez-moi vous dire quelque chose. Je préfère penser à l'avenir. Le passé est derrière nous. Tous ces gens n'ont qu'une envie : oublier. On ne peut pas le leur reprocher.

— Et c'est ce qu'on va faire… (Jake parlait avec une lassitude soudaine, la douleur à son épaule se réveillant.)… les aider à oublier.

— Si vous voulez, oui, on va les aider à oublier. Les bons Allemands, en tout cas.

— Comme Brandt, renchérit Jake, regardant Emil monter à bord.

— Certainement. Qui d'autre ?

— Lui, un bon Allemand…

Jake s'éloigna de la baie vitrée et contempla Lena qui s'apprêtait à faire au revoir de la main. Il fit face à Breimer.

— … vous le pensez vraiment ?

Breimer soutint son regard.

— Il doit l'être, non, puisqu'il a choisi notre camp ?

Impression réalisée sur Presse Offset par

BRODARD & TAUPIN

GROUPE CPI

39294 – La Flèche (Sarthe), le 17-01-2007
Dépôt légal : janvier 2006
Suite du premier tirage : janvier 2007

POCKET – 12, avenue d'Italie - 75627 Paris cedex 13

Imprimé en France